剑来

⑤ 山水有相逢

◎ 烽火戏诸侯 著

浙江文艺出版社
Zhejiang Literature & Art Publishing House

001　第一章　我是一名剑客

028　第二章　我辈武夫

054　第三章　黄雀去又返

080　第四章　故人来送剑去

106　第五章　月儿圆月儿弯

134　　第六章　　道高一尺

162　　第七章　　古宅风雨夜

191　　第八章　　有些离别可再会

221　　第九章　　初一十五始除魔

247　　第十章　　尘埃落定

第一章
我是一名剑客

大年初三，小镇西面的群山之中，李希圣带着一个书童模样的少年，各自手持一根竹杖，一起涉水越岭，走向那座落魄山。

少年名叫崔赐，名字是他自己取的，家住小镇袁氏祖宅，却不是袁家人。

李希圣除了手持便于行走山路的竹杖，腰间还悬挂着两块木片合在一起的桃符，古朴素雅。挂在他腰间，再合适不过了。

他如今在龙尾郡陈氏开办的学塾当中担任助教，尚无名声，远远不如那些享誉四方的大儒文豪，故而还担不起夫子先生的称呼。但是学塾孩子们却最喜欢他，喜欢听他讲述那些精彩纷呈的奇人异事。崔赐更是如此，不惜死缠烂打，终于让他答应做自己的先生。

崔赐天生对万事好奇，问道："先生，道家圣人有言：'吾生也有涯，而知也无涯。以有涯随无涯，殆已！'这可如何是好？"

李希圣在想着事情，一时间没有答复。

崔赐早已熟悉先生的神游万里，继续自顾自问道："那位圣人又言：'人生天地间，若白驹之过隙，忽然而已。'分明是佐证前者，如何是好啊？"

李希圣终于回过神来，微笑道："所以要修行啊，每跨过一个门槛，就能够长寿十年百年，就能够看更多的书。"

崔赐还是觉得没有完全解惑："可咱们儒家虽然也推崇修行，读书更多是为了入世，为了让这个世道更好，从来不似道家那般，只追求个人的出世和证道，这又如何是好？"

"不精不诚,不能动人。"李希圣笑着说了八个字,站在原地,眺望四周景象,山清水秀,然后又说了八个字,"脚踏实地,自然而然。"

崔赐听到"自然而然"四个字,就自然而然想到了在东宝瓶洲无比兴盛的道家。他叹了口气:"我在一本书上看到,说乱世,道家下山入世救人,佛家闭门敲木鱼;治世,道家上山自修清净,佛家开门收银子。先生,听上去道家真的不错哎,佛家和尚就不怎么样了,难怪他们在咱们洲不吃香,佛法不兴。"

李希圣摇头笑道:"这只是某些读书人的愤懑偏激之言,不是全然没有半点道理,只是道理说得少了,以偏概全,反而不美,不如不说。三教能够立教,当然各有各的厉害之处。而且三教的道统都很复杂,开枝散叶很多,脉络驳杂,所以你想要认清楚三教宗旨,就一定要追本溯源才可以评价一二,不要略知皮毛就信口开河,见着了一个或者几个坏道士坏和尚,就一棍子打死所有,这样很不好。"他望向远处一座大山的山顶,"三教有辩论,会有三人各自阐述立教根本,三方道理之深远幽微,旁人无法想象,所以最为凶险。"

崔赐疑惑不解:"先生,三个人各自说话,怎么就凶险了?"

李希圣从高处收回视线,平视望向远方,微笑道:"既然是辩论,你除了知道自己教义之长短,还需要了解别人之优劣,才可以成功说服对方二人,认可自己的道理。如此一来,就会有人在钻研别家学问的时候,或幡然醒悟,或如被当头棒喝,辩论还没开始,就干脆已经改换门庭,走上一条别家道路了。"

崔赐一知半解,迷迷糊糊。

李希圣笑道:"先别想这么多,向前走着。"

崔赐使劲点头,忍不住又问了个问题:"先生,我们进山到底是为啥?"

李希圣回答道:"因为我觉得有件事情,有些人做得很不对。既然是错,就不能一错再错了。我需要做点力所能及的事情。"

崔赐笑容灿烂道:"先生总是对的!"

李希圣摇头道:"书上那些经久流传的宝贵道理,不管是哪一教哪一家的,都不可落在空处。"

见崔赐有些犹豫不决,李希圣调侃道:"今天你还可以问最后一个问题。"

崔赐雀跃道:"我在另一本文人笔札上看到,天底下有九座雄镇楼,为何最后一座,名字的字数不一样?"

李希圣想了想:"你是说那座名为'镇白泽'的雄镇楼?因为白泽是一个……家伙的名字啊,如果名叫镇白楼或镇泽楼,多不合适。"

崔赐挠心挠肺,苦着脸,想要再问一个问题,却又不敢。

李希圣忍俊不禁道:"再问便是了,今天天气很好,山水秀美,可以多问几个。"

崔赐欢天喜地,在先生身边蹦蹦跳跳:"雄镇楼镇压的那个白泽,跟练气士几乎人手一册的《白泽图》有关系吗?"

李希圣点头道:"有的,就是同一个名字。"

崔赐啧啧道:"先生,这其中一定有很多学问吧?"

李希圣不露声色地抬起头,向一个方位歉然一笑,然后对少年叮嘱道:"儒家圣贤告诫我们为长者讳,不仅仅是对待文庙里的那些圣人,对于三教百家的圣贤一样适用。所以将来你独自行走于山川湖泽,不要胡乱直接喊出对方的名讳。"

崔赐纳闷道:"白泽?"

李希圣笑着打了一下他的脑袋:"你说呢?!"

崔赐哈哈大笑,不以为意。

两人继续跋山涉水,去往那座落魄山。

东宝瓶洲的西海之滨,有貂裘男子立于崖畔,心思微动,转头向东面望去,皱了皱眉头。他身边站着一个头戴帷帽的宫装妇人,正是那个风雪夜在栈道跌落山崖的狐魅。她小心翼翼问道:"是东宝瓶洲有某位圣人对老爷出言不逊? 需不需要奴婢去教训敲打一下?"

男人收回视线,淡然道:"只是大骊一位六境练气士。好一个'天下未乱瓶先换'。"

妇人瞠目结舌,乖乖闭上嘴巴,在心中赶紧告诫自己少说为妙。

魏檗在竹楼找到陈平安,他当时正在空地上,在夕阳下练习剑炉立桩。

青衣小童和粉裙女童则比老爷还老爷地坐在竹椅上吃着零嘴儿。

魏檗来到陈平安身边站着,没有出声打搅,直到陈平安收起剑炉桩,才转身让粉裙女童帮忙搬来两把竹椅,说是要跟她家先生说点正经事。

不等粉裙女童出手,青衣小童就已经狗腿地一手一把椅子飞奔而来,放下竹椅后,不忘弯腰撅屁股,用袖子使劲擦拭椅面。等他回到粉裙女童那里站着,注意到她的嫌弃眼神,理直气壮道:"你懂什么,这叫大丈夫能屈能伸!"

魏檗和陈平安并排坐在小竹椅上,魏檗率先开口道:"别怪我偷看竹楼发生的景象,你当时跟那块剑胚的意气之争,形势的险峻远远超乎你的想象,很容易就轻则走火入魔,重则当场毙命。"

陈平安点了点头,顺势解开了这个小心结。

魏檗缓缓道:"剑修有两事,练剑与炼剑。练习之练练的是剑术剑法,锻炼之炼炼的是佩剑本身和本命飞剑。"

魏檗简明扼要地一番开宗明义之后,略作停顿,可见他对于今天言论的重视程度:"因为你那块剑胚,我看不出品秩的高低,不好妄下断言,但是一些共通的道理,我可以简单说说。比如磨砺一把实物飞剑，或是锤炼和温养一把本命飞剑，需要消耗的天材地宝不计其数。所以我带你走了一趟各个山头，是要你明白一件事：山上修行，是要吃掉金山银山的，山底下的有钱人富甲一方，财富可以形容为几辈子都花不完，但是在山上，没谁拥有这辈子花不完的钱，可能……三教老祖才能例外。"

后边的粉裙女童正襟危坐，竖耳聆听。这些事跟身为一条火蟒的她是没半点关系，可跟她家老爷有莫大关系啊，她怎么可以不用心听讲？万一老爷听漏了，她事后就可以帮着补上。旁边的青衣小童则听得百无聊赖，直翻白眼。

陈平安听得就更认真了，如果魏檗今天不说，他很快也会下山去找阮秀打问。

魏檗双手笼在袖中，这一点跟崔东山有点相似，缓缓道："有没有成为剑修的资质，是练气士的第一道门槛；成了剑修，有没有钱修炼飞剑，是第二道门槛，而且这道门槛一点都不低。一把剑的坚韧程度取决于剑身的密度，所以需要铸剑师的千锤百炼。剑的锋锐程度也需要不断砥砺，这就是那片斩龙台山崖为何如此值钱的原因，以至于圣人阮邛一人都不敢独占，必须拉拢风雪庙和真武山一起瓜分，才可以防止他人觊觎。"

陈平安心中感慨，原来一方圣人也有无奈之事。

魏檗随手指向身后极远处的一座山头，那里就存在一片巨大的斩龙台："只要是神兵利器，对于磨石的要求就会极高，这也是斩龙台为何价值连城的原因，有价无市，奇货可居，只要留在手里，怎么都是赚的。除非万不得已，急需救命钱，才会有人愿意脱手。这要是在包袱斋，放出消息说有一块手掌大小的斩龙台要卖，我估计整个牛角山都是人头攒动的场景。"说到这里，魏檗伸出手指了点少年，"陈平安啊陈平安，你那些当大白菜随手送人的蛇胆石为何值钱？在于世间是药三分毒，寻常丹药再灵，品相再高，都会对自身气府造成一定影响，极难根除，一开始能够压制、积攒在体内某些僻远的气府内，可是随着练气士的修为越来越高，那点积垢就会越来越明显，在内视神通之下，那点瑕疵就会显得越来越大，是会妨碍到大道的。十境练气士就可以被世俗称为圣人，但是他们为何一个个龟缩不动？是喜欢当老王八？当然不是，他们只是在一点一滴地艰难祛除污渍。"

青衣小童有些担惊受怕，一下子坐直腰杆，纹丝不动，再不敢吊儿郎当地四处张望。粉裙女童就有些愧疚，其实她一直想着，第三颗上等蛇胆石自己是帮着老爷保存而已，她不会吃掉的。

魏檗正色道："我接下来要跟你说一些秘事，就连我想要知道那些，都是付出了不小的代价的，陈平安，希望你不要随便说出去。"

陈平安点头道："你放心，如今除了阮姑娘和李大哥，我在小镇已经没什么好聊天的人了。"

魏檗这才继续说道："倒悬山，听说过吗？"

陈平安脸色一变,不说话,也不点头不摇头。

魏檗以为阿良说过,并不奇怪:"倒悬山,出自道祖座下三位弟子之一的天大手笔,可以说是世间最大的一座山字印,以磅礴道法加持,坚不可摧。此地是浩然天下和蛮荒天下的交界处,是第一座雄关险隘……也有可能是最后一座。"

陈平安问道:"为何是最后一座?"

魏檗苦笑道:"一旦洪水决堤,后边怎么拦?"他仰起头,背靠椅背唏嘘,"所以不光是盛产剑修的北俱芦洲,就是上次掠过东宝瓶洲的那些仙人,在你们小镇还降低御剑高度,短暂露过面的。其余天下剑修,这次都被征召去往了倒悬山。他们要穿过倒悬山,去一个名为剑气长城的地方,抵御另外一个天下的妖族入侵。"

"每逢妖族作乱,掀起战事,天下剑修都会应召前往倒悬山,过山入城,在那堵高墙之上,于生死之间砥砺剑道。剑气长城,那里汇聚着天底下最著名的剑仙,数量最多的剑仙做着天底下最危险的壮举,但是你知道那边最缺什么吗?"

魏檗转头望向陈平安,陈平安当然只能摇头。

魏檗给出答案:"缺剑!因为那里战事太频繁且太惨烈,许多被外界剑修携带过去的绝世神兵,有资格跻身一洲法器前列的名剑,剑身断的断,剑意碎的碎,剑主陨落,死伤无数。所以那边土生土长的剑修,想要拥有一把好剑,很难很难。加上妖族之中也有数量可观的剑修喜欢搜刮名剑残骸,一来二去,在剑气长城抵御妖族的剑修就需要大量的剑,甚至需要不断通过倒悬山跟外界买剑和求剑。倒悬山外扎堆的商贾坐地起价,待价而沽,无数人因此而暴富。"

陈平安欲言又止。

魏檗仿佛知道陈平安的想法,讥笑道:"你以为所有人都是你啊,滥好人一个,随手送宝贝,送完了还担心人家拿着重不重,要不要你帮忙提着。"

青衣小童脸色尴尬,捏了捏鼻子,觉得自己是不是应该良心发现,以后对陈平安真的好一些?

陈平安默不作声。

"陈平安,我这些混账话,你别放在心上啊,说实话,我其实很佩服你的。"魏檗有些歉意,长长呼出一口气,像是积攒在肚子里太长,不吐不快,然后眼神转为凌厉,冷笑,"那个天下的大妖之中,仅我以前所知道的消息,就有三位成名已久的绝世剑仙,战力之高,杀力之大,无法想象。如今这么多年过去,数量是多了还是少了,就不知道喽。"又一拍脑袋,"差点忘说了,至于妖族为何不停地攻打剑气长城,很简单,生活环境实在太过恶劣,灵气稀薄,不利于修行。他们肉身强横,精于厮杀,一个天地就像一个庞大的养蛊场,强者占据绝大多数的山头地界、修行资源和众多子嗣。而我们浩然天下就是一块大肥肉,不在嘴边,但是看得到,自己碗里残羹冷炙,别人碗里大鱼大肉,如何能够不垂涎三尺?"魏檗脸色逐渐恢复平静,"其实要说对错,一个是为了自身生存和扩张,以及为了让子子孙孙活得更滋润;一个是为了守卫家门,誓死捍卫边境。如果换成一个身处旁观位置的第三者来看待此事,可能就没有那么强烈的善恶之分。这些内幕,我也是进入披云山,答应成为山岳正神,算是跟大骊宋氏结成一桩很大的盟约后,才知道的。接下来的一些事情,你可以只当天书和故事来听,不用太在意。"

"据说之前有场惨绝人寰的大战,十数个大妖联袂来到剑气长城下,跟人族巅峰修士有过一场商议,希望换取倒悬山附近一块东宝瓶洲大小的土地作为停战条件。我们当然不会答应,得寸进尺,小孩子都知道的道理。那场大战之后,出现了一场赌战。妖族和剑气长城各自派遣十三人,看哪方先赢七场。若是妖族赢了,就可以一兵不发占据那座剑气长城;若是我们胜出,就可以获得妖族天下的所有剑器!"说到这里,魏檗情不自禁地站起身,"打!我们为何不敢打这十三场架!"

"知道吗?!"魏檗意气风发地伸出手指,指向南方,"仅是双方阵营的出战次序一事,我们浩然天下就绞尽脑汁。号称阴阳家半壁江山的中土陆氏有一位老祖为此付出了巨大的代价,才大致推算出妖族高手的出战顺序!

"这一场前无古人后无来者的巅峰大战,双方排除掉各自前三的最强大高手,以免一个个打得忘乎所以,把两个天下的边界打穿,得不偿失。这样一来,这场公平对决就没了任何意义。但是剑气长城这边,先前七场,除去第一场,已经赢了六场。在稳操胜券的大好形势下,第八场,输了。而且那名女剑仙成了第一个被妖族斩于沙场上的人物。之后就是兵败如山倒,一直输到了第十二场,而那一场,剑气长城这边认为是必胜的,因为那位大剑仙公认战力卓绝,身经百战,从无败绩!可是他还是输了,成为第二个战死的剑修。在那之后,我们浩然天下都有些绝望了,因为所有人都觉得必败无疑。不是剑气长城最后一个出战的剑修不够强大,恰恰相反,他很强大,强大到让人觉得无敌,但是妖族最后一个出场的是那个天下万年以来公认杀力前三的强者,只是他刚刚走出生死关,之前闭关千年,所以不在那排除在外的前三名之列。阴阳家陆氏高人拼了性命,千算万算,都没能算到这一点,显而易见,妖族必定付出了不小的代价来隐瞒这桩天机。那个大妖,是剑修!十三境巅峰的剑修!在历史上,妖族无数次攻城之战,他多次第一个杀上城头,最后一个退出城头。"

后边的青衣小童和粉裙女童已经听得脸色雪白,就连心志坚定远超常人的陈平安都双拳紧握,重重放在膝盖上,汗流浃背而不自知。

魏檗毫无征兆地放声大笑,大踏步前行,袖子剧烈翻摇。他一手指向遥远的南方,转过头,一手握拳抬起:"但是我们赢了。宰掉那剑修大妖的男人,所有人都叫他阿良!所有人都不知道他从哪里来,要到哪里去,只知道他在剑气长城杀了最多的妖族!"魏檗畅意至极,狠狠摇晃手臂,对着天地高声道,"他就叫阿良!"

陈平安缓缓转头，望向那栋被某个家伙取名为"猛字楼"的小竹楼，眼泪一下子就流了下来。

记得第一次见面，那个戴斗笠的中年汉子，牵着毛驴，挎着刀，笑着对他自我介绍："我叫阿良，善良的良。我是一名剑客。"

魏檗又点到即止地聊了一些就不愿泄露更多，字画有留白，说话聊天也是一样的。

一袭白衣御风凌空，在云海山风之中飘然而行，在离开落魄山后放缓速度，随手拈起一团团云气，捏雪球似的，不断加大重量，然后双手抱在一起，狠狠挤压。最后，魏檗手心多出一颗鹅卵石大小的白球，他在空中找到小镇龙须河的源头之一，对着山中溪涧轻轻一抛，白球坠入其中，很快就有一尾青鱼将其吞入腹中，然后顺流而下，出山。青牛背、石拱桥、铁匠铺子，再从龙须河和铁符江交界处的瀑布随着迅猛水流一起跌下。

河水滔滔，光阴流逝。四下无人的铁符江畔，那棵主干横出水面的老柳树上，正闭目凝神的铁符江神杨花突然睁开眼眸，伸手一招，一尾活蹦乱跳的青鱼被她抓取到手中。她以一根手指做刀刃剖开青鱼腹部，然后发现了那颗灵气充沛的白球。拇指轻柔一抹，先将那条"寄信"的青鱼腹部重新缝合，让它从她手心滑入江水。青鱼入水之后，欢快异常，一身鱼鳞似乎多出些神润光泽。

杨花低头凝视着手心白球，其中夹杂有丝丝缕缕的云根气息，珍贵异常。对于任何江河正神，这都是大补之物。山水神灵眼中也有自己的山珍海味，水精云根等皆由虚无缥缈的山水气数凝聚成实质，去芜存菁，这就像斩龙台之于神兵利器，蛇胆石之于蛟龙之属的孽种遗存，意义非凡。

杨花抬起头望去，云雾之中，隐隐约约有一个白衣男子站在群山之巅，一侧耳朵垂挂着一只金色圆环。她之前就在这里亲眼见过此人与大骊守门人之一的墨家豪侠许弱一同骑乘着那条道行平平的黑蛇沿着江水逆行去往大山之中，但她没有想到，这个魏檗竟然会一跃成为大骊北岳正神，品秩远远在她之上。她不知为何魏檗要向自己表现出善意。地位不稳，所以需要拉拢人心？杨花冷笑不已，攥紧拳头，毫不犹豫地将手心白球捏爆，灵气全部流淌进入体内，发丝飞扬，脚下的江水起浪，似乎在为主人的修为递增而感到喜悦。

魏檗收回远眺铁符江的视线，返回他的老巢披云山。御风路过各座山头，脚下偶有练气士朗声问好，魏檗以往都会笑着应答，今天却没有这个心情，只是来到一道悬挂于两座山峰之巅的铁索桥。桥尚未完工，宽度足够两辆马车通行，山峡罡风再大，也只会让桥微微摇晃。关于铁索桥随风晃动的幅度大小，负责建造桥梁的墨家练气士匠人、机关师都会有一个硬性要求，绝不会偷工减料。铺设桥面的青乌木极为坚韧，下五境的剑修倾力一击，最多在桥面刺出一个孔洞。铁更是上品精铁，毕竟在山下，百年老字号店铺就是一块金字招牌，而在长生漫漫的山上，五百年以上才敢谈老字号。当白衣山神行走在乌黑色桥梁上，这鲜明的对比，越发让人生出"巍巍乎高哉"的感慨。

魏檗停下脚步，一手扶住桥栏，仰头望去。他知道自己之所以能够成为大骊北岳正神，至少有一半缘故，在于阿良。因为大骊发现自己是在跟那人相逢之后，才莫名其妙地打破禁制，从处境凄凉的土地爷重返棋墩山成为山神的。

是那一记竹刀的功劳，魏檗自己都是事后很久才明白。随着时间的推移，魏檗逐渐领略到了自己这副金身的不同寻常。一只碗碟，能装得下一缸水？当然不行。哪怕他曾经是神水国的北岳正神，本就是一位能够谷纳不少香火的上等神祇，只是后来被下棋仙人以无上神通禁锢而已。但是要想接纳大骊北岳地界的全部香火和灵气，魏檗刚刚离开棋墩山那会儿，自己都觉得不可能，太不自量力了，不好说蚍蜉撼大树，但绝对是稚童抡锤打铁，迟早会损伤筋骨，坏了元气根本。但是如今，魏檗对于三十余座山头的统辖驾驭，简直就是信手拈来。所以魏檗愿意对陈平安给予自己最大的善意，愿意带着他行走山水，类似在少年身上贴上大骊北岳的签文。一是陈平安不讨人厌，二是为了向阿良报恩，三是阿良有可能重返人间。

第三点原因最重要。魏檗很怕阿良万一真的回到这个天下，一旦觉得自己做得不够妥当，那么棋墩山一记竹刀能够让自己境界千万里攀升，披云山一记竹刀也能将自己打回原形。如果是在棋墩山的魏檗可以没那么在意，可是如今的魏檗做不到了，因为那个在大骊长春宫修行的少女。

魏檗转头北望，望向遥远的大骊北方，眯起眼眸，小声呢喃道："一定要过得好啊，这辈子莫要再喜欢读书人了，读书人最负痴心人。"

落魄山上的竹楼外，听过了远在天边的故事，青衣小童就想着吃颗普通的蛇胆石压压惊。他嚼着蛇胆石，联想到之前陈平安转头望向竹楼的凄凄模样，忍不住啧啧道："没想到我们老爷还会落泪，真是性情中人哪，只是听一个事不关己的故事就如此动容，相信老爷以后混江湖一定会很精彩。路见不平就一声吼啊，救了小娘子她就以身相许啊，老爷摇身一变成了浪里小白条啊……"青衣小童已经将陈平安的江湖生涯想象得无比香艳旖旎，越想越开心，一想到陈平安这么翚而无趣的家伙某天被江湖女侠主动投怀送抱的场景，就觉得真是有趣极了。

粉裙女童还沉浸在先前的震撼当中，她神色复杂，内心惴惴不安，轻声问青衣小童道："你说那个天下的妖族如此残忍暴虐，为何我们在浩然天下这边还能够与山上神仙相安无事？练气士为什么不干脆把我们赶尽杀绝？"

青衣小童想了想，随口回答道："大概是觉得咱们就是路边的一坨狗屎，踩了嫌弃脏鞋子吧。"

粉裙女童将信将疑，又想不出能够说服自己的独到见解，只好暂时将这份忧虑和不安放在心中。

魏檗已经离去，陈平安没有急着起身返回竹楼，独自安静坐在小竹椅上。初春的山风依旧凛冽，吹拂得少年鬓角发丝肆意飞扬。

魏檗走之前笑言："传言阿良在找一把剑，一把配得上他实力的剑。"

陈平安清清楚楚记得，初次见面时，有人一手持斗笠，一手轻拍竹刀柄，很有吹牛皮嫌疑地说了一句："暂时找不到配得上我的剑，用来羞辱天下用刀之人。"

魏檗又说："有人说他是十三境巅峰的剑修，当时与大妖一战，所用之剑算不得最好，只是他用惯了，一直不舍得换。粉碎之后，他自然就需要换一把更好的剑！试想一下，若是能够找到一把让阿良都觉得称手的兵器，甚至是找到某把剑，能够帮助主人提升一个境界的战力，一个就够了，就只需要增长一个境界，那么他就是十四境巅峰的战力！作为一名剑修，到时候说不定面对那三教祖师爷也可一战！无法想象，找到了那把剑之后，那个时候的阿良，会是怎样的阿良？"

魏檗说完这句话就走了，语气充满了期待和仰慕，如小山包仰视一座巍峨大岳。

走入过文圣老爷的那幅山水画卷，陈平安劈出过那一剑。他现在才知道，阿良舍弃了什么。

那个雨夜，他跟阿良一起走下山头。

"你拿走了一样我以为是自己囊中之物的东西。

"你要是以后没本事在那里刻下两三个字，看我不削你。"

陈平安当时没有想明白，这些被阿良云淡风轻说出口的话语意味着什么。因为阿良说得无比轻巧，所以少年完全不知道真正的分量，不知道那把剑到底有多好，也根本不知道阿良当时到底有多强。

如果在离别之前陈平安早早知道这些，那在阿良走之前，他一定会先去问问那位剑灵化身的神仙姐姐，问她可不可以换一位主人，那个人叫阿良，是一名剑客，人很好。

阿良不说，少年不知道。

阿良走了，少年才知道。

这样的阿良，多傻啊。他凭什么骂自己是滥好人？

陈平安怔怔出神了很长时间才站起身走向竹楼，青衣小童小声问道："老爷，你没事吧？被魏檗说的故事给吓到啦？真不用怕那些，什么倒悬山剑气长城，什么阿良啊大妖剑仙啊，跟咱们离着一百一千个十万八千里呢，天塌下来都不怕，儒家圣人们可不是嘴皮子厉害而已，打架本事也不差的。再说了，那个名字稀奇古怪的剑客，再厉害跟咱们也没半枚铜钱的关系嘛，这种人，一定是三头六臂的，凶神恶煞，见神杀神，见仙斩仙，哪怕有机会跟这种人见面，我也不要见，太可怕了，估计随便打个喷嚏就能一口罡风吹得我形销骨立吧……"

陈平安拍了拍絮絮叨叨的青衣小童的脑袋,笑道:"我没事。"他来到二楼,握住那柄槐木剑,走到檐下廊道,向着天幕穹顶高高举起,在心中说了两句话:

"我是一名剑客。就这么说定了。"

虽然陈平安长生桥已断,暂时肯定无法修行,但是江湖上多的是剑客,更有号称剑术通神的大宗师,就是对上搬山倒海的练气士,一样可以掰掰手腕。

世间的纯粹武夫,最潇洒飘逸的永远是剑客。实力身份、容貌气度都相当的两名武道高手,一个用拳头,一个用长剑,总归是后者更讨喜。用拳头,要么拳拳到肉,打得对手皮开肉绽,甚至是直接一拳打得别人头颅爆裂、肚肠开花,哪里比得上用剑?

"由来万夫勇,挟此生雄风。……笑尽一杯酒,杀人都市中。"

"剑术已成君把去,有蛟龙处斩蛟龙。"

潇洒不潇洒?风流不风流?当然!就连陈平安这般无趣古板的人,听到崔东山在大崖大水之畔吟诵此诗,都忍不住心向往之。

之前陈平安练拳,好歹还有一部《撼山谱》,哪怕宁姑娘看它不上,总归给陈平安指明了一条习武的道路。那么练剑,也该有剑经之类的东西,要不然陈平安觉得就自己这点天赋悟性,估计练到天荒地老都练不出花头来。这让陈平安有些发愁。

竹楼外,有人远远走来,手持竹杖,腰悬桃符,高声喊道:"陈平安。"

在二楼发愁的陈平安转头望去,大声回复:"李大哥,你怎么来了?"一路飞奔下楼。

李希圣带着算是半个弟子的少年崔赐,特意登上落魄山寻访山主陈平安。

李希圣摘下腰间桃符,开门见山道:"我有可能要离开小镇,所以赶紧过来送你一样东西,省得到时候匆匆忙忙,话都说不清楚。"

陈平安没有伸手去接。倒不是担心眼前男子包藏祸心,而是习惯了无功不受禄,实在是没有白拿东西的脸皮。

李希圣说道:"我弟弟李宝箴,你知道吧?"

见陈平安点头,李希圣又道:"朱鹿在枕头驿试图行凶一事是他暗中指使,他当然是错的,我知道的时候,已经来不及阻拦。李宝箴从小就不是愿意认错的人,但是没办法,他是宝瓶二哥,我是他大哥,一家人就是一家人,既然他做错了事情又不愿意悔改,就只好由我来代为弥补。"

李希圣看到依旧沉默的黝黑少年,笑道:"你放心,就事论事,这块桃符,只跟刺杀一事有关,之后我离开小镇,你要自己小心李宝箴。如果是你稳稳占据上风,陈平安,我恳请你能够给他一次活命的机会,给他洗心革面的机会,一次,就一次。当然,若是势均力敌、你死我亡的险峻形势,你不用手下留情,万事以自保为上。"

陈平安仔细思考片刻，缓缓道："好的!"

李希圣递出桃符，笑容温暖："既然如此，就安心收下。小东西而已，不值一提。"

"李大哥，你不用送我东西，而且你放心，我答应你的事情，就一定会做到。"陈平安摆摆手，笑道，"能让李大哥赶这么远的路专程来送的东西，肯定很珍贵。而且……"说到这里，陈平安就不再多说什么。

事实上，阿良曾经提过一嘴，说骊珠洞天真正的大机缘还留在福禄街和桃叶巷。直觉告诉陈平安，这可能跟李希圣的这块桃符有关。

李希圣见到少年异常坚持，犹豫了一下："能否单独聊?"

龙泉由县升郡之后，原本龙泉县这个沾着龙气的特殊县名就改成了相对普通的槐黄县，郡府设置在大山以北地带，县衙依旧位于小镇之上，县令是一名姓袁的年轻官员。不同于事事亲力亲为的前任父母官吴鸢，袁县令极少露面，但奇怪的是，在吴鸢吴郡守升官之前，原先停滞不前的诸多事宜，例如选址为老瓷山和神仙坟的文武两庙建造，已经有条不紊地展开，所以许多人都觉得吴鸢这只绣花枕头的跳级升官很没道理。

新任窑务督造官是一个年轻人，姓曹，同样是一个上柱国姓氏。比起神龙见首不见尾的袁县令，曹督造更加愿意抛头露面，不但主动登门拜访福禄街、桃叶巷的富贵门庭，龙尾郡陈氏创办的学塾也经常能够看到此人的身影，尤其是学塾助教李希圣的授课，曹督造只要一得闲就会去旁听，脱下官服，换上儒衫，堂而皇之坐在学堂最后排，跟一大堆蒙童稚子同处一室，从不觉得丢人现眼。

槐黄县的东边驿路，最靠近县城小镇的驿站，名为槐宅驿站，规模不大，但是麻雀虽小五脏俱全，五匹驿马俱是乙等战马，这对于其他郡县小驿站而言，简直就是做梦都别想。今天槐宅驿站来了一拨拨贵客，清晨时分，郡守吴鸢就从西边郡府移驾而来，只带了两名心腹文武秘书郎，然后袁县令乘车赶到，见着了等候在驿路旁边的上官吴鸢，竟是连个招呼都不乐意打，径直走入驿站，要了一壶茶水，坐在那边自饮自酌。之后是曹督造独自策马而来，满身酒气，摇摇晃晃翻身下马，打着酒嗝，牵马而行，多半是昨夜酗酒、今早又借酒醒酒了。见到吴鸢后，赶紧此地无银三百两地使劲拍了拍衣衫，驱散酒味儿，牵马走到郡守大人身前，笑呵呵作揖行礼："下官曹茂拜见郡守大人。"

吴鸢升了高官，却没有任何春风得意的姿态，彬彬有礼道："曹督造是礼部衙门的直属官，见到本官其实不用行拜礼。"

窑务督造官曹茂一脸笑意，面如冠玉，身材修长，不愧是风姿潇洒的"曹家玉树"，言谈举止让人如沐春风："这怎么行，官帽子小的见着大的就得恭敬些。再说了，吴大人以后若是成了袁家的乘龙快婿，那就是一遇风云便化龙，在官场上更加势如破竹，我可不敢有半点怠慢。"

曹茂姿态摆得很低，但是言谈无忌，这些话说得很不合官场规矩，对于吴鸢这个管着一个大郡的封疆大吏，其实也没有太多尊敬。

这并不奇怪，曹茂作为曹家寄予厚望的长房嫡子，对于吴鸢这个袁氏女婿，有足够的理由喜欢不起来。京城袁、曹两大上柱国本是关系莫逆的姻亲世交，近百年以来却变得水火不容，帮着两个家族光耀门楣的祖辈曹沉、袁濩曾是一辈子并肩作战的坚定盟友，更是大骊崛起的关键砥柱，加上两人是同乡人氏，所以被史书誉为"沉濩一气、文武双璧"，大骊乡野市井间至今还有诸多传奇事迹广为流传。如今龙泉郡辖内悬挂的那对文武门神其实就是曹沉和袁濩。至于两家各自让嫡系子弟来此为官，是否有山上高人指点，或是心存接纳某些祖荫的念头，就不得而知了。毕竟那棵老槐树已经倒塌，枝干尽毁，槐叶散尽，这个袁、曹两姓的"龙兴之地"还能不能剩下点祖宗槐荫，真不好说。

很快又有数人联袂而至，全是上了岁数的老者。有手持拐杖的赵家老妪，她的孙子赵繇作为齐静春的书童，在小镇发生变故之前就已经乘坐牛车远离家乡。

还有神意内敛的李家老祖宗，在骊珠洞天的禁制消散后，老人成功跻身十境，为家族挣得两个恩荫官身，本是留给自己的两个孙子，可谁知嫡长孙李希圣却拒绝了，这剩下的一个名额就只好"余着"，反正可以留给有出息的李氏后人。

第三名老者是住在桃叶巷街角一栋宅子里的矮小老人，慈眉善目，当初陈平安帮着发送家书，老人还想请少年去家里喝水，只是出身于泥瓶巷的泥腿子没敢答应而已。

其余几位老者同样是小镇四姓十族的家主，手握数目不等的龙窑、大量良田和寻常山头，是真正的小镇土财主。

一位头顶高冠的儒衫老人轻轻掀起车帘子，走下马车，眯眼环顾四周，顿时就让所有人感到一股扑面而来的窒息威势。

人的名，树的影。这位老人，拥有无数个蕴含着巨大力量的头衔：文圣首徒、齐静春大师兄、大骊国师、儒家圣人、与白帝城城主于彩云间手谈的围棋国手……

东宝瓶洲是天下九大洲中最小的一个，但是国师崔瀺的出现，帮助这个小洲吸引了很多幕后大人物的视线。

崔瀺下车站定后，所有人都不约而同地作揖行礼。等到众人缓缓起身抬头，才惊讶地发现位高权重的老人身后跟着走出了一个宫女装束的美丽少女，这让一些知情人措手不及。

崔瀺语气淡然道："所有人都回去。"

没有任何人胆敢提出异议，甚至不敢流露出丝毫愤懑。

崔瀺两指摩挲着腰间一枚玉佩，走向槐宅驿站，少女脸色漠然地紧随其后。

崔瀺在一张桌子旁坐下，让驿站拿三坛酒来，驿丞跟手下捧着酒坛往这边走的时候，一个个口干舌燥。

崔瀺挥挥手,不让那些人在旁伺候,自己揭开了酒封,同时手掌下按,示意肃立于桌旁的少女坐下,笑道:"不用太过拘谨,这趟出行,我只是给你保驾护航而已,你才是这方小天地的主人。"

崔瀺端起大白碗,喝了口滋味平平的乡野劣酒,对此不以为意。当年叛出师门,一人一剑行走天地四方,什么苦头没吃过?崔瀺一直自认吃得住苦,也享得了福,所以才能活到今天。

崔瀺望向局促不安的少女,笑问道:"你跟钦天监说的那些内容已经记录在案,每个字我都仔细看过了,那么还有没有你没有说过的小故事?鸡毛蒜皮的都行,比如谢实、曹曦两人年少时,他们身边有没有差不多有趣的同龄人?又比如有谁遭殃了却大难不死,有谁从小就特别孤立?"

原来少女是大骊皇子宋集薪的婢女稚圭,本名王朱,真身古怪,竟然是世间最后一条真龙魂魄凝聚而成的珠子。

稚圭想了想,摇头道:"没有。"

崔瀺哑然失笑,倒是没有恼火,继续独自喝酒。

没过多久,就有三人走入驿站——富家翁曹曦、木讷汉子谢实、墨家游侠许弱。

两位从骊珠洞天走出去的大人物见到稚圭之后,确定了她身上的那股气息。

曹曦微微发愣,然后捧腹大笑,伸手指向她:"他娘的,丢人丢到姥姥家了。当年吓得老子半死的家伙,原来是这么个柔柔弱弱的小姑娘啊。"

谢实双手抱拳,向稚圭弯腰道:"桃叶巷谢实,感谢姑娘的两次救命之恩!"

稚圭冷着脸,只是对谢实点点头而已,至于曹曦,她根本就没看一眼。

许弱双手环胸,斜靠在门口,开始闭目养神。今天的事情,如果谈拢了,就跟他没关系;如果谈崩了,估计就关系大了。

曹曦笑声不断,一屁股坐在稚圭对面,一副见着了宝贝的欠揍表情,嘿嘿道:"当初我站在铁锁井口子上往下边撒尿,结果才半泡尿下去,铁锁哗啦啦作响不说,整个井水一下子就漫到了脚边,吓得我另外半泡尿都不敢撒完,裤子也不提。当时的情景,真是名副其实的屁滚尿流啊,我曹曦这辈子闹出的糗事很多很多,但是这一件,肯定可以跻身前二名!"

稚圭终于板不住脸,怒目相视:"要不是你逃得快,让你喝井水喝到撑破肚子!"

曹曦伸出一根手指抹过胡须,幸灾乐祸道:"我记得后边整整一个月我都站在离铁锁井两丈远的地方使劲往里头丢石头,有没有砸到过你啊?一次总该有的吧?"

稚圭瞪眼,嗤笑道:"天生坏种,后悔没有把你淹死在溪里!"

曹曦不怒反笑:"小时候确实有那么点顽劣,哈哈,孩子心性嘛,不过就是跟同龄人游水的时候经常放屁而已,没办法,我打小就喜欢看着一个个水泡从背后浮出水面。

不过我算厚道的了，往水井撒尿那次，我真是被吓得魂飞魄散，害得家里长辈还请人给我招魂来着，丢死个人，从泥瓶巷一直敲锣打鼓到铁锁井，喊一声曹曦，我就得答应一声。你是不知道，事后我在学塾给同窗笑话了好几年……"说到这里，曹曦呵呵一笑，给自己倒了一碗酒，"那些同窗，如今地底下的骨头都烂没了吧，不过那些家伙的名字，我都还记得。"

稚圭冷笑道："是谁大半夜偷偷往铁锁井里倒了大半桶黑狗血？"

曹曦干笑道："我不是听老人说黑狗血能够驱邪嘛。"

稚圭看到这个家伙就烦，曹曦小时候是如此，老了之后更是如此。

谢实一直沉默不语。

稚圭犹豫了一下，问："你们到底谁当上了真君，谁成了剑仙？"

曹曦端起白碗，指向坐在崔瀺对面的谢实："他是北俱芦洲的真君，马上就要成为道家天君，好几个王朝的五岳都有他那一脉的宗门府邸。整个北俱芦洲的道教派系就数他一家独大，其余都是不成气候的旁门左道，那些所谓的掌门真人、一国真君，给咱们谢真君提鞋都不配，他们在咱们这位老乡谢实面前全部都是孙子，一个都不例外。"

谢实脸色阴沉："闭嘴。"

曹曦告饶道："好好好，不说就不说，谁让你是道门天君，而我只是一介野修，惹不起啊。"

王朝之内，道教一国真君的任命，除了需要君主的提名举荐，更需要一洲道统道主的承认，之后就需要一洲之内半数以上天君的点头，最后再讨要来中土神洲某个宗门的一纸敕令，才算名正言顺。而北俱芦洲的道主正是谢实，所在宗门即是居中主香，加上北俱芦洲剑修昌盛，佛家香火远远压过道家，使得一位天君都没有出现，只能算有半个，那就是谢实本人。

当然，东宝瓶洲也好不到哪里去，作为九大洲当中版图最小的一个，哪怕道家势力远远超过佛门，东宝瓶洲的天君仍然只有一人，而且还是刚刚破境跻身十二境的新天君——南涧国神诰宗的祁真。与谢实一样，所有的真君人选，纯粹是一个洲一个人一言决之。但是在别的大洲，中土神洲不用多说，就是疆域广袤的南婆娑洲，道家天君也有一双手之数。

"长话短说。"谢实直截了当地道，"那件本命瓷被打碎的事，我们可以既往不咎。但是我要跟你们大骊讨要三个人。"

崔瀺放下手中酒碗，微笑道："稍等，什么叫既往不咎？陈平安的本命瓷破碎一事，虽是我们大骊窑务督造衙署失责在先，可是，首先，当初陈平安的资质勘验，买瓷人是早早确认过的，并无特殊之处，属下中下之资；第二，本命瓷被人打破，我大骊当时就该追责的追责，赔偿的赔偿，买瓷人同样点头认可了，赔偿也痛快收下了。谢实，你所谓的既往不咎,根本就站不住脚。"

谢实淡然道:"买瓷人当然没资格胡搅蛮缠,可是买瓷人之后的势力就有资格跟你们大骊不讲道理了。"

崔瀺哈哈大笑,竟是毫不犹豫地点了点头,重新端起酒碗,小酌了一口,啧啧道:"世事多无奈啊。"

曹曦龇牙。稚圭眼神闪烁,似乎听到了感兴趣的事情。

崔瀺问道:"那么如果大骊不答应呢?"

谢实毫无身陷重围的觉悟,继续说道:"大骊南下已成定局,如果你们不答应,就要担心后院起火。"

后院起火?大骊的北部版图已经抵达北边的大海之滨。曹曦神色玩味,看来这三个人,北俱芦洲的某些大人物认为是势在必得,否则不会如此咄咄逼人。

显而易见,谢实的言下之意,是北俱芦洲的修士会趁着大骊铁骑南下征伐的时候公然跨海南下,袭扰大骊北方国境。那个名叫陈平安的少年,他的本命瓷被打破,归根结底,就是一桩已经盖棺论定的芝麻小事,只是某些人一个蹩脚的借口。因为当大人物们开始登台谋划天下大势的时候,小事就不小了。

崔瀺轻轻叹息。山上人不讲道理的时候就是这样,跟小孩子过家家打闹差不多,脾气一上头,就要用尽气力打生打死,很吓唬人,但又不是在吓唬人。

不是崔瀺感到陌生,恰恰相反,崔瀺亲身经历过很多次,所以显得格外淡然。他只得率先退让一步,转为询问道:"你想要带走哪三个人?"

谢实喝了坐下来后的第一口酒,道:"贺小凉,马苦玄,李希圣。重要程度,就是排名顺序。你们大骊能交出几个人,就可以拿到相对应的不同回报。"

崔瀺哈哈笑道:"回报?是雷霆震怒才对吧?"

谢实默不作声。

李希圣是大骊龙泉人氏,属于最好商量的一个。马苦玄已经是真武山弟子,短短一年时间就已经声名鹊起,杀性极大,天赋极高,一日千里。贺小凉更是神诰宗的得意门生,天资惊人,福缘更是吓人。除了名声不显的儒生李希圣,其余两人俱是师门希望所在,一个兵家祖庭之一,一个道家圣地,大骊哪怕已经占据半壁江山都未必愿意跟其中一方交恶,更何况如今连大隋都没有覆灭。一旦神诰宗和真武山振臂一呼,大骊就需要面对东宝瓶洲半数兵家修士以及大半道士的敌意,这笔买卖怎么算都是亏的。

崔瀺觉得这桩买卖没得谈了,估计回到大骊京城之后,对于白玉京添补飞剑一事,需要作出最坏的那个打算。但是谢实突然说道:"只要你们答应此事,我就会带人去往靠近观湖书院的避暑山,帮你们震慑书院以及整个南方势力,放心,绝不是做做样子。就像你们不答应,我们就会南下攻打大骊北境一样,绝不是开玩笑,你们只要点头,同样不会让你们吃半点亏。这是北俱芦洲几位顶尖修士的承诺，也包括我谢实在内。"

曹曦愕然。有点意思了。如果谢实真愿意带人死守避暑山，而不是故弄玄虚，那么这一断，就让大隋尚未跟大骊开战就被砍掉了半条命。甚至可以说，东宝瓶洲的半壁江山，大半可能已经落入大骊宋氏之手。

崔瀺感慨道："原来是这么大一个赌局，真的有点出乎意料，我得跟我们陛下打声招呼才行。"

谢实点头道："情理之中。我可以等，最多半个月，你们大骊皇帝必须给我答复。"

崔瀺突然指了指稚圭："她的两次救命之恩，你谢实就没有一点表示？"

谢实爽朗笑道："当然。若你们不答应此事，南下袭扰一事，我谢实不会参与其中；若是答应此事，我会收取两到三名大骊出身的嫡传弟子重点栽培，绝不含糊。你们应该清楚，不妨先说一句，我谢实很快就会晋升天君，以我的年龄，在九洲所有的道家天君当中只能算是青壮，说一句不要脸的话，那就是真正的大道可期，而且我谢实在开宗立派的千年岁月当中，只有三名嫡传弟子！"

崔瀺指了指稚圭："她算一个？"

谢实摇头道："她不算。但是只要她愿意，名额不在那两三个之中。"

崔瀺沉吟不语。

稚圭有些心不在焉。她有些着急，想着早点回去泥瓶巷的院子看一眼，哪怕那笼毛茸茸的鸡崽儿已经饿死，她也要亲眼看到它们的尸体才死心。万一它们还活着，那么这次见着了一定要亲手捏死它们。作为她饲养出来的小东西，将来死在野猫野狗嘴里，多不像话？

陈平安和李希圣走到竹楼二层登高望远，崔赐和两个小家伙在楼下相互瞪眼。

李希圣问道："知道福禄街和桃叶巷的寓意吗？"

陈平安摇头。他只知道那边住着的人有钱，很有钱，青石板路、石狮子，就连彩绘门神都像是更加神气一些。

李希圣提起手中那块桃符："'福禄'是'符箓'的谐音，'福'其实代表着'符'字，桃叶巷则是桃符之桃，颠倒过来，就是桃符。这是小镇很大的一桩机缘，比起金色鲤鱼在内的五行之物，这块桃符，可能有过之而无不及。"李希圣娓娓道来，"我在年末做了一个古怪的梦，模糊记得看到了很多人很多事，但是醒来之后又都忘记了，好像是跟谁下了一盘棋，再就是记住桃符的内幕了，其中曲折，玄之又玄，实在无法细说。"李希圣指了指竹楼方向，"我本来是想要将这块桃符悬挂在竹楼门上的，万邪避退，万法不侵。这么说可能有点夸张，但是它的确可以让这栋本就十分神奇的竹楼变得越发坚不可摧，而且长久悬挂桃符，能够催生出种种奇异的草木之精……"

说到这里，李希圣笑着打趣道："陈平安，真不要？过了这村可就没这店了。"

陈平安毫不犹豫道："既然这么好，李大哥就自己留着吧，不是要出远门吗？我刚刚去过一趟外边，千奇百怪，凶险万分，肯定需要有一件法器傍身。"

李希圣笑眯眯问了个问题："你觉得我缺法器吗？"

陈平安愣了愣，记起了泥瓶巷里李希圣跟剑修曹峻斗法的场面。但是他灵机一动，想起书上的一个说法，道："多多益善！"

李希圣无可奈何，只好收起桃符，重新悬挂在腰间，遗憾道："本来悬挂在竹楼门上，很搭的。"他甚至转过头，望向身后的竹门，"挂在这边，真的很搭啊。"

其实是有些孩子气的，所以陈平安想笑又不好意思笑，只好憋着。

因为李希圣是李宝瓶的哥哥，所以一开始就对他心生亲近。几次相处下来，陈平安越来越喜欢这个读书人，不是因为李希圣有一肚子浩然气，不是他作为练气士，初出茅庐就可以直接跟曹峻打得难分难解，而是这个男人与旁人相处的点点滴滴，会让人觉得舒服。比如阿良之于剑客，齐先生之于读书人。哪怕阿良从头到尾都没有提起过剑，齐先生自始至终都不曾跟陈平安说过书上的大道理，但陈平安就是觉得，他们就是最好的剑客，最有学问的读书人。陈平安内心深处，希望自己成为那样的人，但是关于这些心里话，陈平安没有跟谁说起过，因为怕被认为自不量力。

李希圣突然下定决心："不行不行，委实是良心难安，我不能就这么离开！"

陈平安刚要说话，李希圣突然伸手按在他的肩膀上，神色严肃道："陈平安，我多嘴说一句，以后跟人相处，千万不要以自己的行为准则来要求别人。比如你会觉得拒绝收下桃符一事是天经地义的事情，因为你是在为我李希圣考虑，所以问心无愧，对不对？对，很对。但是，你要知道，世间一样米养百样人，你自己心安之后也要多想一步，想着如何让身边的人跟你一样心安理得。"李希圣拍了拍陈平安的肩膀，"就当我是强人所难，你不用多想。如果换成别人，我根本不会开这个口，但是你陈平安不一样，我觉得你很好，而且可以更好。有些时候，你甚至会让身边的人觉得自惭形秽，知道吗？"

陈平安一脸茫然：我有这么好？

李希圣开怀大笑，走到栏杆边，对楼下的崔赐招手："把行囊拿上来，我现在要用。"

"好嘞，先生等着。"

容貌精美如瓷器的少年赶紧跑上楼，动作娴熟地摘下背后的包袱，里边有文人羁旅必备的百宝匣，装有整套的笔墨纸砚，都是老物件，富贵气不浓。

李希圣拿出一支略显小巧的毛笔，笔管为竹制，但是代代传承，经过漫长岁月的积淀，散发出一种朱红色的圆润光泽。更加奇怪的是，笔尖硬毫是淡金色的，笔挺如尖锥。笔管上半段篆刻有"风雪小锥"四字，等到李希圣拿过这笔，陈平安凑近一看，才发现笔管下半段原来还有不易察觉的四个蝇头小字：下笔有神。

李希圣显然也发现陈平安看到了那四个字,微微提起毛笔,笑着解释道:"读书百遍,其义自见。读书破万卷,下笔如有神。还有你们练拳也有类似的说法,叫'神不到,拳不妙'。听上去很虚,其实半点不虚,说的就是一个'勤'字,熟能生巧,巧出玄妙,循序渐进,便知道了。知道了一法,一法通万法通,万法皆成。"

崔赐这一瞬间灵光乍现,好似抓到了什么苗头,抓耳挠腮,急不可耐。自幼饱读诗书的粉裙女童浑浑噩噩,只觉得像是喝了一坛老酒,醉醺醺的。唯独青衣小童坐在栏杆上抠鼻子,浑不在意,只是见着了两个家伙的异样后,才开始发愣。陈平安倒是没太多感触,只是将这些道理默默记在心里。

李希圣对着笔尖轻轻呵了一口气,金色硬毫在这一刻似乎变得温润起来,虽然锋芒依旧,笔尖如刀锥,却有了灵气。李希圣微笑道:"授人以鱼不如授人以渔,既然你不收桃符,那我总得拿一点看家本领出来。我李希圣读书尚未读出大学问,但是自认还算精于篆刻以及画符,今天我就在竹楼的这些竹片上写字画符。放心,写过之后,不会留下任何一个肉眼可见的文字,所以不会破坏竹楼的整体美观,但是将来有一天,有可能会显露出一些景象,届时你无须奇怪便是。今天主要还是教你画符一事,什么时候你觉得抓住那点意思了,我才会停笔。你不用着急,我慢慢写,你慢慢体会。"

陈平安赧颜道:"我比较笨,李大哥你做好心理准备。"

李希圣轻轻挪步,面对竹楼如面壁,一手负后,一手持笔,寻找落笔之处,微笑道:"如果与人为善是笨,勤勉坚韧是笨,那么说明我们这个世道是有问题的。陈平安,我希望你继续保持这种不聪明。"

陈平安挠挠头。他从小就被姚老头骂习惯了,也习惯了看到别人的精彩,结果今天李希圣这么夸奖他,真是不太适应。

李希圣想了想,转头说道:"画符一事,向来以道家符箓一脉为尊。其实我们画符不必太拘泥于道统派系,世间至理,终究逃不过一个化腐朽为神奇,就像你练拳……"说到这里,李希圣会心一笑,"就很美好啊。"

有少年练拳,有山时看山,有水时观水。李希圣觉得世间再没有比这更有诗意的画卷了。他轻轻摇了摇头,屏气凝神,肃容道:"画符需要符纸,符纸可以是世间万物,但是你目前还是需要按部就班,老老实实在纸上画符。回头我会送给你一大摞品相不错的符纸,以及一部入门的符箓图谱,你暂时可以不用担心购买符纸的开销,但是用完之后,你就需要自己忧心费用了,这是没办法的。修行之难,其中一点就在于太耗钱财,剑修锤炼飞剑,符师损耗符纸,必不可少。

"一点真气,灌注笔尖,然后一气呵成,如藕断丝连,字可断,神意不可断,必须遥遥呼应,如两座大山之巅,相互高喊,必有回响。陈平安,看好了。"

李希圣突然将手中"风雪小锥"笔交换到另一只手,闲下来的那只手在袖子上擦了擦,做完之后,这才换回来,对陈平安笑道:"这是学你的,对于某些事情要有敬意。以前我不如你,见贤思齐。"

第一次在福禄街李氏大宅门口见面,陈平安从李希圣手中接过书本之前,先放下陶罐擦了擦手。陈平安哪里想到自己这么个无意间的动作,就让李希圣如此郑重其事。

李希圣终于开始画符,其实更像是读书人认真写字:"楼观沧海日"。

李希圣的字体,很中正平和,比起道士陆沉几张药方上的那种"寡淡无味",形似,却神不似。可陈平安说不出其中缘由,只是一种妙不可言的感觉而已。

李希圣之后写下了一句句他自认为"美好"的诗句、圣贤教诲,道家经典、百家学问的宗旨精髓。他会踮起脚尖写在高处,会弯下腰写在低处,会一次次挪步,会一次次呵笔润毫。写到酣畅淋漓的时候,甚至会让崔赐从楼下搬来竹椅,站在椅子上写,又或者干脆就坐在地上,只管恣肆汪洋。

他写了"不敢高声语,恐惊天上人"。他写了"破山中贼易,破心中贼难"。他写了"人是未醒佛,佛是已醒人"。他写了"欸乃一声山水绿",还写了"夫子之道,忠恕而已矣"。在陈平安没有说"我懂了"之前,他就一直写,孜孜不倦,不厌其烦。每个字都会很快写完,写完之后,竹壁上的金光即散,可是意味长存,绵绵不绝。

青衣小童已经跳下栏杆,在粉裙女童耳边低声问道:"写的啥?"

粉裙女童压低嗓音道:"看得懂字,但是看不明白意思……太大了。"

青衣小童哈哈笑道:"你笨嘛。"

崔赐转头瞪眼,教训道:"不许打搅我先生写字!"

青衣小童撇嘴道:"这是我家,你小子再叽叽歪歪,小心我让你卷铺盖滚蛋。"

崔赐愤懑道:"你有眼不识金镶玉,白瞎了先生的苦心。"

青衣小童双手环胸,背靠栏杆,讥笑道:"你管我?我家老爷才有资格教训我。"

李希圣写字,陈平安看字,对于身后的细碎吵闹,置若罔闻。

天色已暗,李希圣已经站在了廊道一端的尽头,停下笔,笑问道:"如何?"

陈平安苦笑摇头。李希圣温声道:"没事,我们去楼下。"

于是一行人到了竹楼一楼,粉裙女童和崔赐帮着拿蜡烛,秉烛照字。

青衣小童虽然嘴上叨叨叨,可是依旧看得颇为认真,目不转睛。

"子在川上曰:'逝者如斯夫,不舍昼夜。'"

今天就是如此。崔赐持烛之手猛然一抖,原来是蜡烛烧尽,烧到了手指。秀美少年默不作声地换上一支。

当李希圣写到"焚符破玺"四字时,陈平安突然脱口而出道:"不对。"

李希圣停下笔,转头望向少年,哈哈大笑:"这就对了!"

这位儒衫书生面色微白,满脸疲惫,但是神采奕奕。他深吸一口气,伸了个懒腰,将手中毛笔递给少年："陈平安，这支'风雪小锥'就送给你了，我相信你不会辱没它。"

陈平安这个时候才记起问题症结所在："我无法修行，做不成练气士，画符需要灵气支撑，我如何能画出一张灵符？"

李希圣笑着泄露天机，缓缓解释道："我之后交给你的那部符箓图谱里，灵符种类繁多，但是品秩都不会太高，所以很多种符箓对于灵气的要求不高，只是对气府会有一定要求。你画符就等于一场剑走偏锋的武道修行，武人也有真气，正因为它与练气士的运气根本截然相反，就变成了每一张符即是一场短暂的考验，是一场沙场上的短兵相接。狭路相逢勇者胜，你必须以最快的速度、最稳的凝气画完一张符箓，否则哪怕只差一点，仍是无法成就。只要你肯坚持，久而久之，滴水穿石，画符不仅仅是画符，无形中也会帮助你淬炼体魄、砥砺神魂。"

陈平安接过毛笔后，点头道："明白了！"

夜幕深沉，李希圣转头望向山外："经此一别……"他没有说完心中所想，驱散那点愁绪，笑道，"我本就想去外边看看，不过是提前一些，不坏。"

之后李希圣没有选择留在落魄山，而是带着崔赐一起夜行下山，甚至没有答应陈平安要将他们送到山脚的提议。

陈平安站在竹楼外怅然若失，青衣小童笑嘻嘻道："老爷，这家伙真的不错，道法高，人品好，讲义气，我喜欢！有资格成为我的兄弟。"

陈平安没好气道："你愿意，人家愿意？"

青衣小童满脸想当然的神色，傲气道："天底下还有人不愿意成为我的兄弟？他傻不傻？"

陈平安笑道："人家傻不傻我不知道，你傻不傻我是知道的。"

青衣小童得意大笑："老爷，我当然是绝顶聪明。"

粉裙女童望向身边同伴的眼神有些怜悯。以前只觉得他行事狠辣、性情暴戾，现在突然觉得他其实挺呆笨的。

青衣小童敏锐发现她的眼神，叫嚣道："傻妞儿，不服气？我们单挑！"

粉裙女童躲在陈平安身后。她又不傻。

月光朦胧，李希圣带着崔赐缓缓下山，走出落魄山的地界后，在一处溪涧掬水洗脸，帮着清醒神志，毕竟每一笔都聚精会神，极其耗费心力。洗完抬起头，他看到溪涧对面站着一位老人，正大口抽着旱烟。

李希圣站起身，行礼道："李希圣见过杨老先生。"

杨老头不动声色地侧过身，躲过年轻书生的拜礼。

等到李希圣直起身，才说道："我需要你帮忙为陈平安算一卦，可否？"

李希圣没有任何犹豫，点头道："当然没问题。"

杨老头嗯了一声："事后我自有回报。"

李希圣对此没有说什么，直接给出答案："大道直行，有山开山，有水过水。宜速速远游，利在南方。"

杨老头笑道："我信得过你。"

李希圣虽有疑惑，但是并不询问。

杨老头瞥了眼年轻书生腰间的桃符，复杂眼神一闪而逝，人影亦是随之烟消云散，原来老人只是一缕紫色烟雾。

两人继续赶路。崔赐问道："先生，如果你要远游，能不能带上我啊?"

李希圣笑道："可以啊。"

崔赐大为震惊："啊?"

本来以为要先生答应此事比登天还难，哪里想到比下山还容易……

李希圣轻声道："因为有人想要你跟随我，而我呢，不觉得这有什么不好的。"

崔赐沉默许久，低下头，情绪有些失落："先生，我想知道我从何处来。"

李希圣叹了口气："那可不容易，不妨先想清楚往何处去吧。"

崔赐蓦然开心起来："我还能去哪，只管跟着先生走呗，先生去哪我就去哪!"

李希圣笑而不言。月明星稀，神清气爽，既见君子，便是美好。

崔赐清晰地感知到了先生的心情，也跟着高兴起来，脚步轻盈，充满欢快。

短短一夜之间，落魄山被压得缓缓塌陷了一尺有余。

魏檗一直就在附近的某座山头上，盯着落魄山一点一点下降。

原来世间真正的文字，是这般沉重的。

魏檗笑道："厉害，真是厉害。连我都有些好奇李希圣你到底是何方神圣了。难道那棵陈氏楷树当真与你无关? 那你又能是谁?"

昼夜交替之际，魏檗情不自禁地再次望向那栋竹楼。

相得益彰，日月交辉。

竹楼外，既然没有睡意，陈平安三人就并排坐在竹椅上，一起等着天亮。

陈平安突然问青衣小童："一颗普通蛇胆石跟你换一万两银子，卖得贵不贵?"

青衣小童一脸呆滞。陈平安忐忑道："太贵?"

青衣小童跳起来："才一万两? 老爷你是在羞辱我吗?!"

陈平安放下心："那就一万一千两?"

青衣小童气呼呼道："老爷你再这样，我就要离家出走了!"

第一章 我是一名剑客

陈平安自然不会当真,好奇问道:"山上的修行人做买卖用什么钱?"

青衣小童嘿嘿笑:"老爷你等着,我给你瞅瞅山上神仙用的钱财啊,我家底厚着呢!"他一挥袖,随身携带的那只方寸物瞬时哗啦啦似下了一场雨,地上全部是堆积成山的晶莹玉石,全部雕琢成铜钱模样,大致有三种,大小各异。他蹲在地上开始给陈平安讲解每一种玉石的来源,以及各自的价值差异。

这可是神仙用的钱!守财奴陈平安赶紧离开椅子,蹲在钱山旁边,用心倾听青衣小童的详细讲解,最后突然冒出一句话:"我想把宝箓山送给阮姑娘,你们觉得合适吗?"

粉裙女童眨了眨眼,不知所措。

青衣小童扑通一声跪在地上:"老爷,你难道不心疼吗?一定要克制,克制啊!求你老人家千万别冲动,秀秀姑娘是天底下最好的姑娘了,这点我绝不否认,可她毕竟还没有被老爷娶进门啊!"

陈平安不计较什么娶不娶的混账话,只是摇头道:"我不心疼。"

青衣小童鬼哭狼嚎道:"但是我心疼啊!"

小镇学塾有个矮小老人,名叫陈真容,虽是夫子先生,却衣着邋遢,喜欢喝酒,醉酒之后就会对着空气伸出手指随便勾画,蜿蜒曲折,无人知道他到底在写什么或是画什么。醉话连篇,既不是大骊官话,也不是东宝瓶洲雅言,总之谁也听不懂。老人虽然姓陈,却非龙尾郡陈氏出身,学塾夫子们对于这个性情孤僻的糟老头子观感不佳,但身份尊贵的陈松风对老人却敬重有加。

今天,陈真容喝着酒,醉醺醺走过石拱桥,走向铁匠铺子,用自家方言大声念叨着:"扶河汉,触大岳,骑元气,游太虚,云蒸雨飞,天垂海立,壮哉!"

他到了铺子外边,总算没有就这么闯进去,晓得跑去龙须河边洗了把脸。大概是几捧凉水洗不清醉意,他干脆就趴在地上,把整个脑袋放入冰冷河水中使劲摇晃,最后猛然抬起,哈哈大笑:"舒坦舒坦!"

冷不丁又叹了口气,因为想起了小镇上诸多陈氏子孙的惨淡光景,竟然给别家姓氏为奴做婢。虽然他与他们并无渊源,也知道世道艰辛,怨不得当下那些丢光了祖宗脸面的陈氏子弟,可毕竟是同一个姓氏,他实在是积郁难消,只得打开酒壶,又犹豫不决,一番天人交战之后,四处张望一番,这才做贼似的,鬼鬼祟祟小小喝了口酒,嘀咕道:"若是在南婆娑洲,只要是有据可查的陈氏后裔,便是再落魄不堪,也不会沦落到给人做牛做马的境地,这丢的可是醇儒陈氏的脸皮。"说到这里,莫名其妙给了自己一耳光,"老不要脸的东西,又管不住嘴,说好不喝了还喝!"他打过了耳光,嘿嘿笑着,干脆破罐子破摔,又喝了两口,只不过又给自己甩了两记不痛不痒的耳光。

喝过了两大口从美妇手中买来的醇酒,陈真容总算心满意足,径直走入铁匠铺子,大声嚷嚷着阮邛的名字。

很快，阮邛就从一座剑炉后走出，摘掉腰间的牛皮裙子，随手丢给身后的长眉少年。

陈真容一见到这位出身风雪庙的兵家圣人，就开始砸场子："阮邛，你不如齐静春哇，真的远远不如齐静春……"

阮邛对此不以为意，似是早已习以为常，竟是连一声招呼都不跟陈真容打，依旧沉默寡言，倒是他身后那个长眉少年皱起了眉头，只隐忍不发。

阮邛在前边带路，陈真容跟他并肩前行，还不愿意放过阮邛的耳朵，像个市井婆姨那般碎碎念叨。这次他用上了南婆娑洲的正统雅言，别有风韵："阮邛，你瞧瞧齐静春，所在文脉如此被我们针对，却愿意以德报怨，帮忙看顾那棵楷树。换成是我，就先让陈对那丫头见着了坟头树木，回头再一脚踩烂，让我们空欢喜一场，岂不痛快？只可惜齐静春是正人君子，不做这种事。所以某人去找咱们老祖宗讲道理的时候，哪怕他偷走了老祖肩头上的一轮日头，老祖仍是不愿撕破脸皮，由着他'借用'百年。你再看看你，真不是我说你，意气消沉，道行修为寸步未进，到头来收了小猫小狗两三只做开山弟子。就说这小长眉，靠着家族气数能有多少年的好光景？一百年，还是两百年？"

陈真容说到这里，朝那长眉少年展颜一笑。听得稀里糊涂的少年原本还有些恼火，嫌弃老人不够尊敬自己师父，但是当老人对他露出长辈的慈祥神色，吃软不吃硬的谢家少年只得微微点头，根本不知道这只老狐狸一肚子坏水，其实正说他坏话呢。

陈真容跟着阮邛来到一处屋檐下，那里并排放着几把苍翠欲滴的小竹椅。

三人坐下后，陈真容冷哼道："少了拇指的小丫头，蠢笨得一塌糊涂，当真是你的同道中人？最后那个更是可笑，一个野猪精，偏偏幻化成了一个英俊的年轻公子哥。哈哈，阮邛啊阮邛，老子都快要被你笑掉大牙了，你不觉得丢人，我都替你丢人！"

阮邛终于开口说话："说完了没有？说完了就请你喝酒。"他让长眉少年起身去拿酒来。

"请我喝酒？这个可以啊，又不是自己想喝，我只是入乡随俗，客随主便，是你这圣人的待客之道，这种酒，喝得，大大的喝得！"陈真容坐在竹椅上，扭转向阮邛，"但是喝酒归喝酒，收徒归收徒，既然你离开了风雪庙那座小山头，终于要开山立派，如今山头已有，就该商议开山大弟子的事情了。实在不行，老子给你找三个徒弟，换了，全换了！哪怕只是在我南婆娑洲一洲陈氏子弟当中筛选，都保证比你当下三个记名弟子要强。"

阮邛不为所动："我收弟子，不看天赋，不重根骨，只选心性。"

陈真容气愤道："就知道是这么个混账措辞，你阮邛就是块茅坑里的臭石头。"

阮邛破天荒笑道："那你陈真容还跟我做朋友？"

先前阮邛能够以兵家身份接替儒家齐静春掌管骊珠洞天，固然跟阮邛的境界很高有关，但是醇儒陈氏在幕后其实出力不小，阮邛对此从不否认什么。

"老子乐意，你管得着吗你?!"陈真容气呼呼转过身，叫嚷道，"酒呢，说好的待客酒怎么还不来? 那小子怎么回事，是不是成心气我……"

阮邛看着咋咋呼呼的老友，笑问道："怎么，到了龙泉郡，见着了小镇两支陈氏子孙的境遇，心里不痛快? 不是我说你，跟你和醇儒陈氏都八竿子打不着的关系，你气什么?"

"不提这个，窝火。"陈真容叹了口气，斜眼瞥了一下阮邛，"你呢? 为了秀秀，本想着躲清净，现在可好，这里反而成了一块是非之地。你还好吧?"

阮邛摇头道："无妨，错有错招。"

陈真容嗤笑道："骨头硬可以，可千万别嘴硬。"

阮邛轻声道："如果有麻烦，我肯定不跟你客气。"

陈真容眼角余光瞥见从远处走来的青衣少女，以及她身边的长眉少年——他俩一起送酒来了——立即眉开眼笑，朝少女挥舞手臂："秀秀，来来来……唉，怎么转头走了啊? 别走啊，秀秀，有没有心仪的男子啊? 没有的话，我来帮你找，别在东宝瓶洲这么个屁大地方挑男人，鸟不拉屎的蛮夷之地，能有啥好男人? 风雪庙魏晋和大骊宋长镜倒是还不错，可到底年纪大了点，所以说，要找就在我们南婆娑洲找……唉，秀秀走远了啊。"他垂头丧气，好在有长眉少年送来的两壶酒，一壶放在脚边，一壶打开，仰头咕咚咕咚牛饮起来。

阮邛接过了酒壶，却没有品尝的打算："你们醇儒陈氏找来找去，还不是只找了个曹峻? 如果我没有记错，他都已经百岁出头了吧?"

陈真容急眼道："曹峻咋了，我看就挺好，如果不是早年遭人陷害，不比魏晋差，历史上大器晚成的大剑仙可不止一两个。唉，要怪就怪他那个老祖宗曹曦，本事不够大，换成是我们陈氏子弟，有此天赋资质，看谁敢使绊子?"

阮邛不说话。他对曹峻的印象极差。

陈真容唏嘘道："我就奇了怪了，同样一个姓氏，小镇这边的人怎么就混得这么惨。那么那些气运都跑哪里去了? 这一两千年里头，有姓陈的人在东宝瓶洲或是别洲飞黄腾达吗?"

阮邛想了想："好像没有。"

陈真容突然一想："这样就对了。但是以防万一——"

阮邛如临大敌，近乎斥责道："你陈真容什么时候变得如此市侩了?!"

陈真容伸出一只手掌，原来五指一直在颤抖不停："画不了真龙啦，只能画些软趴趴的四脚蛇，还真容，我看以后改名假容才对。"他喝了口酒，无奈道，"这件事情，若是以前，我说话还能有点用，现在不行了。"

阮邛怒道："堂堂醇儒陈氏……"

陈真容打断阮邛的言语："哪个家族不是泥沙俱下，儒家道统之内，不还有圣人、君子、贤人，这不还有个高低之分？更何况这件事情没你想的那么龌龊。"

阮邛默然，心情沉重，如大山压在心头。

人力有穷尽之时，圣人亦是。

　

虽然不需要走亲戚，可大过年的，一直待在冷冷清清的落魄山上，总归不是个事儿，所以陈平安就带着两个小家伙走出大山，返回熙熙攘攘的小镇。那里已经热闹得不输黄庭国任何一座郡城，只是没了铁锁的铁锁井，没了老槐树的老街，没了齐先生的学塾，人气再旺，年味儿再足，仍是让陈平安觉得有些失落。

临近小巷，青衣小童埋怨道："老爷，如果这趟去泥瓶巷，路上还给我撞见凶神恶煞，就是一拳头能打死我的那种，不是我撂狠话，我以后可就真不再下山回老宅了！到时候不许怪我不讲义气啊。"

结果刚走到泥瓶巷的巷口，陈平安就看到了一个熟悉的身影，纤细婀娜，像一枝春风里的嫩柳条。她正双手提着一只水桶，应该是刚从杏花巷那边的水井返回，略显吃力，于是她干脆放下水桶，弯腰喘气。水桶重重坠地，溅出不少水花，只是少女全然不在意这点。

这少女便是稚圭。陈平安并不埋怨她选择成为宋集薪的婢女，因为书本上说了，良禽择木而栖。那天风雪夜里，少女奄奄一息倒在积雪里，拼尽最后的力气，伸手轻轻拍响门扉。

救不救人，是陈平安自己的事情。别人是否知恩图报，则是别人的事情。

只是再次重逢，比想象中要快很多，陈平安心情复杂。

稚圭也看到了陈平安，她一边用手背擦拭额头的汗水，一边打量他。草鞋还是草鞋，只是发髻别上了簪子。个子似乎也高了些许，而且不再一个人孤零零走来走去，身边多了两个小拖油瓶。

陈平安刚要打招呼，就发现青衣小童使劲攥住他的胳膊，不让他再往前走。不光是他，粉裙女童也躲在了他身后，死死抓紧他的袖子。两个小家伙一起牙齿打战，大气不敢喘。就像是胆小的凡夫俗子，生平最怕鬼，然后当真白日见鬼了。

青衣小童心中悔恨，恨不得给自己一个大嘴巴：让你乌鸦嘴！

粉裙女童在陈平安背后小声呜咽道："老爷，我害怕，比怕死还怕。"

陈平安叹了口气："那你们去小镇别处逛逛，比如我们在骑龙巷那边的铺子，你们帮忙看着点生意，回头我去找你们。"

两个小家伙如获大赦，飞奔逃离。

陈平安独自走向泥瓶巷，像那么多年来一模一样的光景。他帮稚圭提起水桶，一起走入巷子。

稚圭问道:"那两个家伙,是你新收的书童丫鬟?"

陈平安笑道:"你看我像是做老爷的人吗? 他们喊着玩的。"

稚圭哦了一声。

经过曹家祖宅的时候,院门大开。曹曦蹲在门口嗑瓜子,曹峻蹲在墙头,还是嗑瓜子。显而易见,两人一起看热闹来了。

曹曦笑呵呵道:"小姑奶奶,这位是你的小情郎啊? 一大早上就卿卿我我,让我和曹峻两个大老爷们好生羡慕。"

喜欢眯眼看人的曹峻笑容依旧,腰间悬佩那双长短剑,点头道:"羡慕,羡慕。"

稚圭冷哼道:"上梁不正下梁歪! 难怪祖宅都会塌了。"

堂堂南婆娑洲的陆地剑仙,一座镇海楼的半个主人,曹曦竟是半点不恼,反而笑意更浓:"小姑奶奶教训得对,就是不知道为何这么多年下来,咱们老曹家的香火小人一个都没有。照理说我在南婆娑洲混得风生水起,这边怎么都是门楣光耀、夜间生辉的景象,咋就家道中落到这般田地了?"

稚圭脚步不停,转头望向曹曦,笑容天真无邪:"天作孽犹可恕,自作孽不可活呗,难不成还有人吃了你们家的香火小人啊? 再说了,小镇术法禁绝,想要靠着家族祖荫温养出一个香火小人比登天还难,说不定你们曹家从来就没有过香火小人呢。对吧?"

曹曦哈哈大笑:"有道理有道理。小姑奶奶慢点走,巷子破旧,小心别崴脚。"

稚圭背对着那个老王八蛋,脸色阴沉。

从头到尾,陈平安一言不发。

曹峻笑问道:"老曹,咋回事? 在南婆娑洲那边,以你的成就,香火小人的数量都能在门楣、匾额上扎堆打仗了吧?"

曹曦不以为意道:"骊珠洞天很难出香火小人是一回事,她没说谎。不过以我和谢实的成就,还是应该剩下一两个的。比如桃叶巷谢家,就是靠一对香火小人维持家风数百年,勉强保住了香火子嗣,要不然,早就跟咱们家这栋破房子一样,人都死绝了。"

曹峻啧啧道:"给那少女折腾没啦? 那你还这么和和气气,该不会是想睡她吧?"

一只火红狐狸从屋顶蹦跳到曹峻脑袋上,嬉笑道:"睡她? 老曹哪有这胆子。那少女如今是万众瞩目的存在,老曹再高出一个境界都不敢对她毛手毛脚,最多就是嘴花花几下,银样镴枪头,中看不中用。"

曹曦转过头,笑道:"滚远点,一身狐臊味,妨碍我尽情呼吸故乡的气息。"

站在曹峻头顶的狐狸伸出一只爪子,指向自己脚底,还不忘使劲跺跺脚:"来来来,有本事祭出手腕上那把本命剑往我这里砍。曹曦,你不砍就是我孙子。你只管往死里砍,我要是躲一下,我就是你孙女!"

曹峻晃了晃脑袋，没将那只狐狸甩出去，无奈道："你们俩怄气归怄气，能不能别连累我？说句公道话啊，老曹不过是娶了第三十八房美妾而已，如果实在忍不了这口恶气，就干脆剥了她的皮囊来当你的新衣裳啊，这种事情你又没少做，多熟门熟路，为啥偏偏要拿我撒气？"

火红狐狸嗤笑道："老王八蛋就喜欢腚大臀圆的，这么多年就没半点长进，真是令人作呕。"

曹曦重新坐在大门门槛上，嗑着瓜子："千金难买我喜欢。哦，对了，骚婆娘，过年请你吃瓜子啊。"

砰一声。火红狐狸在曹峻头顶粉碎开来，然后在屋顶上现出原形，只是瞬间它就又再次爆炸开来，如此反复，从曹家老宅的屋脊到隔壁家一路延伸出去，一直到离开泥瓶巷，火红狐狸才没遭殃，一双眼眸神采暗淡，咬牙切齿地盘腿坐在一处翘檐上，开始呼吸吐纳。

曹曦已经没了瓜子，拍拍手站起身，走回院子，对曹峻吩咐道："近期别毛毛躁躁的了，大骊王朝如今已是一块必争之地，没你想的那么简单。"

曹峻懒洋洋道："知道了。"

"知道了？"曹曦一番咬文嚼字，最后冷笑道，"这三个字，岂是你有资格说出口的。"

曹峻玩世不恭道："晓得啦。"

曹曦大步走入屋子，恨恨道："九境的废物！"

曹峻神色自若。

第二章
我辈武夫

陈平安到了隔壁院门前，把水桶递还给稚圭，随口问道："宋集薪没有回来？"

稚圭答非所问："我家那笼母鸡和鸡崽儿呢？"

陈平安一脸茫然道："我不知道啊。"

稚圭仔细打量着他，突然粲然一笑，不再刨根问底。但是她伸出两根手指，比画了一下："现在宋睦比你高这么多了。"

陈平安哦了一声，就转身走回自己院子。刚开锁，冷不丁瞧见自家屋门上方的那个倒"福"字不翼而飞了，勃然大怒，二话不说直接走到院墙边："稚圭，我家'福'字在哪里?!"然后气极反笑，原来那个"福"字就贴在隔壁屋门上。这贼当得真是胆大包天。

稚圭在灶房放好水桶，姗姗走出，一脸无辜道："我不知道啊。"跟陈平安之前给出的答案如出一辙。

陈平安怒道："还给我！"

稚圭张大眼睛："那我还故意把木人留在灶房，你明明动过了，我都没说你什么。"

陈平安顿时哑然，确实有点理亏。

稚圭突然问道："齐静……齐先生学塾那边，你贴春联了吗？"

陈平安愣了愣，点头道："贴了，春联和'福'字都没落下。"他不愿意继续跟她纠缠不清，直接去屋子里拿出仅剩的一个"福"字，自己架梯子贴上。

稚圭站在院墙边提醒道："歪了。"

陈平安不为所动，用手指轻轻夯实红纸和糨糊。

稚圭焦急道："真的，骗你做什么。陈平安你怎么不知好歹，如果'福'字贴歪了，不吉利的。"

陈平安走下梯子，自己抬头望去，并没歪。

稚圭依然喋喋不休道："真歪了，不信你让曹曦他们这些修行中人来看，就知道我没骗你。你是肉眼凡胎，眼力再好，都不如我们。"

陈平安走入屋子，啪一下重重关上门。约莫一炷香后，他又蹑手蹑脚打开门，悄无声息地跨过门槛，瞪大眼睛，死死盯住那张"福"字。没歪啊。

稚圭神出鬼没地打开门，探出脑袋，板着脸说道："真歪了。"

陈平安有些憋屈，端了条板凳坐在门口晒太阳，过了一会儿，开始练习拉坯。

稚圭站在院墙边，看了一会儿不再烧瓷的少年，觉得有些无聊，就回自己屋子睡觉了。她躺在床上，咽了咽口水。曹家祖宅的门楣里曾诞生过一个香火小人，品相很高，金灿灿的，只差一点点就通体金色了，只可惜还不够她塞牙缝的。

隔壁陈平安娴熟练习拉坯，心静如水。休息的时候，他开始打算自己的将来。宝篆山、彩云峰和仙草山都在阮邛家山头附近，按照约定，本来就会无偿租赁给阮邛，连绵一片，就等于帮着阮邛占据了西边最大的一块广袤地界，阮邛为此则需要帮陈平安照看五座山头，免得陈平安有命没钱没命花钱。因为这件事，陈平安对阮邛心怀感恩。

真珠山不去说它，那么点地方，属于巧妇难为无米之炊，别说打造出一座洞天福地，撑死了就是在上边盖一座茅屋，估计就只陈平安愿意挥霍一枚金精铜钱了。但是落魄山的经营，确实需要用心。

竹楼的不同寻常，陈平安心知肚明。落魄山又有山神庙帮着坐镇山水，是实实在在的风水宝地，而且还有一条志在走江成蛟的黑蛇，起到了看家护院的作用，如今又多出两个蛟龙之属的小家伙，所以他才会想着用普通蛇胆石跟青衣小童换银子，不说让落魄山变成一个聚宝盆，好歹能够在将来的日子里有那么点贴补家用的希望。陈平安爱钱是因为自幼知道赚钱的不容易，但不代表他有了钱之后就会死死捂住钱袋子。

剑，要练，但是在确定应当如何练剑之前，再着急都没用。

撼山拳当然要继续勤学苦练，毕竟离说好的一百万拳还远远不够。

画符一事，因为本身就等于是另一种方式的武道修行，前者重在体魄锻造，后者倾向气府窍穴的内在淬炼，双方并不冲突，反而是相辅相成的好事，无非是将走桩立桩的一部分时间划拨给画符。但是画符需要符纸，符纸就是真金白银，这让陈平安难免有点发虚犯怵。说到底，钱还是挣得少了。

除了这些，当下陈平安心中最大的遗憾是暂时无法驾驭剑灵赠送的那件方寸物。虽说把大部分家底放在铁匠铺子也放心，但终究是不方便。崔东山和青衣小童的咫尺物、方寸物让陈平安见识到了这类宝贝的珍贵实用，难怪山上神仙都不是人人都有。

陈平安望向南边,不知道阮师傅的剑铸得如何了。阮师傅答应过宁姑娘,要帮她打造出一把神兵利器的。如果哪天铸造成功,她就有了一把称手的佩剑,而陈平安则有一把槐木剑。陈平安觉得给它们取名为"降妖""除魔"很不错。加上那块剑胚,虽说文圣老爷说是叫作"小鄹都",但是陈平安觉得改名为"初一"或是"早上"更妥当,毕竟它是在正月初一的大早上第一次以飞剑姿态来到这个世界的嘛。

当陈平安脑子里生出这么个念头,原本沉寂许久的剑胚在气海之中立即开始兴风作浪。陈平安刹那之间就变得满脸通红,开始遭罪了。他深吸一口气,来不及去往屋内,只好以剑炉立桩应对剑胚的迅猛报复,苦不堪言。

大骊国师崔瀺最近一直下榻在距离小镇最近的驿站,既没有大肆宣扬,也没有刻意隐蔽行踪。今天崔瀺走出驿站,不让许弱跟随,独自远行。他每跨出一步,就是三四里路,最后站在一条羊肠小道的中间,拦住了一个衣衫褴褛的老人。

狼狈不堪的光脚老人痴痴望向一袭儒衫的大骊国师,视线浑浊,依旧没有清醒过来,只是凭借仅存的一点灵犀问出了一个奇怪的问题:"你不是我孙子。我孙子呢?"

崔瀺眼神复杂,欲言又止。

满身草屑泥土的老人继续问道:"我孙子呢? 我不要见你,我要见我孙子。"

崔瀺双手负后,十指交错,微微颤抖。

神志不清的光脚老人突然愤怒喊道:"我孙子在哪里?! 你把他藏到哪里去了?! 快把瀺巉还给我!"说到这里,老人气势骤然跌落谷底,喃喃,"我要给孙子改名字,改一个更好的名字……"

崔瀺神色悲苦,自嘲道:"恍若隔世,不是恍若,分明就是啊。"

衣衫破败的老人伸手一把推开崔瀺,径直向前走去:"你让开,别耽误我找瀺巉,我要找他先生,问他我新取的名字到底好不好。"

崔瀺站在原地,没有阻拦。他望向远方,有一个面容刚毅的中年僧人缓缓而来。苦行僧以双脚丈量天地,是为佛门行者。

在隔着一堵院墙的稚圭眼中,陈平安坐在小板凳上摇摇晃晃,像是在打瞌睡。可在曹峻的感知中,陈平安的神魂剧烈震荡,江水滔滔,一叶扁舟,随时都有倾覆的危险。

火红狐狸站在曹峻肩头调侃道:"那块剑胚虽然不知来历,但是可以确定,品秩极高,便是我都要眼馋,你不过是吃了点小亏,就放弃? 这可不像你曹峻的行事风格。"

曹峻往隔壁院子丢出瓜子壳,摇头道:"不抢了。老曹说得对,近期宜静不宜动,人死卵朝天,命没了,一切白搭。"

火红狐狸蛊惑人心道:"事不过三,还有一次机会,搏一搏。马无夜草不肥,人无横财不富,你曹峻既然早年跌了个大跟头,让人把你的心湖给搅成了一摊烂泥,害你修为阻滞不前,如今不剑走偏锋,怎么成大事?"

曹峻默不作声,只是低头嗑瓜子,眼神晦暗。

他自出生起就享有大名,本是南婆娑洲百年一遇的大剑仙坯子,在心湖之内,先天生成的一缕缕纯粹剑气亭亭玉立,恰似满湖荷花,只需要等待绽放的一天。只是后来遭遇一场变故,被一位巅峰强者硬生生打烂心湖,剑气凋零得七七八八,沦为枯荷。从此,就沦为整个南婆娑洲的笑柄,昔年被他远远抛在身后的同辈剑道天才,如今一个个超越了他。

火红狐狸哀叹一声,用爪子拍了拍曹峻的脑袋:"可怜的娃。剑道根基崩碎,前程毁了,这么多年,就连跟老天爷掰手腕的心气都没有了。"

曹峻略微讶异,扭头望向隔壁院子:"这家伙心性很不错啊,之前半点看不出,竟然给他找到了自己的方便法门。"

世间很多事情,对于见多识广的山上神仙而言,不会吓人,但一样会觉得有意思。

火红狐狸亦是微微惊愕,一个蹦跶跳到了曹峻脑袋上,伸长脖子望去,凝神观摩少年与剑胚在体内角斗的气象,轻声道:"嗯,类似佛家的拴马柱,帮着少年的神魂小舟起到了船锚的作用。这少年身躯破败,缝缝补补,能够走到这一步,殊为不易。但是想要降伏那块剑胚,还不够。曹峻,你在被人坑害之前太过顺遂,之后又太过坎坷,说不定那少年今天的经历会成为你修行路上的一点启发……"

曹峻收敛了全部笑容,脸色凝重起来。

修行,天赋大小,好比祖师爷赏饭吃的那只碗,有些人的碗很大,可如果里头盛放的米饭太少,还是吃不饱的惨淡光景,成就自然有限。这一路远游,从气象万千的南婆娑洲赶到蛮夷之地的东宝瓶洲,曹峻一路上反而收益颇丰,点点滴滴,皆是裨益。

在与剑胚的角力过程当中,陈平安虽然心智坚韧,又有船锚帮着沉潜,不至于让神魂随波逐流,可是剑胚的精气神实在太过鼎盛,气势汹汹,横冲直撞,是一力降十会的蛮横路数。

火红狐狸爪子互相拍打,幸灾乐祸道:"要输了,惨惨惨,说不定要在病榻上躺上十天半个月喽。剑胚明显刚刚生出灵性,不晓得运用自身蕴含的天赋神通,否则那少年支撑不到这个时候。"

曹峻虽然修为不如头顶狐魅,可是隔行如隔山,他作为曾经有望登顶的剑修,自有其独到眼光。他道:"未必。"

火红狐狸惊讶出声:"咦?那少年体内有三座好深的城府,难道还是个不错的剑修坯子?不对不对,应该是后天开凿而成,不过浑然天成……好大的手笔,难怪会让我看走了眼。"

"城府深沉"多是世俗说法，形容某人深谋远虑，略带贬义。可是在山上，却是很大的褒奖。窍穴如城池府邸，自然是越高越大越壮观。

火红狐狸轻轻叹息："这么个不起眼的少年都有不容小觑的古怪，曹峻，你还是乖乖听老王八蛋的，最近别折腾了。这座破碎的骊珠洞天虽是螺蛳壳里做道场，可藏龙卧虎，行事确实不宜太过嚣张。"

曹峻点点头："是要夹着尾巴做人。"

火红狐狸气恼得一脚踩在曹峻脑袋上："养不熟的小王八蛋，好心提醒你，怎么还骂人呢！"

陈平安的气息逐渐趋于稳定，占据上风的剑胚不知为何突然鸣金收兵，在一座巍峨气府内安静游弋。

曹峻不再偷窥那边的景象，促狭笑道："听说你有个妹妹叫青婴，跟你都是狐族老祖之一，有希望生出第九条尾巴，老曹垂涎她的美貌很多年了，真的很漂亮吗？"

火红狐狸提起自己的尾巴，当作扇子轻轻扇动清风，龇牙道："好看个屁，长了一张死人脸，从小就不爱笑，还眼高于顶，一看就知道是个没福气的。就老王八蛋那种眼光，哪怕是头母猪，只要是腔大的，都觉得美若天仙。"

曹峻犹豫了一下，轻声问道："听说她在那座雄镇楼附近徘徊百年，难道是希冀着成为那个家伙的侍妾？"

镇海楼矗立于南婆娑洲的南海之滨，而曹氏刚好是看门人之一，所以曹峻知晓诸多内幕。

火红狐狸松开尾巴，捧腹大笑，仿佛听到了天底下最滑稽的笑话："白老爷会看上她？白老爷作为所有天下存世最久的大妖之王之一，曾经走遍了两个天下的角角落落，什么雌的母的没看到过，会看上那么个稀松平常的小狐狸？"火红狐狸嗓音低沉，"三教圣人待我们白老爷不公！分明是白老爷帮着……"

屋内曹曦暴喝道："臭婆娘找死？还不闭嘴！"

火红狐狸猛然回神，自知失言，竟是仰头望向天空，双手合十，鞠躬弯腰，像是在虔诚地作揖赔罪。

"二十个字，乖乖挨罚！"曹曦接连使出二十缕凌厉剑气，火红狐狸一次都没有躲避。

等曹峻双手抱住奄奄一息的火红狐狸走回屋子，曹曦仍是怒火未消，指着狐狸破口大骂："找死就往阮邛的剑炉一跳，阮邛还能念你一点好，别在这边瞎嚷嚷，连累我曹氏跟你一起陪葬！天大地大，三位教主可以不计较，那么他们座下的弟子门生呢？不说其他，只说倒悬山的主人脾气如何，你不知道?！你个败家娘儿们！"

火红狐狸脑袋一歪，昏厥过去。

曹峻轻声道："差不多就可以了。没有它,就没有你曹曦的今天。坏人恶人是可以做,但是总得讲一点良心。"

曹曦骤然停下,眼神阴沉,死死盯住这个没了笑脸的子孙,挥袖道："滚去告诉那个叫曹茂的小崽子,让他别跟袁氏一般见识。米粒大小的眼界,只盯着大骊一座庙堂的得失。一群废物,怎么不去死! 还有脸来见老祖,让他滚蛋!"

曹峻抱着狐狸,脸色漠然地转身离去。

曹曦独自一人留在祖宅,开始围绕着天井缓缓散步。

曾几何时,这里有个病秧子老人,一年到头躺在光线昏暗的屋子里;有个不孝顺的烂酒鬼汉子,一天到晚都在头疼以后办白事的开销;有个嗫嗫嚅嚅毫无主见的妇人,起早摸黑,既要做家务活,还要忙地里活,三十岁的年龄,就比泥瓶巷其他四十岁的女人还要显老了。但是在那个时候,有个性情顽劣的寒酸少年,天不怕地不怕,每天都嘻嘻哈哈,书也不读,事也不做,就做着白日梦,总觉得自己迟早有一天会在福禄街买下一栋最大的宅子。至于即便真有了熬出头的一天,爷爷和爹娘到时候还是不是活着,当时忙着游手好闲和痴人说梦的少年,是根本没想到的。

早已不是什么少年的曹曦掏出那枚锈迹斑斑的古老铜钱,高高举过头顶,透过四四方方的铜钱孔洞,再透过四四方方的屋顶天井,遥想当年,似乎有过这么一场对话。

"娘,以后等我飞黄腾达了,就让你睡在金山银山里。"

"唉!"

"娘亲,我跟你说真的呢!"

"快收起铜钱,给你爹瞧见了,又要拿走。"

曹曦收起思绪,环顾四周,自嘲道："成了仙,人气儿都没啦。"

陈平安锁好门,离开泥瓶巷,来到骑龙巷的压岁铺子。青衣小童坐在门槛上发呆,见着了陈平安,也只是有气无力地喊了声"老爷"。

陈平安跨过门槛,发现粉裙女童站在一条板凳上,神色肃穆认真,正在柜台后边对着桌上摊放的账本打着算盘,双手十指如蝴蝶绕花,让人眼花缭乱,噼里啪啦,清脆悦耳,身边围绕着几个小镇出身的妇人、少女,充满了震惊和佩服。

性情质朴的妇人和少女们看到陈平安的身影后,都笑着称呼他为"陈掌柜"。

粉裙女童闻声抬头,道："老爷,我在帮铺子算账呢,很快就好了。"

陈平安笑着点点头,绕到柜台后,让人拿来纸笔,开始书写一份礼单。当年他算是吃百家米长大的,也经常能够收到一些别家少年穿不下的老旧衣衫。对陈平安而言,每一顿饭,每一件衣服,都是救命活命的大恩情,他当时就跟阮秀说过,以后只要自己还活着,每年都会挨家挨户送点东西过去。阮秀当时还问为什么不一口气多送一点银子，会更加清爽，还能让那些人感恩。陈平安说那样是不行的，他自幼生长于市井底层，对于人心和世道不是不懂，只是说不出书上的道理罢了。比如斗米恩石米仇，比如看似鸡毛蒜皮的琐碎小事，最是消磨孝心善心，所以他仔仔细细给阮秀说清楚了他的小道理。在小镇这边，每家每户的光景其实跟庄稼地差不多，都有大年小年之分。有的子孙出息了，发达了，不缺钱；有的突逢变故，原本还算殷实的家庭可能一下子就垮了。所以他准备的那些东西，能吃能穿，真有急需用钱的地方，甚至还能把那些东西折算成银子。送给手头宽裕的家庭，人家会高兴；送给困难的门户，人家更会珍惜。不管是锦上添花还是雪中送炭，都是好事。只不过陈平安是读书识字之后，才明白自己为何做对了的。阮秀当时听了之后，笑得特别开心，说山上山下不太一样。

今年的礼单人数比起上次少了一些，恩情分多寡轻重，有些父辈留下的交情不过是点头之交，其实谈不上恩情，陈平安还不至于大方到年年送礼，但是一些上了岁数的老街坊，陈平安哪怕跟他们谈不上交情，仍是选择留在了礼单上。谁的钱都不是天上掉下来的，这跟一个人的兜里有多少钱没关系。

陈平安想着，以后有机会的话，还是要修桥铺路。

粉裙女童对账完毕，就开始过问铺子的经营状况。陈平安不掺和这些，想了想，就将礼单递给她，让她不用着急购置物品。粉裙女童郑重其事地收下礼单，保证一定给老爷办得妥妥当当。陈平安揉了揉她的小脑袋，来到青衣小童身边坐下，后者忧心忡忡，长吁短叹，不断重复"江湖险恶"四个字。

名叫崔赐的秀美少年背着行囊找到铺子，说是他家先生在家走不开，就托他来送东西，要陈平安别不当回事，收下后好生收藏。青衣小童就不待见这个少年，斜眼瞧着老气横秋的崔赐，气不打一处来，猛然站起身："你家先生跟我家老爷那是平辈相交，你一个小书童放尊重一点，又不是我家老爷得了什么天大恩赐，你嚣张个什么劲儿？"

崔赐满脸涨红，陈平安打圆场道："崔赐，跟你家先生说一声，东西我收下了，会好好练习画符的。"

崔赐板着脸点点头，转头朝青衣小童冷哼一声，转身大步离去。

青衣小童对着他的背影，隔着老远距离耍了一通拳打脚踢王八拳才稍稍解气，坐回门槛，满脸愁容道："老爷，小镇这么个穷凶极恶的龙潭虎穴，你是怎么活到今天的啊？换成是我和傻妞儿，恐怕早就被人抽筋剥皮了。"

陈平安感慨道："不知道啊。"

粉裙女童来到门槛，心有余悸道："老爷，那个提水桶的小姐姐是谁啊？好可怕的，我觉得一点不比老爷的学生差。"

青衣小童使劲摇头道："泥瓶巷我是打死都不去了，会羊入虎口的！"

陈平安岔开话题："我给槐木剑，还有另外一把阮师傅正在铸造的剑取名为'除魔'

'降妖'，如何？"他压低嗓音，"那块剑胚，我觉得叫'初一'或者'早上'比较合适。"

两个小家伙面面相觑。

陈平安笑道："我取名字还是可以的吧？"

青衣小童嘴角抽搐，然后挤出一个笑脸，伸出大拇指："老爷这取名字的功底很深，深不可测，返璞归真，大俗即大雅，比读书人还有学问！"

粉裙女童欲言又止，摸了摸胸口，想了想，还是昧着良心不说话吧，正月里，不可以扫老爷的兴。

陈平安看了眼粉裙女童，疑惑道："难道不是特别好？那么，凑合总有的吧？"

粉裙女童闭紧嘴巴，不说话已经昧良心了，如果开口说好，她过不去心坎这一关。

青衣小童愤愤不平："老爷，咋的，不相信我的眼光？那说明你的眼光真的不行！"

陈平安试探性问道："名字取得不咋的？"

青衣小童嚷嚷一声，终于忍不住要仗义执言了，站起身，双手叉腰，慷慨激昂道："老爷！哪个坑蒙拐骗的道士不念叨着降妖除魔？早上？我还中午晚上呢！初一？我还十五呢！老爷，这仨全是滥大街的名字啊，不单单没有气势，而且一点都不新颖！看看别人家的剑名，老爷你那个学生的，'金穗'，既符合形象，又不流于世俗。还有那曹峻的'白鱼''墨螭'。再看看老爷你的，我要是开了窍的剑灵，得一口老血喷出来。"

"认可意见。"陈平安仔细思考半天，"名字不改！"

青衣小童一拍额头，苦口婆心道："咱们东宝瓶洲南边有一座威名远播的仙家府邸，被开山祖师爷取了个'无敌神拳帮'的名头，都被笑话多少年了。老爷，你的取名有异曲同工之妙。不过好在老爷你不像是个天才剑修，估计将来佩剑的名字根本不会有几个人听说，所以老爷你开心就好。"

陈平安刚要说话，心弦一颤，不露声色地站起身："你们在骑龙巷待着，我去别的地方随便走走。"

陈平安来到杨家药铺后院，杨老头在他落座后缓缓道："先说点小事情，你屁股后头跟着的两条小蛇蟒，让他们赶紧离开小镇去往落魄山。接下来阮邛要开炉铸剑，声势会很大，龙泉郡地界上的一切妖物鬼魅精怪恐怕都会遭殃，轻则被铸剑的打铁声响给打散辛苦积攒下来的百年道行，重则会被打回原形，干脆就魂飞魄散了。接下来龙泉郡府和槐黄县衙都会通知所有记录在册的妖物，要么暂时离开这里，要么去往文武两庙、大山之中避难，因为这几个地方藏风纳水，灵气充沛，能够帮着阻挡阮邛的铸剑余波。你家那两个小东西，别仗着有块太平无事牌就真以为可以太平无事了。"

陈平安脸色沉重："好的，我回去就通知他两个。"

杨老头抽着旱烟，似乎在酝酿措辞。陈平安正襟危坐，惴惴不安。

杨老头终于开口道："齐静春私藏了一个香火小人，是我苦求不得的东西，嗯，就是之前住在你那把槐木剑里的小家伙，如今已经归我了。作为报酬，我需要护着你一次，就是这次了。如今小镇风云变幻，绝不是你可以抛头露面的，所以此地不宜久留。我又找人帮你算了一卦，等到阮邛铸剑成功，你就南下远游，至于去哪里，是游山玩水还是行走江湖，或是去沙场磨砺武道，一切看你自己的选择。总之，五年之内不要回来了。"

陈平安微微张大嘴巴，杨老头继续说道："泥瓶巷祖宅、落魄山在内的五座山头、骑龙巷的铺子，等等，你都不用担心，只会比你自己操持得更好。"

陈平安嘴唇微动，杨老头笑了笑："你的朋友之中，不是有个叫宁姚的小姑娘吗？我不妨告诉你，她来自倒悬山，准确地说来自剑气长城。在她家乡那儿，最缺称手的好剑，你如果有胆量，就去那边一趟，帮她送一次剑。"

陈平安深吸一口气，问道："要我什么时候走？"

杨老头思量片刻："收拾收拾，等到阮邛拿出那把剑，你拿到手后，马上就走。"

陈平安问道："如果不走，会如何？"

杨老头讥讽道："如何？还能如何，死翘翘呗，好不容易积攒出来的那点家底为他人作嫁衣裳，一群人坐下来，你分山头我拿剑胚他养蛇蟒，瓜分殆尽，皆大欢喜。你呢，估摸着让人收尸都很难。而且这还不是最坏的结果，更坏的，我现在跟你说了，不是什么好事。"

陈平安伸出双手，狠狠揉着脸颊，突然问了一个好像跟正事不沾边的问题："老先生之前说过，小镇之大，不是我能够想象的。我想多嘴问一句，小镇到底有多大？"

杨老头大口大口吐着烟圈，皮笑肉不笑道："如果我没有猜错的话，你已经见识过那座天上长桥了吧？"

陈平安立即悚然，心湖涟漪阵阵。

杨老头淡然道："看在金色香火小人的分上，我可以泄露给你一些天机，比如那座小庙里头，当年鬼使神差写上自己名字的小镇孩子如今大多陨落了，但是活下来的，无一例外，都是雄踞一方的豪杰枭雄，比如北俱芦洲的天君谢实和南婆娑洲的剑仙曹曦。而我呢，就是个收租的，年复一年，只要盯着田地里的收成就行。"

"再比如那个你们俗称为螃蟹牌坊的地方，其实相当于一份契约书。屠龙一役，大伙儿依次坐下，论功行赏。最早在此签订盟约的，是三教一家总计四位圣人，马苦玄跟其中一位有关系。除此之外，其实牌坊的真正功用早已不为人知，它应该称呼为'镇剑楼'，是天底下九座雄镇楼之一，至于镇什么剑，你我心中有数就行了。不过为了掩人耳目，金甲洲也屹立有一座镇剑楼，虽然那座楼仿制得足以乱真，而且镇压之剑也很了不得，但到底还是个假的。不过这类秘事，你可以只当故事来听，没听过没关系，听过了也没用。"杨老头眯起眼，望向天空，"说是镇剑楼，其实最早的时候，这里算是一处飞升台。不过那是很久远的老皇历了，多说无益。而你的存在，无形中起到了牵线搭桥的作用。

我这些年做了不少笔买卖,赚了不少。当年传授给你那门吐纳术,同样是我做成某笔买卖的盈余,所以你不用对此心怀感恩,没必要,生意就是生意,说不定将来有一天,有你的仇家坐在这里,拿出足够的筹码,我一样会跟他谈生意,把你给卖了。"

陈平安默不作声,有些伤感。

终究还是少年,吃过再多的苦头,走过再远的山路,少年都是那个少年,过完年才十五岁而已。

杨老头指了指陈平安头顶的簪子:"虽然只是普通的簪子,但是我喜欢上边的文字,所以我准备跟你也做笔小买卖。你就用这支簪子跟我换取一样方寸物,哪怕只是二境武夫也可以驾驭,仅凭这一点,就比世上绝大多数的方寸物、咫尺物要稀罕。你接下来独自南下,不比上一次,是真的无依无靠了,没有一点真正傍身的东西,走不远。"

陈平安瞠目结舌,杨老头安静等待答案。

陈平安轻声问道:"如果有一天我想把簪子赎回来,可以吗?"

杨老头笑道:"别人多半不行,你陈平安帮着我赚了那么多次,可以小小破例一次。不过丑话说在前头,到时候可就不是一件方寸物可以赎回去的了。"

陈平安摘下玉簪子,递给杨老头。杨老头接过那支普通材质的白玉簪子,看也不看,收入袖中。下一刻,不等陈平安收回手,手心就多出了一柄长不过寸余的碧玉短剑。

杨老头笑道:"我觉得你给剑胚取的名字不错,'初一',很好的兆头,是那两个小家伙不识趣。说来凑巧,这柄袖珍飞剑既可以温养为一把品秩不低的本命飞剑,又能当作方寸物使用,名为'十五'。"

陈平安低声问道:"它很珍贵吧?"

"只管收下。"杨老头扯了扯嘴角,"谁家过年还不吃顿饺子。"

陈平安清晰感受到一股微凉的气息从掌心传来,沁入肌肤,但是之后反而让人觉得温暖,像是晒着冬日的太阳。陈平安察觉到那股玄妙气息沿着体内经脉缓缓流过一座座气府窍穴,最终选择在先前隐藏一缕剑气的地方停歇,掠入其中,在空旷的"宅邸"中悠悠然打转,与银色剑胚栖息的另外一座窍穴遥相呼应。

杨老头吐着烟圈,点头道:"出乎我的意料,这把剑跟你还算有缘。本来不该这么顺畅的,我还想着送佛送到西,帮你一次,把这柄飞剑先降伏在你某处窍穴内,之后靠你的毅力熬得它听命行事。"

说着,杨老头犹豫了一下,又问道:"我实在有些好奇,问你两个问题,愿不愿意回答,你看着办。你练拳这么长时间,才一只脚踩在三境门槛上,着急不着急?再有,你练拳是不是冒出过什么念头,支撑着你走到今天?"

陈平安老老实实回答道:"会着急的,但是知道着急没用,因为跟烧瓷拉坯一样,越着急越出错,所以就不去多想。有些时候实在止不住念头,就让自己脑袋放空,凭借本能去走桩;要么就是挑一个视野开阔的地方练习剑炉。如果还是不行,我就会读书练字,再不行干脆就胡思乱想,比如想一想自己当下有多少钱……"

说到这里,陈平安有些赧颜。

杨老头脸色如常:"继续说第二个问题。"

陈平安下意识挺直腰杆,没想着隐瞒,就像是一个家徒四壁的穷光蛋在炫耀家里最值钱的物件,充满了不讲道理的自信:"我在绣花江上跟人打了一架,越发确定一件事,那就是如果我觉得自己是对的,不管对手是谁,每次出拳,我都可以很快! 每一个下次,只会更快!"

杨老头问道:"很快? 给你打一万拳十万拳,你打得到我的衣角吗?"

陈平安没有丝毫气馁,自然而然脱口而出道:"我先跟自己比,自己觉得问心无愧了,再跟其他人比!"

杨老头嗯了一声:"这么想,对你来说没错。"

同样是小镇出身的马苦玄,则是另外一条道路上的极致,追求的是真真正正的万人之上、同辈领袖。这不是马苦玄太过自负,而是他的天资根骨实在太好,不敢这么想,才是暴殄天物。天予不取,反受其咎。至于眼前这个刚刚摘掉玉簪子的陌巷少年,应该是在另外一条道路上,初看不起眼,再看还是不显眼,不管看多少次,最多就是觉得还不错,其实没那么蠢笨不堪,还是有点花头的,然后大多数人就不会再留心了。

杨老头正色道:"我教你两套驾驭十五的口诀,一套用作温养剑元,一套用来开启和关闭方寸物。"

陈平安提前问道:"同时有两把飞剑在体内温养,不会有冲突吗?"

杨老头嗤笑道:"阮邛不就有两把本命剑,这还是他为了铸剑求道,必须消耗大量天材地宝以及为一些私事而分心,否则以他的资质和家底,再养两把都没事。本命飞剑得看机缘,时候不到,一百年都苦求不得;时候一到,拦都拦不住。只是本命剑此物不是沙场点兵,多多益善,剑修梦寐以求的境界,号称'一剑破万法'。为何不说'两剑''三剑'? 就在于真正得道的巅峰剑修拥有一把符合心意的飞剑就足够了,再多反而是累赘。至于你陈平安,练拳是吊命,练剑为何,我懒得猜,但是之外的山头、法宝之流,你就跟攒铜钱似的,嫌钱多,装在兜里太累人? 你会吗?"

陈平安有些不好意思,挠挠头道:"十五的方寸之地到底有多大,能装多少东西?"

杨老头笑道:"跟你那把槐木剑差不多,还行,比起寻常方寸物已经要好上一些。一座金山银山是装不下,但是至少不用你背着大竹篓走江湖。记住,活的东西别放入方寸物,比如那块剑胚,一旦被你强行摄入其中,就会坏了'洞天福地'的某些规矩,便要玉石俱焚了,到时候你就心疼去吧。"之后杨老头传授给陈平安两套口诀,重复了两遍,在陈平安铭记在心后,老人就继续抽着旱烟,烟雾袅袅升起。

冥冥之中，陈平安像是与那座气府内的碧玉小剑搭建起了一座独木桥，能够与之对话，那种感觉，妙不可言。他心念一动，神魂微颤，飞剑毫无阻滞地透体而出，但是一个刹不住，竟是直奔杨老头而去。杨老头眼都不眨一下，碧绿莹莹的袖珍飞剑就像是撞到了一堵高墙，晕晕乎乎反弹回陈平安处，一闪而逝，迅速溜回气府，像是一个生闷气的稚童，死活不愿意搭理陈平安的心意呼唤了。

陈平安有些惊慌失措，杨老头觉得好笑，缓缓道："十五之前的历任主人哪个不是名气挺大的人物，从没碰到过你这么憨笨的主人，御剑如此糟糕，自然让它觉得丢人现眼，就不愿出来抛头露面了。没事，只要勤加练习，你们之间的联系就会更加紧密，等到赢得它的真正认可，你这个主人就会掌握更多的主导权，哪怕要它自行粉碎，消散于天地间，也不是难事。"

陈平安点点头，松了口气。只要可以靠着埋头做事就能够做得更好，他就都不怕。他怕的是那些不管自己如何努力都做不好的事情，比如烧瓷。

杨老头突然说道："知道为何十五明知你的资质一般还愿意选择与你荣辱与共吗？因为你想到了一个至关重要的'快'字，这与十五的剑意根本是天然相通的。十五这把飞剑就是快，要快到让所有对手措手不及，占尽先机，先手无敌。"

陈平安恍然大悟，同时想到那块剑胚之所以跟自己犯冲，估计是自己尚未悟出它的剑意。

杨老头挥挥手："最近少走动，安静等着阮邛的消息便是。"

陈平安欲言又止，杨老头没好气道："拜年礼？且不说我愿不愿意破例收，你小子拿得出让我看上眼的东西？退一步讲，就算有我看得上眼的，你愿意给？去去去，说完了正事就赶紧回落魄山待着。至于你放在铁匠铺子那边的家当，我会让人给你带过去。你如今现身剑炉附近太扎眼，不合适。"

陈平安晓得老人的脾气，没有拖泥带水，起身离开这间药铺。只是刚跨出大门，陈平安忍不住又转身回去，过了侧房，看到那个坐在原地吞云吐雾的老人，向他鞠了一躬。杨老头坦然受之。

在陈平安再次离去后，杨老头敲了敲那支色泽泛黄的竹竿旱烟，思绪翩翩。在漫长的岁月里，他暗中做了无数桩买卖，时至今日，他依然不是太看好那个少年。

有人真的命好，好到可以形容为洪福齐天，直到某一次命不好的到来，山崩地裂，可歌可泣。但是命硬的依旧很难冒头，起起落落，落落起起，真想要往上走多高，难，很容易就被那些天之骄子拉开距离，只能跟在别人屁股后头吃灰尘。

陈平安就像是杨老头眼皮子底下那块庄稼地旁边的一棵野草，风雨里一次次被压趴下，苟延残喘，可能一条土狗撒尿都不爱靠边，只是每当春风一吹，次次新年新气象。所以杨老头愿意顺势而为，不妨押上一注，押在这个原本最不看好的少年身上。

小赌怡情,输了不伤筋动骨,赢了是额外的惊喜。

命好,就要一鼓作气。命硬,有更多的后劲。

但是杨老头知道大势走向,大争之世,百家争鸣,群雄并起,会是一个天才涌现的"大年份",千年不遇。修行路上,一步慢步步慢,你陈平安真的很难脱颖而出啊。

陈平安走在小街上,自言自语道:"十五,不好意思啊,让你丢面子了。以后我一定努力练习御剑口诀,争取不会再像今天这样出丑。"

陈平安确实有些愧疚。当别人对自己表达善意的时候,如果自己无法做点什么,就会良心难安。

那座气府内的碧绿飞剑微微一跳,似乎瞬间心情好转,原谅了陈平安先前贻笑大方的蹩脚御剑。陈平安情不自禁地笑了笑,心想比起脾气暴躁的初一,同样是本命飞剑,十五实在是温柔多了。结果陈平安刚刚冒出这么个念头,初一就离开老巢开始翻江倒海,疼得陈平安佝偻起来,站在原地,一步都跨不出去。

十五察觉到异样,嗖一下掠出气府,一路游弋,飞快穿过重重关隘,最终来到初一的"家门口",悬在空中,轻轻打转,似乎在犹豫要不要登门拜访。

陈平安实在无法正常前行,只好艰难挪步,在街巷岔口的台阶上坐着。

大概是被飞剑十五吸引了注意力,剑胚初一放过了陈平安。两柄"遇人不淑"的本命飞剑各自悬停在气府门内门外,既像是气势汹汹的对峙,又像是犹豫不决的相逢。

陈平安趁着这个间隙赶紧大口喘息,略作休整,就小跑向骑龙巷,喊上青衣小童和粉裙女童重返落魄山。

初一不见十五。不欢而散。

临近真珠山,其间初一又折腾敲打了陈平安一次,让陈平安差点满地打滚,只得咬紧牙关蹲在地上,汗流浃背,几乎就要两眼一黑晕厥过去。陈平安只能拼命运转十八停的呼吸之法。由于如今打破了六七境之间的大瓶颈,因此陈平安在跟初一的拔河过程当中可以依稀保持住那一点灵犀清明,但是为此付出的代价就是清清楚楚感知到所有神魂震荡带来的巨大痛苦,这份折磨,丝毫不亚于剥皮之苦、凌迟之痛。

十五对此蠢蠢欲动,不过仍是没有离开栖息之地,像是在下定决心之前,暂时还是打算隔岸观火。等到初一心满意足地恢复平静,陈平安整个人跟刚刚从水里捞出来差不多,步履蹒跚地继续赶路,走桩走得跟踉踉跄跄,摇摇晃晃,但是就连陈平安自己都没有意识到,无形之中,在他身上流淌的那份拳意,越发夯实浑厚。

大山之中,有一位衣衫褴褛的光脚老人,视线浑浊不堪,如同一只无头苍蝇四处乱跑,跌跌撞撞,不断重复着:"瀺灂的先生呢,我家瀺灂的先生呢……"

刹那之间,疯癫老人蓦然眼神明亮几分,环顾四周后,并没有拔地而起,更没有御风飞掠,而是深吸一口气,闭上眼睛,仔细探查了山脉走势,然后一步跨出,就直接走到了一行三人之前。老人望向那个大汗淋漓的走桩少年,问道:"你是不是叫陈平安?"

陈平安身体紧绷,点头道:"是的,老先生找我有事吗?"

青衣小童眼神呆滞,心死如灰。离开了小镇,本以为是天高任鸟飞了,结果连大山里头的荒僻小路上都开始有一拳能打死自己的神仙妖怪了?

老人神色显得火急火燎,匆忙问道:"我是崔瀺……我是崔瀺的爷爷,你如今可是他的先生?"

陈平安愣了一下,越发小心谨慎:"算是的。"

老人语速极快:"他如今过得怎么样? 是否会被人欺负?"

陈平安想了想,很难回答这个问题。因为少年国师崔瀺,或者说去往山崖书院的崔东山,那趟远游,日子过得真不怎么样。陈平安不愿欺骗这个自称是崔瀺爷爷的落魄老人,可又不敢实话实说。潜意识当中,陈平安觉得眼前老人跟之前正阳山的搬山猿气势很像,不同之处只在于两者修为有高低,至于是那头搬山猿更高还是眼前老人更高,陈平安道行太低,完全看不出深浅。

老人只是一个皱眉,就让陈平安和两个小家伙感到一阵窒息的压迫感。他冷哼道:"虽然你是我孙儿的先生,我应当敬你,可是连三境都不到的纯粹武夫,如何做我孙儿的授业恩师?! 以后我孙儿遇到了麻烦,你这个做先生的,难道就只能束手无策,在远处看戏吗?! 不行,绝对不行!"老人眼神锐利如刀,死死盯住陈平安,"带我去一个你认为安全的地方,我要帮你一把!"不等陈平安反应过来,老人就站在了陈平安身侧,五指如钩抓住陈平安的肩头,"快说! 时不我待,我最多清醒一炷香工夫,别浪费时间!"

陈平安一头雾水,但是老人随随便便一握肩头,不但让陈平安痛彻心扉,就连初一和十五两柄飞剑都嗡嗡作响,哀鸣不已。毕竟它们能够发挥出的威势与陈平安的境界修为息息相关,所以当下根本就无法出去阻拦老人的咄咄逼人。

青衣小童和粉裙女童不敢动弹,不是不想,而是不能。

相传世间登顶的纯粹武夫,例如第九境山巅境,气势凝聚,外放如剑气倾泻,势不可当,只是一声怒喝,就能够震碎敌人胆魄的壮举,无论是在江湖还是在沙场,并不罕见。

老人怒喝道:"快说! 再磨磨叽叽,老夫管你是不是自家孙儿的先生,一拳打断你手脚!"

陈平安眼神坚毅,咬牙运气,准备拼死一搏,为自己争取一线生机。

老人与之对视,哈哈大笑,松开他的肩头,后退一步,朗声大笑道:"小娃儿,有点门道,不错不错,是块好料! 落在别的狗屁武道宗师手里,再花心思去雕琢你,你都成不了大气候,但是我不一样!"

魏檗一袭白衣，飘然出现在山路上，沉默片刻后，对陈平安开口笑道："不妨带着这位老先生去竹楼。如果你答应，我来带路。"

老人望向魏檗："哟呵，好久没见着这么人模狗样的山神了，有趣有趣，等老夫恢复一些气力，有机会一定要找你切磋切磋。"

魏檗笑道："老先生就别找我切磋了，好好打磨你那孙子的先生的武道境界，估计就够忙活的了。"

老人满脸讥讽笑意道："废话少说，带我去陈平安的地盘，是叫什么落魄山来着，我知道那边有一处适宜磨刀的地方。带路！"

魏檗对于老人的气势凌人根本不恼火，笑眯眯点头，打了个响指，山水倒转，一行人瞬间出现在落魄山竹楼外。

陈平安望向魏檗，后者轻轻点头。

老人一把抓住陈平安的肩头，轻轻一跃就来到二楼，带着陈平安推门而入。

老人挑了一下眉头，快意大笑道："好地方，真是好地方！一天至少能够让我清醒个把时辰，真是半点不输给洞天福地了。总算有点我家瀺巉的先生的气度了。"

他后退数步："陈平安，能不能吃苦？"

从头到尾都莫名其妙的陈平安下意识点头道："能吃。"

老人又问："吃不吃得了大苦头？"

陈平安不敢回答这个问题。老人有些不高兴，骂骂咧咧道："像个小娘儿们似的，行就行，不行就不行，多大的事！太不爽利了，换作别人，老夫真不乐意伺候！"

陈平安默默告诉自己，眼前的人脑子不太灵光，不用放在心上，由着他说就是了。

老人向前踏出一只脚，摆出一个一拳向前悬空、一拳收敛贴胸的古朴拳架，简简单单，但是一瞬间就变得气势惊人。他沉声道："吃得苦中苦，方为人上人。我辈武人，想要往上走，在登顶之前，就要去当一条路边刨食求活的野狗！要告诉自己，要想痛痛快快活着，就必须跟天地大道争！跟狗屁神仙争！跟同辈武夫争！最后还要跟自己争！争那一口气！这一口气吐出之时，要教天地变色！要教神仙跪地磕头，要教世间所有武夫，觉得你是苍天在上！"

这一刻，形象分明比乞丐还不如的白发老人气势之雄壮，精神之鼎盛，无与伦比！老人仿佛在明明白白告诉少年一个道理：眼前之人，天下无敌！

陈平安呼吸顿时为之一滞。这是一种本能，就像青衣小童和粉裙女童遇见稚圭，甚至跟境界高低都没关系不大，纯粹就是一种气势上的强大镇压。

纯粹武夫，大概某种程度上，"纯粹"二字的精髓就在这里。

曾经在小镇窑务督造衙署内，藩王宋长镜同样什么都没有做，就能够让境界不俗的剑修刘灞桥觉得全身肌肤都在被针扎。

砰然一声巨响,陈平安刚要有所动作以防不测,结果整个人就已经倒飞出去,狠狠撞在竹楼墙壁上,瘫软在地,挣扎了两下,只能背靠墙根,无论如何都站不起身来,嘴角有鲜血渗出。

一脚踹中陈平安腹部的老人双臂环胸,居高临下望着那个凄惨的草鞋少年,冷笑道:"与人对峙还敢分心,真是找死!"

陈平安伸手擦拭嘴角,吐出一口浊气,挣扎起身站在墙壁边,如临大敌。

老人淡然道:"世间只说武道有九境,不知九境之上还有大风光。你暂时才摸着了三境门槛,其实连二境的基石都打得一般。若是老夫不出现,你为了追求破境速度,一旦跻身三境,恐怕就要坏了未来九境成就的根本。武道一途,绝对容不得半点花哨虚夸,你先前做得还算不错,但是远远不够!因为你在第一境的散气就做得差了!"

陈平安呼吸逐渐顺畅起来,到底是淬炼体魄不曾懈怠片刻的少年,底子打得很好。要知道,眼前老人嘴里的"一般""还算不错",是何等之高的评价。朱河之流的世俗武夫,若是能够得到这样的评价,恐怕会当场激动得泪流满面。

陈平安尚未理解这些曲折内幕,只是颤声道:"受教了。"

老人一步踏出,整栋竹楼随之一晃,李希圣那些画在绿竹之上的无形文字微微显形,流淌出一片不易察觉的素洁光辉,如当初那只月光瓶倾泻在溪涧水面上的场景,尤为动人。老人心思一动,但是没有理睬这些外物,死死盯住陈平安,道破天机:"第一境泥胚境在于找到那一口先天之气搭建武道茅庐的框架,气为栋梁,气为高墙!但是一气呵成之前,却要散气散得彻底,将后天积攒下来的所有污秽之气,甚至是天地灵气,一并摒除!纯粹武夫,何谓纯粹?就是纯纯粹粹来跟这个天地较上一劲!莫要学那山上练气士,鬼鬼祟祟,到头来只是做了仰人鼻息的看门走狗!"

陈平安听得一知半解,而且内心深处,并不完全认可老人的说法。

老人嘴角翘起,冷笑道:"第二境俗称木胎境,我倒是觉得叫开山境更好,山上神仙山上神仙,武夫偏偏就要一拳破开这座山!此境打熬筋骨,基础打好了,未来成就根本不会输给佛家的金刚不败之身或是道家的琉璃无垢之体,我辈武夫同样可以淬炼出稳固至极的体魄。至于兵家,呵呵,不伦不类,所取之法,既像毛贼又走捷径,可笑至极!"

兵家确有一条通天捷径,除了能够请神下山,神灵附体,还可以在气府内温养一尊战场英灵。英灵是一种先天强大、死而不散的阴魂,一旦与修士神魂成功交融,自身体魄如同道教丹鼎熔炉,水火交融,属于另一条道路,是一种极其强大的法门,但是在这个邋遢老人嘴里,兵家的路数简直就是不值一提,口气之大,真是吓人。

老人朝陈平安勾了勾手指:"来来来,老夫就将境界压制在第三境,你使出全部气力往死里打,能把老夫打得挪动半步,就算你赢!"

陈平安有些犹豫。他根本就没有搞清楚状况,从老人莫名其妙出现,到现在莫名其妙要开打,他始终一头雾水。以崔瀺如今的身份地位,需要自己这个名不副实的半吊子先生去保护? 而且老人自己都说了,武道一途,没有捷径可走,自己天资又差,这辈子能不能走到崔瀺一半的高度都未可知,老人的说法岂不是自相矛盾?

老人不悦道:"就你这种心性,真是无趣至极。要你打就打,怎的,还要老夫跪下来求你出拳?"

陈平安性格倔强的一面终于展露出来,依旧保持防御姿态,纹丝不动。

老人眼神深处晦暗不明:"老夫只问你一句,想不想跻身三境,并且是天底下数一数二的三境?!"

陈平安点头,毫不犹豫道:"想!"

老人微微侧过头颅,伸出手指,指向自己脑袋,神色跋扈至极:"那就朝这里打! 你小子的性情脾气很不对老夫的胃口,但是看在瀺峋的分上,再多给你一次机会,如果打得有些气势,我就扶你一把,让你去亲身体会一下真正的三境风采。"

陈平安缓缓道:"那可真打了? 我出拳不会留一手的!"

老人哈哈大笑道:"少废话,小娘儿们! 你家怎么出了你这么个没胆魄的? 你爹娘一定是胆小鬼吧?"

陈平安一股怒气油然而生。看似与人为善、心肠柔软之人,必然有一块坚硬如铁的心境土壤,在苦难人生中死死支撑着那份看似愚蠢的善意。这个泥瓶巷少年就是如此,一路远游千万里,练拳日夜不停歇。

陈平安一步向前,一瞬间就爆发出惊人的速度,来到老人身前,右手一拳就击中老人的额头。看似一拳,却最终响起砰砰两声。

刹那之后,陈平安倒退数步,双臂颓然下垂,然后一退再退。

原来第一拳砸中老人额头之后,巨大的反弹劲道就让陈平安的右臂剧痛,但是他的狠劲与此同时迸发出来,力气更大的左拳紧随其后,又砸在了老人脑袋上。只可惜两拳之后,老人纹丝不动,打着哈欠,一副百无聊赖的可恶模样,看着不远处少年的窘态,讥讽道:"你的全力出拳就是挠痒痒啊? 老夫是你媳妇,还是你是老夫媳妇? 先前说你是个小娘儿们,真是没错。老夫要是你爹娘,非得活活气死。"

陈平安脸色阴沉。

"怎么,你爹娘已经死了?"老人哦了一声,故作恍然道,"那更好,他们一定会被你气得活过来的。"

剧痛之后,陈平安双臂已经彻底麻木失去知觉,但是他依然快步向前,这一次高高跃起,拧转腰身,一记鞭腿轰在老人的左侧头颅。除了沉闷声响,老人仍是毫无异样,陈平安借势在空中转向,第二记鞭腿甩在老人右侧头颅。这一次陈平安落地后,双脚疲软,肩头一高一低,数次才稳住身形。

老人用看白痴的眼神盯着瘸子少年，问道："既然左腿已经吃够苦头，为何第二次右腿还要出力更大？你不知道疼吗？"

陈平安没有说话，脸色雪白，肩头起伏不定，双腿受的伤肯定不轻。

老人点点头："看来这就是你的瓶颈了，真是让人失望。"

陈平安第三次前冲，以撼山拳六部走桩向前，虽然速度比前两次都要慢上一拍，但是气势丝毫不减。老人微微一愣，站在原地，好整以暇地安静等待。

无数次走桩，撼山拳的那股神意早已融入陈平安的神魂，哪怕是手脚受伤，当他开始走桩时，依旧气势如虹。脚尖一点，高高跃起，扬起脑袋，猛然向下一锤，重重砸在老人的额头上。

毫无意外，陈平安摔在地上，大口呼吸，眼神中充满了无奈。

"聪明人会知难而退，你小子可差远了。但是，不聪明，这就对了。要想当纯粹武夫，就不需要太聪明，聪明反被聪明误。为此，老夫就……"老人这才掠过一抹赞赏神色，步步前行，满脸笑意，"赏你一脚！"

一脚闪电踹出，幅度极小，刚好足够踢中地上陈平安的太阳穴一侧。陈平安竭尽全力抬起一条胳膊格挡住那狠辣凶险的一脚，最终手臂紧贴头颅，整个人被一脚踹得撞在墙根，蜷缩着，全身无一处不疼痛。

老人站在原地，居高临下看着可怜少年："你的武道底子我已经彻底摸清楚了。方才是开胃小菜，接下来才是真的苦头。你先去外边打声招呼，近期准备好大水桶、最好的温补药材和最好的金创药，当然最好也准备好一副棺材，哈哈，老夫怕你一个想不开就上吊自杀了。也好，一家在地底下团圆。"

陈平安休整了足足一炷香工夫才能够勉强起身一瘸一拐地走出屋子，魏檗看到后，忍住笑道："我这就去准备上等药缸子及药材膏药灵丹之类的，不用担心，牛角山包袱斋什么都有。至于钱嘛，我先帮你垫着，什么时候有钱什么时候还，不着急。不过朋友归朋友，在商言商嘛，利息还是要收一点的。"

陈平安挤出比哭还难看的笑脸，点点头，等到魏檗消失后，一屁股坐在廊道上，背靠墙壁。

青衣小童轻声问道："老爷，练拳苦不苦？"

陈平安瘫坐在地上，身躯在情不自禁地微微颤抖，苦涩道："苦死了。"

陈平安在风雪之中的走桩立桩，青衣小童全部看在眼里，自认以陈平安的二境武夫体魄，承受那份煎熬，他是无论如何都做不到的。太煎熬了，不是哗啦一下手臂给人砍断，鲜血淋漓，哇哇大哭那种，而是另外一种钝刀子割肉，呼吸一口都是喝罡风、吃刀子的感觉。可如果连陈平安都觉得是吃苦头，青衣小童无法想象那份煎熬。

粉裙女童转过头，默默哽咽。

约莫半个时辰后,屋内盘腿打坐的老人站起身,沉声道:"陈平安,开始练拳!"

陈平安叹了口气,推门而入。青衣小童咽了咽口水,帮着轻轻关上门,连看都不敢看那糟老头子一眼。之后跳上栏杆坐着,十分惆怅:想我在御江叱咤江湖数百年,在整个黄庭国都是响当当的豪杰,呼风唤雨,高朋满座,为什么到了这屁大的一座龙泉郡就处处碰壁?大爷我最近运气也太背了吧?以后会不会出门撒泡尿都不小心溅到哪路神仙,然后给人一拳打死?这不符合老子行走江湖就应该大杀四方的预期啊!

青衣小童哭丧着脸,双手使劲拍打栏杆,恼火死了。

粉裙女童在一楼,和魏檗一起帮着生火,煮了一大缸药汤,香气扑鼻。

这一大缸子的药材不贵,也就耗费魏檗八万两大骊纹银。

穷学文富学武,古人诚不我欺。当然,世间绝大多数武夫肯定不会像魏檗这样一掷千金,否则再雄厚的家底也要给掏空了。

二楼屋内,老人瞥了眼精神尚可的少年:"老夫除了帮你彻底散气,还会同时淬炼你的体魄神魂,只要你坚持到最后,二境破三境水到渠成,运气好的话,跻身四境都不是没可能。"

运气好的话……陈平安听到这句话,就觉得没戏了。

老人微笑道:"接下来,老夫会注意每次出手的力道,不会让你一开始就觉得难以承受。不过到最后的滋味,呵呵,到时候你自行体会。"

陈平安有一种不祥的预感。

老人收敛笑意,心境顿时古井无波,缓缓摆出一个古朴沧桑的拳架:"老夫年轻的时候喜欢远游四方,从不携带神兵利器,只靠一双拳头打遍山上山下,曾观天师擂响报春鼓!相传远古时代,雷神驾车擂鼓,震慑天下邪祟,激浊扬清。"老人脸色平静,"老夫一次观摩之后便有所感悟,悟出了这一式,名为'神人擂鼓式'!"

陈平安竖耳聆听,不敢漏掉一个字。理由很简单,苦不能白吃!

老人厉色道:"小子站稳了,先吃上十拳!"

竹楼屋内响起一阵爆竹崩裂的清脆响声,连绵不绝的十拳依次砸在了陈平安身上十个地方,力透气府,使得气机激荡不平,如扫帚过处,灰尘四起。

收拳之后,老人笑意古怪。

做好最坏打算的陈平安起先还有些惊讶,觉得老人出拳并不沉重,打在身上完全可以承受。但下一瞬,陈平安蓦然七窍流血,倒地不起,开始打滚。他死死咬住嘴唇,不让自己痛哭出声。练拳之时,除了听朱河说过练武初期不可喝酒伤身之外,还曾多次听说一口气不可坠。他好不容易知道一点拳理,无比珍惜,直到今天仍是坚持不懈,哪怕事后知道了阿良那只酒壶内的大福缘,也从不后悔什么。

老人眼睁睁看着少年四处打滚,嗤笑道:"如何,滋味不错吧?此拳精髓在于拳势能够次次翻倍累加，便是被誉为金身不破的大罗金仙，只要你出拳足够快，次数足够多，一样能摧破得粉碎！"老人说完这些，神情有些恍惚。当年位于武道巅峰之时，他一直想知道一件事情。若是道祖佛陀愿意不还手，那么被自己这一式不断累积，最终能够支撑几百拳，而自己又能够递出几百拳？！

老人很快回过神来，解释道："放心，老夫这十拳用了巧劲，不伤身躯皮囊，只捶在了你的魂魄之上。你咬咬牙，多半是能够熬过去的。"

陈平安在地上足足滚了半炷香，然后靠着杨老头传授的呼吸吐纳之法以及阿良教的运气法门，这才在一炷香后缓缓起身，满身汗水，像是刚上岸的落汤鸡。

老人点头笑道："看来十拳还行，那就吃下十五拳再说。"

这一次，陈平安躺在地上整整两炷香都没能坐起身，更别谈跟老人撂什么狠话了。

老人静观他体内气机的细微变化，继续说道："武道武道，也是大道！练气士总是瞧不起纯粹武夫，只说武学而不言武道，认为武学永远无法达到'道'的高度。老夫偏不信邪，遍观百家典籍，某天读至一段内容，说一名女雨师心系苍生，不惜僭越，违反天条，擅自降下甘霖，金身便被拘押在一座打神台上。天帝申饬的诏书当中，有那'自作自受'四字，老夫当时就拍案而起，大骂混账！怒气难平，便走到外边，正值大雨滂沱，老夫一拳就打得雨幕向上退去十数丈！所以老夫这一拳，名为'云蒸大泽式'！"

老人悄无声息地站在陈平安身旁，一脚踩在他的腹部，冷笑道："起不来，躺着便是！老夫一样能让你知晓这一拳的妙处！"

陈平安气海之中轰然一声，仿佛迎来一场天翻地覆的剧变。

他当时跟随崔东山从大隋返回黄庭国，途经一大水之地，雾气升腾，十分壮观。他从崔东山文绉绉的言语之中，知道了那叫云蒸大泽的巍巍气象。但是美景是美景，承受了老人这一次迅猛踩踏，在自己体内经受这幅画卷带来的跌宕起伏，那真是名副其实的"欲仙欲死"。老人一脚踩得陈平安位于下丹田的那座气海暴涨上浮，陈平安感觉肝肠寸断，下一刻就要把五脏六腑全部都吐出喉咙。体内气海每一次水雾升腾，陈平安就像是被人向上拽起一次，身躯从地面上弹起，然后坠落地面，如此反复。最后老人似乎觉得身体弹跳的少年十分碍眼，又是一脚踩下："给我定！"

陈平安被那一脚死死踩在地面上，四肢抽搐，脸庞狰狞，眼神浑浊。只见无数粒极其微小的血珠从他全身肌肤毛孔中缓缓渗出，最后凝聚成片。

老人怒喝道："陈平安！听好了！武道之起始的那口气既然早已被你找到了，难道是拿来做样子的不成？！人不能动又如何？唯独这一口气不可停坠！"

陈平安在浑浑噩噩之中，模模糊糊听到了老人的怒喝，几近本能地在心湖之中默默发声，算是发号施令，让那条气若火龙的玄妙气机自行运转，想去哪里就去哪里，因为他当下实在是连一根手指头都掌控不了了。

老人低头凝神望去，视线之中，一条粗细不过丝线、宛如火龙的气机开始在陈平安的经脉里疯狂乱窜，大笑道："好！"他收回脚，一手负后，一手对着陈平安屈指轻弹，"老夫曾在山巅观看两军对垒，真是精彩，仿佛是龙象斗力，龙为水中气力最大者，象为陆地气力最大者。那一战可谓沙场百年之绝唱，老夫为之悟有一拳，名叫'铁骑凿阵式'！"

老人每一次轻描淡写的弹指，陈平安就要硬生生断去一根肋骨。这是他第一次因为痛苦而哀号出声。因为真正的苦痛，不只在肉身体魄，更是在神魂深处。

廊道外坐在栏杆上的青衣小童心惊胆战，差点摔下去。

楼下的粉裙女童失魂落魄，突然蹲在地上抱住脑袋，不敢再听。

看着彻底晕死过去的少年，老人面无表情地走向屋门，打开门后，对那个瑟瑟发抖的青衣小童说道："抬他去楼下，直接丢到药桶里泡着，衣衫草鞋都不用脱。别小看这么点分量，对于当下的陈平安而言，想要稳固境界，就不可以动它们。还有，记得告诉那个长得很脂粉气的山神，别画蛇添足，往里头加什么灵丹妙药，不然老夫是无所谓，但是这小子今天的苦头就算是白白消受了。"

听过了吩咐，青衣小童吓得根本不敢走楼梯，直接一个蹦跳就下去了，让粉裙女童去搬陈平安，他自己根本不敢与老人擦肩而过。然而，在提醒完魏檗之后，他又一咬牙，脚尖一点掠出，飘然上了二楼，抢在粉裙女童之前，硬着头皮走入屋内，背起了血人一个的陈平安，下楼把他小心翼翼地放入药桶。

满脸泪痕的粉裙女童小声问道："魏山神，我家老爷真的没事吗？"

魏檗看了眼昏厥不醒的陈平安："如果能够坚持到最后就没事，如果半途而废，不单单是功亏一篑，恐怕会留下诸多后遗症，比如一辈子滞留在武道二三境之间，因为底子打得太结实，再想要整体拔高境界，无异于稚童提石磴，做不到的。"

粉裙女童有些蒙。

青衣小童独自走出屋子，坐在屋外的竹椅上，双手托起腮帮，怔怔发呆。

浸泡在药桶里的陈平安像是做噩梦而无法醒过来的可怜人，哪怕沉睡，气息也紊乱至极，到黄昏时分，终于趋于平稳。粉裙女童踮起脚尖，满头大汗地趴在药桶边沿，害怕老爷疼死，又害怕老爷淹死，更害怕老爷这一觉睡过去就不会醒过来。她就那么瞪大眼睛，可其实什么都做不了。

夜幕降临，粉裙女童略微放心地走出竹楼，坐在青衣小童身边的竹椅上。

两两沉默许久，青衣小童突然轻声道："傻妞儿，我决定了，我真的要好好修行了。"

粉裙女童兴致不高，有气无力道："为啥？你不是说我们修行只靠天赋吗，还说你躺着，境界就能嗖嗖嗖往上暴涨。"

青衣小童破天荒地耷拉着脑袋："我不想次次都遇到能够一拳打死我的家伙。"

粉裙女童觉得这很难。但是今天自家老爷已经这么惨了，她不愿意再打击身边这个家伙，毕竟现在还是正月里呢。

青衣小童扬起头颅，高举拳头："我要争取做到那些家伙两拳才能打死我！"

粉裙女童有些别扭，总觉得这话怪怪的。志向高远？好像不太对。目光短浅？好像也不对。

青衣小童给自己打气鼓励："我这么个讲究江湖道义的英雄好汉，不希望次次遇到那些家伙时只能躲在陈平安身后，太对不起我'御江侠义小郎君'的名号。我要让陈平安晓得，我是真讲义气，不是嘴上说说的！"

这次粉裙女童诚心诚意地伸出一只小拳头，轻轻挥动道："加油！"

直到这一刻，打心眼里瞧不起火蟒的青衣小童心底突然有些感触：这个傻妞儿，蠢笨是蠢笨了点，原来还是蛮可爱讨喜的。

他一下子恢复嬉皮笑脸的德行，贱兮兮笑着问道："傻妞儿，上回说过的事情，你想好了吗？做我的小媳妇呗，有事没事一起滚被窝。哪怕我现在不怎么喜欢你，可是感情都是可以培养的嘛，只要你喜欢我就行了。精诚所至，金石为开。总有一天，我会变得跟你喜欢我一样喜欢你，想到这个你就美滋滋了，对吧？"

粉裙女童泫然欲泣："你臭不要脸！我要跟老爷告状去！"

"咱们老爷睡觉呢，才顾不上你。"青衣小童乐呵呵道，"天上掉个大馅饼在你头上都不晓得接住，算啦算啦，真是个傻妞儿！也就陈平安没见过世面才把你当个宝，换成我，最多给你一颗上等蛇胆石。"

粉裙女童鼓起腮帮，气呼呼道："请你喊老爷！"

青衣小童一下子沉默下去，双手抱住后脑勺，望向远方，轻声道："是啊，陈平安是我们的老爷。"

陈平安是在大半夜醒过来的，行走无碍，但是体内气象堪称惨烈。只是不知为何，断了的肋骨都已经接上，当然尚未痊愈，但足以见得魏檗花出去的那八万两真不算打水漂。事实上，如果换成别人去跟包袱斋购买，十六万两银子都未必拿得下来，这就是北岳正神的身价。

陈平安换上了一身崭新衣衫，不敢走出这栋竹楼。粉裙女童善解人意地搬来一把小竹椅，陈平安就在门槛附近安静坐着。他什么话都没有说，一直坐到旭日东升，练习了一下剑炉立桩，这才起身去一楼的小床铺躺下睡觉。

下午，老人睁开眼站起身，沉声道："开始练拳。今天只锤炼魂魄，让你去芜存菁。"

陈平安随之睁眼醒来，叹了口气，默然走上二楼，之后又被青衣小童背着离开二楼，再次在半夜醒过来后，吃了一顿饭，哪怕没有半点胃口，仍是强行咽下。

看着自家老爷拿筷子的手一直在颤抖，夹了几次菜都掉回菜碟，粉裙女童一下子就满脸泪水。青衣小童只是埋头扒饭。

这次陈平安略作休息，在门口坐着，双手颤抖地练习了剑炉，很快就去睡觉。

整整一旬光阴，三天锤炼神魂，一天捶打体魄。老人每次出手都拿捏得恰到好处，保证会让陈平安一次比一次遭罪，所以根本不存在什么习惯了、适应了那份痛楚的可能。

陈平安越发沉默，往往一整天清醒的时候都不说一句话。偶尔，粉裙女童询问什么，或是想要让自家老爷开心一些，陈平安起先是笑着摇头，后来就是皱着眉头了，最后有一次竟是满脸怒意，虽然看得出来，陈平安在克制压抑，但是青衣小童和粉裙女童都被惊吓得无以复加。当时陈平安欲言又止，嘴唇微动，可是始终没有说什么，去床铺上躺着，闭上眼睛，不知是睡是醒，甚至不知是生是死。

青衣小童曾经试探性地询问魏檗，陈平安在挨揍的时候到底有多痛苦。魏檗想了想，说陈平安第一天遭受的苦楚大概是一般的凡夫俗子被人一刀刀剁碎十指吧，连骨头带肉一并剁成肉酱的那种，而且还得让自己尽量保持清醒。之后每天就更严重了。

第一天而已。在那之后，青衣小童就再没有问这类问题。

他开始修行了，变得比粉裙女童还要勤勉。

这一天，陈平安在夜幕中坐着，瘫靠在椅背上。魏檗缓缓走来，站在他身边，陪着他一起看着悬在夜空里的那轮明月。

陈平安沙哑问道："魏檗，能不能麻烦帮我问一声，阮师傅什么时候铸剑成功？"

魏檗这一次笑不出来，只是叹息一声，点头道："我去问问看。事先说好，阮邛这次开炉铸剑，是他离开风雪庙后的第一次出手，必然很重视，所以多半不愿分心，未必能够回复我。"

陈平安嗯了一声。他已经顾不得什么花钱如流水了，最早几天，他还会在心里默默记账，后来就完全没了这份心思。

最近粉裙女童和青衣小童都有意无意地让陈平安独处，并不去打搅他。

陈平安起身的时候，轻声道："帮我跟他们说一声对不起，我不是有意的，就是有些时候，真的忍不住。"

魏檗问道："怎么不自己去说？"

陈平安愣了一下，苦笑道："我也不知道为什么，好像只是想到这件事情就会很累，我怕说了那句话，明天练拳就会撑不下去。"

魏檗点头道："有点玄乎，但是我勉强能够理解。放心吧，我会帮你说的，他们也会体谅的。"

天底下的武道修行，恐怕真没有几个武夫能连续吃这种苦头。

老人悄无声息地站在二楼檐下，听到两人对话后，只是笑了笑，便转身回屋内。

魏檗无法彻底理解很正常，因为老人的出拳本身就是一种不断累加的"神人擂鼓式",是心性上更深层次的一种隐蔽锤炼。淬炼体魄、清洗经脉、伐髓生骨是第一步,壮其胆雄其魂才是第二步。真正考验人的还是锥心,老人就像是一次次以尖锐大锥狠狠钉入少年心田,其中滋味可想而知。

老人其实也很惊讶。一是少年至今还没有失心疯,还在咬牙熬着,打死不愿说那句"我不练拳了"。二是这栋竹楼的玄妙,真是妙不可言。

陈平安躺在床铺上,卷起被褥后,整个人蜷缩起来,面向墙壁,一只手使劲捂住嘴巴。指缝之间,有呜咽声。

又是一旬。这一旬,陈平安遭受的劫难变得更加惨绝人寰,其中就包括老人要求陈平安自己剥皮和抽筋——他自己亲手去做!

有天夜里,包扎得像个粽子的陈平安坐在竹椅上,突然站起身,身形微微摇晃,走向门外的山崖。他似乎想要练习很久没有练习的走桩,只是一遍之后,就只能放弃。他呆呆转头望向小镇方向,嘴唇颤抖,欲哭不哭。

"魏檗,我知道你在附近,你能不能给我带一壶酒?"陈平安突然问道。

魏檗点点头:"我身上就有。"

一只已经开封的酒壶在陈平安眼前缓缓落下,陈平安伸手接住后,转头望向竹楼:"能喝吗?"

二楼传来一阵冷笑:"喝个酒算什么,有本事以后跟道祖佛陀掰掰手腕才算豪气!"

陈平安转回头,月明星稀,望向遥远南方的山山水水,低下头嗅了嗅酒味。他曾经背过一个醉酒的老秀才,老秀才使劲拍打他的肩头,嚷嚷着"少年郎要喝酒哇"。

面容枯寂多时的少年蓦然笑容灿烂起来,狠狠灌了一口烈酒,咳嗽不停,高高举起酒壶,竭力喊道:"喝酒就喝酒!练拳就练拳!"

片刻之后,少年憋了半天,还是忍不住给那一大口烈酒呛出了眼泪,小声抱怨:"酒真难喝……"

但是少年仍是又逼着自己喝了一大口,一边咳嗽一边朗声道:"书上说了,'美人赠我金错刀,何以报之英琼瑶'!酒不好喝,但是这句话,真是美极了!"他莫名其妙地有些脸红,不知是喝酒喝的,还是难为情。他轻轻向远方喂了一声,像是在悄悄询问某位让他喜欢的少女:喂,你听到了吗?

圣人有云:"天将降大任于斯人也,必先苦其心志,劳其筋骨……"

魏檗几乎每天都会往落魄山跑,给陈平安带着从包袱斋带来的珍贵药材。对于陈平安这两旬光阴的凄惨境遇,魏檗虽然说做不到感同身受,但是陈平安的韧性,以及那个糟老头子的心狠手辣,都让魏檗感到诧异。这得是多大的"大任"才需要遭此劫难,总不至于当天下大变之时,倒悬山传来噩耗,然后要求这少年去"一剑当百万师"?

当这个念头浮现后,魏檗自己都觉得荒谬。天何其高远,地何其广阔,要知道,东宝瓶洲是浩然天下的九洲中最小的那个,何况距离倒悬山最近的大洲还是那个秀木如林、枝繁叶茂的南婆娑洲,例如曹曦之流,已是战力极高的陆地剑仙,可是在南婆娑洲,依然难称最顶尖。真正会当凌绝顶的修士,是颍阴陈氏的老祖之流。

落魄山山神宋煜章其间主动求见过魏檗一次,魏檗只是不咸不淡地跟他聊了几句,远远不如第一次见面那般客气热络,其中缘由,双方心知肚明。宋煜章要做纯臣,要愚忠,一切以大骊利益为首要,当初在山巅的山神庙,关于陈平安一事,宋煜章哪怕是当着魏檗的面也说得开门见山,魏檗又不是没有半点火气的泥菩萨,便有些不欢而散。

魏檗今天拎着包袱,优哉游哉登山而行,来到竹楼,发现陈平安竟然还有兴致主动跟他打招呼。他将价值十万两白银的包袱轻轻抛给粉裙女童,瞥了眼盘腿坐在崖畔的青衣小童,脚步轻盈地小跑上二楼,发出一连串噔噔噔的响声,不像是什么即将金色敕命在身的北岳正神,倒像是个跑堂的店伙计。

陈平安虽然马上就要"赶赴刑场",仍然微笑道:"辛苦魏仙师了。"

"不辛苦不辛苦,就几步路而已,每天还能逛荡赏景。再说了,好歹是山神,本就身负巡狩职责。"魏檗手肘斜靠栏杆,转头望向少年,"喝了小半壶酒而已,就这么管用?"

陈平安赧颜道:"我也不知道为啥,喝过了,心情就大不一样。"

魏檗点头道:"好事情。"

老人的浑厚嗓音传出:"进来享福了!"

陈平安无奈一笑,跟魏檗告辞。魏檗亦是苦笑不言,享福?亏老人说得出口。

"卸甲"一词,听上去很有意思吧,可事实如何?是要陈平安自己撕开表层皮肤、掀起指甲盖!"抽丝"这个说法,则是要求陈平安自己抽动筋脉!这种残虐的手法真正考验人心之处在于故意让陈平安自己动手,还得瞪大眼睛,动作还不能快,一点一点,就那么自己给自己"抽丝剥茧"。

但是魏檗在头皮发麻之余,也对陈平安的武道境界充满了期待。这样打熬出来的三境,底子到底有多雄厚,日后对敌厮杀的时候,战力到底有多强?

陈平安脱了草鞋走入空荡荡的屋子,关门后,发现老人正盘腿而坐,在那边翻阅《撼山谱》。

今天老人在陈平安练习剑炉之际,突发奇想,说想要看看剑炉这个站桩的拳谱。陈平安一番解释,无外乎当初跟宁姑娘说的那些:拳谱是代人保管,不是他陈平安所有,拳谱所记载的拳法和图谱不可外传,诸如此类,把老人给烦得差点就要当场教训他。

"这就是那部《撼山谱》?"老人随手将拳谱丢还给陈平安,呵呵笑着,满脸讥讽道,"拳法开篇有言:'家乡有小虫名为蚍蜉,终其一生,异于别处同类,皆为搬运山石入水。'哈哈哈,原来是北俱芦洲东南边的江湖武人。你听听这些小家子气的言语,土腥味十足,可想而知,写出这部拳谱的拳师,一辈子能有多大的出息?

"好在这家伙还算有点自知之明,晓得在拳谱里明明白白写一句'一直不曾跻身当世拳谱之清流高品',要不然老夫真要骂他一句臭不要脸了。

"'我的拳法,分生死不分胜负,重拳意不重招式。'啧啧,这句话,真是说得癞蛤蟆一张嘴就想要吞天吐地——好大的口气。陈平安,你知道为何拳谱如此阐述吗?很简单,因为分胜负的话,总是输多胜少,所以才念叨着分生死,大不了一死了之嘛。"

陈平安闷闷不乐道:"拳谱如此不堪,老前辈还愿意把书中拳理记得这么清楚?"

老人哈哈大笑:"所载拳法是真烂,但是这人说话不怕闪着舌头,老夫看着挺乐和的,当一本乱七八糟的山水游记看就行了。"

陈平安没有反驳什么,但是有些不高兴。他很珍惜这部拳谱,无比珍惜!

陈平安内心深处,对撼山拳的感激,甚至不比对剑灵的三缕剑气少。

一个是救命药,一个是保命符,没有高下之分,也不该有。《撼山谱》的优劣,其实陈平安大致有数,因为宁姚就觉得很一般,按部就班学着练拳可以,但是她不觉得练的人能有多大的成就。之后朱河也亲眼见识过陈平安的走桩立桩,同样没有半点惊艳之感。可是陈平安不管这些。哪怕再过十年、一百年,不管他那个时候的武道成就有多高,对于撼山拳的喜欢,只会更多,不会减少!

老人笑问道:"今天在练拳之前,老夫问你一个小问题,如果答对了,就有惊喜;如果答错了,嘿嘿……"

陈平安咽了口唾沫,有点犯怵。

老人收敛笑意,沉声问道:"拳谱之中,抛开拳招拳架,你最喜欢哪句话?"

陈平安没有任何犹豫,说道:"后世习我撼山拳之人,哪怕迎敌三教祖师,切记我辈拳法可以弱,争胜之势可以输,唯独一身拳意,绝不可退!"

老人猛然站起身:"练拳!"

第三章
黄雀去又返

小镇南边的铁匠铺子里，阮秀在埋怨她爹："铸剑这事儿，为什么不要我帮忙？"

阮邛瞥了眼那座崭新剑炉的方向："知道爹为什么答应宁姚给她打造这把剑吗？"

阮秀点头道："知道啊，她送给咱们那么大一块斩龙台，足够买把好剑了。"

阮邛摇头道："不止如此。爹是希望，我阮邛开宗立派的第一把剑，不管是为谁铸造，都能够一鸣惊人，让整个东宝瓶洲甚至是北俱芦洲的剑修都晓得这把剑的锋利无匹！"说到这个，就连小镇沽酒妇人都敢调笑几句的打铁汉子浑身上下散发出一股异样光彩，如夫子高谈阔论，如道人论道、僧人说法，这个坐在椅子上的男人手握拳头，轻轻捶打膝盖，眼神锋芒哪里还有平时那种粗朴木讷的感觉，"那么送谁最合适？本来出身风雪庙的魏晋算半个自家人，于情于理都合适，只可惜宁姚出现之前，魏晋一直在闭关。既然宁姚主动要求铸剑，还拿出了斩龙台，我当然不会拒绝。过了倒悬山，可比北俱芦洲的几座剑修圣地更了不起，更能够赢得天下剑修的眼光。"

倒悬山的存在，被誉为世间最大的山字印，本是一枚小巧印章，从天而降之后，便成了一座巍峨山岳，这明摆着是恶心儒家圣人的。那位道庭在别处天下的道祖座下二弟子，不但在浩然天下钉下了这么颗钉子，还要求所有通过倒悬山去往剑气长城的各洲练气士必须签订一"山盟"。

一般人是不知道倒悬山和剑气长城的存在的，毕竟那儿几乎就是浩然天下的最边缘，例如东宝瓶洲的寻常山上门派，偏居一隅，小门小户，还真就一辈子都不会听说这两个称呼。再往上，就是听说过，然后一笔带过，会是一个很难深聊的话题，一来消息闭塞,再者毕竟隔着千山万水,事不关己高高挂起。但即便是风雪庙这种最山顶的东宝瓶洲宗门,对于那处光景,依然觉得是云遮雾绕,雾里看花,终隔一层,因为隔着那座倒悬山,更因为那是道祖二徒的手笔,宛如"建造"在这座天下的私家庭院。

当真是跋扈至极。整个浩然天下都是你儒家的门户,贫道就偏偏要在你家里独立开辟出一座小花园。难怪文圣还未成圣之前,跑到两个天下的接壤处,对着那位道祖二徒破口大骂,会成为当时天下儒家门生最引以为傲的壮举之一。

按照一些流传已久的说法,你到了倒悬山之后,可以随便看,可以随便走,但是某些事情,你不得外传。你传了,浩然天下自然有那位道教掌教之一的徒子徒孙来跟你算账。而且涉及此事,儒教三学宫七十二书院往往不会太过掺和插手,最多居中调停一下而已。至于为何文庙里头有神像的圣人们对此选择视而不见,那估计就是涉及极大的内幕了。

阮秀纳闷道:"爹,你说这么多,跟不让我帮你打铁铸剑有关系吗?"

阮邛点头道:"那把剑品相太高,材质太好,你如今境界已经足够,爹怕万一你打出真火来,太吓人。如今小镇鱼龙混杂,稍有风吹草动,就会是半个东宝瓶洲都知道的事情。"

阮秀更加奇怪:"我不就打个铁,还能打出块桃花糕啊?"

阮邛冷哼道:"如果只是打出一块桃花糕,爹倒是省心省力了。"

阮秀略显尴尬地哈了一声,不再说话。

最近一年,糕点吃得不多,一说起来就想流口水,有点难为情。

阮邛憋了半天,还是忍不住:"那小子听说是给宁姚送剑之后,二话不说就答应了,就连东宝瓶洲距离倒悬山到底有多远都没问。癞蛤蟆想吃天鹅肉,不知天高地厚!"

阮秀转头,轻声道:"爹,只是喜欢一个姑娘而已,还要讲究门当户对啊,又不是成亲。成亲讲究一个出身勉强还有点道理,如今只是喜欢而已,天不管地不管的。"

阮邛愣了愣:"你知道他喜欢宁姚?"

阮秀瞪大眼睛:"我又没眼瞎。而且爹你又不是不知道,我看得到人心哪,所以早知道啦。"

阮邛气得一个字都说不出来,只恨不得一步走到落魄山竹楼,然后一拳打死那个泥瓶巷小泥腿子。没这么欺负自家闺女的。

阮秀突然笑了起来:"爹,你该不会是以为我喜欢陈平安吧?嗯,我说的这种喜欢,是男女之情的那种喜欢。"

阮邛有些摸不着头脑,虽然心里发虚,仍是故作轻松,嘴硬道:"你怎么可能喜欢那小子,跟出身没关系啊,爹也是寒苦门户里走出来的穷小子,这点不用多说什么。可是那陈平安的容貌和天赋,还有性格脾气,爹是真不喜欢,哪里配得上我家秀秀。"

阮秀哦了一声,双手胳膊伸直,十指交错,望向远方:"原来爹你不喜欢啊。"

堂堂兵家圣人，差点被自家闺女这么句话给气死。

阮邛硬着头皮问道："那你呢，秀秀？"

阮秀的回答，显得有些风马牛不相及，又像是避重就轻："陈平安只会喜欢一个姑娘，我比谁都知道。"

说到这里的时候，阮秀笑得很开心。这让阮邛有些发蒙，弄不清楚秀秀到底是怎么想的。他毕竟不是秀秀她娘亲，这些情情爱爱的问题，他一个大老爷们儿，实在不好打破砂锅问到底。

阮秀眯起那双水润水润的灵气眼眸，笑嘻嘻道："桃花糕真好吃呀。"

阮邛猛然起身，闷闷道："爹到小镇给你买去。"

阮秀柔柔弱弱道："好。"

圣人阮邛开炉铸剑一事，那些在去年入境的妖物野修都已被秘密通知，不管情愿不情愿，都赶往西边大山，至于能否破财消灾，成功进入山头，借着山水气运抵御之后剑炉发出的剑意，还得看那些山上势力的脸色，所以绝大多数来此扎根的各类妖物脸色都不太好看。一些个没把此事当回事的妖物想着自己道行高深，岂会被远在龙须河畔的铸剑所惊吓，执意要留在小镇新购置的宅子里。来自郡府、县衙两个地方的当地官吏也不勉强，只是将这类名单交给境内的大骊谍子。

大道玄奇之处就在于阮邛此次铸剑颇为古怪，宣称只对妖族大有影响，对人族练气士并无妨碍，哪怕是身体相对孱弱的市井凡人，同样不会受到阮邛铸剑的余韵波及。难怪有老话流传在仙家的"山脚"：不入此山，不享大福，但是同时也可以少诸多烦恼。例如骊珠洞天的术法禁绝一事，从圣人齐静春到李二，再到李氏老祖和所有寻常练气士，其实全部都在遭罪，反观老百姓，根本毫无察觉。

随后，近百个隐于小镇市井的野修在进山途中相互间起了好几桩冲突，一言不合就打生打死。大骊朝廷对此并不插手，只要双方厮杀不破坏山头的风水，全部睁一只眼闭一只眼。倒是一个在小镇不愿挪步的六境妖物跟前去通报的县衙官吏起了争执，凶性勃发，一拳打得那名官吏呕血不已，还将一名随行扈从的武秘书郎一并打伤，结果不到一炷香工夫，飞剑传信到了大山北边的新建郡府，郡守吴鸢亲自下令，将那个妖物当场斩杀。

自始至终，郡府没有劳动小镇那几个大族的老祖修士，更没有驱使那些寄人篱下、汲取灵气的其他妖物，而是派遣了三名品秩较高的武秘书郎，配合两百精锐大骊军卒，在一名武将的率领下，把妖物所在的宅邸围困得水泄不通，屋脊之上皆是膂力超群的弓弩手，一张张强弓劲弩所用弩箭更是工部一座秘密衙门的特制，最终将其当场绞杀。

名动中土的墨家豪侠许弱和麾下心腹刘狱就在不远处的一座屋脊上并肩而立，袖手旁观，没有越俎代庖。

　　当时远远观战的人，还有许多买下山头的外来势力。如果大骊派的是一个强大修士，对于那些观战之人的冲击其实要远远小于他们看到的那一幕——兵家修士出身的大骊武秘书郎配合沙场百战的悍卒，人人进退有序，有条不紊地斩杀妖物，分属山上山下的两拨人却能够配合得天衣无缝，这才是大骊王朝真正的可怕之处。

　　今日练拳，只是淬炼神魂，但陈平安更加受罪遭殃。被青衣小童背出去的时候，手脚抽搐，口吐白沫，哪怕被放入大药桶之后，仍是如此凄惨。等到他爬出药桶，换上一身洁净衣衫，又是深夜时分。拎起那只酒壶，吐出一口浊气，伸了个懒腰，坐在青衣小童和粉裙女童中间，陈平安喝了口烈酒，还是觉得呛人，但是感觉很好，比第一次喝还要好。

　　他借着酒劲问道："我知道世上有养剑葫，你们说包袱斋那边有卖吗？"

　　两个小家伙面面相觑。

　　青衣小童叹了口气："老爷，真不是我不愿意借钱给你，且不提包袱斋有没有卖，就算真有，第一，老爷你未必抢得到；第二，我就算倾家荡产，砸锅卖铁，也未必买得起一只最普通的养剑葫。"

　　陈平安有些震惊："这么贵？"

　　青衣小童使劲点头："没有最贵，只有更贵！贵到让所有中五境练气士都觉得肉疼！"他站起身，加重语气，"就说我那御江水神兄弟，这辈子最大的梦想就是左手一个养剑葫，右手一个养剑葫。嘿，偏偏他还不是剑修，非活活气死那些眼高于顶的剑修不可。结果到现在，他才攒出一个品相很低的养剑葫。当然了，这跟他大手大脚花钱有关系，光是那位仙子就让他挥霍掉了四五百年积攒下来的家底，还有好些爱慕他的，他也总是为她们一掷千金。唉，红颜祸水啊，所以说老爷你算好的，没啥桃花运嘛，不用愁这些。"

　　粉裙女童赶紧反驳道："不对！阮姐姐就喜欢我们老爷！"

　　陈平安笑道："那是阮姑娘人好，不是她喜欢我。这种话以后别乱说，否则阮姑娘真生气了，我可不帮你们。"

　　说话的同时，陈平安暗暗咋舌。原来养剑葫这么价值连城啊，那么回头下山第一件事，就是去驿站寄信给李宝瓶，要她好好收着那只银白色的养剑葫，千万别磕着碰着了。他可清楚得很，宝瓶那丫头的玩心大着呢，说不定哪天就会甩着红绳小葫芦满山跑，然后咻一下，小葫芦就给砸了出去。

　　两个小家伙相互瞪眼，都憋着不说话。

　　陈平安仔细想了想，补充道："阮姑娘跟一般人不太一样，具体的，我说不清楚。如果说阮姑娘喜欢我，那我也喜欢阮姑娘啊，但是这种喜欢，不是你们以为的那种。"

青衣小童如释重负。他之前有点担心，那个不爱说话不像圣人的中年汉子某天会气势汹汹杀到落魄山，一拳打死陈平安，再一拳打死自己。

粉裙女童则有些失落。她当然最喜欢自家老爷，也喜欢阮姐姐，如果她喜欢的两个人能够相互喜欢，岂不是很好？那么老爷到底喜欢谁呢？她知道，老爷是偷偷喜欢着某个姑娘的。她现在偷偷看着老爷的侧脸，就知道老爷又开始想念那个姑娘了。

陈平安的心神确实远游到了千万里之外。有个姑娘，眉如远山。她除了很好看之外，人也很好。哪怕她只是坐在泥瓶巷的破屋子里头什么话都不说，都能够让他对未来充满希望。

但是陈平安也知道，喜不喜欢她，是自己的事情；她喜不喜欢自己，是她的事情。

可不管如何，陈平安觉得自己得当面跟她说一下。就像她当初明明已经远去，只是突然觉得要跟他道一声别，就会掉头御剑而来，当面跟他告别。

陈平安不敢说这辈子只喜欢一个姑娘，但是绝对不会同时喜欢两个姑娘。所以他想要为自己远游一趟，这是少年第一次如此迫切地想要为自己做点什么。

第二天，陈平安在练拳之前随口问了一句"练剑需不需要找一部好的剑经"，结果老人大怒，原本既定的淬炼体魄变成了锤炼神魂，而且在那之前，以"切磋"名义来勘验练拳成效，以足足二十五拳"神人擂鼓式"把陈平安打得差点哭爹喊娘。

奄奄一息的陈平安躺在地上半死不活，他多次误以为自己真的就要死了。

老人居高临下，冷笑问道："人心不足蛇吞象，拳还没练好，就想着分心练剑？！"

满脸鲜血，看不清面容的陈平安悲愤欲绝，一边呕血，一边沙哑答道："我是想问练拳之后，应该如何练剑……"

老人很明显愣了一愣，发现少年的眼神开始冒火，尴尬一笑，一脚将少年踩晕过去。帮忙淬炼体魄嘛，晕厥还是清醒，差别不大的。

结果那天晚上，陈平安出了药桶换了衣服，就在一楼对着二楼破口大骂，脸色铁青，咬牙切齿。骂得还真不含糊，不愧是泥瓶巷出身的市井少年。

青衣小童和粉裙女童在旁边坐着嗑瓜子，就连青衣小童都开始佩服起自家老爷来。练拳这么久，别的不说，只说这份胆识气魄，就效果卓著哇。

之后陈平安坐在竹椅上闷闷喝酒，直接将剩下的小半壶酒喝光了。

新年过后，东宝瓶洲发生了几桩大事。

一是神诰宗那位年纪轻轻却辈分极高的道士在掌门师兄天君祁真的竭力举荐之下，应神诰宗的上宗——位于中土神洲的那座道教大宗门之邀，成为那座上宗的新任掌书真人，掌管那部珍贵异常的道教巨著《洞玄经》，此书被誉为"道法之纲纪"。这个消息，比起先前神诰宗庆贺祁真被敕封为天君的庆典，丝毫不逊色。

二是兵家祖庭之一的真武山去年新收的一名弟子一年之内连破三境,使得原本略逊风雪庙的真武山一下子声势大涨,隐约有压过风雪庙的迹象。要知道,这还是在风雪庙魏晋跻身陆地剑仙的前提下,由此可见那名少年的天赋之高。

三是一个小道消息,说北方蛮子大骊王朝失心疯了,要将疆域南边的某座山峰升格为一国北岳。众多势力顿时议论纷纷,多是讥讽嘲笑,说那土鳖宋氏不但学问浅薄,原来连东南西北都拎不清。唯独观湖书院严禁学子议论此事,值得玩味。

其余几件事,比不得前三桩那么惊人,而且多是以讹传讹的小道消息,暂时真假难辨。例如东宝瓶洲最南边老龙城的少城主苻南华要与南涧国一名女子联姻,女子所在家族是东宝瓶洲掰手指就数着的大族,但是传闻那名女子奇丑无比,是个三十岁的老姑娘了。又比如北边的大隋动荡不安,不断有大修士悄然离开国境向南"游历",据说是为了躲避大骊那座虚虚实实的白玉京飞剑楼。至于被摘掉七十二书院头衔的山崖书院去年在大隋京城扎根,算不得什么大消息。还有,大隋对外宣称境内多出一位惊世骇俗的十境武夫,东宝瓶洲南方都认为是大隋高氏一次拙劣的障眼法。

魏檗仍旧每天去往落魄山散步,这座山头也随之热闹起来,附近三座山头的仙家本来只把迟迟不愿建造府邸的落魄山当个笑话看待,现在却开始经常往落魄山跑,要么是与北岳大神偶遇,要么是去山巅的山神庙供奉一炷香火。

这个举动可不简单。仙家入庙烧香是有大规矩大说法的,仙人往往不踏足神庙,更不会轻易烧香,除非是近似于结盟的"头香"。例如我在一座山头建造府邸,山上有朝廷敕封的祠庙,那么才会去烧一炷香,而不是三炷香,算是打了声招呼。若是香火点燃烧尽,就意味着祠庙内的山水神灵点头认可;若是插入香炉的香火烧不下去,就说明"火候不到"。至于之后仙家是要撕破脸皮还是要更加笼络,得看各自的底气,或者说得看山下王朝的胳膊有多粗,拳头有多大。

只不过小小东宝瓶洲到底不是百花绽放的中土神洲,相传那边曾有一个屹立千年的强大王朝,每当国势衰败之际,必出雄才伟略的明君和力挽狂澜的文臣武将。那个王朝极力推崇纯粹武夫,曾经做过一桩前无古人、后无来者的壮举:某个差点断了国祚的昏聩君王一怒为红颜,以举国之力围攻一座大岳,除了国内练气士的法宝、剑修的飞剑外,还有无数纯粹武夫的强弓劲弩、六千架铭刻有道家云篆符箓的投石机,更是摆下了近万张经由墨家机关师特制的巨大床子弩,拿出了王朝所有储备,每一支床子弩箭皆粗如大殿栋梁……最后硬生生将那座大岳射成了一只刺猬。

龙泉小镇上依旧热闹,但是这两天西边大山里却异常安静宁和,别说是在此落脚的外乡仙家,就是那些桀骜不驯的妖精鬼怪也全部大气不敢喘一口,因为大骊国师崔瀺开始巡山了。

听说这是他第一次踏足龙泉郡,不苟言笑,只带着两名扈从,从北边的郡守府开始进山,一路往南。因为崔瀺并没有故意要微服私访,先给他的得意门生,担任郡守的吴鸢打过了招呼,因此各大山头都早早接到了衙门通知,要求在最近一段时间内做好接驾准备,国师随时会上山观景。倒不是强人所难,非要端出什么龙肝凤髓,搞什么花里胡哨的净土扫街,而是面子上总得过得去,当家的人物,总该至少有一个在山头待着别乱逛,要不然国师上山后,随口一问却三不知,那就不妥了。

在这当中,阮邛名下的神秀山及包袱斋所在的牛角山肯定是重中之重,吴鸢不得不让分别担任县令和窑务督造官的袁、曹两位大公子先行入驻两地,以免招待不周,出了纰漏。至于披云山,更不用说,皇帝陛下很快就会御驾亲临。

果不其然,崔瀺在披云山那边短暂居住了两天,看过了北岳祠庙以及新书院选址。其间,一张全程陪同在国师身边的面孔引发了轩然大波,竟然是黄庭国的老侍郎程水东——这惹来诸多揣测:难道作为大隋附属国的黄庭国洪氏已经背弃了盟约?

最后崔瀺走到最南边的落魄山,登上了山神庙,宋煜章现出金身。宋煜章在年少求学之时便对这位国师推崇至极,如今不但得以近距离见到真容,还能聊上几句道德学问,这让已成山水神祇的宋煜章激动万分。

从山神庙离开,崔瀺让宋煜章去往披云山,与魏檗商议妖物入山一事,又让身边两名扈从许弱和刘狱返回小镇,继续盯着谢实、曹曦。

暮色里,崔瀺独自缓缓下山,走上一条幽静小路,最终来到一栋竹楼前。

粉裙女童正在檐下嗑瓜子吃糕点,看到老人后,她眨巴眨巴眼睛。老爷又晕死在药桶里了,她既不敢擅自关门拒客,又不敢由着陌生老人擅自闯入竹楼。

青衣小童最近修行勤勉,潜心打坐,日夜不歇,除了背陈平安离开二楼,几乎就没有离开过山崖畔,两耳不闻山外事。结果这一睁眼,就看到一位修为深不见底的老儒生,还是脾气不太好的那种。他想要跳崖自尽的心思都有了:走在小镇街道或是泥瓶巷的路上遇见一拳能打死自己的也就罢了,走回落魄山的荒郊野岭上又遇见也忍了,咋的,老子在自家门口安静修行,就门口,也要跑出来个一拳能打死自己的?

青衣小童神色麻木,不畏死就有大气魄,对崔瀺说道:"我家老爷最近不待客,你要是不高兴,不妨一拳打死我,反正要先从我的尸体上跨过去。"

崔瀺点点头,脸色漠然:"你想死对吧?"

青衣小童刚要说话,粉裙女童已经稚声稚气问道:"老先生,你要找谁?"

崔瀺转头微笑:"我名为崔瀺,是大骊国师。不找你家老爷,要找二楼那个人。"

青衣小童跟被雷劈了一样,然后瞬间翻白眼,一只手按住脑袋,一只手抓瞎似的乱挥:"我刚才说了什么,我怎么不记得了,为什么会这样……"

二楼有老人站在栏杆旁,对粉裙女童说道:"让他上来,你带着那条小水蛇先去别的地方玩。放心,跟你们老爷陈平安没关系。"

崔瀺拎着两把椅子走上二楼，轻轻放在廊道上，一人一把坐着。

老人问道："怎么回事？"

崔瀺淡然道："为了自己的大道，我找了一副上古遗蜕的大仙皮囊，分出一半魂魄装入其中，一分为二，以少年相貌行走骊珠洞天，结果算计齐静春不成，反而被他害得境界大跌，神魂不稳，之后跟此地一个活了极其悠久的余孽刑徒做了笔买卖，学了一门秘术，这才好不容易稳住心神。再后来老秀才来了趟这里，选中了少年皮囊的我，舍弃了身在大骊京城的我，切断神魂联系，彻彻底底一分为二，世上便有了两个崔瀺……"

老人亦是神色冷漠，双手握拳搁在膝盖上，眺望远方："错了，是崔瀺巉。"

崔瀺对此不置可否："我是崔瀺，从离开家乡的那一刻起就是如此。至于那个分去我一半魂魄的少年，如今倒是选择了一个跟山有关的新名字——崔东山，我看叫崔巉才贴切。崔瀺，崔巉，山水不分家，山水有重逢，还能讨个好兆头。"

老人转过头："你怎么变得这么老了？"

崔瀺自嘲道："二十岁离家，二十四岁去往中土神洲，之后百余年间大起大落，叛出师门后又浪荡三十余载，云游天下。重返东宝瓶洲后，在这大骊王朝还待了这么多年，两百岁的人了，当然不年轻了。"

老人摇头道："这不是我印象中的瀺巉。"

崔瀺笑了笑，云淡风轻道："爷爷，知道吗，你从来都是这个样子，什么都是'我觉得'，好像天底下所有人和所有道理都在围绕着你转悠。恐怕只有你疯了之后才不这样。我虽然不清楚为何崔氏没有将你禁锢起来，但是我不认为你这趟来找我，于你于我有半点意义。"

老人还是摇头："我是来找你们先生的。"

崔瀺讥笑道："老秀才？他早已离开东宝瓶洲，去了趟南婆娑洲，闹出很大的动静，连颍阴陈氏老祖肩头的一轮太阳也给他偷走了，如今闹得整个天下都沸沸扬扬的。只是老秀才现在谁也管不着，很潇洒的。"

老人笑了："小时候的瀺巉不会说这样的话。他会说某个人的坏话，但是每次最后都会加上一句'但是那人对家里人好好''但是那人诗词是真的好''但是……'"

崔瀺冷哼道："够了！陈芝麻烂谷子的旧账，翻来翻去，全是灰尘。"

老人哈哈大笑："不愧是当了大骊国师、掌握半洲走势的大人物。"

崔瀺叹了口气。

老人自嘲道："难怪当时没认出你来，我记忆里的瀺巉跟你现在太不一样了。"

崔瀺站起身，一手扶住栏杆，道："人心似水，若是不动，就是死水了。"

老人缓缓起身："看得出来，除去你身边的剑客，小镇那边还有两个厉害人物，怎么，是针对你来着？需不需要我做什么？"

崔瀺犹豫片刻,半真半假问道:"那得先看你敢不敢宰掉一个北俱芦洲的天君了。"

老人呵呵笑了两声。

崔瀺转过头望向他。在年少的记忆里,老人跟现在同样截然不同,那时候的崔氏老祖,拄着拐杖,老态龙钟,而且一身儒雅书卷气。

老人闭上眼睛,开始寻觅小镇某人的气机。

小镇桃叶巷,谢家老宅。谢实一直在等大骊皇帝的答复。

曹曦登门拜访,谢实懒得介绍他,曹曦又不愿自吹自擂,谢家上下就没谁能知道这位富家翁的底细。但既然是老祖宗的"朋友",谢家就不敢有丝毫怠慢。在大堂,曹曦喝着茶水,斜眼瞥见一对玲珑可爱的香火小人就躲在匾额里头,朝他探头探脑。

谢实不耐烦曹曦的作态,刚要准备赶人,两人几乎同时望向西南方向。

曹曦眯起眼,有点幸灾乐祸。谢实脸色自若,但是心底已经有些震撼。

最少九境巅峰的武夫气势在西南大山那边的某个地方以肆无忌惮的方式"巡视"整座小镇,最终死死盯住谢实。

许弱不知何时也悄然出现在桃叶巷,横剑身后,悠然散步。

世人大多只知道墨家豪侠许弱的剑重防御而不重攻势,剑招古朴,剑气深远,剑意厚重,但是并不清楚,他的通神剑术到底还是用来杀敌的,怎么可能是为了"执剑即不败"?墨家游侠横行天下,虽然宗旨是锄强扶弱,可无论是江湖还是沙场,墨家子弟的杀力绝对不低。故而兵家之外,墨家是最受疆场武将所器重依赖的百家修士。

铁匠铺里,正在打铁的阮邛动作稍稍停歇。

谢实喝了口茶水,环顾四周。就在他要将那只茶杯放回桌面的前一刻,天井处,一只小黄雀嗖一下破空而至,停在谢实肩头,轻啄他的衣衫。

这只黄雀,陈平安见过,齐静春见过,事实上,小镇许多百姓都见过。

曹曦面露疑惑,随即勃然变色,最后额头渗出汗水,笑脸惨白,既敬畏,又有一丝庆幸。许弱叹息一声,松开了握住剑柄的那只手,觉得自己的剑,出不出,结果都是一样的,还是太慢。阮邛继续埋头铸剑。唯独落魄山竹楼,老人放声大笑,战意昂然。

谢实放下茶杯,如同彻底放下心,朗声笑道:"这就是大骊的待客之道?"

曹曦悻悻然,有些尴尬。他想宰掉谢实不假,然后顺便牵扯出谢实背后的某位道教大佬,到时候肯定乱成一锅粥。南婆娑洲的颍阴陈氏、此地圣人阮邛,以及风雪庙、真武山两座东宝瓶洲的兵家祖庭,还有大骊那栋不知深浅的白玉京飞剑楼、城府深厚的国师崔瀺,等等,都会牵扯进来。自己既能完成与醇儒陈氏的约定,成功掌控自己的那只本命瓷,同时联姻成为亲家,之后找个机会脱身离去,舒舒服服隔岸观火。天塌下来终归有高个子顶着,一劳永逸,大不了以后都躲在镇海楼。可是曹曦却不想当出头鸟,首先跟谢实硬碰硬。

许弱本来已放弃出剑的念头，听闻谢实这句话后，反而心生不悦，重新握住剑柄。这位在桃叶巷散步的墨家豪侠缓缓走向谢家老宅，边走边道："大骊待客如何，无须我许弱多说什么，若是真铁了心对你不利，稚圭根本就不会出现在小镇。动之以情晓之以理，大骊做得不算差了，倒是你谢实在驿站桌上口气不小，全然不把大骊放在眼中。怎么，如今仗着有你家祖师爷撑腰，就要继续耍威风？行，我许弱今日就只以许弱的身份跟你来一场生死之战。"

许弱走到谢家门口，笑道："放心，我墨家子弟一诺千金，今日之事只在你我生死之间了却，以后大骊也好，墨家师长也罢，都不会找你谢实的任何麻烦。"

崔瀺，曹曦，阮邛，许弱，无名氏武夫。小镇龙盘虎踞，以这五人为尊，构成一张联手围剿谢实的无形大网。照理来说，许弱是最不会第一个出手的人物，不承想最后反而是这位与谁都好说话的墨家游侠率先想要出剑，捉对厮杀，独力领教一位道家天君的通天本事。

谢实皱了皱眉头，望向大宅门口，沉声道："许弱，你当真要出手？"

许弱拍了拍剑柄，洒然笑道："不曾完整递出一剑，已经一甲子光阴，我为此温养了两三剑，还算凑合，相信绝不会让谢天君失望。"

谢实破天荒有些骑虎难下。若是个人恩怨，在北俱芦洲，他谢实还真就要放开手脚。但是这次跨洲南下却没有这么简单，能够让他谢实做这些不合心意的事情，这本身就很能说明问题。作为一洲道主，怎么可能单单是被人以本命瓷要挟就忍气吞声南下返乡？

曹曦有些幸灾乐祸。许弱此人是出了名的吃软不吃硬，属于世间游侠中脾气最好的那一撮。他的本事大小、修为深浅、靠山高低，因为出手极少，所以一直是个谜。但是山上山下都信奉一件事：能够活过漫长的岁月，赢得偌大名号，那么越是脾气好的修行中人，脾气不好的时候一定越是惊人。

就在此时，一个苍老嗓音如洪钟大吕响彻谢家老宅："许弱，你不要跟老夫争抢。谢实是吧，就交由老夫来练练手，正好庆贺老夫重返武道十境。对手不够强，打得不会尽兴！若是你谢实觉得老夫仗势凌人，以多欺少，没关系，老夫就跟你幕后之人酣畅淋漓打上一架，与许弱一般道理，个人恩怨，生死自负！"

一直站在谢实肩头上的粉嫩黄雀嘤嘤啼鸣，婉转悦耳。

谢实竖耳聆听，会心一笑，抱拳道："老人家说了，先前是我谢实诚意不够，没这么强买强卖的道理！他老人家正在赶来龙泉郡的路上，还说要亲自帮助你们大骊王朝拐骗……"谢实按照原话一五一十地说到这里，神色略微僵硬，想着为尊者讳，赶紧改口，"请来了东宝瓶洲道统玉女贺小凉，免去你们大骊日后与神诰宗交恶，以表诚意。所以你们大骊宋氏真正需要用心的地方,只在真武山一处。"

曹曦想了想,总觉得哪里不对劲。但是从谢实的言语之中,偏偏找不出毛病。

谢实望向大宅门口方向,抱拳笑道:"若是想要交手,等到这件事情办完了,我谢实一定奉陪!"然后他偏移方向,面朝西南大山之中,正是落魄山竹楼所在,"想要与我家老爷交手,一样要先跟我谢实打过才行,还望理解。若是你觉得是我谢实瞧不起你……"谢实收起拳头,双手负后冷笑,"那就当是我谢实瞧不起你好了!"

许弱撂下一句:"此间事了,一定奉陪。"

落魄山竹楼,老人转头笑望向崔瀺,道:"如何,我应该什么时候出手?换作平时,真忍不了。"

崔瀺神色如常,拇指与食指轻轻摩挲,似乎在权衡利弊,缓缓道:"不急。本来就是谈生意,他谢实漫天要价,我就想着借你的势帮助皇帝陛下就地还钱而已。既然幕后大佬露面发话了,退让了一大步,大骊就没必要跟谢实撕破脸皮。呵,以后还得让谢实坐镇观湖书院以北的山头,可不能伤着这位天君老爷。我出山之后,还要劝说许弱暂时不要意气用事,有点头疼。许弱这种人,无欲则刚,他认定的事情,唉,头疼。"

老人望着崔瀺的侧脸,叹了口气:"瀺巉,你不该变成这样的。"

崔瀺指了指远方,讥笑道:"我是崔瀺,你孙子崔巉在大隋,不但是少年模样,还带着幼稚的少年心性,应该随你的喜好。"

崔瀺心情大坏,突然厉色道:"出来!"

这声怒喝,吓得青衣小童和粉裙女童打了个激灵,青衣小童更是两股战战:怎么,在肚子里偷偷骂几句娘都不行?这也能听得见?

好在很快竹楼外那条幽静小径上就走出了一个修长如玉的男子,三十多岁,英气勃发,身穿黑衫,浑身散发出一股冰碴子似的生硬气质,一看就是个不好相处的人物。他步伐坚定地走到竹楼外,向二楼低头抱拳道:"崔氏末席供奉孙叔坚拜见大骊国师,拜见老祖宗!"

崔瀺眼神不悦:"那托钵僧人拦阻过你一次,等于救了你一命,你还敢进山来此?!"

当时崔瀺悄然离开驿站去见老人,其实早就察觉到躲在暗处的男子,那个时候他就起了杀心,只是僧人先行出手,挡在了崔瀺和孙叔坚中间,崔瀺不愿节外生枝,才没有出手杀人。

孙叔坚脸色沉毅,保持抱拳姿势,但是抬起头,与崔瀺对视:"崔氏祖宅专门有人负责盯住老祖,每隔十年就换一次,防止有人暗中加害老祖,这十年正是在下。老祖此次擅自离开南方,也正是在下帮忙传递错误谍报,谎称老祖依然滞留在南方一带。"

崔瀺眯眼笑道:"所以你这是跟我讨赏来了?"

孙叔坚虽然摇头,可毫不掩饰自己眼神的炙热,朗声道:"不敢!我孙叔坚只希望能够向老祖学拳！哪怕天资有限，只能学到一点鸡毛蒜皮，虽死无憾！"

老人笑道："在这百年落魄的岁月里，我偶尔清醒的时候，记住了很多个你这样的家伙。他们大多修为比你高，但全部是绣花枕头，说起天赋和战力，还真不如你这么个野路子出身的六境武夫，你无须妄自菲薄。说不得，你自愿到我身边，烧一个冷了百年的冷灶，也是你的私心谋划，对不对？"

孙叔坚颇有几分真小人风范，点头道："确实是我心存侥幸，希冀着借助老祖的青睐，一步登天！"

"哦？野心勃勃，我身边这位大骊国师说不定会喜欢你。"老人指了指身边的崔瀺，然后指了指自己，最后指向孙叔坚，"忘恩负义的玩意儿，既然知道我是崔氏老祖还敢如此行事，你小子真是胆肥，就不怕我清醒的时候一拳将你打成烂泥？"

孙叔坚眼神坚毅："我只知道不搏上一搏，不赌上一赌，我肯定会后悔一辈子！"

崔瀺眯起眼眸，第一次仔细打量这个年轻晚辈。有点意思。

老人将崔瀺的表情尽收眼底，笑了笑，轻轻跃下二楼，飘然站定，盯住浑身肌肉紧绷的孙叔坚："想跟老夫学拳，没点真本事可不行，敢不敢接老夫一拳？接下了，不说九境，八境就是你孙叔坚的囊中之物；接不住，那就没第二拳的事情了。"

天大的机缘就在眼前，孙叔坚仍然没有丧失理智，直截了当问道："敢问老祖，是以第几境的修为出拳？"

崔瀺闻言微笑。确实有资格做自己的棋子。

老人肆意大笑，欢快至极："你是六境，老夫不欺负人，只以五境赏你一拳，如何？"

孙叔坚一脚前踏，一脚后撤，摆出自己的拳架，一股拳意如溪涧泉水流淌全身，浑然天成。显而易见，在武道之上，自学成才的孙叔坚不但有大毅力，更有相当不俗的大悟性，以他的野修身份，走到今天这个高度，极有可能付出了很多外人不可知的心血。孙叔坚屏气凝神，隐约之间已有几分大家风范："有请老祖出拳！"

崔瀺突然没来由地叹息一声。光脚老人一步踏出，一拳砸去。

粗朴无华的一拳打在了孙叔坚的额头上。根本来不及阻挡老人的孙叔坚瞬间倒飞出去十数丈，躺在血泊中，四肢抽搐，七窍不断有鲜血涌出。濒死之际，这个心比天高的年轻武夫瞪大眼睛望向天空，眼神中充满了疑惑、不甘和愤懑。

粉裙女童捂住眼睛，不敢看这一幕。

青衣小童咽了咽口水：瞧瞧，可不就是一拳打死人？

崔瀺出声问道："为何要如此？"

老人转身跃回二楼檐下："这种人根本不配学我拳法。"

崔瀺多少有些惋惜。毕竟，有望八境甚至更高的纯粹武夫是一颗不容小觑的重要棋子。但是崔瀺很快就放弃这点情绪。人都死了，多想无益，好在是别人地盘，不用他收尸。他好奇地问道:"杀他又是为何?"

老人坐回竹椅:"不是给你看的,是给楼下那个家伙看的。"

福祸无门,惟人自召。崔瀺低头望去。

竹楼外,站着一个脸色难看的少年,正仰头朝他们望来。

少年始终没有说话,气氛极冷。

片刻之后,老人没有起身,少年也没有离去。

崔瀺觉得有些无聊,哪怕楼底下那人是另一个自己的先生。

如果不是某人还有可能回到人间,那么对于自己已经没有半点神益的陈平安,崔瀺不介意送他一程。至于崔东山的大道如何,是否会因此受挫、终身无望重返巅峰,关他何事? 终究是两个人了。

老人坐在竹椅上,冷笑道:"怎的,你小子嫌弃老夫滥杀无辜,要为了那个死不瞑目的家伙,跟老夫讨要公道?"

陈平安走到那具尸体旁边,蹲下去,发现已经死绝了。

陈平安轻声道:"我不知道你为何而来,也不知道他为何要杀你,所以我能做的,就是帮你下葬,以后若是知道了你的家乡,尽量帮你的尸骨落叶归根。"既是说给死人听的,也是说给二楼两人听的,更像是说给自己听的。

老人骤然之间一声暴喝,脸上流露出怒极之色,狰狞恐怖,气势如虹道:"世上好人万万千,如我这般的纯粹武夫,天底下屈指可数! 世上修士何其多,你以为登顶之人会分什么好坏善恶?! 陈平安,你跟老夫是学练拳,还是学做人?!"

陈平安站起身,招手让青衣小童过来帮忙处理后事,望向二楼,说道:"只学拳!"

老人站起身,开怀大笑:"好好好! 何时练拳?"

陈平安默然走向竹楼,登上楼梯。

老人转身走入屋子:"有事只管喊我。"

"你放心。"崔瀺转身走向楼梯,斩钉截铁道,"不会的!"

老人脚步微微停顿,很快就大踏步跨过门槛,大门砰然关闭。

崔瀺在楼梯口停步,陈平安走到一半,见他没有让出道路的意思,就停下脚步。

这位儒衫老者居高临下望着少年,微笑道:"以前在尚未下坠破碎的骊珠洞天之内就数你最可怜,气数单薄,几近于无,所以只能与一切机缘擦肩而过,沦为其他人的鱼饵。如今没了这些玄妙禁制,甚至还有点否极泰来的意味,那么天上掉下这么大一个馅饼就好好接住,死死接住了,手被砸断,腿被压折,就是用嘴巴叼得牙齿尽碎,也要拼尽最后一口气去争取,死死拿住喽!"崔瀺开始往下走,"这些话,是替那个老家伙说给你听的,他从来就不喜欢好好说话,做什么说什么都是一副天经地义的德行,其实挺讨人厌的。如果是我自己,这次根本不会来见你。你的生死,如今其实已经不重要了,这你得感谢齐静春,我那个师弟。当然,如果你自己不争气,齐静春就死得冤枉了。"说到这里,崔瀺笑意复杂,"不得不承认,这一点,我的眼光比杨老头要好,但是比齐静春要差。"

最终两人擦肩而过,各自稍稍侧身让出道路。在那个时候,崔瀺微微停步,悄声道:"你知道你这辈子最凶险的时刻是哪一次吗?"

听到这话,陈平安也放缓脚步。崔瀺低声道:"是某位'好心人'要送给你一串糖葫芦那次。你当时如果接下了,万事皆空。"

陈平安心中震惊得无以复加,许多往事走马灯般历历在目。

崔瀺继续往下走去,当他跨出最后一级楼梯的瞬间,身影消散,一闪而逝。

这一天练拳,既淬炼体魄又锤炼神魂,比起昨天的煎熬,可谓变本加厉。不管陈平安如何咬牙支撑,仍是数次昏厥过去,却又被老人硬生生打得清醒过来,三番五次,真正是生不如死。

青衣小童扛着陈平安离开屋子的时候,差点以为是今天第二次收尸,吓了一大跳。当时陈平安的气息已经细微如游丝,呼吸比起风烛残年的老朽之人还要孱弱,以至于魏檗都不得不去二楼叩响门扉,提醒那位老人过犹不及。

老人隔着一扇门,没好气地回答道:"老夫教谁练拳,天底下还没几个人有资格指手画脚!"

魏檗气呼呼地下楼,实在不放心,只好亲自盯着药桶里陈平安的呼吸,以防出现意外。

夜幕中,精神萎靡的陈平安换上衣衫走出大门。

青衣小童在崖畔修行,粉裙女童搬来小竹椅。

陈平安坐在竹椅上,摸了摸她的脑袋,笑道:"我没事。"

粉裙女童挤出一个笑脸,学着青衣小童拍马屁:"当然啊,我家老爷最厉害了。"

陈平安朝她做了个鬼脸,终于把小丫头给逗乐了。

陈平安之后便安安静静坐在椅子上,双手随意放在腿上,坐姿慵懒,并不刻意。但是,现在的陈平安终于有了一股子无法言说的锋芒,哪怕他不说话,一身流泻如迅猛洪水的拳道真意都能够让拳法行家感到扎眼,感到刺目!

粉裙女童会觉得陌生,青衣小童更是如此,所以他才会每天拼了命去修行。

这次练拳,最难能可贵之处,在于老人对陈平安的锤炼,无论如何凶狠残暴,都不曾改变少年的原本心性丝毫。无论是山上山下,都适用一条规矩,关于传道授业解惑,名师之上是明师,老人无疑是第一等的武道明师。明师,未必是顶尖高手,如李氏老祖就觉得不过五境武夫的朱河是当之无愧的明师,但是这位每天把自己锁在竹楼内的老人,如果不是武道宗师,那才是怪事。"九境之上还有大风光",这种话谁能说出口?比如朱河甚至坚信九境的山巅境就是武学的止境和道路的尽头了。

粉裙女童偷偷问道："老爷，你今天是不是不太开心？"

陈平安问道："你是说老前辈暴起杀人一事？"

粉裙女童怯生生转头瞥了眼二楼，生怕自己给老爷惹来麻烦。

陈平安没有给出清晰的答案，而是轻声道："上次远游的时候，我曾经在一处地方遇到一个嫁衣女鬼，喜欢一个读书人，喜欢得很……我不知道怎么说，但是她为此杀了很多无辜的过路书生，我觉得她错了就是错了，而且不是一般的小错，不是可以弥补的那种。但是我能怎么办呢，当时宝瓶、李槐他们都在我身边，我总不能由着性子做事。而且我当时也想着，是不是我想得浅了，也不敢确定。"

粉裙女童好奇问道："老爷，那你现在觉得呢？"

陈平安双手握拳，撑在膝盖上，眼神清澈，笑道："那就是错的啊。下一次见面，我估计还是没办法讲道理，但是没关系，下下次，下下下次，总会有机会的！"

粉裙女童笑了。这样的老爷跟以前那个闷闷的老爷不太一样，但是更好些。

陈平安在心中默默告诉自己：要先活着。

夜幕沉沉，有个头戴莲花冠的年轻道士推着一辆独轮车，插着算命摊都会有的唬人旗招子，走在通往槐黄县的官路上，车轮碾压在道路上，吱呀作响个不停——正是当初那个在小镇上当了好些年瘸脚算命先生的陆沉。

一只黄雀凭空破开夜幕，从涟漪中钻出，一个急停，站在陆沉的肩头，用鸟喙亲昵摩挲着他的脸颊。他笑容灿烂，腾出一只手，轻拍黄雀的小脑袋："知道啦知道啦，之前是辛苦你喽，要你将一枚枚铜钱啄来啄去的，帮着勘验文运。没法子呀，齐静春下棋那么厉害，你看，最后咱们两个不也没算出齐静春的后手？好嘛，这输得，小道我还是服气的。谁让老师偏心呢，明明是我这个徒弟下棋算卦最差，跟人打架最差，结果到最后，不讨喜的苦差事全部要我来做，这不是难为人嘛。"他像是碎嘴的市井妇人，埋怨这念叨那，没有半点神仙气度。

黄雀突然啄了一下陆沉的耳垂，陆沉仿佛洞悉黄雀的心意，哈哈大笑："仙人怎的就不是人啦？"他学那僧人单掌竖立在胸口，往轻巧了说是不伦不类、滑稽可笑；可若是往大了重了说，就是忤逆道统。

陆沉没个正经，轻声念叨着："佛祖菩萨保佑啊，让小道这趟重返小镇，和气生财，一定要和气生财。嗯，上回求你们还是有用的嘛，最后不就没跟齐静春打生打死？所以这次再关照关照小道？一回生二回熟，以后大家就是朋友了！"

陆沉举目望去。夜色下的小镇，在他眼中，纤毫毕现。

无论是骊珠洞天下坠之后失去了大阵护持，还是破碎之前术法禁制完整，对他而言，其实一模一样，并无差别。他伸出一根手指，轻轻敲打那顶古朴道冠，似乎在思考一个令人头疼的问题。

陆沉正是齐静春当初不管离不离开骊珠洞天都必须死的死结所在。只是齐静春出人意料地选择退了一大步,陆沉便跟着退了一小步。

喜欢大大咧咧说话的曹曦走后,谢宅顿时就重新恢复了清静,一家上下,从当家做主的妇人到一双子女,再到几个老仆老妪,走路都要蹑手蹑脚,唯恐惊扰到谢实休息。这段时日,谢家人人过得很不真实,突然从那部甲戌本族谱上走出一位活生生的老祖宗,活了不知道多少个春荣秋枯。恐怕就只有那位自幼寡言的长眉少年心境相对安稳,因为谢实大致跟他解释过了外边的世界,并且让他暂时跟随阮邛铸剑打铁。机缘一事,不是跟着自家老祖作威作福就会更好。长眉少年心性坚韧,哪怕得知老祖马上就是北俱芦洲的首位天君,无论修为还是地位,其实都要超出师父阮邛一筹,仍是没有流露出丝毫改换门庭的想法,这让谢实在心中微微赞赏:这才是谢家子孙该有的度量。

少年注定不会知晓,若是他稍稍心志不定,谢实就会放弃栽培他的念头,甚至会主动对阮邛言语一二,免得家门不幸,遗祸绵延——这就意味着他几乎彻底失去了证道长生和重振门风的可能性。

山上仙师收弟子极其重视修心,往往不是几年就能敲定的事情,更多是云游四方数十载才找到一个能够继承香火的满意弟子。在这期间,很多仙师都会给予种种考验,富贵、生死、情爱,诸多俗世头等事皆是修道登天的关隘,是继续待在江河里做杂鱼,还是鲤鱼跳龙门,可能只在取舍的一念之间。

大道漫漫,每一个跻身十境,尤其是上五境的练气士,无一例外,都是惊才绝艳之辈。只不过大道三千,登山之路并无定数,故而各有各的缘法。天君谢实不喜欢的性情落在别家圣贤或是旁门左道眼中,就有可能是一块良材璞玉。所以老话又有"天无绝人之路"一说。

当然,谢实地位崇高,眼光亦自高远,其实以长眉少年的资质天赋,在东宝瓶洲的仙家门派当中都会是极为抢手的修道坯子,肯定什么都不管,先收了做弟子再说。山门里头每多出一位中五境神仙,无论是用来震慑世俗王朝的帝王将相,还是处理与周边山上"邻里"的微妙关系,都会有极大的助力,哪里会如谢天君这般吹毛求疵。

谢实缓缓喝着酒,面有愁容。

"老祖宗,有心事吗?"长眉少年坐在桌对面,一对品相极高的香火小人眼见着没有外人在家,便从大堂匾额跃下,在少年肩头、脑袋上追逐打闹,欢快嬉戏。长眉少年对此早已习以为常。

谢实喝着闷酒:"问心有愧罢了。"

长眉少年错愕道:"老祖宗这么厉害,还需要做违心的事情?"

谢实笑了笑："你以后一样会如此不爽快，用不着大惊小怪。你的性子，憨直多于灵动，学剑挺好的，道家修清净，听上去是一潭死水的性子，其实不然，最是需要扪心自问，条条道道，并不轻松。"

长眉少年点点头。

谢实看着略显稚嫩的脸庞，心中喟叹。乱世将至，群雄逐鹿，注定会精彩纷呈，但同样会多出许多无可奈何的生离死别，山上山下差不离的。

谢实挥挥手，示意少年可以离开了。

一双香火小人蹦回匾额待着，相互依偎，窃窃私语。

谢实闭目养神，呼吸绵绵，坐忘神游。

曹曦离开桃叶巷后，随便溜达起来。若非如今骊珠洞天的宝贝都已搜刮殆尽，以曹曦在南婆娑洲"雁过拔毛"的脾气，还不得把小镇翻个底朝天？曹曦心中大恨，恼火大骊王朝之前的强买强卖。按照大骊曹氏子孙的密信所言，大骊那趟涸泽而渔似的搜集法宝，还真是收获颇丰，哪怕修为高如曹曦都有些眼馋。

屠龙一役，三教百家的先贤们在此血战一场，打得天翻地覆，尸体如雪纷落，然后四位圣人从天而降，画地为牢，所有宝贝就这么留在了小洞天之内，一甲子一次开门迎客，各凭本事，掏钱进门，靠着眼力捡漏，多有出去之后境界骤然暴涨的幸运儿。

曹曦犹豫了一下，自言自语道："儿孙自有儿孙福个屁，不提点几句，我看悬乎。"

他来到窑务督造官衙署，门房是个眼力见儿不好的，又没资格知晓曹氏家事和山上事，气势汹汹地将曹曦挡在门外。曹曦也不生气，笑呵呵站在衙署门外跟门房闲聊，一来二去，还挺热络的。还是搬出曹氏祖宅来此暂居的曹峻察觉到异样后，给督造官曹茂提了一嘴，上柱国曹氏的这一代嫡长孙吓得立即跑到大门口，见着了朝思暮想的老祖宗，二话不说就扑倒在地，砰砰磕头，把那个门房给吓得魂飞魄散。

别看曹茂在郡守吴鸢那边谈笑风生，心里根本没把吴鸢这个寒庶出身的国师弟子放在眼里，然而到了曹曦跟前，真是五体投地，毫不含糊。这怪不得曹茂失了分寸，曹曦是家族最大的老祖宗，比为家族赢得上柱国头衔的祖宗还高高在上，曹氏只有每一代嫡子才有资格知晓这桩天大秘事，用以在危急时刻抖搂出来——自家老祖，南婆娑洲的陆地剑仙，镇海楼的半个主人，这可是比免死铁券还管用的保命符。

曹曦走到曹茂身边，用脚踹了一下："起来吧，少在这里丢人现眼。"

曹茂连忙起身，连官服上的灰尘都舍不得拍一下，激动得眼眶通红。上五境的神仙人物，岂是想见就能见到的？更何况还是自家族谱上清清楚楚写上大名的祖辈！有这么一座大靠山，以后曹氏子弟莫说是在大骊王朝这一隅之地，便是在整个东宝瓶洲也能横着走！

曹曦问道:"关于陈平安的祖籍,查清楚了?"

曹茂毕恭毕敬道:"启禀老祖,查清楚了,并无特殊,往上追本溯源数百年,都是小镇寻常人家,甚至连一个有据可查的练气士都未出现。"

曹曦嗯了一声:"那当下这件事情就简单了。只是还是挺奇怪蹊跷的,要么是龙尾郡陈氏动了手脚,要么是某位老祖的气运实在太'独',寅吃卯粮,预支了数十代子孙的福缘。算了,这些不用管,鸡毛蒜皮的小事而已。"

曹茂弯着腰,想要领着老祖宗去往衙署大堂。

曹曦没好气道:"屁大的官身,我坐在那大堂里头都嫌害臊。"

曹茂有些手足无措。如何跟神仙祖宗打交道,他委实没有半点经验,估计他的爷爷、大骊上柱国曹氏的当代家主在这里,一样会进退失据。

曹曦站在衙署广场的牌坊楼下,冷笑道:"曹峻,你给我滚出来。"

没过多久,悬佩长短双剑的曹峻懒洋洋走来,瞧见了曹曦也没个正形,笑道:"怎么,在谢宅受了气,想着拿我当出气筒? 大老远赶过来,就为了把我拎出来骂一顿?"

曹曦斜瞥了一眼曹峻:"鸟样!"

曹峻呵呵笑道:"没法子,随祖宗。"

曹茂内心深处有些羡慕只知姓名、出身同族的年轻剑客,竟然胆敢用这种吊儿郎当的口气跟老祖说话。

曹曦沉默片刻,仔细看了看衙署布局和风水流转,毫无征兆地问道:"衙署是不是刚刚翻新过? 谁给出的主意?"

曹茂环顾四周,这才低声道:"是爷爷拿着衙署图纸去恳请京城一个陆氏高人帮忙点拨了几句。老祖宗,怎么了,不妥吗?"

曹曦脸色阴沉不定:"不妥? 妥当得很,比起之前更加藏风聚水,稍加改动,就是画龙点睛的漂亮手笔,多半会成为你曹茂的龙兴之地。嗯,别误会,你没那好命当真龙天子,你这辈子不出意外的话,撑死了就是世袭罔替上柱国的爵位,运气好的话,将来可能是族谱上的中兴之祖。"

曹茂狂喜,无论如何都遮掩不住。曹峻习惯性眯眼而笑。曹曦则有些无奈:自己好不容易弄了个子嗣茂盛的大家族,怎么到头来净是些窝囊废大草包,一个土朝的上柱国就能笑得合不拢嘴? 曹曦一时间心情大恶,只是没表现在脸上。他没来由地想起经由别人修缮过的祖宅,与记忆中是有些不一样的。他小时候的破烂宅子,屋檐天井处早已破败不堪,又没钱去修缮,一到下雨天,就会溅射得满地雨水。而富裕门户里,无论雨雪,"财运福气"都往自家天井下边的水池里落进来,却绝不会让天井四周的地面变得潮湿,那叫干干净净地接纳风水。按照小镇老一辈的说法,祖上积德,赏下一百粒米饭,子孙就能用地上水池这个大碗半点不差地接住。如今塌了又修的祖宅,倒是因祸得福,算是接住全部的祖荫了。

曹曦喃喃道:"积善之家必有余庆,是不是多少要相信一点?"

一只坐在牌坊楼上的火红狐狸讥讽道:"别人信这个就算了,你曹曦也信?你要是真信,根本走不到今天!"

曹曦没抬头,冷笑道:"那是我曹曦命硬,能耐大,所以可以不信。但是东宝瓶洲这一支没出息的曹氏,我如果不稍微信点,怕他们哪天说没就没了。"

曹峻调侃道:"真信啊?咋的,老祖要行善积德?这可真是太阳打西边出来了。"

曹曦转头望向曹峻:"那块剑胚你不要动心思了,如果心里不得劲儿,回头我亲自补偿给你。"

曹峻笑意趋于冷淡:"为何?"

曹曦撂下一句:"我是你祖宗。"

曹峻蓦然大笑:"就这么说定了!好人有好报,老祖宗一定长命万岁!"

火红狐狸站在牌楼上,使劲拍着爪子庆贺,但是嘴上却说着嗖嗖的风凉话:"哇,父慈子孝似的画面,老祖宗出手阔绰,做子孙的孝顺,真温馨。不行不行,我眼泪都要流出来了……"

曹曦冷哼一声,懒得理睬那只嘴贱的狐狸,转身甩袖,大步离去。

淅淅沥沥的一场春雨不期而至,越下越大。曹曦回到泥瓶巷祖宅,坐在小小的大堂里,没有匾额,好不容易冒出的香火小人也早已给人吃掉。曹曦突然起身,去灶房碗柜拿出一只大白碗,走到天井对应的水池边,就蹲在边沿上,用白碗承接雨水。

装了小半碗后,曹曦只喝了一口就立即洒进水池,埋怨道:"读书人只会瞎扯淡,这故乡水哪里有酒好喝。"他叹了口气,怔怔出神。回首望去,好似有一个老态妇人怀抱扫帚,安安静静站在那边,笑望向自己的儿子。子欲养而亲不待,做娘亲的没享着半点福,可只要儿子出息就没关系的。

早已享尽人间荣华富贵的老人已经不知道几个一百年没有这么伤感了,泪眼朦胧,轻声呢喃:"娘亲哟,我的傻娘亲哟。"

披云山南麓,林鹿书院已经破土动工。大骊对于这座书院相当重视,圣旨就下了两道,分别给州府和郡守府。

化名为程水东的黄庭国老蛟一袭合身青衫,完全就是夫子醇儒的气质模样。

连同大骊皇帝和国师崔瀺在内,知道老蛟身份的人物屈指可数,所以哪怕程水东的著作流传颇广,在东宝瓶洲以北地带享有盛名,让黄庭国的一个小小侍郎担任林鹿书院的副山长,仍是在大骊朝野惹来颇多非议。庙堂上觉得程水东在儒家学统内并无赫赫头衔,分量太轻,无法服众;武臣更是大为不满:一个黄庭国的糟老头子,能活命就不错了,竟然还要当大骊读书种子们的先生?

程水东与魏檗并肩而立,一起望着热火朝天、尘土飞扬的书院工地,这还是他们俩第一次私下见面。

程水东唏嘘道:"你魏檗次次死灰复燃,出人意料。"先是贵为神水国的北岳正神,然后被大骊打破金身沉入水底,之后好不容易靠人帮着拼凑出残破金身,勉强维持香火不断,不承想祸从天降,突然又给两位下棋仙人摘掉金身,沦为最底层的土地公,比起一般的河婆河伯还要不如。但是到头来,竟然一举升为披云山的北岳正神,估计大骊原有的山岳正神都不缺想要跟魏檗拼命的心思。

程水东早年云游各地,与魏檗其实是老相识了。

天上下起了小雨,尘土被压回大地。魏檗伸出一只手掌,轻轻摇晃,身前的雨幕随之晃荡起来,微笑道:"要不然怎么世人都羡慕神仙呢,何况还是神在前、仙在后。"

程水东轻声问道:"大骊皇帝真要南下龙泉郡?"

魏檗没有藏藏掖掖,嬉笑道:"对啊,近期是要走一趟,到时候你这条老蛟觐见真龙天子,一定很好玩。你的见面礼准备得如何了?"

程水东笑道:"准备好了,不值一提。"

魏檗伸手指向小镇那边,问道:"如果打起来,你会不会出手?"

程水东犹豫片刻,不愿把这位未来山岳大神当傻子:"上了贼船,还能如何?"

魏檗有些头疼:"可别打坏我的披云山。"

程水东大笑道:"这么快就把这儿当家了?"

魏檗嘿嘿笑着:"我这个人,喜新不厌旧。"

程水东伸手点了点他:"不厌旧到了你这个地步,世间罕见。"

魏檗爽朗大笑:"那肯定是你见识还不够多。"

闻弦知雅,程水东立即收敛笑意,提醒道:"有些事,别人可做,我们不可说。"

魏檗点点头,记起一事:"我得去趟落魄山,不陪你淋雨了。"

龙须河上,雨点噼里啪啦使劲砸在河面上。

石拱桥下,马兰花悬停在河底呜呜咽咽。她之前还每天开开心心巡视龙须河,想着自己好不容易攒下那么多值钱不值钱的宝贝,总有一天会全盘交给孙子,让他不至于在修行路上为了钱而烦恼。可如今,在河水源头那里自毁金身的遭遇,让她真真切切晓得了天道难测、修行艰辛的道理,最近每天就躲在这座石拱桥下以泪洗面。突然,她猛地停下哽咽,忍着心中惊骇,迅速游弋去了岸边,乖乖给上司让出河道。

那位上司正是铁符江神杨花,她极有可能是东宝瓶洲最年轻的高品秩江神,有长达一丈的金色长发,脸上覆着面甲,怀抱一柄长剑,脾气极差,死在她手上的过路精怪茫茫多。

杨花升任江神之后，从不登上那条江河地界的瀑布，今天是头一遭。马兰花低头怯生生说了句客套话，再抬起头，杨花早已迅猛远去上游的十数里外。马兰花心中愤愤，觉得这个年轻婆姨太不会做人了，即便是自己的顶头上司，可一声招呼都不打，也太不讲究了些。于是她又开始自怨自艾，觉得自己是给人欺负了。最后，她又害怕自己的孙子在外边也给人这般不当回事，一手捂住心口，一手擦拭泪花，然后如鲤鱼摆尾，快速游向自己的老巢，去瞅几眼家当宝贝们，想着它们未来都会是孙子的丰厚聘礼，她才能高兴几分，才会觉得这死了还要遭罪的苦难日子好歹还有个盼头。

驿站外边，停着一辆装有算卦摊子的独轮车。陆沉摊子都没摊开就开始给一个信命的驿丁看手相算命了，落在别的驿站胥吏眼中，一个胡说八道一个小鸡啄米，可笑至极。最后陆沉没收人铜钱，只讨要了一碗热水，站在车旁大口地喝，喝完抹了一把嘴，笑容灿烂地挥手告别，继续推车前行。

驿站那边，有人使劲揉了揉眼睛：咦？怎的算命骗子身后凭空多出了一个道姑装束的女子？

貌美道姑柔声问道："小师叔，你说你算命和下棋都不算最厉害，那谁最厉害？"

陆沉笑道："你真正的小师叔，贫道的师兄，一个将来下棋比贫道好，会下赢白帝城那个魔头，一个算命比贫道好，会让……唉，不说这个，伤感情。总之，这'一个加一个还是一个，再加一个更是一个'的师兄，从来就比贫道厉害。"

道姑正是被陆沉从神诰宗拐骗而来的贺小凉，那让风雪庙魏晋喝了一壶壶断肠酒的绝情女子，之前曾以玉女的身份，和金童一起代表东宝瓶洲道统来此取回祖师爷留在骊珠洞天的那件压胜法宝，走的时候，他们没能成功带走马苦玄，她反而多出一块漂亮的蛇胆石。没办法，她的福缘之深厚，一洲瞩目，像是随便走在哪里，好东西都喜欢主动往她身上凑，挡都挡不住。

贺小凉犹豫了一下。她想询问一个连神诰宗那位小师叔都没能想透彻的问题：为何身边此人，会是齐静春身陷必死之局的真正死结所在？凭什么！要知道，齐静春当时只选择以两个本命字迎敌，若是倾力出手，这个神神道道的年轻道人当真能够将之击杀？！打赢一个上五境，与打死一个上五境可是天壤之别，况且，上五境心知必死之后，爆发出来的恐怖破坏力亦无法想象。除非是有高出一到两个境界的仙人竭力控制战场，或是有人能够搬出一座小洞天作为牢笼。

谢实为何胆敢单枪匹马来到小镇，便是这个道理：我谢实可以死在龙泉，但是你大骊得先掂量一下后果。当时李二在大隋皇宫，亦是同理。

陆沉却已经算出她的问题，微笑道："道可道，非常道。意思是什么呢？就是言语文字可以用来说话,但用来讲解大道,分量是远远不够的。至于贫道的意思呢,其实就是你想问的问题,贫道不会回答。"

贺小凉苦笑不已。这个莫名其妙出现在神诰宗的"小师叔",一路上说了无数的奇言怪语,经常让她百思不得其解,后来就干脆不去深思了。他愿意说,就会叨叨个不停,你闭住耳朵,甚至关上心扉大门都不管用,照样会在心头响起他的声音;可当他不愿意说的时候,能够十天半个月一言不发。

陆沉望向小镇,又开始怪话连篇:"世人都羡神仙好,可你魏檗为何不羡慕?因为你从来就不是真正的神仙嘛。扪心自问,有愧啊。'愧'字,即是心中有鬼……接下去的天君之路,你会有点难走啊。啧啧,你家孙儿还给人欺负?他不欺负别人就算宅心仁厚啦,他出息大喽,就是那性子实在让人喜欢不起来,不过没办法,命好就是命好。说来奇妙,同一个小镇走出去的人,同时回到家乡,谢实做了一辈子好神仙,却要去做一件亏心事;曹曦做了一辈子王八蛋,却做了一件厚道事。"

说到这里,陆沉突然转头望向身后的贺小凉,笑问道:"凡夫俗子的心心念念,你听得见吗?"

贺小凉无奈道:"十境练气士才能依稀听闻,我如今哪里做得到。"

陆沉哦了一声:"那你确实需要好好修行啊。"

贺小凉只得苦笑。

陆沉觉得这个可以说,便打开了话匣子,不管贺小凉感不感兴趣,竹筒倒起了豆子:"贫道告诉你啊,这种事情看似很玄乎,但其实一点不玄乎。一种是心诚至极,正所谓精诚所至金石为开,所以圣人有言,惟精惟诚可以动人。凡夫俗子,某些时刻,一样能够引来神灵感应。另外一种当然是修为极高或是天赋异禀,他们的心声,自然而然更加响亮。比如贫道想要跟你讲话,你想听不想听,就都听得到。不过吧,贫道觉得,这跟个人修为无关,还是惟精惟诚使然。你觉得呢?"

贺小凉可不会溜须拍马:"我觉得是小师叔道法高深的缘故。"

陆沉有些失落,又不想说话了。

类似李希圣当时在入山途中直呼"白泽"二字,立即就能够让那位远在东宝瓶洲西海之滨的白老爷听见,而崔赐恐怕破口大骂一百遍,白老爷都听不到,或者说听见了也不在意。当然,万一他一个较真,隔着十万八千里,崔赐必然会"无缘无故"暴毙当场。

这类天之骄子,仿佛是一颗颗闪烁在陆地之上的璀璨星辰,当然更加吸引目光。别看世俗习惯性冠以"圣人"头衔的十境练气士躲得跟千年乌龟王八蛋似的,其实在某些一身修为通天彻地的大佬眼中,反而比世俗常人更加一览无余。

当然,神人掌观山河,"袖手"没那么简单,一国一洲之地,自有其无形屏障的存在,阻滞着别处投来的视线,洞天福地的地界之说,根源就在于此。如果隔着一个天下还要窥探内幕,所需修为,那真是需要境界高到天上去。

小镇南边,时不时有金石之声响彻云霄,那种极具震慑力的声响,常人反而丝毫不知,但是对于练气士来说,动静不小。事实上,阮邛在剑炉内的打铁之声落在妖族耳中,堪比春雷阵阵。那些心存侥幸滞留在小镇的妖物一个个现出原形,气海剧震,生不如死,疯癫发狂,然后被早有准备的大骊练气士和纯粹武夫先联手制服,再丢入大山之中,这份人情,无异于救命之恩。与此同时,阮邛的铸剑气象,不由得让旁人感慨一句:"圣人就是圣人。"

但是贺小凉有些讶异:"铸剑已经临近尾声,为何动静还这么大,使得地界之内,山根水运都有些摇晃了。难道是这把剑的品相之高,能够名动天下?"

陆沉笑而不语。圣人们一样也要做买卖啊。只是既然齐静春跟师父谈妥了,那他就绝不会再插手此事。这既是尊师重道,更是对那个读书人表达自己的一份敬意。

遥想当年,算命先生陆沉背对着学塾那边给人测字算卦,身后是一位儒家圣人在为蒙童稚子们传道授业。

至于为何齐静春必须死,涉及一个很大的大道。齐静春在骊珠洞天之内遍览三教典籍,他的"有望立教称祖",立的是什么教?

不管是什么,总之他跟某人想到了同一处去,那么陆沉作为那个人的师弟,就必须亲自下来这里。

陆沉望向天空。曾经有个读书人就坐在那里,以一己之力,对抗三教仙人。

佩服归佩服,敬重归敬重,昧着良心的事情还得做啊。

后来他顺势而为,大致推演出了齐静春的真正后手,便给那少年留下了四个字,说是让他练字,这是真的,但是最大的意义,还是放风筝一般,希望借着少年临摹那四个字的时机,在某天算出最关键的一步棋,纯粹是下棋高手的好奇而已。

但是很奇怪,少年只给了陆沉一次机会,而且陆沉也根本算不出太多。

对此,陆沉倒是不介意什么,毕竟大局已定,他还真不会在齐静春死后落井下石。他曾经亲口对少年笑言"看似好心的善举,未必是好人好事情"是有深意的,既是说那几张药方那四个字,更是说那一串蓄谋已久的糖葫芦。

陆沉松开独轮车的把柄,伸了个懒腰:"若无闲事挂心头,后一句是什么来着?"

贺小凉微笑道:"便是人间好时节。"

最近两天练拳,光脚老人出手越发凌厉,虽然不再让陈平安做那剥皮抽筋的残忍行径,但是以"神人擂鼓式"一拳拳砸在陈平安的身躯或是神魂上,层层累加,真是让陈平安痛不欲生。

竹楼外边,粉裙女童心不在焉地嗑着瓜子,咬破了嘴皮也不自知。

至于崖畔枯坐修行的青衣小童，始终神色凝重，既要凭借先天而生的强横体魄拼命消化腹中的那颗上等蛇胆石，又要凝聚神意，尽量不被竹楼的瘆人动静所打搅。就连这条御江水蛇自己都不清楚，这其实无异于一场心力皆修的大机缘，既养气也炼气，体内气机景象如大水冲击河中砥柱，可遇不可求。

偶尔粉裙女童实在坐立不安，便会伸手摩挲竹楼。当初儒生李希圣写下的文字虽然不在竹楼墙壁上显现，但是她全部牢牢铭记在心，每当她受不住楼上自家老爷的哀号或是撞墙声响，就会强迫自己去默念墙上的诗词文章。这也是修行。

关于蛇胆石，自然是多多益善，是天底下所有蛟龙之属梦寐以求的宝贝，但是也得恪守一条"一十百千万"的潜在规矩。魏檗对此泄露过天机，给两个小家伙解释过其中缘由。第一颗帮助破境的上等蛇胆石，大致一年就能被蛟龙之属的驳杂遗种给消化，粉裙女童体质不强，耗时稍长，可能需要十三四个月，反观青衣小童就只需要大半年。但是第二颗就没这么轻松了，需要十年苦功夫去吞食，第三颗则需要百年光阴的水磨功夫，第四颗是漫长的千年，第五颗需要万年！其实有无第五颗品相绝佳的蛇胆石意义已经不大，有的话，锦上添花都算不上，至多是家底宝库里的一件珍稀藏品罢了。所以之前青衣小童手握三颗上好蛇胆石便转过头开始垂涎起普通蛇胆石了。它们虽无法保证破境，但是能够十年十年地积攒修为，不断夯实当下境界的厚度，岂不美哉？那个时候，青衣小童一门心思想着：大爷我躺着享福，每天晒晒太阳、看看风花雪月就能够攀升境界，多惬意！直到陈平安在竹楼练拳之后，青衣小童才改变想法，埋头苦修。因为他既不想见着谁都被一拳打死，更不想被陈平安这个泥腿子老爷超过境界，那多没面子？天大地大，我们混江湖的英雄豪杰，面子最大！

竹楼内，光脚老人双臂环胸，俯瞰着地上蜷缩起来、痛得全身肌肉都在发出黄豆爆裂般声响的少年。老人先前以二十八拳"神人擂鼓式"打在了陈平安二十八座气府大门上，打成了这副奄奄一息的惨淡光景。老人冷笑道："才二十八拳而已，就跟死人一样，真是不堪入目！挨不住三十拳，这三境就不算天下最强的三境！"

满身血腥气的陈平安根本顾不得还嘴，靠着杨老头传授的呼吸吐纳，以及体内自己找到的那条宛如火龙的真气，再加上阿良说是"无数剑仙摸索而出"的十八停运气法门，三者一起，才堪堪让自己咬牙承受住老人的二十八拳。

老人一脚踹出，踹中陈平安的后背，陈平安整个人撞在墙上，重重摔落在地，原本好不容易趋于稳定的气海再度兴风作浪，躺在地上的陈平安像是犯了羊痫风。

老人大笑道："一名纯粹武夫，想要屹立于群山之巅，靠什么？就靠一口气，硬生生耗死那些可以肆意借用天地灵气的练气士！若是吃点小苦头就丧失了出拳的能力，还想着龟缩起来疗伤换气，出拳之人会给你这个机会吗？所以你陈平安积攒下来的这一口气还远远不够！"

小苦头……满脸血污的陈平安根本说不出一句话来反驳。

老人虽然嘴上歹毒，极尽刻薄挖苦之能事，但如果是与之有过生死之战的武道大宗师或是重创、毙命于老人手上的山上神仙，一定会感到匪夷所思，因为老人除了拳法通天之外，还是出了名的眼高于顶。巅峰之时，以东宝瓶洲唯一一位十境武夫的身份，只凭一副肉身、一双拳头纵横三洲之地！出拳之前，老人不报姓名；出拳之后，也不报身份。来也匆匆去也匆匆，一场架打过就走，不小心打死了谁，徒子徒孙们有胆子有本事，只管找他报仇便是，任你是十人百年围殴，任你法宝迭出机关算尽，他一概靠双拳接下！那会儿，三洲只知道这位脾气古怪的无名氏神人极少对手下败将报以尊重，哪怕是一个旗鼓相当的对手，老人一样不当回事，更从未有过半点收徒的念头。

这栋落魄山竹楼大有玄机，起初老人每天能够清醒一个时辰，如今随着一步步重返巅峰，在半数时间里都能够保持头脑清明。当年因为孙子一事，老人被家族那帮趋炎附势的龟孙子伤透了心，如今到了落魄山，每天待在竹楼，时不时站在二楼远眺山水，老人开始有点喜欢这么个清净地儿了，不仅仅因为竹楼是自己的福地那么简单。

老人继续怒吼："陈平安，躺着算怎么回事！站不起来，爬也要爬起来！你可知道，老夫此生远游，出拳杀人伤人无数，唯一敬重之人是谁吗？是一个如今我连名字都忘记的八境武夫！此人濒死之际，被老夫一脚踩在面门之上还竭力抬起拳头，向老夫递出生平最后一拳，哪怕那一拳已经孱弱得比稚童妇人还不如，但是那一拳，却是天底下所有十境武人，甚至是传说中的十一境武神也要尊重佩服的一拳！那一拳，才是我辈武夫真正的神意所在！陈平安，再来！这点疼痛算个屁，你要是个带把的，就站起来再吃一拳……"老人骂骂咧咧，却突然收了声。原来，陈平安的心弦差点绷断！

过犹不及。陈平安不愿服输，不仅靠着那口气强撑，甚至无意中动用了虚无缥缈的"心气"，然后被老人一脚踢飞之后，心气都一并下坠，实是真正的生死一线之间，这也是老人教拳之后第一次出现意外。

嘴上不依不饶的老人早已蹲下身，赶紧一掌捂住少年心口，低头望去，是少年一张痛苦到扭曲的黝黑脸庞和胸前紧握的拳头——纯粹是下意识动作。

老人伸出另外一只手，轻轻握住少年肌肤绽裂、露出白骨的拳头，破天荒露出一抹慈祥神色，轻声笑道："小子，不错。拳招在低处实处，拳意在虚处高处，拳法在心中深处，你已经走到真正的武道上了。"

只是在此时，陈平安还迷迷糊糊说着骂人的脏话。

老人愣了愣，不怒反笑："臭小子。"

第二天，陈平安硬生生挨了二十九拳才昏死过去。清醒后的第一件事就是艰难走到二楼，问了一句话："下一次三十拳，我会不会被你打死？"

老人在屋内睁开眼："不会。"

然后陈平安就站在二楼檐下开始大骂!顾璨他娘亲曾经号称"小镇骂街第一人",骂得连马兰花都得回家总结经验,吸取教训之后,仍是屡战屡败。陈平安作为经常旁听骂战的家伙,耳濡目染,真要敞开了骂,功力当然不差。

明天练拳之后,肯定是没机会宣泄了,今天先骂了再说。反正该吃的苦头、不该遭的罪,都吃足吃饱了,老家伙又不可能真打死自己,那他陈平安怕什么。不骂一骂,陈平安真怕把自己活活憋死。

老人对此根本不以为意。事实上这才是好事,因为这恰恰就是练拳的一层重要意义所在。陈平安积攒了太多情绪上的杂质,这些杂质就像被扫在墙脚的垃圾,不多不少,无碍心境,因为"眼不见心不烦",但是一旦将来武道不断往上登高,那么这点瑕疵就会被不断放大。二三境之时,被老人以种种拳法神通锤炼敲打,能够相对轻松地祛除,若是到了六七境之间的武道大门槛,或是九十境之间的天堑,再想回过头来被除清扫,就难如登天了。

可是老人又不是泥菩萨,哪里受得了没完没了的骂人话,怒喝道:"滚蛋,再废话半句,现在就打死你。"

陈平安笑呵呵走了,很是心满意足。

老人在屋内低声笑骂道:"跟瀺巉小时候还真是像。"说到这里,老人便有些神色恍惚。小时候,对于瀺巉,自己这个当爷爷的,是不是太严苛无情,过于拔苗助长了?

儒家第三圣曾有至理名言流传于世:"人之初,性本善,性相近,习相远。"

老人叹了口气。那场惊心动魄的三四之争,他也曾亲身领教过,下场如何,便是现在的模样了。这还是老人涉足不深的缘故。

他之前有一次游历无名大山,偶遇一位儒衫老者,朝阳初升,当时老者在山巅打转散步,缓缓伸展筋骨,就像是在画圈圈,但是以他十境武夫的眼光来看,老者看似在原地打转,其实每一次画圈圈,都会稍稍往外边拓展。

他就好奇询问:"老先生为何不一步跨出去?"

老者微笑回答:"坏了规矩,那可不行。"

一番天南地北的畅谈,在那之后,他就再也没有见过老者的身影。

第四章
故人来送剑去

第三天，老人在练拳之前，对陈平安笑道："既然已经在三境站稳了脚跟，那咱们继续，老夫把你四境的武道底子给打扎实了。远游一事，不耽误这几天工夫。"

陈平安摇头说："不行，远游一事，只要阮师傅铸剑成功，就必须马上走。"

老人继续诱惑陈平安："先前为何老夫以五境修为一拳出去，六境巅峰的孙叔坚就死了？就在于同样的境界，也有云泥之别。哪怕是最难越过境界杀人的武道一途，老夫仍然可以轻松打死高一境的孙叔坚，因为他的底子打得太松散了。

"比如科举一事，同样是跻身殿试的读书人，为何有人就是贵不可言的状元、榜眼、探花，有人就是普通进士，甚至还有人是可怜兮兮的同进士出身？那座金銮殿，就是一个境界，但是同等境界中，还是要分出一个三六九等的。

"你要知道，武道三四境差距极大，无异于练气士的下五境最后一境和中五境第一境。你吃了这么些苦头，老夫帮你打的底子到底有无裨益，你自己应该最清楚。如果能够一鼓作气，只要打破了瓶颈，之后四境的武道路途就是一马平川，岂不痛快？"

陈平安毫不犹豫，还是摇头。杨老头既然说此地不宜久留，他就绝对不会拖延一炷香的工夫。其实内心深处，对于三境之上的练拳，陈平安还是有些心惊胆战，说不怕那是自欺欺人。

老人点点头："经得起诱惑，也算好事。孙叔坚之流，天资不差，中途夭折就是死在'贪心'二字上。今天老夫就破例奖赏你一次，将三十拳换成三十一拳好了。放心，保管不会死人，只是帮你把三境好好夯实牢固了。你不用对老夫感激涕零，谁让你是瀺巉的先生……"

老人表面上说得和颜悦色，可是言语之中的腾腾杀气、森森寒意，陈平安岂会不知？昨天一通骂是酣畅淋漓了，结果今天就要遭报应？

三十一拳之后，陈平安头回在大药桶里睡了一天，再在床铺上昏天黑地地睡了一整夜。拂晓时分，陈平安走出屋子，魏檗和两个小家伙都坐在檐下的竹椅上。

看到陈平安后，魏檗仰起头，双手抱拳，喜气洋洋道："恭贺恭贺。"

陈平安抱拳还礼，苦笑道："一言难尽。"

粉裙女童把竹椅让给自家老爷，魏檗压低嗓音道："阮邛在这两天就会开炉，之前跟小蛇闲聊，听说你想要购买一只养剑葫，那我就擅作主张，将大骊朝廷原本一座山头赠送的五件法宝换成一只葫芦。陈平安，你要是觉得亏了，可以更改，继续收下大骊原先的五件法宝就是。"

粉裙女童和青衣小童一起使眼色，劝说陈平安别猪油蒙了心，取五舍一。

陈平安笑道："我当然要那只养剑葫。"

魏檗爽朗大笑，随手一挥袖，刹那之间，一只朱红色的精巧小葫芦就被他托在了手心。比起阿良悬挂腰间的银白色小葫芦要稍小一些，色泽温润，样式古朴，让人一见钟情。

陈平安满脸惊喜，小心翼翼地双手拿起朱红葫芦，瞪大眼睛，凑近了反复端详。

魏檗笑着解释道："这只养剑葫只是中等品相，算不得真正的神仙物，但已经很难得了，毕竟是在东宝瓶洲，比不得剑修横行的北俱芦洲。不过就算拿去北俱芦洲，这只小葫芦一样能够让中五境的剑修垂涎三尺。"他指了指小葫芦底部，"底款为'姜壶'，与行走江湖的'江湖'谐音，蛮好玩的，而且多半是某位姜姓剑修的珍爱遗物，才会刻上这个名字。喜不喜欢？"

陈平安笑得那叫一个开心，忙不迭应声道："喜欢喜欢！怎么会不喜欢！这可是养剑葫！"

粉裙女童掩嘴而笑，青衣小童翻了个白眼，一拍额头：好嘛，关键还是识货，晓得养剑葫价值连城才这般心生欢喜，老爷的财迷习性真是改不了。

陈平安突然问道："能装酒不？"

魏檗点头笑道："自然是可以的，装上十几斤酒没问题，不妨碍温养飞剑。但是切记，养剑葫内不可温养意气相悖的飞剑，也不讲究什么越多越好，否则会耽搁养剑的进程，最好是同时养育两三把……"说到这里，魏檗自嘲，"若是能够同时温养两把飞剑，已经够吓人的了。先不谈获得上乘飞剑的机缘，这得需要多大的财力物力啊。"

陈平安默默记下，然后嗖嗖两下，本名"小黝都"的"初一"以及杨老头换给陈平安的碧绿色"十五"一前一后从陈平安两座气府掠出，一闪而逝，蹿入朱红色的养剑葫。两柄飞剑似乎极其快活，在其中四处乱窜，不断撞在葫芦内壁上，以至于小葫芦在陈平安手中微微摇晃。

魏檗瞪大眼睛，只觉得颜面无存，无奈摇头道："好嘛，当我什么都没说。"

青衣小童与有荣焉，气哼哼道："知道我家老爷的财力雄厚了吧？"

魏檗没跟这条小蛇计较，乐呵呵道："知道啦知道啦。对了，葫芦里装了酒的，就你陈平安那点酒量，尽管喝。"

魏檗离去后，陈平安拎了一把竹椅坐在崖畔，独自小口小口喝着酒。

粉裙女童想要跟着过去，被青衣小童抓住胳膊，摇头示意不要去凑热闹。

陈平安舒舒服服靠在椅背上，双腿伸直，双手捧住暂时当起酒壶的小葫芦，几口酒下了肚就觉得脸颊火热，喉咙滚烫，整个人都跟着暖和起来。他望向遥远的南方，充满了憧憬，好像那边的山山水水就是手中养剑葫谐音的江湖了。

这是陈平安从未想过的生活。活着，还能好好活着，真好。

泥瓶巷的孤儿，有些时候饿到肠子打结，那是真能恨不得去刨泥土吃的。每到饭点，家家户户炊烟袅袅，哪怕只是走在巷子里，都能闻着那些诱人的饭菜香。孩子身上穿着爹娘留下的衣衫，自己裁剪成能穿的大小，边边角角都丢不得，一块一块积攒起来。

六岁的时候，一个大冬天，无法上山采药，彻底没了生计，又不愿去偷，饥寒交迫，像一个小小的孤魂野鬼，从巷子这一头走到那一头，一直走到了炊烟升起，孩子根本不知道怎么活下去了。之前有好心人让孩子去他家吃饭，孩子总会笑着婉拒，说家里还有米，然后赶紧跑开。可是那一天，孩子是真的什么都没了，白天先去了趟杨家药铺，想要跟杨老头赊账，杨老头根本就不愿意见他。然后在那个黄昏，孩子就委屈地想着，会不会有人见着自己，笑着说："小平安，进来吃饭。"但是那一天，没有人开门。孩子最后饿着回到自己院子，躺在被褥单薄的冰冷床板上，默默告诉自己：不饿不饿，睡着了就不饿了，想一下爹娘就不饿了。

老人不知何时走出了竹楼，站在崖畔，来到陈平安身边，笑问道："怎么，熬过了一个大关隘，在忆苦思甜？"

陈平安被打断思绪，喝了一口酒，转头笑道："这样是不是不太好？"

老人穿着一袭素白麻衣，显得格外清爽利落："不太好？好得很。人活着没个盼头，多没滋味。吃得住苦，享得了福，才是真英雄。吃苦头的时候，别见着人就跟人念叨自己苦，享福的时候，也只管心安理得受着，全是自己靠本事挣来的好日子，凭啥只能躲在被窝里偷着乐？"

陈平安点点头："可能有些话说出来，老前辈会不太高兴，但确实是我的心里话，老前辈愿意听吗？我一直没跟别人说过，哪怕是我最好的朋友刘羡阳都没有听过。"

老人蹲在少年身边："哦，小时候那点凄凄惨惨的破烂事？可以啊，说出来让老夫乐和乐和。"

陈平安喝了口酒，没有恼火，缓缓道："我哪怕练拳，每天疼得嗷嗷叫，还偷偷哭了几次，可还是觉得这辈子最难受的时候是小时候。一次是头回自己一个人进山采药，我记得很清楚，天上好大的太阳，我就扛着一个差不多有我人那么高的大背篓。当时心大，想着背篓大，就能装下更多药材，娘亲就会更快好起来，然后走着走着，就磨破了肩膀上的皮，给太阳一晒，汗水一流，火辣辣地疼。关键是那个时候我才刚刚走出小镇，一想到要这么疼一天，真是想死的心都有了。"

老人哂笑，却不是笑话陈平安，而是想起了崔氏子弟。那群锦衣玉食的小崽子们练拳之时，才站桩而已，就个个跟受了多大委屈似的，回到自家就开始跟爹娘告刁状，或是春寒冬冻时分裹着狐裘上个家塾早课就觉得自己吃了天底下最大的苦头，除夕夜就想着跟几位祖宗讨要一封大大的吉利钱。老人看不惯这些，但是其余几个同辈分的兄弟还真就吃这一套，会哭的孩子有糖吃嘛。

陈平安继续说道："第二次，是饿的。家里米缸见底了，能卖的东西全卖了，饿了一整天，又没脸皮去求人，就在巷子里走来走去，想着别人主动打声招呼，问我要不要顺便吃个饭。那年的大冬天是真的好冷啊，夏秋时节还没事，家里再穷，少穿衣服也没关系，而且上山采药不仅能挣些铜钱，还能顺便带回点野菜、果子，或者跟街坊邻居借了铁榔头，去小溪里敲打石块，就能把躲在下边的小鱼敲晕，回家贴在墙壁上一晒，完全不用蘸油盐，晒干了就能吃，还好吃。但是那年冬天是真没法子，不求人就要饿死，怎么办？一开始脸皮薄，不断告诉自己：陈平安，你答应娘亲，以后会好好活着的，怎么可以爹娘才走了一年，就跟乞儿差不多？所以当时躺在床铺上，觉得熬一熬，就能把那股饿劲熬没了，哪里知道饿就是饿，没有饿晕过去，反而越饿越清醒。没办法，爬起床走出院子，又到巷子里溜达，几次想要敲门，又都缩回手，死活开不了那个口。后来我就告诉自己，最后走一趟泥瓶巷，如果还是没人开门，那我就真去敲门求人了，只是在肚子里默默发誓：我长大以后，一定好好报答那户愿意给我饭吃的人家。最后我就从曹家祖宅那头的巷子开始走，结果一直走到了顾璨他家的巷子尽头，还是没有人开门。"

说到这里，本就没有多少萎靡悲苦神色的陈平安越发神采奕奕，像是喝了一口最好喝的美酒："我就只好哭着鼻子往回走，但是没走出去几步，身后的院门吱呀一声打开了，我一开始没敢回头，可有人主动跟我打招呼了，我就赶紧抹了把脸，转头望去，看到一个邻居手里拎着一只火熜，就是里边铜皮外边竹编的小火炉，能够拎在手里随便逛的那种。她见着我好像也很意外。"

老人啧啧道："天无绝人之路，你小子就这么白吃一顿饱饭啦？"

陈平安狠狠抹了把脸，全是泪水，但是满脸笑意："没呢，那个邻居想了想，笑着问我：'小平安，你真的会进山采药，那些药材真认得？'我当然说认得，而且我真没吹牛，我那两年几乎隔三岔五就会进山采药,都快比泥瓶巷还熟门熟路了。她就笑了,对我招招手,大声说:'那行啊,小平安,你过来,我求你件事情。我身子骨经不起寒,需要几味草药熬汤补身子,可是杨家药铺那边太黑心,太贵,我可买不起。小平安你能不能开春之后去山里头采药,我给你铜钱,但是价格必须低一点儿。'我走过去,跟她商量这事,她就顺手把自己的火熜递给我,等谈完了,她看我没挪步,就笑着问:'怎么,没吃饭,还想骗吃骗喝啊?不行,除非算在药材钱里头,不然我可不让你进这个门!'"

陈平安笑着望向远方:"我在爹娘走后,什么样的眼光没看到过?很多同龄人骂我是克死爹娘的祸胎,哪怕我远远看着他们放纸鸢,或是下河摸鱼,都会被一些人拿石头砸。还有一些大人喜欢骂我是杂种,说像我这种贱坯子就算给富贵人家当牛做马都嫌脏,比老瓷山的破瓷片还碍事。但是那天,那个女人那么跟我聊着天,说要花钱才能吃饭,老前辈你一定不知道我当时有多开心。进屋里吃饭的时候,我的眼泪一下子又不争气地满脸都是了,她就开玩笑说:'哟,小平安,我的手艺是太好还是太差啊,还能把人吃出眼泪来?'我那会儿就只敢低头扒饭,说好吃。"

老人嗯了一声,提醒道:"你有没有想过,那个邻居其实是想帮你,不过换了个更好的法子。"

陈平安点头道:"一开始没想到,后来吃饭结账的次数多了,很快就明白了。"

那个邻居,就是顾璨的娘亲。所以每次她跟人吵架,陈平安都会在旁边看着,几次吵架吵得狠了,她被一群抱团的妇人冲上去挠脸揪头发,陈平安就会跑上去护着她,也不还手,任由妇人们把气撒在自己头上。

陈平安也从来不觉得自己是滥好人。送给顾璨一条小泥鳅怎么了?知道了它是一桩大机缘,又怎么了?陈平安根本不心疼。

当这个世界给予自己善意的时候,一定要好好珍惜,无论大小。

姚老头说过,是你的就好好抓住,不是你的就不要多想,陈平安当时就觉得这是天底下最好的道理。天底下没谁是欠你的,但是你欠了别人,就别不当回事。

后来陈平安对待刘羡阳亦是如此。上山采药终究不是长久之计,是刘羡阳教会了他如何下套子逮野味,如何制造土弓,如何钓鱼,到了龙窑烧瓷,还是年纪稍长的刘羡阳在护着陈平安。

陈平安就这么苦兮兮从小孩子活到了少年,活到了能够自己养活自己的年岁,虽说很愿意讲道理,但是如果牵扯到顾璨或是刘羡阳,例如搬山猿那次,陈平安讲个屁的道理,只要本事足够,那就干死为止。

他还曾对一个外乡姑娘说过,如果以后自己找着了像娘亲那么好的姑娘,哪怕她给什么道祖欺负了,他一样要卷起袖子干架的。打不打得过是一回事,愿不愿意为媳妇打这场架又是另一回事。娶了那么好的媳妇,不晓得心疼,陈平安觉得亏心。

当然了，那样的好姑娘，陈平安觉得找着了，可是还没告诉她，所以才要走接下来的那趟江湖。他一定要背着自己偷偷取名的"降妖""除魔"两把剑走到她跟前，鼓起勇气大声告诉她：宁姑娘，宁姚！不管你喜不喜欢我，我都喜欢你，很喜欢！至于是挨巴掌，还是连朋友都做不成了，厚着脸皮跟她说了再说！

老人从陈平安手里抢过养剑葫，仰起头灌了一大口酒，却没有马上丢还给陈平安，没好气道："这酒真不咋的。你继续说，鸡毛蒜皮的腌臜事，也就只配当这壶劣酒的下酒菜了。"

陈平安想了想，双手笼在袖中："那年冬天熬过去后，我好像开了窍，脸皮就厚了，实在饿得不行就去求人蹭饭，然后一次次都记在心里，想着开冻之后可以进山，挣了铜钱就还给他们。也会有好心的老人主动送我旧衣服，我不会再觉得难为情，说家里不缺东西了，都老老实实收着。那几年里，我拼了命进山采药，但是钱挣得还是很少。实在是因为力气太小了，杨家药铺有些药材又难找。这也很正常，好找的药材，哪里能让我挣这个钱，对吧？所以我就给街坊邻居们帮忙，早上帮他们去铁锁井提水，一有农活就去田地里帮忙，大晚上会蹲在那边帮他们抢水，免得给别人截断了水渠。我不敢硬着干，需要躲在远处，等到那些青壮离开再偷偷刨开，把水源引入邻居家的水田，等到水田的水满了，才去将沟渠小坝重新填回去。为此，我还被人追着打过很多次，好在我虽然年纪小，但是跑得快啊，真正吃亏的次数不多。"

老人悠悠然喝着酒，嘴上说着酒不行，其实一口接着一口，真没少喝，耳朵里听着陈芝麻烂谷子的市井小事，倒也没觉得如何心烦。

陈平安毫无遮拦地说过了心里话，觉得痛快多了，就伸手去拿酒壶。

老人手肘一抬，拍掉少年的手掌，不客气道："等会儿。陈平安，你说了这么多狗屁倒灶的小事情，想不想听老夫讲一些无甚用处的大道理？这些话，便是老夫当年已经站在世间武夫的顶点，也觉得一文不值。要不要听听看？"

陈平安笑道："说，我就喜欢听人讲道理。"

老人站起身："老夫曾经在中土神洲的一个山顶偶遇一个气度儒雅的老书生，当时不知其身份，后来大致猜出一些，只是没领会他老人家的良苦用心，才有之后沦为疯癫老汉的凄惨境遇。别看老夫是纯粹武夫，口口声声说着拳理，其实是正儿八经的读书人出身，读过的书极多。当时与书生闲聊到最后，便向他请教一些想不通的事情，然后老书生便大致说了一些他的道理。"老人拎着酒壶开始散步，绕圈而行，"那个老书生说，我们活在一个很复杂的世道里，很多人的言行，哪怕是学问极高的读书人，还是会自相矛盾。我们看多了没甚道理的事情，难免会问，是不是书上的道理是错的，或者说，是那些道理还没有说透，没有说全。那么问题来了，怎么办呢？我们该怎么看待这个许多人嘴上讲道理、做事没道理的世界？办法是有的，一种是活得纯粹，我拳头很硬，剑术很强,道法很强,就用这些来打破一些东西。复杂问题给简单解决掉,只要我开心就好。天地有规矩约束我,我便一拳打破;世间有大道压我,我有一剑破万法。哪怕暂时做不到如此酣畅淋漓,也要一直朝这个方向走。这种人可以有,但是不能人人如此。老夫便是这类人。另一种人活得很聪明,怎么省心省力怎么来,'规矩'二字就是用来钻漏洞的。读书人若是如此,便是犬儒了。或者在合情合理之间作取舍,选择合自己的情,不合世间的理,以至于熙熙攘攘,皆为利来利往,若是能够把这个'利'字换成'礼'字,世道该有多好?最后一种人活得很没劲,把复杂问题往更复杂想,掰碎道理,仔细梳理,慢慢思量。可能做事情,绕了一个大圈,竟然发现只是回到了原地。但是真的没有用吗?还是有的,想通了之后,自己的心里头会很舒服,就像……就像喝了一口陈酿老酒,暖洋洋,美滋滋。"

"我们读书人推崇的儒家圣人其实没世人想的那么至善至美,但是儒家的真正学问却也绝不是那么不堪,哪怕不认同'人性本善'四个字,也没关系,可到底是能够劝人向善的。"老人一圈圈散步,最后停下脚步,"老夫不敢确定那个老书生是不是那个人,但是如今回想起来,如果真是那个人,那么他愿意跟我心平气和地说这些,不容易,毕竟老夫当时可是跑去中土神洲砸人家的场子去的。"

老人抬起手臂,又狠狠灌了一大口酒,随手将那只养剑葫抛给少年,对着远方朗声大笑:"昔年远游四方,一肚子豪言壮语,不吐不快!"老人站在崖畔,一脚踏出,望向天空,"当我行走于天地间,骄阳烈日,明月当空,得问我一句,天地之间足够亮堂否?"

他转头笑问:"陈平安,你觉得够不够?!"

陈平安刚要低头喝一口酒,听到问题只得抬起头,迷迷糊糊道:"不太够?"

老人哈哈大笑,伸手指向远方:"当我行走于江湖上,大江滔滔,河水滚滚,得问我一句,江河之水足够解渴否?"

陈平安抽空连忙喝了口酒,听到老人的豪言之后,没来由也跟着有些豪气了,一手握酒葫芦,一手握拳捶在膝盖上,跟着凑热闹瞎起劲,大声道:"不够!"

老人又言:"当我行走于群山之巅,琼楼玉宇,云海仙人,得问我一句,山顶罡风足够凉快否?"

满脸涨红的陈平安又喝了一大口酒,借着后劲十足的酒意,满脸光彩,破天荒地放肆大笑道:"不够不够!远远不够!酒不够,江水山风不够!都不够!"

竹楼那边,两个小家伙面面相觑。粉裙女童有些担心,自家老爷会不会就这么变成一个小酒鬼啊?青衣小童则满腹嘀咕:老爷这是疯了吧?难道是练拳练傻了?嘿,那我是不是不用那么勤勉修行了?不如偷懒几天?

最后的最后,陈平安连人带椅一起醉倒。

从此,人间江湖,多出一个酒鬼少年郎。

去而复返的陆沉，那个让诸多小镇妇女心心念念的家伙，又开始在原来的位置摆摊了。只是如今小镇热闹非凡，竟然隔壁就有抢生意的同道中人，身穿一身崭新道袍，古稀之年却脸色红润，道骨仙风。

老道人坐在一张大桌子后，一股神仙气便扑面而来，桌上搁着一只油光锃亮的大签筒，里头装着修剪整齐的漂亮竹签，桌旁插着一杆豪奢气派的绸布幡子，上书："知阴阳晓八卦，识天文明地理，一支签的事；可以破财消灾，能够积攒功德，几文钱而已。"

这个算命摊子生意火爆，求签算命的小镇百姓络绎不绝，都说灵验，一传十十传百，再穷的人家也愿意掏出一大把铜钱，沾沾老神仙的喜气。

相比起来，陆沉的摊子就显得有些门可罗雀。一只黄雀从远处飞掠而至，又盘旋离去。陆沉实在无聊，眼见隔壁摊子暂时没什么求签算命的人，便干脆厚着脸皮去坐在凳子上。老道人虽然满脸正气、目不斜视，其实心里头相当发虚。拳怕少壮，真要为生意动起手来，自己这老胳膊老腿的，可经不起眼前这个年轻小伙子的三两拳伺候。

陆沉坐下后，笑眯眯不说话。老道人眼角余光瞥了一下他的莲花冠，是以往没见过的一顶。他们东宝瓶洲和东南那边的大洲，除了寥寥无几的几座大型道观，山上山下的各路道士几乎全是鱼尾冠，这可乱不得，涉及一教道统的大事情，谁敢乱戴？不用道观出面，就会被官府抓起来吃牢饭。

老道人心中大定：这十有八九是个连入门规矩都不懂的雏儿，道听途说来一些粗浅仪轨，就弄了这么顶不伦不类的道冠戴着，说不定还沾沾自喜呢，觉得自己鹤立鸡群，不与俗同。老道人算了一下摊子距离县衙的路程，觉得自己稳操胜券了，猛地一变，目露精光，瞬间恢复了世外高人的气势做派，直愣愣盯着一副好相貌的陆沉，很能唬人。

陆沉果然流露出惴惴不安的神色："老仙长，难道只看面相，就发现小道这趟远游的不顺遂了？"

娘咧，碰到个缺心眼的。这就挺好，真要是个愣头青，反而不美。凭自己这三寸不烂之舌，保管三句话就拿下这个刚入行的晚辈。老道人心中偷着乐，心想：就你小子隔壁摊子的生意，能顺遂？他故作高深道："看在你是晚辈后生的分上，抽一支签吧，不收铜钱，免费帮你算一卦。"

陆沉呵呵笑道："哪里好意思劳烦老仙长，只是过来聊聊天而已，萍水相逢也是缘嘛……"他嘴上说着客套话，却早已弯腰前倾，就要伸手去取一支竹签。谁知老道人一挑眉，伸手按在竹签之上，皮笑肉不笑，明摆着是要不关门也谢客了。因为不远处有妇人带着稚童正往摊子赶来，生意登门，他哪里有工夫跟一个蹩脚同行挥霍光阴。陆沉只得乖乖站起身，返回自己的摊子，双手抱住后脑勺，身体后仰，望向蔚蓝天空。

更远处，谢实带着长眉少年缓缓而来。少年来之前，只听老祖宗说是他这一脉的老爷，饶是他心志远胜常人，仍是心里不停打鼓，只想着一定是一位腾云驾雾的老神仙，白发苍苍，说不定身边还有灵物跟随，不是仙鹤就是蛟龙，总之定然是仙气冲云霄的大人物。可当长眉少年看到那张半生不熟的面孔后，顿时蒙了。

小镇百姓对陆沉可不陌生，他会给樵夫窑工算卦，会给姑娘妇人看手相，会帮人写家书，什么都会做。一些个能够蹭吃蹭喝的红白喜事他也不含糊，无非就是帮忙念叨几句吉利话，然后就开始大口吃肉大碗喝酒，比起上山下水的青壮汉子毫不逊色，简直能让人心疼饭菜钱。长眉少年的娘亲也曾经带着他来算过命，他抽出了一支上签，陆沉说了一通虚头巴脑的好话，把他娘亲给欣慰得撇过头去擦拭泪花。结果陆沉得寸进尺，说要给他娘亲也看看手相，一脸笑意、贼头贼脑的，他气得当场就拉着娘亲回家，心想哪有这么厚颜无耻的色坯。

谢实刚要恭敬行礼，陆沉微微摇头，伸手虚按两下，示意谢实坐下便是，谢实便老老实实坐在那条长凳上。

长眉少年咽了咽口水，站在谢实身边，低着头，脑子里一团糨糊。

老道人斜眼一瞥，发现有人去往隔壁摊子，差点要翻白眼：竟然还有人眼瞎找那嘴上无毛的后生算命？不是糟践铜钱是什么？

谢实不知如何开口，坐立难安。

陆沉不理会谢实，微微抬头望向低头的长眉少年，打趣道："贫道当年没骗你吧，你的那支上签，货真价实，童叟无欺。"

少年不知为何就要下跪磕头，只是偏偏如何都跪不下去。

陆沉笑道："不用这么紧张，当年你又没做错什么，心虚得好没道理。怎么，只因为我辈分比你家老祖宗高一些，你就觉得自己错了？那你这辈子可就有得愁喽。越往山上走，越是见着谁就觉得自己错，何苦来哉，白白浪费了贫道的一支上签。"

以往在自己跟前挺伶俐懂事的一个孩子，怎么到了关键时刻反而露怯？这让谢实有些恼火，只是刚要出声训斥，就被陆沉的一瞪眼吓得噤如寒蝉，闭嘴不言。谢实心中苦笑：原来自个儿比起长眉少年也好不到哪里去。

陆沉轻笑道："真不打算留在身边雕琢？"

谢实正襟危坐，深吸一口气，运用神通正了正本心，不再如先前那般畏手畏脚，回答道："大树荫庇之下，既是福气，也是坏事，很难长出第二棵高树。"

陆沉点头道："正解。"然后揉了揉下巴，"回头贫道得把这句话拿到师父跟前说一说，让他老人家别总唠叨当徒弟的不成才，这当师父的至少有一半错嘛。"

谢实好不容易平稳的心绪立即变成一团乱麻，苦着脸一言不发。还想要当天君，怕不是连个真人名号都保不住吧？自家老爷的师父当然不至于为此生气，但是谁不知道自家老爷的二师兄那个难以揣测的脾气……那位若是动了肝火，谁扛得住？

陆沉对长眉少年招招手："来来来，帮贫道看着摊子，贫道随便走走，见见熟人去。"

长眉少年哪敢鸠占鹊巢，真的去坐在那么个位置上，打死不挪步。

谢实如释重负。他是真怕长眉少年傻乎乎一屁股坐下。

陆沉也不以为意，对连忙起身的谢实吩咐道："其他人贫道就不见了，你跟他们打声招呼，让他们别热脸贴冷屁股。贫道最近心情不好，怕到时候一个收不住手，呵呵……还有啊，以后贫道若是想见你家子孙，哪里需要你多此一举地领着过来，他就是躲在下边的福地里头，贫道也一样能见着，对不对？所以下不为例。"

谢实压低嗓音，点头道："谨遵法旨！"

陆沉咳嗽一声，笑眯眯问道："这孩子他娘亲呢，怎么有事没来啊？上回手相都没来得及看呢。"

第一次亲眼见到"本脉老爷"的谢实，唯唯诺诺，实在说不出一个字来。

在诸多天君、大真人之间偷偷流传的那些个传闻，原来全他娘是骗人的！

长眉少年已经彻底呆滞了。

陆沉大摇大摆离去，经过隔壁摊子的时候，满脸羡慕道："老仙长真忙啊。"

老道士轻轻颔首一笑，腹诽：赶紧滚蛋！

陆沉一路逛荡，最后步入泥瓶巷，经过曹家祖宅的时候，大门紧闭，曹曦在屋内默默作揖行礼，火红狐狸趴在地上，做出五体投地的虔诚姿态，瑟瑟发抖。

陆沉对此无动于衷，径直走到一处院子前，蹦跳着张望院子里的景象。

正坐在隔壁院子里晒太阳的稚圭站起身，皱着眉头："你干吗呢？"

陆沉偏移视线，手指指着自己鼻子，哈哈笑道："姑娘，你不认得贫道啦？你和你家少爷还在贫道摊子上算过命呢，不记得啦？"

稚圭装模作样地用心想了想，然后摇头道："不记得！"

陆沉走到陈平安家隔壁的院墙外，踮起脚尖扒在墙头上，使劲嗅了嗅鼻子："姑娘正煮饭呢，香啊。贫道在这儿都闻得到饭香了。"

稚圭还是一脸天真无邪，摇头道："没有啊。"

陆沉笑着，微微歪头，伸手点了点她："贫道鼻子灵着呢，姑娘你骗不了人的。"

稚圭哦了一声，去了灶房，将土灶里头的柴火全部夹出来，一个原本火烫的煮饭土灶立即熄火，饭也成了一锅夹生饭。她走到灶房门口，拍拍手问道："现在呢？"

陆沉伸出大拇指："算你狠！"

稚圭全然没当回事，问道："你找陈平安？啥事？我可以帮你捎话。"

陆沉笑道："贫道自己找他就行，不敢麻烦姑娘，不然贫道害怕明儿摊子就摆不下去了。"

稚圭说道:"说吧,我跟陈平安很熟的。"她伸手指了指屋门上头张贴的"福"字,"你瞧,跟他家一模一样的,他送我的。"

小姑娘,没你这么睁眼说瞎话的,真当贫道不会算啊。陆沉忍不住嘴角抽搐。真不知道齐静春当年怎么就受得了这丫头,还愿意百般呵护她。

陆沉叹了口气:"其实贫道今天不找陈平安,是来找你的,王朱。"

稚圭面无表情地看着他:"虽然我家公子暂时不在小镇,但是你如果敢欺辱我,回头陈平安会帮我报仇的。还有,我认识齐静春,他可是儒家圣人,就不怕他死了又突然活过来打死你?"

陆沉伸出双手揉了揉脸颊,无奈道:"且不说陈平安会不会帮你报仇,齐静春死了就是死了,不会活过来的。"

稚圭轻挑柳眉,如杨柳依依,被春风吹拂而斜。

陆沉的双手重新扒回墙头,笑道:"王朱,贫道有一桩机缘想要赠送给你,你敢不敢收下?"他两只青色的道袍袖子就那么柔柔地铺在黄泥院墙上,如龙盘虎踞。

稚圭双臂环胸,像是在护住自己,冷笑道:"色坯,无赖,登徒子,浪荡子!"

陆沉收起手,捧腹大笑。遥想当年,世间犹有真龙千千万,论功行赏之后,负责坐镇所有天下的湖泽江海。其中最负盛名的一条雌龙,身份已算贵不可言,对自己是何等痴情?在世人眼中,自己又是何等绝情?

陆沉差点笑出眼泪来。大道再大,也容不下儿女情长。只羡鸳鸯不羡仙,书上有,山上有,山顶没有。

陆沉看着眼前这个本不该出现在世上的少女。记得自己当初曾经亲口问过师父,为何天网恢恢疏而不漏,却有骊珠洞天的存在。老头子只笑着说了两句话:

"疏而不漏即是症结所在,奉行天道之法已经不足以立身,故而崩塌。

"大道五十,天衍四九,人遁其一,一生万物。"

当时老头子蹲在那座莲花洞天的池塘旁,掬起一捧水,往一张略微倾斜的荷叶上洒去,洒在了高处,顺势而下,逐渐分流,最后全部重归池水。然后老头子朝陆沉高高抬起一只手掌,原来手心犹有一颗水珠,当手掌歪斜,水珠便开始顺着细微的掌心纹路缓缓流淌,歪歪扭扭,不断分岔,每一次略作停顿后的改变方向,都意味着走在了不同的道路上。若是将那颗不起眼的水珠换成行走在光阴长河中的某个人,便意味着成了不同的人。一念之差,一步之别,便有了三教百家,有了将相公卿、贩夫走卒。

陆沉收起思绪,对稚圭展颜一笑:"贫道给你的机缘,你不要也得要。"

稚圭冷笑道:"你知道我是谁吗?"

陆沉反问道:"你知道我是谁吗?"

稚圭脸色阴沉:"你一个臭牛鼻子道士,担待得起?"

陆沉微笑道："贫道俗名陆沉,已经足够说明一切。"

稚圭这次是真的没听懂:"你说啥?"

陆沉恢复平时神色,嬉笑道："姑娘,要不要让贫道看看手相? 何时婚配成亲,能否早生贵子,是不是良人美眷,贫道都能算的。"

稚圭眨了眨眼睛,问道："能不能只吃饭,不看手相?"

陆沉翻身越过墙头,打了个响指:"中!"

稚圭又问道："夹生饭,不介意吧?"

"介意,我来烧灶便是。"陆沉翻了个白眼,大大方方走入灶房,开始重新添加柴火,拿起吹火筒,鼓起腮帮开始使劲吹气。

稚圭站在灶房门口,很想一扫帚朝着他的脑袋狠狠砸下去。

铁匠铺子的一座剑炉内,阮邛打铁动作没有停歇,声势比起之前还要惊人,一次次火星四溅。偌大一间屋子灿烂辉煌,攒聚在一起的火星不断累积,一点都不曾消散,更不会流泻到屋外去,使得屋内几乎没有了立足之地。

但是今天,不但阮秀进了屋子,就连魏檗都在。空间有限,一人一山神只能并肩而立,阮秀手中怀抱着一柄无鞘长剑,剑刃并未开锋,看上去丝毫不显眼,恐怕落在中五境剑修眼中,都不过是一根崭新剑条而已。

阮邛一边抡锤,一边转头对魏檗沉声道："劳烦你将秀秀送往落魄山,杨老前辈已经遮蔽了天机,应该不会有意外了。"

又对阮秀叮嘱道："到落魄山,送了剑后,千万不要多说什么,只需让他赶紧跟着魏檗去往梧桐山,乘坐那艘'渡船'南下。这把剑在被斩龙台开锋之前不会显现出丝毫峥嵘,但是如果遇到大妖还是会露出马脚,所以让他别自己找死,跟那些个山泽大妖不对付。以他如今的武道境界,只要不找死,是有机会活着走到倒悬山的。"

魏檗考虑更加周到:"我手边还留着一根粗槐枝,可以顺便帮他做两把剑鞘。"

阮邛欲言又止,魏檗会心一笑:"放心,那只养剑葫我已经使用了障眼法,一般只有十境以上练气士才能看穿,问题不大。"

阮邛继续埋头干活,打铁如打雷。这位兵家圣人早就一肚子火气,恨不得那个小兔崽子赶紧卷铺盖滚蛋。

魏檗这次不敢托大,不但心中默念,还手指掐诀,悄然运转自己辖境内的山水气运。

两人很快出现在落魄山竹楼二楼,事先得到消息的陈平安已经准备好行李,因为有飞剑"十五"作为方寸物,所以不用背着背篓,比任何一次进山都更加轻装上阵,反而让他有些不适应。

阮秀送了剑，传达了她爹的嘱咐，最后递出一只绣花袋子，笑道："陈平安，送你的，桃花糕。"

阮秀的临别赠礼，陈平安当然不会拒绝。他先前托魏檗去跟阮邛提赠送宝篆山给阮秀一事，结果魏檗回到竹楼的时候灰头土脸的，很是狼狈，说阮邛听说后，迁怒于他，打赏了他一个字：滚。让陈平安有多远滚多远。

陈平安只得作罢，知道这件事想岔了，毕竟真正熨帖人心的好意可不是一厢情愿就能做好的事情。青衣小童总说他们混江湖的，恩怨情仇都讲究一个青山绿水来日方长，陈平安觉得这句话说得真是俊俏且有理，想着将来总有报答阮家父女的时候，就不急于一时了。不过陈平安还是花了一点小心思，跟青衣小童和粉裙女童很是正儿八经地商量了一番，觉得问题不大，这才拿定主意，再次麻烦魏檗，让他去聘请两个手艺精湛的糕点师傅，等他离开龙泉郡后，就请到骑龙巷的压岁铺子招揽生意，最后让两个小家伙跟阮秀姑娘打声招呼，就说以后若是想吃自家铺子的糕点，一律不收钱。

关于南下远游一事，青衣小童和粉裙女童都想跟随。青衣小童是怕没了陈平安罩着，明儿就给谁一拳打爆头颅，等到陈平安下次返回家乡，就得给他上坟烧香了。再者，他已经破开一境，希望能早日重返江湖逍遥快活，想要把他在龙泉丢光的脸面和英雄气概全部从外边的世界找回来。粉裙女童则是完全把自己当作了小丫鬟，担心自家老爷一年到头没人伺候，她留在落魄山无所事事，会很愧疚。

只是陈平安都没有答应。青衣小童一哭二闹三上吊四跳崖五下跪全部用过了，陈平安好说歹说，才让他继续留在竹楼修行。好在如今青衣小童跟棋墩山那条黑蛇关系不错，经常跑去吹牛打屁，还强行认了黑蛇做自己兄弟。虽说黑蛇一直没有幻化人形，但无论是城府还是志向，都不是青衣小童能够媲美的。说到底，这条背井离乡的御江水蛇虽然天赋异禀，可年龄搁在蛟龙之属不过是少年而已，还是没有"家教"、比较顽劣的那种，从未遇到过明师指点和宗门栽培，便是他推崇的那些江湖义气，在读过万卷书的粉裙女童眼中，也会略显幼稚任性。只不过相处这么久，青衣小童还是磨去了许多棱角，加上本心不坏，陈平安对他还算放心，只是叮嘱他不许欺负粉裙女童。青衣小童拍着胸脯说他大老爷们一个，欺负小丫头片子算什么？

万事俱备。

魏檗偷偷指了指二楼屋内，笑问道："差不多了？要不要跟老前辈告别一声？"

陈平安点点头，转身去敲了敲房门："走了。"

老人在屋内盘腿而坐，言语之中带着愤懑："不再考虑考虑？"

陈平安摇头道："不可以耽搁，必须马上走。"

老人冷哼道："孬！"

陈平安无可奈何，转头对魏檗道："我们动身吧。"

阮秀站在栏杆旁，轻轻挥手。

陈平安还是穿着最习惯的草鞋，怀里抱着用棉布包裹严实的那柄新铸长剑，腰间系着朱红色的养剑葫，背着一把槐木剑。他想对阮秀说些什么，只是都觉得多余，便挠挠头，轻声道："阮姑娘，保重啊。"

阮秀睫毛微颤，微笑着点头。

陈平安对两个小家伙叮嘱道："以后就在落魄山好好修行，如果遇到了事情，不要冲动，山头什么的，我们除了买下来花了钱，其余都没什么开销的，不用怎么心疼。我跟魏山神说过了，实在不行，就运用神通将竹楼搬迁到披云山，你们躲在里边，不会有事的。而且老前辈会帮着看护竹楼，所以你们不用太担心什么。"

这么婆婆妈妈的陈平安，第一次让青衣小童讨厌不起来。

粉裙女童攥着自家老爷的袖子，扑簌簌流泪，不舍极了。

陈平安转头望去。这趟走得太匆忙，没办法去泥瓶巷祖宅了，甚至连爹娘坟头都不好去，若说心头没有遗憾，肯定是假的，但没办法的事情就是没办法，他知道轻重缓急。自己此次南下送剑，算是杨老头、阮邛和魏檗三人联手布局，其中杨老头是金色香火小人的缘故，跟陈平安，或者准确说来是跟齐先生做了一桩买卖，要帮着陈平安远离是非之地，至于其中缘由，何谓"是非"，因为之前就有李希圣"此地不宜久留"的说法，陈平安对此深信不疑。

魏檗伸手按住陈平安的肩头："可能会有些头晕。"

陈平安笑道："好的。"他之前每天都在鬼门关打转，对于吃苦一事，实在是当成了家常便饭。一想到今天明天及以后都不用练拳，既有一丝人之常情的庆幸，但更多还是心里头空落落的。

陈平安望向阮秀和两个小家伙："走了！"

魏檗和陈平安的身影骤然消失不见，无声无息，甚至连一阵清风都没有出现在檐下廊道。

栏杆旁边，粉裙女童轻声道："阮姐姐，我家老爷肯定会想念你的。"

青衣小童丢了颗普通蛇胆石在嘴里嚼着，一本正经地胡说八道："那是，老爷每天做梦都要喊秀秀姑娘的，羞死个人。"

阮秀自然不会当真，但还是开心地笑了。

魏檗和陈平安出现在梧桐山山脚一处僻静山林，魏檗让陈平安稍等片刻，很快就去而复还，带了一把奇怪的槐木剑匣，是一匣双剑的样式，能够同时插放两把剑。他让陈平安将怀中长剑和背后槐木剑都放入其中，于是陈平安就变成了背负双剑的游侠儿，腰间别着一只酒葫芦，确有几分江湖气。

魏檗绕着陈平安走了一圈，笑道："哟，还真的挺好看。"

陈平安咧嘴而笑，跟随魏檗一起登山。

因为三十拳"神人擂鼓式"变成了三十一拳，多出的那一拳反而让陈平安一身拳意逐渐变得内敛沉稳。

魏檗仍旧是一袭大袖白衣，陈平安负剑别葫芦，一个神仙飘逸，一个少年侠气。

陈平安忍了忍，最终还是没有忍住："魏檗，小镇是不是很危险？"

魏檗点头道："试想一下，好多蛟龙同时涌入一座小池塘，当然随便一个摇头摆尾就会掀起滔天大浪，随便一个浪头砸下来就能令中五境的练气士粉身碎骨。你呢，虽然不是某些大佬重点关注的人物，但只要在这场棋局里头，哪怕是棋盘上很不起眼的一枚棋子，还是会生死不由己。所以杨老头让你立即离开龙泉郡是对的，你能够想通，不反对，很好。"

陈平安笑道："我本来就想出去走走，刚好借这个机会磨砺武道，争取靠自己找到破境的契机。"

魏檗好奇问道："竹楼里的老前辈还生着闷气，是不是你拒绝了什么？"

陈平安不愿细说，毕竟涉及老人的隐私。可魏檗这段时日奔波劳碌，加上有阿良的关系，以及魏檗的开诚布公，陈平安不介意挑一些可以说的说，于是轻声道：

"我只知道小镇来了一个了不得的道教神仙，老前辈说想要送我一场天大机缘，旁观他与那个神仙的对战，领悟拳意真谛，说不定可以一鼓作气跻身四境，而且还能打下最结实的四境底子。我问老前辈有几分胜算，老前辈开诚布公地说九死一生都没有，必败无疑，因为他如今还没能重返武道巅峰，哪怕到了，一样毫无胜算。我当时就很奇怪，既然必输，为何还要去打这一场架？老前辈说他这辈子最大的愿望就是找某位号称最能打架的道人打上一场，既然那个不速之客跟那个'真无敌'的道人关系很近，就先打过，掂量掂量自己的斤两，以便知晓双方之间的差距到底有多大。至于帮助我跻身四境，赠送机缘，也只是顺带的。我不想因为这场架打出太大的风波，害得你和杨老头、阮师傅白忙活一场，更不希望……不希望齐先生失望，所以我也就跟老前辈直接说了自己的想法。他生气归生气，倒也没揍我，只是骂我的胆子比米粒还小。他骂他的，我劝我的，劝他不管怎么样，返回武道巅峰再打架不迟，要不然会不尽兴的。老前辈这些是听得进去的，虽然他嘴上不说，心里多半觉得如果没办法全力出拳才是真正的遗憾，所以最后他就放弃了打架的念头，不过也没给我好脸色看就是了。之前在竹楼，你也听到了，还在气头上呢。"陈平安突然会心一笑，"其实老前辈跟老小孩差不多。"

魏檗抹了把额头冷汗。这要是打起来，还真就全部完蛋了。亏得陈平安没贪恋那四境的契机，不然他用屁股想都知道结局：老人死而无憾，这座破碎的骊珠洞天地动山摇，抖搂出许多不可告人的秘密，然后就是一场腥风血雨的浑水摸鱼，本就是棋局"第一手"的陈平安绝对没什么好下场。至于他魏檗、崔瀺、阮邛、谢实、曹曦、许弱、程水东,等等,注定没一个跑得掉,全部裹挟其中,是生是死,跟当下的陈平安一个样,身不由己,全看天意和运气了。至于三十余座山头到最后能剩下几座,不好说,但是树大招风,只差一步就是大骊北岳的披云山则板上钉钉会崩塌殆尽,真正的仙人神通,搬山倒海,可不是溢美之词。

心有余悸的魏檗停下身形,重重拍了一下陈平安的肩头:"陈平安,早知道如此,就不应该收你的药材钱!"

陈平安愣了愣,随即笑容灿烂道:"现在还我钱,还来得及。"

魏檗装模作样地在那里翻袖口,陈平安就安安静静地等着他掏钱,半点推托的意思都没有。

魏檗气笑道:"陈平安,这就没劲了啊!"

陈平安哈哈大笑,拍了拍腰间的酒葫芦:"这就够了!"

魏檗一把搂过陈平安的肩头,就这么登山:"我就说嘛,陈平安对朋友从不抠门小气的。"

陈平安憋了半天,只憋出干巴巴的"谢了"二字。

"朋友之间提'谢'字多伤感情,这就跟男女之间谈'钱'字是一样的。"

陈平安恍然大悟,觉得这个道理得好好记下来,回头就刻在竹简上,以后到了倒悬山见着了宁姑娘,千万别提什么钱不钱的——这叫学以致用。

魏檗如今是路人皆知的煊赫存在,加上真正手握权柄的山上神仙没几个如魏檗这般好说话的,所以他人缘极好,一路登山,招呼不断。魏檗没怎么停步,但是都会笑着应酬几句打趣几句,惹来笑声不断。其间还有一个溜须拍马不比青衣小童功力弱的野修妖怪死活要给魏大山神领路,结果被魏檗笑骂着一脚踹远了。那野修丝毫不恼,反而引以为傲,望着白衣山神的潇洒背影,满脸喜庆。

但是临近梧桐山顶渡口的时候,魏檗轻声笑道:"陈平安,这种看似很真诚的和和气气其实都是假的,可以不拒绝,但是别太当真。如果我魏檗还是棋墩山的土地爷,想要跟他们说上一句话都难。当然了,能够这么一团和气,终归是好事。"

陈平安默默记在心里。

梧桐山的渡口边缘地带是一座刚刚建造完工的高台,以清一色的洁白玉石筑造而成,已经聚集了数十号打扮各异的练气士,还有一些装束鲜亮的老弱妇孺,后者应该都是买下山头后前来观摩的仙家势力,如今便要打道回府了。

两拨人看到了魏檗和陈平安,还是主动上前热络招呼,魏檗对每个人的姓名、家族如数家珍,待人接物滴水不漏,让人如沐春风。

陈平安一直没有刻意说话,只是将点点滴滴看在眼里,心中有些羡慕和钦佩。这种与人为善和相谈甚欢，绝不是魏檗说自己是"北岳山神"可以解释的。

关于陈平安的南下远游，魏檗用轻描淡写的语气一笔带过，说陈平安在南边有个亲戚，顺便去探望几个朋友，比如神诰宗的贺小凉，还有风雷园的刘灞桥。

陈平安听得满头冷汗：这哪跟哪啊！如果说拜访亲戚是个正当幌子，那么随便跟那个道姑和剑修攀交情，他陈平安实在是难为情。可魏檗这么胡吹法螺，他又不好拆台，差点憋出内伤。

言者无意听者有心。贺小凉可是一洲道统的玉女，跟她有丁点儿香火情可就是天大的福缘了。山上山下，谁敢不卖神诰宗朋友的面子？何况还有个风雷园的刘灞桥。所以那些搁在家乡王朝都不容小觑的人物，对其貌不扬的背剑少年越发热情，甚至还有人主动递交了制作华美的名牒，把陈平安臊得恨不得挖个地洞钻下去。

魏檗乐见其成，笑得高深莫测。

突然有人高呼一声："鲲船来了。"

陈平安顺着众人视线望去，见一头庞然大物破开云海，缓缓向梧桐山滑落，惊得张大嘴巴——那个生有鱼鳍的大家伙竟是活物！

鲲船不断下降，带给陈平安一股巨大的压迫感，让他忍不住感慨：不愧是神仙乘坐的渡船，果然不同寻常，气势惊人。

一艘鲲船能够跨洲浮游千万里，而且这个"千万里"绝不是虚指。在龙泉郡梧桐山建成这座崭新渡口之前，整个东宝瓶洲北方都没资格让鲲船降落停靠，只有南涧国和老龙城两处有渡口。一些个国力雄厚的王朝当然也有承载练气士远游四方的渡口，但是"渡船"多体形较小，登船乘客有限，货物吞吐量远远逊色于这种北俱芦洲独有的鲲船。鲲船载客只是生财的小头，主要还是贩卖从各处搜集而来的天材地宝及各色珍禽异兽。而鲲船也分三等，第一等的鲲船，鲲鱼的背脊之大可以媲美一座大骊郡城，在包括墨家机关师在内的诸多流派练气士的精心打造之下，能够有山有水，有府邸高楼，有街道坊市……成千上万的练气士可以终年生活在上边而不会感到丝毫不方便。

魏檗轻声笑道："鲲鱼性情温驯，在经过练气士的专门训练之后，哪怕遭受攻击重创，也可以忍受煎熬而不扑腾，所以鲲船比起其他一些大型渡船相对平稳安全。一些个山岳龟、吞宝鲸也是渡船的上佳选择，只是一来数量稀少，二来还是会有一些自己的脾气，历史上不是没有山岳龟擅自潜入海底的惨剧。"

陈平安张大的嘴巴一直就没合拢。鲲鱼背脊之上不仅平坦宽阔，竟然还有一圈围栏，一栋栋高楼比邻而建。而这艘几乎占据大半山头渡口的鲲船并未贴在地面上，而是离地数丈悬停空中，鱼鳍微微晃动就扇起一阵阵山风，尘土飞扬。好在渡口登船的高台刚好位于鱼鳍之间，并无异样，自然不至于被一阵大风给吹到山脚去。

在鲲船彻底悬停稳当之后，从围栏缺口处落下一架宽如桃叶巷街道的阶梯，阶梯底部刚好嵌入高台的一处凹陷机关中,使得这架挂空的阶梯给人稳如磐石的良好感觉。阶梯上走下一拨人,为首的锦衣老人跟梧桐山渡口的主事人一番交谈之后,便对魏檗一行人用纯正的东宝瓶洲雅言笑道:"诸位,你们登船之后,牛角山包袱斋的货物往来会在鲲船那边的两架阶梯上进行,耗费半个时辰。若是稍有延误,无法准时发船,我们打醮山作为北俱芦洲一个屹立千年的老字号门派,就会返还各位所有乘船开销。"

说完这些,锦衣老人望向魏檗:"可是魏大山神?"

魏檗笑眯眯道:"不敢当不敢当。"

锦衣老人爽朗大笑,抱拳道:"鲲船一年一次往返三洲,只能提前恭贺魏大山神!下次若是无法准时登门庆祝,事后也定然会略备薄礼,还希望魏大山神别推辞啊。"

魏檗双手笼袖,笑容浓郁:"不推辞不推辞,可如果发现礼物轻了,下次就来这边撒泼,要你们无法准时发船。"

锦衣老人哈哈大笑:"轻不了!拜山头拜山头,这么大一座山头,岂能不当回事!退一万步说,门派若是出手小气了,老夫都会自己添补一番!"

魏檗笑着点头:"这敢情好。"然后他拍了拍陈平安的肩头,"我最要好的朋友,叫陈平安,是我们这儿的土财主。他在南涧国下船,还望船主帮着照顾。他在这艘鲲船上的所有开销,全部记在我魏檗头上,下次我再跟你们结账。"

锦衣老人大手一挥:"结什么账,包在我身上了。"

魏檗笑眯眯道:"这么客气啊?"

锦衣老人还是大笑。这番场景,羡煞旁人。

陈平安跟随众人登船之前,在阶梯口转身对魏檗抱拳行礼,没有说什么。

魏檗抱拳,微微弯腰。一切尽在不言中。

这一幕,落在远处跟人商议正经事务的锦衣老人眼中,就更加心中有数了。

陈平安独自一人缓缓走在阶梯上,背负双剑,"降妖""除魔"。腰悬养剑葫,"初一""十五"待在其中。"十五"里头如今又装下了齐先生赠送的"静"字印和一对山水印,还有暂时帮着顾璨保管的《撼山谱》。文圣老秀才赠送的几本儒家典籍、李希圣赠送的符箓道书和竹管毛笔也在,毛笔上篆刻有"风雪小锥"和"下笔有神"。除了书和毛笔,还有李希圣托崔瀺送来的大量空白符纸,大致分三种,数量最多的黄纸、绘有云篆的金色符纸,以及数量最少的泛黄书页似的符纸。当然,也少不了陆沉留下的那几张药方。至于一大摞东宝瓶洲各国疆域的舆图是魏檗转赠,作为陈平安以蛇胆石偿还药材钱的一点小添头。此外,数百枚玉质"铜钱"是陈平安用剩余的普通蛇胆石跟青衣小童兑换而来。这些山下市井绝对瞧不见的钱币是山上神仙做买卖用的,只不过当然没有金精铜钱那么价值连城,但老百姓所谓的真金白银在这些只会装在练气士钱囊中的玉币面前不值一提。其他零散物件诸如一些尚未刻字的小竹简、小刻刀,一袋子白米以及煮饭的瓶瓶罐罐,一大把鱼钩、一把新买的开山柴刀、换洗衣衫、两双新编草鞋等也都带上了。当然还有碎银子和金叶子。出门在外,一文钱难倒英雄汉的道理陈平安在第一趟远游大隋的时候就感触颇深。

陈平安走到一半,又忍不住回头望去,一直站在原地的白衣山神笑着挥手。陈平安亦挥手作别,继续往上走去,只是摘下了朱红葫芦,默默喝了一口烈酒。

草鞋少年无比希望下次重逢,故乡的朋友和山水都无恙,都平平安安的。

早起的鸟儿有虫吃,马无夜草不肥。理是这个理,可怜起早摸黑的陆沉,哪怕算命摊子开得比隔壁早,撤得比隔壁晚,仍是既没得吃,更不肥。因为如今小镇百姓更相信头顶鱼尾冠的老道人,觉得他才是真正的神仙,算得准不说,还不会一有机会就登门蹭吃蹭喝,而且无论前来求签之人是妙龄少女还是貌美妇人,老道人从来目不斜视,满身正气,更不会像某人,成天变着法子坑骗稚童的糕点吃食。

做生意,可不就是最怕货比货。所以陆沉最近这段日子可谓饱尝人情冷暖,别说发财,估计都快揭不开锅了。就连以前聊得很投机的小姑娘们,现在不但不看手相,每次经过摊子的时候,还会假装不认识。陆沉只好安慰自己,这些沾着乡野草木香气的可爱小姑娘表面上对自己很生分,无非是羞赧的缘故,不好意思跟自己打招呼罢了,实则情意满满呢,要不然为何每次路过,身上的漂亮新衣裳都不带重样的?陆沉次次都不愿意辜负了这些少女情怀,眼尖的他总会连名带姓地夸上几句,姑娘们大多脚步慌张几分,快步走开。至于一些个胆大的妇人,要么回抛一个媚眼,要么骂一句"死样",只可惜就是没谁照顾算命摊子的生意。这让陆沉有些忧伤,每天枯坐在摊子后边,不是用袖子擦拭签筒,就是对着竹签哈一口热气,要不就是抱着后脑勺前后晃荡,或者干脆趴在桌上,侧头望向热热闹闹的隔壁摊子,人比人,气死个人。

好在陆沉一天到晚坐冷板凳也没恼羞成怒,时不时就主动跟老道人聊几句有的没的,这让琢磨着是不是要换个风水宝地的老道人稍稍放宽心,最后都觉得有些于心不忍,想着这趟小镇之行收获颇丰,差不多足够半年开销,提点几句也无妨。

在没有生意上门的间隙,老道人招手让陆沉过去坐。对方屁颠屁颠跑过去坐在长凳上,满脸热忱和期待:"老仙长何以教我?可是有锦囊妙计相授?"

老道人提起手边的小茶壶,喝了口凉茶,叹了口气,开门见山问道:"你是不是刚入行没多久?"

陆沉愁眉苦脸道:"不算短啦,就是生意一直做得不如别人。"

道家道统又分三教,道祖座下三位弟子各为一教掌教,同源而不同流,在各天下开枝散叶,势力极大。而大骊王朝所在的浩然天下,道家三教衍生出来的各大宗门势力也是根深蒂固,各州皆有道主、天君和真人占据着洞天福地。

老道人用手点了点这个满脸晦气样的"晚辈"，然后指了指自己头顶："你入行还不短？那你真是命大，竟然如今还没被抓去吃官家牢饭！贫道问你，戴着这么个莲花冠干啥？你晓不晓得，咱们东宝瓶洲有资格戴这么个样式的道观门派屈指可数！为首就是南涧国的神诰宗，掌门真人正是一洲道主的祁老神仙，去年刚刚晋升为天君老爷！其余几座道观，哪个不是当地一等一的仙家府邸，哪个需要下山当算命先生，然后在这儿摆着破烂摊子，跟一群浑身土腥味的乡野村夫、市井妇人打交道？怎的，你小子难不成是神诰宗的玉牒神仙，还是那几座大道观的在册道士？"

陆沉摆手道："都不是，都不是。"

老道人气不打一处来，正要好好训斥几句，突然咦了一声，神色满是讶异。原来，隔壁摊子那边来了一大一小两人，中年男子虽然面有病容，但是气势挺足，一看就像是个当官的，有官威！少年白衣玉带，面如冠玉，一看就是富贵门庭里熏陶出来的公子哥。两人安安静静站着，像是在耐心等待。老道人那点怜悯心顿时一扫而空，再看那个走了狗屎运的年轻道人就倍觉碍眼了。

陆沉笑着道谢告辞，走回自家摊子后边坐着："怎么，是求签还是看相？"

中年男子坐在凳子上，摇头笑道："既不抽签也不看相，反正事已至此，用不着。"他犹豫了一下，还是施了个生平首次的抱拳礼，坦然道，"我是人间君王，按照浩然天下的礼法，可以不跪任何仙人。掌教真人大驾光临我们大骊龙泉，我既不用下跪磕头，又不能用儒家揖礼相迎，就当作是山下江湖的一场萍水相逢，我斗胆以江湖人的方式恭迎陆掌教，还望陆掌教不要见怪。"

陆沉笑问道："奇了怪了，你一个皇帝，为何不自称朕，或是寡人？"

大骊皇帝宋正醇苦笑道："真人在前，委实不敢。"

陆沉打趣道："贫道还以为大骊的宋氏皇帝是天不怕地不怕的英雄好汉，当初阿良一路杀到你们白玉京飞剑楼前，你胆子不就很大嘛，就是不下跪。贫道当时在南涧国远远看戏，都忍不住要替你捏一把冷汗。"

宋正醇自嘲道："这一跪，大骊宋氏列祖列宗积攒下来的精神气就会全部垮掉，所以死也不能跪的。"

陆沉点了点头，突然笑道："你是因为擅自仿造白玉楼一事来跟贫道摇尾乞怜呢，还是因为陆家术士坑了你一把，来这里兴师问罪？"

宋正醇笑道："当然都不是，一个不愿意，一个没胆子。我本就需要为敕封大骊北岳一事亲自露面，其实来的半路上，墨家许弱就不惜以本命飞剑传信，劝我最好不要在掌教真人面前出现，国师也是差不多的意思，两人话说得都很直接，半点不客气，尤其是我们那位国师，最清楚我的脾气，怕我一个破罐子破摔，就冒犯了掌教真人。"

陆沉随意打量了一下病入膏肓的宋正醇，啧啧道："贫道很好奇一件事。阿良那一拳打断了你的长生桥,既帮你摆脱了傀儡命运,却也让你命不久矣,你是感激还是怨恨呢?"

宋正醇坦诚道:"两者皆有,甚至说不上感激多还是怨恨多。浩然天下自古就有规矩约束君王,中五境练气士一律不得担任一国之主,下五境练气士不可坐龙椅超过一甲子。加上当皇帝的人确实先天就不适合修行,所以我当初经不起诱惑,被人蛊惑,走了旁门左道的捷径,偷偷修行到了十境,其实本来就是大错特错,因为我太想亲耳听到大骊的马蹄声在老龙城外的南海之滨响起了。"说到这里他神采焕发,如回光返照的老朽病人,"如果真有那么一天,我相信一定会比天上的春雷声还要响!"

陆沉对此不置可否:"你能够在这么短的时间里清理门户,还有魄力拒绝中土神洲的陆氏家族,很不容易。当然,这跟墨家主支突然选定你们大骊王朝有着莫大关系。可不管怎么说,你这个皇帝当得……很是跌宕起伏啊。"

宋正醇毫不意外。虽然仙人下来一样需要恪守当初礼圣订立的复杂规矩,但是眼前这个年轻英俊的道人可不是一般意义上的仙人。他这趟之所以执意前来,何尝不是心存敬畏和仰慕,是一种最简单最纯粹的情绪。

高山仰止,景行行止。虽不能至,心向往之。

如果真的能够走到跟前,亲眼看上一眼,亦是人生一桩天大幸事。

宋正醇突然流露出一丝侥幸和忐忑:"掌教真人在此,我能否逃过一劫?"

陆沉笑着摇头:"贫道虽能延长你的寿命,但只要贫道出手,恐怕你就得放弃祖业,跟着贫道去往别处天下才能真的活命,否则你真当礼圣的规矩是摆设,文庙里头的那些个神像一个个全是死的?"

宋正醇叹息一声,久久无言。

陆沉斜眼打量他身侧那个神色古板的少年,笑呵呵道:"宋集薪,或者喊你宋睦?这么巧,咱俩又见面啦。那么你知不知道,齐静春很看重你,当初继承文脉香火的关键人物,有你一个?可不单单是齐静春对贫道施展的障眼法那么简单,否则我家雀儿绝不会叼走你丢出的那枚铜钱。只可惜,你的命不错,运气却差了一点点,就这么一丢丢。"陆沉伸出弯曲的拇指食指,只留出一条缝隙,讥讽道,"齐静春送给你的几本书是真正的一脉文运所在,你竟然一本都不愿意带走。你要知道,天地有正气,可虚无缥缈的正气那是自有其灵性的,别人给你的东西,你自己双手接不住,怨不得谁啊。"

宋集薪心境大乱,汗流浃背。

宋正醇轻声喝道:"宋睦!"

宋集薪总算恢复一丝清明,但还是浑身颤抖,摇摇欲坠。

陆沉继续调侃道:"小子,这就慌啦?悔青肠子了?宋集薪,你有没有想过,双手捧住了好东西,你承担得起那份后果吗?骊珠洞天一事,齐静春为何而死?抛开你的齐先生自己求死，不愿躲入那座老秀才留给他的洞天不提，最主要是因那天道反扑。你小子只要沾上一点，就意味着在很长的岁月里不得安宁。就算你当上了大骊皇帝，又如何？就算大骊铁骑的马蹄把南海之滨踩烂了，又能如何？"

宋正醇一只手重重按住少年的肩膀，沉声道："不要多想什么！"

陆沉不再咄咄逼人，懒洋洋道："世人总是喜欢悔恨擦肩而过的好事，忙着羡慕别人的际遇和福缘，哈哈，真是好笑又好玩。"

宋正醇收回手掌，手心早已满是汗水，脸色越发惨白："陆掌教，能否放大骊一马？"

陆沉一愣，猛然一拍桌子，大笑道："一语成谶！"

他先是环顾四周，最后眯眼望向高处："如何？这可不是贫道强人所难。放心，以后如何，就靠'顺其自然'四个字了。贫道没工夫在这边空耗光阴，说句难听的，如果不是齐静春，贫道才不乐意在你们的地盘寄人篱下。"

隔壁摊子的老道人迷迷糊糊。自打那年轻道人在自己的摊子落座后，他便一直在犯困打盹。只是老道人自己都不清楚，他的寿命已随着一条纹路的悄然绵延而增长，这就是浑然不知的福缘加身了。因为陆沉被陆家导致的糟糕心情在今天总算有了好转，便随手"法外开恩"了一次。

宋正醇带着宋集薪告辞离去，百感交集，不敢回头。

陆沉没来由地感慨了一句："天地造化，妙不可言。"

三教和诸子百家的圣人们，以及千年豪阀中的豪杰枭雄，其实都很忙碌的，为了这即将到来的大争之世，各自落子布局。

这一切，春风化雨，世俗百姓沐浴其中，善恶有报，福祸自招。

陆沉打了个响指，天地清明，转头望向西边大山方向："走吧走吧，之后一切都跟你无关了。"

老道人打了个激灵，抹了抹嘴角口水，一脸茫然地四处张望，并没发现异样，便唏嘘岁数到底大了，不服老不行，受不住这倒春寒的冷风。然后老道人发现那个年轻人又笑嘻嘻坐在自家摊子前的长凳上，一副洗耳恭听的欠揍模样。

老道人想着先前好大一桩生意给狗叼走了，哪里还愿意给这后生传授金玉良言，否则岂不是自己给自己挖坑，以后给抢了生意找谁哭去？便很不耐烦地挥动袖子："滚滚滚，你小子没啥慧根悟性，贫道教不了你，赶紧让开，别耽误贫道做生意！"

陆沉双手死死按住摊子，厚着脸皮道："别啊，老仙长给说道说道，以后小道好去自家地盘吃喝。"

老道人皱紧眉头，随即舒展开来，微笑道："千金难买老人言，规矩懂不懂？"

"啊？"陆沉惊讶出声，"能不能先欠着？"

老道人眼见着四周无人，便顾不得仙风道骨了，瞪眼道："滚蛋！"

陆沉一脸肉疼地掏出一块碎银子放在桌上："老仙长，你这也太不像神仙中人了，怎么还有铜臭气呢？"

老道人一把抓过银子收入袖中，咳嗽一声，开始滔滔不绝地说起了江湖经验，只挑虚的讲，大而当当，听了也没屁用，坚决不说行走江湖真正需要的行家言语。只不过桌对面那个年轻后生仿佛全然没听明白，听着老道人的夸夸其谈还很一惊一乍，满脸敬意，深以为然。时不时年轻道人还会猛然一拍大腿，摆出受益匪浅的恍然状，把老道人给吓得不轻。不知不觉，老道人原本已经改变的掌心纹路重新恢复原貌，一丝不差。

世间得与失，不知也不觉。

大隋京城的元宵节，满城灯火，亮如白昼。山崖书院的读书人那晚几乎都纷纷下山去凑热闹了，书院夫子们对此并不反感。年轻人总待在书斋里摇头晃脑就没了朝气，若是太过拘谨死板，良田里的读书种子是断然无法茁壮成长为参天大树的。

李槐想要去，结果李宝瓶说大隋京城的犄角旮旯都被她走遍了，这会儿去山下哪里是看灯，分明是看人，没劲。而且她还欠着授业先生的好几篇罚抄文章，得挑灯夜战！林守一说他要继续去藏书楼看书，谢谢说要修行，到最后，就只有最好说话又最没事情做的于禄跟着李槐一起下山。结果在山脚遇到了大隋皇子高煊，三人便结伴而行。

高煊之前就经常来山崖书院逛荡，聊来聊去，高煊实在跟不上李宝瓶的思路，林守一又是冷冷清清的性子，而谢谢经常被那位"老祖宗"呼来喝去，端茶送水、洗衣扫地，哪里像是一个修行天才该有的待遇，简直比丫鬟婢女还不如，于是高煊就跟于禄最熟悉了，时不时会陪着于禄一起在湖边钓鱼。

大隋的这个元宵节，君臣共欢，普天同乐。李槐为此特意别上了那根刻有"槐荫"的墨玉簪子，走路的时候高高挺起胸膛，趾高气扬。这个小兔崽子好像天生就有一种奇怪的独有气质，土鳖归土鳖，可就是运气好。比如像现在，能够让昔年卢氏王朝的太子殿下及如今的大隋高氏皇子一左一右为他保驾护航，这灯会看得值了。

山崖书院的书楼内，林守一挑灯夜读，突然有些心神不宁，叹息一声，放下书本，走到窗口，想起了一个动人的少女。他默默告诉自己，要好好读书，好好修行，将来……一想到某些美好的场景，平日里不苟言笑的林守一整张脸庞都漾起了温暖笑意，显得越发英俊。

李宝瓶也在挑灯用功，只不过她除了看书还需要抄书。蘸了蘸墨汁后，李宝瓶满脸肃穆，高高提起持笔的胳膊，轻喝一声，以雷霆万钧之势迅猛开工！唰唰唰，能够把楷体字写得那么快若奔雷也够可以了，一看就是抄书抄出熟稔技巧的家伙。写满一张纸后，她就会随手抹开到一旁，默念"走你"两个字。一个负责今夜巡视的老夫子站在窗口，看到这一幕后，哭笑不得，既无奈又心疼。老夫子刚好是小姑娘的授业恩师之一，他悄悄转身离去，没有打搅小姑娘的抄书大业，只是想着以后是不是让小宝瓶少抄些书？

书院副山长茅小冬正在自己的屋子里默默打谱。其实这么多年颠沛流离，老人最恨自己的几件事之一，就是舍不得丢了这份爱好。好几次戒了下棋的瘾头，可每次无意间看到旁人下棋就挪不开步子，在旁观战，往往会越看越不得劲，暗暗腹诽这一手下得真臭。若是瞧见了妙手则更是心痒痒，一回去就忍不住复盘全局，然后继续一边骂自己没定力一边乐哉下。一些个多年棋友总喜欢拿这个开玩笑，将茅小冬的戒棋调侃为"闭关"，复出为"出关"。

茅小冬下棋，是某个姓崔的王八蛋教的。更气人的是，不管他如何努力，寻找最顶尖的棋谱，跟国手切磋棋艺，潜心钻研各个流派的棋理，能做的都做了，可是棋艺涨得还是慢悠悠，怎么都下不过崔瀺。茅小冬收起棋谱和棋子，摘下腰间戒尺细细摩挲。

崔东山先前找他谈了一次，他劝崔东山不要痴心妄想，这么早就抖搂身份，小心死在大隋京城，到时候还连累书院。他说得很直接，如果大隋误以为山崖书院也参与其中，双方没能谈拢，那么他茅小冬会第一个将大骊国师绞杀于大隋国境之内。他喟叹："读书人，怎么就成了生意人了呢？"

一栋幽静别院内，白衣少年崔东山坐在檐下，听着新挂上去的一串铁马在安静祥和的春风夜幕里叮咚作响。

崔东山突然转头望向跪坐于一旁的少女谢谢，问："你有爷爷吗？"

谢谢愕然，这个问题怎么回答？难道暗藏玄机？要不然天底下谁会没有爷爷……她觉这肯定是一个考验心志的陷阱。

正当少女小心酝酿措辞的时候，崔东山哈哈笑道："原来你也有啊。"

谢谢无言以对。好冷的笑话。

最后两人一起抬头望向夜空。

中秋明月，豪门有，贫家也有。极慰人心。

富贵且内敛的李家大宅内，仆役丫鬟众多，祖祖辈辈都是李氏的体己人。而且李氏历代当家人对于下人从来都是体恤有加，先前朱河朱鹿这对父女就是一个例子，以至于有府上老人打趣朱鹿是丫鬟身子小姐命。

家主李虹是万事不上心的人，喜欢收藏瓷片和读书注疏，除了偶尔跟长子李希圣聊天，不太露面。李虹的妻子，也就是李希圣三兄妹的母亲，作为当家主妇，算不得如何好说话，但是赏罚分明，在家族内极有威信，已经是十境修士的李氏老祖对这个持家有道的儿媳妇也从不拿捏架子。她没有读过多少书，但识得字，因为需要查账。

李家有个传承已久的习俗，就是逢年过节，蒙童岁数的孩子要死记硬背带某个字的成语或俗语，若是长辈们问起，孩子们能够顺畅地回答出来，就可以拿到一封喜钱。

去年除夕是"嘉"字,今年元宵则是"桃"字。

李夫人在这天让贴身丫鬟拿着一摞喜钱,路上遇见了"守株待兔"的孩子便会开口笑问,然后孩子们就会说出早就准备好的答案。一声声稚气的回答清脆悦耳,李夫人微笑不已。比如"桃李不言,下自成蹊",比如"桃之夭夭""桃腮杏脸"等,都是非常美好的说法。哪怕有孩子脱口而出了一个不知道从哪里听来的"凡桃俗李",李夫人也没生气,一样笑着给出喜钱。只是当她听到"投桃报李"的时候,笑容似乎有些牵强;等听到"李代桃僵"后,又变得满脸怒气,吓得说话的孩子不知所措。她语气生硬地询问孩子的姓氏,得知姓陈后便转身离去。临走前,虽然还是让丫鬟给了孩子喜钱,可众人都看见了她冷若冰霜的神色,这在以前并不常见。

李家上下都知道李虹最偏爱幼女李宝瓶,而李夫人更亲近次子李宝箴。自从李宝箴离家远游京城后,她就经常寄去家书,询问儿子何时归家。每当李宝箴在书信中说起京城趣事,李夫人拿着书信就会笑出声,只是等放下书信后,就又会惆怅忧心,生怕儿子在京城那么个大地方受委屈。她将一封封家书整整齐齐地叠放在红漆小匣内,李虹为此还调侃:"就宝箴那么聪明的孩子,哪怕出门在外,也是万万吃不了亏的,你该担心别人才对。"

李希圣从学塾返回,发现爷爷站在自己院中的小水池旁,像是等了好一会儿,连忙快步走去。

李老太爷率先走向屋内:"去你书房说。"

到了布置素洁的"结庐"小书斋,李老太爷示意李希圣一同坐下说话,笑道:"宝箴性子太跳脱,离开家乡那么远,又是小儿子,你娘亲担心他是人之常情,你别觉得她偏心,为此伤感。"

李希圣微笑道:"当然不会。"

李老太爷缓缓道:"那谢实点名要三个人,其中有你,我并不奇怪。你爹不晓得你的天赋,那是他眼瞎,我甚至觉得你半点不比那个神诰宗贺小凉差。一洲道统的玉女怎么了,了不起啊?我孙子也就是没有宗门栽培,否则说不定你就是金童了,到时候结成神仙眷侣,呵呵,这倒是不错……"说到最后,他自己倒乐和了起来。

李希圣有些无奈,爷爷这喜欢跟人较劲的脾气是改不掉了。当初为了成为骊珠洞天四姓十族当中第一位十境修士,他执意冒险破境,谁劝都没用。若非李希圣偷偷给爷爷算出了一个上中卦,他还真不敢就由着爷爷一头撞进去,闭生死关。

李老太爷冷笑道:"至于马苦玄那个小子,真不是我背后说人坏话,他家本来就是一窝子贼坏坏种,哼,我可不觉得他有大出息。上善若水,至刚易折,自古而然。半点不懂得藏拙,锋芒毕露,一年破三境咋了,有本事到了观海境后再来一次连破三境!"

李希圣沉默不语。

李老太爷突然问道："你怎么把那支'风雪小锥'和那些符纸一并送给陈平安了？倒是留一半给自己啊！你信不信，那小子根本就不知道那些纸笔的金贵？"

李希圣笑道："看来爷爷其实还不算心疼宝瓶。"

李老太爷吃瘪，恼羞成怒道："谁说的?！我不心疼小瓶子谁心疼？行了，送了就送了，我不过就是随口一提，你看我会让你把东西要回来吗?"

李希圣会心一笑。

李老太爷瞅见了孙子的笑意，伸出手指凌空点了两下："传家宝说送就送，爷爷不拦着，也不会逼着你反悔，但是不耽误我骂你一句败家子。"他将双手放在椅把手上，有些疲惫，"爷爷就这么点本事，当初拼了老命不要也才惊险万分地跻身十境，上五境根本不用奢望。希圣，以后爷爷就没办法为你做什么了。"

李希圣赶紧站起身，轻声道："爷爷，别这么想，您已经做得不能再好了。"

李老太爷站起身，绕过桌子，帮他正了正衣襟："不管是不是去北俱芦洲，不管以后是不是会弃儒从道，你都是爷爷的好孙子。天底下做人的道理讲不尽，可我相信我的孙子做人会很正，一直会!"

李希圣有些眼睛发涩，使劲点了点头，后退两步，长拜到底，朗声道："言传身教，诚心正意，我李家不输任何人!"

李老太爷喃喃道："你当然是，小瓶子也是。"

唯独漏掉了一个公认最聪慧的李宝箴。

第五章
月儿圆月儿弯

　　大骊皇帝宋正醇共有子女十余人，不算多，却也不用担心香火。自从大骊皇后病逝，后位就一直空悬，对此，朝野上下不是没有异议，尤其是礼部官员，私底下有过数次谏言，但全部被宋正醇随手搁置在案头。加上这些年大骊边军南征北战，所向披靡，很大程度上转移了庙堂文武的注意力，所以除了星星点点的言论，关于大骊皇后以及太子的人选，朝堂上始终没有大规模议论。但是随着南下之势已成定局，东宝瓶洲的半壁江山大骊文武不敢说唾手可得，但是确实有资格去想一想了，那么选娶皇后、册立太子这两件事，就难免让人心思浮动起来。这既是为大骊的江山社稷考虑，也是一桩极大的赌局，谁的眼光更准，越早押对注，谁在未来的大骊庙堂上，就越能够占据重要的一席之地。然而，如今大骊宋氏的家务事实在是有点扑朔迷离，以至于连最精明干练的庙堂老狐狸都不敢轻易出手。

　　藩王宋长镜本就在军中威望极高，如今竟然都堂而皇之"监国"了，还是陛下自己的意思，这简直让人感到匪夷所思。难不成陛下是打算禅位给弟弟，而不传给任何一位皇子？但是陛下这些年虽说不算如何事必躬亲，勤勉执政，愿意将诸多重要政务和军机大事分权下去，可绝对不是什么懈怠朝政的惫懒昏君，谁要敢这么想，不是疯子就是傻子。而群星荟萃的大骊朝堂之上，还真没有一个疯癫傻子。

　　就在元宵节的晚上，在万人空巷、家家户户出去赶灯会的佳节时分，大骊京城迎来了一场毫无征兆的变故，宫城、皇城、内城、外城，整个大骊京城，在一些个富贵华丽的豪阀宅门外、一些个不起眼的市井百姓人家，还有诸多老字号的酒楼、店铺和道观，几乎同时涌现出一拨拨大骊精锐将士,包括擅长近身搏杀的高品武秘书郎、礼部衙门秘密豢养的死士以及钦天监在内众多练气士。他们强行闯入所到之处,若有人胆敢阻挡,杀无赦;若是无人露面,就在钦天监官员的指点下开始拆去各种物件:高高矗立的牌坊、悬挂门外的桃符、门口的石狮子、祠堂的匾额牌位,等等,五花八门,什么都有。

宋长镜那一夜亲自坐镇,大马金刀地坐在外城走马道之上闭目养神,身边还站着那位离开白玉京飞剑楼的墨家巨子。

宋长镜当晚唯一一次出手,是截杀试图潜逃的一抹虹光,与其在西北外城一带酣战一场,拳罡恢宏,一阵阵宝光四起,照彻夜幕,甚至比万千灯火加在一起还要光明。一战过后,房屋建筑毁去千余栋,死伤近万人,哀号遍地。

这场惊天动地的大战发生之时,宋正醇已经去往披云山,大骊京城的气氛变得微妙至极,恐怕就算当天宋长镜突然派人昭告全城,即日起他就是大骊新帝,都不会有太多中枢重臣感到震惊。

京城之内人人自危,而距离京城并不远的长春宫,陆陆续续有祖师辈分的大练气士返回,虽然带着一身血腥味和凶煞气,但是人人神色自若,所以长春宫大体上安详如旧。

一座高山半山腰处的茅屋内,某位脱去一袭华贵宫装的妇人望着一道道飞掠身影落入长春宫各处,有些哀怨和愤懑。哀怨的是自己从下棋人沦为了旁观者,而且还是那种远离棋盘的可怜人;愤懑的是自己竟然错过了这桩注定会名垂青史的盛事。

妇人咬牙切齿,一个风度翩翩的少年郎笑着走到她身边,轻轻握住她的手,安慰道:"娘,外边风大,等到风小了,您再出来。"

妇人反手握紧儿子的手,眯起那双充满锋芒锐气的漂亮眼眸,低声道:"和儿,娘亲一定会把本该属于你的东西加倍拿回来!"

宋和有一张仿佛天生稚气纯真的容颜,看似天真无邪道:"可是娘亲,陛下不是告诉过我们,东西不管大小,只有他想不想给,没有我们想不想拿的份吗?"

妇人嘴唇微颤,似乎悲苦欲哭,长眉挑起,又像是憧憬喜悦。

与此同时,另外一座山头的高楼内,一名船家女出身的卑贱少女正在听师父讲述大骊京城内刚刚发生的惨烈战况。少女托着腮帮,趴在桌子上,听得聚精会神。桌上搁着一只瓷瓶,装有少女刚从树上剪下的两三枝桃花。可是最后,少女不知为何,又想起了在家乡遇见的那个青衫读书郎,他的模样干干净净,像是夜夜笙歌、灯红酒绿的红烛镇大泥塘水面上漂过的一片春叶。可她也想起了棋墩山小道上跟自己擦肩而过的白衣男子,只记得当时他走得好像有些悲伤。

少女心不在焉,被师父轻轻敲了一下额头。驻颜有术的妇人微笑道:"想家了?"

少女有些心虚,便红了脸。人面桃花相映红。

在东宝瓶洲和北俱芦洲之间的广袤大海上,有大鱼泛水北上。

原本在市井巷弄最不起眼的一家三口,如今身处山上神仙扎堆的渡海大鱼之上,哪怕只是住着最简陋的末等旅舍,仍是相当扎眼。一些不入流的野修散修甚至对这家的母女起了觊觎之心。跨越两洲的旅程相当漫长,若是能够找点趣事,何乐而不为?

好在这条承载着无数货物的跨洲大鱼上有一名九境仙师和一名七境武夫联袂坐镇,所以一些个蠢蠢欲动的青壮练气士,吃相不敢太过难看。但怎么看那一家三口都不像是有背景的,即便是某位仙师的亲戚家眷,多半也是不入流的小门小派,否则也不至于住着最廉价的房间。因此有人就借着客套寒暄的机会敲响房门,坐下喝茶的时候,泄露出一些隐晦的暗示,把妇人吓得脸色惨白,倒是妇人的女儿满脸冷笑,说等她爹回来再说。当时门外还站着好些个同样不怀好意的人,其中还有一个中五境的练气士,而且还是腰间悬剑的剑修。去买吃食的憨厚汉子回来听说这么个事后,既没有战战兢兢,也没有拍桌子瞪眼,放下装着最简单午餐的食盒后,只说出去聊。

妇人欲哭无泪,少女握住娘亲的手,说:"没事儿,有爹在呢。"

妇人一下子就哭了出来,说了句让少女感到心酸的话:"我是怕你爹给人打啊。"

汉子跨过门槛后,轻轻关上门,抓鸡崽子似的,一手握住那人的脖颈提在空中,步步走向那拨脸色微变的北俱芦洲练气士。那名最不动声色的剑修身边有人刚要说些恫吓言语,却发现自己喉咙滚烫,像是被塞进去了一块炭火,满脸涨红,双手捂住脖子,呜呜呀呀的,一个字都说不出来。

汉子将手中奄奄一息的练气士随便一丢,对那名剑修道:"你家老祖宗姓甚名谁,宗门是什么?"

剑修冷笑道:"我们可是什么都没做,擅自启衅私斗,按照这艘渡船的规矩,你是会被丢下海的。"

汉子根本懒得废话,一拳打断那名剑修的长生桥,将那把根本来不及出招的本命飞剑强行"连根拔出"气府,瞬间捏爆。

剑修七窍流血,倒地不起,其余修士几乎同时跪地求饶。

但是一切动静声响早已被汉子运用武道神通隔绝在了那间房屋的门外。

汉子淡然道:"将这名剑修的根脚,还有你们各自姓名帮派一起报上来,吃过我一拳之后,我以后自会找你们老祖宗的麻烦。"

有人心思微动,故意胡诌,汉子武道修为近乎通神,对于练气士的心湖涟漪洞若观火,当场就一拳打碎那名练气士长生证道的根本,没好气道:"我既然能一拳打死你,还愿意好好跟你说话,那你们就好好听。"

其余人等一个个如丧考妣。

坐镇渡船的九境修士和七境武夫迅速赶来。修士是一名气势威严的老者,武夫则是一个身高八尺的魁梧老人,悬佩一柄大腰刀。

九境为练气士金丹境,山上俗语"结成金丹客,方是我辈人",是成功破开八境龙门境的天之骄子,所以金丹境又被誉为鲤鱼跳龙门后化腐朽为神奇的"点睛之笔",整座气海会凝聚浓缩为一颗滴溜溜旋转各处气府的金丹。

结丹的体内意境,修士之间各有不同,有些天才修士结丹时气势宏伟,甚至会引来天地异象。金丹境大修士各自"丹室"之间的大小有着巨大差异,质量也有云泥之别。但也存在着"大而空、小却妙"等特殊情况,天意难测,莫过于此。

老修士看着廊道里的惨况,勃然大怒,正要拿规矩压人,老武夫轻声提醒道:"洪老,此人至少是八境武夫。"他还不忘加重语气,强调了两个字:"至少!"

老修士迅速观察了一下自己与那汉子的间距,发现绝不会超过十丈,这让他有些为难。十丈之内,跟一个至少八境的纯粹武夫厮杀搏命,一点都不有趣。

好在汉子没有咄咄逼人,而是把事情大略说了一遍。然后有不长眼的家伙觉得有了底气,悲愤大喊道:"洪老神仙,地上剑修是青苗尖的唐休风,他的本命飞剑都给那疯子从体内硬生生拔出来彻底捏爆了! 这是生死大仇,青苗尖不会放过他的!"

若是没有这个提醒,老修士还不好下定决心,结果这么一说,他赶紧打量了一下地上剑修的惨淡气象,咽了咽口水,终于可以确定,那个出手狠辣的汉子不是什么至少八境,而应该至少是八境大成之境,极有可能摸着了九境山巅境的门槛,否则无法将一名中五境剑修的本命飞剑轻松毁掉。

老修士对他行礼道:"放心,此事我们会秉公处理,一定给前辈一个公道。"

汉子点点头,然后想了想,对那些呆若木鸡的家伙说道:"那一拳先欠着,我回头找你们老祖宗收账好了。"

又望向老修士和同道武夫:"你们可别杀人灭口,这桩事情我自有计较。"

老修士无奈笑道:"我们不会如此行事。"

汉子不再说话,走回自己房门前,敲了敲女儿故意闩上用来安慰娘亲的屋门,说道:"柳儿,是爹。"

少女脚步轻盈地打开房门,汉子进屋后就带上了门。妇人快步上前,脸上还有泪痕:"李二,怎么样,没被人欺负吧? 有没有哪里被打了? 需不需要擦点药膏?"

李二挠挠头,憨憨笑道:"没呢,船上的管事刚好路过,我就赶紧把事儿跟人家说了。嘿,你猜怎么着,人家很讲道理,就把那些人赶走了,还要他们以后不许靠近咱们仨,所以没事了。我就说嘛,出门在外,还是好人多一些。"

李柳忍住笑意。爹这趟远游没白走,都学会满嘴瞎话了。

妇人这才微微放下心,使劲拍着胸脯,颤颤巍巍道:"幸好,幸好。"

晚上,海上生明月。李柳站在栏杆旁,远眺那轮圆月。

杨老头曾经说过,她天资好,李槐有洪福。

何谓天资?那就是李柳生而知之。她当初在山崖书院对崔东山做出那个挑衅动作,不是她不知天高地厚,而恰恰是她最知道天高地厚。

妇人也是个心大的,事情过去后,立即就没觉得有啥委屈,这会儿就已经呼呼大睡了。李二躺在她身边,听着她的如雷鼾声,轻轻握住她的手,缓缓闭上眼睛。从来不会说什么腻人的情话,他也说不出口,好在媳妇也不爱听那些。

媳妇好,儿子好,女儿好,就是他这个当爹的不咋的,李二闭着眼睛笑起来。

以灵气充沛著称于世的书简湖碧波万里,风景宜人,湖内有千余岛屿星罗棋布,约莫半数都由品秩高低不一的练气士占据或是租借,而最大的一座青峡岛,是截江真君刘志茂的府邸所在。

刘志茂修的是旁门道法,他的真君头衔虽然不是王朝正统敕封而来,仅是山上朋友的吹捧,但是刘志茂道法之高深早已在一次次生死大战中得到证明。不过刘志茂的口碑实在不堪,所谓的道上朋友有很多,却只能算是泛泛之交,且门内弟子良莠不齐,并没有冒出可以扛起大梁的年轻俊彦。尽管如此,刘志茂仍然能够占据书简湖的青峡岛,完全可以说是凭一己之力,在虎狼环伺当中屹立不倒。

刘志茂在那趟北上远游之后可谓春风得意,因为他带回了一个对外宣称是关门弟子的小家伙。屁大一个孩子,虎头虎脑的,一开始谁都把他当作一只走了狗屎运的小土鳖,尤其是刘志茂的开山大弟子,对这个师父的关门弟子最是看不顺眼。

这孩子自然是顾璨,他每天嘻嘻哈哈的,仿佛浑然不觉那些或鄙夷或阴森的视线。后来,青峡岛上上下下跟他相处久了,才知道这是个一肚子坏水的小坏种,不但小小年纪就擅长装痴扮傻,而且极其记仇,颇有师父刘志茂的风范,应了那句老话:上梁不正下梁歪。在去年年末,青峡岛就惹出了一桩惊动整个书简湖的大祸事,而顾璨正是罪魁祸首之一。

青峡岛上虽然是刘志茂一家独大,但是也有几个附庸小门派,除此之外,刘志茂还盛情邀请了一些臭味相投的客卿供奉,终年享乐,可一旦出手,必然斩草除根。至于附近几座岛屿的岛主,也是一拨正邪不定的狠辣货色,全是硬生生杀出血路的野修散修。

顾璨身边还跟着他的娘亲,是个资质平平、无法修行的寻常妇人,但是生得委实诱人,于是刘志茂的客卿当中就有人起了花花心思,想要收她做通房。那名尖嘴猴腮的年老客卿战力极强,百余年经营拉拢,隐约之间自成山头,便是刘志茂都要忍让三分。

一天借着酒劲,此人大步闯入妇人所在的宅院,一脚踹开大门,入了屋子,扛起妇人就要回家云雨快活一番,肆意大笑,无人胆敢阻拦。那会儿,刘志茂的大弟子刚好找了个由头将顾璨支开,骗到了青峡岛后山,说是要在瀑布处代师授艺,传授给他一门秘不外传的道家高深口诀。结果当老客卿扛着妇人返回豪宅大院,正要生吞活剥了她的那一刻,不仅仅是老客卿,甚至不光是青峡岛,整个书简湖的大练气士都察觉到了异样。一时间湖水翻腾,大浪拍天,气机紊乱,骇人至极。以至于两名闭关已久的九境修士都不得不破关而出,去查看到底是何方神圣,竟敢不惜犯众怒兴风作浪,扰乱书简湖浑厚异常的山水大气运。然后所有练气士都目瞪口呆地望向青峡岛,心神震撼。

一条浑身龙气的蛟龙之属从青峡岛附近缓缓抬起一颗巨大头颅,死死凝视着某座宅院。青峡岛山顶,满脸戾气的顾璨与他应该尊称一声"二师姐"的女子并肩而立。

顾璨眼神充满了恨意,望向那条头一次浮出水面的恐怖蛟龙,发号施令:"小泥鳅!吃吃吃,把他们全部吃了!一个都不要留,一个都不要逃了!我娘亲要是受了丁点儿委屈,我就打死你!"

然后那天,连同老客卿在内,一栋豪宅大院里的百余人全部被那条土黄色的蛟龙给吞入腹中。堂堂九境大修士的老客卿一开始还不信邪,在府邸上空与那条庞然大物一番拼死抵御,法宝尽出,竟是无法撼动那畜生丝毫,只惹来更加暴躁的杀意,最后,它整个身躯跃出湖面,掠向天空,将那名试图逃窜的老客卿身躯一口咬断,那一双比灯笼还要大的冰冷眼眸之中,散发出近似人类的促狭笑意。

顾璨在山巅狞笑:"好好好!小泥鳅,再去将那个王八蛋大师兄吃了,谁敢拦你,一并吃掉!"

哪怕是给顾璨通风报信的女子,如今站在他身边,也感到了一阵寒意——她被小师弟的杀性给结结实实地吓到了。

刘志茂突然出现在山巅,和颜悦色道:"你的大师兄虽然有错,但是师父会好好责罚他的,你就放他一条生路吧?"

顾璨笑了:"师父,你要么打死我,然后由着小泥鳅在这里胡闹,要么就少个徒弟。师父你老人家有弟子几十个,差一个不算什么嘛,以后有我帮着师父扬名立万,莫说是死了个大师兄,便是二师姐一起没了,也不重要嘛。"笑容灿烂的孩子高高扬起脑袋,直直地跟老人对视,"师父,你说呢?"

刘志茂脸色阴沉不定,最后蓦然哈哈大笑,慈祥地摸了摸顾璨的脑袋:"你这孩子,有师父当年的风采,好,很好。"

顾璨笑得眯起眼:"放心,师父,你以后要想杀谁,我是你的关门弟子,肯定都听你的。反正小泥鳅也喜欢吃人,尤其是山上的神仙,吃起来特别补,小泥鳅高兴得很呢。唉,小泥鳅也真是的,出了家乡就长得这么快,就连师父你老人家的那只大白碗也住不下了,只能放养在大湖里。师父,你还有没有更大的碗啊?"

刘志茂笑着摇头,顾璨也呵呵乖巧笑着,唯独那个二师姐,毛骨悚然。

被顾璨昵称为小泥鳅的庞然大物随后又将苦苦哀求的青峡岛大师兄吃掉,巨大身躯在岛上犁出一道道沟壑,摇摇摆摆返回书简湖。

那一晚,顾璨陪着心惊胆战的妇人一起在院子里赏月。他吃着月饼,含糊不清道:"娘,别怕啊,以后没人敢欺负你的。"

妇人环顾四周,然后低敛眉眼,将孩子搂过抱在怀中,压低嗓音道:"璨璨,以后跟你的小泥鳅说话别那么凶。"

顾璨依偎在娘亲温暖的怀抱里,只有在这个时候,他才会没那么重的戾气,才略微像个正常孩子。他咧嘴笑道:"放心,小泥鳅跟我心意相通,我对它的好,它晓得的,我们关系好着呢,就算是姓刘的……"

妇人赶紧伸手捂住他嘴巴,一手拿起月饼,柔声道:"吃月饼,少说话。"

顾璨拍了拍肚子:"娘亲,真吃不下啦,我又不是小泥鳅,整天就想着吃吃吃,跟个大饭桶似的。"

妇人柔柔笑着,轻轻抚摸孩子的脑袋,抬头望着月色,眼眶有些湿润:"璨璨长大啦,能够保护娘亲啦。"

顾璨突然有些委屈,噘起嘴巴,自言自语道:"陈平安,我就说嘛,小镇里和小镇外,除了你,都是坏人,你还不信!"

顾璨挣脱开妇人的怀抱,跳到地上,双手环胸,老气横秋道:"娘亲,我可是答应过陈平安,要给他找十七八个稚圭那种模样的女子,下次他来青峡岛,我就一起送给他。娘亲,你说好不好?"

想起那个泥瓶巷少年,心底既有愧疚又有暖意的妇人掩嘴娇笑,妩媚动人:"好好好,你高兴就好。"

顾璨一下子变得病恹恹的,没了先前的气势:"娘亲,如果陈平安非但没有高兴,反而生气,我咋办啊?"

妇人打趣道:"哟,我家璨璨还有怕的人啊?"

顾璨红着脸,哼哼道:"我可不怕陈平安,我……"说到这里,到底还是孩子的顾璨一下子红了眼睛,低着头,"就是觉得陈平安在的话,才不会让人欺负我们……我就是想陈平安了,他什么都会帮着我的,天底下就只有陈平安是好人……"

妇人不知如何安慰儿子,因为她自己也呜呜咽咽哭了起来。

月儿弯弯照九洲,几家欢喜几家愁。

天下牌坊集大成者,颍阴陈氏是也,以至于天下儒家将"醇儒"二字单单给了颍阴陈氏。这支由中土神洲迁往南婆娑洲的氏族,在当初那场浩浩荡荡的衣冠四渡中其实并不瞩目,因为它只是中土神洲"义门陈氏"的八支之一,而且枝叶最少。

这一切,等到颍阴陈氏扎根南婆娑洲,尤其是当那位两袖清风、肩挑日月的老祖横空出世后,迎来了翻天覆地的变化。

一座学宫,一座书院,全部建造在颍阴陈氏的家族土地之上。一座座牌坊楼,随着一代代颍阴陈氏子弟的建功立业、著书立言,得以连绵不绝地矗立起来。所以每一位来此的客人,必然要首先经过那条布满牌坊楼的道路。无一例外,面对这份辉煌家业,他们都会感到震撼,甚至是自卑。相对地,就是颍阴陈氏子弟的自豪,自豪到哪怕老祖宗亲口传下,他读书读出来的那轮肩头大日给人借走百年,仍是无一人觉得丢人。

一名家乡远在东宝瓶洲的高大少年就在此求学,是家族嫡女陈对亲自带来的。家族上下没有人嘲笑少年的贫寒出身,也没有人因为少年天赋异禀而刻意热情,从头到尾,他们都心平气和,对少年以礼相待,这让少年心安了几分。

少年就是刘羡阳,那个曾经对着最要好的朋友扬言一定不要死在家乡那么小个地方的阳光少年。他离开家乡后,果真很快就看到了好像比天还要高的大山;一望无际的蔚蓝大海上,有无数长有翅膀的五彩飞鱼在翱翔;各种精怪出没在云海之中,甚至还有浩浩荡荡的御剑仙人在空中潇洒远游。

他一开始不是没有担心,担心这个什么颍阴陈氏跟清风城许氏、正阳山搬山猿一样,暗中垂涎他的那部剑经,那部能够让他醒也练剑、梦也练剑的奇怪剑经。但是他很快就打消了这个念头,因为当他踏足陈氏家族后,一名气度儒雅的老人——据说是颍阴陈氏的掌宝老祖——一口气送给他一把用青神山神霄竹打造而成的折扇、一只品相极高的吃墨鱼,还有一缕翻书风。神霄竹珍稀至极,是最好的打鬼鞭材料之一,只要是世间生长于地下的精怪鬼魅,全都畏惧神霄竹制成的法器。吃墨鱼被世族仙家饲养在笔洗之中,以吃墨汁为生,百年后背脊会生出一条金丝线,五百年后有望成为墨龙,继而成为读书人梦寐以求的"墨宝",几乎所有书香门第都会豢养此物。但是吃墨鱼对墨汁的要求极高,否则宁可饿死也不愿迁就。至于翻书风,刘羡阳清楚记得,当时哪怕是眼高于顶的家族嫡女陈对在看到那缕清风后也大为意外,甚至还有些淡淡的嫉妒。

对于这些,刘羡阳当然很喜欢,但是远远谈不上欣喜若狂。他知道自己的立足之本还是那部剑经,所以每天除了按时去陈氏学塾听课,就是待在宅院内修行剑法。既然见过了高山和大水,下一步,他就想要靠自己的本事,御剑越过大山之巅,走到大水尽头!总有一天,他会再见到那个姓陈的家伙,可以跟他吹嘘外边的天大地大。

刘羡阳有时候又有些担心,如果某天自己回到了那座小镇,陈平安会不会已经是一个上了年纪的庄稼汉,早已娶妻生子?他当然不会这样就不认他这个兄弟,但是很怕那个时候,两人可能坐在青牛背上聊过了儿时的糗事就没话说了。

当时他故意走得很匆忙,避开了陈平安,因为害怕自己在分别的时候会不争气地流眼泪,给陈对这些外人笑话,会瞧不起他刘羡阳。而一些想说的心里话也是服输的话,他当时还是有些别扭的,所以到最后什么都没有说。现在他很后悔,他应该大大方方告诉陈平安,除了烧瓷一事不如他,其余他教给陈平安的乱七八糟的事情,每一件陈平安最后都比他做得更好。

刘羡阳有空的时候,会在颍阴陈氏的地盘上到处走走。经过一座座牌坊楼,走到一条大江之畔,在一处类似青牛背的石崖上坐着独自发呆,一坐就能用上半天光景,这对于发奋练剑的高大少年而言,实在是很奢侈的一件事。

这天暮色里,刘羡阳又枯坐了两个时辰,猛然回神后,打算起身返回。返程还有十数里路要走,而且方圆千里之内,如果没有意外,不许任何人御风凌空。

将相公卿需要下马而行,这条雷打不动的陈氏规矩已经传承了千年之久。

刘羡阳刚站起身,就发现一名身材消瘦的白发儒士缓缓走上石崖。刘羡阳作揖行礼,看不出是否是君子、贤人身份的老儒生站定后笑着还礼。若是在南婆娑洲别的地方,君子、贤人那是相当稀罕的存在,可在这人才辈出的颍阴陈氏,若是没有一个贤人之身,简直就要不好意思出门跟人打招呼。

老儒生站在刘羡阳身旁,望着大江滚滚而流,轻轻跺脚踩在石崖上,笑着开口道:"知道这块石崖的名字吗?"

刘羡阳只得停下脚步,摇头道:"不知。"

老儒生笑道:"书上记载,颍阴陈氏江崖有石,状甚怪,名为山鬼。曾经有一位诗仙在此吟过诗词,只可惜没有流传开来,实为憾事。'一杯谁举? 笑我醉呼君,崔嵬未起,山鸟覆杯去。四更山鬼吹灯啸,惊倒世间儿女……'"

老儒生自顾自吟诵着那篇不曾传世的诗词,满脸惆怅,充满了缅怀意味:"'神交心许,待万里携君,鞭笞鸾凤,诵我远游赋。'其实这篇诗词,在那位诗仙的众多诗篇当中算不得上乘,可是我当时就站在你那里,诗仙就站在我这里。我那会儿年纪小嘛,听过之后,就觉得真是好,哪怕这么多年过去了,还是觉得好。"

刘羡阳可没听出什么好坏,又不愿坏了老儒生的兴致,只好沉默。

偏偏老儒生转头笑问道:"你觉得如何?"

刘羡阳只好老实回答:"不知道。"

老儒生笑着点头,刘羡阳继续沉默。

老儒生又问:"你是在这里求学吧? 觉得氛围如何?"

刘羡阳想了想:"很好。"

老儒生还是问:"好在哪里?"

刘羡阳有些无奈,敷衍道:"什么都好。"

老儒生开怀大笑。刘羡阳看了眼天色,真得回去了,刚要行礼告别,老儒生像是个天底下最喜欢问问题的人,又问道:"我看你是练剑之人,那么练剑可有疑惑之处?"

刘羡阳倒是没怎么害怕和猜疑,毕竟这里是颍阴陈氏的地盘,但是交浅言深是忌讳,这个他当然懂得,所以笑着摇头:"不曾有。"

老儒生微笑道:"善。"他有些感慨。自己作为不计其数的亚圣门生之一,说此言是天经地义的事情,那个家伙如今把这个字当作口头禅,那真就有点荒诞不经了,偏偏说得好像比自己还顺溜。

老儒生目送刘羡阳告辞离去,收回视线后,望向江水,两袖有清风,微微扶摇。

也曾是翩翩少年郎,也曾仗剑远游他乡。

夜幕降临,月牙挂枝头,老儒生肩头亦有一轮小小的明月。

老儒生姓陈,名淳安。

一堵高耸入云的城墙之中,一个以剑气刻就的大字,它的一横就是一条宽敞大道。

在这条"道路"上,燃着一堆熊熊篝火,围着的六个年轻人,最大的也不过才及冠之年。这六人无一例外,全部是剑修。

火光映照出一张张年轻的脸庞,其中最出彩的是一男一女,男子正是岁数最大的及冠青年,一身血迹斑斑的长衫却给人素洁之感,虽然算不得英俊非凡,但是干干净净的温厚气质配上几乎凝如实质的满身剑气,让人倍觉惊艳。少女英气勃勃,眉如狭刀,锋芒毕露。她盘腿而坐,横剑在膝,单手托着腮帮,眺望高墙以南,眼神凌厉。

双方大战暂且告一段落,下一场攻守必然会更加惨烈。

另一名胖剑修有一张圆嘟嘟的脸庞,笑起来双眼就会眯成一条缝,看似人畜无害,但杀气数他最浓。他喝着烈酒,随手递给身旁的独臂少女后,抹嘴笑道:"如果不是阿良丢过来的六把剑,咱们这次未必活得下来。嘿嘿,下次便是阿良要我暖被窝,小爷我也洗干净屁股答应下来!"他重重拍了一下腰间佩剑,剑身篆刻有二字剑名——紫电。出剑之时,紫电萦绕,锐利无匹,极为不凡。

胖子身边那个神色木讷的独臂少女默然喝酒,身姿纤细,却背着一把宽厚巨大的剑,名为"镇嶽"。年纪最长的那位,则选择了让他一见钟情的"浩然气"。

独臂少女又将酒壶抛给坐在对面的少年,他脸色黝黑,满脸疤痕,悬佩着"红妆"剑——不仅名字秀气,剑身也漂亮。少年接过酒壶,仰头灌了一口,又喝了一大口,马上被一个面容俊美的少年骂道:"姓董的,给你祖宗留点行不行?"

董姓少年还犟上了,打算喝第三口,俊美少年气得就要打赏他一记老拳。他是唯一一个拥有两把佩剑的家伙,一把叫"经书",一把叫"云纹",一同叠放在大腿上,只是云纹剑好像失去了剑鞘。

董姓少年抬起胳膊,可还是被一拳砸中,身体摇晃,洒了满脸酒水。他一下子就凶性爆发,转头怒目而视。俊美少年亦是针锋相对:"怎么,想要干架?!他娘的要不是你废物,小蛐蛐会为了你死在南边?"

董姓少年瞬间红了眼睛,气得嘴唇铁青。

眉如狭刀的少女轻喝道:"都闭嘴!"

当她出声后,董姓少年和俊美少年都不再惹事,前者还默默将酒壶递给后者。

少女站起身,冷声道:"'云纹'和酒壶一起给我。"俊美少年悻悻然递过去。

少女走到"道路"边缘,下边就是万丈悬崖,罡风猛烈,充斥于天地之间的紊乱剑气、凶悍剑意更是无处不在。而且在这个仁义道德没半点用的蛮荒天下,空中悬挂着三个月亮,有圆月,有半月,还有月牙。

所以说,在这里,道理是讲不通的,一切只靠手中剑!

少女一手持无鞘长剑,一手抬臂提着酒壶,壶口朝下,浇在那把长剑身上,轻声道:"小蛐蛐,喝酒了。"

少女身后五人,几乎同时在心中默念道:小蛐蛐,喝酒!

俊美少年伤感过后,很快就驱散心头愁绪。在这里,只要战事一起,哪天不死人?!他试探性问道:"宁姚,先前咱们一人一把剑,六个人刚刚好。如今小蛐蛐走了,你要不要拿着那把云纹剑?"

"不用。"宁姚将手中饮过酒的长剑抛还给俊美少年,面朝南方。

一路往南,就驻扎着蝗群一般的妖族大军,很快就会对这堵高墙展开下一轮攻势。

宁姚突然想起一件事,破天荒笑了起来。

"你好,我爹姓陈,我娘也姓陈,所以……我叫陈平安!"

哈,这个笨蛋。

沾魏檗的光,陈平安住在了一处尽显豪奢的地方,雕梁画栋,房间之多,装饰之精,让陈平安觉得皇帝老爷住的地儿也不过如此。

除此之外,鲲船还安排了两名婢女,名为春水、秋实,是孪生姐妹,有着相似的容颜,只不过一个体态丰腴,一个纤细苗条,她们负责伺候贵客陈平安的衣食住行,低眉顺眼,言语轻柔,让陈平安十分不适。陈平安哪里消受得起这份美人恩,仍是事事自理,不管两名少女如何劝说,还是坚持己见。夜幕降临,陈平安讨要了洗脚盆,将布满老茧的双脚放入滚烫的热水当中,两名少女就站在不远处,眼神幽怨。陈平安只觉得浑身不自在,好说歹说才劝服她们去外边屋子休息。

两名少女坐在外屋,凑近脑袋,轻轻柔柔地叽叽喳喳,用家乡方言软软糯糯说着闺房话,当陈平安的脚步声响起,她俩立即站起身,恭敬肃立,等待吩咐。瞥见少年还是踩着那双草鞋,哪怕在屋内仍是不愿摘下背后剑匣,她俩眼角余光微微交汇,嘴角都有些笑意,有趣而已,可不敢讥讽。再说了,这艘打醮山鲲船每年载人载物跨越三洲,往返一趄,两名少女作为天字房的头等丫鬟,见多了奇奇怪怪的练气士老爷,她们甚至会觉得少年容貌的大骊贵客说不定已是四五十岁的年龄了,这在山上实在太常见。出门远游,瞧着年纪越小的角色越要小心,千万别轻易挑衅。

秋实端起洗脚盆出门倒水,春水笑着询问陈平安是否去听琴,今夜鲲船有一位师门与打醮山世代交好的黄粱阁仙子会应邀抚琴,天字房的贵客无须花钱便能去往单独厢房。陈平安当下还背着那把阮邛铸造的"降妖",当然不愿抛头露面,婉言拒绝,这让春水有些失落。毕竟,若是贵客陈平安愿意动身,哪怕附庸风雅也好,她和妹妹秋实可就能够顺势"洗耳"了,她俩是真的喜欢那仙子的琴曲。

北俱芦洲黄粱阁多是女修士,几乎人人擅长琴棋书画茶,将某一门手艺钻研到精绝境界的仙子就会获得"明目""清心""洗耳"等等美誉。鲲船上这位仙子的琴声便能"洗耳",一是赞誉她手底下流泻而出的琴声悦耳动听;二是"洗耳"一事货真价实,琴声入耳,确实可以洗涤耳部窍穴的陈年积垢。

春水与秋实涉足修行已经七年,受限于资质平平,如今只是二境练气士,甚至不算打醮山的记名弟子,所以哪怕琴声"洗耳"效果微小,两名少女仍是不愿错过一丝积攒修为的机会。陈平安不知其中关节,或者说以他的谨慎性格,即便知道了实情,多半也不会去。他一个连古琴都没见过的纯粹武夫,又有重宝在身,哪敢招摇过市。

两名少女什么事都不用做,但是又需要住在这间天字房的一间厢房里,于是三个人就这么面面相觑。陈平安越发羡慕魏檗,若是他坐在自己的位置上,双方一定谈笑风生,哪里会有如此尴尬的氛围。

其实春水、秋实并不尴尬,反而觉得新奇,毕竟眼前少年这种客人还是少见。以往客人也有怪的,但属于那种性情乖张冷僻的怪,比如有客人怪到需要自己去打扫每个房屋的死角,栋梁也擦拭,床底也擦拭,忙忙碌碌,还不愿意她们帮忙,好像有一点儿灰尘就会落在心坎上。还有客人很怕黑,会自己从方寸物里掏出一颗颗硕大鲛珠,桌上也摆,床上也放,光线亮得刺眼。更有干枯老叟,带着一群臭气熏天的干尸。干尸俱是妇人,偏偏个个穿红戴绿,涂抹脂粉,行动自如,只是不会说话,场景无比瘆人,吓得她俩一晚上没敢闭眼睡觉,生怕一个不留神,天亮时分自己就成了干尸之一。

陈平安总觉得干瞪眼不是事儿,又不好当着外人的面练习剑炉立桩,只好硬着头皮率先打破沉默,用并不流利的东宝瓶洲雅言问道:"春水姑娘、秋实姑娘,你们打醮山在北俱芦洲哪里?"

一打开话匣子,陈平安就发现气氛融洽了许多,因为那两名少女仿佛天生就擅长闲聊,之后几乎轮不到他插嘴,只需要竖耳聆听就行了。陈平安客气邀请她们拿瓜果解渴,她们都红着脸答应了,一个低头侧脸吃着,另外一个便给陈平安解释打醮山;一个说累了,另外一个便接上话头,让陈平安听得津津有味。

原来打醮山是北俱芦洲的本土大派,位于西南方,此前因并无上五境大练气士坐镇长达两甲子光阴,按照规矩,自己摘掉了"宗"字头衔,从打醮宗降为祖师开山时的打醮山。但是打醮山祖上是真正阔过的,巅峰时期曾经有两位上五境神仙,呼风唤雨,名动一洲。虽然宗门中兴的两位祖师爷都是上五境第一境的玉璞境修士,但不管如何,一宗两玉璞,仍是极为光耀的存在。

两名少女虽然不算正宗打醮山弟子,却有着极强的荣誉感,跟陈平安说了许多宗门祖师的传奇事迹:有人在跨洲航程中遇上成群结队的深海凶兽,力战退之,剑光灿烂,胜过了海上明月。还有人最擅长雷法,从西南一路远游至北俱芦洲的东北边境,赢得了"神霄天君"的绰号,斩妖除魔无数,至今北俱芦洲还有无数百姓感恩,家中供有功德牌位,代代香火不断。

这些光辉事迹,陈平安听过就算了,略有神往而已,并不深思,但是对于"玉璞境"这个说法很感兴趣,忍不住开口询问。因为宗门出现过上五境,春水哪怕只是二境练气士仍是晓得诸多事情,她便说了些自己知道的内容,说那传说中的玉璞境可谓练气大成,返璞归真,身躯体魄趋于圆满,浑如金玉之资,无须法宝傍身,天然能够水火不惧、邪祟不侵,正常情况下,寿命从五百年到一千年不等,故而人间的王朝更迭、山河变色,对玉璞境修士而言,实在很难提起兴趣。

春水说到这里,吃完一颗翠绿瓜果的秋实不小心打了个饱嗝,脸色微红,羞赧难当。为了将功补过,秋实赶紧接着为陈平安解释:"陈公子,奴婢还听人说起,跻身上五境之后,练气士已经不用担心离开洞天福地后会被天地间的污浊之气以江河倒灌的方式侵蚀体魄,自身灵气的累积逐渐达到一个瓶颈,所以在山上还是山下修行已经区别不大,远比第十境元婴境修士的'不动如山'要更为灵活随意。"说到这里,秋实眼神痴迷,"世间所有女练气士最希望跻身这个境界啦,因为只要到了第十一境,就能够拥有一次改变,或者说美化原貌的机会,并且保证'不坏气数'。所以许多第十境的女修,哪怕本是白发苍苍的老妪,都可以重返年轻,而且之后青春常驻,容颜至死不变。"

陈平安好奇问道:"为什么老百姓忌讳破相,玉璞境就可以保证'不坏气数'?"

秋实无言以对。她是知其然不知其所以然,上五境的风光哪里是她一个二境练气士能够知道的。春水心思更加细腻,也更愿意多想一个为什么,便笑道:"陈公子,真相如何,奴婢不敢断言,但是奴婢有些想法,说出来仅供公子参考。世俗凡人,打从娘胎起就成为'定式'的面相,确实涉及一个人的气数,所以山底下俗世的老百姓忌讳破相,并非没有理由。但是练气士的破相,在跻身中五境后,其实就已经不太容易出现了。至于玉璞境为何能够改变面相而不破坏气数命理,奴婢觉得是……"

她伸出双手,在桌上做了一个搭建房屋的姿势:"奴婢和秋实这样的下五境修士,练气就像搭建屋子,只有一两根栋梁。万事才开头,若是'破相'了,就等于是断了一根梁柱,房屋倒塌都有可能。"她又做了一个波浪阵阵的手势,"可是中五境和上五境的神仙们,他们已经建成了一座牢固的房子,甚至是如人间皇宫一般的建筑群,那么一次破相,即便断了几根房屋栋梁,想必也是影响不大的。而玉璞境女练气士改变容颜,可能就像是翻修了一遍建筑外貌,或者像是在屋顶覆盖上一层崭新的琉璃瓦,便更加漂亮了。奴婢这么说,陈公子能够理解吗?"

陈平安点头道:"说得通。"

春水微微羞赧:"这些只是奴婢的胡思乱想,让公子笑话了。"

陈平安笑道:"我觉得很有道理。"

秋实眨着眼眸,满脸遗憾道:"可是玉璞境的老神仙,奴婢和姐姐这辈子都没能见着一回呢,哪怕是远远看一眼的机会都没有过。"

春水眼神微微深沉:"不见才好。别说是上五境的神仙,哪怕是中五境的,一旦打起架来,比凡夫俗子也好不到哪里去。"

秋实嘟起嘴:"远远看一眼就好嘛。"

春水无奈道:"咱们的眼力就那么点,总远不过上五境神仙的法宝吧?一不小心,死了都不知道自己是怎么烟消云散的。"

陈平安对此没有插话,人各有喜好憧憬,而且关系不熟,没必要指手画脚。

鲲船的船头突然间有人猛然间张大嘴巴,伸手指向天下极西方向,回过神后,赶紧招呼同伴们,竭力嚷嚷道:"快看快看!"

浩然天下的天幕被强行破开一个不知大小的窟窿,有东西坠落,像是被人一拳从天上打了下来。虽然下坠速度极快,但因为天幕穹顶距离陆地实在太远,所以只要无意间望向那边的人,都可以发现这惊世骇俗的壮观一幕,就像一颗彗星拖曳着璀璨的雪亮长尾,急速冲向人间大地。

整条鲲船都轰动了,以至于秋实跑出去一问之后,回到屋子就火急火燎告诉陈平安,赶紧去天字房自带的观景台看看,千万不可以错过。陈平安便带着春水、秋实穿过书房,推门来到外边的观景台,果然看到了遥远西方那抹无比耀眼夺目的坠落流星。

天幕破开处,有一个洪亮嗓音带着无比畅快之意重重响起,缓缓传遍人间练气士的心湖:"阿良,贫道这一拳如何?!"

这些话,你们浩然天下想听也得听,不想听也得听。真是霸气。

相信这一刻,世上无数练气士、妖魔鬼怪和山水神祇都会仰起脖子扭向西边,震惊于说话之人的道法之高、拳力之强。

陈平安同样张大了嘴巴:怎么,阿良你给人打下来了?

那抹流星在西边某大洲的大地上撞出一个巨大的深坑,然后又反弹到几乎与中土神洲的大岳穗山等高的地方。那个身影在空中顶点处停了停,像是在寻觅方向,最终一闪而逝,天地之间几乎无人能够捕捉其身影。而屈指可数的有实力跟踪身影之人则无一例外,对此见怪不怪,全都懒得计较了,最多是在默默推衍天机变数。

陈平安喃喃道:"这一拳,有点……猛啊……"

结果有人一巴掌拍在他脑袋上,气急败坏道:"猛个屁猛!"

陈平安转过头,看到一张熟悉的脸庞,只是没有斗笠了。

陈平安呆呆看着这个男人,一时间说不出话来。

春水、秋实吓了一大跳,一时间有些恼火此人的不讲规矩,太胡来了。

鲲船就是一个"小天地",是有自己的规矩的,比如不可私斗,若有纠纷,必须通报鲲船执事;不可擅自运用术法神通;若有凡夫俗子登船,不可随意欺辱,等等。条条框框,称得上是繁文缛节。只不过有实力购置鲲船进行跨洲商贸的门派,无一例外,都是名列前茅的山上势力,每艘渡船一般都安排有高阶修士和纯粹武夫,同时雇用大批擅长搏杀的散修,这才是重中之重。归根结底,规矩是死的,拳头是活的。因此,各条廊道之中,墙壁上有装饰模样的粉绿树枝,上面栖息有一种名为光阴蝉的灵物,日夜不眠,能够将捕获景象储藏起来,极其细微的气机涟漪都逃不过它们的感知。若是光阴蝉被人打死,会发出刺耳的凄切蝉鸣,所以鲲船用它监督毛贼小偷。要知道,练气士当中也是鱼龙混杂,况且修行一事,心湖涟漪被无穷扩大,若是野修散修没有上乘正统的法诀凝神静心,往往会善恶皆极端,只凭喜好肆意行事。再加上修行本就是一个无底洞,金山银山也要掏空,人无横财不富,再来一个富贵险中求,自然不缺人心鬼蜮。

陈平安嘿了一声,开心笑了起来。

来人正是阿良。他风尘仆仆,光着脚,袖子卷起,神色有些疲惫,但是眼神熠熠,斗志昂扬。这跟当时牵着毛驴、腰佩竹刀的男人很不一样,那会儿自称阿良的男人吊儿郎当,说着不着调的言语,总给人喜欢吹牛、靠不住的无赖感觉。而此时此刻,他没了行走江湖的斗笠,没了银白色养剑葫,甚至连竹刀都没有了。

二境的时候,陈平安看不出阿良的深浅,甚至会觉得朱河和阿良都能过过招。但是从二境到三境,只是纯粹武夫的一境之差,再来看阿良,陈平安觉得眼前的阿良比起竹楼内气势惊人的崔瀺爷爷只强不弱,但是阿良强出多少,陈平安仍然看不出来。不过这又有什么关系呢? 能够这么快就再次看到阿良,陈平安笑得……很想喝酒了。

阿良站在视野开阔的观景台上,瞧见了春水、秋实这一双孪生姐妹,眼睛一亮,立即斜靠栏杆,摆出一个自认潇洒绝伦的姿势,伸手按住额头,然后往上一抹,捋了捋头发:"姑娘们,你们好,我叫阿良,是一名剑客。"

春水性情沉稳,一言不发。秋实却是泼辣一些的脾气,皱着眉头问道:"我不管你是谁,这艘鲲船除非在云海之中遇见突发状况,否则不允许任何乘客使用术法,更不允许擅自闯入别人房间! 还阿良呢,怎的,你就是天上掉下来的那个大神仙呀? 如果真是,你答不答应收我为徒? 我求你啊。"

阿良坏笑道:"我行走江湖这么多年,还真没收过一个真正的弟子,没办法,剑术高了点,确实容易让人自惭形秽,连跟我拜师学艺的心思都生不出来。小姑娘,你是头一个这么直接开口的,我喜欢!"

秋实刚要出言讥讽,被姐姐春水轻轻握住胳膊。秋实到底是调教有序的天字房婢女,虽然气恼眼前男子的不守规矩和满嘴油滑,还是硬生生止住了跑到嘴边的话语。春水比起秋实要心思缜密许多,眼前男子好歹是贵客陈平安的朋友,又没做什么伤天害理的事情,规矩一事,她们打醮山鲲船当然要讲,但绝不会讲得生硬刻板,否则打醮山这笔油水十足的生意早就给别家抢走了。出门在外,和气生财,是颠扑不破的道理。

春水先望向陈平安,笑问道:"公子,这位……阿良是你朋友吧? 是住在鲲船别处房间的客人吗?"说到阿良的时候,春水心里也有些别扭。至于说此阿良就是彼阿良,她打死都不信。这就像满是鸡粪狗屎的市井巷弄来了个与一洲首富同名的家伙,谁会觉得他是那个高不可攀的首富?

陈平安只说阿良是他朋友,发现春水还在等待另外一个关键问题的答案,灵光一闪,笑道:"他跟我们大骊北岳正神魏檗也是朋友。"

两名少女顿时豁然开朗,春水拉着秋实施了个婀娜多姿的万福,一起告辞去往正厅,把观景台让给陈平安和那个不速之客。

秋实在跨出书房门槛后轻声问道:"姐,要不要知会马管事一声?"

春水摇头道:"不用。别画蛇添足,如果马管事觉得这份关系可以运作,肯定会大张旗鼓。那个男人如果真是大骊北岳正神的朋友,跟船主老爷可能会相谈甚欢,但是多半会嫌弃咱俩不懂事。你想啊,谁喜欢背后嚼舌头的人?"

秋实听出了言外之意,闷闷道:"姐,你是不是想离开打醮山啊?"

春水眼神温柔,笑着拧了拧妹妹的精致耳垂:"水往低处流,人往高处走。以后自己出息了,才可以多报答一些宗门的养育之恩,否则成天给奇奇怪怪的人端茶送水、叠被洗衣,总归不是个事。难道你忘了,我们也是练气士啊。"

秋实满脸发愁,趴在桌子上,哀叹一声:"姐,反正我听你的,我懒得想那么多。"

观景台上,陈平安问阿良:"跟人打架呢?"

阿良嗯了一声:"对啊,一个臭不要脸的家伙,是道教里头除了道祖外最能打的一只老王八。我呸,仗着天时地利和护身法器而已。没事,我这就回去还他一拳!"

陈平安积攒了一肚子的心里话全部被吓了回去。

阿良走到栏杆旁,打量了一番陈平安,啧啧道:"小子,这才几天没见面,都快有我阿良千分之一的风采了! 可以的可以的,厉害的厉害的!"

陈平安不知道说什么，好不容易憋了一句客气话："有空常下来玩啊。"

阿良吃瘪，没好气道："你大爷啊……"没你小子这么不看好我阿良的。咋的，在你心目中，我阿良就只有挨打的份？你是不知道那个身穿羽衣的臭牛鼻子老道，先前被我一拳打得撞死无数头化外天魔。

只是这些内幕，阿良没好意思说，毕竟当下一拳是输了，他阿良可不是那个老秀才，没脸皮说这些有的没的。一切等他打赢了对手再说！到时候就只跟这小子说一句：想当年我打得一个掌教老道屁滚尿流，陈平安，真不骗你，我阿良从不吹牛。

话说回来，那个臭不要脸还真笑纳了"真无敌"称号的道祖二弟子，他阿良看不惯归看不惯，打起架来，那是真挑不出毛病，看他阿良没带剑，就也舍弃了那把四大仙剑之一的神兵利器，两人就纯粹以拳头和道法过招，在青冥天下的更高处，一边相互打架，一边斩杀天魔，确实痛快！迟早有一天，他要打得那臭牛鼻子老道自认"真有敌"才行。

阿良瞥见陈平安腰间的朱红酒葫芦，哈哈笑道："哟，如今还会喝酒啦？"

陈平安点了点头："还是不太能喝，每次只能喝一点。"

阿良瞥了眼天上："陈平安，咱们还能聊一会儿，你挑重要的说。"

陈平安大致说了近况，阿良伸出大拇指："既然如此，就放心南下，这趟江湖，好好走着。赶紧变得更强，将来来天上玩。人间很好，但天上强敌如林，也很精彩的！"

陈平安有些愧疚："阿良，我虽然背着剑，可还没开始正式练剑。"

阿良咧嘴笑道："练拳到了极致，就等于是在练剑，莫着急！"

陈平安欲言又止，阿良拍了拍他的肩膀："别这么想，石拱桥老剑条一事，最早确实是齐静春捎了消息给我，但是之后他又反悔，说另外选了一个比我更合适的人。我倒是不生气，齐静春什么脾气，天底下我最清楚。但就算不生气，我还是会奇怪啊，是何方神圣，能够让齐静春这个榆木疙瘩开了窍？所以才有了后边我们那次相逢。事后我也就释然了，因为我想明白了一件事：恐怕就算我走到了你们小镇那座石拱桥，她也不一定会选我。当时在小山坡上，我跟你说了'囊中之物'四个字，是我阿良吹牛皮了！"

陈平安呆呆的：阿良也会吹牛？

阿良笑得眯起眼，整张脸庞都挤在一起，像是把一团和煦阳光折叠了起来，开怀大笑道："怎么，还不允许我吹一次牛啊？就像这次我给人一拳打落人间，丢不丢人？丢死人了！但我阿良还不是来见你陈平安了，为啥？"

陈平安一头雾水："为啥？"

阿良指了指天上："真正的强者不在于什么无敌，而在于活着，输得再惨都别死了，而是每次都能够站起来，再次愤然出拳出剑！"

阿良指了指南方，笑呵呵道："过了臭牛鼻子老道的倒悬山，在剑气长城那边，我阿良砥砺剑道很多年，你以为次次都风光无限，所向披靡吗？绝对不是的，给人揍得比丧家之犬都不如的次数多了去了！当然了，单对单厮杀，我阿良不惧天下任何人，但扛不住那些个大妖臭不要脸地围殴老子呀，我就该跑跑，该骂骂，好不容易逃出生天了，然后偷偷杀回去，摘了头颅，扬长而去，把大妖脑袋往长城那帮小兔崽子面前一丢，都不用我阿良说什么，一个就已经嗷嗷叫了。你是不晓得那边的大姑娘小媳妇，那眼神能吃人哇！我怪难为情的……"

陈平安忍不住拆台道："之前的，我都信。但是最后这个，我是不太信的。"

阿良尴尬道："看破不说破嘛。"

一时间，有些沉默。

阿良抬头望向西边天幕破开的大洞，那里正在缓缓合拢。

陈平安突然高声问道："阿良，喝不喝酒?!"

阿良愣了愣，哈哈笑道："先欠着！哪天等你走到了剑气长城，如果有兔崽子拿这桩糗事笑话我，你记得告诉他阿良保证很快就会一拳打得那道老二整个人砸入青冥天下!"

他轻喝一声："去也!"鲲船剧震，缓缓下沉十数丈才好不容易止住下降势头。

上空传出一阵轰隆隆声响，然后那抹虹光上升到了鲲船练气士都望不见的顶点，爆发出一阵声势更加惊人的炸裂声，以至于数百里云海全部粉碎一空。阿良就这么彻底消失，下一刻出现在了东宝瓶洲与中土神洲的海域上空，又一次巨响，便一鼓作气掠过了中土神洲的东海之滨以及那座巍峨通天的穗山，盘腿坐于虚空之中的金甲神灵睁开了眼。路过黄河小洞天外的彩云间白帝城时，有一个魔道巨擘立于城头，望向一闪而过的身影。如此反复，在天幕并拢的前一刻，阿良来而复去，就此破空而去。

陈平安站在观景台上，久久不愿挪步。

阿良无敌不无敌暂且不好说，潇洒是真潇洒。

他收回视线，摘下名为姜壶的养剑葫，轻轻喝了口酒，不由自主地感慨道："练拳百万之后，是应该抓紧练剑。"

重新放好酒葫芦，陈平安不再那般拘谨，深吸一口气，满脸笑意，竟是就这么大大方方练习起了剑炉立桩。

之前剧烈的震动惹来鲲船上上下下的悼恐不安，春水害怕观景台那边出现意外，冒着惹来贵客恶感的风险穿过书房来到门槛附近，发现那个与大骊北岳正神交好的修士已经消失不见，而陈平安好像在修行，赶紧默默转身，一声不吭，返回正厅的时候还有意放轻了脚步。

打搅一名练气士或是纯粹武夫修行是山上山下的大忌。打醮山在百余年前就惹出过一桩天大的风波，一位九境试图破开十境瓶颈的"年轻"长老在闭关期间被死敌潜入山头，坏了大道根本，此生只能滞留在金丹境，以至于彻底崩溃，变得无比暴戾，动辄虐杀侍妾婢女,甚至还将一名观海境的得意弟子打成残废,差点断了他的长生桥。一向对其视如己出的掌律祖师不得不亲自出手,将其拘押在后山牢狱。之后,百年不曾下山的掌律祖师做了一个惊世骇俗的决定——她去祖宗祠堂领了打醮山开山始祖的佩剑,仗剑下山,闯入仇人宗门大开杀戒,亲手血刃仇寇之后,大笑之中重伤而返,回到宗门不到一年便溘然长逝。关于此事,尤其是掌律祖师的复仇是否值得,打醮山子弟只敢私下讨论,但是掌律祖师的那股子豪迈气概,哪怕是打醮山之外的宗门仙家一样赞赏有加,觉得极有打醮山开山始祖的风范,在那之后,对已经被摘去"宗"字的打醮山多有善意之举。

陈平安给自己订立的目标是练拳百万,不是出一次拳就算一次,而是一次完整的六步走桩才算。他本想着,下次与阿良见面时,自己能做成一件事情,可阿良传授给他的"十八停"在破开六停关隘后,与前六停是截然不同的景象,如江水流淌,缓慢而浑厚,容不得他胡来,这让他有些无奈。

陈平安如今走桩,哪怕心里想着事情,都不耽误拳架的淬炼体魄、神益神魂。练拳如读书,"读书破万卷,下笔如有神",书上的道理,不愧是圣人教诲,真不骗人。

陈平安在略作休息的时候,趴在栏杆上远眺云海,夕阳西下,云海像是铺上了一层金色外衣,金光粼粼,蔚为壮观,让人心旷神怡。他所在的这栋楼最为高耸,其余几栋都要矮上一大截,一些楼房的观景台上还稀稀拉拉站着同样欣赏晚霞云海的练气士。

正在此时,陈平安看到了一个背影,以他目前的眼力,能够清晰看到那人背后斜挎着个包袱,包袱底下是一柄木剑。那人身穿老旧道袍,发髻别着木簪,缓缓侧身俯瞰陆地,伸出手掌遮在眉眼处,神色恍惚,风拂过他的鬓角,发丝轻轻飘荡。他饥肠辘辘,正在掂量着钱囊里的余钱,看能否支撑到南涧国下船。

陈平安撤回几步,继续练拳,直到夜幕深沉。当他总算返回正厅的时候,发现秋实趴在桌上打盹,春水娴静地坐在一旁,笑望着书房。与陈平安对视后,她赶紧伸手去拍打妹妹的肩头,陈平安摆摆手示意没关系。春水犹豫了一下,还是将秋实拍醒,少女清醒后赶紧转过头去擦了擦嘴,以免在客人面前露出丑态。

陈平安坐在桌旁,从青瓷盆里抓起一个翠绿欲滴的水果,类似未成熟的柑橘,但是剥开之后吃起来尤为甘甜。他又递给两个少女,春水不愿接过,见她如此,秋实只得悻悻然一起拒绝。只是陈平安强行放在她们身前的桌面上,她们也就不再坚持。毕竟,将这个北俱芦洲鲜草山的特产长春橘吃入腹中,抵得上她们一旬苦修积攒的灵气了。

春水轻轻嚼着长春橘,微微出神,仪态不输书香门第里的大家闺秀。不像妹妹秋实,开开心心的,只觉得不吃白不吃,有便宜不占是傻瓜。

陈平安率先吃完,发现秋实眼巴巴瞅着桌上的橘皮,问道:"橘皮还有用处?"

秋实大大咧咧回答道:"陈公子,炒菜的时候,撕扯几块橘皮丢进去,可香啦!"

陈平安眼睛一亮,笑着抓起两只橘子,又递给春水、秋实:"你们吃橘子,记得把橘皮留给我。"

春水、秋实面面相觑,没想明白这里头的因果。难不成这个手握鲲船天字号玉佩的少年,不务正业到了喜欢亲自下厨的地步?儒家圣贤们谆谆教导的君子远庖厨,都不讲究啦?

陈平安可不管别人的眼光,收起三份橘皮放入袖子,然后催促姐妹二人赶紧吃。

既然贵客都这么"不讲究"了,饶是春水吃着长春橘都没了负担,更别提没心没肺惯了的秋实了。春水心里突然有些暖洋洋的:

原来是这样啊,原来是这样一个春风和煦暖人心的少年郎啊。

最后陈平安袖装橘皮去往卧室睡觉,两名婢女则在书房一侧的厢房休憩,陈平安只需要扯响床头的银质铃铛,她们就会随叫随到。而且那串铃铛可不是俗物,若是有污秽邪风漏入房间,铃铛就会自行响起。

陈平安这才摘下装有降妖、除魔的剑匣,放在床榻里边,直挺挺躺在舒服到让他不适应的床上,但是一只手掌仍是搁在了剑匣之上,然后开始有意识地用杨老头传授的吐纳方法呼吸。

其实养剑葫内的两柄飞剑初一和十五皆已开窍生出灵智,哪怕陈平安睡得很死,遇上危急情况,无须睡眠的它们一样能够自行御敌,但是陈平安还是不敢睡得太死。就这样睡意浅淡地一觉睡到了拂晓时分,当春水蹑手蹑脚地穿衣起床,轻轻打开她那边的房门时,陈平安就第一时间睁开了眼睛。因为陈平安早就发现,春水和秋实的脚步是有细微差别的。出门在外,怎么小心谨慎都不为过。

春水没有来敲门喊醒陈平安,在外边有条不紊地打扫房屋。直到秋实起床,响起脚步声,陈平安才停下剑炉立桩,穿上草鞋。刚下床走出去几步,他又默默退回床边,微微加重脚步力道走向房门。拉开门后,今日换了一身衣裳的春水施了个万福,略微侧身之时,衣裳便越发熨帖她的丰腴身材了,把陈平安看得一愣,当下便有些脸红,好在皮肤黝黑,不太瞧得出来。

春水让秋实去厨房端来食盒,该是早餐的点了。她则询问陈平安今天是否要出门走走,顺便介绍了这艘渡船的一些个游玩之处。

三人一起吃着丰盛早餐,陈平安还是不打算出去逛荡,觉得练拳之余,可以待在书房里看书。春水、秋实对此当然不会有异议,不过秋实还是有些遗憾,因为若是房间客人在鲲船购物,她们是有赏钱的。

陈平安就这样过着枯燥乏味的日子,春水依然如旧,秋实则有些无聊了。那个公子哥真够无趣的,每天要么在观景台上走奇怪的拳架子,来来回回,轻飘飘慢腾腾的,一点气势都没有嘛,看得她犯困;要么站在那里对着远处的云海,或是日出日落,一动不动,能够站上一个时辰不挪步;最多就是在书房看书练字,她一开始还会帮着研墨,只是看久了陈平安一板一眼的字体,实在是提不起兴致,倒是姐姐,始终站在少年身旁,偶尔站得脚酸了,就坐在书桌不远处。

陈平安每天吃饭的时候,都会问今天鲲船在哪个王朝版图的上空,还会让春水、秋实帮着介绍那些王朝的风土人情,说到儒家学宫和书院时,陈平安便好奇地询问为何东宝瓶洲只有观湖和山崖两座书院。

秋实一手捧腹大笑,一手指着懵懂少年,一语道破天机:"因为你们东宝瓶洲实在太小啊。我们北俱芦洲就有六座之多,更别提浩浩中土神洲了。"

春水悄悄瞪了一眼妹妹,秋实还是忍不住笑:"陈公子这个问题确实好笑嘛。"

陈平安直挠头,原来浩然天下这么大啊。

这一天,陈平安在观景台走桩之后,漫无目的地望着云卷云舒,突然又看到了那个背负木剑的年轻道士。

春水来到陈平安身旁,顺着他的视线望去,柔声道:"看道袍样式,应该是祖庭位于中土神洲的龙虎山张家道士。有一句脍炙人口的俗语传遍浩然天下,山上山下都不例外:凡有妖魔作祟处,必有桃木张天师。"

陈平安嗯了一声。鬼使神差地,那名背负桃木剑的落魄道士转头望来,依稀看到了同样背剑的少年,以及身旁的动人婢女,他有些失魂落魄——穷的,饿的。

陈平安顶着贵客的头衔,却不是什么金贵娇气的人物,所以不需要两名婢女真正如何伺候,秋实便把心思放在了外边,每天就像是个消息灵通的耳报神,说道鲲船上近期发生的奇人趣事,滔滔不绝,添油加醋,比说书先生还精彩。

对于这些,陈平安听过就算,他更多的兴趣还是在脚下。

一天暮色中,鲲船遭遇强劲罡风,必须下降航道高度,使得陈平安发现一块陆地版图上有烈火熊熊燃烧,一根根烟柱飘荡在空中,像是田圃里的一棵棵树苗,歪歪扭扭。春水知晓许多东宝瓶洲内幕,在书房查阅过舆图,很快就得出答案:原来那是一场涉及双方国运的血战,世代交恶的两大王朝经历长达数百年的绵长战事之后,终于孤注一掷,倾举国之力,并且出动了大量练气士。经此一役,双方必然元气大伤,如此一来,整个东宝瓶洲以观湖书院为界线的北方地带,除去文武并重的大隋高氏,其实能够跟大骊宋氏抗衡的王朝越发稀少了。

春水望向生灵涂炭的大地,轻声感慨道:"若是打得惨了,说不定东宝瓶洲就要多出一座古战场遗址。几十年后,等到气机稳定下来,应该就会有真武山或是风雪庙的圣人坐镇其中,成为一处崭新的兵家地界。"

陈平安望向时不时亮起璀璨光芒的地面,猜测应该是身负神通的练气士在相互厮杀。

除此之外,还有很多让陈平安感到头脑一片空白的风景:一群仙鹤长鸣,缓缓攀升,从云海之中浮现,振翅飞入更高的云海,像一幅流动的画卷,还有大雁结阵南飞。一名御空飞行的练气士悬停在一根云柱之外,以独门法器汲取雷电,将其收入囊中。更有乘坐青鸾的大练气士,掠空速度远胜鲲船,一闪而逝,一身宝光流转。

陈平安听说鲲船有一座专门以飞剑传信的"信铺",功用类似人间驿站,就写了两封信,托秋实去寄。信中所写并无秘事,主要还是跟人报一声平安,说一些从秋实那边听来的奇闻逸事,哪怕给人看去都无所谓。本来陈平安是打算人手一封的,只是信铺的价格实在昂贵,寄往大骊龙泉要收山上神仙专用的雪花玉钱十文,寄去大隋山崖书院更贵,得二十文,吓得陈平安只敢给魏檗和李宝瓶各寄一封,让两人帮着传话。

陈平安站在观景台上,在春水的指点之下,发现靠近围栏的一座独栋小楼内时不时会有精光一闪,星星点点,不易察觉。春水笑着耐心解释道:"鼠有鼠路,鸟有鸟道,飞剑传信亦是如此。天空某一层最适宜飞剑远行,阻力极小,便有以此作为立身之本的练气士在这个高度上勤勤恳恳,开辟出一条条专门的通道。世间传信飞剑在升空后都会去往这条'羊肠小道',只要是大一些门派的弟子都知道这条规矩,所以一旦御风远游,就会主动避开。"

秋实刚刚返回书房,靠在门槛处嬉笑道:"不是没有傻乎乎的野路子练气士,好不容易学会了凌空飞行,刚想着天高任鸟飞呢,结果一头撞进去,就给噼里啪啦撞了个鼻青脸肿。这还算运气好的,运气背的,被刺穿眼珠子、脖颈,从高空摔落下去,当场毙命,变成一摊烂泥。可怜,真可怜。"

陈平安问了一个门外汉的问题:"世上就没有人吃饱了撑的,去拦截传信飞剑?"

秋实点头道:"当然有啊,练气士里头脑子拎不清的家伙多了去了,只不过飞剑这条羊肠小道俗称为'云纹小径',专门有云纹修士盯着,就指望着这个发财呢,巴不得有傻子来做剪径毛贼。几把传信飞剑值不了几个钱,但是一旦抓到毛贼,就可以强行索要一笔天价赔偿。毛贼是穷光蛋的话,就跟他挂名的世俗王朝讨要;若是不曾记录在案的野修,又身无分文,那就没法子啦,只能认栽,反正损失也不大。"说到这里,秋实一脸羡慕,"那些云纹修士个个肥得流油!每次登船远游,最差最差,都会住在中等房屋里头。"

春水柔声道:"其实真正传承上千年的仙家门阀,一般也不会使用飞剑传信,世上有很多玄妙秘术,可以让人仿佛面对面闲聊。比如一对子母榆钱,你以术法摩挲一枚榆钱,再开口说话,搁放在别处的另外一枚榆钱就会自动颤动发声,对方就听得到。"

陈平安啧啧称奇。

秋实看着一脸认真、仔细倾听的陈平安，心想这么个穷小子，怎么就跟大骊北岳正神攀上了关系？那得踩中多大的一坨狗屎才行啊！好在陈平安穷就是穷，见识短浅就多问问题，从不打肿脸充胖子，反而让天性单纯的秋实觉得这样很好。若是没钱还喜欢摆阔，什么都不懂却硬要装懂，那才是可怜又讨厌。

闲聊多了，姐妹二人难免会提起自己的家乡北俱芦洲。北俱芦洲多剑修，剑修杀力巨大，自然就多跋扈之辈。跋扈到了什么程度？举一个最简单的例子，南婆娑洲位于正南方，东宝瓶洲位于正东方，便俗称为"南婆娑""东宝瓶"。北俱芦洲分明位于浩然天下的东北方，却偏偏自称为北俱芦洲，这让位于正北方位的皑皑洲便只能是皑皑洲了，愣是丢掉了那个"北"字。哪怕是性情婉约的春水，谈到北俱芦洲如何如何的时候，也会略显倨傲自得，只是她自己没有察觉罢了。秋实当然更是如此，喜欢说"我们北俱芦洲"如何如何，"你们东宝瓶洲"怎么不咋的，说到这些的时候，少女满眼放光，神采奕奕，像是一只骄傲的小黄莺。

这一天，陈平安终于准备离开这间天字房了，这让春水都有些喜出望外，秋实更是开心地蹦跳起来，口口声声喊着"陈公子"，对他作揖致谢，这让陈平安有些愧疚。

原来秋实传来一个大消息，说今晚在鲲船船头会挂出一幅打醮山祖传的花鸟条幅，能够远看万里之外的场景。陈平安对此没有感到太多惊奇，因为当初那个风雪夜，青衣小童就端出一只水碗，水幕之中能够清楚看到仙子苏稼的御剑身姿。他不是为了长见识去的，而是不得不去，因为花鸟条幅即将展现的人和事，都和他有关系。

正阳山和风雷园将要展开一场生死战，这个消息突如其来，事先毫无征兆，让整个东宝瓶洲都感到措手不及。哪怕只是只言片语传出一洲南北，就已经让人感到阵阵寒意：东宝瓶洲两个最顶尖的剑修大派，老中青三代剑修各自出阵一人，捉对厮杀。年轻俊彦一辈，只分胜负，不分生死；中坚一代，可以分胜负，也可以分生死，一切看交手双方的意思。但是东宝瓶洲谁不知道，两派之人一旦在山门外碰头，都有可能直接打得你死我活。到了涉及山门荣辱的关键时刻，以正阳山和风雷园的脾气，多半是要分出生死的。而年纪最长的两派老祖，则是只分生死！

杀气腾腾。仿佛还未出剑，就让观战之人嗅到了浓浓的血腥气。

正阳山年轻一辈的出战剑修正是仙子苏稼，那个拥有一枚上品养剑葫的修道天才。风雷园那边，则是一个园主嫡传弟子，名声甚至还不如刘灞桥，但是这种一洲瞩目的巅峰大战，风雷园岂会儿戏？

陈平安带着春水、秋实走下楼，去往船头。

打醮山祖传下来的花鸟条幅有各种栩栩如生的彩墨飞禽在画卷之上飞来飞去，还会发出各色声响，清脆空灵。当条幅完全展开，长达五六丈，宽达两丈，悬挂于船头的高空之上时,若是远观,尽管练气士们能看清楚,仍然会觉得不尽兴。再者,剑修出剑快若奔雷,细微如发,雷霆万钧,剑道蕴含的精微意气转瞬即逝,近距离观摩才是上上之选。于是位置就分出了三六九等,三座独门独栋的宅院在第一排位置上,不但准备了瓜果点心,还有渡船花重金请一些旁门左派调教、栽培出来的美婢,以及杏花坊的几个当红花魁,至于那三拨人愿不愿意领情,难说。之后就是陈平安这样的天字房客人,心情好的话,可以携带婢女,若是单独前往,自然更无不可。至于其他大多数人,都是各自搬了椅子凳子,跟市井百姓凑热闹看庙会没啥区别。

春水、秋实年纪不大,却是熟稔此事的,还有领事帮着开路,畅通无阻地找到了座位,位置极好,使得貌不惊人的草鞋少年一时间惹来颇多好奇视线。

三把紫檀大椅,椅子两两之间有一张案几,放着一小碟名为苦雀舌的北俱芦洲特产名茶,不用泉水煮,生嚼茶叶即可,入嘴微涩,渐渐发苦,熬到约莫半炷香后,竟是浑然一变,甘甜清冽远胜茶水,所以被笑称为"半炷香茶"。

大战尚未拉开帷幕,三人闲来无事,春水就对嚼着茶叶的陈平安讲解妙处。原来此物能够清肝明目,是三洲豪阀世族的心头好,不缺钱的文豪硕儒最喜欢互相馈赠这种灵茶,以至于在一些个崇尚茶道的王朝,此茶促成了一股雅贿之风。而官员遭贬谪,好友送行,更是砸锅卖铁也要凑出些苦雀舌,算是寄予"苦尽甘来"的美好寓意。

除此之外,案几上还有各色精美糕点和灵物瓜果,价格不菲,只是比起一两难求的苦雀舌,就要逊色许多。

陈平安一边竖耳聆听春水的解说,一边不露声色地观察四周,最主要还是前方三拨客人,毫无悬念,他们是山上神仙中的有钱人。

在陈平安正前方的是一大家子,身材极高的妇人坐在主位上,颧骨高耸,论姿色绝对称不上美,但是气势凌人,嘴唇习惯性抿起,喜欢眯眼观人。她身边是一个殷勤跑腿的文雅男子,相貌堂堂,面如冠玉,但是只要跟妇人说话,就满脸笑意,弓背弯腰,不像是什么一家之主,若非屁股底下的座位骗不了人,反倒更像是浪荡贵妇私下豢养的小白脸。他怀里抱着一个四五岁大的孩子,模样随他,粉雕玉琢,颇为讨喜,气度则完全随妇人,就不那么可爱了。一个鹤发鸡皮的老妪是家族的教习嬷嬷,身边跟着一个俏丽丫鬟,气质跟老妪如出一辙,很冷。

还有一个身材高大健硕的中年男子端坐在妇人左手边的椅子上,偶尔转头望向那个殷勤男子,嘴角便渗出一丝讥讽。两人若是对视,高大男子非但不会遮掩轻视之意,反而堂而皇之地扯开嘴角,而那名文雅男子竟然还主动点头赔笑。

陈平安借着欣赏那幅画卷的机会,把所有细节收入眼底。秋实忍不住多看了几眼,很快就被春水拧了一下胳膊。不承想,那名高大男子突然身体后仰,转过头,皮笑肉不笑地咧咧嘴,露出一口白森森的牙齿,吓得秋实赶紧低头,大气都不敢喘。在男人转回头去后，春水气得狠狠踩了秋实一脚，疼得秋实倒吸一口冷气，满脸哀怨地望向姐姐。

陈平安正前方坐着一个儒衫老人，头戴一顶老旧貂帽，脱了靴子盘腿而坐，缩在宽大的椅子上，有些滑稽可笑。陈平安右前方则是一男一女两名剑修，瞧着二十岁出头的样子，至于真实岁数，难说。

年轻男子横剑在膝，轻轻拍打着剑鞘。女子除了悬佩长剑外，发髻之间竟是一柄无锋小剑，小剑剑柄悬挂着一粒黄豆大小的雪白珠子，熠熠生辉，正大光明。

这不明摆着昭告天下，自己身怀异宝吗？恐怕这就是艺高人胆大吧，陈平安只能如此猜测。总之，最前边占据着最佳位置的三拨人，没有一方像是好惹的。

陈平安深吸一口气，屏气凝神，目不转睛地望向那幅画卷。

正阳山，护山搬山猿，他的仇家之一，而且是那种必须得报仇的大仇家。

风雷园刘灞桥也算旧识，好像偏偏喜欢上了正阳山的仙子苏稼。当时宁姑娘还问了一个让刘灞桥很难堪的问题。

陈平安端坐在椅上，突然想起一事，开口让春水、秋实吃那苦雀舌茶叶。但是这一次，就连秋实都使劲摇头。春水悄悄指了指站在前方外围的鲲船执事，陈平安心中了然，便问道："我能拿一些回去吗，还是说只能坐在这里吃茶？"

春水俏脸微红，怯生生道："公子，带走是可以的，可好像没人这么做过。"

陈平安咧嘴，大大方方抓了二两茶叶放入袖袋，微微加重嗓音："这么好的茶叶，我得回了屋子后再细嚼慢咽，好好吃上一次。"

陈平安安静等待那场大战的到来，就在此时，心湖之间，有一个半生不熟的嗓音柔柔响起，喊了他一声："陈平安。"

陈平安下意识就要四处张望，但是很快克制住这股冲动。记性极好的他很快想起了一个人——贺小凉。

那个嗓音继续轻柔响起在陈平安心扉之间："你能不能现在回来一趟？我有事相商，平时人多眼杂，只能借这个机会跟你聊聊。"

陈平安一番权衡利弊，瞥了眼腰间的朱红色酒葫芦，在心中默念道："好的。"随即起身，跟春水说是要回房间一趟。春水想要帮着带路，陈平安笑着婉拒，从她手中接过玉牌，默默离开人群。

人群中，一个背负桃木剑的落魄道人实在没气力去争抢地盘，又是与世无争的腼腆性格，便呆呆站在最后边，束手无策。他手中也端着凳子，只是却发现层层叠叠的长凳椅子上都站满了看客，还有稚童骑在大人的肩头，哪里能看得见那幅画卷半点光景？他不过是堪堪跻身三境，远远没有达到中五境所谓吸风饮露、不食五谷的地步，鲲船从北俱芦洲跨洲南下，旅程漫长，想要下船都难，只有中五境的洞府境练气士才能勉强御风而行，想要从鲲船上一跃而下，逍遥御风落地，恐怕一般的观海境都力所未逮，唯有龙门境的大修士才能不被天地所拘束,实现真正意义上的乘风而行。

　　他这趟渡船南下之行之所以如此窘迫,是因为出了一点意外。一是头脑发热,买了两张对他而言十分昂贵的符箓;二是好不容易得来的一粒宝珠想要脱手,不承想到了鲲船上,店铺愿意买,但是出价太低。他原本想靠着这份收入拆东墙补西墙渡过难关,若是略有盈余,说不定还能难得阔气一回,住上一间中等房。

　　真是人算不如天算啊。一文钱难死英雄汉,更何况他连英雄都算不得,只是个一心想着斩妖除魔却事与愿违的可怜虫罢了。真正的"张家天师"岂会收了银钱,答应人家去捉妖,却害得好好一户殷实门户沦落到家破人亡的地步?他突然觉得自己当初舍了科举功名,一心访仙问道,学艺未精便兴冲冲下山想着荡除妖魔,是不是其实一开始就错了?愧疚难当的年轻道人红着眼睛,抬起一手,握拳轻轻捶打着心口,好像这样才能好受一些。突然,他发现眼前出现了一只手,手上摊放着一枚刻有"天字房乙号"的精美玉牌。他抬起视线,看到一张肤色黝黑却也端正的少年脸庞。那人笑道:"我是住在天字号房间的,你如果真想进去看画卷,可以借给你用一下。到了第二排后,去找名为春水、秋实的姑娘便是,就说⋯⋯你是陈平安的朋友。她们很容易认出来的,因为是孪生姐妹,长得很像。"

　　年轻道人张着嘴巴,傻乎乎呆着不说话。

　　陈平安将玉佩往他怀里一塞,转身小跑离去,转头笑道:"记得还我啊。"

　　陈平安一边跑一边想,这个年轻道人也太想不开了,不过是没法子看清楚花鸟条幅的画面而已,就这么伤心伤肺?把先前恰好经过的他给看得一愣一愣的。恁大一个男人,竟然还抹起了眼泪,难不成也是那位苏稼仙子的爱慕者?

　　但是这些都不是陈平安递出玉牌的真正原因。他只是想起了自己五岁的时候,在那个冬天的黄昏,一遍一遍走在家家户户大门紧闭的泥瓶巷,也是一样偷着哭。

　　年轻人握着那枚玉牌,往拥挤的人海钻去,一路上惹来谩骂无数,等到一名站在天字房座位附近的打醮山执事发现有这么个愣头青,板着脸走去,正要出声叱问,却看到那年轻人摊开手,出示了玉牌,立即露出和颜悦色的面容,低声询问道:"可是乙号房的住客?"

　　年轻道人鼓起勇气道:"小道张山,如今游方历练,虽是龙虎山张氏的远支,却尚未正式录入北俱芦洲龙虎山下宗'青词宗'的在册道牒,与那住在乙号房的陈平安⋯⋯朋友。有事来晚了,这就要去找春水、秋实两位姑娘。"

　　话说出口后,张山便有些后悔,觉得自己实在太过冲动和唐突,不该接了玉牌还不知好歹。他心思细腻,情绪内敛,想问题就喜欢钻牛角尖,一时间竟有些痴了,觉得自己好像事事都是如此,学艺是这样热血上头,斩妖除魔也是意气用事,如今又是。

　　就在他悔恨惶恐之际,那名执事已经放下心来,笑意更浓,侧过身伸出一手,示意张山可以前行了："请张仙师随我来。"

春水听过情况后，主动让出椅子。张山落座，只敢坐在椅子边沿。

春水虽然心中奇怪，陈平安怎么就跟这个落魄道士有了关系，可她脸上没有流露出什么，只是坐在张山身旁打醮山派人新搬来的椅子上，没来由地将这个先前在观景台见过多次的龙虎山边缘道士跟客人陈平安做了对比。一样是出身贫寒和乘船远游，一样是头回见大世面，年纪更轻的陈平安明显要坦然许多，绝不会如此局促不安。

张山猛然记起一事，连忙转身递过那枚玉牌："姑娘，这是陈平安的玉牌，还给你。"

春水没有擅自收下，柔声道："陈公子去去就回，劳烦张仙师自己交还吧。"

被那样一双春水漾漾的眼眸这么近距离凝视着，张山又一次脸红异常，嗫嗫嚅嚅收回手，至于大家风范、仙师气度，是半点没有的。

张山口渴异常，可惜只瞅见了一碟茶叶而无茶水，又不好意思开口询问讨要，只好憋着。一直觉得这个年轻道士好玩的秋实便抓起两片苦雀舌茶叶放入嘴中，促狭道："张仙师，这茶叶就是这么吃的，不用火炉煮茶那么麻烦。"

春水有些无奈，但是当下不好教训妹妹的无礼莽撞。她无比清楚，若是个性情狭隘偏激的人物，可就要记仇了。好在张山是个性格温良的，只是满脸涨红，伸手双指拈起两片茶叶放入嘴中，轻轻咀嚼起来。然后他的脸色便精彩异常，像是稚童第一次吃酸橘或是黄连，恨不得浑身颤抖几下。

秋实捂嘴娇笑，这个年轻道士，太好逗弄了。春水则有些疑惑，年轻道人无意间展露出来的一个细节：双指拈物，食指在下，中指在上，分明是常年下棋拈子，形成了习惯，做这个动作才会如此自然而然，浑然不觉。若是穷苦门户走出来的底层练气士，恐怕连看一眼棋盘的机会都没有，毕竟琴棋书画皆是富家事，哪怕成了山上人，可下棋一事最讲究聚精会神，而且深不见底，一个下五境的练气士，除非自幼喜好，否则绝不会分心去学棋。是陶冶情操重要，还是滴水穿石、增长修为重要？

见微知著，春水心中了然，她觉得这才是真正有趣的地方。住在天字房的陈平安是市井巷弄走出的少年，却能够每天在观景台上练拳看云海。而这个腼腆羞涩的年轻道人多半是在书香门第浸染多年的士族弟子，俗世身份不算太差，可惜在神仙扎堆的山上却完全不够用，最终只能在鲲船甲板上散步。

春水无意间看到前排位置上那个被文雅男子抱在怀里的孩子转头对她笑了笑，她礼节性回以微笑，想着天底下第一桩大考应该就是投胎吧？而孩子则想着，这么一个好看的小姐姐，真该买回家中给自己当贴身丫鬟，冬天翻书手冷了，就让她帮忙焐一焐。

孩子扯了扯妇人袖子，妇人虽然平时神色倨傲，可是对孩子却极为宠溺，笑着低头凑过去。孩子轻声说出了想法，妇人转头看了眼身后的春水，眼神漠然，然后对自己儿子笑道："资质太差了，中五境想都不用想，哪怕堆再多的天材地宝给她也是妄想。没事,等在老龙城下了船,娘亲给你找一个洞府境的女子做丫鬟。"

妇人说话并不藏着掖着,春水脸色惨白。终生无望跻身中五境,这让她感到绝望。

妇人突然再次转过头瞥了眼秋实:"哟,这个小丫头还有点希望,不过一看就不是个好生养的,不如先前那个瞧着喜庆。儿子,这个喜欢吗? 喜欢的话,娘亲可以跟打醮山开口买下来。"

孩子顺着妇人的视线转头望去,一脸嫌弃道:"干瘦干瘦的,跟娘亲差不多,我可不喜欢。"

妇人竟是半点不恼,揉了揉孩子的脑袋,欢快大笑,如夜鸮在枝头哀嚎,恐怖瘆人。

秋实一脸茫然,春水低敛眉眼,五指如葱的漂亮双手叠放在膝盖上,青筋显现。

第六章
道高一尺

陈平安缓缓登楼，开门而入，正厅并无贺小凉的身影，环顾四周，最后看到了站在书房桌旁的女子。她身穿道袍，却摘去了先前常年不换的鱼尾冠，变成了一顶莲花冠。

贺小凉一手扶在书案上，开门见山："陈平安，我这趟来找你，是受人之托。陆掌……"那个"教"字差点就要脱口而出，贺小凉脸色如常地改口，"陆沉，也就是曾经去过泥瓶巷的那个道人，他如今就在龙泉小镇，只是不方便见你，就要我来取回一张药方，盖有四字朱印的那张，除此之外，还要我还给你……"说到这里，贺小凉微微一笑，"一颗蛇胆石。从此之后，你与他一笔勾销。你走你的阳关道，他过他的独木桥。他亲口说：'日后我们若是还有机会相见，大可以坐下来，桃李春风一杯酒。'最后还要我转告你，从今往后，好自为之，记得一定要在南涧国止步下船。"

陈平安点头道："好。"

贺小凉指了指正厅的桌子，两人相对而坐。贺小凉想了想，手掌一抹，桌上出现了一方亡国之后流落民间的传国玉玺，方方正正，质地则凝润如脂。这是一件咫尺物，比起已经相当珍稀的方寸物更加难得一见。崔东山随身携带有一件，当初在大隋书院东山之巅，他就是从里头掏出数十件法宝，一夜过后，打出了"蔡家老祖宗"的名号。

随后贺小凉又伸手提了提，咫尺物的玉玺上方悬浮有一方刻有云篆的古砚，之后古砚里头跑出来一本玉质古书，最后古书之中飘出了一张小荷叶，最后的最后，才从方寸物荷叶当中滚落出一颗蛇胆石，正是陈平安交由贺小凉转赠陆沉的那颗。

一件咫尺物，三件方寸物。这叫无声的炫富，而且炫得一气呵成。可能天底下任何一个十境练气士瞧见了这个都会把眼珠子瞪出来。别人最多是躺着挣钱，贺小凉却是躺着接纳福缘。

贺小凉重新收起荷叶、玉书、古砚和玉玺，然后将那颗蛇胆石轻轻推向陈平安。看到陈平安似乎不敢收下蛇胆石，贺小凉坦诚道："放心，这次陆沉不会再动手脚了，就像他亲口保证你我之间的这次见面，不管我做什么说什么，都不会运用神通窥视。他只要亲口说了，你就可以相信。"

陈平安这才驾驭十五，一张印有"陆沉敕令"四字的药方便从里头飘了出来。

贺小凉没有伸手去拿，只是运用术法，将其收入自己的方寸物荷叶当中。做过此事，贺小凉神色明显轻松了许多，甚至拿起了一颗名为火梨的灵果轻轻咬了一口，笑道："好了，公事已了，接下来就是私事了。陈平安，你别紧张。"

陈平安无奈苦笑：我能不紧张吗？

贺小凉问道："你有没有听说，我已经离开神诰宗了？"

见陈平安摇头，贺小凉自嘲道："看来还是道行太低，名气太小。"

说完她便不再开口，只有滋有味地吃着火梨，优哉游哉，神色闲适。

陈平安就这么正襟危坐，不知道这位仙师葫芦里到底卖的什么药。

有人猜测贺小凉脱离神诰宗是因为爱慕那位去往中土神洲、负责掌管上宗道经的小师叔，竟是要夫唱妇随，宗门师恩和长生大道都一并不要了。

贺小凉卸任玉女，来自秋水宗的新一任玉女脱颖而出。外界揣测贺小凉的行径在一洲道统内部引起了公愤，才害得神诰宗失去了"金童玉女俱在一宗"的大好局面。而贺小凉的恩师更是勃然大怒，公开扬言要清理门户，差一点就要亲自下山追寻贺小凉的行踪，好不容易才被天君祁真拦阻下来。

世人皆知贺小凉的传道恩师对她寄予厚望，倾心栽培，几乎视若亲生女儿，老神仙为此伤透了心也是情理之中。但是难免会有人狐疑，不是说那贺小凉福缘之深冠绝一洲吗，为何会沦落到如此境地？难道说她闷声发大财，捞取到了更大的机缘，以至于连师父、宗门都可以抛弃？但是道统之内规矩森严，贺小凉就算到了神诰宗的中土上宗，背负着这么大的骂名，当真能够长久地守在那位掌经道士身边？

好在正阳山和风雷园一战转移了视线。轰轰烈烈的打生打死，比起柔肠百转的爱恨纠葛，似乎更有吸引力。

陈平安看着贺小凉吃过了一整颗火梨，好像还是没有开口说话的意思，只好小声问道："贺仙师，你找我有什么事情？"

思绪飘远的贺小凉收起心神，仍是没有说话，反而仔细打量起了陈平安。比起第一次相逢于骊珠洞天的青牛背，少年个子高了，眉眼之间也有了一丝灵秀精彩。

陆沉在贺小凉去往梧桐山悄悄登船之前，跟她有过一番开诚布公的言谈。除了贺小凉说给陈平安听的,其实还有许多"说不得,不可说"的内幕。陆沉那时就身在陈平安祖宅的隔壁,坐在灶台前的小板凳上,拿着吹火筒忙着做饭。而身为主人的稚圭则懒洋洋地坐在院子里晒太阳,时不时还会扭头望向灶房,催促陆沉快一点。

贺小凉坐在陆沉附近,陆沉在耐心等着生米煮成熟饭的间隙,直白无误地告诉她,陈平安送出手的两颗蛇胆石,他和她的各占其一,就如同一条河的两岸。而那几张药方,尤其是"陆沉敕令"四字朱印则是一座桥梁。虽然这是陆沉的一桩深远算计,其实谈不上什么恶意。恰恰相反,这才是陈平安离开小镇之后,气运一事能够否极泰来的一半原因。可能齐静春早已看穿,但是愿意顺水推舟,相信陈平安吉人自有天相,懂得取舍,故而乐见其成。看不见的人,如陈平安自己,自然毫无察觉。因为桥梁搭建而起之后,陈平安与贺小凉之间出现了一种玄之又玄的牵连,福祸相依,一起分摊。所以说,陈平安分去了贺小凉足足半数的福缘!

话说回来,寻常人接纳这份机缘后,说不定早就暴毙了。陆沉初衷并无恶意,至于陈平安会不会被撑死,因福生祸,他是全然不在乎,无非是事后间接证明,你齐静春看错了人而已。

听闻了此等天机,贺小凉始终心如止水的心境,在那一刻,终于开始出现破绽。

她心知肚明,一生顺遂、洪福齐天的那个贺小凉走到了一处崖畔,是契合大道逆流而上还是坠入万丈悬崖粉身碎骨,只在她接下来的一步之间。而且哪怕选对了,也未必能够像之前的修行那样一日千里,毫无阻滞。

当时已是她万事如意的人生中最为险峻的时刻,尤其是那种身不由己、沦为棋子的感觉,糟糕至极。修行,可不是为了去当一个大人物的牵线傀儡,哪怕这个大人物是陆沉,是青冥天下的一教掌教!比起之前的那一次,这次更让贺小凉感到心烦意乱。

从十四岁那年成功斩断赤龙的那一天起,她就发现师父看待自己的眼神变了。随着时间的推移,单纯的少女终于知道,那种会让她感到一丝不舒服的眼神已经不单单是长辈看待晚辈的慈祥,而是夹杂着男人看待女人的意味。但是当时掌教祁真正在闭关,神诰宗上下紧张万分。在她离开神诰宗去往骊珠洞天之前,老人便直截了当地与她说了,要跟她做一对道侣!老人还说,他为了她,甚至可以离开神诰宗,做一对逍遥快活于高山大泽、不用计较世俗眼光的野鸳鸯。若是贺小凉不愿颠沛流离,那也无妨,大不了继续做表面上的师徒,暗中结为道侣。老人保证那部阐述双修大道的残卷可以让师徒二人都跻身上五境,绝非拙劣下作的房中术、采阴补阳之流。

贺小凉不愿意,而且没有任何虚与委蛇。若非当时老人没有把握无声无息地拿下她,恐怕早就出手了。这才有了她去往骊珠洞天的那趟远游,因为有些风景,贺小凉只想独力走到山巅,亲眼去看。

其实对于什么世人眼中的双修之法、有悖风俗的师徒道侣,贺小凉并不是那么看重,也无多少偏见。她只重大道! 道家真正上乘的双修秘术其实远远不是凡夫俗子误以为的那般不堪,是性命双修的一个旁支,甚至不会被划入"也是道"的诸多旁门左道当中。"旁门左道"听上去含有贬义,不过是因为就山上练气士而言,这些无法帮助他们直达上五境而已,但一样是了不起的登山大道。

在贺小凉从大骊返回后,她的授业恩师彻底撕去慈祥长辈的伪装,言语胁迫,愤懑恫吓,手段百出。贺小凉兵来将挡水来土掩,应对得从容不迫,但是内心深处又觉得有些可悲。因为她知道这就是老人所选的大道,但是太小了,太偏了,她不愿意陪着他走这条尽头处风景远远不够壮丽的狭窄道路。

之后,风雪庙陆地剑仙魏晋进入南涧国,老人误以为是贺小凉请来的援手,一时间收敛许多。不承想贺小凉拒绝了魏晋,魏晋浑浑噩噩,醉酒骑驴远去江湖,这让老人只觉得柳暗花明又一村。但是好事多磨,那个与他辈分相当的年轻道士,修为不高,却敢庇护贺小凉,跟他当面叫板,还撂下一句令人背脊发寒的狠话,又让他进不得退不得,十分为难。可说来好笑,那个家伙很快就匆忙赶往中土神洲,匆忙到只能跟贺小凉有过一场私下谈话。不管如何,贺小凉并非像外界所想的那般依附于她的小师叔,而是选择勾掉神诰宗的在册道籍,这让老人觉得机会终于来了。但是掌教祁真对此颇为宽容,力排众议,不追究贺小凉背叛宗门之过。其余一干神诰宗长老,虽然几乎人人愤懑,觉得宗门养了一头白眼狼,但是既然掌门天君都发话了,也只好作罢,只有贺小凉的师父想要下山"诘问"于她,依然被祁真劝回山门。

说是劝回,其实当时已经跟随陆沉去往大骊的贺小凉听闻消息后,比谁都清楚,掌门祁真一定是强行拦阻了师父,说不定还是大打出手,才将老人打回了自己府邸。因为一旦没有了她,老人那条原本早已风雨飘摇、破败不堪的大道就要彻底断绝。以老人执拗的性格,绝对不会就此罢休。但是注定一切徒劳,因为她身后站着陆沉,一个能够对天君祁真随意发号施令的存在。

贺小凉思绪万千,一直没有回答陈平安的问题,陈平安便只好安静等着。

"陆沉再深谋远虑,也不过是顺势而为。"贺小凉突然眼睛一亮,猛然站起身,似乎解开了心中某个死结,"原来缘来,就是天作之合。"

说完这句话,贺小凉的心神又蓦然颤抖起来。她依稀记得,第一次见到少年,只看出来了有缘却缘浅,这才是她的大道本心。但是为何现在却会觉得缘深,甚至还会觉得是天作之合? 这还是陆沉这位道家掌教的推衍计算!

果不其然,心湖之中有个懒洋洋的嗓音略带笑意响起:"不错,能够想明白这一点,说明经此一役,扪心自问之后,你交出了正确的答卷。你的心境裂缝已经弥补齐全,哪怕将来再有重创,也不至于像之前那样,极有可能一裂即碎。接下来,你可以去往北俱芦洲闯荡了。事先说明,贫道可没有偷听偷看,只是之前早早在你心湖埋下了一点东西,当你得出答案后,就会解开,贫道便能知晓了。

"不说这些,那么最后,贫道又有一问需要你扪心自问:'你应该如何处置陈平安呢?'嗯,这么说话有些文绉绉了,不是贫道的一贯风格,不如换成:'贺小凉,问一问你的良心,要不要斩草除根,将你眼前这个暂时不知缘是善恶的……有缘人一掌拍死,以免心结成死结,坏了将来的大道根本。'"

容颜极美的年轻道姑望向坐着的少年,眼眸冰冷。

陈平安与她对视,如坠冰窖。腰间养剑葫内,初一和十五蓄势待发。

杀不杀少年,好像都在陆沉的意料之中,算计之内。

第一次,是贺小凉要过自己那一关;这一次,则是要过道家掌教亲手布置的一关。当然,陆沉不会倾力而为,否则就跟直接杀人无异了。他显然对贺小凉是寄予厚望的,不至于自己打自己耳光。

贺小凉第二次扪心自问,森寒眼神逐渐变得娇媚如丝,更不用说绯红的脸颊,让她那张原本端庄的容颜变得让人感到极为陌生。只是心湖之上惊涛骇浪,苦不堪言。

陈平安一言不发,死死盯住那个言行古怪的神诰宗道姑,甚至有些怀疑,是不是传说中擅长蛊惑人心的狐妖变幻成了贺小凉的模样,否则怎么可能判若两人?但是直觉告诉他,他们之间,生死一线。

贺小凉情不自禁地双手扶住桌面,额头渗出汗水,鬓角青丝凌乱。心扉外,一声叹息轻轻响起,像是强行压下了贺小凉的心湖洪水:"贺小凉,其实贫道早就给出答案了,只是你被大道蒙蔽心境。你要杀,贫道会拦;你不杀,贫道也不强求。一样都可以通过此关。偏偏你既拿不起又放不下,浑浑噩噩,最后还做了一个最坏的打算,竟然想要杀了陈平安后再与之冥婚,既可斩因果,又自认无愧,真是可笑至极。如此功利手段,真能助你通向山巅?你有没有想过,人家陈平安为何事事坎坷却能够活到今天;你事事顺遂、资质卓绝,偏偏连这最容易迈过的门槛都走不过去?"

贺小凉颓然坐在凳子上,脑袋趴在桌面上,面如春潮,大口喘息,那双眼眸之中竟然有些水汽,雾蒙蒙望向对面的少年,眼神之中,既幽怨又愧疚,杀意全无,看得陈平安一头雾水。

怎么?我没欺负人啊,这不养剑葫里的飞剑还没出呢。再说了,就眼前贺小凉这么一位大练气士,自己就算初一、十五尽出,甚至加上做样子的降妖、除魔,也是一个"输"字和一个"死"字。

贺小凉久久回神,雾气渐无,春潮渐退,心神大定。她站起身,对少年笑了笑,总算变成了陈平安初见的那个神仙女子,白鹿为伴,仙气袅袅。她斩钉截铁道:"陈平安,等到你哪天死了,就会是我贺小凉的郎君!"她最后竟是坚定了一半的本心,做出了最早的那个决定的一半——不杀人,却结缘。

心湖之上，陆沉的嗓音低沉浑厚，带着不加掩饰的赞赏，缓缓响起："福生无量天尊。贺小凉，即刻起，你已入贫道门下，为嫡传第六弟子，可在北俱芦洲开宗立派。"

陈平安呆若木鸡，下意识脱口而出："贺仙师，你说什么？是不是我听错了？不然你再说一遍？"他越发确定，眼前这个"贺小凉"，多半是喜欢捣乱、开玩笑的山野狐魅。

贺小凉有些羞赧恼火，瞪了一眼占自己便宜的陈平安，就此离去。

陈平安始终坐在原地，眉头紧皱。似真似假，如梦如幻。

龙泉小镇一座已经弃而不用的老旧学塾内，陆沉独自坐在一张小书桌后，望向齐静春站了一甲子的那个位置，沉默不语，手指下意识在桌面上轻轻划来抹去。回过神后，陆沉抬起手臂，随后一抓，从鲲船御风离开的贺小凉竟然被他直接从滔滔云海之中"捞"了出来，哪怕贺小凉是金丹境练气士都觉得头晕目眩，踉跄一下才站稳身形。

贺小凉肃容，正衣襟，定心湖，凝神魂，后退三步，伏地叩拜："弟子贺小凉，拜见师父。"从一洲道统的玉女一跃成为一教教主的嫡传弟子，无异于鲤鱼跳龙门。

陆沉点点头，抬手示意贺小凉可以起身："起来吧，在贫道门下，不用拘泥于拜师仪轨，心意到了就行。你现在多半不信，以后相处久了，见过其余五位师兄师姐，自会明白。大道之外，皆是虚妄。"

对于儒家那套世俗礼仪，甚至是自己道统内的金科玉律，生于浩然天下而真正成长于青冥天下的陆沉始终都不太在意。或者说在飞升之前，他就是这么一个背离世俗的人物，所以活得很旷达奔放，留下的文章也以"逍遥"二字著称于世。不同于大师兄的面面俱到，二师兄的分寸火候，他这个小师弟哪怕在师父跟前，一样不太讲规矩，为此还被大师兄劝过，甚至被二师兄揍过，然而之后陆沉依旧我行我素，好在偶尔出现在小莲花洞天的师父对此并不介意。

陆沉看着略显局促的年轻道姑，微笑道："怎么，一朝被蛇咬，十年怕井绳，总觉得贫道这个当师父的每天想着给人下套？所以我说的每句话，你都得小心琢磨、仔细掂量？那你就错了，过犹不及，不好。你这次之所以能够成为贫道的嫡传，在于你连过了三道扪心关。第一，察觉到了贫道的算计，当机立断，赶紧回溯追问自己的本心，拨开了'天作之合'的假象，抓住了'缘浅'的真相。此关一过，你才不会在北俱芦洲过早夭折，否则到了那处剑修多如牛毛的地方，一切只靠快剑和拳头说话，你将来终究会遇到大的挫折，一旦心境露出破绽，因你这辈子太过顺遂，会崩碎得极为彻底，贫道都不用寻找你的下一世了。"陆沉伸出手指点了点贺小凉，"你要知道，这次谢实跟大骊讨要三人，李希圣且不去说他，马苦玄是我二师兄挑中的幸运儿，一老一小，臭味相投，至于有没有其他内幕，道统内自有规矩，不许师兄弟三人之间相互推衍演算。而你贺小凉则是贫道挑中的人选，因为你的道心与贫道当初的修行历程很像，破开迷障，直指本心。所以比你想象中的什么棋子傀儡,什么道家在这座天下百家之争的布局要简单得多,贫道只是看你顺眼,便选你做弟子了。你真以为文庙里那些老头子不会死死盯着贫道的一举一动?所以说,这就是堂堂正正的阳谋,你以后能不能在北俱芦洲站稳脚跟,好好活到最后,只看你自己的能耐。贫道远去青冥天下之后,不会刻意照拂弟子,儒家圣人们不会故意坑害于你,而且你还有一位在中土神洲云游的师兄,以及在剑气长城那边历练的师姐,真出了事情,你可以找他们帮忙。既然你们如今已是同道中人,有了同门之谊……就要给贫道这个当师父的争一口气嘛。放心,贫道可不是你在神诰宗的师父,不会要你做什么双修道侣。"

贺小凉又变成了那个气质清凉的貌美道姑,大道之外皆是身外物。她问了一个思量已久的问题:"我们道教主掌一切的青冥天下是否也有儒家圣人的暗中布局?"

陆沉哈哈大笑:"这是当然,哪里都一样,谁都忙得很。你不会以为马苦玄、魏晋、宋长镜之流就是最顶尖的天之骄子了吧?那你以后真该去中土神洲或者青冥天下的白玉京看看,就会明白,一山总比一山高。"

贺小凉闻言后眉头微皱,似乎有些想不明白。

陆沉玩味问道:"你是想问为何三教不干脆约好只在自家地盘上发展势力,排挤其他教派学说,省得如此糟心?"

贺小凉点点头,这正是她心中所想。

陆沉感慨道:"因为如今这一个个地盘完全就是最大的几处古战场,那可是先贤们用性命换来的成果,我们也怕后世天地变色嘛。若是选择固步自封,或是让下边的人觉得大道阻塞,是怎样一个下场,当今一个个天下,就是最好的明证。"

他随手一指,是小镇神仙坟的方向:"山河依旧,但是曾经高高在上的主人,已经沦为烂泥地里的一堆断肢残骸。"

贺小凉有些明悟。有些太过遥远的事情,晦涩难明,知道的人不愿意说,又不写在书上,后世之人当然茫然。

陆沉笑了笑:"扯远了,回到正题。你的第二关,在于贫道需要确定你这趟去往北俱芦洲是让你依附于天君谢实,还是由着你自立门户,开宗立派。所以故意设置了一个陷阱给你,让你以为自己竟然舍弃了两个都对的选择,偏偏选了一个最错的决定,让你误以为就要与大道擦肩而过,要你心生悔恨,质疑自己的大道本心。"

贺小凉坦然道:"只是靠着脑子里仅剩的一丝清明才能够过关。"

陆沉笑道:"关于这一点,贫道最后用作收官,来解释你与陈平安为何能够结缘。先说那最后一关,相对复杂一些,是一座连环关隘。'情'之一字,可作万般解,男女之间则最易动心,所以贫道早早在你心湖之间种下了一粒情种,在不知不觉中,它一遇机缘之雨水就会生根发芽,迅猛无匹。这本是不入流的速成之法,但是对你贺小凉反而管用。何况再不入流的法门，贫道使出，一样入流。有师徒之情的神诰宗师父、惊才绝艳的同辈人风雪庙魏晋、泥瓶巷的市井少年陈平安，前两者你顺利闯过，成功恪守本心，丝毫不为所动，唯独最后一关，因为贫道刻意刁难，帮着铺路搭桥，才让你陷入两难境地，你若是……"陆沉站起身，手指弯曲，轻轻敲打着那顶象征掌教身份的莲花冠，"迷迷糊糊，道心被'陆沉'二字所震撼，便选择走在贫道帮你开辟出来的道路上，那么贫道依然会准许你在北俱芦洲开宗立派，但是绝对不会收你为徒。"他收敛笑意，"收徒一事，何其难也。想要成为贫道的弟子，就该有'终有一日我的道法比陆沉还要高、道路比陆沉还要长'的念头。离经叛道？离的是什么经？经不过是先贤所写而已。叛的是什么道？道不过是先贤所走的路罢了。为何不自己去试试看？"

饶是贺小凉这般性情凉薄的人物，心底都油然生出悚然和敬意。她站起身，对陆沉毕恭毕敬行礼道："希望终有一日，弟子贺小凉能够与师父同席而坐，坐而论道。"

陆沉啧啧道："有点难。"

贺小凉重新坐下，问道："师父所谓的'收官'作何解？弟子与陈平安的结缘，也有深意？"

陆沉点头道："当然。若是寻常人，你不是贺小凉，他不是陈平安，那么贫道这次辛辛苦苦当月老牵红线，半点看不出高明。齐静春的乱点鸳鸯谱是给担子，希望有朝一日，陈平安能够以人心挑山岳。而贫道手中的红线两端是两个人，更是两面明澈无垢的镜子，相互映照，而不只是让陈平安分摊你的福缘，再拿陈平安帮你渡过情关而已。"陆沉转头望向贺小凉现身之前的方向，"陈平安的心性，天下奇人怪人万万千，贫道也看过千千万，未必有多出奇，但是恰好与你贺小凉的心性相似而又不雷同，冥冥之中颇为契合，所以尽管你们初次相逢，两人身份悬殊，你仍是看出了'缘浅'。其实你们不是缘浅，而是你修为有限，看浅了。"

贺小凉轻声问道："师父，这又是考验吗？"

陆沉哈哈大笑："你都已经当了贫道的弟子，还要什么考验？怎么，想一鼓作气成为道祖老爷的嫡传、与贫道平起平坐才罢休？"

贺小凉眼神清澈，摇头笑道："不愿作此想。"

陆沉笑眯眯道："既然当了师父，就该送新弟子一份见面礼。这份礼可不小，还是贫道下来之前好不容易才从你师祖那边得来的一点'道'。"

贺小凉愣了一下。才刚刚在鲲船上切断与陈平安的那座"桥梁"，自己就又变成那个洪福齐天的贺小凉了？

陆沉好似看穿了她的心中所想，放声大笑，一掌拍在桌面："贫道带你去走一趟光阴长河，逆流而上！"

一座骊珠洞天，哪怕术法禁绝，自然还是难逃天道之间的大规矩，比如春夏秋冬，生老病死。然后在掌教陆沉的大神通之下,冬秋夏春,死病老生。

仍是置身于天地间的学塾,却仿佛与天地暂时无关联的贺小凉,看着身边光怪陆离的一幕幕倒退而去,眼神熠熠。这正是她想要走的道路!

陆沉微笑道:"跟在贫道身后,去往一处地方,带你见两个人。"

两人起步离开,身后是越来越崭新的学塾和孩子们的琅琅读书声,蒙学稚童们名副其实地倒背如流,只是大概是某种禁制,或者说是齐静春跟道祖做过交易的关系,稚童们的容貌纤毫毕现,声音清晰入耳,但是他们面对的那位教书先生已经并不存在,仿佛完全消逝于光阴长河中了。

一路穿街过巷,贺小凉紧紧跟随在陆沉身后,生怕自己一个走错,就会迷失其中。

最后陆沉停下脚步,让贺小凉稍等片刻。贺小凉不敢动弹,站在原地。

陆沉一挥袖子,乾坤倒转,一切恢复正常的秩序,岁月长河开始顺流而下。

之后陆沉才带着她来到一个摊子附近,贺小凉不知道这位掌教师父为何要带自己来此,难道那个摊子有古怪?她凝神望去,见一个貌似质朴憨厚的中年男人正在兜售糖葫芦,一个黝黑消瘦的孩子缓缓而来,悄悄望向生意忙碌的摊子,咽了咽口水,等到生意冷清一些,就默默走开。

陆沉打了个响指,白昼夜幕转瞬即逝。摊贩日复一日做着寻常生意,那个孩子或者上山采药归来,或者去溪边抓鱼回来,或者帮着街坊邻居提水路过,一次次经过摊子。终于有一天,本该去上山采药换钱的孩子,哪怕已经背着箩筐走到了泥瓶巷口子上,可是一想到之前那趟运气好,摘到了几味值钱的草药,家里的小米缸破天荒装满了大半,至少之后一旬时光都不用担心饿着,于是孩子便抬头看了眼阴沉沉的天色,似乎在告诉自己天要下大雨,就算去了山上,也多半会半路返回。于是孩子跑回祖宅院子,将箩筐一放,从墙根一只小陶罐里摸出几枚铜钱,然后飞快奔向那个摊子。但是当孩子距离摊子越来越近时,脚步却越来越沉重,跑得越来越慢,以至于离着还挺远的地方,孩子就停下站在原地,一脸天人交战的滑稽模样,死死攥紧拳头,握着那多余出来的几枚铜钱。最后孩子走近几步,蹲下身,就那么抬头痴痴看着那些鲜红鲜红的糖葫芦。

陆沉和贺小凉就站在那个孩子身边,陆沉笑问道:"如果设身处地,你觉得孩子在想什么,才算人之常情?"

贺小凉毫不犹豫道:"想着若是能够吃了糖葫芦,而不用花钱就好了。"

陆沉笑着点头:"拭目以待。"

之后,摊贩做完了生意,在休息的时候,似乎无意间看见了那个一次次路过自己摊子却从来不买糖葫芦的孩子,想了想,坐在凳子上没有作声。最后仿佛实在是起了恻隐之心,汉子站起身,对那个孩子招手笑道:"来来,我这就要收摊子回去了,还剩下些糖葫芦卖不出去,你想吃的话,我可以送你一串,不要钱!"汉子笑得极为憨厚本分,跟庄稼汉无异,拔出一串糖葫芦,对着那个孩子晃了晃,"拿去吧。"

可是孩子赶紧站起身,笑着摇头,就那么跑开了。

贺小凉有些疑惑。如果这就是小时候的陈平安,作出这样的选择,她其实并不奇怪。

陆沉伸手指向那个卖糖葫芦的汉子:"此人是中土神洲一位在世俗当中名声不显的阴阳家,事实上,他以一己之力就能够抗衡整个阴阳家陆氏,是相当了不起的一个怪人,就连大师兄都无法完全猜到此人的想法。"

贺小凉越发疑惑。陆沉笑道:"这些都不是关键,接下来才是。"

陆沉伸出手掌,由上往下缓缓一抹,贺小凉身边出现了一个小"陈平安"。这个孩子跑过去收下了那串不要钱的糖葫芦,蹦蹦跳跳返回泥瓶巷,很开心。吃过了糖葫芦,孩子便嘴馋上瘾了,隔了几天又去了摊子,又拿到一串不花钱的糖葫芦。这个刚刚习惯了吃苦的贫苦孩子惰心渐起,时不时就会想起那些糖葫芦,上山采药便比往常少了……如此日复一日,年复一年,少年并未变成什么坏人,但是在贺小凉眼中,的的确确已经不再是那个在青牛背初次相逢的草鞋少年。

在这之后,重回原地,陆沉又是手掌一抹,小平安再次出现,这一次他没有选择白收糖葫芦,而是选择花钱购买。在那之后,孩子越发愿意吃苦,拼了命挣钱,但是吃腻了糖葫芦,有一次又喜欢上了糕点。等孩子一年年成长为少年,在贺小凉眼中,好像这个陈平安也不太对劲。

随着陆沉一次次抬起手掌,贺小凉看过了一个个陈平安,一种种出现微妙偏差的人生境遇。到最后,贺小凉陷入沉思。陆沉笑了笑:"回去了。"一前一后,走向学塾。

此时此景,其实很像当初齐静春带着陈平安去往老槐树讨要一张槐叶的情景。

陆沉双手负后走在前方,问道:"想明白什么了吗?"

贺小凉轻声回答道:"唯有守心,方是一人。"

陆沉嗯了一声,不再说话。

贺小凉问道:"难道弟子想岔了,还是看得不够高不够远?"

陆沉突然转头笑道:"没有没有,想得挺好,唯一美中不足的就是你这个弟子总不能灯下黑,瞧不出自家师父的道法通天啊。"

而在陆沉带贺小凉看遍人生百态的时候,在某一截光阴长河的河段之间,有一位双鬓微霜的儒士,在蒙童下课后,坐在屋内独自打谱。不再模糊,在陆沉和贺小凉的"当下",或者说骊珠洞天的"当年",齐静春弯腰拾起一枚棋子,微笑道:"不过尔尔。"

当陈平安走下高楼,返回座位的时候,竟然已经错过了两场大战。隔壁椅子上的道士张山见到了陈平安,连忙起身拱手道谢,陈平安只得抱拳还礼,接过了玉牌。

这场公开的死敌之战，为公平起见，战场没有设置在风雷园或者正阳山，而是在风雪庙六脉之一的神仙台。风雪庙作为兵家圣地，相较于真武山，交友更加广泛，加上行事低调，所以与风雷园、正阳山两家关系都不错，不会偏袒任何一方。

至于风雪庙为何选择神仙台，一来是神仙台位于高峰之巅，视野开阔，风景宜人，仅就观感而言，是风雪庙仙气最盛的一处风水宝地。二来神仙台弟子稀少，香火凋零，几乎只靠魏晋一人支撑，而魏晋因为恩师的关系，又对宗门并不亲近，想必风雪庙也有借此机会，希冀着为神仙台增加香火之意。

陈平安从秋实嘴里得知风雷园连输两场大战后，大吃一惊。

其实第二场祖师大战算是同归于尽，但因为正阳山老祖更晚咽下最后一口气，风雪庙按照规矩判定正阳山获胜。

占地广袤的神仙台上并没有出现人头攒动的景象，数量稀少的建筑密集簇拥在东北角，只有身份地位和修为实力兼备的东宝瓶洲练气士才有资格登楼观战，其余修士只能在风雪庙别处山峰远观。偌大一座神仙台，仿佛只留给交战双方。

经过交谈之后，陈平安才发现道士张山在这之前甚至从未听说过正阳山和风雷园。这并不奇怪，北俱芦洲练气士向来自视甚高，一直看不起九洲之中最小的东宝瓶洲，可能也只有山崖书院、观湖书院这几个地方及崔瀺、宋长镜和魏晋这几个人名入得了他们的法眼。再者，以道士张山的修为和眼界，又不在一个大洲，熟稔东宝瓶洲的风土人情才是怪事。

风雷园和正阳山的世仇源于风雷园的园子最深处。那座试剑场上有一具正阳山女祖师的尸体，战死后被曝晒至今。风雷园当初非但不愿归还尸体，让正阳山弟子帮着入土为安，甚至连那把刺入头颅的风雷园制式长剑都不曾拔出来，就那么任由门内弟子和入园客人观看，至今已有三百年。

何谓奇耻大辱？这就是！

正阳山作为一洲剑道顶点，剑气凌霄，最近三百年更是蒸蒸日上，仅就最年轻三代子弟的优秀程度而言，其实已经胜过风雷园。正阳山在那之后，几乎每一甲子就会有人前往风雷园挑战，试图"请"回祖师尸骨，让她死而瞑目。但是当时斩杀正阳山女剑修的风雷园园主在那之后又活了三百年，哪怕正阳山三百年间天才辈出，但是在他面前，仍是无法取胜。他对于后来的挑战之人倒是没有像之前那般出手狠辣，但也算不得仁慈，或断长生桥，或毁本命剑。对于正阳山剑修来说，可能还不如壮烈战死来得痛快。这就是东宝瓶洲"风雷园以一人压一山"典故的由来。

如今风雷园的园主总算死了，就在新年春。传闻是悄悄兵解转世，又恰逢约定俗成的甲子之战，虽然风雷园已经严防死守，希望这个秘密不要外泄，但是正阳山不知从何处得知，一山数峰俱是震动，群情激奋，有人拖家带口上坟烧香敬酒，有苟延残喘的腐朽老人酩酊大醉，年轻剑修更是战意昂然，三百年屈辱愤懑，终于有机会一吐而空了。

事实上，两场大战之后，正阳山的的确确赢了，而且赢得很漂亮，面子里子都挣了个盆满钵盈，以至于最后那场最年轻一辈的胜负局，打与不打，都成了多余。

秋实有些担心，觉得最后一场多半是打不成了，那个叫风雷园的门派若是连输三场，名声就算彻底毁了。若是现在止步，还能捞一个愿赌服输的安慰。

陈平安想起那个一同入山寻找楷树的剑修刘灞桥，突然说道："第三场，风雷园一定会打。"

刘灞桥对陈平安来说，不是朋友也不是敌人，他只是单纯觉得，能够教出刘灞桥的宗门，不会就这么退缩。

果不其然，三方在一番秘密交涉之后，面若稚童、身材矮小的风雪庙宗主带着一男一女走到神仙台中央，宣布第三场大战即将开始。

正阳山出战一方自是仙子苏稼，风雷园出战一方为园主关门弟子黄河，他身背一只巨大剑匣，不知是藏有大剑，还是拥有多把长剑。

当几乎所有人都在关注两名年轻剑修的时候，陈平安却在悄然运转体内真气凝神望去，寻找那些阁楼内的某个身影。虽然画卷就那么长，但是此事之所以风靡天下，就在于练气士和纯粹武夫的眼力都远远超乎常人。世人见芥子即是芥子，道祖却像是看到了一座天下；凡俗看一花一叶即是花叶，佛祖却可以看到一个小千世界。

陈平安的眼神一下子晦暗起来，抓了几片苦雀舌茶放入嘴中轻轻咀嚼。

一栋高楼的顶楼廊道上俱是正阳山的祖师爷，一个个气宇不凡，剑气汇聚，如江河入海，气冲斗牛。偏右位置站着一名白衣魁梧老者，双臂环胸，正在俯瞰神仙台广场，有个相貌精致的女童骑在老人肩头。

陈平安死死盯住那个白衣老人，片刻之后转移视线。

另外一栋高楼是神仙台留给风雷园的观景点。比起正阳山中五境剑修的倾巢出动，风雷园这趟随行之人屈指可数，而且多是容貌年轻的晚辈，例如吊儿郎当坐在栏杆上的刘灞桥。风雷园两战皆输后，他的神色有些凝重。

张山看得神情专注，喃喃道："开始了。"

秋实笑道："先前两场比剑都是奔着打死对手去的，这一场架不用分胜负，而且无关大局，我估计会打得你来我往，不会再像先前那么血腥了。"

陈平安不作点评，他的心思主要还是放在那头正阳山搬山猿身上。

陈平安默默记住正阳山所在阁楼的一张张容颜，知己知彼，才能有的放矢。比起将来的旁敲侧击和道听途说，现在眼中所见的这幅画面最为直观真实，将来这些人，说不定就会是拦阻自己登山说理的潜在对手。当然，距离那一天还很遥远，当下陈平安才是三境武夫，再强的三境，也仅仅是三境。

头戴貂帽的儒衫老人啧啧道："这个名叫苏稼的女娃娃有点悬喽。"

最右边的年轻剑修习惯性轻轻拍打剑鞘："她输了。可惜了那只养剑葫，遇人不淑，恐怕北俱芦洲都找不出第三只。"

一语成谶。

三招而已，苏稼出了佩剑，出了养剑葫里的本命飞剑，仍是被黄河打得倒地不起。原来黄河背后大匣内装满了小剑，跟背着一个马蜂窝差不多，并非什么本命飞剑，只是擅长分心驾驭飞剑，打得苏稼根本就无从反击：一次被飞剑洞穿持剑之手的胳膊，一次被切断腰间悬挂养剑葫的红绳，最后一次被两把飞剑钉入左右手腕，倒在血泊中，已经昏厥过去。

东宝瓶洲真正让人服众的仙子其实不多，贺小凉是当之无愧的第一人，之后就是苏稼。甚至有人戏言，在苏稼成名之后，正阳山每十年收取的弟子数目比起先前多了三成之多。

黄河站在苏稼身旁，抬起一只脚，踩在那只品相绝佳的养剑葫之上，脚底板轻轻踩动。这位风雷园年轻剑修的嘴角扯起一个弧度，环顾四周，最后转头望向正阳山祖师爷并排而立的那栋高楼。从他眉心处掠出一柄漆黑如墨的本命飞剑，嗡嗡作响，当这把飞剑颤鸣之后，整个神仙台周边的云海山风，从云淡风轻变得无比紊乱。

公然示威挑衅之后，黄河收回本命飞剑，往那座高楼朗声道："六十年后，我黄河会登顶正阳山试剑，再摘走一颗头颅放于风雷园。"

一位白发苍苍的正阳山祖师须发俱张，怒目相向，忍不住就要下去捶死这个口出狂言的小王八蛋。

风雷园剑修所在的高楼顶层突然大门打开，走出一个容貌俊美的黑衣剑修，笑望向那个蠢蠢欲动的正阳山祖师："周鹤，倚老卖老很不好，不然我来陪你玩玩？"

在这个剑修走出大门后，不单单是白发祖师爷，正阳山那栋高楼上下皆为之愕然，震撼之余，还夹杂有一丝不愿承认的绝望。

此人正是风雷园园主李抟景，惊才绝艳，四十岁的时候就跻身十境，但是之后漫长的数百年岁月当中，一直不曾破境，匪夷所思。但哪怕没有跻身上五境，李抟景仍是公认的东宝瓶洲最强的十境剑修，没有之一！魏晋在破境跻身十一境陆地剑仙之前，一样自认无法匹敌此人。不过不是说李抟景兵解身亡了吗？

李抟景不再理睬那些惊疑不定的正阳山老祖，抬起头，像是在微笑望着所有观看此战的幕后之人。他一手负后，一手双指并拢，轻轻一旋，一缕清风萦绕指间。手腕一抖，李抟景微笑着说出一个字："斩。"

那一缕清风离开李抟景，瞬间化作一道气势磅礴的巨大剑气，在神仙台上空旋转一圈，当场斩断了神仙台与外界的联系。

画卷中人目瞪口呆,画卷外之人亦面面相觑。

画卷内,神仙台,高楼上,李抟景既没有找谁的麻烦,也没有撂下狠话,就那么站着,怔怔出神,眺望远方恢复舒卷姿态的云海。

风雪庙如释重负。毕竟,李抟景作为最强十境剑修,杀力之大,有目共睹。

当一名练气士被誉为某个"最"时,尤其是在一洲范围内,必然是十分可怕的存在。

比如最年轻的九境纯粹武夫,大骊藩王宋长镜,在京城围剿一战当中已经展露出传说中十境武夫的实力。又比如打破李抟景的纪录,成为最年轻十境剑修的魏晋,如今已是上五境神仙,高高在上。

黄河缓缓返回高楼,正阳山那边则开始让人赶紧营救苏稼。

李抟景双手负后,面带笑意:哪怕我只剩下最后一口气,也要掐住你们正阳山的脖子。哪怕你的尸骨随后会被徒子徒孙们带离风雷园,可以后仍是半点痛快不得。

你看看,三百年前,你负我一人真心,我便教你们整个正阳山整整三百年抬不起头来。你害得那些个侥幸成为剑仙的山门晚辈都没有脸皮召开庆典,只能躲在山顶云海里唉声叹气。哪怕我如今要死了,又如何? 这下子,你满意了吧?

李抟景收回思绪,转身下楼,手掌轻轻拍遍栏杆,来到一名年轻人身旁,笑道:"灞桥,眼睁睁看着心爱女子受辱,又因为是敌对阵营无法出手相救,是不是很难受?"

嘴唇颤抖的刘灞桥猛然回神,就要跳下栏杆,却被李抟景伸手拦下:"坐着便是。"

刘灞桥愧疚道:"园主……"

李抟景微笑道:"没事没事,喜欢上一个最不该喜欢的女子而已,不算什么,天塌不下来,更不用为此愧疚。"

刘灞桥不知如何作答,既不愿说违心欺人的言语,又觉得愧对宗门愧对园主。

李抟景问道:"苏稼从此沉沦,估计养剑葫都要被正阳山收走。剑心一毁,这个本来让你们这些娃儿自惭形秽的仙子整个人的精神气就垮掉了,以后可就不是什么仙子喽,说不定连正阳山的记名女修都不如。灞桥,我只想知道,你还会喜欢她吗?"

刘灞桥呜咽道:"这辈子都喜欢。园主,我是不是很没有出息?"

李抟景感慨道:"傻小子,很好啊。那就这么一直喜欢下去吧,但是别耽误了练剑啊。要知道,你一直是我很看好的人,不比黄河差。以前不跟你说这些,是说了没用。之所以现在可以讲了,也是因为以后没有机会了。"

刘灞桥转过头:"园主?"

李抟景突然问道:"好好练剑,以后争取将我的尸骨与那具尸骨葬在一起。灞桥,若是风水轮流转,正阳山那个时候如日中天,压得咱们风雷园一个个夹着尾巴做人,你应该如何做?"

刘灞桥再没有脸皮和胆子坐在栏杆上,起身肃容道:"剑修当然以剑说道理。"

李抟景打趣道："哟，像极了年轻时候的我。"随后他眺望远方，"记住，男女之间，这套行不通。以后可莫要觉得自己剑术高便事事如此，与心爱女子说话，还是要……要温柔啊，还是需要说一些情话的。"

李抟景转过头，望向从楼梯口缓缓走来的黄河，洒然笑道："我死之后，风雷园就交由你们两个去扛起大梁了。"

黄河脸色冷漠："师父，我一人足矣。"

刘灞桥嬉皮笑脸道："这敢情好，能者多劳，不用我挑担子。"

李抟景开怀大笑，伸手指向黄河："剑修之杀力无穷，名动天下，归你。"

然后手指转向刘灞桥："剑修之潇洒绝伦，醇酒美人，归你。"

李抟景最后悠然自得道："总之，都归我们风雷园。"

去往南涧国的鲲船之上，妇人身边的魁梧男子讥讽道："除了最后出场的那个黑衣剑修还算有点真本事，其余两场大战打得一般，若是放在咱们北俱芦洲，哪里有脸皮摆出这么大的阵仗。"

妇人点头笑道："那只养剑葫是真不错，不知有没有机会买下来。"

拱手肃立的老嬷嬷微笑道："夫人只需报上门号，想必不难拿下。"

最左边座位上那个头戴貂帽的儒衫老人实在受不了隔壁从第一场大战起就开始的聒噪以及没个尽头的指点江山，歪了歪脑袋，朝地上狠狠吐了一口浓痰："三人剑术是比不得咱们北俱芦洲的剑仙，可三场大战打得意气十足，酣畅淋漓，还要咋样？"

魁梧男子厉色道："老家伙找死？"

老人冷笑道："找死又如何？ 不如订个生死状，看完了风雷园和正阳山的热闹，咱们也让别人看个热闹？"

妇人身边那个文雅男子当起了捣糨糊的和事佬："有话好好说，好好说……出门在外，大家又都是北俱芦洲人氏，何必伤了和气……"

最右边的年轻剑修转过头，不耐烦道："要打就赶紧打，少在那里磨嘴皮子，别脏了我们的耳朵！"

那个先前与魏檗打过交道的船主笑着走过去，从儒衫老人起，每看到一人，便抱拳喊出一个称呼："剑瓮先生，青骨夫人，斛律公子，能否卖我一个面子，今天就这么算了？"

三方大可以不卖船主的面子，甚至不卖打醮山一点薄面，但是当船主报出简简单单的三个名号后，事情就简单了。

绰号剑瓮的儒衫老人是北俱芦洲南方一个极其有名的怪诞剑修，境界不算太高，只是金丹境，无门无派，但是擅长养剑于古瓮中，而且经常无偿帮助中五境剑修温养飞剑，故而交友遍天下。

青骨夫人不是剑修，却有一个十境剑修的干爹，护犊子至极，而且拥有一把极其不讲道理的神兵利器。加上妇人本身亦是七境武道宗师，精通近身厮杀，凶名赫赫。

至于年轻剑修的姓氏，在北俱芦洲更是鼎鼎大名，独此一家，别无分店。家族内有一位玉璞境的陆地剑仙老祖宗，正是先前带队前往倒悬山的剑仙之一，性格耿直，与一洲道主谢实是相交莫逆的好友。斛律当代家主是北俱芦洲东部一个最大王朝的大都督，由于先天不适合修行，是一个手无缚鸡之力的文弱书生，却手握三十万雄兵，麾下收拢了近千余剑修，有"千剑文帅"的美誉。

打醮山倒是谈不上害怕三方，不是说实力足够跟斛律家族掰手腕，而是天高地远，鞭长莫及。至于喜欢豢养面首的青骨夫人和一介散修剑瓮先生，打醮山当然就更不怕了。但毕竟来者是客，哪里有做生意做成仇家的道理。

剑瓮先生哎哟一声，身体前倾，探出身子，扭头望向斛律公子，大声问道："姓斛律的小子，斛律银子是你什么人？"

斛律公子没好气道："是我小叔，闭关很多年了。你认识？"

剑瓮先生一巴掌拍在腿上："哈哈，斛律银子年轻的时候是贼没劲一木头疙瘩，头回上青楼还是老子带着他去的！那之后，啧啧啧，三天两头跟在老子屁股后头！"

斛律公子涨红了脸，赶紧小心翼翼瞥了眼身旁的女剑修，见她并无异样，才略微松口气，对那个糟老头义正词严道："我小叔不是那种人！"

剑瓮先生翻了个白眼："老子跟你小叔那是相当瓷实的交情，你个雏儿懂个屁！"

斛律公子如遭雷击，女剑修终于忍无可忍，怒喝道："闭嘴！"

剑瓮先生嬉笑道："哇，好凶的小婆娘。得嘞，你小子有苦头吃喽。"

斛律公子心知要糟，只是根本来不及出声提醒。

女剑修已经面若寒霜："出言不逊，口无遮拦，就打碎你的狗牙！"话毕，那柄原本用以绾住青丝的飞剑剑尾就绽放出一丝雪亮白芒，在空中拉出一条极长的刺眼白线。

世间飞剑本就以迅猛疾速、难以防御著称于世，但是这名女剑修的小剑更是快到了匪夷所思的境界。

"哎哟妈呀，疼死老子了！"剑瓮先生捂住嘴巴，鲜血直流，言语含糊不清。原来飞剑刺破嘴皮，直接打碎了他的一颗门牙。

剑瓮先生不怒反笑，痛快至极，双手拍腿，喷着一嘴的鲜血唾沫，使劲嚷嚷道："好一柄'电掣'，不愧是我北俱芦洲最快的飞剑之一，名不虚传，名不虚传哪！"

便是青骨夫人都有些悚然。又是一位不世出剑仙老祖的后代，而且比起势力庞大的斛律家族，那柄"电掣"的上任主人属于势单力不薄一类，战力极其强横无匹，曾经独自仗剑行走于藏龙卧虎的中土神洲，还有一把佩剑名为"虎咒"。

虽然陈平安不知道那些北俱芦洲山顶处的机密内幕，何况他们都用北俱芦洲雅言对话,陈平安根本听不懂。但这是一场风雨欲来的神仙打架,毋庸置疑,所以他老老实实坐在原地,做好了见机不妙就随时跑路的准备。

女剑修在飞剑归鞘之后,对打醮山船主歉意一笑,后者心中大定。有她帮着一锤定音,事情反而不会复杂,只会早早落幕。

果不其然,三方各自安静下去,没了先前剑拔弩张的紧张氛围。

这一刻,在看过了花鸟条幅之中的剑修之战,又看过了近在咫尺的神仙过招后,陈平安在内心告诉自己:陈平安,别光顾着喝酒,练拳再勤勉一些才行啊,早点练剑。他下意识转头望向鲲船之外的天空,御剑飞行,穿云过雨,与飞鸟为伴,这让他十分憧憬。

打醮山好似用上了类似拓碑的手法,将花鸟长卷上的场景全部给保存了下来,一层层撕下薄纱似的白纸,总计十次,然后开始公开售卖。船主点名春水、秋实这对姐妹上去露脸,帮着打醮山喊价。

十次拓印,越往后灵气越稀薄,场景画面也更加模糊,最后一张更是只能观看一次而已,价格当然垫底,只需要三十枚雪花钱。

制造钱币的古玉名为雪花玉,是北方皑皑洲的特产玉矿,主要分布在两座洞天福地。将这种山上盛行的"铜钱"放在太阳底下,能够映照出其中晶莹,如雪花飘荡。它又名小雪钱,正面篆刻有"丰年吉兆"四字,背面篆刻有"小雪封地"四字。

因为雪花玉产量巨大,灵气含量又相当不俗,在漫长的岁月当中,雪花钱便逐渐成了九洲共用的山上货币,流通广泛,是底层和半山腰练气士出门必备之物。雪花钱必然可以兑换金银,金银却未必能够折算成雪花钱。道理很简单,山下的达官显贵及各方割据势力供奉山上神仙,不可能送一马车一马车的银子,既不方便也太扎眼,若是上供一盒子雪花钱就很讲究,若是装钱的盒子是一些灵秀木材,那就更文雅了。

陈平安咬咬牙,买下了最后一幅白纸画卷。

人生无常,聚散不定。风雷园和正阳山的大战落幕后,陈平安与张山道别,与春水、秋实返回天字号乙房,朝夕相处。但是当这艘鲲船缓缓落在南涧国境内的渡口上空时,就变成了陈平安与张山凑巧重逢,一起选择在此地下船,与春水、秋实那对婢女挥手告别,从此天各一方。

南涧国的渡口建造在与古榆国接壤的两国边境的一片大湖之上。比起大骊龙泉刚刚开辟出来的梧桐山,这个渡口要大很多,能够同时停泊五艘打醮山鲲船。

船头栏杆那边,秋实冷哼道:"姐,你看那个家伙,下了船一点也没有离别伤感,说不定正想着山下的花花世界呢。"

春水无奈道:"陈公子就连杏花坊都没有兴趣,怎么会对青楼勾栏有想法?你又不是不知道,多少见惯世面的将相公卿、豪阀公子,到了鲲船之上,在杏花坊一样流连忘返,丑态毕露。唉,山下的男人,若是都像陈公子这样就好了。"

秋实有些不服气:"那是陈平安年纪还小,以后也会变成那种坏东西,说不定下次再登船,陈平安就要对咱们动手动脚了。"

春水眯起眼眸,瞥了眼妹妹腰间的绣袋:"你真这么觉得?"

秋实猛然间转过头,假装对湖上一幕场景视而不见。春水望去,才发现陈平安正在对她们姐妹抱拳告别,很有江湖气,不愧是一个勤恳练拳的纯粹武夫。春水赶紧抬起手臂挥挥手。等到陈平安转身离去,秋实才转过头来,一副气鼓鼓的俏皮模样。春水打趣道:"你这是何苦来哉,跟人家离那么远,客客气气道个别,又不会少几两肉。"

秋实斜瞥一眼姐姐,忍住笑意:"姐,你少了几两肉是不怕,反正底子厚,我可不行。"

姐妹二人打闹起来。年少时,总以为离别是下一次重逢的开始。

陈平安和张山一经攀谈,才知道双方都要南下。陈平安是因为一个莫名其妙的理由,而张山则因为实在是坐不起这艘渡船,如果再不下船,估计就要给鲲船打杂才能混口饭吃了。两人脾气相投,就约好一起南下,至于何时分道而行,暂时不去理会。

张山从包袱里拿出一只铜铃系挂在桃木剑尾端,跟陈平安解释道:"这是听妖铃,在道门之内最是盛行,类似练气士人手一幅的白泽图。小道这串铃铛品相最低,只能算是入门的降妖器物,灌注灵气之后,在数个时辰内只能感知到高出小道一个境界的山泽妖怪。小道如今才三境,这意味着若是有第五境的大妖,小道便无法察觉到。"

陈平安欲言又止。哪有跟人见面没多久,就自己报上修为深浅的?

再就是"第五境的大妖"也让陈平安有些吃不准,难道自己和这个龙虎山外山弟子混的不是一个天下,一个江湖? 自家那两个小家伙可都是中五境的练气士,青衣小童还不是每天嚷嚷着争取不被人一拳打死?

陈平安虽然一肚子疑惑,可是对张山的观感又好了几分。

张山没有注意到陈平安的疑惑,还在那里絮叨:"不过陈公子放心便是,咱们山上有个说法,任何一座门风正派的宗字头仙家,辖境千里之内绝无大妖作祟。道理很简单,大妖们没那胆子为祸人间,一旦被中五境的仙师知晓,说不定当天就要授首,对吧?"

陈平安笑着点头说是。

读书人入山访仙一直是历代文人笔札里的重头戏,神仙乔装打扮游戏人间亦是。山上山下,两者之间,藕断丝连。

陈平安也是登船之后才知道包括东宝瓶洲在内的三洲版图内,像龙泉这样的地方少之又少,许多老百姓终其一生劳劳碌碌,都不曾看到过一次所谓的山上神仙。

张山是个地地道道的热心肠,闲聊之后,听说陈平安出门在外,竟然连一卷白泽图都没有携带,便死活要将自己的那卷白泽图送给陈平安,说这幅卷轴不过花了两三文雪花钱,而且与那听妖铃如出一辙,是最入门的廉价物件,出自一家私人作坊,粗糙不堪，刊印马虎，便是送礼都觉寒碜，既然陈平安是以备不时之需，那就刚好拿去先用着，反正他早已烂熟于心。

这大概就是所谓的善财童子遇上散财童子？陈平安不敢白收，就手入袖中驾驭方寸物十五，取出两文雪花钱交给张山。后者犹豫了一下，便只收了一文，还说这么老旧的物件，一文钱都卖贵了。

入山一事，张山恐怕再跋山涉水十年都未必比得过泥腿子陈平安。所以陈平安走得很是闲庭信步，张山虽然不至于气喘吁吁，却绝不轻松。

陈平安没有像在鲲船上那般谨小慎微，时时刻刻都刻意加重行走之时的脚步动静。一来陈平安在竹楼练拳之后明白了一个道理，心弦需要松弛有度。二来行驶于云海的鲲船和鲲船下边的国土山河有着天壤之别，他不需要太过小心，便是寻常的三境武夫单枪匹马游历行走于一国疆域都不会有太大威胁。最后，也是最重要的原因：陈平安对张山很放心。这种一见如故的感觉，陈平安极为信赖，就像之前看到站在学塾外的齐先生以及站在家门口的李希圣。陈平安相信自己的直觉。

就这样过去了两旬时光，一路上顺风顺水，并无波折，陈平安和张山的关系也越发亲近。陈平安会毫不掩饰地修行六步走桩，停步休憩的间隙就会练习剑炉。而张山修行的竟然是五雷之法，因为林守一和玄谷子的缘故，陈平安对此并不陌生。

张山经常摆出各种奇怪姿势，比如金鸡独立，以手握拳重击腹部某处气府，发出极有规律的呼啸之声，或是手肘弯曲、手指抵住脖颈经脉，另一只手的双指并拢作剑，闭紧嘴巴，腹如雷鸣，发出闷闷的噫吁声调。

这是陈平安第一次遇到对待修行孜孜不倦，比起自己练拳丝毫不差的人物。这恐怕也是两人能够一直结伴南下的关键所在，都吃得了苦，还能够乐在其中。

偶尔，夜幕降临，两人寻找到一处遮风挡雨的住处，或古庙或山洞，燃起篝火，张山会跟陈平安说起北俱芦洲剑修与道士的不同待遇：同样是一件法宝灵器，剑修出手购买，十文雪花钱就能买走；道士去买，可能就要出双倍价格。性情温和的张山说到这里，破天荒地露出了愤愤不平的神色，说以后若是可以，他一定要改改这些规矩。

张山之前确定陈平安是练武之人后，其实百思不得其解。若说练气修仙是天底下最大的销金窟，那么习武就是当之无愧的第二，一样是要吃掉金银无数。他张山自打下山之后就没过上一天舒服日子，偶有所得，都在百般权衡之后，换成了一张张能够傍身保命的符箓或一件最适合降妖除魔的法器。就好比最简单的一张神行符，能够帮助他在遭遇大妖的险峻时刻快速脱离战场，去往几里地外，就要耗费他三十文雪花钱。一文雪花钱至少价值百两纹银，这意味着张山在市井百姓人家要靠着自己本事挣来至少三千两银子才能买到一张神行符。

可是张山只有三境修为，在北俱芦洲降的都是顽劣精怪，除的更是未开灵智的荒冢鬼物罢了,赚钱勾当殊为不易,有些时候遇上个实力强悍的二境妖魅,说不定还要倒贴一些家底进去。真正赚钱的大头还是水陆道场和红白喜事,尤其是一些个需要大量道士充数的醮会,来钱最快最容易,只可惜这类好事可遇不可求。于是张山听闻东宝瓶洲崇尚道教之后,便想着跨洲南下,来这边看看能否得些机缘,结果登船没多久就差点饿死,这让他心里对此次东宝瓶洲之行充满了阴霾。

古榆国疆域不大,两人很快过了边境线,来到彩衣国境内。夜间赶路,突逢暴雨,奇怪的是,两人进入一条人迹罕至的山脉后,走了十几里山路,四周都没有一处适宜躲雨的地方,怪石嶙峋,多裸露石崖,而且山上偶有大树也多枯死,一些难得带有绿意的树木也远远称不上枝繁叶茂,所以黄豆大小的雨点砸在两人身上,连绵不绝。陈平安在落魄山竹楼内被锤炼得堪称变态,当然面不改色心不跳,可是张山跻身三境没多久,练气士的体魄坚韧程度本就天生不如同境的纯粹武夫,而且他的三境底子打得一般,所以此刻脸色惨白,嘴唇铁青。陈平安知道再熬下去,张山就算撑过今晚雨夜,明天恐怕也会一病不起,便停下脚步,拍了拍张山的肩膀,让他在原地不动,尽量保持平稳呼吸,自己去找找出路,不管有无结果,一炷香之内肯定会回来找他。张山愣了愣,被滂沱大雨砸得有些晕乎的年轻道人嘴唇微动,嗓音细若蚊蚋,饶是陈平安都没有听清楚他在说什么。眼见着张山身体越发孱弱,不能继续这么给大雨砸下去,陈平安不再犹豫,朝他露出一个笑脸,转身快步前行。张山盘腿而坐,开始竭力抵抗刺骨寒意。

练气士的下五境被称为登山五境,牵引人体之外的天地元气来浇筑、砥砺人体的皮肉筋骨血。第一、二境为铜皮境和草根境,能够让练气士肌肤坚韧,血气旺盛。照理来说,一场暴雨而已,哪怕再大,跻身第三境柳筋境的张山已经能够引气淬炼筋骨,但是这个背负桃木剑的龙虎山外家弟子走的是道教符箓派的路数,更重外物,例如神行符、桃木剑等,肉身锤炼的成效并不出色。再者,这场春雨太过急骤且"阴沉",使得张山在不知不觉之间,体内真气消耗极快。

张山脸色雪白,视线模糊,心中纠结要不要摘下行囊,从瓷瓶里掏出一颗补气的丹药。但是一颗名为"回阳"的丹药,品相再差,也要实打实的一文雪花钱,他哪里舍得,便咬牙苦苦坚持,希冀着那个少年武夫能够早去早回,并且成功寻见一处躲雨之地。

到了山上,某些时候就要受得山上苦。这一点,龙泉小镇的妖物就是例子,市井百姓浑然不觉,阮邛的铸剑声势却会让它们欲仙欲死。

陈平安快速走出半里地,不再隐藏三境修为,急速前冲,看到前方有一棵仅剩枯枝的大树,助跑几步,踩着树干向上蹿,抓住一根腐朽枝丫,轻轻一拽,身形飘起。

枝丫崩折坠地,陈平安却已经站在了大树高处,伸手遮在额头上举目眺望,不见灯火,尽头处却有一座不高的小山头。

陈平安轻轻跃起，双脚在树干上猛然一踹，借势飞掠而去，身后大树轰然倒地。

落地后，陈平安伸手一掌拍在泥水四溅的地面上，整个人向前凌空翻滚，双脚落地的同时，脚尖一点，猫腰前冲，灵活至极，很快来到那座小山头。登顶之后，视野开阔，但是仍然没能瞧见哪怕一星半点的灯火，这让陈平安感到有些麻烦。实在不行，就只能在回去的路上临时劈砍树木，搭建出一顶粗糙帐篷了，但是看那张山的神态气色，哪怕躲在帐篷里，若是燃不起篝火，多半还是会风寒侵体，着凉生病。

陈平安其实心底也有些纳闷，这一大片低矮逶迤的山脉确实透着些古怪。他走过的山水也不算少了，还真没有这么给人枯萎败坏之感的地方。若是阴气森森的荒冢野坟之间如此荒凉也就罢了，可怎的这雨都下得比别处寒冷？

就在陈平安打算返身去寻找张山的时候，他突然发现眼力穷尽之处依稀出现了一点光亮在朝北方缓缓移动。光亮在雨幕中微微摇晃，如一叶扁舟在惊涛骇浪中起伏，随时都会翻船熄灭。陈平安想了想，记住那点灯火的行进方向，迅速转身，原路返回，找到了摇摇欲坠的张山，搀扶起他，告诉他前方有人同样在赶夜路，看看能否会合，若是当地人氏，说不定会知道躲雨的地方。张山精神一振，陈平安二话不说背起他，飞奔前去。

那点灯火越来越亮堂，陈平安稍稍放缓速度，抬头望去。大雨之中，书生模样的两个年轻人背负书箱，一人撑大伞，一人持火把，虽然跟陈平安他们一样落魄不堪，但是比起张山的惨淡，两个儒衫读书人面带笑意地交谈着什么，似乎都不觉得风雨阻路有任何苦处，反而是一件值得开心的幸事。

两人好像都没有察觉到陈平安的悄悄靠近，这也让陈平安稍稍放心。风雨夜里的荒郊野岭，事出反常必有妖，一旦遭遇不测，又不能丢开背上的道士，必然是一场苦战。

陈平安在隔着一段距离处用东宝瓶洲雅言大声喊话，两个读书人没有听到，继续前行。陈平安又一次松了口气：哪怕是练气士或是山野妖物，道行都不会高。当然，前提是对方没有故意藏拙。

直到距离十数步外，两个读书人才发现陈平安。他们赶紧停步，对陈平安招手，一番交谈后，看着张山的惨白脸色，其中一个读书人指向一处，安慰道："我生平喜好游山玩水，经常独自负笈远行，记得此处人烟荒芜，但是约莫三四里外有一座宅院，极有可能是隐士所建，我与刘兄此行正是前往彼处，你们不妨与我们同行。"

另外一个撑伞的读书人苦笑道："我们原本在一里地外的山坡露宿，哪里想到会下这么大一场暴雨，如果不是楚兄晓得路途，真是叫天天不应，呼地地不灵。"

陈平安连忙道谢，两个萍水相逢的读书人，一个给张山撑伞，自己则被雨淋得瑟瑟发抖；另一个手中拿着的火把因为没了雨伞的遮挡，被大雨浇熄，又实在舍不得丢弃，便捧在怀里，只能靠着一次次电闪雷鸣的光照，凭借记忆艰难前行。

还真被他们找到了一座宅院，像是州郡城里的殷实门户，虽有石狮坐镇大门，但是一点都不大气。而且不知为何，既无春联悬挂，也无门神张贴。

总算还能有个檐下躲雨的喘息机会，收起雨伞的读书人赶紧使劲敲门，顾不得礼数不礼数了。结果许久之后，大门才吱吱呀呀打开，刚好天空一道闪电劈亮夜幕，露出一张枯槁恐怖的苍老脸庞，吓得读书人一个踉跄，差点向后跌倒。

其实别说是胆气不壮的读书人，就连见多了山神水怪的陈平安都吓了一跳，众人只觉得宅院之内未必比外边的风雨天地来得安生温暖了。而对降妖除魔一事最为内行的道士张山，已经很不讲义气地昏睡了过去。

面无血色的老妪身形佝偻，怔怔望着门外四人。

敲门的读书人胆子很小，见着了阴森瘆人的老妪竟是不敢直视，躲在同伴身后，只觉得上天无路入地无门，苦哉苦哉。这个书生喜好阅读百家典籍，经常能够从那些闲情偶寄的读书笔札上翻到一些无奇不有的鬼魅精怪故事，大体上分两种，一种脂粉旖旎，类似狐魅爱书生；再就是眼前这种，鬼气森森，天黑时入住，乍看庭院深深、雕梁画栋，侥幸活到天明时分离去，就会变作狐兔出没的荒冢野坟。

风雨飘摇，天寒地冻，手捧火把的读书人比起同伴要更加大胆，颠了颠背后的大书箱，一边搓手取暖，一边苦笑道："老婶能否让我们借住一宿？外边的雨实在太大了，我们有朋友经不住冻，已经晕过去了，若是再无暖和的地儿，能否熬过今夜都难说。还望老婶帮帮忙，救人一命，胜造七级浮屠。"

老妪板着脸，说着拗口难懂的方言，好像是在质问什么。

书生满脸苦涩，只得用与老妪一样的方言解释一番。

老妪微微转动那双死鱼眼，盯住陈平安，竟用东宝瓶洲雅言问道："习武之人？"

陈平安点点头。老妪望向他背着的年轻道士，桃木剑的剑柄露了出来。

在昏睡之后，张山的呼吸反而比起清醒时分更加绵长沉稳，这大概就是练气士的神奇之处，处处返璞归真，出人意料。

老妪发现那柄桃木剑后，眼睛眯起："你朋友是修道之人？"陈平安继续点头。

老妪最后望向那个畏畏缩缩的持伞年轻人："读书之人？"

腰间悬挂一枚羊脂玉佩的书生摇头道："尚无科举功名，算不得读书人。"

老妪扯了扯嘴角，肩头一晃一晃地让出道路："既然都是正经人家，那就请吧。记得进门之后在各自房间休息便是，不要随便乱走，惊扰了我家主人，后果自负。房内有炭盆火炉，诸位一切自便，无须询问。来者是客，我家主人还不至于为此斤斤计较。"

老妪四处张望一番，然后迅速关上大门，沉重的大门在她手中仿佛轻若鸿毛。

这栋宅子真不小，应该有四进，四人被安排在第二进大院，并被告知不可以去往后边的庭院。宅子的翘檐雕刻有瑞兽、花鸟和山水云纹，窗花精美。院内地面用青红两色石砖铺就，主次道路分明，井然有序。抄手游廊连接着正房厢房，以便在当下这种雨天能自由行走。

老妪的身影没入衔接二三进院子的狭窄游廊，周围漆黑一片，蓦然一个闪电，两名书生尚未收回视线，刚好看到老妪惨白的笑脸，吓得两人魂飞魄散，连忙去往相邻厢房，不敢独自入睡，只得暂时聚在一间屋子里。姓刘的书生放下油纸伞后，挑灯夜读圣贤书，以此壮胆。姓楚的书生胆子稍大，放下了火把，开始捣鼓火盆，从书箱里拿出油纸包裹严实的火折子，很快点燃炭火，屋内很快就暖和起来。他环顾四周，伸手按了按床铺，被褥泛着淡淡的潮湿霉味。只是这也在所难免，彩衣国在今年入春之后便阴雨绵绵，几乎没有什么大太阳，倒是不好在这种事情上苛责主人，何况有个歇脚的地方，已是不幸中的万幸。

楚书生头束青色方巾，身材修长，相貌堂堂，眉宇之间有一股凛然正气。他环顾四周，发现窗格多变，样式精巧且寓意美好，雕刻有蝙蝠、鲤鱼和灵芝等，一般只有书香门第才会有此心思。他突然凑近窗户，凝神望去，发现两扇窗户之间的稍宽木条上好像有一些朱漆痕迹，字迹斑驳，模糊不清，依稀看出是一些符箓文字。

随着屋内逐渐温暖起来，刘书生的胆子也大了一些，便放下手中书籍。看到同伴好像在盯着窗户看，便顺着他的视线抬头望去，结果看到窗户外边一片通红，映照出一张苍老脸庞，沙哑出声道："天色已晚，还望两位公子早些休息啊。"

提灯巡夜的老妪这一突然出现，把两个书生差点给活活吓死。

老妪刚刚从院子对面的厢房走来，那边的背匣少年同样是挑灯看书，同样是望向窗户，就没有如他们这般惊慌失措。

老妪摇摇头，蹒跚远去，呵呵笑道："读书人的胆子，到底是小一些。"

对面厢房，陈平安斜站在窗口附近，轻声提醒道："老婆婆走了。"

原来张山在进入宅子之前就清醒了过来，咽下一颗回阳丹，就着陈平安那只"姜壶"里的烈酒，一下子就精神焕发。原本他不愿意浪费一颗丹药，但是突然觉得有妖气一闪而逝，不敢再吝啬。

张山从床上坐起身，披上道袍，弯腰坐在火盆旁边，伸手烤火取暖，压低嗓音道："陈平安，今夜咱俩轮流守夜吧，不然实在是不放心，总觉得这里不太对劲。"

陈平安笑道："你只要把系着听妖铃的桃木剑挂在窗口附近就行了，我对于妖怪精魅没什么了解，所以还是需要铃铛帮着提醒。至于守夜，我很擅长，你放心睡觉，真有了事情，我不至于连通知你都做不到。"

张山想了想，找了个理由："挂好桃木剑和听妖铃，小道再烤烤火，等身子骨暖透了再睡不迟。"

在张山斜挂木剑的时候，陈平安说道："窗格那边曾经有人画符，不过时间久了，已经看不太清楚，但应该是你们道家的符箓，你认不认得？"

张山原本没有注意,在陈平安出声提醒后,一再端详,这才发现蛛丝马迹,不由得佩服陈平安的胆大心细。细细打量之后,他的脸色越来越沉重,最后伸出手指轻轻抹过朱漆痕迹,在鼻尖嗅了嗅,沉默着坐回椅子:"如果真如小道所想,就有些麻烦了。窗格上所画之符,正是用以驱鬼的赤书,观其残迹,应当是神诰宗青词符的一种,以特殊朱漆写就神仙青词,威力巨大。而且既然是神诰宗前辈高人的手笔,甚至几乎写满了大半窗户,且落笔急促,可想而知,那位前辈需要面对的邪祟鬼物定然道行不浅。"

他哀叹一声,悔恨道:"早知如此,小道当初就不该节省那颗回阳丹,早早吃下,也不至于临近宅子的时候还是昏迷不醒。不然小道对于堪舆一途略有心得,在远处稍加打量,就可以大致看出这栋宅子的藏风聚水是什么流派,以及聚拢风水的根本之法是属阳还是属阴,是否偏离正道。只要辨认出大致脉络,就可以推算出很多事情……陈平安,对不起,是小道害你身陷险境了……"

听到张山的自责,陈平安没有说什么安慰的话,只是打趣道:"张大天师,除魔卫道不是你的拿手好戏吗?"

张山连忙摆手:"别别别,小道可当不起'天师'这个称呼。"

说到这里,张山便有些憧憬,轻声道:"真正的天师,是龙虎山天师府的张氏嫡系子弟,个个穿黄披紫,是世袭几千年的山上宰相。除此之外,跻身中五境的外姓天师也有资格获得'天师'赐号。但同样是龙虎山天师也分好多种的,头一等天师是进入龙虎山祖师堂享受香火的上五境老神仙;再往下是生来便是黄紫贵人的张氏嫡传,其中一人,将来会职掌'天师印'和一把仙剑;第三等便是在龙虎山结茅修行的许多外姓天师。龙虎山作为一座天然福地,对外开放,只需那些练气士答应修道有成之后下山斩妖除魔即可,到时候龙虎山会赐下一柄桃木制成的木剑,这也是龙虎山的气量所在,让我们这些别洲道士都无比心向往之。"

陈平安听得仔细,觉得这个龙虎山和张天师们的确不错。

大雨滂沱,这栋宅子门口的两尊小巧石狮时不时发出一阵轻微的崩裂声响。老妪站在第三进院子的正房外边,踩在一条小板凳上,将那盏灯笼挂在廊柱笼架上,灯火昏暗,随风飘摇。噗一下,灯火熄灭,原来是里边的灯烛已经燃尽。

老妪咳嗽着重新站上板凳,摘下灯笼,从袖中摸出一只鲜红似血的崭新烛火,若是细看,竟无灯芯。老妪转过身背对院子,从头上拔下一根白发,猛然插入灯烛中心,仿佛是以此做灯芯。然后老妪对着烛火轻轻呵了一口气,灯烛瞬间点燃,放入灯笼之后,再度挂在廊柱上。这盏灯笼就这么微微摇晃,灯火闪耀在大宅之中。若是晴朗的夜色,必然会惹来飞蛾扑火,就是不知这荒郊野岭的雨夜之中,它的存在,意义何在。

张山没有睡意,陈平安小口小口喝着朱红色酒葫芦里的烈酒,听着张山说他之前几次遭遇妖魔的惊险经历。突然,陈平安做了个噤声的手势,张山下意识望向窗口桃木剑,铃铛安静,并无异样。很快,房门那边传来敲门声,原来是那两个读书人联袂来拜访。陈平安手提酒葫芦过去打开门,门外大雨声势依旧吓人,而且歪风斜雨,以至于廊道地面都没有一处干燥地方。楚书生手持雨伞,一手拎着酒壶,面带微笑;刘书生双手凑在嘴边,呵气取暖,笑道:"楚兄这趟出门带了几壶好酒,如今还剩一壶。说出来不怕你们笑话,我今夜是不敢入寐了,就想着能不能借着酒劲回去后来个倒头就睡。楚兄就说独乐乐不如众乐乐,若是两位愿意小酌几口,咱们共饮一番? 事先说好,我的酒量是至少半斤才倒,所以你们只能稍稍喝一些,见谅见谅。"

陈平安提起手中朱红色酒葫芦,笑道:"我自己带了酒,你们可以三人分一壶。"

刘书生大步走入屋子,爽朗大笑:"如此甚好,如此甚好。"

楚书生笑着尾随其后,将雨伞放在墙角。

四人围坐火盆,煨酒片刻,刘书生一拍脑袋:"酒杯忘拿了。"

然后苦笑着望向同伴:"楚兄,我是不敢去拿了。"

楚书生笑着起身,无奈道:"若是世间真有鬼神,岂不是不用怕死了? 是好事才对。再说了,读书人腹中自有浩然正气,想必鬼神也要敬畏几分,你怕什么。"

人一多,刘书生就有了生气,玩笑道:"我连小小举人都考不中,说明肚子里的浩然正气没有多少斤两,当然害怕。楚兄却是进士之才,当然可以不用害怕。"

楚书生笑着摇头,大步离去,很快拿来了四只酒杯,酒杯内壁绘有两只雄赳赳气昂昂的五彩公鸡。

张山接过一只酒杯,试探性问道:"这该不会是彩衣国独有的斗鸡杯吧?"

刘书生眼睛一亮:"道长也听说过我们彩衣国的斗鸡杯?"

桌上灯火不够明亮,张山便双指拈住酒杯,将其倾斜,借着炭火的光亮,仔细观察着两只五彩公鸡,感慨道:"大名鼎鼎,大名鼎鼎啊,自然早有耳闻。小道来自北俱芦洲,行走江湖的时候,曾经见过两个武林豪客为此一掷千金,借斗鸡来赌博,很神奇。听说只要给酒杯倒入大半酒水,再往杯壁注入一缕灵气,两只公鸡就会自行相斗,不死不休,而且哪怕是中五境神仙里头的十境圣人们都未必看得准胜负走向,所以斗鸡杯只要出了你们东宝瓶洲,价格就是百倍千倍地往上暴涨。南涧国的那个渡口,彩衣国的斗鸡杯正是登船的重要货物之一。"

刘书生脸色颇为自得,点头笑道:"什么灵气不灵气的,我可不清楚,只知道我们彩衣国的江湖宗师喜欢以此取乐。往杯中倒入酒水之后,反正他们只要双指一捏,就能够让斗鸡杯活过来,然后争斗不休,直到分出胜负。至于为何如此玄妙,我曾经在各地县志上看到过一些记载,说是烧制斗鸡杯的五彩土是天底下独一份的有趣之物,而且相传此土一旦离开彩衣国境内,很短时间内就会变了气味,与寻常土质再无差别,所以才使得斗鸡杯成了我们的独有瓷器。"

张山啧啧称奇，心想谁若是能够垄断烧制斗鸡杯的瓷土，岂不是日收斗金，一夜暴富？

陈平安相信这个说法。龙泉窑工祖祖辈辈都是窑工，烧瓷就需要跟土打交道，所以陈平安听说过不少神神道道的说法，比如姚老头曾经讲过，泥土离了地，最后是塑成泥菩萨吃香火还是烧造成瓷器送进皇宫，或是成了老百姓家里的破瓶烂罐难逃火烤水浸，都是有其根脚的，各有各命，与人相似。

刘书生喝过了三两酒，满脸通红，正好微醺，是精神状态最好的时刻。他微微摇头，笑问道："道长背负桃木剑，一看就是神仙中人，能否让这斗鸡杯'活'过来？若是可以，咱们不妨赌一赌，找点乐子。小赌怡情，咱们赌点什么？"这人脸上焕发出一股异样神采，显而易见，他喝酒前后完全就是两个人，而且多少还有点赌性。

楚书生叹息一声，轻声劝道："刘兄，酒也喝过了，赶紧歇息吧。"

张山也连忙说道："一只斗鸡杯能值好些银钱，何必挥霍。"

刘书生一口饮尽杯中酒，大手一挥，将手中那只酒杯狠狠砸在墙壁上，摔了个粉碎，哈哈笑道："自古圣贤皆寂寞，惟有饮者留其名。留其名者又死尽，唯有此物千百年。真是荒谬，一只斗鸡杯在彩衣国内能值几个钱？二两银子罢了。一个进士值多少钱？那可就贵喽，反正我刘高华买不起……"

楚书生脸色尴尬，解释道："刘兄醉酒之后就喜欢说胡话，恳请二位多多包涵。"

陈平安笑了笑，默默喝酒。

最后，醉话连篇的刘高华被同伴搀扶回去，张山目送两名书生去往对面厢房，站在廊道上伸手向外，接了一小捧雨水，掂量了一番，覆手倒掉，返回屋子。关上门后，张山用干燥的那只手拿出了一张普通的黄纸符箓，轻声道："此处果然有问题，雨水颇为'阴沉'，极有可能蕴含着煞气。小道这张符箓名为'起火烧煞符'，普通得很，但是广为流传，就因为它最能够感知煞气的存在……"

他双指拈住符纸，默念咒语，然后往那只湿漉漉的手的手心迅猛一贴，黄纸符箓就轰然燃烧起来，很快化作灰烬。他脸色凝重，将灰烬刮入火盆当中。

陈平安问道："这张灵符多少钱？"

张山一点没觉得奇怪，认真回答道："这类灵符不入流，故而价格低廉，成本只是一张黄纸，加上一名下五境练气士的抄录功夫，一文雪花钱能买将近三十张，折算成银子，也就是三两一张，委实不算贵。"

陈平安点点头。关于画符一事，他曾经亲眼见识过破障符的玄妙。之后在落魄山竹楼，李希圣在墙壁上画"字"符，字成则符成，其实属于极高的造诣和境界。他送给陈平安的那本符箓图谱《丹书真迹》，陈平安翻来覆去地看，倒是学会了书上记载的五六种最粗浅的符箓画法。

李希圣曾经说过,画符即练剑,但是陈平安一路南下,仍是希望专心致志练拳,便只抽空写了缩地符、阳气挑灯符、宝塔镇妖符三种符箓各两三张,以防不测而已。

缩地符能够让陈平安在转瞬之间缩地成寸,一步踏出可以去往方圆十丈内的任意一处;阳气挑灯符是山水破障符的一种,置身于乱葬岗古遗址,若是遭遇鬼打墙的情景,就可以跟随挑灯符顺利走出迷障;宝塔镇妖符则是杀力较大的一种符箓,符纸一出,就可以凭空出现一座玲珑宝塔,将妖邪暂时拘押其中,内蕴雷霆之威,可以鞭打魂魄。三者都属于《丹书真迹》所载符箓最普通的那个范畴,评价不高,只是作为某种符箓流派的典型,才被记录其中。

张山喝过了酒,想着有陈平安帮忙守夜,加上为了节省一颗回阳丹,给阴沉大雨敲打了一路的身躯早已疲惫不堪,便晕乎乎睡去。

陈平安对于守夜之事那是再熟悉不过,小口小口喝着酒,在张山熟睡之后猛然转头,望向房门那边的墙角,那里斜放着一把遗落于此的雨伞。

这把油纸伞,最早是刘书生撑着,进入宅子之后,是楚书生撑着来此。它安安静静地靠在墙角,伞尖朝地,伞柄朝上。如此搁放,地面上居然没有水渍,这不合理。

而且陈平安察觉到了一丝阴寒之气,让人背脊发凉。于是他站起身,像是喝多了酒,脚步摇晃不稳,一边走一边嘀咕埋怨:"哪有雨伞这么倒立搁放的,家乡那边,敢这么做,是要被老人骂死的……"

到了墙角,陈平安还打了个酒嗝,伸手去抓伞柄,就要将油纸伞颠倒过来。只是骤然之间,一张符箓滑出袖子,陈平安眼神凛然,哪有半点醉意,双指闪电般拈住那张黄纸,正是宝塔镇妖符,啪一下按在伞柄之上,一座七彩琉璃宝塔浮现空中,宝光刚好罩住油纸伞,伞面纹路扭曲,顿时发出一阵滋滋响声,如肥肉下锅一般。

悬空宝塔的光彩暗淡下去,很快就烟消云散。陈平安一不做二不休,为免自己学艺不精,画符的品秩太低,导致错失良机,干脆将其余两张镇妖符一并祭出,以迅雷不及掩耳之势贴在油纸伞的伞面之上,然后无须如何强提一口气,武道三境巅峰的陈平安气随心意流转,一身拳意骤然爆发,以距离极短、爆发力极大的寸拳连绵不绝地砸在三张镇妖符之上,拳罢不毁雨伞丝毫,汹涌拳意却几乎全部渗透进雨伞之内。

这就是寻常武夫三境和崔姓老人调教出来的三境之间的云泥之别。

陈平安做完这一切后,手中攥紧养剑葫,随时准备让初一、十五出来御敌。但是雨伞一阵颤抖摇晃,带有一股腥臭味的黑烟袅袅升起,逐渐消散之后,便彻底寂静无声。

陈平安有点蒙:这就完了?这把肯定暗藏玄机的古怪油纸伞就没有点后手杀招?

他蹲在那里挠头,喝着酒,心里头感觉有些空落落的。在落魄山竹楼习惯了每天死去活来,如今就像……喝惯了烈酒,再去喝水?不过陈平安默默安慰自己,不管这把油纸伞跟哪个书生有关系,还是进了宅子之后才有阴物隐匿其中,雨伞内的这点小古怪肯定只是探路的过河卒而已,所以千万不可掉以轻心。于是他站起身,坐在桌边,借着灯火,从方寸物中驾驭出那支"风雪小锥"笔,呵了口气,开始画符。画的还是宝塔镇妖符,但是符纸不再用黄纸,而是换成了一张金色质地的符纸。画完一张,陈平安习惯性拿起手边的酒葫芦仰头灌了一大口酒,略作休整之后,等到气息平稳,才敢下笔。

风雨夜,风雪笔,略带酒意的陈平安下笔如有神。手边是一只朱红色的养剑葫,木匣内有两把降妖除魔剑。当然还有床榻上,道士张山的呼噜声相伴。

大雨之中,有一名大髯刀客穿过重重雨幕,大步流星走向宅子,叩响大门。

老妪站在门槛内,沙哑问道:"有何贵干?"

刀客喊道:"躲雨!"

老妪阴恻恻道:"你这汉子,说话中气十足,不是需要躲雨的人。"

刀客没好气道:"怎的,贵府连一个落脚的地儿都没啦?!"

老妪嘿嘿笑道:"落脚地儿倒是还有些,就是你这汉子气盛,我家主人怕是不会喜欢。若是惹恼了脾气不好的主人,莫说是落脚的地儿,便是搁放一百七八十斤精肉的地儿,都会有了。"

刀客那一脸络腮胡子,根根坚硬好似枪戟,一手按住刀柄,睁眼圆瞪那大门:"恁地废话! 赶紧开门,这雨下得好生邪气,我不躲雨怎么行,以后还怎么逛青楼,岂不是给那些磨人的小妖精活活笑话死?"

大门缓缓打开,老妪轻声叹息道:"给别人笑话死,总好过真的死了啊。"

刀客微微凛然,但是很快就哈哈大笑道:"老子这副童子之身,积攒了三十多年的阳气,莫说是妖魔鬼怪,便是它们的祖宗见着了我,也要主动避让。"

他走入院子,眼见着那堵影壁,皱了皱眉头。

老妪再次重重关上大门,门外的一尊石狮子,咔嚓一声,头颅坠地。只是这点动静,早已被大雨声掩盖过去。

东宝瓶洲南方某些国家的大族,女子多住在独有的闺阁绣楼内,一些家风苛刻的士族甚至会拆掉上下通行的楼梯,将待字闺中的女子如书籍一般"束之高阁",等待出嫁之日。这座宅院最后一进院子便有一座绣楼,夜幕深沉,二楼美人靠处,却有男了在为女子画眉。那女子血肉模糊,腐败不堪,多处裸露出森森白骨,甚至还有白蛆翻滚,却依稀可见她的盎然笑意。

第七章
古宅风雨夜

疾风骤雨，偶尔被电闪雷鸣撕开夜幕。

古宅外的一座小山坡上，有一个手捧拂尘的中年道人神色灰暗，摊手望去，一枚造型古朴的青铜花钱突然崩碎开来。中年道人忍着心疼，看似漫不经心地随手丢掉，冷哼道："一双人不人鬼不鬼的狗男女，还要负隅顽抗，徒增痛苦罢了。"

中年道人身旁站着一个衣衫单薄的高大男子，浓眉大眼，任由雨水拍打全身，眼眸之中偶有一丝金色光芒闪过，腰间悬挂有一只拳头大小的印盒。

他眼见着道人偷鸡不成蚀把米，白白损失了一员心腹爱将，便有些不耐烦，冷笑道："若是还要硬闯进去，那么事成之后，可就不是五五分账了！"

中年道人不愿在此事上纠缠不休，反过来问道："那大髯刀客是何方神圣，为何恰好在今夜造访古宅？"

高大男子嗤笑道："听说去年末彩衣国来了个外地游侠，仗着有把好刀，收拾了几只不成气候的乡野阴物，就暴得大名。观其行走于这场大雨中展露出来的神意，顶多就是一个四境武夫。若在别处，我还要忌惮几分。如今在我的地界上，不值一提。到时候你我一并收拾，你大可以拿去制成傀儡，我决不阻拦，但是刀要归我。"

中年道人一挥拂尘，全身雾气升腾，被雨水浸透的道袍竟是瞬间干燥，笑道："那就这么说定了。"

高大男子犹豫片刻，问道："那古宅主人的靠山当真已经在神诰宗内部失势？"

中年道人点头笑道："你这位山神的消息未免也太闭塞了。"

高大男子满脸阴霾，咬牙切齿道："还不是怪那栋宅子弄了个神诰宗秘不外传的破烂阵法，一点点蚕食了方圆百里的灵气，害得我这百年以来，金身渐渐朽坏，如今谁还愿意把我当山神看待，混得比别处的土地爷还不如。此仇不报，难解我心头之恨！"

中年道人点头称是，安慰一番。

事实上，此处的山神庙，也就是供奉男子金身的地方，本就是未被彩衣国朝廷敕封的一座淫祠。加上遍地乱葬岗，秽气遮天，高大男子接纳香火，侥幸成为山水神祇之后，为了修行，不惜涸泽而渔，加速了山水枯败的进程。古宅作为阵眼的阵法运转，只汲取阴煞之气，而不损耗山水灵气，反而维持了山水平衡才对。但是这些内幕多说无益，堕入魔道的中年道人和不走正道的此地山神心知肚明，反正谁都不是什么好鸟。

高大男子突然厉色问道："我是为了夺回全部地盘，你是垂涎那个女鬼的身躯，一旦为你掌控驱使，必定如虎添翼。那么那个家伙又是图谋什么？难道这古宅之中，还有我不曾知晓的珍稀法宝？"

中年道人嘿嘿笑道："这我可就不清楚了，回头咱们一起问问他？"

高大男子心中了然："如此甚好！"

中年道人环顾四周，泥土之外，多是一片片山崖惨白的光景，绿树寥寥，但是他却知晓这还要归功于那个女鬼的"闲情逸致"，土地上才能有这点点春意。

那个女鬼，无论是机缘还是性情，实属罕见，中年道人亲临此地后，越发志在必得。他眺望那座古宅，啧啧道："此树婆娑，生意尽矣。"

不承想高大男子也是读过书的，笑道："树犹如此，人何以堪。"

一修士一神祇，相视而笑。

古宅的二进院落，一侧厢房已经漆黑一片，两个书生应该都已入睡，但是陈平安和张山房间的灯火还亮着。不等老妪敲响房门，嗜酒如命的刀客就已经闻到了酒香味，自顾自使劲拍打房门："可还有酒喝？若是有，那就是换命酒了，保管你稳赚不赔！"

老妪没有阻拦，只是说道："你们自行安排房间。"

陈平安别好酒葫芦，打开房门，看到一个容貌粗犷的陌生汉子。

刀客瞥了眼陈平安，大大咧咧问道："小娃儿，听你的行走和呼吸，应该也是习武之人，如今有无二境？"

陈平安笑道："自幼跟随长辈学武，这是头一次行走江湖，还不知境界划分。"

回头望去，张山已经被吵醒，正坐在床边穿鞋子。

刀客大步跨过门槛，一屁股坐在椅子上，啧啧道："不知境界划分？那就是出自穷乡僻壤喽？那为何这趟出门远游，东宝瓶洲的雅言说得如此顺畅？寻常小国的乡野之地可学不来这玩意儿！说，你小子是不是那披着人皮的鬼魅？！"他拔刀出鞘大半，刀光刺眼，怒目而视，"速速报上名来，我徐某人刀下不斩无名之鬼！"

陈平安和张山面面相觑：难道是因为外边雨大，所以这哥们儿脑子里进水了？鬼魅？

练气士当中，野路子的散修无数，来历驳杂，哪怕是妖怪草木成精，虽然歧视难免，但是远远称不上被打压追杀，可是鬼修却是例外，一经发现，几乎人人喊打喊杀。若说生老病死是天道循环，那么练气士的证道长生就属于逆天行事。人死入土为安即是人道，鬼修则违背此理，属于人人得而诛之的邪门歪道。

仙为生修，神为死授。鬼修刚好是例外，既不是在世之时的生修，也不是死后朝廷敕封、授予金身的山水神灵。所以龙虎山真正道法高深的天师桃木剑所指的对象，四处作祟的恶煞鬼魅要远远多于藏匿于市井坊间的精怪。"精怪"这个词，越是在人来人往、商贸繁华的枢纽地带，就越是没有明显的褒贬之分。事实上，一些大的国家，尤其是山上势力根深蒂固的强盛王朝，即便是老百姓，都习惯了与那些千奇百怪的精魅共处于人间。

陈平安根本没有辩解什么，摘下酒葫芦，默默喝了口酒。刀客愣了愣，喉咙微动，显然是肚子里的酒虫作祟了，气势骤降，厚着脸皮伸手道："只要请我喝过了酒，你便是鬼物，我也睁只眼闭只眼，只要不被我当场撞见行凶作恶，一切好说。"

陈平安摇摇头，不给。

刀客喟然长叹："你这小子，不老实，忒奸猾，明摆着欺负我这种正派高手啊！"

张山连忙坐下，帮着打圆场，跟刀客用东宝瓶洲雅言闲聊起来。

古宅内的绣楼美人靠那边，男女依偎在一起，女子身穿青黑大裙，裙摆巨大，不露双腿和绣鞋。两人耳鬓厮磨，男子轻声呢喃道："愿娘子春寒衣暖，愿娘子愁眉舒展，愿娘子次次推窗就是明月当空，绿水青山……"

面容丑陋至极的女子咿咿呀呀呜咽起来，如泣如诉，下半身的裙摆翻滚如浪花。

老妪走在漆黑游廊之中悄悄叹息，最后坐在悬挂灯笼的廊柱旁，摸着自己的干枯脸庞，早已忘记自己有多少年没有照过镜子了。她是如此，想必百年光阴不曾离开绣楼半步的小姐更是如此吧。

刀客跟张山聊着聊着，突然手按刀柄，不复之前的玩笑神色，郑重其事道："果如附近小镇的传言，妖气来自古宅后院！好重的妖气，难怪此地风水会消磨殆尽，说不得就是第六境的老妖婆了。两个小娃儿，我这就斩妖去，你们两个见机不妙就撤，别不当回事。此处凶险异常，绝不是你们两个可以蹚浑水的！"

话毕又思量片刻："倒是不用现在就撤，免得被古宅老妖盯上。我哪怕落败，也会尽量拖住他们,到时候听我消息,要你们跑的时候别犹豫!"

然后只见他深吸一口气,拔刀出鞘,刀光乍现。他又伸手拨开火盆里的灰尘,抓起一块熊熊燃烧的火炭擦拭刀身,火星四溅,衬托得那柄宝刀越发锋芒无匹。

哪怕胜算不高,刀客此时满身慷慨意气,可谓英雄气概。

陈平安递过酒壶,神色肃穆:"壮士。"

刀客笑着摇头,手持宝刀猛然起身:"闲聊时喝个酒,解馋而已。其实斩杀大妖,除魔卫道,比喝酒痛快千百倍!"

雨夜中,刀客持刀推门而去,往后院大步而行,一抖腕,刀光绽放,照亮四周。他抬头望向远处,朗声道:"徐远霞在此,请赐教!"

张山拿起系挂有听妖铃的桃木剑,对陈平安沉声道:"我去助他杀妖!陈平安,你是纯粹武夫,在跻身四境之前,不适合对付大妖阴物之流。你就留在此地,如果真有需要,我会出声喊你。"

陈平安点头道:"好。"

在张山身子轻盈地掠出屋子后,陈平安稍等片刻,没有选择待在原地静观其变,而是走出屋子,隔着一道雨幕,望向对面的厢房:"我知道是你。"

熄灯已久的对面厢房缓缓打开一扇门,走出那个楚书生,身材修长,手持那支先前被大雨浇灭的火把,面带笑意。与陈平安对视一眼后,楚书生扯了扯嘴角,抬起手臂,手心在火把上端摩挲,瞬间点燃火把,尾端轻轻往走廊柱子上一戳,就将整支火把钉入其中:"你的话最少,但是最聪明。当然了,本事也不小,能够除掉白鹿道人的铜钱鬼物。只不过三境的鬼物说到底也就那样了,少年郎莫要因此骄傲自满啊……"

陈平安一言不发,消瘦身影毫无征兆地消失于原地。楚书生微微错愕。

一道身影在电光石火之际掠过厢房之间的雨幕直扑而来,有些托大的楚书生甚至来不及回神就被拳罡如白虹挂空的一拳迅猛砸在头颅上,整个人倒撞出去,连房门带墙壁一并打穿,跌入外边抄手游廊,最后撞在了一根粗壮廊柱上。

后背心的廊柱砰然龟裂出一张小蜘蛛网,楚书生这才堪堪止住后退身影,呕血不止,神魂剧震,满脸惊骇。不单单是拳法劲道之大骇人听闻,而是拳意与拳罡相交融,打在他身上,真是如仙人手中的打鬼鞭狠狠鞭笞阴物一般,天生克制。

砰然一声巨响,这次是一拳击中脖颈,楚书生连人带廊柱一起向后倒塌。

楚书生被这两拳打得那叫一个血泪模糊,面目狰狞,衣衫崩裂,就要现出原形,再也顾不得什么布局不布局了。然后他就听到了一个古怪的说法:"初一。"

江湖混久了,谁还没有一点压箱底的本事和法宝。当楚书生听到"初一"这个称呼后,就没来由地心弦大震,却无法感知那股危机起始于何处。狼狈不堪的他心思急转,一咬牙,从袖中滑出一颗青白色的圆球,流光溢彩,一看就不是俗物。他五指紧握,那颗圆球如蜡烛遇火融化,黏稠如水银的汁液迅速从他手臂处漫延开来,覆盖全身。下一刻,他竟然穿上了一具洁白如雪的甲胄,中央的护心镜精光闪闪,是光明铠样式。世俗世界的道观寺庙之中,天王灵官神像多穿此甲,蕴含光明正大之意。

如果不是察觉到性命都受到威胁,楚书生哪怕恢复真身也不愿使出这颗价值连城的"甲丸"。甲丸是兵家至宝,价格没有最贵只有更贵,并且一向有价无市。它们一般由墨家机关师和道家符箓派联手锻造,平时收敛为拳头大小的丹丸模样,不占地方,方便携带,一上战场就可以浇灌真气,瞬间宝甲护身,坚不可摧。

既有甲丸宝甲护身,比起之前多了几分从容,他站起身来苦笑道:"少年郎,你可是把我害惨了。原本这件光明铠是为了预防出现分赃不均的情况,到时候就可以用来抵御白鹿道人和淫祠山神的联手攻势。现在早早露出了马脚,他们一定会更加小心防范,这可如何是好?"

虽然言语轻松,但是楚书生丝毫没有掉以轻心,更有些百思不得其解:怎的少年喊出"初一"之后,就没了下文?既无宝剑出鞘,也没什么隐藏在暗处的援手扑杀而来。眼前这个沉默寡言的少年郎绝对不是个喜欢开玩笑的家伙,两拳就差点打得自己现出原形,恐怕那个莽莽撞撞去斩杀大妖的大髯刀客都做不到。

陈平安则是有些恼火,重重拍打了一下腰间养剑葫。

如今葫芦里的那把"初一"莫名其妙就性情大变,之前是脾气暴躁,动辄要陈平安吃苦遭罪。可自离开落魄山后就成了个惫懒货,整天死寂不动,甚至跟陈平安发脾气的心思都没了,在陈平安重拍之下依旧纹丝不动,悬停在养剑葫内的虚空当中。倒是碧绿幽幽的飞剑十五嗡嗡作响,在主动跟陈平安进行情绪上的粗浅交流,大概是想说既然初一不愿出战,它可以代劳。

两柄剑开窍之后,像是尚且不会开口言语的稚童,灵智已有,但是不高,更多还是凭借本能行事。陈平安的心声和心意,它们能够清晰感知,但是双方往往沟通不畅。而且陈平安只能依稀知晓它们的情绪好坏,交流起来还是不容易。

看到陈平安的这个动作,楚书生立即凝神望去,只瞧见那只朱红色的酒葫芦光彩黯淡,并无异样,瞧不出半点气象神异的端倪。其实在这之前,在古宅外大雨中初相逢时,楚书生就仔细打量过陈平安和张山,觉得他俩不该是什么世外高人。

彩衣国地界,山不高水不深,卧不了虎也藏不住龙,白鹿道人之流就已是威震一方的宗师神仙。不出意外,楚书生才是那条兴风作浪的过江龙,如此才合情理。

他这趟离开府邸,从古榆国南下彩衣国,为了这栋宅子里的东西费尽心机,哪怕稳操胜券,仍是徐徐图之,先拉拢白鹿道人和淫祠山神,三方各取所需,然后结交姓刘的世家子弟,诱骗他来此山游历,与那两个盟友说是自己不惜亲身涉险,先行探查虚实,凭借刘书生自幼浸染的一身官衙气和书卷气,遮掩他身上那点淡薄妖气,真正目的还是勘探阵法所依的地脉,以便在大战之中浑水摸鱼,偷了那件法宝,便不与白鹿道人和淫祠山神过多纠缠,靠着出人意料的甲丸护身远走高飞,返回古榆国继续潜心修行。至于那个刀客的出现,不过是他临时起意,便在附近城镇散播谣言,推波助澜,将古宅渲染得越发妖风邪气十足。事实上,百年以来,古宅阴气浓重是真,可残害百姓、暴虐一方还真没有。他这么做,为的就是让这片池塘之水更加浑浊,有利于他轻松脱身。哪怕刀客耗去一些古宅主人的道行也是好事,若是能够支撑到白鹿道人和淫祠山神赶来混战则更是好事。而那个古道热肠的刀客哪里晓得这些内幕,循着那些风言风语,在最近一座小镇喝过了两大碗烈酒便热血上头,刚好觉得那场大雨古怪,便火速前来斩妖。

淫祠山神亲自涂抹油膏的火把,白鹿道人藏有铜钱鬼物的油纸伞俱是不起眼却很花心思的物件。一个帮此地名义上的主人——淫祠山神近距离查看古宅内部气机,一个帮白鹿道人布置机关,找机会现身,由内而外毁去古宅那些用来抵御外敌的手段。比如那些残败不堪的神诰宗青词符文、残留有一缕道家正宗气韵的影壁,这些手法,帮着风雨飘摇的古宅挡下了多次阴险袭击。

结盟三方没有一个是省油的灯,不过这才正常,若非如此,在弱肉强食的山野修行,恐怕早就身死道消,沦为其他凶狠修士的垫脚石了。

与世无争的练气士有没有?当然有,比如这栋古宅的男女主人和老妪。主仆三人百年以来深居简出,下场便是当下这凄惨境地了。

不愿节外生枝,楚书生选择主动退让一步,微笑道:"陈公子,你我其实并无仇怨,何必生死相见?只要陈公子今夜愿意退出古宅,将来只要路过古榆国,我楚某人一定以美酒款待公子,便是公子想要去古榆国皇宫大殿屋脊之上饮酒也使得。"

说实话,楚书生虽是来历不正的精魅出身,但是修出人身之后,不知经历了什么,气态不俗,卓尔不群,简直比起钟鸣鼎食的豪门俊彦还要有富贵气。冰冻三尺非一日之寒,想来定然是有其独到机缘,才能有今天的风度雅量。

陈平安终于开口说话,问道:"听说古榆国皇帝姓楚,你也姓楚,你们有关系?"

楚书生犹豫了一下,似乎是为了表达自己的诚意,点头微笑道:"关系有一些,但不是血缘关系。总之,我们相互依附,同时相互提防,比较复杂,一言难尽。"

"楚"字,上"林"下"疋","疋"字可作"足"字解,双木为林,树下有足,楚书生以此作为自己的姓氏,不言而喻,多半是古树成精。只不过陈平安之读书识字如今还是停留在"粗通文墨、偶有会意"的程度,远远没有达到能够准确"解"字的精深地步。

陈平安打量了一下楚书生身上那副铠甲,打定主意,先不动用十五,刚好借此机会试试自己的拳法斤两,以确定三境修为的深浅,便又问道:"你是练气士第几境?"

楚书生笑道:"第五境而已。"

这当然是自谦之词。只差一步就是中五境的神仙,怎么可能只是"而已"?要知道,在那些"宗"字头的仙家豪阀,中五境修士一样是身份极其金贵的存在,不是地位清贵的长老供奉,就是职掌一方实权的执事。宗门尚且如此,更不用说古榆国、彩衣国这些好似弹丸之地的小国了。

但是楚书生略带自得之意的谦虚在一根筋的陈平安听来,那就是货真价实的"而已"了。这就是张山嘴里的第五境"大妖"?陈平安手腕轻轻扭转,咧嘴一笑。嫁衣女鬼楚夫人打不过,眼前这个穿着乌龟壳的家伙还真可以拿来练练手,能够打死是最好,打不死自己也不亏,毕竟还有飞剑傍身,而且不是一把,是两把!

楚书生无奈道:"为何还要打?"

陈平安给了个直白无误的答案:"不打过你,我朋友和那个刀客会很危险。"

楚书生眼神阴森起来。泥菩萨还有三分火气,更何况是他这么个见惯了人间荣华的强势地头蛇:"少年郎,你是不见棺材不掉泪喽?我可是明明白白告诉你,古宅外头还有两个人虎视眈眈,你当真要掺和进来?真当我怕了你?"

陈平安的答复让他越发火冒三丈:"你怕不怕我,跟我打不打你,没关系。"

双方各有各的坚持,既然谈不拢,就只能见真章了。楚书生伸出一根手指,敲了敲熠熠生辉的胸前护心镜:"你的拳头不是很硬吗,来,尽管朝这里打,这副价值三千文雪花钱的珍稀甲丸是古榆国皇家的地字号库藏。姓陈的,打碎了算你本事!"

陈平安哪里会跟他客气,脚尖一点,地砖竟是瞬间碎裂,足可见前冲势头之迅猛。

古话说"树挪死人挪活",不是没有道理的。真身为树精的楚书生虽然是五境练气士,体魄不弱,但确实不精通辗转腾挪和近身厮杀,这才花了巨大代价攫取甲丸,当作关键时刻的保命符。此刻他聚气凝神,好整以暇地迎接陈平安出拳。

一拳过后,势大力沉,以至于护心镜凹陷寸余,楚书生整个人倒飞出去,撞在古宅最外边的院墙之上。但是这次他再无半点狼狈姿态,倒是背后的墙体轰然碎裂,露出惊世骇俗的一幕瘆人场景——墙内不是砖石,而是纠缠盘踞的树根,正在缓缓蠕动。

楚书生拍了拍肩头尘土,讥笑道:"就这点能耐啦?若无一颗六境英雄胆,哪怕我从头到尾站着不动,任由你打上百拳千拳,你想要一鼓作气打碎甲丸,还是很难啊。"

武夫的四、五、六这三境不再局限于淬体,而是上升到炼气的武学高度,因此被誉为"小宗师境",每层境界对应魂、魄、胆三物,一旦大成,武夫的战力就会层层拔高,反哺肉身不说,对峙练气士也有了更多底气,尤其对付精怪鬼物更是事半功倍,次次出手,拳罡所至,如烈日灼烧,万邪辟易。

一拳得逞,打在预料之中的实处,陈平安之所以没有追击,不是强弩之末,恰恰相反,这一拳只是下酒菜而已。他主要是被书生身后的古怪墙体所震惊:难道整栋古宅的墙壁之内皆是如此?

后院那边,时不时有光芒绽放,照耀夜幕,其间夹杂有大髯刀客的呼喝声。

三张黄纸宝塔镇妖符已经用完，但是还有两张金色材质的镇妖符以及两张缩地符藏在陈平安袖中。他默念一声：可以了。

之前几次出拳都是靠着身形矫健，其实都是直来直去的路数。这次不一样了，陈平安摆出一个极具古意的拳架，一步踏出，双臂舒展，缓缓握拳，行云流水。

一瞬间，他的拳意如洪水倾泻，真真正正能够刺人眼眸，落在对面楚书生眼中，简直就是一轮大日起于东海，骇人至极。

神人擂鼓式！楚书生咽了口唾沫，心想是不是再坐下来聊聊？为何感觉宝甲护身都未必安稳了？眼前少年分明尚未跻身三境，为何会有如此蛮不讲理的浑厚拳意？

楚书生心生退意，觉得至少也应该避其锋芒，不要再傻乎乎任由拳头砸在身上才是。在他刚要转移位置的瞬间，陈平安竟是凭空消失，转瞬之间就来到了他跟前，一拳砸在甲丸遮覆的肋部，气势汹汹，力道很大，打得他向一侧踉跄横移出去。但是同时，他也松了口气：摆出正儿八经的拳架之后，这少年郎的拳意吓人归吓人，但是气力似乎增长不多。

殊不知，崔姓老人曾经在落魄山竹楼笑言这神人擂鼓式重先手第一拳，第一拳到了，神意牵引，首尾相连，之后十拳百拳就自然而然到了，所以第一拳一定要砸中对手，之后能够递出多少拳，就看一口气能够撑到什么时候下坠。所以陈平安为了第一拳不落空，不惜使用了一张缩地符。之后陈平安出拳越来越快，力道只是比之前略重些许，捶在楚书生的各处气府。甲丸宝甲光芒流淌，陈平安拳头砸在何处，光彩就在何处猛然亮起，不愧是古榆国名列前茅的珍藏法宝。

每次试图躲避，都像是只差半步，偏偏就是躲不开那一拳。毫无还手之力的楚书生在结结实实挨了十拳之后，脸色蓦然变得惨白一片。肩头、胸口、肋骨、腹部、后背心、太阳穴、眉心、手肘、膝盖，无一处不是少年拳头的"立足之地"。

陈平安出拳快若奔雷，关键是在楚书生眼中，少年始终眼神平静，呼吸沉稳。他的心太定了，每一步和每一拳的搭配恰到好处，浑然天成，简直是活了几百年的老怪物。

十五拳之后，陈平安的拳头已经血肉模糊，露出些许白骨，但他岂会在意这点不痛不痒的皮肉之苦？比起仿佛铁锤一点点敲烂十指血肉、寸寸敲碎骨头之苦，比起自己动手剥皮抽筋之苦，陈平安都要觉得这点疼痛算是在舒舒服服享福了。

楚书生已经现出一半真身，变得身高一丈，眼眸青绿，一张脸庞布满青筋，宝甲之下可见肌肉鼓胀的迹象，如老树拳曲。他双臂格挡在面目之前，一次次被击飞出去，竭力高喊道："白鹿道人，秦山神，事情有变，快来助我！"

古宅外的那处山坡，秦山神闻声后微微变色。先前楚书生一将火把插在廊柱上，火花便从火焰中剥离了出去。星星点点的火焰四处飘荡，虽然大多很快消散，但是也有一些小火团陆续续通过抄手游廊飘向周围，能够让秦山神通过如同自己眼眸的火焰观察古宅内的景象。所以楚书生跟陈平安的交手过程他看得一清二楚,这让他有些为难。不是为难出手相助,而是为难何时入场才能捞取最大好处。在楚书生的宝甲破碎之前,他才懒得去雪中送炭。宰了少年,帮着书生保住了那副甲丸宝甲,不是给自己找不痛快吗?

白鹿道人突然说道:"大胡子刀客那把宝刀的锋锐程度超乎想象,贫道若是再不出手,恐怕就要伤及女鬼真身了。怎么说,你是随贫道一起去,还是继续旁观压阵?"

秦山神笑呵呵道:"既然你我是盟友,就该共进退,哪有临阵退缩的道理。"

白鹿道人哈哈大笑,向前抛出那柄雪白拂尘,拂尘即将落地之时,幻化成一头身形高大的白鹿。他一掠而去,骑乘着白鹿快速前奔,道袍大袖鼓鼓荡荡。也亏得附近没有樵夫百姓,否则估计就要纳头便拜,高呼神仙了。

秦山神没怎么使用术法,只是简简单单一步跨出,就走到了道人身侧。

白鹿奔跑如风,很快就来到古宅外。道人身形一冲而起,白鹿瞬间重新化为拂尘,掠向主人手中。道人大笑道:"楚兄,贫道来助你杀敌!"

陈平安在递出二十拳后已是极限,只可惜仍是无法打碎那副甲丸宝甲。

楚书生虽然被打得七窍流血,魂魄震荡,真身彻底暴露,几乎整条抄手游廊都被两人毁ército殆尽,但也只是失去了一战之力,依靠着天赋异禀和光明铠,自保还有余力,不至于被陈平安的拳罡活活震死。随即手持拂尘的白鹿道人就从天而降。

陈平安刚刚收回一拳,轻轻一拍腰间养剑葫,一缕白虹掠出,直刺刚刚被打得凹陷进去的宝甲护心镜。

甲丸几乎将所有光彩流萤都汇聚在护心镜上,宝甲发出瓷器碎裂般的轻微声响。

那缕白光反弹而退,一闪而逝,不知去向。奄奄一息的楚书生惊慌至极,但是很快就满脸狂喜:宝甲并未被刺穿,自己还没有死!但是下一刻,便只觉眉心处一凉,魁梧身躯颓然后仰倒去。弥留之际,他气急败坏地撂下一句狠话:"接连坏我大道根本,咱们走着瞧!"说完,竟然变作一大截青色枯木,腐朽成灰,失去主人的宝甲也恢复成光可鉴人的圆球模样。

陈平安皱了皱眉头。原来,在初一之后,葫芦内又有一丝幽绿光芒掠出,以快过先前那道白虹许多的速度,抓住宝甲凝聚灵气防御护心镜的间隙,轻而易举地钻透了楚书生的眉心。

站在古宅高墙上的秦山神惊呼道:"本命飞剑!"他转头就是一大步跨出去,身形很快出现在十数里之外,阴风一吹,大汗淋漓。

"娘咧,剑仙!"那个双脚刚刚点地,飘落在游廊当中的白鹿道人脚尖一点,拔地而起,二话不说就跑了。在空中猛然丢出拂尘,白鹿落地,道人骑乘在它背脊上仓皇远遁。

陈平安有些愕然,站在原地,一头雾水,心想我一个练拳还没两年的门外汉,怎么就成剑仙了？我连剑修都还不是啊。

古宅后院，绣楼外边，大战正酣。远游至此只为斩妖的大髯刀客徐远霞虽然武道境界不算太高，但是手中那柄宝刀却是品相极高的神兵利器，灌注真气之后，使出之际红光绽放，隐约有风雷声，势不可当。

先前守在三进院子的老妪竟然是一个深藏不露的三境练气士，只是年事已高，精力不济，不敌徐远霞和他那柄宝刀，十数个回合后就被他以刀背击晕，一脚挑踹，撞入厢房内，昏死过去。

原本老妪不至于如此不堪，只是久在樊笼里，被阵法聚拢过来的阴煞之气浸染已久，虽然不是见不得光的阴物鬼修，却也天然畏惧那柄宝刀的阳刚之气。而且徐远霞游历四方，搏杀经验极其丰富，老妪的迅速落败确实在情理之中。

最后一进院子，古宅主人起先选择独自退敌，从美人靠那边飘落院中，挑了一把尘封已久的长剑，剑身清凉如水。他并不与宝刀硬碰硬，每次出剑，直刺徐远霞的关键气府，剑尖吐露青色剑芒，在雨幕当中带起一丝丝凄美流萤。

徐远霞出手，颇有沙场悍卒的风采，粗朴无华，每一次出刀都快而猛，招式并不繁复，也谈不上如何精妙，刀刀干脆利落，收放自如，一刀不中则已，一中必重伤。对阵剑术上乘的古宅主人，他犹有余力。

瞧出古宅主人一些蛛丝马迹，徐远霞出刀更加迅猛。因为有了几分真火，大骂道："你这鸟人，明明出身仙家正道，好好的大道长生不去争取，为何要自甘堕落?！到头来沦为半人半伥鬼，偏袒这女鬼，祸害得此处方圆数百里荒无人烟，你说你该不该死！"

徐远霞怒喝一声，双手持刀重重斩下，一刀砍在古宅主人剑上。古宅主人一路倒滑，脚下雨水四溅，好不容易稳住身形，咽下一口涌至喉咙的鲜血，手腕一拧，抖了一个剑花，瞬间搅碎剑尖附近的无数雨滴，碎裂声响宛如春日爆竹。

徐远霞一脚向前重重踏出，一手提刀，一手指向他，怒目相向："佛家说'回头是岸'，你这个欺师灭祖的混账玩意儿还不收手退下，真当我徐某人不敢连你一并斩杀?！"

古宅主人终于开口说话，大概是腹有诗书气自华，虽然嗓音沙哑如石磨钝刀，但是气质清雅，神色从容，非但没有恶语相向，反而打趣："佛家还说'放下屠刀，立地成佛'。"

徐远霞环顾四周，抬头瞥了眼二楼的美人靠，收回视线，讥笑道："哟，还有心情跟我在这儿磨嘴皮子，看来是有些倚仗了。也对，凭你的出身和这份五境垫底的练气士修为，说不得在这百年之间，早已经营了偌大一份腌臜家业，否则附近的山水神祇也不会对你的所作所为视而不见。如果我没有猜错，你虽然肯定是没脸皮去认祖归宗了，但是在外边，没少做扯虎皮做大旗的勾当，才能唬得外人不敢动你分毫。"说到此处，徐远霞已经怒极，面容如寺院塑像里的天王怒目，"是也不是?！"

古宅主人微笑不语,眼眸深处有些怅然。

徐远霞厉色道:"给你重新做人的机会你不要,那就莫怪徐某人斩妖无情了!"

古宅主人在徐远霞出刀之前,喟叹一声,有些愧疚,然后咬破手指,在剑身之上画符写字,以自身精血写就一封青词丹书。

青词宝诰是道教科仪之一,相传在远古时代就能够上书神灵,直达天庭,勾连天地,一旦精诚所至,被神灵接纳,便有种种神通降临于身。例如写给雷部神灵的青词,一旦显灵,甚至能够手握雷电,金身护体,短时间内如同莅临人间的雷部神将,妙不可言。

"难怪影壁那边留有上等青词的残余气韵,你这鸟人竟然是神诰宗正式弟子,真是百死难赎!"徐远霞气得几乎要跳脚,一刀劈出,倾力而为之下,光华爆炸,衬托得整座院子都亮如白昼。

对于见惯了古怪事和凄惨事的他来说,妖魔鬼怪的暴虐行径再令人发指,他都不会太过震惊,因为那就是他们的天性。若是他们与人为善,那才是奇怪事情。所以他从来都是竭力打杀。可是一个练气士弃明投暗,仗势欺人,这才是最让他愤恨的。

暴怒之下的徐远霞气势惊人,一时间院子之中刀光绚烂,罡气激荡,使得不幸落进小院的雨水尚未触及青砖地面就已经在空中化作齑粉。

虽然使出了师门绝学,可是古宅主人的精神太过萎靡,皮囊腐朽,如风烛残年的老人。他的境界勉强维持在五境门槛上,但是气机早已所剩无几,如河床宽阔却无多少水源的溪涧,几乎就要干涸见底了,这也使得剑身之上的青词宝诰为长剑增加的攻伐力度十分有限。

绣楼二楼,身穿青衣青裙的女鬼终于忍不住现身,一手掩面,一手扶住廊柱。

随着她的出现,院墙那边,还有院中地面、游廊柱子,一根根粗如手臂的树木根须如床弩箭矢激射而至。原本已经稳占上风的徐远霞顿时险象环生,但他浑然不惧,身形在院中辗转腾挪,躲过一支支树根箭矢,顺便一刀刀斩断擦身而过的暗器。他气概豪迈,身陷险境却放声大笑道:"老妖婆果然是树精鬼魅! 来得好,徐某人就斩断你的全部根须,到时候留你一口气,要你在烈日下曝晒而亡!"

张山从游廊上飞奔而来,两条小腿上各贴有一张黄纸符箓,使得他奔跑如一阵清风,让人眼花缭乱。他一边奔跑,一边大喊道:"徐大侠,小道来助你杀妖!"

徐远霞被一截树根撞在肩头,高大身形借着巨大冲劲在空中旋转一圈,一刀砍断那树根。摔落地面的树根犹扑腾不止,而缩回墙面的那截树根,断口处有黑血渗出,散发出腥臭气息,加上阴沉雨水,使得院子里瘴气横生。好在他一身武道真意流转不停,如一层金光庇护体魄。眼见着年轻道人过来凑热闹,他吐出一口血水,气笑道:"小道士,好意心领! 但是莫要帮倒忙,带上你的朋友速速离开宅子! 只管去那座小镇备好美酒等着犒劳徐某人,这就是帮了天大的忙了!"

张山却不愿就此离去。斩杀妖魔，为民除害，他义不容辞！身为龙虎山天师府一脉的旁支弟子，哪怕关系再疏远，哪怕跟那个道教圣地隔着千山万水，他张山哪怕再籍籍无名，道法微薄，也是张家正统天师的千万候选人之一！

张山双腿所贴符篆正是他重金购买的神行符，能够支撑约莫一炷香工夫。

神行符又名甲马符，顾名思义，能够帮助使用者行走如奔马，仿佛上古神人御风巡狩，因此得以跻身符篆丹书九阶流品当中的第七品，哪怕再昂贵，对于战力欠缺、体魄孱弱的张山来说，也物有所值。

擒贼先擒王。张山双指掐剑诀奔走于游廊当中，抬头望向绣楼二楼，道："急急如律令，去！"背后桃木剑嗖一下飞掠而出，却也不是直直杀向绣楼廊柱那边的树精女鬼，而是兜了一个大圈，划出一个精妙弧度，最终绕过廊柱，从侧面刺向女鬼的面目。

女鬼不但要帮助楼下夫君压制徐远霞的宝刀锋芒，此刻还要分心对付这柄破空呼啸而来的桃木剑，便顾不得遮掩容颜。原来她半张脸庞血肉腐烂，蛆虫爬动，白骨惨然，仅剩半张稍稍完整的容颜也满是如瓷器的冰裂纹，这副令人作呕的恶心姿容，胆子小一些的凡夫俗子看了恐怕当场就要吓死。

数根拇指粗细的青色树枝从廊柱中破裂而出，死死缠住那柄只差寸余就要钉入女鬼脸庞的桃木剑。刹那之间，桃木剑上亮起一粒黄豆大小的银色符光，在剑身上下滚动流走。一点灵光即符胆，使得那些树枝如遇烈火，滋滋燃烧，青烟阵阵。

女鬼如遭雷击，撕心裂肺般哀号一声，赶紧扭过脖子，不敢再看那点灵光，猛地一挥衣袖，几乎要被烧成焦炭的树枝裹挟着桃木剑一起被甩入绣楼闺房内。

女鬼转头之后，由于动作太大，脸上血块和蛆虫一起甩落在美人靠上。她轻轻呜咽起来，不知是疼痛还是难堪。

"莺莺！"古宅主人看到这一幕后，轻呼出声，情难自禁，喊出了女鬼的闺名。

他心痛不已，凄然道："你们欺人太甚！为何要与淫祠山神狼狈为奸，如此逼迫我们夫妇?！拙荆虽是鬼魅精怪之身，可从无害人之举，百余年来，我除了以自身气血维持拙荆生机，不过是以古宅为阵眼，吸纳方圆三百里的阴气秽气而已，反而是那淫祠山神，夺山水气运为自身修为。你们一个自诩为豪侠，一个身为道人，为何不去找他的麻烦，反而来此咄咄逼人?！"说到这里，他悲愤大笑，"就因为我们夫妇不是'人'，姓秦的贵为山神，你们便觉得正邪分明了？"

皮囊腐败、气血几无的古宅主人横剑在胸前，低头凝视着那抹雪亮剑光。

曾几何时，宗门巍峨，青山绿水，仙鹤长鸣，洞天福地，他也曾在那里修习剑术，熟读一本本青词宝诰，也曾是一个有望跻身中五境的年轻俊彦。只是突然一封家书寄到山门，说是与他青梅竹马且有媒妁之言的姑娘重病缠身，郡城最有名的郎中也已经无力回天。家书要他安心修行，因为哪怕下山，也多半赶不及见上姑娘最后一面。家书末尾，父亲还暗示他，这门婚事绝不会成为他以后在神诰宗往上走的阻碍。

他烧毁家书，仗剑下山。回到家乡之时，姑娘已经死去。他一意孤行，动用神诰宗秘术，以心头血书写了一张招魂符，带着姑娘的尸体，牵引着她残留的魂魄连夜赶往深山老林，日出则藏身于洞穴，日落则匆忙赶路，试图寻找一处阴气浓重之地，希望能够帮助她还魂回阳。之后百余年间，他花光家底、费尽心思、耗尽修为建造出了古宅，盗取了古榆国一棵祖宗雌榆的木芯，以移花接木的邪门秘术，将姑娘的魂魄与木芯融合在一起。她衣裙之下早已无足，唯有树根，整栋古宅既是帮她续命，也是画地为牢……他们在绣楼之上一起拜了天地，遥拜父母高堂，最后夫妻对拜，从此相依为命。只有姑娘的贴身丫鬟对他们不弃不离，从青丝少女变成了白发老妪。

往事不堪回首。古宅主人喃喃道："若是世道如此，我们夫妇苟活也无甚意思了。"

徐远霞伸出一只手，高高举起，做出休战的姿态，沉声问道："可是有什么隐情？"

古宅主人惨笑道："淫祠山神觊觎古宅已久，我在今年开春就知道，自己剩下的那点修为很难抵御那些鬼祟之辈的阴险试探了，便不得不违背良心和誓言，书写一封密信去往宗门，希望宗门能够派遣一位中五境的神仙来帮着震慑那座山神庙，只是泥牛入海，至今没有消息传回。这也正常，宗门不对我赶尽杀绝就已经足够仁至义尽，谁还愿意掺和这等腌臜事？若是换成我在山上，听闻这种宗门丑事，估计都恨不得下山清理门户了吧。"

张山来到徐远霞身前，低声解释道："小道腿上的神行符所剩时间不多了，若是他们使诈，小道可就真要带着朋友一起撤退了。"然后他又蓦然一笑，"不过小道觉得那男子所言不虚。"

徐远霞有些为难。人心鬼蜮，笑脸魍魉，世事难料啊。若是真有神诰宗弟子愿意来此，哪怕只是一个二三境的外门修士，都可以证明古宅男女的清白。

神诰宗作为东宝瓶洲道家执牛耳者，又有一位天君作为定海神针，说句不太厚道的话，哪怕是个打扫山门阶梯的杂役弟子说的话恐怕都要比外边小门派的掌门管用。

在场四位，虽然大战告一段落，可仍是不敢有丝毫分心。尤其是莺莺，在此之前一直被古宅主人保护得很好，这场大战却被徐远霞砍断无数根须，更被那把桃木剑吓得不轻，虽然内心深处知道迟早会有这么一天，但是当这一天当真到来的时候，仍是让她惊慌失措，只觉得自己永远是夫君的累赘，心中愧疚愈演愈烈。

就在此时，二进院落那边出现了两道声势惊人的强大气息。虽然之前古宅男女就听闻那边的打斗动静，但忙着应付徐远霞，实在无暇分心去一探究竟，只当老妪已经恢复清醒，正在阻拦潜入古宅的阴险小人。然后很快就有淫祠山神和白鹿道人来也匆匆去更匆匆，还说着什么"本命飞剑"和"剑仙"的怪话，像是遇上了真正的山上神仙，根本不敢出手就急忙撤退远遁。

徐远霞轻声道:"小道士,去瞅瞅。"

张山愣了愣。虽然这大髯刀客说得云淡风轻,但是眼神透露出的意思,却是要他赶紧离开这个是非之地。他说不出话来,心情激荡又悲凉。激荡的是自己终于遇上了同道中人,愿意不惜性命除魔卫道,在龙潭虎穴亦是气概如旧,这正是他这辈子最渴望成为的人物;悲哀的是自己总是这般无用,碌碌无为。

张山默默召回桃木剑接在手中,靠着腿上神行符最后一点效力转身疾走。

古宅主人皱眉深思,不知那边的变故是喜是忧:难道神诰宗真的派遣门内弟子下山至此?

莺莺担忧他的身体,本就是强弩之末,此番大战更像是一通催命鼓。她再也顾不得什么仪态,缓缓向前,被青色衣裙和高大绣楼一起遮蔽的庞大身躯第一次显现,二楼美人靠被从当中破开,像是站在巨大树墩上的女子倾斜落在院中,身后是一大截横斜在空中的苍老树根。她颤颤巍巍伸出双手扶住古宅主人的脸庞,咿咿呀呀,只恨自己无法言语。古宅主人轻声安慰道:"莫怕莫怕,说不得真是宗门派人救援来了。"

徐远霞见此情景,叹息一声,长刀拄地,心想眼前夫妻二人哪怕真是心思歹毒的鬼物,可这份情意,做不得假。

陈平安在吓退淫祠山神和白鹿道人之后,便捡起那颗甲丸圆球收入方寸物中,然后悄无声息地赶到三四进院子的游廊,刚要让两柄飞剑掠出养剑葫杀敌,就发现大战停歇,双方暂时没有拼命的意思。他听着古宅主人好似真情流露的肺腑之言,便有些吃不准真伪,于是开始屏气凝神,默默站在一根遮蔽身影的廊柱之后。

当徐远霞让张山离开的时候,陈平安略作思量,脚尖一点,身形拔高,踩在廊柱之上,往三进院子弹射出去,双手在前方横梁上轻轻一拍,好似游鱼浮水一般从中顺畅穿过,很快就从三进回到二进院子,飘然落地,坐在原先住处的厢房门槛上。

在他屁股刚刚坐实的瞬间,张山就一头冲了过来:"陈平安!"他火急火燎道,"咱们拿上东西赶紧走,徐大侠要我们赶紧去往小镇,事情曲折,我一时半会儿说不清楚……"

陈平安站起身,突然指向古宅大门那边:"有人闯进来了。"

五名道士在进门之后纷纷收起油纸伞,绕过影壁,折入游廊当中,向他们这座院落大步而来。他们身穿一袭素雅高洁的精致道袍,头顶道家三教之一的鱼尾冠,气势非凡。为首的老道人在夜幕之中仍是眼神炯炯,精光四射,一看就是修道有成的神仙中人。其余四人,有弱冠年纪的青年道人,手持铜铃,背负乌鞘长剑,剑穗为一长串金黄色丝结,异常醒目;有一对相貌酷似的少年男女,神色倨傲,一人腰间悬挂盘曲起来的漆黑长绳,一人腰间斜挎一根青黄相间的漂亮竹鞭;还有一个笑嘻嘻的稚童,因为个头最小腿最短,便显得尤为走路带风,大摇大摆,手里拎着一根不起眼的长条木块,却篆刻有

"万鬼俯首"的古字。

青年道人轻声笑道:"师父,是人非妖。"

老道人点点头,便不再理会站在厢房门口的陈平安和张山,径直前行。

后边男女与他们擦身而过的时候,对陈平安都没什么兴趣,只是打量了几眼张山的道冠和道袍,好像都觉得有些新鲜。

五名道士就这么把两人晾在身后,张山放心不下徐远霞,拉着陈平安远远跟着。

老道人在跨入三进院落之后,猛地怒喝道:"孽障杨晃!还不滚出来认罪!"

绣楼下的古宅主人听闻这个熟悉嗓音后,顿时喜忧参半。喜的是,那个老道人毋庸置疑是神诰宗内门弟子,这意味着自己的那封求救信起到了作用,宗门虽然早已剔除自己的道士谱牒,但依然不打算置之不理,而是真的派人下山调查此事,这意味着姓秦的淫祠山神注定要吃不了兜着走。而忧的是,老道人与他是同一年进入神诰宗的天之骄子,并且各自的师父是师兄弟,但是两人的关系却极其恶劣。如今老道人是高不可攀的仙师,他则是人不人鬼不鬼的卑贱伥鬼,若是老道人公报私仇,他能如何?毕竟,老道人身后,而非他杨晃身后,是拥有一洲道主坐镇山门的神诰宗。

杨晃让莺莺躲在自己身后,轻轻将长剑刺入地面,面向游廊,长揖到地:"杨晃愿意接受宗门责罚。"

老道人意气风发地走近他,扯了扯嘴角:"杨晃,百年不见,混得挺风生水起啊。"

徐远霞转头望去,看清楚五名道士的装束后,并未上前攀交,而是向杨晃抱拳道:"今夜是徐某人冒犯贤伉俪了,在此诚心赔罪!若有需要,徐某人定当挺身而出。"

徐远霞行走江湖二十载,眼力何等老辣,一眼就看穿杨晃跟神诰宗老道人的不对付。福祸相依,不外如此。这五个光鲜道士,只差没在额头上贴"正派人士"四个字。

老道人负于身后的手掌悄悄做了个宗门独有的手势,其余四人立即飞掠出去,各占位置,围困住了古宅男女,其中青年道人还站在了高墙之上,看这架势,可不像是靠山到来该有的排场。

杨晃伸手握住莺莺的手,轻声道:"愿生生世世,结为夫妻。"

莺莺依然口不能言,呜呜呀呀,但是在场所有人都知道,她是在说那句"愿生生世世,结为夫妻"。

就这么一下,蹲在游廊栏杆旁的陈平安眼泪哗啦一下就流了出来。

儿时记忆早已模糊,但是有一幕,陈平安至今还记得清清楚楚。

他爹是一个不善言辞的木讷汉子,可能一辈子就只说过一句情话:"下辈子咱们还能不能继续在一起啊?"

当时正在缝补衣裳的娴静女子只是笑着反问:"怎么就会不在一起了?"

当时陈平安就依偎在女子怀中,年纪太小,对于这些涉及生生死死的言语没什么感触,但是爹娘那一刻的容貌神情,偏偏就让他记住了。随着时间的推移,陈平安越来越觉得,如果真正喜欢一个人,好像一辈子是不够的。

张山无意间发现陈平安的异样,抹了抹自己脸颊,有些疑惑。雨下得再大,也不至于满脸是雨水吧?何况这场滂沱大雨到了现在已经变作绵绵细雨了,便是不撑伞都无妨。他有些担心,问道:"陈平安,没事吧?"

陈平安赶紧胡乱抹了一把脸,挤出个笑脸,摇头道:"没事没事,今晚这么多古古怪怪,太吓人。我这个人比较后知后觉,之前顾不上惊吓,现在没事了,才敢放开了哭。"

张山十分佩服,伸手拍了拍陈平安的肩膀,转过头去,忍住笑道:"你就当我没看到。"

神诰宗老道人环顾四周,最后笑望向直腰站立的杨晃,啧啧道:"物是人非事事休啊,好一对苦命鸳鸯。杨晃,你觉得贫道会如何处置你们? 你说是按照宗门的金科玉律办呢,还是按照你我之间的师兄弟情谊行事呢?"

杨晃咬紧牙关,默不作声。只是最后,他似是要跪下身去,只求老道人法外开恩。

徐远霞正要开口说话,老道人转过头去,眼神阴沉,一声暴喝:"闲杂人等,乖乖闭嘴! 神诰宗清理门户,由不得旁人指手画脚!"

徐远霞气得眼珠渗出血丝,恨不得一刀抢起就劈砍过去,但是最后也只能颓然叹息。这种宗门大派的家务事,外人胆敢掺和,真是死了也白死。

就在此时,陈平安转头悄悄递给张山一颗圆球:"张山,从现在起,我们两个就算是不认识了。这东西你收下……"

张山一把推回,凑过脑袋轻声道:"陈平安,你可千万别胡来,只要你先动手,就完全占不住理了。这些正道仙师,小道晓得如何对付,肯定比打架管用。记住,等下我被人揍的时候,你别出手帮忙,否则就会前功尽弃了。"

陈平安问道:"这也行?"

张山笑脸灿烂道:"试试看,如果不行,你再顶上呗。"

他站起身,理了理衣衫,大步走入绣楼广场,大声道:"诸位先听小道一言!"

在场众人纷纷望向这名外乡道士,神色各异。腰间绑有一团乌黑绳索的少年道人摘下绳索随手一抛,绳索便如一条灵蛇在空中自行舒展,瞬间将张山给捆了起来。粽子似的张山摇摇摆摆,差点跌倒,好不容易才站稳身形。

少年道人冷笑道:"凭什么要听你废话? 一个来历不明的假道士,再敢聒噪,就直接将你丢出院子。"

张山愤怒道:"小道姓张名山,来自北俱芦洲,师从凌霄派火龙真人,更是族谱有据可查的龙虎山张家子弟! 此次远游四方,来到东宝瓶洲磨砺道心,是为了完成龙虎山山门的考验。只要小道返回家乡,就能够成为天师府金玉谱牒的在册道士! 你们神诰宗好大的威风,竟敢如此欺辱龙虎山张家人!"

江湖经验不够的少年道人有些蒙，一时间没了跋扈气焰。显而易见，他是给"龙虎山天师府"给震慑到了。拿神诰宗与之掰手腕，还真没有底气。

人的名树的影，名声能够流传到东宝瓶洲的宗门，就没有一个是好惹的。中土神洲的龙虎山更是赫赫有名，不隶属于道家三教任何一脉，是自立门户的一方道统。张家天师一手掌印，一手持仙剑，道法无边，杀力无穷，那真是在神人辈出的中土神洲也能够跻身前十之列的上五境仙人。

张山乘胜追击，一脸正气，死死盯住那个眼神阴晴不定的领头老道人："杨晃作为神诰宗的前弟子，为一个'情'字沦落至此，便是小道这些外人看来，也觉得可歌可泣，要为他夫妇二人掬一把同情泪。神诰宗作为东宝瓶洲道统之首，想必也该有与之匹配的气度才对。"

年纪最小、手持古木长条的神诰宗小道童轻轻扯了扯少女道人的袖子，悄悄问道："师姐，我觉得那个张天师说得挺对的，你觉得呢？"

少女道人摇头道："虚头巴脑的客套话，别当真。"

陈平安大开眼界，但是与此同时，他眼角余光瞥向绣楼屋脊那边，有些疑惑。

张山想要伸出手指指着那个老道人的鼻子，以此增加气势，但是发现自己被绑得结结实实，便干脆向前跳了一步，冷笑道："何况老仙长与杨晃有多年同门之谊，今日他乡遇故知，为何是刀兵相见，而不是把手言欢？我张家天师，不管在册还是记名，游方四海时只要遇上，必然一见如故，怎么偏偏你们神诰宗就没有这等氛围？再说了，小道虽是龙虎山张家子弟，亦是登山修道之人，却也晓得法理不外乎人情的浅显道理。老仙长该不会是跟杨晃有旧怨，因此不顾宗门气度，非要将这对夫妇往死路上逼吧？不过小道觉得这种可能性不大，老仙长一看就是心胸豁达之人，此间事了，小道必然会为老仙长和神诰宗扬名，哪怕将来到了祖庭正宗的龙虎山，只要提及神诰宗，都要伸出大拇指！"

双手负后的老道人眯起眼，笑而不语。

站在墙头上的青年道人突然说了一通谁都听不懂的言语，张山正犯迷糊，那青年又转回东宝瓶洲雅言，居高临下，伸手指向张山，大怒道："你这骗子，贫道以北俱芦洲官话问你话，为何一个问题也答不上来？！在东宝瓶洲胆敢冒充龙虎山张家子弟，就是悖逆一洲道统，你知道神诰宗一样有资格将你拿下吗？还不跪下认错！"

没想到碰到一个比自己还能胡吹法螺的王八蛋，张山勃然大怒，开始用真正的北俱芦洲雅言大骂那个青年道人，然后转回东宝瓶洲雅言："信口雌黄，颠倒黑白，好一个神诰宗，好一个东宝瓶洲道主！"

不承想那墙头上的青年道人根本不理睬张山，已经转头望向老道人，笑眯眯提议道："师父，初步判定此人并非来自北俱芦洲，至于是不是龙虎山张家弟子，还需慢慢确定。不如将其拿下丢在一旁，咱们先行清理门户，处置了那对张鬼树精再谈其他？"

老道人似乎意有所动，正要开口说话，徐远霞终于忍不住心胸间那口恶气，果真如先前所说那般，手持宝刀，向前走出一步，大笑道："在下只是无名小卒，没办法要神诰宗的仙师卖什么面子，但若是诸位仙师想要责罚杨晃，依法办事，徐某人便洗耳恭听，领教一下'宗'字头仙家的金科玉律到底有无法度可循。可若是不给个说法就要打杀杨晃夫妇，徐某人便是拼了一百几十斤肉不要，只凭手中一口刀，也要领教领教诸位仙师的通天道法！"

神诰宗少年道人突然问张山："你既然自称出身于龙虎山位于北俱芦洲的小宗门派，那可有通关文牒能够证明你来自北俱芦洲，且是张家子弟？若是证明不了，假冒龙虎山张天师一事，你可就要吃不了兜着走了。"

张山面有难色，流露出一丝犹豫。徐远霞也有些头疼，心想如果真是小道士意气用事，冒充龙虎山上黄紫贵人的远亲，那可是罪名不小，落在有权力督查一洲道统的神诰宗手中，是要吃大苦头的。一洲道主，职责所在，归根结底只是四个字，但分量极重，叫作"正本清源"。

张山深吸一口气，转头道："陈平安，帮忙从我包袱里取出通关文牒。"

杨晃苦笑一声，转头看了眼莺莺。莺莺似乎看出了夫君的心思，点了点头。杨晃这才转过身，朗声道："徐侠士、张道长，你们的好意，杨晃心领，若有来世，必当回报！今日神诰宗是以公法定罪还是以私怨报仇，杨晃与拙荆全部承担便是。只是徐侠士、张道长，还有那位姓陈的小哥，可别以为我神诰宗修道之人皆如此人啊，绝非如此，绝非如此！"说到最后，杨晃笑声肆意，好似百年苟活，心情从未如此轻松快意。

他伸出拇指指向自己："我神诰宗！"略作停顿，又指向那个老道人，"像你这种修道不修心的蠢货终究是少数。难怪百年光阴弹指而过，你赵鎏还是只有五境修为。哈哈，百年之前我杨晃就已是五境练气士，如果没有记错，你赵鎏当时才三境柳筋境？好一个'留人境'，留住最多的，便是你这种心怀不轨的王八蛋了！"

杨晃一番话说得肆无忌惮，酣畅淋漓，却让赵鎏手底下那拨宗门晚辈听得面面相觑，颇为难堪。尤其是那个称呼赵鎏为师父的青年道人，杀机毕露，背后长剑在鞘内蠢蠢欲动，竟然是一名剑修。不过杨晃的言语恰好戳中此人的心窝：他师父赵鎏在三境滞留数十年之久，他亦是如此。一步步从惊才绝艳、有望跻身中五境的良才美玉沦为前途渺茫的绣花枕头，几乎终生无望炼出一柄本命飞剑，他在神诰宗的地位也在短短十年之内一落千丈。遥想当年，他甚至能够与那双享誉一洲的金童玉女偶尔聊上一两句话，这是何等殊荣？！尤其是贺小凉，当年闲聊之时，她还曾露出过一丝笑容，这又是何等稀罕的美景！即便是礼节性的笑意又如何？要知道，她可是一个连陆地剑仙都苦求不得的女子。而且那位风雪庙剑仙还是东宝瓶洲千年历史上最年轻的上五境剑修。

到头来，他却只能跟随一个大道无望的师父，带着这群小屁孩在山脚下的烂泥塘里摸爬滚打，美其名曰历练修心，一路上斩杀些灵智未开的阴物，降伏几头尚未幻化人形的山精水怪，然后跟什么乱七八糟的宗门孽徒、树精女鬼纠缠不休，这算个什么事？

他一怒之下就要出剑。反正杀的也是伥鬼树精，死不足惜。自己再不济也是三境剑修，与金童还积攒着些点头之交的香火情，想必就算有责罚，也不过是面壁抄书之类的，怕什么？

一个促狭嗓音毫无征兆地响起："剑可不能随便出鞘。"

众人循着声音，不约而同地抬头望去。那边的夜幕涟漪阵阵，轻轻荡漾，那个不速之客似乎是用了上乘的隐身符箓，其实一直就在屋脊之上隔岸观火，此刻缓缓显出身形，是一个身材不那么苗条婀娜的少女，倒也谈不上臃肿肥胖。她有一张红润圆脸，身穿红缎子衣裳，很有福气相。

赵鎏有些惊慌，连忙拱手作揖道："拜见傅师叔。"

踩在一把长剑之上的圆脸少女疑惑道："你认得我？"

赵鎏满脸笑容："神诰宗子弟，无论内门外门，岂会有人不认识傅师叔，那也太过孤陋寡闻了。"

圆脸少女突然黑着脸冷笑："怎么，我跟金童告白失败的糗事整座宗门都已经知道了？是哪个长舌妇或是闲散汉告诉你的，说出来听听，我回到宗门后，一定要好好感谢一番。"

不但赵鎏一头雾水，其实所有人都丈二和尚摸不着头脑。他们之所以认得出这位傅师叔，可不是因为什么告白不告白，而是因为她的靠山惊人。她最喜欢做的一件事情就是御剑笔直冲入云霞，然后从百丈千丈高空一头撞下，只在离地两三丈的高度紧急御剑拉升，贴地飞行，潇洒远去。寻常剑修谁敢这么不要命？谁会不记住这位小祖宗？再说了，她在两年前试图在离地一丈的高度转向，结果就那么一头撞入地面，连人带剑以一个干脆至极的倒栽葱姿势孤零零地杵在那边，看得原本拍手叫好的旁观子弟一个个哑口无声。最后还是靠着与她关系极好的贺小凉的一番训斥，才让她收敛许多。

在那之后没过多久，她就从五境破开瓶颈，成功跻身中五境的洞府境，然后就又开始御剑神诰宗了，每天在各座山峰的老神仙洞府家门口逛荡，让习惯了清净修行的宗门长辈们一个个不胜其烦。但是她的太姥爷生前曾是神诰宗现任掌教祁真的传道恩师，故而一向性情冷淡的天君祁真对这位恩师后裔甚至比对金童玉女还要偏爱。

那傅师叔一看众人表情，立马就知道自己想岔了，并且还说漏了嘴，恨不得当场就御剑远去千万里。但是一想到贺姐姐和那个狗屁金童的交代，只好忍着怒火和羞愤，板着脸站在屋脊上开始酝酿措辞，好早早打发了那对无足轻重的古宅男女。

神诰宗与许多门派一样,分内门外门,在贺小凉脱离神诰宗之前,金童玉女同出一宗是一桩极其罕见的盛事。为了历练两位天之骄子,掌教祁真专门让他们插手外门事务。当然,不是直接丢给他们那么大一个摊子,由着他们独断专权,而是类似世俗王朝的御史言官,拥有督查百官之权。而且贺小凉他们有些时候也会被赋予全权处理某些外门俗事的朱批之权,就是以朱笔书写如何处理事务的具体建议,然后交由外门专门负责山下俗世事务的宗门弟子,作为其历练之一。最后成果如何,贺小凉两人又有勘验评定之权。

杨晃寄往山门的密信,神诰宗在新年初其实就收到了。当时贺小凉尚未离开神诰宗,和金童还就这封信起了冲突。金童先行提笔朱批,内容大致为妥善处置,不用太过苛责杨晃,实属情有可原。贺小凉却是直接给了相反的意见,朱批措辞极为严厉,说杨晃身为神诰宗弟子,竟然沦为伥鬼,应当严惩不贷,以儆效尤。不过两人对于莺莺的处置倒是都选择不理不睬。

因为双方起了争执,所以杨晃这封密信就被暂时搁置。关于此事,神诰宗外门于情于理,以及还有不可言说的大势,更多还是倾向于贺小凉。但是谁都没有想到贺小凉突然就不是神诰宗弟子了,连一洲玉女的身份都舍弃不要。爱慕贺小凉多年的金童仿佛是觉得那封密信太过晦气,不愿意再理会半点,而且他手边需要处理的事情不计其数,就随手丢给外门一个执法长老,只说是交给下山历练的弟子便宜行事就了,不用考虑上边自相矛盾的朱批内容。后续事情很明了,赵鎏抓住了这个机会,亲自下山报私仇。但是傅师叔不知道从哪里听闻了此事,偷偷摸摸一路跟随。

傅师叔出现之后,徐远霞和张山就都明白杨晃夫妇的命运已经不是他们能够掌控的了,说再多的话都没有意义。一位神诰宗的"长辈",只说一句话就够了。

杨晃握住莺莺的手,抬头望向圆脸少女,坦然笑道:"孽障杨晃与拙荆,全凭傅师叔发落,不管生死,谨遵师叔法旨。"

傅师叔瞥了眼那对夫妻,模样实在是让人喜欢不起来,当然也谈不上厌恶。她一想到密信上的两份朱批,叹了口气,心想反正贺姐姐都已经不是神诰宗的人了,那就按照那个狗屁金童的意思办? 她清了清嗓子,发号施令道:"赵鎏带队去搞定那座淫祠,至于是亲自动手还是跟当地官府联系,你们自己看着办。杨晃夫妇就这样吧,以后只要不打着神诰宗的旗号做坏事就行。总之,从今日起,你们夫妇一切所作所为都与神诰宗无关。"

既然看完了热闹,她就不愿再待在这个山水破落的鬼地方,迅猛御剑破空而去。别人御剑飞行都是沿着一个弧度缓缓爬坡,最后进入高空,她却是恨不得笔直冲上云霄,看得人心惊胆战,总觉得她会一个不小心就摔回地面。

杨晃记起一事,大声道:"谢过傅师叔先前退敌之恩!"

赵鎏拱手作揖，恭送少女离去，之后，冷哼一声，一言不发地转身离去。

杨晃没有得意忘形，反而对赵鎏师徒之外的三名神诰宗小仙师抱拳致歉："杨晃一身污秽，不敢相送诸位仙师。"

收回缚妖索的少年道人以及他腰挂打鬼竹鞭的双胞胎姐姐犹豫了一下，都微微点头。那个手持镇妖木的小道童大摇大摆离开，突然又转过头做了个鬼脸，对莺莺笑道："丑八怪呀丑八怪！"

原本笑意盈盈的莺莺顿时神色凄然，缓缓扭过头去，双手捂住脸庞，再不敢见人。

刹那之间，小道童突然停下脚步，就那么直愣愣站在原地，纹丝不动。不是他不想动，而是不敢动弹。

一行人当中，其实真正最受宗门器重的弟子，是他这个天生直觉卓然的修道良材，而不是那对双胞胎姐弟，更不是那个趴在三境上晒了好多年太阳的蠢货。

他迅速转头望去，攥紧那块篆刻有"万鬼俯首"的镇妖木，手心满是汗水。

他缓缓偏移视线，丑八怪女鬼不去说，病秧子似的伥鬼、只靠一件神兵逞威风的大髯刀客、极有可能是龙虎山张天师的北俱芦洲道士，他一一看过这三人，最后才看向那个面无表情的背匣少年。

他如此作为，落在别人眼中，只当是孩子心性的玩闹。只有陈平安伸出两根手指，悄悄做了个向前一戳的奇怪手势。小道童赶紧眨了眨眼，咽了口唾沫，最后牵强一笑，跟那个让他觉得危险至极的家伙客客气气地挥手告别，一边飞奔一边哀怨：妈呀，这家伙一身凌厉气势，怎么那么像是中五境的老怪物？而且还是那种经常下山厮杀、身经百战的修士。小道童跑着跑着，又有些笑意了，心情一下子阴转多云：哇，果真如自己师父所说，山下也是有世外高人的！这不就给自己撞上了？回去之后，一定要跟师父说，自己遇见的老怪物，说不定还是一位十境地仙呢。臭不要脸，假装少年模样，吓得他差点屁滚尿流……

小道童欢快奔跑，还来了一个蹦跳，高兴道："哟呵，这趟下山不亏。"

前边抄手游廊里的姐弟心有灵犀地同时转头，小道童立即屏气凝神，落地后，老气横秋地继续稳步前行。

绣楼那边，一场风波过后，虽然古宅男女从头到尾都在担惊受怕，但总算是劫后余生。夫妇二人握手相视而笑，一切尽在不言中，只觉得偿所愿，负担尽散，苦尽甘来。

张山对陈平安笑道："剑仙剑仙，看到没，这么年轻的剑仙，厉害吧？"

陈平安有些无奈。

雨已停歇，张山望向高空夜幕，感慨道："真想吟诗一首啊。"

徐远霞哈哈大笑。不管如何，事情总算有了个圆满结局，这比平日里替天行道、斩妖成功、痛饮美酒还要让他感到喜悦。

在三进院落那边倒地不起的老妪终于悠悠醒转，立即飞掠而来，结果看到相安无事的男女主人，微微放下心。

杨晃对老妪轻声笑道："都过去了，以后不用再担心那些鬼祟小人了。"

老妪先是愕然，随后喜极而泣，泣不成声。

莺莺缓缓挪动躯干"游荡"过去，轻轻挽住她的肩头，呜呜咽咽，像是在温柔安慰。

无事一身轻，再无半点枯槁颓丧神色的杨晃大笑道："徐侠士、张道长，还有陈公子，若是不嫌弃，就让我们尽尽地主之谊，备上一桌好酒好菜，共同畅饮一番？"

徐远霞笑着点头，问张山和陈平安："意下如何？"

张山笑道："有何不可？"

陈平安也笑着点头，拍了拍腰间酒葫芦："如果可以的话，我想跟你们买一点酒。"

杨晃一挥手，好像恢复了当年那个神诰宗弟子的风发意气，爽快道："家中自酿的窖藏土烧算不得醇酒，但是滋味真是不错，消夜之后，吃饱喝足，陈公子只管搬走！"

众人笑声朗朗，古宅再无半点森森阴气，唯有尚未喝酒就醉人的江湖豪气了。

老妪一会儿笑逐颜开，一会儿又低头抹眼泪，快步走去灶房烧菜。

夫妇二人在三进院落的正房待客，与徐远霞闲聊江湖事。

张山犹豫片刻，还是喊上陈平安，来到院落游廊旁，歉然道："陈平安，小道其实本名张山峰，并不是张山。对不住了，作为朋友，却瞒了你这么久，不太厚道。"

陈平安坐在栏杆上，对此根本没有芥蒂，笑道："行走江湖，小心驶得万年船，这有什么错不错的。"

张山峰眼睛一亮，哈哈笑道："你也不是用本名行走江湖对不对？就说嘛，陈平安这个名字虽然寓意很好，可到底还是有些俗气……"

陈平安翻了个白眼："是本名！"

张山峰顿时有些尴尬，沉默片刻，想起一事，低声问道："先前你送小道一颗圆球做什么？"

陈平安在内心说了一声"对不住"，然后笑道："其实先前对面厢房那边的打斗动静很大，我便出门旁观了一场恶战。姓楚的书生原来是一头树妖，被……刚刚那个剑仙斩杀之后，丢下那颗好像是叫甲丸的法宝。那个剑仙瞧不上眼，直接走了，我便去偷偷捡了起来。"他伸手递过去那颗圆球。

张山峰恍然，接过后掂量了一下，并不沉重。低头细看，依稀看见有一条细微裂缝，脸色肃穆，递还给陈平安："确实跟传说中的兵家甲丸很像，但是这颗甲丸应该遭受过重创，导致上边出现了一丝破绽。但不管怎么说，甲丸都是极其珍稀昂贵的宝贝，虽然小道不知道价格到底多高，但肯定是好东西。你好好收起来，千万别给外人看到，只要以后找高人缝补修整,就能够放心穿在身上,相当于一等一的护身符!"

这颗兵家甲丸,按照楚书生自己的说法,是古榆国皇家库藏里的地字号法宝,价值三千文雪花钱。陈平安没有藏入袖中顺势收进方寸物,而是试探性问道:"你也知道,我是习武之人,而且我所学拳法讲究一往无前,不可以太过依靠外物,否则反而会让自己的拳意不够爽利,所以这颗甲丸我留着用处不大,卖给你吧,三百文雪花钱,咋样?"

张山峰使劲摇头,自嘲笑道:"莫说是三百文雪花钱,就是一千两千文雪花钱,这么个可遇不可求的宝贝,小道只要有这个家底,砸锅卖铁都会买下,而且眼睛都不眨一下。但是小道如今穷得叮当响,否则也不至于连在鲲船之上吃顿饱饭都难了。"

陈平安将圆球轻轻抛给张山峰,笑道:"那就当你欠我三百文雪花钱。别急着拒绝,你想啊,就你这个被雨一淋就昏过去的身子骨,以后我们两个如果再遇到妖魔鬼怪,还怎么跟人打? 你如果穿上甲丸,说不定咱俩胜算就要大上许多。一旦有所收获,就都归我,当你还钱,行不行?"

张山峰叹了口气,小心翼翼收下那颗以往做梦都不敢奢望的甲丸,跟陈平安肩并肩坐在游廊栏杆上,一起望向天空,轻轻喊了一声:"陈平安……"然后就没了下文,好像许多言语都说不出口了。

陈平安双手撑在栏杆上:"你看我这次从头到尾都没帮上什么忙,你也没嫌弃我拖后腿啊。"

张山峰挠挠头,这么一说,好像略微心宽几分。陈平安把自己当朋友,自己也是把他当朋友的,朋友之间,是不是就别那么规规矩矩、事事讲究了? 他突然大笑道:"拂拂髯如戟,豪侠带宝刀。"

陈平安笑了笑。得嘞,这是在夸奖大髯汉子徐远霞。

张山峰又说道:"弃文游海岳,辛苦觅全真。"

好嘛,应该是在说他自己了。

张山峰转头道:"陈平安,现在没想到关于你的诗词,等以后小道有感而发,一定会有的。放心,小道保证一定很豪迈!"

陈平安哭笑不得,不好打击他的兴致,只得点头附和道:"好的好的。"

他跳下栏杆,跑向灶房,转头喊道:"我去帮忙烧菜。"

张山峰嗯了一声,坐在原地,百感交集。

正房那边时不时传出徐远霞的爽朗大笑,张山峰换了一个坐姿,背靠廊柱,双臂环胸,想起了家乡的那座高山,便闭上眼睛,哼唱起一首自制词曲的小调儿,摇头晃脑,优哉游哉。最后睁开眼睛,轻声喃喃:"要问此歌何人作? 武当山上张山峰!"

陈平安其实在沉思:先前与楚书生一战,自己武道三境的斤两心里大致有数了。崔姓老人传授的诸多拳法之中,神人擂鼓式是威力最大的一种,他打了二十拳,已是极限。如果不是飞剑毙敌,恐怕就会被那个书生耗尽自己的气力。若是书生腾出手来,使出一两件攻伐法宝,他怎么办?逃倒应该不难,可想要胜出并且杀敌,挺难。不过能够将自己的拳法和初一、十五的出击配合起来,甚至还有那么一点点天衣无缝的意味,也是一桩收获。可他内心深处还是觉得不够酣畅淋漓,终究是差了一点意思。似乎真正的答案再简单不过了,还是他出拳不够快!不够猛!

陈平安收起思绪。练拳也好,将来练剑也罢,急不来的,总之一步一个脚印,踏踏实实往前走就是了。他拍了拍腰间的养剑葫,轻声笑道:"这次谢了啊。"

葫芦内有所感应,十五开始飞来掠去,十分雀跃。

陈平安突然说道:"但是以后你们俩登场的时候,能不能别那么……光彩夺目?咱仁又不是跟人切磋武道,出手之前需要报个名号亮个兵器啥的,上阵杀敌,咱们就不讲究这些了吧?偷偷摸摸溜出养剑葫就好了,你们觉得是不是这个理?"

十五瞬间悬停,静止不动,似乎有些生闷气。初一更是掠出养剑葫,闯入陈平安的气府之内兴风作浪。好在陈平安如今对于这点疼痛淡定得很,满脸笑呵呵地小跑向前,去灶房那边帮忙。

驾驭本命飞剑只是消耗心神,无须动用真气,但是飞剑杀敌存在着距离限制,与剑修境界,或者说神魂凝结程度有直接关系。初一的路程瓶颈是方圆十丈,十五则是八丈。想要打破飞剑距离瓶颈也无捷径可走,对于剑修就是上升境界,对于陈平安这个刚刚赢得"剑仙"美誉的武夫而言,就需要十八停剑气运转的那一口真气一鼓作气闯过沿途更多气府。

不远处就是灶房了,里面依稀有些光亮。

"张山峰这个名字,哪里就比陈平安好了?"陈平安放缓脚步,想到这里,便有些不服气,只是突然咧嘴,自顾自偷着乐,"嘿,剑仙!"

老妪正在灶房里忙碌,看到陈平安的身影后,有些讶异。"君子远庖厨",这可是圣人教诲,虽然也有"食不厌精,脍不厌细"的讲究,但不意味着君子贤人们会自己动手下厨。不过老妪很快释然,眼前少年远游四方,风餐露宿,看着也不像是出自书香门第。但是老妪还真不觉得陈平安能帮上大忙,便让他帮着做些择菜的活计,顺便盯着炖菜的火候。陈平安没有坚持什么,就帮着打杂。温暖的灶房内,砧板上发出老妪娴熟切菜时的清脆声响,陈平安坐在小板凳上剥笋,带着清新的草木香味。

老妪随口问道:"陈公子,你的左手怎么了?"

陈平安瞥了眼包扎有棉布的左手,笑道:"不小心摔了跤,不碍事。"

难得有人跟自己聊天,老妪笑道:"雨天地滑,害公子受伤了。咱们这栋宅子啊,本就有些年头了,先前又是虎狼环伺的艰难处境,更不敢大肆张扬,夜间也很少挂灯笼。

这么多年,怕吓着了老百姓,不敢请砖瓦匠人过来帮忙,都是我胡乱捣鼓的,手艺当然很差,好些个青石地砖坑坑洼洼,连平整都算不上,这要是在州郡大城的大家门户里头,不说自家人瞧着碍眼,若是给别家人看见,会被笑话死的,背后肯定要嚼舌头的,什么难听的话都会有。好在老爷和夫人从来不计较这个,这是我的福分。"

老妪的语气平缓,如水静流深,百年光阴,喜怒哀乐,悲欢离合,都一点点沉淀在心田了。"这是我的福分",这应该就是老妪对自己人生的总结。

陈平安轻声道:"宅子能有老婆婆你忙前忙后,也是他们夫妇二人的福气。"

老妪愣了一下,带着笑意,转头打趣道:"你这孩子,瞧着憨厚本分,怎么也这么会说话?"

陈平安已经将所有剥好的笋都放在一只干净竹篮里,抬头道:"老婆婆,我说的是实话啊。"

老妪看着少年那双清澈有神的眼眸,嗯了一声,转过身去,脸上笑意更多了一些,随口道:"陈公子有没有喜欢的姑娘啊?咱们彩衣国胭脂郡的女子可是出了名的漂亮,若是不着急赶路,可以去那边逛逛庙会,说不定就有一段美好姻缘呢。再说公子你虽然武道境界不高,可在胭脂郡这般无正神无地仙的小地方真不算差了,若是愿意扎根在此,当个将军都尉什么的绰绰有余,到时候娶一个书香门第里的大家闺秀不也挺好?"

陈平安有些羞赧,嗫嗫嚅嚅,不敢接这个话题。

老妪转过头,瞥了眼眉眼颇为周正秀气的少年郎,会心一笑,轻声道:"知道喽,陈公子肯定是有心爱的姑娘了。"

陈平安憋了半天,红着脸问道:"老婆婆,如果我喜欢的那个姑娘曾经问过我喜不喜欢她,我当时说不喜欢,结果现在去找她,又跟她说我喜欢她,你说她会不会觉得我是个骗子啊?"

"陈公子你这话说得可真绕。"老妪情不自禁笑出声,一锅菜焖着,她便坐在灶台旁的小凳上笑问,"那你当时为什么不说喜欢她?胆子小,难为情?还是觉得点头说'是'会在姑娘面前丢了面子,所以故意逞英雄?"

陈平安认真地想了想,给出一个诚心诚意的答案:"我傻呗。"

老妪这下子是真被逗乐了,笑得整张苍老脸庞都柔和起来:"我觉得你喜欢的那个姑娘应该不会生气的。一个姑娘如果被人喜欢,而且那个人喜欢得干干净净,怎么都是一件美好的事情。"

陈平安有些苦恼,将一篮笋端到灶台旁边:"可是那姑娘跟我说过,她只喜欢大剑仙……"

老妪忍住笑:"哟,那可真是难为你了。大剑仙,怎么都该是第六境的神仙,我家老爷天资多好,曾经还在神诰宗那样高高在上的洞天福地修行也不曾跻身中五境。陈公子,婆婆给你一个建议,你就跟那个姑娘商量商量,看能不能把大剑仙这个要求变成小剑仙、一般的剑仙? 要知道,天底下的剑修,境界再低,还是很吃香的,四境五境已经很了不起了。"

陈平安欲言又止。宁姑娘所谓的大剑仙,肯定至少也是十二境啊! 哪怕她再好商量,答应往下降一降,估计怎么也得是风雪庙魏晋那种剑仙境界吧? 陈平安叹了口气,突然提醒道:"老婆婆,菜好了。"

老妪赶紧起身,掀开锅盖。很快,一道色香味俱全的山珍野味就进了菜盘。老妪让陈平安端着那盘下酒菜送去三进院子的正房大堂,还让他送完这盘菜就不用回来,就在那边吃喝,之后她来端菜送酒便是。陈平安一溜烟跑去又跑回,看到老妪佯装生气的模样,笑问道:"婆婆,我来拿酒,而且我跟杨老爷打过招呼了,他答应送我酒喝……"说到这里,陈平安摘下酒葫芦晃了晃,笑容灿烂,"装满为止。"

老妪从一只红漆老旧橱柜里拿出酒勺,然后笑着指了指墙根几个大酒坛子:"搬一坛子没开的过去,边上还有小半坛子喝剩下的,你可以装酒葫芦里,怎么都够的。"随后便不管蹲在墙根舀酒入葫芦的少年,自顾自炒菜。

陈平安将酒葫芦装满,跟老妪打了声招呼,抱着酒坛离开。老妪笑着转头看了眼少年腰间的朱红色酒葫芦,心想这孩子小小年纪就是个酒鬼啦? 就不知道见着了心仪的姑娘后,是变成一葫芦喜酒还是断肠酒呢。不过她当然还是希望少年能够得偿所愿。

三进院子的正房其乐融融,古宅主人杨晃和莺莺坐在左边,徐远霞被请上座。他是豪爽性子,也懒得推托。张山峰坐在右边,陈平安端菜送酒过去后便开始畅饮。

莺莺戴着厚实面纱遮掩容貌,徐远霞先前便问过了是否有什么仙家术法能够帮助这个可怜的女子恢复容颜,杨晃苦笑摇头,并不藏掖真相,详细说出其中缘由。其实最关键的还在于古宅阵法与古榆木芯融为一体,无法挪动了。并且两百年前,彩衣国遇上一场可怕瘟疫,十数万人染病暴毙,大多胡乱葬在此地。历代彩衣国皇帝都希望改变此地风水,当初一位观海境的道家神仙云游经过彩衣国,被皇帝召见,亲临此地,诸多布置,光是两次罗天大醮就耗费了近百万两银子,只可惜好了没几年便又恢复成瘴气横生、鬼魂游荡的凄厉场景,真是连神仙都束手无策。

根子还在这处地界的风水之上,虽是莺莺的救命药,也无异于饮鸩止渴,终有一天她还是会沦为恶鬼。他俩早已约好,真到了那一天,便双双自尽,以免祸害一方百姓。

其实古榆木芯天生清洁,只是他当时着急挽留住莺莺的魂魄,加上之后病急乱投医,才使得她一步步恶化。若是能够持续汲取天地清灵之气,其实她有望恢复灵性,甚至反哺当地气运,成为类似淫祠山神的存在。但是她的神祇本性因为古榆树的关系,必然与姓秦的截然不同,她是造福一方,姓秦的却只能腐坏山水。

最后杨晃豁达笑言,最多再有三十年,这栋宅子就该无人无酒也无菜了,所以希望徐远霞三人最好在这之前多来此地,好歹还能有个干净厢房作为歇脚的地方,还能如今夜这般天南地北,相谈甚欢。

涉及一地数百里山水的庞大气运,徐远霞和张山峰都无言以对,实在拿不出行之有效的法子,因为只有十境练气士才有资格对此"指手画脚"。

十境可称"圣"是一条不成文的规矩,最早是世俗王朝的恭维奉承,因为上五境的神仙实在太过少见,十境修士却需要牢牢占据灵气充沛的洞天福地,需要长时间积攒修为,面壁破境,偶尔也会跟山下的帝王将相打交道,因此儒家圣人、道家的陆地神仙、佛家的金身罗汉等俗称皆在此列。

陈平安如今喜欢喝酒不假,但是每次喝得不会太多。徐远霞却是大碗喝酒、大块吃肉的性格。张山峰酒量比陈平安还不如,偏偏脸皮子薄,被杨晃和徐远霞一劝两劝,就半碗半碗一口饮尽,使得陈平安每次只敢给他倒些许。即便如此,张山峰还是摇摇晃晃,满脸红光,说话嗓音也大了许多,跟徐远霞聊江湖见闻,跟杨晃聊诗词,很是开心。老妪隔三岔五就会端来一盘菜肴,见一坛酒空了,又去搬了一坛过来。宾主尽欢。

在第二坛酒就快要见底的工夫,一声哀号骤然响起:"楚兄楚兄!你上哪里去了?莫要抛下我一个人在此啊!"

很快又有哭腔响起:"小道士,姓陈的,你们怎的也不见了,难道是给恶鬼抓了吃掉了吗?不要啊,宅子里的妖怪,你们要吃人就一起吃啊,不要最后单独吃我啊……"

老妪当时正端来一盘菜,就要去安抚那个姓刘的官家子弟,解释缘由。陈平安赶紧起身说让他去。老妪一想也对,若是她去了,估计那个可怜书生就要吓晕过去了。

刘高华被陈平安拉着走入三进院子的时候,两腿打战,嘴唇铁青,上了酒桌便只管喝酒,不敢看人。

徐远霞笑问道:"你这书生运气怎么这么背,交了那么个不地道的精怪朋友?还一路游山玩水,把你骗到这里来。不过你能够活到现在,跟我们一起喝酒,也算你福大命大。看你穿着,是彩衣国的富家子弟?"

刘高华颤声道:"家父是胭脂郡的太守,但是家里真没钱,算不得富家子弟。"

徐远霞哭笑不得:"怎么,我徐某人像是那种劫匪草寇?"

刘高华抬起头瞥了眼大髯汉子,心想:不能更像了。

徐远霞不再吓唬这个文弱书生,突然有些担忧地对杨晃道:"杨兄,那老道士当真会解决了淫祠山神?会不会故意放过,留下来恶心你们?"

杨晃摇头笑道:"既然此事有那位傅师叔盯着,神诰宗外门就一定会追查到底。何况每一拨外门子弟下山磨炼,最终结果的勘验评定极为缜密严谨,容不得赵鎏擅作主张。"他突然脸色微变，"我现在只担心姓秦的在官府那边有靠山，若是赵鎏弯弯肠子，打着不愿仗势欺人的幌子跟州郡高官'商议'此事，估计就悬了。一旦赵鎏说服彩衣国朝廷和礼部主动要求留下那座淫祠，甚至干脆让姓秦的成为一方山水正神，事情就会很棘手。虽说彩衣国的五岳正神比不得大国王朝的同类，只是六境练气士的修为，在自家地盘上才能发挥出观海境的实力。姓秦的那位，毕竟是塑有金身的山神，只要赵鎏从中作梗，帮着他名正言顺获得皇帝敕命，说不定就能拥有洞府境的实力。来自神诰宗的仙师随便说几句话，彩衣国皇帝都会好好掂量的。"

听杨晃说完这些，徐远霞、张山峰和陈平安几乎同时望向那个战战兢兢的读书人。

刘高华有些茫然，怯生生说道："我爹只是个四品郡守，什么山神不山神的，我爹估计听都没听说过，他帮不上忙啊。"

徐远霞笑道："放心，不是要你爹帮忙，只是防止他帮倒忙而已。明天一大早我就陪你返回胭脂郡城，快马加鞭去拜见郡守老爷，怎么都不能让那赵鎏捷足先登。相信只要赵鎏在郡守府见着了我徐某人就会心里有数了，晓得他的算盘打不响，便是打响了，也要小心咱们去神诰宗闹，学那老百姓在官衙门口击鼓鸣冤，口呼'青天大老爷要为民做主'。"说到最后，徐远霞自己都大笑起来。

杨晃站起身拱手道："那就先行谢过徐兄！"

徐远霞的脸色突然古怪起来，喝了口酒，闷闷道："徐什么兄，我这岁数给你当孙子都嫌小了！"

杨晃哈哈笑道："英雄不问出身，朋友不论岁数！"

便是莺莺都有些轻微笑声从面纱后渗出，把好不容易积攒出一点胆气的刘高华又给吓得脸色惨白。

当晚，张山峰喝高了，刘高华没敢敞开了喝，生怕这一醉倒就再看不到明早的太阳。最后四人同住二进院子，一夜无事。

天亮时分，张山峰起床推门，看到陈平安已经在院子里练习走桩，比起初次见到时，感觉像是越来越慢了。

吃过了老妪准备的早餐，四人便一起告辞离去。日头高升，古宅男女主人因为不喜阳光就没有出门送行，站在绣楼那边远远挥手。

徐远霞打着哈欠，眯眼看着越来越耀眼的日头，懒洋洋道："又是新的一天了。"

张山峰在跟刘高华聊着胭脂郡的风土人情。刘高华在走出这栋古宅后，整个人的精神气就浑然一变，跟打了鸡血似的，滔滔不绝。

陈平安突然转身走到门槛那边，对老妪轻声说道："老婆婆，如果，我是说如果有了麻烦事情，你可以寄信到最北边的大骊龙泉郡，给披云山一个叫魏檗的……人，就说杨晃大哥是我的朋友，陈平安欠了你们好多酒呢。"

老妪笑着点头，虽然没有当真，可还是没有拒绝这份好意。有些善意，就跟春寒料峭时的阳光一样，虽说在与不在差别不是很大，可为什么要拒绝呢？

陈平安伸出手，递过去七八枚雪花钱："大骊龙泉与彩衣国路途遥远，这是到时候老婆婆你寄信的钱。"

这栋宅子早已耗尽了杨晃所有家底，处处捉襟见肘，故而连酒水都是自酿，菜肴更是老妪去远处采摘而得。老妪犹豫了一下，还是收下了那几枚雪花钱。

寄信去往东宝瓶洲最北边的大骊王朝当然花费不少，可也绝对不需要七八枚这么夸张。但是少年一把钱币递过来，好像拒绝了，或是故意少收几枚，略显不近人情，或是矫情；大大方方收下了，也不至于欠下如何天大的人情。

老妪一时间有些唏嘘：年纪这么小就晓得照顾别人的感受，也不晓得小时候吃了多大的苦，才有这份分寸火候。

张山峰笑着招呼道："陈平安，走啦！"

陈平安应了一声，跟老妪告别，跑出去一段距离后，突然转身望向绣楼那边，大声喊道："书上说了，愿有情人终成眷属！"

杨晃和莺莺闻言，相视会心一笑。虽然夫妇二人早已不是"人"，但是这又有什么关系呢？

背负剑匣腰悬葫芦的少年就那么倒退着跑去，再一次跟老妪挥手告别："老婆婆，你的菜做得好吃极了！下次我还来啊！"

老妪站在门口，笑容温暖，看着那个沐浴在阳光里的少年，轻轻应了一声。

第八章

有些离别可再会

　　一行人到了胭脂郡城的太守府,太守大人正在官厅处理政务,徐远霞和张山峰坐在素雅简朴的客厅喝着婢女送来的茶水,刘高华则带着陈平安一路去往他爹的书房,做贼似的,因为陈平安跟他讨要了一幅胭脂郡堪舆图,而且必须是有朝廷盖章的那种。

　　刘高华虽然不明就里,但是一想到这次不仅活着离开古宅,还亲眼见识过了精怪鬼魅,还他娘的跟她坐在一张酒桌上喝了酒,就豪气冲天,看谁谁顺眼,便拍胸脯答应下来,要帮陈平安去偷,结果陈平安二话不说给了他五十两银子。他原本想说他俩一场患难之交,谈钱伤感情,结果一看那些沉甸甸的银锭,顿时觉得伤感情就伤感情吧,反正以后重逢的机会也不多了。

　　刘高华蹑手蹑脚地领着陈平安来到书房,关上门后,一阵翻箱倒柜,好不容易抽出一幅老旧卷轴,正是胭脂郡堪舆图,不过是候补的。这也正常,这类朝廷钦天监绘制的形势图,通常有两幅正选图和一幅候补图。两幅正选图的其中一幅必然悬在官衙大堂,另一幅则交由当地武将保管,只有候补图才会放起来吃灰尘。

　　陈平安确认无误后,点头道:"是这个。"

　　他要花五十两银子来买一个极小极小的可能性。齐先生曾经说过,如果看到瞧着舒服的形势图,就可以拿出那一对山水印,无须印泥,往上一盖即可。

　　陈平安在问过刘高华那栋古宅在地图上的方位后,便找了个借口,让他去书架上挑几本山水游记。趁着刘高华转身的工夫,陈平安手心瞬间多出一对好似"山水相逢"的印章,正是齐静春雕刻篆文而成,质地是最好的骊珠洞天蛇胆石。

陈平安朝两枚印章重重呵了一口气,看准古宅所在位置,啪一下轻轻压下,没等出现什么花头,便卷起堪舆图夹在腋下,对刘高华道:"行了,咱们赶紧走吧,免得你爹发现。到时候我可不管,给过了钱,不会还你的,你被太守大人打得半死,我最多支付药材钱。"

刘高华随便拿了两本书丢给陈平安,一起离开书房。

陈平安悄悄叹了口气,觉得自己心中所想的那个谋划多半是不成的。不过这也正常,哪有随便盖个印章就能改变数百里风水气运的事情,自己又不是神仙。

只是陈平安算错了一点。他当然不是神仙,可是篆刻印章的齐静春,那是神仙中的神仙。于是,以古宅为中心方圆数百里山水颠倒,污秽退散,转为清灵。秦山神所在的山神庙瞬间崩塌,他自己也金身粉碎。哪怕赵鸾已经放他一马,与他私下会面,传授锦囊妙计,让他喜出望外,只觉得否极泰来,自己终于要行大运了!不再是那个苟延残喘的淫祠小山神,马上就会成为神诰宗神仙倾力扶持的一方正神!所以当金身粉碎的那一刻,他始终没想明白缘由,只是怔怔地高坐于神台之上,就那么烟消云散了。

赵鸾当时正带着几个小祖宗离开小镇,瞬间感知到了这番天地变色的异样,顿时呆若木鸡。难道是宗门金童亲自出马了?恐怕金童如今也未必有这等神通吧?

其余神诰宗晚辈更是惶恐不安,只有那个看似惶恐的小道童的眼眸里满是笑意,心想:我就说吧,那家伙是活了几百岁的老王八蛋,这件事情肯定是他做的。哈哈,到时候回到山门见着师父,我一定要跟他老人家吹嘘,这次我见着了上五境的仙人!

绣楼那边,杨晃顾不得什么阳光普照、神魂灼烧,迅猛飞掠来到屋脊之上,凝神望去,四周皆是生机盎然,灵气从四面八方丝丝缕缕汇聚而来,满脸震惊和狂喜。

莺莺更是直接破开屋顶,任由衣裙下边的丑陋身躯暴露在阳光之下,深吸一口气,百年以来,第一次感到心扉清新,呼吸顺畅。

杨晃红着眼睛,无比激动道:"必有圣人相助!说不得就是因为傅师叔的出现,此处景象落入了神诰宗某位老神仙的法眼,便施舍大恩下来。不管如何,这都是天大的好事,做梦都不敢想的好事啊……"他哽咽起来,猛然惊醒,一下子跪下去,向四方各自磕了三记响头。莺莺跪不下去,便向四方虔诚作揖。

站在三进院子里的老妪也拜了拜天地四方,这辈子几乎从不喝酒的她没来由地想起去给自己倒上一碗酒。难喝就难喝吧,这辈子活得足够久了,已是别人的两辈子。

老妪来到灶房,一手端酒碗,一手拿酒勺,探入一个早已开启泥封的酒坛。

酒水怎么只剩下这么点了?没道理啊。老妪愣了愣,有些疑惑,然后皱紧眉头,最后竟是一阵头皮发麻,丢了酒碗摔了酒勺,猛然站起身,喃喃道:"怎么可能,怎么可能!"她抹了抹额头汗水,突然笑了起来,重新去舀了小半碗酒水,然后走出灶房,坐在游廊长椅上,望着安安静静洒落在院子地面上的阳光,小口小口喝着酒。

白发苍苍的老妪难得这么闲适无事,手头无事,心头也无事。

之前也是这般阳光和煦的日子里,有个名叫陈平安的北方少年,背着木匣,倒退着小跑,笑着与她挥手告别,腰间挂个朱红色小葫芦,里头有酒有剑有江湖。

原来是一个酒鬼剑仙少年郎。老妪喝着酒,笑着想着,这么好的一个少年,那么他喜欢着的少女,得是多好的姑娘啊?

胭脂郡,太守府邸。

偷过了自家老爹的一郡堪舆候选图,家贼刘高华有些心虚,觉得五十两银子有些烫手,便想着补救一二,就将徐远霞三人晾在客厅,自己跑去他爹处理政务的官厅,说是自己这趟出门游历,遇上了书本上的神仙中人,其中用刀的大髯汉子是一位名动江湖的豪侠,便是郡内第一高手都未必是他的三合之敌,万万怠慢不得。还有一位龙虎山张天师,背负一把桃木剑,家学渊源,斩妖降魔,手到擒来。最后一位姓陈的更是了不得,别瞧着少年模样,其实是八九十岁的高龄了,只是"修道有成,颜如少童"而已。

刘太守将信将疑,略带着一丝忐忑,带上一名见多识广的府邸幕僚,一同前往客厅招待贵客,结果大失所望。他虽然没见过诸多神怪精魅,可看人的眼光并不差,打过招呼之后,落座喝了杯茶就兴致缺缺,让刘高华好生款待三位贵客,找了个由头返回官厅。

一路上,刘太守摇头道:"什么豪侠天师,名不副实,坑蒙拐骗到了我府上,真是胆大包天,若是之后胆敢提出非分要求,本官非要让他们牢底坐穿,牢饭吃饱。"

老幕僚轻声笑道:"混吃混喝倒也不至于,年轻道士和背匣少年不好说,那大髯刀客是确有几分真本事的,府上护院肯定不是对手。刘大人,要知道我入府之前曾经游历江湖二十余年,见识过数位大名鼎鼎的江湖宗师,在咱们彩衣国南方都是屈指可数的顶尖高手,仅论气度,那大髯刀客毫不逊色,目露精光,气度森严。"

刘太守点了点头:"如此说来,还真有几分道理。"

老幕僚小声提醒道:"刘大人,你想一想,驻守本州的那位将军大人是公认的四境大宗师,咱们曾经在筵席上远远观望,当时就觉得哪怕喝酒谈笑,也有一股不怒自威的气概,很是吓人。仔细回想,那刀客是不是与之有几分相似?"

刘太守皱了皱眉头:"听你的意思,是要好好拉拢一番?可是听说跟江湖人打交道,都是一掷千金才算英雄气概,若是只拿出几两银子做盘缠什么的,不是客套情谊,反而是羞辱,会得罪那帮江湖莽夫。本官向来为官清廉,并无盈余能够出手,这可如何是好?难不成还要跟郡城富豪借银子?"说到这里,他的神色有些不快,"若是这般满是铜臭气的关系,本官不要也罢。"

读书人看待江湖汉,尤其是有了朝廷官身的读书人,其实心底还是瞧不上眼的。老幕僚心中叹息:自己送上门的江湖关系都接不住,也怨不得做得一手好文章却只是四品官了。更何况刘太守的座师房师如今还是彩衣国的公卿高官,如果换成他,别说是跟富人借钱,就是砸锅卖铁也在所不惜。假设那个大髯刀客是一个三境小宗师的江湖高手,只要关系到了,那么桌面底下能做的事情多了去了。再说,人情人情,没有人情往来怎么有人情,想着事事别人求己可不是为官之道啊。与郡城豪阀大族有点往来,借几百两银子而已,真是你刘太守丢了面子?错啦,是你给那户人家面子呢。只是这些事情,刘太守不爱听,觉得有辱斯文,老幕僚说过一次两次后,就心里有数。

一想到这里,老幕僚又有些心灰意冷。官场如此弯弯绕绕,江湖上何尝不是如此?他在隐姓埋名之前,事实上曾经在一个彩衣国南方江湖的盟主麾下担任心腹谋士,快意恩仇是有,可更多的还是人间细事多如毛,任你英雄盖世、满腔意气,用不了几年就会被磨损殆尽。想当年老盟主何等豪气干云,最后不一样落得个妻离子散家破人亡?

刘太守不冷不热地离开后,刘高华有些尴尬,加上一座郡守府邸竟然寒酸到连几间客房都腾不出来,徐远霞便让刘高华带着去往最近的客栈落脚,只要赵銮进入郡城府邸,就赶紧通知他们三人。刘高华连连应下。

因为地段好,又是老字号,客栈生意兴隆。好在郡守嫡子的面子还值点钱,硬是拿出了三间客房,而且没敢坐地起价。而刘高华从头到尾也没领这份情,全然没意识到客栈掌柜的心疼割肉,这让徐远霞看得好笑,就连张山峰都直摇头。

人情世故也是学问,这些学问,圣贤书上教得不多,但是江湖里头有,陈平安便看在眼里,记在心里。

三人在徐远霞房间闲聊,自然而然说起了这趟古宅之行,说起了张山峰的那张神行符。徐远霞问过了价格之后,得知竟然如此昂贵,便觉得有些对不住他,笑言下趟斩妖除魔一定要有些收获才行。张山峰虽然穷怕了,但是丝毫没有怨天尤人,这倒是让徐远霞刮目相看。他知道修行路上,练气士积攒家底何等重要,如果张山峰一直这么入不敷出,肯定很难往高处走,再好的心性都经不起这种钝刀子割肉。

经过闲聊,陈平安第一次具体了解了练气士下五境铜皮境、草根境、柳筋境、骨气境、筑庐境的风光。

其中前四境分别修炼皮肉筋骨,说是练气士,其实对养育出一副坚韧的体魄也很重视。道理倒也浅显:人身若是一只水碗,炼出一斤气,水碗只能装下八两,其余二两就成了空谈。最后一境则是融会贯通、熔铸一炉,是为人身这具练气之器的大成之境,大概意思像是在说,可以正式登山了。

因为杨晃多次提及柳筋境,说成是"留人境",徐远霞便着重给陈平安这个外行解释了一番。他说得津津有味,充满了纯粹武夫对山上神仙的调侃,让刚好停滞在三境的张山峰十分无奈。

"曾经有一个惊才绝艳的柳姓修士,单凭炼筋一事就直接登入上五境,成就无上仙身,堪称前无古人后无来者,故而专门以'柳筋'命名此境。而之所以有'留人境'的说法,是因为许多奢望走捷径的修士误入歧途,在这个境界上对柳姓修士遗留的残缺秘籍去钻牛角尖,耽搁太久,贻误终身。"徐远霞喝茶也有喝酒一般的豪迈,言语之中颇多调侃,"咱们武人总被山上修士看轻,可有一点怎么都比练气士强,就是步步扎实,没那乱七八糟的捷径可走,最为脚踏实地。下五境的练气士只要不是兵家和剑修之流,遇上了咱们第三境的纯粹武夫,可讨不了半点便宜!"

张山峰身为在座唯一一名练气士,闷闷道:"你们武夫跻身三境,我们练气士跻身中五境之后再来比比看?肯定是我们练气士胜算更大。"

徐远霞嘿嘿笑道:"咱们只做同境之争,第九境的金丹境练气士够神仙了吧?遇上咱们山巅境的纯粹武夫试试看?那大骊藩王宋长镜,你们几个十境练气士敢在他面前横?宋长镜是我们东宝瓶洲纯粹武夫里头的这个!"他伸出大拇指,"这等武夫才是世间真豪杰,身处山下却能傲视山上。只恨我徐远霞不能见他一面,否则死皮赖脸也要敬他一碗酒!"

陈平安脸色古怪。藩王宋长镜,可不就是宋集薪的亲叔叔,曾经在泥瓶巷路过,还跟他打过照面来着。再说了,跟宋长镜差不多境界的纯粹武夫,只说在龙泉小镇,就还有李槐他爹,更别提还有崔瀺的爷爷……陈平安只好默默喝茶。

之后三人去客栈一楼吃饭,大堂酒桌上议论纷纷,原来有位老神仙即将大驾光临,一手神通变化莫测,能够丢纸为美人。那些个仪态万方的婀娜女子在一张张黄纸落地现身之后,一个个与大活人完全无异,能歌善舞,对答如流。

老神仙这一路南下,已经让彩衣国沿途各地的达官显贵都忍不住叹为观止,所以老神仙尚未驾临胭脂郡,这座以美女著称于世的郡城就已经翘首以盼了。男子期盼那些由纸张变化而来的神异美人别有韵味,稍有姿色的女子则是都起了争胜之心:岂有一张薄纸胜过她们真人的道理?

陈平安对此兴趣不大,徐远霞和张山峰倒是跃跃欲试。一个信誓旦旦说那老神仙说不定就是披着人皮的精怪妖魔,一个使劲点头附和,说决不允许妖魔蛊惑人心。

陈平安看着两个满身正气的家伙,心想:你们两个能不能擦干净口水再说话?不就是想看漂亮女人吗,直说啊,我又不会笑话你们。唉,说到底他们就是没见过真正好看的姑娘。

这一点,陈平安底气很足。因为他觉得自己已经见过天底下最好看的姑娘了。她眉如远山啊。

落魄山,竹楼后边新开辟出一方小水塘。水至清且无鱼,空荡荡的水塘不知是要做什么,魏檗却经常在此蹲着,一看就能看上半个时辰,还要青衣小童和粉裙女童最近半年好好盯着水塘,切莫让外人靠近。约莫是不太放心这两个家伙,魏檗甚至让那条腹下生出金线的黑蛇从洞穴老巢搬出,就在竹楼附近盘踞守候。

陈平安离开之后,青衣小童没了对比,何况春寒渐退,每天的日头暖洋洋的,修行就懈怠下来。粉裙女童提醒了两次,青衣小童却振振有词,说这叫张弛有度,厚积薄发,可不叫三天打鱼两天晒网。

今天魏檗又来到竹楼,青衣小童屁颠屁颠跟在后头。之前不管如何询问,魏檗只说让他拭目以待,就是不愿道破真相,害得青衣小童整天挠心挠肺,恨不得现出真身,跳入水塘掀个底朝天。只是忌惮魏檗的身份修为,以及这位山岳大神那笑里藏刀的阴柔脾性,才硬生生压下好奇心,免得寄人篱下的同时还要被穿小鞋。

魏檗还是蹲在池塘边,仔细凝视着水塘里的细微水流。水塘看似死水一潭,实则不然。脚下这座落魄山的山水气运之根本其实不在山巅的山神庙,而是山根在于竹楼、水运在于眼前水塘。山神宋煜章本就与魏檗交恶,加上又是醇臣本色,死心塌地为大骊宋氏卖命,便将这桩秘事一五一十禀报给礼部和钦天监,得到的答复却是让他守口如瓶,不许泄露丝毫。既然是大骊朝廷的旨意,宋煜章也就不再纠缠,至于自身修为因此受到禁锢约束,无法完整统辖落魄山,他反而看得很淡。不过他跟顶头上司魏檗的关系,算是愈行愈远了。

青衣小童同样蹲在池塘边,眼巴巴瞪着池塘清水,只恨无法看出一点蛛丝马迹。他全然没有察觉身边蹲着的魏檗在自家地盘上竟是脸色紧绷,额头沁出汗水,肩头如负山岳,想要起身都没有办法。

光阴如水流逝。百无聊赖的青衣小童打了个哈欠,这才发现魏檗身边站着个陌生人,正弯着腰,双手负后,笑眯眯凝视着水塘。他身穿道袍,头顶莲花冠,年纪轻轻,长得还挺俊,就是笑起来不太正经,一看就像是会假借看手相的幌子趁机偷摸姑娘们小手的人。若是以往在御江附近,就青衣小童那火暴脾气,早就让这个年轻道士有多远滚多远了。如今在龙泉郡见多了风风雨雨,他收敛了许多,只是一想到身边有一尊金身灿灿的北岳正神,竹楼里头还有一位可怕至极的武道巅峰大宗师,咱这还怕什么?

青衣小童赶紧站起身,润了润嗓子:"喂喂喂,你这道士,咋这么不地道呢,不打声招呼就闯了进来。你晓不晓得我家老爷陈平安是整座山头的主人?而且竹楼附近就有条贼凶的大黑蛇,最喜欢吃人,你能活下来,得亏大爷我每天苦口婆心劝那条大黑蛇要吃素要吃斋,否则你这会儿……哼哼!"他双臂环胸,鼻孔朝天,心中大笑:哇哈哈,憋屈了这么久,总算碰到个自己能够训斥几句的凡夫俗子了,不容易啊!一想到这个,青衣小童就越看那年轻道人越顺眼,恨不得就要跟他称兄道弟一番。

"这样啊,如此说来,贫道托你的福,逃过一劫了。"陆沉笑容灿烂,连忙道谢。

他这副做派落在青衣小童眼中,比起魏檗那种绵里藏针的阴森笑容可就真诚太多了。不过青衣小童在这狗屁龙泉郡一朝被蛇咬十年怕井绳,混得有些草木皆兵了,便再次将他仔细打量了一番,确定没有半点练气士的气象后,激动得差点热泪盈眶,一路晃荡过去,跳起来就在陆沉肩头上一拍:"谢什么,我家老爷陈平安下山前就说了,他不在家的时候,我就要挑起重担,当家做主。你作为客人,哪有让你受到惊吓的道理。"

崔姓老人看到这一幕后,笑呵呵道:"你有本事再拍一下他的肩头。"

青衣小童心生警惕,抬头望向陆沉,又看了几眼疯老头,再看了看陆沉的莲花冠,试探性问道:"咱们有话好好说啊,你是道家的十境大真人,还是十一十二境的天君?"

陆沉笑着摇头:"都不是。"

青衣小童半信半疑,低声道:"这位仁兄,咱们行走江湖,无论辈分高低、修为深浅,都讲究一个以诚待人,可不许骗人哪。"

陆沉点头道:"真不骗你。"

十境以下,在落魄山,自己哪怕打不过,这不还有魏檗和疯老头嘛,这要还畏畏缩缩,就真说不过去了! 青衣小童迅速掂量一番,觉得自己已经立于不败之地,顿时眉开眼笑,又跳起来拍了一下陆沉的肩膀:"我一看你就根骨清奇,别灰心,道家元婴境的陆地神仙而已,你努力个几百年,总归还是有点希望的。实在不行,以后给人欺负,就报上我的名号,就说你认识……御江浪里小白条,或是落魄山小龙王,这两个绰号怎么样? 一个风流,一个威风……"

崔姓老人肆意大笑,朝青衣小童伸出大拇指:"小水蛇,算你本事,要是今天不死,以后够你吹嘘一辈子了!"

青衣小童咽了咽口水,眼珠子一转,咳嗽一声,耷拉着脑袋就要撤退,嘴上念叨着:"修行去修行去,今天的修行可不能耽搁了。"

陆沉笑了笑,点头温声道:"修行是不能懈怠,走走走,贫道对于修行略有心得,你问我答,可以帮你参谋参谋。"

然后青衣小童眼前一花,突然发现有人与自己并肩而行。这还不算奇怪,奇怪的是魏檗旁边也有个人蹲着。更奇怪的是,二楼窗口还有人与疯老头相对而立。而在朝这边探头探脑的傻妞儿身后,也有个人陪着她一起鬼鬼祟祟望过来。一个个全是那个头戴莲花冠的年轻道人!

青衣小童闭上眼睛,假装瞎子往前边摸去:"我什么都看不见,什么都看不见。我在梦游,我又在梦游……"

竹楼那边,粉裙女童眨着水灵大眼眸,比起青衣小童的不敬在先,她好奇多于畏惧。站在她身边的那一个年轻道人双手笼袖,看着墙壁上显现出来的一个个符箓文字,啧啧称奇道:"字还是这般有意思,不愧是帮着……哈哈,天机不可泄露。"

崔姓老人旁边的年轻道人则斜靠窗台,笑问道:"听说你想要打架?"

老人先以崔氏读书人的身份恭敬长揖行了一礼,然后直起身,后退两步,又以武夫身份抱拳行礼,再无半点敬畏,眼神炙热道:"还望陆掌教赐教一二!"

陆沉故作恍然和释然,哈哈笑道:"好说好说,只是一二就好,讨教三四五六的话,贫道还真为难,毕竟如今身在你们浩然天下,两条腿跟蹚泥似的,走不快,蹦不高。"

水塘旁边那个陆沉跟魏檗并肩蹲着,问道:"魏大山神能否告诉贫道这池塘里的积水以及里头种下的那粒金莲种子都是什么来历?"

魏檗仍是无法起身,只得苦笑道:"回禀掌教老祖,水是神水国覆灭前夕我偷偷让人取出的三万斤泉水。那粒金莲种子则是神水国皇库里头的老古董,当年就连皇室和钦天监老人都说不清其来历,只是一代代都作为珍藏传承了下来。神水国亡后,逃难经过棋墩山,被我遇上,最后便有了这粒种子,我想着能不能靠着灵泉之水孕育出一株传说中唯有小莲花洞天才有的那种紫金莲花。"

因为魏檗是北岳正神,是所有山脉的主人,命运一体,但这既是天时地利人和,当天灾地祸降临时,也会成为山水正神的负担。陆沉出现后,魏檗就被他一脚踩得无法动弹了,哪怕他只是踩在落魄山上而已,其实却与踩在魏檗头顶无异。如果陆沉一脚踩得落魄山塌陷,那么魏檗在披云山之巅的那尊金身可能就会断掉大半条胳膊。

陆沉摇头反驳道:"不是只有小莲花洞天才有,中土神洲的龙虎山天师府也有三株品相极好的紫金莲花,长势还不错,高达十数丈呢。"

魏檗无言以对。

跟青衣小童在一起的陆沉拍了拍他的脑袋,微笑道:"行了,别装聋作哑了,贫道若是真想把你怎么样,你觉得这样有用吗?"

青衣小童到现在为止还不知道陆沉的身份,但是仅凭他当着魏檗和老疯子的面施展出来的这一手神通,青衣小童就晓得自己又撞上铁板了,而且极有可能,这次比先前任何一次都要硬。

陆沉陪着青衣小童一起走向崖畔,笑问道:"掩耳盗铃这个典故听说过吗?"

青衣小童抬起手背,擦了擦额头,哽咽道:"听说过。"

陆沉又问道:"觉得如何?说心里话。"

青衣小童抽泣道:"只是觉得好玩儿。"

陆沉感慨道:"孺子可教也。"

青衣小童突然蹲下身,双手抱住脑袋,痴痴望向远方,满脸生无可恋的可怜模样。他有点想念陈平安了,如果陈平安在身边,哪怕这个老爷的境界根本不够看,可是他就是会觉得更心安一些。

陆沉破天荒地露出一抹慈祥神色,侧身低头望向呆呆的小家伙,轻声问道:"小水蛇,想不想跟随贫道去往青冥天下?"

青衣小童抬起头,满脸泪水,皱着一张脸蛋,嘴角下撇,苦兮兮道:"如果我拒绝,你是不是就会抬起一脚踩烂我的脑袋?"

陆沉摇头:"当然不会。贫道只会搬走那水塘,因为里头的泉水也好,金莲种子也罢,都算是贫道遗留在这的东西,那么陈平安就算失去一桩很大的机缘了。你不是经常自诩为英雄好汉吗,这一路混吃混喝,不讲点义气? 好歹为陈平安做点什么。"

青衣小童缓缓摇头,泪眼朦胧:"我不讲义气一两次,陈平安也不会怪我的。"

陆沉抚住额头。碰上这么个不开窍的呆货也是没辙,罢了,机缘未到,就先这样吧。他叹了口气,对青衣小童说道:"回头跟陈平安说一声,水塘一事,他欠我一个人情,以后是要还的。至于你,走江化蛟之时,可以去往贯穿北俱芦洲东西的那条大渎,如果能够支撑着走上半截,就算你成功了,到时候可以让陈平安帮你保驾护航。嗯,这就是他需要还给贫道的人情了。"

青衣小童试探性问道:"仙长为何对我这么好?"

陆沉看穿小家伙的心思,没好气道:"一、贫道不是你失散多年的亲爹或者老祖宗。二、贫道对你化蛟之后的蛟龙皮囊看不上眼。三、贫道之所以点化你一次,是因为你的出身比较特殊,而且以后说不得还要再问你一次,要不要去往青冥天下。"

这个陆沉一闪而逝。青衣小童起身望去,傻妞儿和魏檗身边也都没了莲花冠道人的身影,瞬间破涕为笑,大摇大摆走向粉裙女童,趾高气扬道:"傻妞儿,晓得不! 老仙长夸我天赋太好了,差点就要跪下来求我当他的徒弟,还说要带我去那啥啥天下吃香的喝辣的! 我谁啊,既然认了陈平安当老爷,就要讲点江湖道义对不对? 便毫不犹豫地拒绝了。你是没看到老仙长当时眼中闪烁的晶莹泪水,唉,可怜老仙长一片赤诚之心。要怪就怪陈平安运气太好,收了我这个小书童。也怪我太讲义气了! 哦,对了,傻妞儿,老仙长跟你说了啥?"

粉裙女童扬起一只小手,上边金光熠熠生辉。她尴尬道:"老仙长跟我聊了些写字的规矩,最后说你一定会胡说八道,要我代劳,赏你一耳光。"

一声清脆悦耳的响声,青衣小童被金光璀璨的手心狠狠甩在脸上,整个人在空中旋转数圈才坠地。他趴在地上,想着干脆装死算了。

魏檗站在水塘边,望向静谧竹楼二楼,忧心忡忡。

古榆国,一栋名为"大茂府"的私人府邸,一个身材高大的英俊书生,脸上带着几分病态的苍白,左手一支特制银钩,右手一双绿竹筷子,正在吃着一尾清蒸出来的桃花鳜鱼,手边还有一壶古榆国贡品佳酿,时不时就放下筷子喝上一口。

儒雅书生餐桌前站着四名古榆国最顶尖的武道宗师和练气士,各个名震一方。

一个武道四境巅峰的剑道宗师,自学成才,杀心极重,在古榆国和周边数个国家的江湖上毁誉参半,公认此人功高而无德。而他的崇拜者则坚信这位宗师对上任何一名宗门之外的下五境剑修都可以稳操胜券。

一个不起眼的粗朴汉子是一名四境刺客,脸上明显覆有假的面皮。此人是古榆国买椟楼楼主,买椟楼是名动数国的刺客机构,意思是价格公道,雇主只需要花木盒子的钱,就能收到明珠的回报。他曾经亲自接下一单生意,刺杀中五境练气士,差点就成功了,若非对方拥有一件秘不外传的师门法宝,恐怕就要得手。在那之后,买椟楼遭受到一轮雷霆万钧的报复,差点就要销声匿迹。不过在这期间,买椟楼也展现出足够的江湖血性,不惜代价,专门刺杀那门仙家下山游历的弟子。在长达二十余年的漫长纠缠中,一个几近覆灭,一个伤筋动骨,最终在古榆国国师的亲自调停下,双方停战。

如此说来,江湖门派,不只有苟延残喘和仰人鼻息,也有这般舍得一身剐,敢把神仙扯下山的雄迈气概。

其余两人是练气士,其中一个妖娆妇人是散修出身,擅长使毒,手段层出不穷,能够使人神魂腐败,无论是江湖武夫还是山上神仙,都不愿招惹这个"蛇蝎夫人"。另外一人倒是一个从未在古榆国朝野现身的陌生面孔。

能够让这四个大人物齐聚一堂,原因很简单,那个瞧着像是进京赶考书生的年轻人就是古榆国国师。在吃过了肥美鲜香的桃花鳜鱼后,他从袖中掏出三张纸,其上各绘有一幅人物画像。他弯曲手指,敲了敲绘有陈平安的那张,笑道:"国库里有一件玄字号法宝,谁成功截杀了此人,谁就可以拿走。事先说好,这少年极有可能是六境剑修,三境纯粹武夫只是假象,千万不要被他蒙蔽。我只管收取头颅,至于是怎么杀的,我不在乎。其余两人,若是杀了,也会有些彩头,诸位尽管放心。"

三人先后离去,只剩下那个名声不显的练气士讥笑道:"楚国师,慷他人之慨,不太好吧?"

楚国师微笑问道:"是你的意思,还是皇帝陛下的意思?"

那人沉默不语。

楚国师又笑道:"只要是你拿回头颅不就行了? 东西仍归楚氏国库,不过是在我这边转一手而已。"

那人冷哼一声,转身离去。

在南涧国稍作停留之后,那艘打醮山鲲船继续升空,御风南下。

鲲船航行在东宝瓶洲中部偏南的上空,依然是云淡风轻的好时节。

这一天黄昏,那个磕掉一颗牙齿的貂帽老儒生剑瓮先生走出独门独栋的豪奢院子,来到船头,视野所及,大日坠入西方,景象壮阔。

剑瓮先生一直这么看着,不知不觉,身旁站了一个同样是出门散步的女子,以那柄名动北俱芦洲的小巧飞剑"电掣"作为钗子。电掣尾端挂有一粒珠坠,是女子的父亲怕电掣的速度太快，女儿无法驾驭，才找来的一粒从某个龙宫秘境当中获得的蟒珠。他为此不惜重新炼剑，以便穿孔悬珠，用以滞缓飞剑的飞掠速度。

剑瓮先生没有转头望向前不久才"结仇"的年轻女子，脸上笑呵呵，嘴唇不动，只是悄悄传递心声："小丫头，你不该来见我的，小心露出马脚，到时候你爹再宠溺，也轻饶不了你。"

年轻女子脸色冷漠，以心声答复道："剑瓮先生，你为何要如此行事？你无亲无故，并无子嗣，也无弟子门生……"

剑瓮先生抬手揉了揉貂帽，这次不再遮遮掩掩，直接以言语出声，笑道："小丫头，若是真不喜欢那个斛律公子，便直接说好了。不用觉得一个男人是好人便一定要喜欢的，以后若是遇上了喜欢的男人，也不要因为他是坏人而故意不喜欢。"

年轻女子脸色微红。

剑瓮先生感慨道："颠簸了一辈子，四海为家，临了反而觉得还是这鲲船上的小院落能够让人心静。所幸上船之前带了一箱子书，每天一推开门就是这云海滔滔，山河日月，赏心悦目啊。回去了关上门，就是一桌子书籍，道德文章，可以修心……"

年轻女子轻轻叹息一声。这趟南下游历是她爹的安排，说是要她出门散心。一开始以为父亲是想要撮合她跟斛律公子，直至到了大骊王朝的梧桐山渡口，才知道根本没这么简单。就在昨天，她才知道真正的内幕，才知道剑瓮先生竟然是那枚关键棋子。

好大的一盘棋，她甚至都要以为自己也会沦为弃子。

剑瓮先生挥挥手："走吧走吧，我又不是什么俊小伙，你一个黄花大闺女，陪着我一个糟老头在这边看日落，你不觉得尴尬，我还觉得不自在呢。"

年轻女子默然离去，返回院子，屏气凝神，安静等待变局的到来。

剑瓮先生咂巴咂巴嘴，摘下貂帽，重重拍了两下，随手丢出鲲船之外，随风而逝："走吧，老伙计。"

他年少时也曾是北俱芦洲君子资质的读书种子，但是脾气太臭，恃才傲物，一天到晚骂骂咧咧。骂朝臣尸位素餐，骂武将酒囊饭袋，骂皇帝是个昏君，骂来骂去，还不是骂自己是百无一用的书生。后来等到家国皆无，他便再也骂不出口了。

没了貂帽的剑瓮先生返回小院，一路上打醮山的执事杂役对他毕恭毕敬。他心中有些愧疚，不过脸上笑容如常，打着招呼，开着玩笑，让人倍觉亲切。比起不苟言笑的斛律公子、性情阴鸷的青骨夫人，这个剑瓮先生实在是"可爱"多了。他拿了本儒家典籍坐在院子里，也不去翻看，只是闭上眼睛开始打盹。

此刻鲲船下方为朱荧王朝的疆土，它是东宝瓶洲剑修最多的一个强大王朝。相传魏晋当年第一次行走江湖，在朱荧王朝逗留时间最久，几次生死搏杀，对手都是朱荧王朝的成名剑修。

朱荧王朝的藩属小国多达十数个,仅就国土面积而言,仅次于吞并了卢氏王朝的大骊。而朱荧老皇帝的诸多龙子龙孙当中,光是早早决意舍弃皇位的九境剑修就有两人;四大皇家供奉当中,一名十境剑修曾经与那个号称东宝瓶洲上五境之下第一人的风雷园园主李抟景三次交手三次落败,但是差距有限,否则李抟景也不会答应后边的两次挑战。

先前观湖书院以北的两大王朝拼死鏖战,双方皆是大伤元气,南边不远处的朱荧王朝隔岸观火,朝野上下很是幸灾乐祸。但是今天暮色里,朱荧王朝境内一座不知名山峰的山巅之上蓦然绽放出千万缕剑气,照耀得方圆数十里都亮如白昼。剑气直冲云霄,如瀑布由下往上直扑而去,刚好汹涌倾泻向了一艘浮空鲲船。一瞬间,跨洲远游的庞大鲲船千疮百孔,数百人当场毙命。遭遇重创的鲲鱼哀嚎着剧烈翻腾,用以稳固鲲鱼背脊上诸多建筑的阵法本就在剑气冲击之下毁于一旦,鲲鱼这么一晃荡,雪上加霜。加上天上强劲罡风吹拂,又有数百人直接被甩下,摔死在朱荧王朝的大地上。鲲船毁灭已是定局,连同船主在内的打醮山练气士束手无策,只能眼睁睁看着垂死挣扎的鲲鱼不断冲向地面。其间不断有大修士惊慌失措地腾空而起,青骨夫人一行就在此列。

身材修长枯瘦的青骨夫人脸色铁青,眼眸狭长,眯起之后更是如锋芒一般。她一手抱着儿子,一手抓住丈夫的脖子,死死盯着那艘迅猛下坠的鲲船,然后视线掠向那些剑气的起始处,似乎想要找出罪魁祸首。

宛如米粒的修士不断升空,火速离开鲲船,可是那些无法御空飞掠的练气士注定要听天由命了。而且那鲲鱼若是翻身撞入大地,他们必然全部丧命,根本没有生还的可能性。

就在此时,从北方高空挂起一道极其漫长的金色长虹,一直来到鲲鱼头部底下。虹光竟是一个面容刚毅的中年僧人,只见他双手撑住鲲鱼,一声怒喝,双膝微蹲,脚下浮现出一大片金色莲花。可是鲲船下坠之势何等强大,僧人被压得身形不断下沉,脚下的金色莲花纷纷崩碎。他的出现,虽然稍微滞缓了鲲鱼下坠速度,可按照这个势头,僧人恐怕仍要被鲲鱼头颅直接撞入地下十数丈。

中年僧人七窍渗出血水,但不是鲜红颜色,而是金黄色——这竟然是一尊佛门金身罗汉。

僧人丝毫没有放弃的念头,暴喝一声,猛然转过身去,弓起背脊,如扛物前奔,腾出来的双手开始在胸口结印。只见他右手前臂上举竖起,手指向上舒展如座座峰峦,手心向外,正是佛家无畏印。

僧人一身金色鲜血流淌,可依然面容沉静,浑然不觉自身遭受的巨大痛苦以及辛苦积攒下来的修为流逝。当他双脚触及大地之时,鲲船的下坠势头已经趋于平稳,但他最终还是被压得身陷大地。当鲲船轰隆隆停靠之时,僧人已经不见身影,过了许久,土壤松动，满身尘土和金色鲜血的僧人才刨开泥地，走出鲲鱼底部。他满脸悲悯之色，转过身，双手合十，低头佛唱一声"阿弥陀佛"。

夜幕中，僧人行走在已经死亡的鲲鱼的背脊之上，建筑倒塌，瓦砾废墟上俱是尸体和残肢。僧人一一竭尽所能地照顾过去，最后来到一个满脸血污的少女身前。僧人叹息一声，见她并无大碍，双手合十，默默离去。

双眼无神的少女怀中抱着一名同龄少女，那具看不清面容的尸体腰间颓然悬挂着一只漂漂亮亮的绣袋。还活着的少女轻轻拍着尸体的后背，重复呢喃道："不怕不怕。"

彩衣国，胭脂郡。

艳阳高照，郡城内大小街道熙熙攘攘，城外官道上商贾旅人如织。

老神仙下榻于郡守府不远处的一座大宅，主人富甲一方，广发请帖，邀请城内大小权贵去他家里做客，为此专门在湖心搭建了一座高台，不等天黑就已是彩灯高挂，络绎不绝的客人鱼贯而入，拖家带口，估计不下三百人。

沾郡守嫡子刘高华的光，陈平安三人得以进入其中，只是位置不佳，在湖边一条游廊内安排了两条长凳。不过好歹有一张放着瓜果点心的小案几，比起附近那些只有座位而无款待的客人还是要风光几分。案几还是因为刘高华不去陪着他爹，要跟朋友待在一起，府上临时添置的。

陈平安本想练习剑炉，只是担心太过惹眼，便只好摘下酒葫芦慢慢喝酒。

刘高华坐在徐远霞和张山峰之间，跟两人小声说着这户人家的雄厚财力，以及跟彩衣国一名大将军千丝万缕的隐秘关系。

老神仙从远处一座高楼飞掠而至，缓缓飘落在湖心高台之上，落地之时，好似蜻蜓点水，大袖飘摇，尽显仙人丰姿。光这一手就赢来震天响的喝彩，拍手叫好声在湖边此起彼伏。

老神仙满脸红光，清瘦儒雅，一袭清谈名士的装束，落地之后也不废话，就连跟郡守大人和驻军武将的客套都省了，手腕一抖，并拢双指间就多出一张黄色符箓，若是眼力好的江湖宗师，就能够看到上边绘有女子模样的线条，远远算不得栩栩如生。

老神仙轻轻弹指，指缝间的那张黄纸激射而出，触及地面之时，炸出一团青色烟雾，缓缓蔓延开来。一个身着彩衣的婀娜女子便从青烟之中姗姗走出，向主要贵客所在的一座水榭施了一个万福。

徐远霞和张山峰看得啧啧称奇，刘高华更是拼命拍手叫好。陈平安却突然抬高视线，刚好有人同时望过来。那人半蹲在远处的庭院墙头之上，正朝着陈平安咧嘴而笑。陈平安不动声色地站起身，跟张山峰说去找茅厕。张山峰让他快去快回，可别错过了精彩画面，陈平安笑着点头。

当陈平安走出游廊走下台阶的时候,那个与陈平安差不多岁数的黑衣少年也走在了墙头之上。双方距离不断拉近,陈平安深吸一口气,如临大敌。

有些离别,双方就不希望再碰面,但往往在不经意间又不期而遇。比如陈平安和那个名叫马苦玄的家伙。有些明明有希望再见的分别,却偏偏不会有再见了。比如陈平安和那个名叫秋实的少女。

湖心高台之上,黄纸符箓落地而成的彩衣女子环顾四周,眉眼灵动,顾盼传神。她哪里是什么傀儡死物,分明是大活人。站在高台边缘的老神仙在众目睽睽之下从袖中掏出一只粉彩小瓷瓶,打开瓶塞,随手丢向高台中央,滚落在彩衣女子脚边。片刻寂静过后,便有琴声从瓷瓶当中悠扬传出,简直就像是有操琴高手在场抚琴。若是有此道高手,就可以听出琴声以慢角调开指,而彩衣女子随着琴声缓缓舒展身姿,长袖如七彩流云。琴声微顿,彩衣女子随之停下身形,保持一个跷脚的俏皮姿势。另一只粉色绣鞋轻轻跷起,如小荷露出尖尖角。

之后琴声由慢转快,美人的舞姿就随之加速,腰肢拧转如风,一个回眸,风情万种。当琴声变得嘈嘈切切,如一大捧珠子倾倒在玉盘之中,老神仙微微一笑,猛然抬起两袖,每只大袖分别飘出四张黄纸符箓,落地之后青烟弥漫,将那个彩衣女子笼罩其中。众人只闻琴声越发急促,却不见美人身影,便有些着急,越发期待。

刹那之间,琴声骤然高昂,如银瓶乍破。就在那一瞬间,只见虚无缥缈的烟雾之中,有八个白衣飘飘的妙龄女子毫无征兆地迅猛现身,以彩衣女子为中心向四面八方一跃而出,手持长剑。与此同时,那些身形轻灵的白衣持剑女子齐齐发出一声呼喝,类似古老蛮夷祭祀神灵时的怪声,但是非但没有折损她们的风采,反而生出一种巾帼不让须眉的独到气势。

临湖水榭内,领兵驻守在胭脂郡附近的中年武将眼前一亮,大为意外。他原本受邀来此只是碍于情面而已,此刻亲眼见到这一幕后,情不自禁地拍掌赞赏道:"好一个铁骑突出! 尤其是几个女子持剑前冲便有此气势,殊为不易。"

郡守刘大人抚须而笑,点头附和道:"确实不俗。"

之后琴声越发直入云霄,如春雷在云海翻滚,而八个持剑白衣少女始终围绕着居中的彩衣女子飞快旋转,出剑如虹。彩衣女子则故意放缓辗转腾挪的速度,与快若奔雷的持剑少女形成鲜明的对比。而且很多次持剑少女后仰出剑,剑尖距离彩衣女子不过寸余而已,真是险之又险,彩衣女子始终笑靥如花。

湖心高台这幅画面既有行云流水的美感,又有惊心动魄的魅力。老神仙微微一笑,轻声道:"收!"

在高台持剑少女身姿堪称快若惊鸿的时候,一大片璀璨的雪白剑光纷纷向四方溅射出去，时不时映照在湖边看客们的脸上，许多人吓得赶紧捂住脸庞。就在此时，老神仙说出那个"收"字，八名白衣少女骤然停歇，变成了一张张黄纸符箓悬停在空中。老神仙招招手，黄纸便掠回老神仙大袖之中，如燕归巢。彩衣女子弯腰拾起那只瓷瓶，姗姗而行，当面递给老神仙，朝水榭主位那边嫣然一笑，这才与白衣少女一样，重新变作一张符文粗糙的黄纸，被老神仙小心翼翼藏在袖中。

老神仙这一手技惊四座，当场震慑住了胭脂郡所有赶来凑热闹的有钱人，让一些个先前心存挑衅的本土"仙师"实在是没那脸皮喝倒彩。

张山峰绕过中间的刘高华，轻声问道："徐大哥，看出底细没？是不是妖魔鬼怪？反正我的听妖铃是没有动静。"

徐远霞置若罔闻，揉着下巴嘀咕道："其中一个嘴角有痣的白衣少女，身材似乎不比彩衣女子逊色。"

刘高华还沉浸在心神震撼当中，自言自语道："真是神通广大，难怪读书笔札上总有人要入山访仙。我要是学会了这个神仙术法，以后哪里需要去青楼喝花酒。"

徐远霞回过神，问张山峰："陈平安还没回来？不会掉茅坑里了吧？"

张山峰无奈道："陈平安对这些没啥兴趣，说不定偷偷跑去练习拳桩了。"

徐远霞点了点头，深以为然道："这种大煞风景的事情，陈平安绝对做得出来。其实回头让刘大公子请咱们去趟胭脂水粉窝，保管陈平安下次再遇到这种好事情，恨不得蹲在湖心高台边上。"

刘高华为难道："徐大侠，我可穷得家徒四壁了，我家的光景你们又不是没看到，以往偶有风花雪月，也是被朋友拉着去的。说句难听的，一开始姑娘们还念着我是什么郡守之子，愿意说上几句奉承话，主动投怀送抱，后来人人背后骂我是一毛不拔的铁公鸡，只差没给我脸色看了。"

徐远霞调侃道："好好一个官宦子弟，竟然当成你这个鸟样，也算你刘高华的本事了。咋的，读书没出息，无法继承父业，又拉不下面子生财有道，到最后两头不靠，就这么成天游山玩水，不务正业？"

刘高华脸色黯然，自嘲道："如果不是家里就我这么一根独苗，爹还想着要我传承香火，不然我就是死在占宅里头，他最多也就是写出一篇名动士林的祭子稿吧。文章一定写得字字泣血，实则父子之情也就那般了。"

徐远霞剥了颗柑橘，递给刘高华一半，也未说什么安慰之语。

衣食无忧的太平岁月里，年轻人才会觉得事事不如意。等到真正的事情临头，才会知道之前的种种不幸亦是万幸。

张山峰有些不放心陈平安，想要起身去找，只是廊道之中早已人头攒动，水泄不通，只得作罢。

到了僻静处，陈平安站在墙根下，离宅子外墙还有七八步距离，就不再往前。

马苦玄蹲在墙头，眼神玩味，用地地道道的龙泉方言说道："以前在溪边瞧不出你的拳意深浅，现在回头再看，神仙坟那一架，我确实是打得大意了，输得不算太冤枉。"

他乡闻乡音，可是陈平安一点都不高兴。

马苦玄手里捧着一把盐水黄豆，一颗颗丢入嘴中，吃得津津有味。他原本在真武山还担心这个泥瓶巷的家伙会死翘翘，或是沦为不值一提的凡夫俗子，那么神仙坟的仇将来就会报得很没劲。这一年多来，他马苦玄跟随第二任师父去往真武山修行，上山之后出尽风头，不敢说名动一洲，真武山周边大小数十国，谁不知道真武山有个百年不遇的天才横空出世？山上那些个兵家老祖老怪物，谁敢仗着境界高辈分高就斜眼看他？短短一年破三境，势如破竹，如今已是第五境筑庐境巅峰，吓死个人。

真武山上，同境之战，大大小小十六场架，他马苦玄无一败绩。只可惜这趟下山寻仇，快意恩仇勉强能算，但是仍然没能破开五境瓶颈，一举跻身中五境，所以他的心情不太好，让陪同自己下山的师父先行回山，说他还要在江湖上散散心，找几个三境的江湖宗师练练手，看能否借他山之石攻玉，成功破境。但是哪怕不用真武山奖励、赏赐或自己赌赢而来的诸多法宝，马苦玄独自走遍五六个小国的山下江湖，愣是没找到一个名副其实的宗师，多是四境五境武夫，沽名钓誉，根本受不住他几拳。

马苦玄吃着那把盐水黄豆，笑呵呵道："陈平安，看你的样子，是铁了心要走纯粹武夫的路数？其实也无所谓，运气好的话，六境武夫就能够让咱们大骊看上眼了，到时候捞个有点实权的沙场武将当当，你陈平安也算光宗耀祖了。"

陈平安直截了当问道："你来找我，还是路过？"

马苦玄仿佛听到一个天大笑话，笑得合不拢嘴，好不容易停下笑声，将仅剩的黄豆一把丢入嘴中，讥笑道："路过而已，你陈平安也太把自己当回事了。我呢，是因为之前听说彩衣国有一位不世出的剑神，归隐山林三十年了，人人都说他剑术通神，比山上神仙还要厉害，什么手中无剑心中有剑的，吹捧得很厉害。我花了好大的气力才找到他，结果他不愿出手，说是已经退出江湖了，把我给气死了。找了他大半个月，哪有一句话把我打发走的道理？但是不管我如何出手，他只是退避不战，一味远遁，哪怕我追上去一拳打死他，也失去了我找人切磋的初衷。我就想了个法子，去江湖上找到他的子孙，提着那些人的头颅再回去找他，总算让他跟我打了一架。只不过一个用剑的五境武夫如何当得起'剑神'二字，你说是不是，陈平安？"

马苦玄在真武山上其实沉默寡言，绝不是这般滔滔不绝的人物，除了偶有所悟，或是破境提升，就出门找人捉对厮杀，其余时间一直都在闭关苦修。除去名义上的那个师父不提，真武山上仅是给他喂拳和传授兵家真意的老祖就有两个，一个是真武山的安排,一个是对马苦玄青眼有加,主动现身,将马苦玄视为自家的衣钵继承之人。马苦玄自己也不清楚为何在这个泥瓶巷同龄人面前就挺想说话的,当然,说完想说的话之后,还有更重要的事情要做,比如再打一场!

马苦玄自登山之后就立下誓言,同境之争,无论是跟练气士还是纯粹武夫,务必全胜,毫无悬念的下五境是如此,即将到来的中五境也该如此,以后上五境更要如此!所以家乡少年陈平安就是他一个小小的心结所在。兵家修行,这点心结远远算不得什么,但是恶心人啊,马苦玄心里当然不痛快:在神仙扎堆的真武山上都能大杀四方,当初竟然输给了一个会点武夫烂把式的小泥腿子?

陈平安问道:"见了面,是不是要打一架?"

马苦玄搓了搓手,嘿嘿笑道:"没事,哪怕是以三境对三境,不欺负你陈平安,可念在同乡的分上,我还是会尽量收住手,争取别一不小心打死你。哪怕你今晚伤了残了,以后的岁月里头,等我一步步登顶上五境,神仙坟一战就足够让你引以为傲了。只不过我在这里先劝你一句,你在心里沾沾自喜就行了,如果外泄,被我听到一点风言风语,可就不跟你客气了。"

马苦玄低头看着下边那个神色自若的同龄人,心中隐隐不悦:哟呵,还学会了故作镇定,看来这次出门远游,一路走到这彩衣国,还是有所历练的。马苦玄脸上依然带着笑意,告诉自己稍后几拳将这小子打趴下,他也就晓得天高地厚了。

马苦玄刚要起身跳下墙头,陈平安已经说道:"去外边打。"

蹲在墙头的马苦玄一个后仰,身影就那么消失,像是摔落在墙外街道上。

陈平安环顾四周,然后脚尖一点,掠上墙头,看到马苦玄缓缓行走于空无一人的街道上,朝自己勾了勾手指。

陈平安双脚踩在街面上,马苦玄一手负后,一手挠头,瞥了眼陈平安身后剑匣,笑眯眯道:"你可以随便使用兵器,不算你占便宜。"

陈平安二话不说,以撼山拳的六步走桩缓缓前行。

水深必然无声,武人拳意亦是如此。神气内敛,返璞归真,拳理即道理。

马苦玄虽然看似言语轻佻,一直把陈平安当作一只井底之蛙,但是当他真正潜下心来,正式迎敌之时,气势浑然一变,一手握拳贴在腹部,一手摊开手掌负于身后,握拳之手习惯性将指尖轻轻戳在手心。

双方有十数步之隔。

"光有拳意可不行,你太慢了!"马苦玄骤然间一步踏出,鞋底地面微微震动,劲道往下渗透极深,却没有半点向周边流散的迹象。马苦玄转瞬就来到陈平安身前,右手当头一拳。陈平安却是双手同时递出,脑袋倾斜,左手拍掉马苦玄右手拳头,右手握住对方刁钻的斜撩勾拳,同时身体前倾,以左手肘部撞向马苦玄的面门。不承想马苦玄抬起膝盖，猛然弹出一腿，挡住了陈平安前冲势头，并且身体后仰，顺势拉开双方距离，躲过肘击。行走江湖这段时日，挑战四方宗师，即便是五境武夫，一旦被马苦玄打中，无论是拳打还是脚踢，几乎都要呕出好几两鲜血。但是马苦玄此刻却没能得逞，他发现陈平安右手先行抓住他的腿，一下子就将他横摔了出去。他整个人在空中迅速更换姿态，最终双脚踩在墙壁上，甚至就那么身躯与街面持平着向前行走。陈平安与他"并肩而行"，并未追击，以双拳捶向他的那颗头颅，没有用出崔姓老人在竹楼传授的那几招拳法。

双方都不知道对方真正的底细，所以第一次出手更多还是蓄力，还是掂量对手的斤两。陈平安如此小心谨慎并不奇怪，可马苦玄在真武山见过了山上风光，也在江湖上领教过武道宗师的实力，还如此保守，就有些意思了。显而易见，马苦玄对于唯一一个赢过自己的人，内心深处，有着难以言喻的忌惮。

来了！墙面被马苦玄踩出两个坑。黑衣少年如一支凌厉箭矢激射而至，陈平安一口真气下沉丹室，一脚划出弧度，向后轻盈滑去，然后猛然发力，砰一声，脚边的街面尘土飞扬，草鞋触及的地面深处更是砖石碎裂。

马苦玄出拳如暴雨，陈平安且战且退。硬碰硬，拳对拳，马苦玄出拳势大力沉，且连绵不绝，哪怕身体悬空，双脚没有落点，可一样打出了刚猛至极的浑厚气象。

两人之间的空气砰然作响，就像有人在两人之间疯狂擂鼓。

陈平安被马苦玄一鼓作气打退了十数步，几乎就要背靠那边的墙壁。可是无形中占了地利的陈平安能够不断从地面借力和卸力，点点滴滴，就积攒起了微妙的优势。此消彼长，正是此时，在这第二回合仍留有余力、以防不测的陈平安一脚重踏大地，这还不够，又是一脚扎根地面，挡下马苦玄一拳后，加倍还以颜色，一拳轰然击中马苦玄脸颊，打得他横飞出去。但是就在陈平安准备换取一口新气的同时，横飞出去的马苦玄一腿横扫而至，一报还一报，也是重重鞭打在陈平安脖子上。陈平安整个人旋转一圈，双膝微蹲，站稳身形后立即向后退去，像是需要调整呼吸。

马苦玄咧嘴而笑，白牙森森，大致清楚了陈平安拳法轻重、出拳速度和真气运转路程，一个前掠，快到像是用上了神行符。陈平安被迫摆出一个貌似防御的拳架，马苦玄瞳孔微缩，就在双方即将对撞的时候，马苦玄身形一转，脚步急促紧密地一点一点踩出，如陀螺一般围绕着陈平安转动，身体始终后倾，欲倒不倒，与陈平安拉开一臂半的距离。

陈平安并未轻易递出那一拳。在绕出一个圆圈之后，马苦玄站直身体，再次围着陈平安飘然游走，好奇问道："这一拳很危险啊，有名头说法吗？"

陈平安自然不会开口说话，轻轻挪动脚步，始终跟马苦玄面对面，双手拳架依旧，拳意流淌全身，体内一股真气若火龙游走。

马苦玄没有等到答案，脚步不停，潇洒游荡在陈平安附近，突然自顾自笑起来："是我蠢了，不怪你不怪你。说来好笑，我这次行走江湖，见识到很多所谓的豪侠宗师，对战之时打得你来我往，还有无数傻子在旁边拍手叫好，跟小鸡互啄似的，出手之前还总喜欢嚷嚷'吃我这一招'，要么就是傻乎乎自曝招式名称，唯恐对手不知道那一剑或者那一拳的根脚和精髓。"他笑得眯起双眼，可是说好了只分胜负的黑衣少年此刻杀心之重，已经不亚于神仙坟之战。

马苦玄站定，问道："咱们总这么对峙不出手也不是个事，我的三境竟然跟你打了个平手，陈平安，你想不想打得更有意思一点？"

陈平安扯了扯嘴角："你直接用五境，不算你占便宜。"

之前马苦玄说过类似的话，现在陈平安这个闷葫芦直接丢还给心高气傲的马苦玄，简直比一拳捶中马苦玄脑袋还要可恨。

马苦玄呵呵笑着，心中怒极，一只手不断握拳又松开，五指之间有一条条雪白闪电萦绕衔接，滋滋作响。原来之前的这场三境之战，马苦玄放弃了兵家练气士的身份，所以打得很江湖气，很不高明。

陈平安竟是丝毫没有怯意，拳意反而随之迅猛攀升，如潮水暴涨。只不过这一次，他将神人擂鼓式的古老拳架换作了锋芒毕露的铁骑凿阵式。最后陈平安说了一句让马苦玄铁了心要打死他的话："马苦玄，算我求你了，打架就打架，别叨叨个没完。"

马苦玄深吸一口气，不再有任何懒散神色，眼神寂静，既无倨傲，也无喜怒，伸手指了指："敢不敢在我刚才走出的第二圈当中分出胜负？率先退出圈子之人算输。"

陈平安点了点头，马苦玄毫不犹豫地一步向前，走入那个圆圈地界。

泥瓶巷陈平安，杏花巷马苦玄。其实两人心知肚明，马苦玄不但要分胜负，更要分生死。陈平安则是不愿意逃避，或者说一旦生出退意就是死。而且打死马苦玄这种境界越高杀人越多的王八蛋，陈平安不亏心。

今夜在别国他乡的相逢是偶然，而两人无形之中的大道之争，早在家乡就是必然。更何况还有马苦玄知晓、陈平安尚未知晓的一桩父辈仇怨。

东宝瓶洲彩衣国，胭脂郡城内的这条寂静街道上，陈平安以铁骑凿阵式对敌，率先出手，袖中方寸符早已准备就绪，随时可以为真正的杀招神人擂鼓式来一场雪中送炭。五境兵家修士马苦玄双手的掌心指间，俱是大有渊源的真武山"雷霆"。

咫尺之间，方寸之地，皆是两名少年的充沛拳意和惊人雷电。

这一场近身厮杀，只论境界，一个三境巅峰的纯粹武夫、一个五境巅峰的练气士，如果用马苦玄的话说，其实也算是小鸡互啄。但是如果再看一方的武道拳意和另一方早早孕育出的兵家魂魄，别说是山下江湖，就算搁在山上仙家，都是骇人听闻。

马苦玄先打散了陈平安尚未凝聚出拳理真意的铁骑凿阵式，但很快就结结实实吃足了十五拳神人擂鼓式，被打得满脸泛起淡金色，不得不以真武山兵家秘术强行截断那古怪拳势的顺流直下。随后马苦玄就打得陈平安太阳穴渗出血丝,一张脸庞光是被电光雷球就砸了两次,那滋味,如春雷响彻耳畔,如大锤砸中面门。只是陈平安在落魄山竹楼吃尽苦头,对此最是熟悉不过!

马苦玄愈战愈勇,疯魔一般。陈平安的五脏六腑早已震荡不已,七窍流血。马苦玄也是气机紊乱,痛如心绞,手上的真武山雷霆已经所剩不多,但是双方反而越发心神沉稳,各为磨石,砥砺大道。

两人最后一次以伤势互换伤势,是陈平安心有灵犀,以滋养神魂的立桩剑炉临时变作攻势,双手拆分开来,但是一气相连,一手双指戳中马苦玄眉心,一手双指弯曲叩在马苦玄心口,陈平安自己则被马苦玄双拳一前一后捶在心口处。

两人同时踉跄后退,当马苦玄踩在圈外的时候,咽下一口鲜血,狞笑道:"陈平安,这次是你输了,咱俩一胜一负!"

陈平安默不作声,拧了拧脚尖,死死盯住马苦玄,抬起手背缓缓擦拭脸上鲜血,不敢遮掩视线丝毫。

就在此时,城墙上有人微笑道:"很好。"

马苦玄叹了口气,伸手点了点陈平安:"下次,胜负、生死会一起分出。"说完转身就走,满脸痛苦之色,咬紧牙关,绝不让自己发出半点声音。

陈平安站在原地,抬头望向那个熟悉的身影——真武山兵家修士,带着马苦玄离开神仙坟之人。

在神人擂鼓式第十五拳被强行打断之后,陈平安其实就意识到那个人的存在了,或者说是那个人故意让他知道,所以陈平安没有使用两把本命飞剑。那人以心声告诉陈平安,不用担心分出生死,只需全力对战即可,他会保证两人只分出胜负,不管是陈平安有机会杀死马苦玄,还是马苦玄即将杀死陈平安,那人都会阻拦。

男人一步踏出,与痛得满脸泪水的马苦玄并肩而行,转头对陈平安说道:"为表歉意和谢意,我已经帮你解决掉了一名躲在暗处的刺客,否则你心弦一松,短时间内再难绷起,很容易被那名刺客钻了空子。"

陈平安点了点头。所谓的谢意,是因为那个人看出了陈平安踩出圈子的那一脚其实并未真正触及地面,而是悬停空中,只是当时马苦玄已是强弩之末,没能看出真相。

至于为何如此谨慎,是因为陈平安根本信不过那个真武山兵家神仙的话。

齐先生只有一个,阿良也只有一个。

湖心高台那边,老神仙又出奇招,以四张黄纸符箓变化出四名美人,环肥燕瘦,各有千秋,姿容气度不输先前那名彩衣女子。然后让早有准备的宅子杂役搬上古琴、琴桌,棋墩棋盒,以及大书案和琳琅满目的文房四宝。

凡夫俗子是柴米油盐酱醋茶,风流名士当然是琴棋书画诗酒花。

老神仙指了指娴静坐于棋盘前的女子,抱拳朗声道:"胭脂郡城内可有围棋高手?只要下赢了她,价值千金的棋墩和两盒棋子就可以拿走。"

这栋宅子里的物件可没有便宜货色,胆敢当着一郡富豪的面拿出来的东西,当然绝非凡品。

彩衣国胭脂郡文风颇盛,热衷于下棋的高手不乏其人,很快就有一个青衫老人起身走向湖心高台。当老人露面之后,一些个自视甚高的弈棋能手便只得乖乖坐下,由此可见,青衫老人必然是公认的胭脂郡棋坛第一人。

老神仙与青衫老人相互点头致意,后者径直走向棋墩前落座。对弈之前,双方需要猜先,老人不知是自负七品段位还是同段之间的长者为先,当仁不让地抓起一把白子,黄纸所化的下棋女子笑意淡淡,弯腰拈起两颗黑子,结果是老人先行。喝彩声顿时响彻湖边。

青衫老人作为彩衣国屈指可数的弈林国手,本就是胭脂郡本土的骄傲,看客为他喝彩也在情理之中,自家人当然帮着自家人。

然后老神仙指向端坐在书案前的两名女子,指着左手边那个道:"听闻郡守大人最近在忧心一事,新建成的寺庙还缺一副楹联。她写完之后,用与不用,郡守大人一手灿烂文章享誉朝野,眼光独到,大可以看过内容再作定夺。"

刘太守抚须点头而笑,矜持且欣慰。

老神仙再望向水榭中坐在刘太守旁边的武将,大笑道:"马将军是功勋卓著的沙场悍将,曾是彩衣国的边关砥柱之一,百战而还,老夫虽是方外之人也是敬佩至极,特意让她献丑,为将军画一幅大雪满弓图!"

马将军一口饮尽杯中酒,肆意大笑道:"若是当真能够画出沙场之苍茫,老神仙出城之日,我马某人亲自送行三十里!"

老神仙抱拳先行谢过,而后走到琴台之前,从袖中滑出一炷香,插在空荡荡的黄铜香炉内,亲手点燃,香雾袅袅,紫气萦绕。他对那抚琴女子点了点头,后者嫣然一笑,开始低头酝酿情绪。

当悠扬空灵的琴声响起时,数百听众的心神随之舒缓起来。

蛮荒远古,圣人造琴,以正天下音。正所谓琴以禁制淫邪,正人心也。

游廊内,徐远霞嗑着瓜子,啧啧道:"花样挺多啊,只是温吞吞的,差了点意思。"他对琴棋书画没啥研究,兴致缺缺,还是更愿意看女子舞剑。

刘高华也是个棋痴,很好奇青衫老人和那名女子的手谈局势,只恨自己是个没出息的官宦子弟,没机会亲眼去湖心高台瞧一瞧。

张山峰是真急了,左等右看,陈平安就是没出现。总不能是真掉进茅坑里了吧?

便顾不得被人翻白眼,跟两人知会一声,就起身去找陈平安。

老神仙袖手而立,笑容恬淡,显得莫测高深。他将那湖边景象收入眼底,知道自己这桩谋划,已经成了大半。

小街上,马苦玄取出一只瓷瓶,倒出两粒银色丹药,丢入嘴中后,无奈道:"师父,你很是阴魂不散啊。"

看来这趟江湖游历,师父就在暗中盯梢。马苦玄倒是不曾心虚什么,真武山一位传授兵家秘法还赐下法宝重器的老祖就跟马苦玄解释过宗门规矩,真武山除了山主令,其余都不是真正的规矩,但是真武山宗主闭关百年,所以就越发松散随意。

男人一言不发。这趟下山,是护送马苦玄去找海潮铁骑主帅的麻烦,涉及马苦玄奶奶之死。而海潮铁骑所在王朝刚好跟死敌大战一场,双方打得天崩地裂,一方动用了百丈金身神灵,另一方也出动了一尊镇国地牛,是上古时代仙人用以镇压大渎水运的水边铁牛。海潮铁骑在这场战事中折损严重,马苦玄潜入其中,一夜之间刺杀了三名中层武将,扬长而去。之后马苦玄说要闯荡江湖,以江湖磨刀石砥砺体魄。男人没有拒绝,但仍然偷偷尾随,以防不测。

马苦玄伸手抹去泪水,重重吐出一口浊气,双手抱住后脑勺,问道:"如果,我是说如果啊,陈平安有机会杀我,师父你会不会出手杀他?"

男人终于说话:"我不敢杀他,也不想杀他。"

不敢,是因为曾经有人去往大骊皇宫,让飞剑白玉楼损失惨重,而那个人,显然跟陈平安关系不浅。如果只是如此,随着时间的推移,还是会有人蠢蠢欲动,但是没有想到,飞升之后的上五境剑修竟然这么快就返回人间一趟。虽说是给道祖二弟子一拳打回来的,但是说句难听的,天底下有几个人有资格挨上道老二倾力一拳?

不想,是因为男人对陈平安印象不错,如果不是宗门规矩使然,他觉得早早悟出拳法真意的泥瓶巷少年其实更适合做自己的弟子。只是收取马苦玄作为嫡传弟子是宗主在至关重要的闭关期间发出的一道措辞严厉的法旨,要真武山上下郑重对待,不可出现丝毫纰漏,否则他出关之际就是问责之时,所以真武山才会派遣他去往骊珠洞天。

跟神诰宗金童玉女争抢马苦玄的过程当中,男人始终半步不退,甚至有些咄咄逼人,显得极为桀骜。不过他被视为马苦玄名义上的师父,其实对也不对。佛家有讲经师、苦行僧,还有传法僧、护法僧等等,而他的真实身份,是护道人,是真武山弟子马苦玄大道之行的看护之人。至于马苦玄的道路与他是不是一致,不重要。

男人突然说道:"但是你可以杀陈平安,前提是你能做到。"

这当然不是男人在怂恿人心,而是在陈述一个事实。

马苦玄嗤笑道:"做到? 我怎么就做不到了! 一件咫尺物,里头法宝有多少,别人不清楚,师父你还不清楚?"

男人笑道:"你有,别人就没有?"

马苦玄咧嘴,满脸不屑:"就算他也有,能跟我比? 一副真武山祖传的金身仙蜕且不提,只说我体内有那两尊英灵坐镇神魂,便是杀力再大的剑修,只要不曾跻身中五境,任他飞剑刺我千百次,能伤我分毫?"

男人问道:"那你怎么不用,非要给人打得这么惨?"

"这场架,比起真武山上的那种小打小闹有意思多了,我哪里舍得仗着狗屁法宝,让那个家伙输得死不瞑目。这不对我的脾气,我也不愿意这么欺负他陈平安。所以我要在他自以为最强的地方彻彻底底击败他。他不是纯粹武夫吗,拥有体魄上的先天优势吗,我就只以兵家淬炼而成的肉身跟他硬碰硬。师父,你真当我画地为牢,是不知道陈平安那一拳的古怪?"马苦玄笑道,"我知道的,否则最早那一次也不会故意绕开陈平安,避其锋芒。但是回头一想,三境武夫我都要绕过,以后六境、九境的大宗师,甚至是宋长镜之流的止境宗师,我哪怕占着境界优势,是不是也要绕一绕?"

男人问道:"那么你的答案是什么?"

马苦玄回头望去,师徒二人走出去很远,马上就要到达城门口,早已看不到陈平安的身影。马苦玄收回视线,眼神坚毅:"将来对阵别的人,可以看情况决定是否绕过他们的最强手,只要我最后赢了就行。但是那个家伙,不行! 我就是要以五境练气士的体魄跟三境武夫的体魄狠狠打上一架!"

男人不置可否。

马苦玄皱眉问道:"陈平安的三境体魄为何如此坚韧? 我虽然淬炼体魄一事做得不够好,更多功夫还是用在招徕真武山的祖宗英灵一事上,但是我所谓的'不够好',只是相对自己而言,陈平安怎么会有这么不讲道理的体魄?"

男人摇头道:"各有机缘。天底下的好事,不可能被你马苦玄一人占尽。"

马苦玄嗤笑道:"只要我视野所及,好事情好东西,就该是我马苦玄一人独占!"

男人一笑置之。很多道理不讲,不是马苦玄做得对。很多夸奖不说,也不是马苦玄做得不够好。护道人,只需要保证自己护送之人的脚下大道走得更高更远,绝对不可中途夭折。而马苦玄,注定会走得很高很远。至于到底能走到哪一步,能跟历史上的哪个人并肩而立,如今东宝瓶洲许多幕后大人物其实都在拭目以待。

走着走着,黑衣少年一手捂住腹部,一手扶住脸颊,骂骂咧咧道:"他娘的真疼!"

陈平安强提一口气,不让自己的精神气松垮下去,然后在四处寻找那个所谓的刺客。街道上并无那具尸体的踪迹,他只得掠上墙头,弓腰而奔,而后蓦然停下脚步,往下飘落。就在他和马苦玄对峙的墙头下方有一摊灰烬,里头安安静静搁着一只小白碗和一小截焦炭似的乌木。陈平安没有靠近,站在原地定睛望去,小巧白碗外边绘有五岳真形图,乌木瞧不出端倪。

这名刺客应该是被那个兵家修士瞬间斩杀,然后被真武山秘法烧成了灰烬。只是那个男人故意留下了刺客随身珍藏的两件宝贝,难不成这就是他表达歉意的方式?陈平安犹豫片刻,还是过去蹲下,拿起那截不过尺余长的乌木。入手极有分量,竟有八九斤重。再拿起小白碗,手指拧转小碗仔细凝视,白碗所绘五座山岳,看名字,如果陈平安没有记错的话,应该是古榆国的五岳图。

刺客的身份,陈平安其实不难猜到,多半是古宅楚书生的手下,那人言语之中便是古榆国皇帝都要与他平起平坐,死前身躯又化作枯木,分明是用了替死之法,更撂下狠话要找他陈平安的麻烦。后来杨晃聊起了妻子的雌榆木芯一事,这就很简单明了了:楚书生的大道根本,一是一截古榆所化身躯,二是古宅女鬼的雌榆木芯,故而那个树妖精魅用了"接连"二字。

既然是仇家死敌的遗物,陈平安拿得心安理得,不但如此,还有些埋怨这名刺客的家底也太薄了些,怎么连几十文雪花钱都不带在身上?他将轻巧小碗和沉重乌木一并收入方寸物中,实在是走不动路了,蹒跚着走出十数步,来到墙边的一棵粗壮杏树下,背靠墙壁缓缓坐下,又从方寸物中取出一件洁净衣衫,仔细擦拭血迹。总不能去了趟茅厕就浑身是血,不说徐远霞和张山峰会起疑心,恐怕整条游廊都要起哄。今天这么个热闹日子,陈平安不希望自己成为焦点,更不愿意因此给刘高华惹麻烦。

陈平安能吃苦扛痛,可不意味着这份滋味好受。与马苦玄在圆圈里拼死一战,陈平安内脏受伤不轻,现在就只想这么坐着,什么都不用多想。湖心高台那边还没有落下帷幕,喝彩声不断,视野被一条游廊和拥挤看客遮挡,陈平安在这边看不到什么,便只好抬头望。他身旁这棵老杏树冠大枝茂,杏花盛放,占尽春风。

人和人,太不一样了。同样是小镇出身,马苦玄对不在乎的事情会格外不在乎,比如别人骂他是傻子,踩脏他的鞋子;但是在他在乎的事情上,马苦玄见不得别人比他好半点。刘羡阳会在陈平安做得比他好的事情上直接选择放弃,比如做竹弓、下套子等等。泥瓶巷的鼻涕虫顾璨则巴不得陈平安做得更好,那么他就只需要跟在后头沾光了。当然,这些除了天生性情之外,也跟远近亲疏有关系。

陈平安摘下养剑葫,灌了口烈酒,这让他体内气府的灼烧之感越发雪上加霜。但是世事就是如此奇怪,明明疼得不行,龇牙咧嘴的陈平安反而更想喝酒。

今天小街一战,憋屈有不少,痛快更多。虽然马苦玄此次还是托大,两人才勉强打了个平手,但是陈平安对于胜负一向看得不重,就像阿良说的,千万别死,要先活着,才能更好活着。陈平安觉得阿良这句话,真是话糙理不糙。于是他提起酒葫芦,高高举过头顶,晃了晃,然后愣了一下,哭丧着脸,悻悻然收回酒葫芦,以至于一些个即将脱口而出的豪言壮语都给咽回了肚子——酒没了。

陈平安低头在腰间别好酒葫芦,突然记起一事,与飞剑十五心意相通,很快手中就多出一只绣花袋子。打开后,里头有三块桃花糕,陈平安低头嗅了嗅,半点没坏。方寸物真是神奇,过了这么久,糕点还跟在落魄山接手时差不多新鲜。陈平安一手托住袋子,一手拈起一块糕点放入嘴中细细咀嚼,脑袋靠着墙壁,仰头望向满树杏花。

吃过了一整块糕点就舍不得再吃,陈平安小心系好绣袋,满脸笑意,心想自家铺子的桃花糕就是好吃。他第一个念头就是想要让宁姑娘尝尝看,想象着下次见面的场景。陈平安自顾自傻乐和了一会儿,突然给了自己一耳光:"你傻啊。"

没有魏檗精心搭配的药桶可以浸泡,当下陈平安身体的痊愈速度简直就是御剑和步行的差距,不过休息片刻后,正常行走没有任何问题。

就在陈平安准备起身返回游廊座位的时候,远处一阵稀稀疏疏的脚步声响起,一重一轻,多半是一男一女。陈平安想了想,便选择继续坐在墙脚根,有杏树遮掩,等到他们离开之后再动身不迟。但是让陈平安目瞪口呆的事情发生了,那男子似乎不是彩衣国人氏,双方便以东宝瓶洲雅言对话,到了光线昏暗的杏树附近便开始搂抱在一起。

陈平安有些坐立不安。这咋办? 出声提醒一下那对野鸳鸯,还是盼着他们见好就收,差不多就离开此地? 这种热闹还是别凑了,万一被人察觉,就真是裤裆里掉黄泥——不是屎也是屎了。

陈平安稍作犹豫,还是决定起身,咳嗽一声。杏树那一边的年轻女子尖叫一声,躲在了男子身后。男子大踏步绕过杏树,瞪大眼睛,死死盯着面容模糊的陈平安,一看是个个子不高、清清瘦瘦的少年郎,立即胆气十足:"别怕啊,这等觊觎你美色的采花贼,便是他打死我,我也不会舍你远去。总之他想要占你的便宜,就从我的尸体上跨过去!"

女子不知是害怕还是感动,依偎着男子宽阔温暖的后背,呢喃道:"柳郎,你真好。"

陈平安愣在当场。谈不上生气,只是觉得哭笑不得,心想你们两个小时候也被牛尾巴砸过吧……就这么僵持不下也不是个事儿,陈平安便找了个借口,故作羞赧道:"公子、小姐,你们可能误会了,我比你们先到此地,因为第一次进入宅子,不知道茅厕在哪里,只好……"

不承想那个男子一声暴喝:"登徒子,采花贼,还不把裤腰带系上! 你这是要做什么,恶心不恶心,世间竟有你这等色迷心窍之辈!"

与此同时,他还不忘安慰身后花容失色的女子:"刘姑娘,躲在我身后便是,别被这种家伙脏了眼睛。"

最后他偷偷朝陈平安挤眉弄眼,充满了得意神色,一脸欠揍表情,好像在说"老子今天就要来一回英雄救美,刚好趁热打铁,拿下这个小娘们,有种你小子来打我啊"。

陈平安看着他。挺英俊一年轻男人,身材修长,面如冠玉,典型的文弱书生。难怪徐远霞经常念叨读书人没几个好东西,天底下的大家闺秀和小家碧玉也没几个是不眼瞎的,竟然瞧不上他徐某人,反而个个喜欢那些病秧子似的书生。然后陈平安就一步跨出,瞬间走到那书生面前,一巴掌扇过去,打得他横着倒地,直挺挺昏死过去。

刘姑娘站在原地,张大嘴巴,眼神呆滞,想要尖叫又不敢,苦苦压抑,唯恐这个出手行凶的歹人连自己一并打杀了,到时候自己与刚刚认识没多久的柳郎岂不是真成了一对短命鸳鸯?可是才子佳人的书上不都是说父母反对,种种坎坷,跌宕起伏,但最终必然是苦尽甘来,良人美眷吗?没有哪本书上写着书生佳人会给匪徒活活打死啊。

陈平安大踏步离开,颠了颠背后剑匣,头也不回。等回到游廊,没看到张山峰,便问了问。徐远霞是个爱说笑话的,便说张山峰与一妙龄佳人对上眼,夜游去了。刘高华跟着瞎起哄,陈平安当然不信,不过此刻看着刘高华的面容,陈平安眼神有些古怪,心想天底下不会有这么巧的事情吧。犹豫片刻,问道:"你有没有已经婚配的姐妹?"

刘高华一头雾水:"没啊。我有姐妹各一人,如今我没娶妻,她们没嫁人,全在家里混吃混喝。我爹整天埋怨我们是一群酒囊饭袋,俸禄都给我们仨糟践了,尤其是准备嫁妆聘礼,害得他好些年没购置案头清供。"

陈平安松了口气。没有婚嫁就好,否则那个相貌与刘高华有几分相似的女子若真是刘高华的姐妹,那么她一枝红杏出墙去,说与不说,陈平安都挺为难。

湖心亭高台那边很快就落下帷幕,掌声雷动,刘太守和马将军亲自走出水榭去往高台跟老神仙嘘寒问暖。老神仙对答得体,一文一武两位父母官都觉得如沐春风。其间还有一个士族子弟模样的年轻人死活要跟老神仙拜师学艺,结果很快就被宅子里头的管事杂役拖走。

张山峰比陈平安晚回来几步,看到陈平安平平安安地就坐在原地,如释重负,玩笑道:"我还以为你掉茅坑里了。"

陈平安不愿泄露小街一战,低声道:"没找着茅坑,又不好意思去问宅子里的管事,就想着偷偷找个僻静地儿,结果找了很久,回来的时候见游廊人多,不好意思挤进来,就在外边待了一会儿。"

徐远霞促狭问道:"一个劲儿往阴暗处钻,就没见着些卿卿我我的画面?我可跟你说,这彩衣国,尤其是胭脂郡,书生美人最多,闲来无事就都喜欢看点艳俗禁书,看多了,可不就按照书上写的路数……"

听到这里,刘高华忍俊不禁,使劲点头道:"就像我家那个小丫头,十三岁而已,就因为偷看了几本烟柳书——倒也不是看男女情爱——性子野着呢,从小就向往江湖侠义,总嚷嚷着胭脂郡的男子都是娘儿们,不爽利。她只学书上那些偷溜出绣楼、架梯子翻墙的伎俩,好在她精明,我娘亲比她更精明,小丫头片子就没一次是得手的。"

徐远霞眼前一亮，拍胸脯道："向往江湖好啊，我徐某人装着一肚子江湖水，随便拎出一两个故事，都是天底下最好的下酒菜！"

刘高华翻白眼道："别啊，我妹妹岁数还小，徐大侠，咱哥俩交情归交情，只在江湖里谈。再说了，成了我妹夫，你辈分不亏？"

徐远霞笑眯眯道："你不还有个姐姐吗？"

刘高华不敢多说什么，似乎有难言之隐。陈平安欲言又止。

徐远霞哈哈大笑，一巴掌拍在刘高华肩膀上："看把你吓的，我徐某人闯荡江湖这么多年，红颜知己一双手都数不过来，对绣楼闺阁里的女子从来不感兴趣！"

筵席散去，三人在人流中走出宅子，返回客栈，刘高华被父亲派人逮去应酬关系。虽然儿子不成器，制艺不精，基本上断了仕途前程，可到底是家中独子，刘太守还是希望刘高华将来能够撑起门面，混得别太难看。

回去的路上，因为到手两件东西，陈平安便跟徐远霞和张山峰询问法宝一事。

"法宝"是一个很笼统的说法，也分好几个等级。最底下的物件是匠器，只能算是铸造精良的死物，吹毛断发、削铁如泥这些江湖说法，多是形容这个范畴的兵器。山上仙家象征性赐予入门弟子的物件，往往是卖相不错的匠器，比如张山峰的那把桃木剑。当然，如果是龙虎山天师府赐予下山天师的桃木剑，可就远远不止如此了。

匠器再往上是重器，江湖宗师的神兵利器大多属于此类，材质稀罕，一般练气士，尤其是没有师门传承的野修散仙、被视为大道门外汉的纯粹武夫以及修行路上的山腰人，运气好的话，就有一两件重器。徐远霞那把佩刀，其实就是重器当中的佼佼者。

接下去的灵器和法器才是真正的法宝。

灵器分先天后天，先天灵器更为珍稀，天地所钟情，孕育出充沛的灵气，让修行之人操控起来事半功倍，关键时刻还能以毁坏根基的代价反哺主人。雪花钱其实勉强能算此类，只是一枚雪花钱蕴含的灵气太过稀少，可以忽略不计，没有练气士傻乎乎到汲取雪花钱的灵气来助长修行境界。后天灵器，例如高品相的黄纸符箓，以及一些被练气士雕刻、打造而成的神异器物，比如老龙城少城主苻南华那枚名为"老龙布雨"的玉佩，就是灵器之中的头等物件，价值连城。还有他从宋集薪那边购买的"山魈壶"，更是珍贵异常。神诰宗那些练气士随身携带的缚妖索、镇妖木、打鬼竹鞭等，虽然同样是后天灵器，跟这两样比起来，无论价格还是价值，都有天壤之别。

灵器之上是法器。"法"从来都是一个很大的字，否则就不会有道法、佛法之说。法器，蕴含着天地大道的无形规矩，专门用以温养飞剑的养剑葫稳稳占据一席之地。当然，阿良从魏晋那边取来的银白色养剑葫，还有正阳山苏稼腰间悬挂的那个葫芦，都是养剑葫当中的天潢贵胄，相传是道祖飞升之前亲手栽下的一串葫芦藤结出的六个葫芦，后被山巅高人打造成六件养剑容器，自然不是寻常养剑葫可以媲美的。

法器之上还有仙兵。十之八九的山上练气士终其一生都无法亲眼看到一件仙兵，哪怕是"宗"字头的仙家府邸也未必每一个都拥有仙兵坐镇山头。一洲道统执牛耳者神诰宗，掌门祁真这次破境成功，跻身天君，才被中土神洲的上宗赐下一件仙兵。南婆娑洲的剑仙曹曦手腕上所系的那把本命飞剑，是他遇上一场天大的因缘际会，以一条大江之水炼化而来，能够算是一件半仙兵，这才是曹曦最让人忌惮的地方。

但是世间最拔尖的仙兵无一不是充满传奇色彩的存在，拥有之人更是地位超然，享誉浩然天下。比如龙虎山天师府的天师印和那把仙剑，还有颍阴陈氏老祖年少时游历天下偶然所得的一只青铜小鼎，相传曾是远古圣人悬挂腰间的山河大鼎之仿品。

而本已凤毛麟角的仙兵之中，又有一种更为传奇，经过漫长岁月的积淀，孕育出拥有自我意识的"神灵"。此神灵，绝非世俗朝廷敕封的山水正神之流，所谓的正神不朽金身在这一类高高在上的"神灵"之前，恐怕就是连土鸡瓦狗都不如。

陈平安心中有数了。哪怕抛开五座山头不说，自己还是很有钱！自己当下这一身家当当真殷实：今晚刚刚从路边"白捡来"的瓷碗和乌木；槐木制成的木剑"除魔"；陆沉通过贺小凉还给他的那颗蛇胆石，哪怕撇开是世间蛟龙之属的心头爱不提，也肯定属于最上等的灵器材质；而齐先生留给自己的三方印章，都是用最好的蛇胆石篆刻而成；李希圣馈赠的"风雪小锥"笔，以及一大摞材质珍贵的符纸；腰间那个在法器中极为特殊的养剑葫，是绝大多数中五境剑修都要垂涎三尺的宝贝；最后还有两把暂时认可他作为主人的木命飞剑"初一"和"十五"。

陈平安独自走回屋子的时候，脚下带风，像极了没在路上遇见某某某的青衣小童。虽然暂时无法断定每一样东西的具体品级，但是从落魄山带出来的物件绝对差不了。喝酒喝酒！

养剑葫里已经没了酒，陈平安就去跟客栈伙计询问酒水价格。最差的胭脂郡土酿一斤最少也要八钱银子，至于客栈的招牌胭脂酒一斤要价十两，而且绝不还价！陈平安的酒葫芦能装下十来斤酒水，十斤最贵的胭脂酒也才一百两银子而已，又不是一百文山上神仙专用的雪花钱，不喝这样的美酒，对得起自己身上那一座座金山银山？于是陈平安果断要了十斤土酿烧酒。

原本三人已经各自回屋，结果刘高华又来到客栈，先敲了张山峰的屋门。他满脸尴尬，身后还跟着一对郎才女貌的年轻男女，女子面容与刘高华有些相似，估计就是他姐了。刘高华把事情跟张山峰一说，原来是来讨要一点江湖儿郎的跌打药，说是一位柳公子今夜去看老神仙，人太多，又是夜路，不小心摔了一跤，磕到脑袋了，到现在还晕乎乎的。郡城内的药铺早已关门，他姐实在不放心柳公子，听说弟弟认识江湖豪杰和山上神仙后，就想着请他们帮忙看看，千万别落下病根子，一切开销，她来承担。

张山峰便领着三人去了徐远霞的屋子。徐远霞也爽气，给那柳公子看了看，说不碍事。看那女子不太满意，便笑着从包袱里掏出一帖清凉膏，让柳公子贴在太阳穴上，保证药到病除，而且绝无后遗症。女子这才放下心来，坐在凳子上，柔柔的眼神痴痴望向柳公子，满是爱怜疼惜。柳公子就安慰她不用担心，咬文嚼字，文绉绉的。徐远霞最受不了这些，看得直牙酸。

张山峰虽然是出家人，但是凑热闹一点不含糊，独乐乐不如众乐乐，立即跑去把陈平安扯过来，说是刘高华的姐姐，模样挺端正一姑娘，今夜带了个斯斯文文的读书人过来，估摸着很快就会是郡守府的乘龙快婿了。陈平安刚将酒装满养剑葫，见张山峰不把自己抓去看好戏就誓不罢休的架势，只好放弃练习剑炉的念头，跟着他去往徐远霞的屋子。等陈平安一进去，月下幽会的那对才子佳人就不约而同地倒抽一口冷气。

敌不动我不动。陈平安假装什么都不知道，一屁股坐在桌旁，开始喝酒。

柳公子站也不是坐也不是，刘姑娘更是心虚。毕竟，一个富贵门庭里的黄花大闺女跟陌生男子私订终身只差一步，怎么看都不是可以拿出来说道的好事。虽说胭脂郡民风开放，可是一郡太守的嫡长女跟外乡书生搂搂抱抱给人撞了个正着，若是熟人，恐怕明天半座郡城都要传开了。

刘高华纳闷道："怎么，你们仨认识？"

还是柳公子会瞎编，咳嗽一声，解释道："今夜我与你姐姐在湖边散步，恰好遇上这位公子，背负剑匣，真真正正是龙骧虎步，气概非凡。我们顿时被公子的气度折服，自然过目难忘，此时再会，荣幸之至！"他对陈平安拱手行礼，眼神之中充满了祈求和可怜。当时他不过是见杏树底下的少年细胳膊细腿的，便想着老天爷赏赐下这千载难逢的机会让自己英雄救美，若是错过，岂不是枉费了月老牵红线？于是就有了那么一场结局不太美好的"误会"。

陈平安对此人谈不上太多好恶，好感肯定是没有，便呵呵一笑，倒是没有揭穿他的老底，算是留了回旋余地。说到底，他还是不愿意掺和刘高华的家务事。这桩姻缘是好是坏，是良人美眷、天作之合，还是注定一场露水鸳鸯的孽缘，跟他没关系。不过话说回来，如果刘高华换成被陈平安当作真正朋友的张山峰，陈平安肯定要直言不讳，哪怕不当面说破，私底下也会提醒一声，比如"你的未来姐夫做人不太地道，不像是书香门第走出来的翩翩公子"之类。

最后，据说是一路远游求学至此、在一场庙会上偶遇刘姑娘的落魄寒士柳公子，竟是穷酸到了要跟人蹭住的份上。因为客栈实在腾不出空屋子，刘高华就在那边赔笑脸，求着徐远霞和张山峰他们收留，让徐远霞大开眼界：当小舅子当到这个份上，也算少见，不但没有嫌弃这人的家世，反而帮着姐姐隐瞒这段门不当户不对的感情。

柳公子不敢跟陈平安住一间屋子，也不愿意跟徐远霞待在一起，总觉得自己细皮嫩肉的，大髯汉子这荤素不忌的模样太吓人，就挑了那个最正常最顺眼的年轻道士。

张山峰对此倒是没有意见。

刘高华带着依依不舍的姐姐离开客栈,姐弟二人走在即将夜禁的寂寥大街上。刘高华在快到郡府门口的时候,轻声道:"姐,我不太喜欢那个人,但是既然你喜欢他,我能做的都会做。如果有一天你发现错了,也别觉得有什么,天塌不下来。爹打骂也好,气急了做出了过火的事情也罢,到时候你都别怕,有我呢,我是你弟弟嘛。"

刘姑娘轻轻踢了一脚弟弟,恼羞成怒道:"刘高华!你就不能念一点姐姐的好啊,说什么晦气话!"

刘高华转头做了个鬼脸,女子故作惊吓,拎起裙摆,碎步跑向郡守府大门。

刘高华叹了口气,快步跟上,又突然停下脚步,猛然间转过头去,看见的是空落落的街道。再环顾四周,还是没看到任何异样。他摇摇头,继续前行。因为刚才那一刻,他觉得脖子后边和背脊都凉飕飕的。他在心里不断安慰自己:怕什么,自己是跟爹一起见过老神仙的人,还跟那位仙风道骨的老仙长当面聊过几句,沾了那么些仙气,就算世间真有污秽的东西,比如古宅里的树妖那般,如今肯定也近不了身。

在杂役关上府邸侧门的那一刻,远处一条僻静的空旷街道上,刚好有巡夜更夫开始敲更,只是不知为何,明明是三更天的时辰,却打着四更天的锣。

在这座胭脂郡内的街上,沙哑声响幽幽响起:"天干物燥,小心火烛。"

巡夜多年的目盲老更夫手持铜锣,原本应该带着一个负责持梆敲更的哑巴同伴,多年配合,熟稔至极。但是老更夫并不知道,同伴换成了一个白衣女子,她一次次敲锣,锣面上都会有鲜血四溅,但是鲜血不等溅落在街面,就化作缕缕黑烟,迅速散去。

目盲老更夫还是一声声嘶哑喊着:"天干物燥,小心火烛。"

　　客栈这边一夜无事。陈平安独自住在廊道尽头的屋子，入睡前，练习了六步走桩和剑炉立桩各一个时辰，最后拿出那只绘有五岳真形图的瓷碗以及烧成焦炭似的乌木，翻来倒去，仔细研究了半天，也没看出半点眉目。

　　希冀着两样东西能够价值一两百文雪花钱，陈平安收起沉甸甸的乌木，将养剑葫里的土烧烈酒倒入小白碗，然后在灯下翻看刘高华送给自己的两本山水游记，时不时小酌几口，倒也有滋有味。

　　熄灯上床之后，陈平安闭上眼睛，开始回味跟马苦玄的小街一战，反省每一拳的得失利弊。崔姓老人传授的几招拳法，陈平安当时哪里敢藏私，大战酣畅，时时刻刻面临生死一线，只得倾囊而出，无形中对于铁骑凿阵式在内的那几式拳法的感悟更深一层。最可惜的是只打出十五拳神人擂鼓式，直觉告诉陈平安，如果再让自己一口气打出二十拳，就像在古宅对付身披甲丸光明铠的树妖书生，马苦玄极有可能早早就要认输。但是，陈平安思来想去，都觉得让马苦玄自以为险胜一招是当时最好的选择。

　　不过跟这位真武山天之骄子勉强算是打了个平手，对此陈平安其实没有太多胜负之外的感触，一来是根本不知道马苦玄一年破三境的意义，二来马苦玄厌恶泥瓶巷的陈平安，陈平安何尝不讨厌这个杏花巷的同龄人。

　　人和人之间确实讲究缘分，有些人一眼望去就会心生好感，就像严冬寒春里的阳光，比如齐先生、李希圣和张山峰；有些人一眼望去则是酷暑时节的日头，怎么看怎么刺眼，就像马苦玄，还有老龙城苻南华、清风城许氏妇人。

陈平安入睡前那一刻的念头是,神人擂鼓式肯定是自己目前最压箱底的拳招了,只是不知道如果一口气能打出五十拳、一百拳,会不会一条大江都被拦腰斩断,劈出道路? 会不会一座大山都被硬生生开出一条峡谷?

天蒙蒙亮,陈平安就起床在屋内练习六步走桩,没过多久,发现有人在一座有假山有绿树的庭院朗诵,正是那个柳公子,颇有几分寒窗苦读的风范,抑扬顿挫,所读内容都是圣人教诲。

陈平安继续练拳,不出意料,果然很快客栈各个屋子的住客就开始破口大骂,一些个脾气暴躁的江湖豪客干脆就裸身跳下床榻,拿了桌上酒水碗碟推开窗砸下去,鸡飞狗跳。柳公子也起了犟脾气,蹦跳着四处躲闪,朗读圣贤经典的嗓门越来越大。这一下就惹了众怒,好些用被褥蒙住脑袋都没用的客人骂骂咧咧穿衣起床,在窗口开始跟柳公子的祖宗十八代打交道。柳公子忙着躲避暗器,不忘回骂几句,真是一地鸡毛,有辱斯文。

一炷香后,陈平安和徐远霞坐在张山峰屋里,张山峰正在帮着柳公子包扎脑袋。

客栈掌柜刚刚黑着脸走出去,气得咬牙切齿。摊上这样拎不清的王八蛋客人,还打骂不得,毕竟是郡守之子带来的贵客,哑巴吃黄连,真是一肚子憋屈。问题在于下榻这家客栈的人物身份都不简单,不是腰缠万贯的各地商贾就是行走江湖的各路豪侠,全都是不容小觑的过江龙,给这个读书人这么大清早一折腾,以后生意还怎么做? 还要不要回头客了?

柳公子名叫柳赤诚,是白山国人氏。他介绍自己家乡的时候,着重说了"观湖书院附近"六个字,好像这比龙尾郡陈氏的那个前缀还要荣光。之后他们在客栈闲来无事,柳赤诚还会偷偷摸摸溜出去,不用想也知道是跟刘高华姐姐幽会踏春去了。徐远霞带着陈平安和张山峰去往郡城里的名胜古迹,文武庙是必去之地,胭脂郡城隍阁的集会也要去,回来的时候徐远霞眉宇之间有些阴霾,张山峰问起也只说是舟车劳顿。

这次南下,张山峰是要往老龙城去,跟陈平安一路,徐远霞则是要去往东宝瓶洲东南的青鸾国,说是给朋友护送一样东西。那位朋友是江湖上认识的,很投缘。他跟陈、张二人暂时同路,至于双方何时分道,得看下一处仙家渡口的渡船去向。

三人在胭脂郡足足等了三天也没有等到神诰宗那伙下山历练的老少仙师,倒是等到了那个古宅老妪。她一路寻到了郡守府邸,见着了刘高华,然后由刘高华带路来到客栈,给众人报了喜讯。原来不知为何,古宅周边的山水气运好似天地翻转、乾坤颠倒,污浊之气全部换成了清灵之气,如今女主人不但不用担心堕为恶鬼,永绝后患,身体肌肤也开始痊愈,顺带着反哺杨晃,让他得以温补神魂,境界逐渐攀升,竟然有了一丝破开瓶颈跻身中五境的希望,真是好事连连。至于其中缘由,老妪只说猜测是神诰宗某位老祖宗的暗中出手。徐远霞和张山峰觉得除此之外,实在找不出理由。陈平安从头到尾听着,虽然一肚子惊涛骇浪,可是脸色如常。

老妪临行前,说是帮陈平安拎了一坛路上买的好酒,两人便回到陈平安房间。陈平安刚关上门,老泪纵横的老妪就要下跪,吓得陈平安赶紧挽扶住她,死活都不受这一大礼。因为当时在灶房装酒入葫芦的关系,陈平安故意泄露天机,所以老妪知晓一些内幕,生出一些揣测,也不奇怪。

老妪没有多问什么,陈平安也没有多说什么。只是在离去之前,老妪掏出一包用丝绢包裹的东西,小心翼翼放在桌上,轻声解释道:"姓秦的淫祠山神金身崩碎殆尽,从此世间便没了这个祸害一地山水的神祇,这当然是天大的好事。我家老爷当时闻讯赶去,在那帮神诰宗仙师到来之前偷偷捡了姓秦的大半金身碎片过来,大小总计八块。按照老爷的说法,他不好全都捡回来,可一尊淫祠山神的金身遗物不该有这么多才对,想来姓秦的生前也有过一番古怪机缘。不管如何,这些金身碎片可是好东西,可遇不可求,便是一国朝廷密库都未必有太多珍藏,陈公子只管收下,算是我们主仆三人报恩了。"说到这里,老妪又红了眼眶,"事实上,公子的大恩大德哪里是几块金身碎片能够偿还的,只是宅子如今实在没什么家底,我家夫人便为陈公子立起了生祠牌位,恳请公子以后只要路过彩衣国,一定要去宅子里坐坐……"

陈平安只得点头。

老妪最后悄声道:"夫人如今相当于半个淫祠神灵,远观胭脂郡城的气象,发现这两天,每夜总有缕缕阴气在城中袅袅升起,让夫人心神不宁,还望公子早点出城,不管公子如何神通广大,老爷经常念叨,修行路上,小心驶得万年船,莫要事事掺和,哪怕次次有惊无险,可毕竟难免耽误修行,总是不美。"

陈平安毫不犹豫就答应下来,把老妪送到客栈门口。老妪笑道:"惟愿公子远游顺遂,平平安安。"自始至终,她都没有去看陈平安腰间的朱红色酒葫芦。

陈平安目送老妪的身影消失于人海,转身小跑回徐远霞的屋子,喊上张山峰,将莺莺发现的胭脂郡城内的气象异样大致说了一通。徐远霞握住腰间刀柄,点头道:"这也是我最担心的地方,先前不告诉你们,是害怕你们两个年轻人热血上头,非要蹚这浑水。若真是妖魔作祟,胆敢公然在郡城内行凶,全然不把城隍阁和文武庙在内三尊神灵放在眼中,必然是了不得的大魔头,以你我三人的道行,说不得给人打牙祭都不够塞牙缝。不过一国郡城这么大的地盘往往藏龙卧虎,更有高手坐镇,真要打起来,占据天时地利,未必没有胜算。说到底,还是要看彩衣国朝廷跟山上关系如何。"

陈平安问道:"距离胭脂郡城最近的江河水神以及山岳神祇大概有多远?真出了事情,他们能够第一时间赶到吗?"

徐远霞略作思量,盘算一番:"水神相距此地三百里,南岳正神大概有七百里。只是彩衣国的山岳神祇修为都不会太高,毕竟疆域太小了,远远比不得那些版图辽阔的王朝,恐怕撑死了也就是中五境里的洞府境。"

张山峰皱眉道:"那么一旦离开山岳地界,战力岂不就只相当于第五境的练气士?"

徐远霞无奈道:"天地规矩就是如此,没办法。"

张山峰问道:"能不能通知一下刘高华的父亲,好歹是郡城太守,之前那个驻军在郡城附近的马将军看着也是修行中人。如果早做准备,说不得能够让暗中潜伏的妖魔邪祟知难而退。"

徐远霞叹了口气:"并非我吓唬你们,也绝不是我徐某人贪生怕死,这件事很棘手。且不说郡城那边一定不会相信,哪怕郡守大人和将军都信了,愿意冒着谎报军情、事后被摘掉官帽子的巨大风险火速通知朝廷,那么你们知不知道,从郡城传递消息到彩衣国京城,再到六部衙门审核、御书房决议,最后到朝廷颁布圣旨,秘密号令山水神灵救援郡城,这期间需要耗费多长时间? 再退一步说,圣旨下了,附近的山上练气士、山水神灵都离开地盘赶来,一旦有风吹草动,郡城里道法深厚的妖魔提前行动,大掠一番,扬长离去,那么到最后,秋后算账,算谁的账?"徐远霞指了指两个年轻人,"你们信不信,到时候我们三个会被当成跟妖魔串通一气的同党? 揭发弹劾我们的人物不是刘太守就是那个马将军。更坏的结果,是妖魔一开始就另有谋划,想要调虎离山,到时候我们这边风平浪静,某个仙家门派或是别处州郡大城给掀了个底朝天,我们三人恐怕都不需要别人揭发,当场就会沦为彩衣国杀无赦的贼人。"

张山峰一脸呆滞,有些不敢相信。

徐远霞倒了一杯酒,感慨道:"不要觉得我是在危言耸听,这般让人欲哭无泪的事情,我不但亲眼见过,也曾亲身经历过,好几个朋友就死在'好心'两个字上头……"他指了指不远处的包袱,"具体事情就不说了,反正四个朋友最后只活下来我一个,剩下三个有一个连尸体都没了,另外两个好歹还能让我帮着收尸,两个骨灰坛,一个已经送给他家人,还余下一个,就是我此次去往青鸾国的原因了。"

难怪当时在古宅,他两次让张山峰和自己赶紧离开。陈平安突然问了一个问题:"徐大侠,你后悔那次选择吗?"

徐远霞低头闷闷喝了口酒,抬起头后,扯了扯嘴角:"死了的人,不知道;反正活着的,都快要后悔死了。"这可能是这个满腔豪气的刀客头一次如此不豪气。

陈平安没有直白地开口说留下,或者离开。当初带着李宝瓶他们远赴大隋游学,陈平安事事作决定,是因为当时需要他这么做,容不得他流露出丝毫怯懦和犹豫。如今孑然一身游历江湖,已经不需要他一定要为了别人去做什么。

张山峰显然束手无策,左右张望,问道:"那咋办?"

徐远霞陷入沉默,一口口酒喝个不停。

陈平安又问道:"如果留下来,遇上事情,我们三个强行出头,是不是极有可能连自保都成问题?"

徐远霞小心斟酌措辞,缓缓道:"怕就怕对方里应外合,以有心算无心。换成是我,一定会设法压制文武两庙的神灵,更何况看样子,此地文武神灵受古宅阵法和淫祠山神的影响,早已实力不济,很容易出现纰漏。好在之前我进入城隍阁,观其香火、建筑格局和气象,似乎不差……"

陈平安问道:"我们能不能直接找到那位城隍爷,把事情跟他说清楚?郡守和将军不了解这些神神怪怪的厉害,而且真遇上事情,估计能用官场上的那一套推脱责任,可是那位城隍爷可是与郡城安危息息相关。说句难听的,刘太守能躲起来,马将军可以按兵不动,城隍爷是绝对跑不掉。而且妖魔若是真有所图谋,肯定会第一个针对本地城隍爷,所以城隍爷肯定比当官的更上心。"

徐远霞眼前一亮,重重一拍大腿,沉声道:"可行!"

张山峰笑着朝陈平安伸出大拇指。

就在此时,敲门声响起,陈平安开门后,看到了柳赤诚和刘高华姐弟。三人神色惶惶,刘高华一屁股坐下后,倒了满满一杯酒:"你们说奇怪不奇怪,刚才城隍阁那边的天官塑像竟然大半个身子都裂了,还渗出鲜血来,淌了一地。不但如此,里边还有满地的蛇鼠蝎子,恶心死人了。如今我爹已经派人关了大门,免得吓到老百姓。"

徐远霞满脸凝重,默不作声,跟陈平安和张山峰对视一眼。

陈平安问道:"文武两庙有什么状况吗?"

刘高华愣了愣,摇头道:"这个倒是不太清楚。那边我们当地人都不爱去,没啥好看的。"

面对陈平安,刘姑娘还是有些不自在,只敢坐在距离陈平安最远的柳赤诚身边,嗓音柔柔道:"一次端茶送水,偶然听父亲跟一位来府上做客的老道长提起过,两庙的香火虽然鼎盛,可却是属于有人供奉没谁吃的。老道长也颇为无奈,说朝廷对此也是实在没法子,彩衣国就这么点份额,不可能再多出一尊山岳正神坐镇此地。还说若是胭脂郡能够出现一个读书种子成功进入观湖书院,此处风水说不定可以有所改观。我爹便长吁短叹直摇头,说这样的读书种子,哪里是胭脂郡能够求来的。"

柳赤诚一脸茫然,疑惑道:"你们在聊什么?什么文武两庙?什么山岳正神?观湖书院我倒是熟悉,还曾经数次进去游览过,那我能不能算半个读书种子?刘姑娘,你放心,观湖书院每年会从白山国招收一名读书人,算是对白山国的优待,说不定哪天我柳赤诚就可以……"

刘高华翻白眼道:"你可拉倒吧,就你肚子里那点墨水,比我多不了几两。"

柳赤诚悻悻然不再说话。他那些乱七八糟的杂家学问,对付女子管用,对付读书人就不太够了。

闲聊之后，三人离开。临走前，刘高华记起一事，提醒道："听我爹的意思，明天起胭脂郡城就要开始戒严，出城容易进城难，但是保不齐后天就连出城都难了，所以柳赤诚打算今天就离开。你们三人呢？事先说好，如果真的戒严，肯定是马将军亲自出手，到时候我这个郡守之子可没本事帮你们网开一面。最晚明天，不然就走不了了。"

徐远霞关上门后，手指轻叩桌面："城隍阁十有八九是已经出问题了。看来这帮邪魔外道所谋甚大啊，就是不知道胭脂郡的那尊城隍爷目前是修为下降，给人用下作手段拘束在城隍阁内，还是已经彻底遭了毒手。现在形势恶劣，但是也趋于明朗，郡守府和附近驻军应该已有警惕，我们如果这个时候通风报信，可信度就会高出许多。"

张山峰望向陈平安，试探性问道："不然咱们知会一声郡守府，再离开郡城？"

陈平安点头道："那你和徐大侠一起跟上刘高华他们去他家，我去一趟城隍阁探探虚实，越早知道真相，哪怕只是一小部分，越利于我们做出正确的决定。"

张山峰不疑惑为何要分道扬镳，而是想不明白为何不是自己代替陈平安去往危机重重的城隍阁。陈平安笑着解释道："你和徐大侠一个需要出刀，最好是罡风阵阵，好显示自己的宗师风范；一个需要驾驭桃木剑乱飞，表明自己是龙虎山最擅长降妖除魔的张天师。我去做什么？打拳给郡守大人看啊？"

徐远霞哈哈大笑，张山峰也想通关节，说是让陈平安稍等，然后起身回屋，从包袱里取出三张符箓：两张是品相最低却最为实用的邪气点火符，一有邪祟阴煞之气，黄纸就会自行燃烧起来；最下边那张则是又名甲马符的神行符，浇灌灵气或是真气，一炷香内都可以飞奔如马，御风而行，不耗体力。

陈平安没有拒绝，将三张符箓收入袖中，打趣道："就不怕我直接跑了？"

张山峰瞪眼道："陈平安，你可不能跑！"

陈平安赶紧摆手，张山峰自顾自笑起来。

陈平安独自跑路的话，张山峰不是不心疼那张价格不菲的神行符，但他最心疼的，还是自己少了一个好朋友。

三人在客栈门口分开，徐远霞带着张山峰跟随刘高华姐弟去往郡城西边的郡守府邸。陈平安刚好跟往东出城的柳赤诚顺路，只不过一个径直去城东门，一个去往东北边的城隍阁。

没了刘姑娘在场，柳赤诚就没有读书人的心理包袱了，点头哈腰跟在陈平安身边，好奇问道："陈公子，你是不是传说中的武道宗师？虽然年纪轻轻，初出茅庐，但是因为天资太好，出身名门，所以其实在江湖上已经是屈指可数的高手了？所以那天夜里的那一巴掌才能那么虚无缥缈，让我看都没看见你出手，半点烟火气都没有，算不算臻于化境？"

陈平安无奈道："只要是个练武之人，打你一拳，你都看不到对方出手。"

柳赤诚觉得自己受到了莫大侮辱："不可能！陈公子你一定是隐于市井的江湖宗师，要我猜测啊，说不定你就是那位享誉数国的彩衣国剑神的关门弟子，要不然谁会出门的时候携带两把剑？其中一把就是那位剑神当年行走江湖的佩剑'烛阳'，对不对？给我摸一摸呗？"

陈平安有些佩服此人的想象力，不愿跟他纠缠不休，板着脸点头道："对对对，就是'烛阳'。你可得小心，鞘内充满了凌厉剑气，只要你一拔出剑鞘，就会立即被剑气削得皮开肉绽。你怕不怕？"

"不怕。"柳赤诚摇头道，但原本想要摸一摸剑匣的双手，此刻已经乖乖放在身后。

两人分开后，柳赤诚继续沿着街道去往城东门。他突然抬头瞥了眼站在城楼上的一抹身影，正是那位老神仙，身边还站着身披铠甲的马将军，以及两个岁数都不小的陌生面孔，老神仙正在对着郡城指指点点。

柳赤诚啧啧道："引贼入室而不自知啊。"

陈平安很快就到了城隍阁外的广场，凝神望去，因为不是练气士，看不出什么气象端倪，但是纯粹武夫的直觉告诉他，那栋红墙绿瓦、龙火琉璃顶的城隍阁，比起先前游览之时的安静祥和，多出了一丝血腥阴沉，就像大雪天的地面上，有人丢了一块木炭上去，可能寻常路人不会注意，可只要行人眼力够好，就能看得到，而且无比扎眼。

胭脂郡城隍阁供奉的城隍爷名为沈温，生前曾是彩衣国的御史大夫，以刚正不阿享誉朝野，留下过"生为忠臣，死为直鬼"的名言，三百年间一直香火鼎盛。可如今城隍阁门口有衙署兵丁捕快看守，已经不准香客进入。

陈平安深吸一口气，环顾四周，寻到一处相对僻静的高墙，悄悄走去，同时拈出一张邪气点火符，趁着四下无人，脚尖一点，越过墙头，翻身落在墙内。他双脚才落地，指尖符篆就燃烧殆尽。这明摆着是不用如何试探虚实了，已经是实打实的妖魔作祟。

陈平安一手摘下养剑葫，喝了一大口烧酒；一手绕过头后，拍了拍身后木匣。槐木剑被取名为"除魔"，阮师傅铸造的那把暂时命名为"降妖"。不管青衣小童和粉裙女童怎么瞧不上眼，陈平安还是觉得"降妖""除魔"这两把剑的名字取得很好。既然自己取了这么好的名字，可不能辜负了。

陈平安一脚轻轻挑开猛蹿而来的毒蛇，看似轻描淡写，可那条毒蛇在空中就已经骨碎肉烂。陈平安更多注意的还是远处矗立于朱漆大门外的两尊天官泥塑彩绘神像，一左一右，满身鲜血流淌不已，还有无数色彩斑斓的毒蛇缠绕蠕动；更有大如手掌的蝎子立于神像头顶或是手臂之上，通体漆黑如墨，耀武扬威；甚至还有老鼠从破碎的神像腹部、脸颊钻进钻出，大胆至极。

陈平安没来由地想起了家乡神仙坟的惨淡光景，顿时火冒三丈，沿着墙根缓缓而行，尽量让自己头脑清明，呼吸平稳。毕竟出拳强弱，以及一身真气厚薄和运转快慢，跟肚子里的火气大小没半枚铜钱的关系。他边走边在心中默念："陈平安，确定打不过的话，就要跑得足够快！"

陈平安沿着围墙走了数十步，见城隍阁广场仍是没有邪祟之物露面，便不再犹豫，祭出一张袖中所藏的阳气挑灯符。黄纸符箓在陈平安身前一臂距离外悬停，微微飘荡，当陈平安踏出一步后，它便自动往仪门那边缓缓飞去。

陈平安心中大定，城隍阁虽然遭难，整座广场面目全非，但是城隍阁后方建筑肯定尚有灵气残余，否则挑灯符不会前行，肯定会往高墙那边退去。

挑灯符散发出淡淡的昏黄光晕，素洁的光辉将陈平安整个人笼罩其中，双脚所过之处，地上那些蜈蚣、蝎子等五毒之物纷纷避散。经过仪门的时候，大概是被那张挑灯符的光线涟漪波及，左右那两尊道家天官神像身上的蛇、鼠、蝎子全都从正面绕到背后，或者躲入中空的腹部。

陈平安屏气凝神，继续缓缓前行。仪门之后是大殿，悬挂金字匾额，祭祀的神灵不是城隍爷，而是彩衣国一位开国功勋武将，左右是文武判官以及总计八位属官。那块彩衣国先帝亲笔题名的匾额此刻金漆剥落大半，有一条碗口粗细的黑色大蛇盘曲其上，身躯下挂，探出头颅朝陈平安吐出蛇芯，像是在示威和警告。陈平安跨过门槛时，黑蛇骤然间一跃而至，张开血盆大口。陈平安头也不抬地拧腰侧身，以五指攥住黑蛇头颅，手腕轻抖，这条畜生顿时酥软无骨，当它被扔出去重重摔落在地上时，早已毙命。

陈平安跟随晃晃悠悠的挑灯符继续前行，过了大殿，又是一片广场，只是占地较小，古树森森，矗立有一块石碑，是彩衣国皇帝册封一国城隍神灵的诰文勒石，之前陈平安还专程站在碑前打量了半天，最后得出一个结论：字写得真一般，甚至比不得崔东山。也亏得当时崔东山不在他身边，否则肯定要气得不轻。

挑灯符笔直向前飞掠，陈平安紧紧跟随，不作丝毫停留。突然，他停下身回头望去，那块矗立在古柏树下的高大石碑旁似乎有白影一闪而逝。两侧的财神殿和太岁殿里依稀传出莺莺燕燕的女子嗓音，极其细微，似乎在相互调笑，妩媚背后，透着一股阴寒，就像是阴间的女鬼在向阳间发声。笑声就那么一点点渗过阴阳界线，借着古树树荫的遮蔽，从两殿透过窗户进入广场，只是被稀稀疏疏的阳光照射，如雪消融，轻淡了许多，可仍是传入了陈平安的耳朵。

陈平安皱了皱眉，转头前行。只要再往前走十数步，就能够走入这座城隍阁的主殿，供奉有前御史大夫沈温的城隍殿。

就在陈平安转头的瞬间，石碑之上出现了一名白衣女子，一头青丝遮覆脸庞，看不清面容，但是她伸出的一根手指只剩枯骨而无血肉。骨指轻轻敲击石碑顶端，瞬间出现一个鲜血喷涌的泉眼。很快，石碑上边洋洋洒洒千余字的古朴碑文就仿佛变成了一封鲜红血书。但奇怪的是，女子一袭白衣依旧纤尘不染，没有沾上哪怕一滴鲜血。

女子抬起头，依旧青丝覆面，开始婉转歌唱，一边低声唱着，一边抬起手臂，伸出两根骨指，拈起一缕青丝，骨肉相间的双脚轻轻晃荡，溅起一阵阵石碑上流淌着的血花。

相较于左右两殿欢声笑语的模糊，白衣女子的歌声清晰可闻，头顶古柏随风飒飒作响，像是在与之相和。女子好似唱到了开心处，又抬起一只枯骨手掌，轻柔翻转。

两侧财神殿、太岁殿紧闭的房门啪一下打开，各自摇摇晃晃走出一名男子。财神殿那边走出的男子年纪轻轻，一条胳膊被齐肩砍断，但是已经止血，剩余那只手倒拖着一把青锋长剑，脸色雪白，双眼无神。太岁殿那边走出的中年青衫男子耷拉着脑袋，一瘸一拐跨过门槛，细看之下，此人竟是给人在脖子上以利器劈砍，头颅只靠着一点皮肉牵连才没有离开身体。

随着石碑上白衣女子手腕的转动，两名步履蹒跚的男子刹那之间动作变得灵活矫健，开始在广场上起舞。原来白衣女子的指尖有一丝丝透明的光线挂在空中，如同一根根雪白蛛丝。蛛丝缠绕住两名已死男子的四肢，控制他们的每一个细微动作。

开了门的两座大殿内，不断有白衣女子拖曳着滚滚黑烟在门口迅速飘荡，望着男子咔咔而笑，充满了讥讽和仇恨。只是门外的阳光映照如同一道天堑，让她们不敢轻易跨出，但是仍然有四五名白衣女子按捺不住，带着阵阵黑烟迅猛冲出，围绕着两名男子的尸体飞旋，不断用手指撩拨男子的惨白脸庞，从他们背后绕过，从他们腋下向上飞掠，但是她们也为这一时之欢愉付出了阳光曝晒之后彻底烟消云散的代价。

陈平安站在主殿的门槛外，那张挑灯符像是撞上了一堵墙壁，一次次磕碰晃荡，止步不前。黄纸符箓蕴含的阳气逐渐消逝，陈平安伸出手去，手掌像是贴在一层冬天河流的冰面上，微微加重力道，仍是无法破开。他双指并拢，转过身的同时手腕猛然一拧，灵气所剩不多的那张挑灯符急急飞掠向广场，在两个傀儡尸体的头顶绕行一圈。两名男子啪啦一声，沉沉摔倒在地面，身上光线一根根绷断，鲜血横流。

白衣女子收回手，并不动怒，倒是两侧殿内的那些女子张牙舞爪，望向陈平安的视线中满是刻骨恨意。

只要堕为恶鬼，任你生前如何慈悲心肠，便再无儒家亚圣所谓的人性本善，竹篮打水，最终点滴不剩。这就是冥冥之中自有天意。

陈平安望向石碑女子的背影，轻声道："这位小姐，死者为大，不管你们生前有什么恩怨，就这么算了吧？"

白衣女子置若罔闻，继续歌唱，这次用上了东宝瓶洲雅言，陈平安听得懂了。

"形若槁骸，心若死灰……真其实知，不以故自持。媒媒晦晦，无心而不可与谋。彼何人哉……"女子声调平缓，竟然带着一点平静祥和之意，听不出半点愤懑恨意。

陈平安听得懂文字大概，却听不明白其中蕴含的深意。但他也没心思去揣测这些,如今城隍阁主殿与外边被某种术法隔绝,应该是城隍爷被拘押其中,不得外出巡守郡城,帮助胭脂郡渡过这场即将到来的浩劫。他见那白衣女子无动于衷,便不再多说什么,悄悄拍了拍腰间的养剑葫,转身就是一拳砸在那层"冰面"上,阵阵涟漪荡漾而起,城隍殿内包括沈温及左右文武神在内的三座神像都像是在摇晃。

陈平安以六步走桩缓缓行走,一拳一拳砸在冰面上,正是神人擂鼓式。

一声叹息在一棵参天古树上边响起,是少女嗓音:"傻瓜,那是两位五境大修士联手布下的阵法,便是我师父一时半会儿都奈何不得,否则城隍老爷怎么可能出不来。你一个武把式,也想硬生生捶破?省点力气吧,趁着那女鬼对你还没起杀心,早点离开此地,不然下一次又有傻瓜闯进来,你就是那翩翩起舞的牵线木偶了。"

可能是陈平安打拳打得太过"随心所欲",所以彰显不出半点威势,让躲在树上的奇怪少女难免心存轻视。

跟马苦玄在小街一战后,如今陈平安的拳意越发内敛,平时练拳的走桩更慢,更加契合"温养"二字。一般江湖底层的武把式外家拳之所以会出现"招邪鬼上身"的结果,就是因为不得其法,没有登堂入室,以至于练拳越勤快,越伤体魄神魂。不过陈平安虽然走桩慢,练习剑炉立桩时的气机运转速度却是快了无数,如果以前只能说是寻常的驿站传信,那么如今就是八百里加急。这种"收起来"的玄妙状态,不是扎扎实实的六七境武道宗师,绝对看不出深浅。

白衣女子蓦然停下歌声,转过头去,死死盯住陈平安的第十八拳。一拳下去,如洪钟大吕,整座广场的气机都轰然而动,被鲜血浸透碑文的石碑顿时发出龟裂声响。她尖叫一声,刺破耳膜,如将军发号施令,在两侧殿内飘荡的女鬼们化作两道滚滚浓烟,一道融入那层"冰面",以她们残余的阴物神魂加固那座污秽阵法;一道黑烟直扑陈平安,竭力打断他的连绵拳意,不让他递出神人擂鼓式的第十九拳。

"被你这个冒失鬼害死了!如果我今天死在这里,到时候咱俩一起走在黄泉路上,看我不把你骂死……死都死了……本姑娘还没死,就已经烦死了!"古树顶上,少女气咻咻埋怨完毕,不再犹豫,曼妙身影蹿出,发出一连串叮叮咚咚的清脆声响。随着响声萦绕身躯四周,也带起了一圈圈淡金色的花朵,身姿之婀娜,堪称赏心悦目。

白衣女子被浓密青丝遮掩下的那张面容,嘴角微微翘起,眼神带着冷冷的讥讽。她伸出两只枯骨手掌轻轻一拍,那座城隍阁主殿之内,随侍于城隍爷左右的文武神像吱吱呀呀,像是活了过来,抖搂出巨大的四溅尘土,同时一步踏出神台,轰然踩在主殿青石地板上。然后两尊高达两丈的泥塑神像大踏步冲向门槛,其中手持铁锏的神像一锏对着出拳少年当头砸下,另外一尊文官神像则手攥巨大铁印,毫无凝滞地拍向少女。

原本打破阵法就能够让城隍爷恢复自由之身,这才是合情合理的形势发展,哪里想到真正的杀机根本不在城隍殿外的广场,不在阴气森森的白衣女子,而在希望所在的城隍殿内！那么本该拥有神祇金身的城隍爷沈温到底去哪里了？

城隍殿内，居中那座最为高大威严的神像，原本金光熠熠的城隍爷此刻暗淡无光，满地的金色碎屑，只剩下一双眼眸之中星星点点的金色光彩。任何一个胭脂郡本地人都不敢相信这是那尊他们引以为傲的胭脂郡"金城隍"。因为根据胭脂郡县志记载，当时用了将近一百两黄金的金箔贴覆这尊神像，那一代的郡守大人为此跟郡内权贵富贾求爷爷告奶奶，募捐成功后，还专门篆刻了一块善人碑，记录下所有出资之人的姓名家族。

满身金箔十不存一的主神像艰难出声，沙哑嗓音传到门槛那边："你们两个快走，这些来历不明的邪魔外道人数众多，此地只是白衣鬼魅一个而已，你们若是能够逃出生天，一定要去找神诰宗的仙师，或是观湖书院的君子贤人，就说彩衣国有大难，一旦灭国，古榆国在内的周边六国无一幸免！"

原来这座本该庇护一郡百姓的城隍阁分明是泥菩萨过河——自身难保了。

主殿门槛外，先是手臂脚踝都系有银色铃铛的少女帮着陈平安挡住了那道黑烟，四枚铃铛声响处，绽放出不计其数的淡金色花朵，眼花缭乱，原本气势汹汹的黑烟被切割粉碎，但是少女也被丝丝缕缕的紊乱黑烟撞到身上几处，呕出鲜血，可还是执意不退，站在那个冒失鬼附近，手腕摇晃，铃声阵阵，金花瓣瓣，继续一点点消去那些夹杂着哀号的黑烟。

陈平安则云淡风轻地打出了第十九拳，然后就是剩余的一道黑烟疯狂涌入隔绝主殿内外的"冰面"，帮着阵法卸去了神人擂鼓式的十九拳累加之威。

陈平安神色自若，以迅雷不及掩耳之势递出第二十拳，打得那座阵法剧烈晃荡，虽然尚未打破，但是已经摇摇欲坠，最多只差一拳而已。

陈平安心中无奈，神人擂鼓式是没办法递出第二十一拳了，因为他不能眼睁睁看着那个少女给冲出门槛的文官神像一印拍死。

陈平安脚下石板崩裂，整个人瞬间消失，躲过了武将神像当头砸下的那记铁锏，来到文官神像侧面，以铁骑凿阵式一拳砸在神像腰部。这一拳是为了救人性命，所以陈平安不敢有任何藏掖，以至于出拳之时，手臂环绕着雪白之色的充沛拳意，拳罡大振，隐约有浩浩荡荡的风雷声。

一尊两丈高的泥塑神像愣是被陈平安一拳打得横移出去，庞大神像的双脚在地面上犁出一条沟壑。少女听到身后动静，转头一看，大致猜出缘由，再望向那个貌不惊人的背匣少年，眼神便有些呆滞。

陈平安可不管少女心中所想，双手胳膊一顿，看似要出拳，其实是从两袖中滑出了两张金色材质的宝塔镇妖符悄然贴在手心。手持铁锏的武将神像一招落空，砸得地面砖石炸裂，直起腰后再度朝陈平安挥动铁锏。陈平安这趟南下游历，走了无数次缓慢拳桩，可当他要快的时候，那是真的快！

铁铜依然落空,陈平安不知何时已经来到了武将神像身前,脚尖一点,身形跃起,手心重重拍在神像额头处。金光灿烂!武将神像四周凭空出现一座比它略高略大的金色宝塔,雷电闪烁如游龙。神像就像是被"供奉"在这座宝塔内,可具体滋味如何,从泥塑神像巨大身躯的寸寸崩碎就看得出来。不管它如何挣扎,如何挥动铁铜狂敲猛击,宝塔镇妖符始终将其牢牢镇压其中。

陈平安在祭出第一张宝塔镇妖符后,双脚在武将神像胸口一点,借势反弹出去,又是一闪而逝,以更快的速度来到疾速奔向少女的文官神像面前,又是啪一下,刚好将金色符篆贴在了精铁官印之上。高大神像如山岳压顶,双膝弯曲,膝盖处不断有碎屑飘落,差点就要跟跄摔倒。

陈平安双脚还是没有落地,祭出第二张宝塔镇妖符之后,身形继续攀升,在神像头顶一踩,望向已经站立于石碑顶部的白衣女子,没有任何停滞,御风凌空一般,向古柏树下的石碑一冲而去,在空中伸手轻拍剑匣,轻声道:"除魔!"

槐木剑弹出木匣,被陈平安单手握住,对着石碑上的白衣女子当头劈下,不讲剑法招式,木剑上边也没有足够震慑阴物的浓郁灵光。

青丝覆面的白衣女子扯了扯嘴角,虽然心存轻视,但是既然那少年能够成功镇压两尊神像,她也不敢太过托大,陪他玩玩也好,反正城隍阁此处,守住是最好,丢了也无妨,自有高人会再次夺过来。

只见她伸手在腰间迅速一抹,浮现出一把无鞘长剑,剑身呈现出猩红色,充满了令人作呕的血腥气息,之前她应该是使用了障眼法。当她的枯骨手心接触到了剑刃,其上便发出一串石火电光。不但如此,她手腕上滑落了一只碧绿镯子,滴溜溜围绕着她飞速旋转,毫无轨迹可循,以至于瞬间就看不到镯子,只能看到一阵阵碧绿色的流萤。

世间修士,法宝当然是越多越好,这跟老百姓谁也不嫌钱压手是一个道理。可毕竟名副其实的灵器法器太过珍稀罕见,如果能够侥幸拥有两件,一般都是尽可能追求攻守兼备,一件用来杀伐退敌,一件用来防身保命,进可攻退可守,万无一失,白衣女子的猩红佩剑和碧绿镯子正是此理。

槐木剑转瞬即至,白衣女子迅猛提剑,简简单单一剑横扫,在她头顶就出现了一道猩红剑气,若是少年躲避不及,就要被剑气拦腰斩断。但是那个少年突然不见了。

方寸符!白衣女子心知不妙。

叮!一点金石声毫无征兆地响彻广场,之后是一连串的敲击声响,细密急促如暴雨水滴砸在屋脊上。

白衣女子脸色微变,腰肢拧动,迅速飞离石碑顶部。白衣红剑,一红一白,围绕着那棵绿意浓郁的古柏旋转向上,似乎在躲避什么。女子已经刻意与碧玉镯子拉开约莫两丈的距离,这样既能够随心驾驭,又能够避免被误伤。

是飞剑！少年竟是一名能够飞剑杀敌的剑修！

什么木剑什么除魔，都是迷惑人心的幌子！真正的杀招，是那把尚未显出真身的阴险飞剑！小小年纪，心思倒是缜密且歹毒！难怪能够成为练气士中最难修出结果的剑修。

听着那些连绵不绝的声响，白衣女子心疼不已。镯子再有灵性，也经不起一把飞剑如此欺负。

名为"冰糯"的镯子是老祖宗亲自赐下的一件上等灵器，并不以坚韧牢固见长，主要还是为了抵御那些所谓正道仙师出其不意的杀手锏。毕竟老祖早有预言，此次密谋夺取彩衣国的镇国之宝，必然是一场伤亡惨重的血战，名门仙家的练气士厮杀拼命的胆子不大，可玄之又玄的秘术神通和代代相传的法宝层出不穷，不得不防。

白衣女子暂时无法推算出那把飞剑的轨迹，又不敢收回镯子，这让她愤懑至极，第一次生出滔天怒火。若是镯子就此崩碎，那么这趟彩衣国之行，不说其他盟友，她是注定要得不偿失了，哪怕最终大功告成，论功行赏，她拿到手的奖励，恐怕还不如这只镯子值钱。

白衣女子一头青丝疯狂飞舞，露出真容，竟是那晚湖心高台上率先登场的彩衣女子！她当时不知让多少胭脂郡男子惊为天人，只恨无法搂入怀中怜爱一番。如此说来，那个看上去很是仙风道骨的老神仙至少是主谋之一。

但是这伙人如此招摇过市，彩衣国就没有一个修士看穿真相？站在广场上的陈平安愣了一下，心情沉重，将槐木剑收回木匣，习惯性摘下酒葫芦喝了口酒。

看到少年竟然还有心情喝酒，白衣女子气极反笑，衣袂飘飘，露出手腕和脚踝，皆是白骨，想必白衣下边的"娇躯"也是如此光景，唯独一张脸庞血肉俱在，而且美艳异常。

原来是一名枯骨美人……不对，是枯骨艳鬼才是。

大致确定了飞剑无法突破镯子近身纠缠自己，白衣女子心中略定。那就擒贼先擒王，先宰了那个少年郎再说，他自己找死，怨不得别人。本来还想着逗他玩一会儿的，哪里想到是这么个扎手的硬点子。剑修又如何，只要不是那种虚无缥缈的大剑仙，哪怕是中五境靠上的小剑仙，在这座胭脂郡城，只要敢露头就都得死！

无形之中，城隍殿外的这座小广场分割成了三处战场：两张金色材质的宝塔镇妖符正在一点点消耗两尊泥塑神像的魔气，碎屑四溅，尘土飞扬，无论两尊神像如何咆哮嘶吼，镇妖符显化出的宝塔上闪电交织，如雷部天君手持电鞭鞭笞邪祟，始终稳稳地将它们压在其中。

再就是陈平安请出山的飞剑初一，这次总算不讲究离开养剑葫的排场了，悄无声息地飞掠而出，神不知鬼不觉。只可惜白衣女子有镯子护身，帮她挡下了一剑穿透头颅的灾殃。初一不知是打出了真火，还是像顽劣稚童般找到了有趣玩物，再也不理睬陈平安的心意,专心致志纠缠那只碧绿镯子,打铁似的,一下一下。它还故意放慢了飞掠速度,每次牵扯着镯子的运转范围。

杀机重重的白衣女子决意要先解决掉陈平安这个"剑修"。她手持鲜艳欲滴的猩红长剑扑杀而下,在此之前,向两座侧殿怒喝一声,早已蠢蠢欲动的阴物女鬼蜂拥而出,一时间黑烟滚滚,遮天蔽日,全部涌向孑然一身站立于广场之上的陈平安。

手脚都系挂银色铃铛的少女本想入场救援,却被陈平安在第一时间就以眼神示意别掺和。少女没有意气用事,老老实实站在第一处战场,只是手舞足蹈,不断摇晃出阵阵清灵铃声,竭尽全力,让金色花朵不断飘出大殿屋檐。

对于陈平安来说,少女能够这么做,就已经足够了。他的双手迅猛一抡,双臂拳罡汹涌流淌,璀璨光明,正是崔姓老人传授的那一招云蒸大泽式。瞬间外泄的充沛气机震荡四周,十数个冲出侧殿的狰狞女鬼顿时被一扫而空。她们本就头顶烈日,加上这一拳走的是一夫当关的跋扈路数,无异于雪上加霜,她们长如手指的尖锐指甲根本无法靠近陈平安一丈之内。

陈平安可不是只有一拳的能耐,他身体后倾,脚尖一点,顿时倒掠出去数丈,躲过白衣女子飘落下来的那一剑。白衣女子亦是如同附骨之疽,脚尖甚至没有触及地面,凌空一点,身体前倾,追随陈平安,一剑直直刺出。

但是在这个间隙当中,陈平安又是双拳一抡,摆出先前那个古意无双的拳架,一下子又将十数个乱窜阴物恶鬼当场打得魂飞魄散。

满头青丝肆意飘拂的白衣女子厉声道:"你真是该死!"手中长剑只差几寸就要刺入陈平安心口。

陈平安脚尖一拧,学那小街一战的马苦玄,身体如陀螺般旋转开来,恰巧躲过了那一剑不说,还趁机欺身而近,一拳砸向白衣女子的侧脸。后者竟是能够瞬间化为白雾消散四方,下一刻出现在数丈外,五指一扯,没有跟随她一起消失的猩红长剑旋转半圈,割向陈平安的胳膊。陈平安毫不犹豫地用掉最后一张方寸符,刹那之间就再次来到女子身侧,一身磅礴拳罡如烈阳,让那白衣女子痛苦尖叫一声,顾不得牵引驾驭远处那把长剑,故技重施,再次白雾缭绕,飞快消失。

陈平安脸色沉毅,心中默念:初一!

虽然不情不愿,飞剑初一还是脱离原先战场,一抹白虹划破长空,直刺刚刚现出原形的白衣女子。碧绿镯子与猩红长剑在她第二次消失的瞬间本就出现了一丝不易察觉的凝滞,像是失去主人心意联系,便有些犹豫不决。当飞剑初一刺向她眉心处,她终于彻底惊慌失措,双手护住脸庞,一头青丝疯狂倒卷,遮覆在脸上。

那柄雪白色的袖珍飞剑安安静静悬停在她眼前,没有继续前冲。但是,她后脑勺一凉,像是被仙人施展了定身术,站在原地一动不动,满脸匪夷所思,僵硬转头,痴痴望向那个冲向自己的少年：你是剑修也就罢了，为何会有两把飞剑？又为何假装是一名纯粹武夫？

躲得过初一，躲不过十五！不过即便她已经被飞剑十五从后脑勺一穿而过，陈平安仍是没有半点掉以轻心，再也不管那些阴物的纠缠，任由她们近身出手，只是以最快速度来到白衣女子身前，干脆利落地使出神人擂鼓式。一拳到，拳拳到，之后二十拳，打得白衣之下的枯骨一根根粉碎，最终炸裂开来，空中飘落一张绘有女子体态的黄符。猩红长剑坠落在地，那只碧绿镯子如同迷路之人，在白衣女子消失的地方不停缓缓旋转。而她一死，那些阴物顿时失去了主心骨，纷纷躲入两侧殿内，相当一部分尚未逃回就已经被太阳曝晒得彻底消亡，这次侧殿内再没有妖媚笑声传出，而是转为一声声呜咽。

陈平安站在原地，既没有着急去逮住镯子，也没有伸手去接那张黄符。他环顾四周，见再无异样，便拍了拍养剑葫，初一和十五掠入其中。

蹲下身，陈平安仔细凝视着那张黄符，拈出张山峰赠送的另一张邪气点火符，放到黄符附近晃了晃，点火符只烧了一角就不再燃烧。陈平安这才将那张黄符拈在指尖，发现它不是普通的黄纸符箓，质地极为细腻柔滑，而且韧性绝佳，估计都不怕青壮男子的用力撕扯。

陈平安想了想，还是将这张美人符箓收入方寸物中。那只碧绿镯子也主动黏上来，陈平安一手持点火符，发现没有半点动静，就顺势握住镯子，一并收入囊中。只是去捡那把猩红长剑的时候，点火符稍微靠近就熊熊燃烧殆尽，这让陈平安有些犹豫。这把剑肯定能卖不少钱，但是他更担心贸然收入方寸物会不会给飞剑十五造成影响。最终陈平安拿起长剑，左右张望一番，抬头看着石碑旁那棵古柏，助跑向前，脚尖一点，掠向古柏，暂时将长剑藏在高枝树荫当中。

少女怯生生喊道："这位神仙……"

陈平安低头望去，少女指了指脚边的地上。泥塑神像已经轰然倒塌粉碎，堆积出一个尖尖的小土堆，有几块银色碎片在泥土当中熠熠生辉，十分扎眼。更加出人意料的是，一张宝塔镇妖符就那么安安静静飘浮在土堆旁，除了金色光泽略微暗淡之外，并无半点损毁。

另外一处的泥土堆也是差不多的光景，但是不同于武将神像手中的铁锏在雷电之下消融殆尽，文官神像那边除了金色镇妖符、银色碎片之外，四四方方的精铁官印没了，却多出一只古朴无华的青色小木盒，稚童五指恰好能握住。

陈平安心中泛起惊喜，迅速飘落下去，先将两张金色符箓和总计六块银色碎片收入方寸物，最后小心翼翼提起那只散发出温暖气息的青色木盒，哪怕只是轻轻握住，陈平安都觉得有一种莫名其妙的安心。但他只将这不知装有何物的小木盒收入袖中，并未藏入方寸物。

一旁少女始终瞪大眼睛，死死盯着这个斩妖除魔、大展神通的"剑仙"。暗中教她仙术的师父说过，世上有许多修道大成、颜若稚童的老神仙，那才是真正的逍遥仙人，全然不受天地拘束。

今天见过的怪事多了去，就数眼前这个看着是少年郎模样的神仙身上的怪事最多。比如说，天底下还有用完了收回去的符箓？她的师父虽然是大半个江湖中人，小半个山上神仙，山下山上的事情都讲过不少，还真没听说过这种事情。

陈平安对少女印象不错，一边走向城隍殿正门，要以神人擂鼓式彻底打破术法禁制，一边转头轻声问道："这里很危险，早先为什么要进来？"

哇，神仙跟我说话了！关键是还挺和气。少女开心极了，晃了晃手腕，铃铛声悠扬响起："神仙老爷，我身上这四盏铃铛能够保护我的，师父说过，哪怕是洞府境的神仙要杀我，我也能支撑一时半刻。但是有个最大的问题……"

"这种涉及法宝秘密的事情，别对谁都说。"陈平安赶紧摆手，打断少女傻乎乎的言语，提醒道，"此地不宜久留，你赶紧离开吧，而且最好马上出城。"

少女摇头道："我爹娘都在城里，我哪里都不会去，我既然学了仙术，就要保护他们。"

陈平安只得作罢，不再勉强，只是让少女躲得远一点，然后开始对着那道秘术禁制迅猛出拳。第二十一拳之后，"冰面"砰然炸裂，黑烟翻滚，其中夹杂着无数哀号、幽怨、愤懑和仇恨情绪，陈平安全部以云蒸大泽式的激荡拳罡将其清扫干净，偶有漏网之鱼，也有后边的铃铛少女帮忙绞杀。

陈平安猛然转头望向东边城墙，虽然看不清那边的城楼景象，但似乎感受到了那边的某种凝视。多半是城隍阁此地阵法毁坏，牵一发而动全身，被幕后主谋的大妖魔头发现了自己的存在。

为小心起见，陈平安祭出仅剩的一张阳气挑灯符，刚想抬脚跨过门槛，发现身边的少女欲言又止，不得不问道："怎么了，你知道里边有古怪？"

少女有些难为情，似乎觉得自己太幼稚，可既然神仙老爷问了，只好硬着头皮闷闷道："我爹娘说过，进寺庙道观烧香，男左女右，你们男人是左脚跨入门槛，我们是右脚。"

陈平安笑着说道："好的，谢谢啊。"他便左脚跨过门槛，跟随那张飘飘荡荡的挑灯符走到城隍爷沈温的神像下方。

撒落地面的一点点金色碎屑全部倒飞回神像身上，从陈平安打破阵法禁制，到走到这里，神像金身已经补上了七八分金箔，一双眼眸散发出淡淡的金色光彩，宛如一尊高达三丈的神人正在俯瞰众生。

不等陈平安开口说话，城隍爷就威严开口，说了一句让少女勃然大怒的话语。只是实在敬畏城隍老爷的数百年积威，少女敢怒不敢言，只好腹诽不已。

这位城隍爷说的第一句话就是："年轻人，赶紧将精铁官印交出来！"

陈平安脸色平静,就要从袖中掏出那只外边精铁官印熔化掉的青色木盒,同时解释道:"官印已经被我的符箓消融……"

"休得胡言!"陈平安话只说了一半,那尊神像就震怒而动,一脚高高抬起,厉色沉声道,"真以为收拾了几个小杂碎就能够在本官面前任意妄为了?!若不是对方三人联手,加上属官叛变,里应外合,才将本官压制在城隍殿内,否则岂有他们放肆的机会。速速交出精铁官印,莫要浪费时间,形势严峻,本官还要去城内镇压群魔!"

在阵法被破开之前,城隍爷沈温忙着维持最后一点灵光神性不灭,加上那道充满污秽的术法隔绝天地,城隍殿内无法知晓外边发生的事情。在他看来,走了三头大妖和魔道巨擘,对方不知此地真正的玄机,就不会留下重要战力了。所以那少年唯一让城隍爷感到不解的,是如何破开门口的阵法。难道他是一个精通奇门遁甲和仙家阵法的宗门子弟?只不过不管怎样,彩衣国的江山社稷、胭脂郡城内十数万百姓的生死,都跟这座城隍阁的那件东西紧密相连,容不得有丝毫纰漏。

巨大神像一脚重重跨出神台,一脚踩在陈平安身前一丈处,踩得青石地板碎裂不堪,弯腰伸手:"速速交出官印!"

陈平安纹丝不动,问道:"别人帮了你,说声谢谢很难吗?"

神像明显一愣,憋了半天,叹息一声,点头道:"是本官太过心急,做得不对,此事确实是要谢过你。"

陈平安掏出那只青色木盒:"精铁官印熔化了,跟文官神像的泥土化为一体,但是露出了这只小木盒。不知道是不是你想要的东西?"

神像缓缓点了点头。陈平安高高抛起木盒,神像伸手接住,微笑道:"正是此物。"

陈平安转身就走,少女连忙跟上。身后风声骤然呼啸而来,陈平安心知不妙,瞬间运转气机,真气若火龙,一气流转数百里路途,经过一座座气府窍穴。

刚走到门槛附近的少女呆若木鸡,转过头,只见城隍爷一条神像大腿狠狠踩在了少年的后背上,少年被压弯了腰,几乎就要跪下,强撑着一口气,才没有被踩得陷入地面。

陈平安满脸涨红,颤声道:"你先走!"

少女不敢有任何犹豫,赶紧掠出门槛,落在广场上,转头望去,只见神像四周萦绕着一条条漆黑如墨的浓烟,从神像脸部的七窍进进出出,而那尊城隍爷双眼也变作了诡谲的暗金颜色。少女惊声尖叫道:"小心,城隍爷入魔了!"

陈平安双膝微蹲,咬着牙弓着腰,背脊上是不断加重力道的神像大足。他一点点站直腰杆,伸手迅速一拍养剑葫,同时袖中滑出两张金色材质的宝塔镇妖符,分别拈在指间,低头无意间看到自己脚上那双草鞋,顿时觉得真是痛快,这趟山下人间走得真是精彩,大笑道:"初一、十五,随我除魔!"

当陈平安去城隍阁一探虚实时，徐远霞和张山峰就去郡守府，两人已经做好了碰壁的心理准备。不承想在刘高华的引荐下，满脸忧色的刘太守很快就在客厅接见了他俩，并在听过二人带来的消息后，略作犹豫，就让他们跟随自己去往正厅。

正厅内坐着七八人，既有按刀而坐的披甲武人，也有在郡城堪舆图上指指点点的年迈文官，还有几个精神饱满的男女，一看就是修行中人，如果没有刻意隐藏气象和呼吸的话，应该都是三境四境练气士。

刘太守大致介绍了一圈，他们多是胭脂郡本地的世外高人，也有闻讯赶来的外乡人，跟徐远霞他们差不多。徐远霞着重观察了一下一个模样寻常的汉子，他气势沉稳，应该是个不出手则已、一出手必然雷霆万钧的高手。张山峰则多看了几眼名号"崇妙道人"的老人。他正在悠悠然喝茶，身后站着两尊身高一丈的黄铜力士。"力士"是道家符箓派独树一帜的标志，多无灵智，只会听从主人一些最简单的指令，例如杀敌。高品相的黄铜力士，战力能够媲美三境武夫，不容小觑，绝不可视为粗劣愚蠢的傀儡。

刘太守给他俩大致说过了当下形势，然后有些感慨，诚挚抱拳道："感谢诸位义士相助，若能安然渡过此劫，胭脂郡一定为各位立碑，写入地方志。"

几乎所有坐着的人都站起身还礼，说了些"义不容辞"一类的客套话。

刘太守走到桌旁，上边搁放有两张地图，一张是郡城形势图，一张是连同胭脂郡在内的彩衣国六郡图。刘太守伸手指了指胭脂郡跟邻郡之间的某地："方才得到一个好消息，马将军和老神仙在城头亲自盯着，六百精骑已经离开驻地，火速向我们郡城开拔，最晚今日戌时就可以入城待命，另两千步卒应该是在子时之后才能到达城外。"

刘太守是第一次处理这类事故，急得嗓子眼都在冒烟，赶紧接过老幕僚端过来的一杯热茶。在郡守府出谋划策多年的老幕僚便代替刘太守站在桌旁，一处一处指点过去："东北城隍阁、正北绣花巷、南边马头桥、西边垂铜塔及中间地带的赵府，目前发现这五处地方都有古怪。城隍阁已经紧急关闭，潜入其中的两位仙师至今尚未出来；绣花巷暴毙六人，当地百姓三十二户人家已经全部迁出；马头桥下边出现食人的水妖，不知现在是否沿着河水流窜到城内别处，相当棘手；原本用来跟山上仙家示警的垂铜塔如今已经倒塌，看守宝塔的老人也已暴毙；至于赵府上下，目前已疯了十数人，莫名其妙就发作了，好似瘟疫一般，就连进去查看情况的衙役都疯了两个，以至于我们……"

说到这里，刘太守轻轻咳嗽一声，老幕僚便不再继续说下去。毕竟传出去不太好听，可能会影响郡守大人的清誉官声。因为赵府已经跟城隍阁一样，被官府派人严密封住出口，不许府内人士外出。

崇妙道人放下茶杯，笑道："事关重大，刘大人所作所为极有魄力，是为了郡城十数万黎民百姓考虑，相信事后赵府只要稍微有点良知，就会感激刘大人今日的决定。"

金刀大马坐在椅子上的披甲武将斜瞥一眼崇妙道人，扯了扯嘴角，满是讥讽。

刘太守有些尴尬，轻声道："不用感激，若是能够体谅一二，本官就很欣慰了。"

他很快转移话题，唏嘘道："亏得老神仙刚好路过咱们郡，夜观天象，发现了郡城上方阴气弥漫的异象，否则咱们现在肯定还被蒙在鼓里，到时候一旦事发，被那伙妖魔打一个措手不及，后果不堪设想，不堪设想啊！"

徐远霞问道："那座垂铜塔，作用可是如同边关烽燧，能够向附近的山上仙家传递信号？"

披甲武将满脸阴霾，点头道："正是如此。只是妖魔阴狠狡诈，下了毒手，使得郡城跟距离郡城九百里的灵犀派失去了联系。垂铜塔原本用以传信的秘术十分玄妙，最多一炷香工夫就能够让灵犀派获知。如今飞剑传信，呵呵，速度尚可，就是价格贵了点。"他斜眼看向那沾沾自喜的崇妙道人，真是怎么看怎么欠揍。一次最普通的飞剑传信竟然要价十万两白银，真当自己不知道山上驿站的行情？估计请出那两尊青铜力士，私底下也没少让刘太守掏钱。

武将是马将军的副手，一起在边关驰骋沙场多年，虽然以往一直看不惯刘太守这么个书呆子，但是这次大难临头，看着这个彩衣国著名笔杆子奔前走后，不但没有吓得躲在床底，还竭力维持大局，这让他对这个文官改观许多，倒是对那个趁火打劫的老道人印象差到了极点：你一个家底子都在胭脂郡城内的旁门道士，凭什么坐地起价？郡城破灭，就算你崇妙道人能逃走，撒手不管家人弟子和祖宗基业，不怕到最后家徒四壁？

徐远霞道："刘大人，敢问灵犀派的仙师何时能够赶来胭脂郡？大概会有几人赶来？"

刘太守笑了笑："万幸灵犀派山门之中有一只千年高龄的彩鸾，曾是灵犀派开山老祖的坐骑。老祖仙逝后，彩鸾未曾离开山头，历代掌门都可以请它做些事情。彩鸾背上能够承载五六位仙师乘风而来，若是飞剑传信没有出意外，相信灵犀派大概会在明日正午时分驾临郡城上空。"

刘太守叹了口气，蓦然提高嗓门，激励众人："所以需要仰仗各位，帮助郡城撑到灵犀派仙师赶来，至少要坚持到明天中午！"

徐远霞和张山峰眼神交汇，脸色都不算轻松。张山峰更担心陈平安的城隍阁之行会不会出现意外。

胭脂郡东门有城楼高耸，两层，重檐歇山式，有龙盘虎踞之势。马将军身披铠甲，并不崭新鲜亮，反而十分老旧，上边布满刀剑划痕，显而易见，是这位彩衣国边关武将的心爱之物。近百年来彩衣国边境战事不多，只是与北边的古榆国偶有冲突，而沙场武夫对军功历来看重，往往成为军中进阶、庙堂攀升的关键，若非这位马将军朝中无人帮忙说话，恐怕早已成为年纪轻轻的兵部大佬。

城楼顶层,马将军突然看到老神仙望向城隍阁方向,久久没有收回视线,以为又有突发状况,问道:"黄老,可是里头的妖魔开始现身作祟?"

大袖飘飘的老神仙抚须笑道:"无妨,我自有压胜之法。咱们真正需要留神的地方,还在城中心的赵府,那处距离郡守府太近了,一旦有变,后果严重。好在我此次南下遇到两个至交好友,都是山上正道仙家的魁首人物。他们原本是要一起去观湖书院游历,与夫子们论道的,如今事急从权,顾不上会不会耽误他们的行程了。我已经传信给他们二人,要他们速速增援胭脂郡,估计他们很快就可以御风赶来。届时我与马将军联手守住城东门,两个老朋友其中一人盯紧赵府,顺便庇护郡守府的安危,再有一人去城西坐镇,加上郡守府内的修士和江湖豪侠,相信此次妖魔作乱,不至于糜烂郡城。"

马将军拱手抱拳,感激道:"若非黄老最早发现蛛丝马迹,赶紧告知我们,这次郡城百姓定要遭了大难。黄老还愿意以身涉险,仗义出手,我马某人是个糙人,说不来漂亮话,但绝对铭记在心!"

老神仙笑着摇头道:"若是山上修行就是为了自己一人得道飞升,不管众生疾苦,那还修什么神仙,要什么长生不朽?"

马将军以拳重捶胸口铠甲,然后伸出大拇指,由衷佩服道:"黄老,就凭这句话,您就真是在修道!"说到这里,他又愤愤不平,"至于彩衣国某些个只会沽名钓誉的仙师,尤其是京城里头那拨人,哼,真是恬不知耻,成天就是跟朝廷伸手要钱,建仙阁造高楼,劳民伤财……唉,不说也罢,越说越气!"

老神仙双手负后,淡然笑道:"天底下哪条江河不是泥沙俱下?马将军不用太过怨怼,既然世事皆如此,先做好自己就行了。"

马将军点点头,深以为然,心底对身旁这位道法高深,同时还悲天悯人的老神仙越发敬佩。神仙不止山上的洞天福地有啊,山下也有。

老神仙再次运用神通,眯眼竭力望向城隍阁那边,由于隔得太远,具体景象模糊不清。若是米老魔在场就好了,他会一点掌观山河的皮毛,这么一段距离而已,应该可以看得一清二楚。不过城隍阁秘术阵法被破一事,他刚才心生感应,确定无误,定是有不自量力的家伙在逞英雄。没有关系,他在那边早已安排好后手,金城隍和两侧文武神像早就都被米老魔暗中动了手脚,不惜耗费巨大代价,以持续了二十余年的特殊香火让他们不知不觉地浸染入魔。为此,米老魔还死皮赖脸跟他们三人索要了三件灵器。

所以说,城隍阁的些许波澜影响不到一条大江大河的最终流向。将近三十年密谋,四方势力合力行事,怎么可能功亏一篑?除非是一位十境的陆地神仙从天而降,突然扬言要保下这座胭脂郡城,他们才有可能收手。可是神诰宗和观湖书院,还有几大仙家山门的动向他们早已摸得一清二楚,绝不可能有什么十境练气士横空出世。更何况跻身元婴境的大佬从来神龙见首不见尾,说句难听的,便是真见着了这边的光景,只要不是出身名门正派而且一身正气的祖师爷,愿不愿意掺和都还两说。

大势已成,大局已定!老神仙心中微笑不已,他其实很想转过头去拍拍身旁这位憨直武将的肩膀,笑着打趣他:"马老弟,你的眼神不太好使啊。我可不是什么正道仙师,而是你们嘴中人人得而诛之的邪魔外道。你所谓的彩衣国京城仙师,其中两个名气最大的,可都是我的嫡传弟子。"

他们这些外道野修,本来就是田地烂泥里的贼老鼠,求的就是一个三年不开张,开张吃三年!此事过后,那件法宝到手,大不了再闭关二三十年,去往更南边的地方,秘密谋划更大的买卖,之后又是一条好汉。说不定某一天,有可能成为中土神洲白帝城那样的存在,虽是天下皆知的魔道中人,可是谁敢当面喊他一声魔头?世间绝大多数的上五境大修士同样不敢!

不过这种美事,老神仙也就只是想一想,图个乐和而已。他看了眼南方,又转头望向北边,有些犹豫。事成之后往南避难肯定最安稳,若是按照约定去北方,就要富贵险中求了,但是只要活到最后,那就是一份泼天富贵。

按照傅师叔的要求,神诰宗一行人去找那座淫祠山神庙,结果走到半路,山水气运大变,由浊转清,让赵鎏大为错愕。等他们赶到山神庙,发现秦山神已经金身崩碎,彻底消亡。意外之喜,是众人竟然在废墟中捡到了金身碎片,就是赵鎏都大感震惊,决定先行保管。虽然注定要上缴宗门,但是没事的时候摸一摸,钻研一下,也是一件舒心事。之后众人回到小镇,赵鎏犹豫了半天,决定独自去往古宅,与杨晃修复关系。他先是恭贺夫妻二人苦尽甘来,再跟人家认了错,罚酒三杯,给了一件品相很低但是很讨喜的小灵器。杨晃也是个妙人,他俩才撕破脸皮没多久,如今赵鎏负荆请罪,他竟是客气热情得很,招呼赵鎏喝酒,就连那件灵器都收下了。但等到喝了个半醉,杨晃又开始大骂赵鎏,最后连莺莺都看不下去,劝了半天,杨晃就是不听。赵鎏在酒桌上什么话都不说,都生受着。之后赵鎏在古宅住下,传信给小镇上的神诰宗弟子,一行人便又多住了一天。

赵鎏离开的时候,知道杨晃一切所作所为都是做样子罢了,心中对自己只会越发瞧不起。不过赵鎏也算不枉此行,两人关系能够这样就已经很知足,朋友远远算不得,这辈子都别奢望,但是已经不会成为敌人,以后经营得好,多花些心思,多来这座胭脂郡城走动走动,甚至有机会成为面子上过得去的点头之交。

赵鎏心情复杂地带队北归,只是刚走出几十里山路,就发现胭脂郡城那边不对劲。但是这位神诰宗的老仙师沉默不语,只是赶路。

当天晚上,众人露宿山巅,赵鎏的那个年轻弟子找到站在崖畔的他,轻声问道:"师父,胭脂郡城那边明显有妖气弥漫,声势不小,敢在郡城内如此明目张胆,肯定不是寻常妖魔,咱们要不要赶过去看看?"

赵鎏呵呵笑道:"连你都看出了那边的妖气冲天,师父又不是眼瞎。"

年轻道人仔细咀嚼了师父的言语滋味,试探性问道:"那咱们飞剑传信给宗门?就说需要增援。"

赵鎏眯眼眺望胭脂郡城上方的夜空,缓缓道:"傅师叔要我们镇压那姓秦的,如今山神庙都塌了,咱们也收回了三块金身碎片,这趟下山游历,你们成果颇丰,远胜同辈,外门勘验肯定可以得一个上评,运气好的话,说不定就是上上评。"老人转过头,轻声道,"熙平啊,世间好事,过犹不及啊。一旦你我师徒选择飞剑传信,事后宗门派人来到彩衣国仔细查验此事,将时间一对比,我们畏缩不前的事很容易就会暴露。这些话呢,只因为你是我最得意的弟子,为师才愿意跟你掏心掏肺,记得不传六耳。"

年轻道人心悦诚服,压低嗓音道:"师父英明,算无遗策!"

赵鎏回头看了一眼。远处篝火旁,另外三名神诰宗弟子都在盘腿而睡,其中年纪最小的那个,呼吸吐纳之间隐约有丝丝缕缕的雾气垂挂于耳鼻,反观更早进入宗门的姐弟二人,气象就远远不如了。赵鎏皱眉低声道:"这个事情,还得跟那小屁孩通通气。那孩子感应敏锐,别看他假装什么都不知道,其实咱们骗得过那对姐弟,唯独骗不过他。如果不说清楚,万一他回到宗门说漏了嘴,还是一桩祸事。"

年轻道人点了点头。赵鎏转头笑望着嫡传弟子,和颜悦色道:"熙平啊,要堵住那个鬼灵精怪的小崽子的嘴可不容易,你不是偷藏了一块金身碎片嘛,这本来就不合规矩,一经发现,宗门那边是要重重责罚的。拿出来,师父帮你送给他,就看他敢不敢收下这个烫手山芋了。收下了,以后跟你我师徒二人就是一路人,回到山上,以后相互间还有个照应,师父也算是帮你铺路搭桥;若是不收,呵呵,师父可是你们这次历练的领路人,本就身负查勘职责,事后是要向外门递交文书的,在规矩之内,我要恶心一下那个孩子的靠山,谁都挑不出毛病。"然后他摊开手掌,伸向年轻道人,"拿出来吧。"

年轻道人一瞬间脸色铁青,只是迅速挤出笑容,没有藏藏掖掖,更没有半点不情不愿的神色,很快就将一块最大的金色碎片递给赵鎏。

赵鎏收起金色碎片,笑道:"哟,个头还不小,一块能顶两块了,看来那小子运道真不错,白捡了这么大一个便宜。"

年轻道人脸色僵硬,牵强笑道:"弟子本来是想着回到了宗门,在师父下个月的大寿之日,当作贺寿礼的。"

赵鎏嗯了一声,拍了拍年轻道人的肩膀:"有心了。"

之后年轻道人悄然返回篝火附近,盘腿坐下,闭上眼睛,始终面带微笑。

赵鎏独自坐在崖畔,吐纳炼气,沉默许久,突然小声自嘲道:"大道无望,就只能抖这些小机灵。哈哈,真是怎一个'惨'字了得。"

书生柳赤诚从东门出城，沿着官道一路步行，走出去十里后，在驿站外歇脚，没有功名在身的老百姓可没资格进去落座。驿站外有一处茶摊，书生便要了一碗滚烫茶汤，喝着暖胃，低声呢喃，像是在自言自语："你不是总吹嘘自己多厉害吗，真不管这么大一个烂摊子了？那个刘小姐可是挺好一个姑娘，又给我钱花又让我抱，解了我多大的燃眉之急，不然我饿死了，你也好不到哪里去！

"啥？摊上我这么一个主人，是你倒了八辈子血霉？你咋不说如果不是我误入荒冢，无意间破了那座千年阵法，把你这个大爷从牢狱里解救出来，你才有机会重见天日？你知不知道，因为你的存在，我如今驰骋花丛都不敢施展十成功力，只敢摸个小手儿，亲个小嘴儿，否则岂不是便宜了你这个糟老头？

"狗屁的仙人！藏头露尾，如丧家之犬，连我给人一拳撂倒在地上都不敢冒头！就你还是啥玉璞之上的仙人，老子还是那啥金丹仙人呢！听说人家金丹仙人那才是真正的神仙好不好，每天没事情就在天上飞来飞去，偶尔落地喝个酒，帝王将相见着了都要恭恭敬敬的。"

茶摊老板在远处看着，忧心忡忡：那个穷酸书生该不会是个傻子吧？唠唠叨叨的，自己跟自己说话？傻是不要紧，可千万别身上没带钱哪！

柳赤诚瞪眼道："啥？金丹境是个屁？你信不信老子喝完了茶汤憋出一个屁就把你给放了，以后咱俩各走各的？

"骂人不揭短啊，私生子咋了……再有多生没娘养也好过你一个老变态，一大把岁数了还死活要带上那件粉色道袍。啧啧啧，真是没羞没臊，你咋不求我帮你买几盒胭脂水粉……你大爷……又来……"

柳赤诚本就细若蚊蚋的嗓音到最后几乎连他自己都听不到了，他的眼眸逐渐变得浑浊不堪，再然后又瞬间变得炯炯有神，如神灵附体，整个人从内而外气势迥异，再不是那个满身穷酸气的寒士，更像是一位微服私访的……帝王。他满脸笑意地伸出手，颤颤巍巍举起那只茶碗，喝完最后一口茶汤，站起身，掏出一大把铜钱丢在桌上，大步离开。一开始他的脚步还有些摇晃不稳，喝个茶跟喝了美酒佳酿似的，眼神也有些醺醺然。但是走着走着，他的脚步就越来越沉稳，最后从官道岔入油菜花盛开的农田，见四下无人，一抖肩膀，包袱绳结自行打开从身上脱落，悬停在空中。从包袱之中飘出一件绣工精致的绝美道袍，果真是粉色！柳赤诚身上的外衫也自己解开褪去，跟那件粉色道袍恰好换了个位置，乖乖躺入包袱之中。

除了不合世俗规矩的华美道袍，包袱中还有一支金色簪子缓缓飘向书生头顶，自己别在发髻上。然后包袱一闪而逝，显然是没入了方寸物中。当然，也有可能是咫尺物，甚至可能是传说中被誉为"妙小洞天"的方丈物。

柳赤诚摊开双手，仰起头望向天空，笑容陶醉，粉色道袍竟然给人一种活物的雀跃之感,哗啦一下骤然铺开,来到书生身后,如有婢女服侍,根本无须书生动手,道袍就那么穿在了他身上。

本就相貌英俊的柳赤诚穿上这件道袍之后,更加玉树临风。他大步前行,脚步凌空,逍遥御风,步步登天,直入云霄,大声吟唱道:"冢中一千年,世上也千年。"

脚下的大地之上,开满了异乡黄花。

郡守府,刘太守的老幕僚拉着刘高华走到官邸后门,刘高华看到一辆马车早已准备就绪,像是要出远门。老幕僚伸出手掌,笑眯眯道:"公子,请上车。"

有个女子掀开帘子,梨花带雨的模样,见是弟弟刘高华后,略微心安,放下帘子,背靠车壁,思念起了那个柳郎。

刘高华一头雾水:"宋叔叔,这是要做什么?"

老幕僚一板一眼道:"郡守大人要我护送你们出城。"

刘高华急眼了:"这个时候出城做什么?难道胭脂郡真要大难临头?宋叔叔,越是这样,我越不能离开这里啊,爹出了事情怎么办?"

老幕僚笑道:"真要出了事情,你一个手无缚鸡之力的读书人,还能怎么办?"

刘高华哑口无言。

老幕僚催促道:"公子,走吧,大小姐还等着呢。"

刘高华摇头道:"我反正不走!要走让我姐一个人走……"他话没说完,就猛然往后门跑去,但是眼前一花,竟然发现老幕僚不知何时已经挡在了门口。

等刘高华停下脚步,老幕僚笑了,像一只老狐狸,打量着眼前的年轻人:"你宋叔叔好歹混过江湖,会一点花拳绣腿,你是自己上马车呢,还是被我一拳打晕扛上马车?说实话,宋叔叔也一把老骨头了,背着个人跑来跑去,你忍心?"

刘高华硬着脖子:"打晕我吧!"

老幕僚叹了口气:"你爹晓得你的臭脾气,本来有话要我转告你,我之前怕伤了你们父子感情就故意藏起来不提,现在你这副德行,我就只好实话实说了。你爹让我告诉你:'刘高华,你这二十来年就没做过一件让老子舒心的事,就别留在府上碍眼碍事了行不行?!'"

刘高华红着眼睛,嘴唇颤抖,沉默片刻,有气无力道:"我妹妹呢?"

老幕僚摇头道:"暂时顾不上了,你和大小姐先走便是,我已经让人去找她了。"

刘高华又要犯倔,老幕僚也急了,一跺脚,没好气道:"我的刘大公子,真不是我说你,一个大老爷们儿,婆婆妈妈,成甚大事!"

刘高华委屈道:"爹娘不管,妹妹也不管,我这种没心没肺的王八蛋能成大事才怪了!"

老幕僚给这句话噎得不行,气呼呼道:"走走走,赶紧走。"

刘高华有些茫然失措，总觉得自己好像做什么都是错的。

老幕僚叹气道："走吧，你留在这里只会添乱，害得你爹娘白白担心。"

刘高华惨然一笑："那就走吧。"

老幕僚点点头，等到刘高华坐入车厢，他驾驶马车缓缓驶出家家户户大门紧闭的街道，一路去往城南。路上左右张望着郡城景象，大多数街道还是繁华依旧，游人如织，店铺林立，热闹非凡，全然不知危机已经笼罩整座城池，生死一线间。

按照马将军的说法，妖魔如此大张旗鼓，一定是有备而来，若是最坏的情况，那可就不是死几百人了，历史上彩衣国许多场朝廷定义为瘟疫的灾难，祸害百姓数万，其中就有魔道巨擘的邪法大阵，或是一些污秽法宝失去控制。死于这类事故中的老百姓，往往尸骨都任其曝晒，而不敢收殓下葬，当年殃及胭脂郡在内的那场瘟疫便是如此，才有了那处方圆数百里的大型乱葬岗。

天真要塌下，懵懂无知的老百姓谁跑得了？除非是有高个子顶住，顶不住，就只能等死了。老幕僚心中有些感慨，这次郡守府和刘太守的所作所为，让他刮目相看。

刘太守花钱请崇妙道人飞剑传信，不假；灵犀派一定会派人救援，不假；彩鸾可以载人御风快速南下，还是不假。但是怎么一个快，他撒了谎。彩鸾独自飞行确实能够在明日正午到达胭脂郡上空，可若是载二三人，恐怕晚上都未必能临近胭脂郡北境。

刘太守为何撒谎？因为作为一郡之首，他需要有人在危难之际站出来。如果能够撑到明日正午，那么所有抛头露面与妖魔结下私仇的人其实就已经没了退路，只能跟着郡城共存亡；若是潜伏城内的大妖魔头一直按兵不动，等到明日正午还不作乱也没事，到时候刘太守一样有法子逼着对方现身；如果胭脂郡主动宣战，妖魔还能耐着性子熬到后天，更不打紧，那会儿郡城已是八方增援的大好形势，尤其是灵犀派仙师真的即将到来。所以说啊，读书人走投无路的时候，发起狠来，一肚子坏水能淹死人。

这也是老幕僚第一次真正认识自己的谋主，他非但没有失望，反而觉得值得痛饮一番，只可惜机会恐怕不大了。

把刘高华骗到后门之前，老幕僚跟刘太守有过一番肺腑之言。刘太守坦言若是胭脂郡城这场劫难死个一两百人就落幕，他肯定能跑就跑。可若是要死很多很多无辜百姓，他就不跑了。当时一身官服的读书人指了指自己的心口，说那甲不得劲儿。还说他读了那么多圣贤书，跟它们可谓是相识多年的老朋友了，若是这次苟活人世，怕是以后就没脸面去翻书了，见不得那些老朋友。

"我若是这辈子不再看书，活着还有什么趣味？"

一辈子从未经历过战事和硝烟的胭脂郡父母官说着那些真诚言语的时候，其实牙齿打战，脸色发白，两腿打摆子，怎么掩饰都掩饰不住，让老幕僚看了个一清二楚。

以这种胆小鬼姿态说着豪言壮语，貌似挺滑稽的，但是老幕僚笑不出来，也不觉得可笑。有些当了官的读书人,跟那些自认怀才不遇、生不逢时的酸儒穷秀才,的确不太一样。

充当车夫的老幕僚收回思绪,加快马蹄出城。他忍不住回头看了一眼:自己偷偷收的那个顽劣徒弟也不知道上哪边疯玩去了,怎么找都找不到,只求千万别闯祸。这次胭脂郡大难,绝不是她可以捣糨糊的。

老幕僚摇了摇头,无奈道:"江湖水浑,山上风大,哪里都不好混啊,讨口安生饭吃,就这么难吗?"

第十章
尘 埃 落 定

胭脂郡城北有家米铺，开了二十来年，铺子主人是个高高瘦瘦的老人，终年沉默寡言。店里的伙计也不太爱说笑，不过经常去城隍阁烧香，这让街坊邻居们多出一些好感。加上米铺子卖的米和山珍杂货物美价廉，所以生意还不错。

今天米铺来了两个外乡人——一对看着憨厚本分的中年夫妇。铺子因此早早关门歇业，一个米铺去年冬末新招收的少年伙计对顾客解释说是米掌柜来了远房亲戚，也没谁觉得奇怪。这么多年没串门的亲戚，见面之后多聊聊才正常。

铺子关门后，铺子主人和夫妇二人坐在桌旁，一桌子丰盛饭菜香气扑鼻，三个店伙计远远凑在一起嗑瓜子，显然是没资格落座。

远道而来的男人伸手直接抓起一只油腻鸡腿狂啃起来，一手持酒壶，仰头灌酒的时候能溅出一半。妇人微微歪过头，两根手指拈住下巴处的肌肤，轻巧一撕，竟然撕下了一张纤薄面皮。她将面皮重重甩在桌上，这才背靠椅子，重重呼出一口气："这狗屁玩意儿戴着真是遭罪，呼吸都不顺畅了，竟然还要三十文雪花钱……"

远处三个店伙计倒抽一口冷气。撕掉伪装面皮的妇人，长得真是丑！而后他们相视一笑，觉得那张面皮妇人买得实在太划算了。

妇人说着又伸出另外一只手撕下第二张面皮往桌上一甩，三人顿时愕然，咽了咽口水：这老娘儿们长得贼好看啊。三人开始不约而同祈求莫要有第三张面皮了，于是当妇人再次抬起手臂时，三人心中默默哀号：得嘞，其实还是个丑八怪。不料姿容妖艳的妇人抛了个媚眼给他们，娇滴滴道："没啦，姐姐就长这样，美不美？"

铺子主人没好气道:"赶紧说正事。"

男人扬了扬下巴,示意妇人说事儿,他忙着喝酒吃肉。

妇人拿出一面小镜子,对镜整理鬓角青丝,懒洋洋道:"米老魔,我们这趟来是为了跟你分赃。"

米老魔夹了一筷子冬腌菜,嚼在嘴里脆生生的,皱眉道:"赃物还没到手就想着分赃,你们夫妻两个是不是脑子有坑?"

妇人微微放低镜子,媚笑道:"你与琉璃仙翁关系莫逆,是百余年的老朋友了,我们夫妻当然清楚。只是大船将沉,米老魔,你总不能陪着他一起溺水而亡吧?"

米老魔停下筷子:"怎么说?"

"真美,不愧是要价八十文雪花钱的上等货,就是胆子太小了,我开价两百文雪花钱都不敢帮我制造一张与贺小凉有七八分相似的面皮。"妇人放下镜子后,又撕下一张面皮,露出满脸雀斑的老态容颜。

男人满嘴流油,笑嘻嘻道:"就是就是,若是能像贺小凉或是苏稼七八分,莫说是两百文雪花钱,五百文我都愿意出!"

妇人白了他一眼,继续说正事:"一个姓傅的神诰宗小剑仙也加入了灵犀派的南下队伍,她年纪不大,架子倒比天还大,灵犀派的两位老祖可都把她当菩萨供起来。"

米老魔放下筷子,脸色沉重:"当真?"

妇人点头道:"若非如此,我们夫妻便是想要提前拆伙,能有什么好处?损人不利己的事情我们可不做。做买卖太不讲究,生意肯定做不长久。"

米老魔问了一个关键问题:"你们怎么知道神诰宗的人参与其中?灵犀派有你们安插的间谍,而且辈分还不低?"

妇人反问道:"这很奇怪吗?"

米老魔冷笑一声,皮笑肉不笑道:"原来做生意都做到山上去了,佩服佩服。"

男人将鸡腿骨头甩在地上,大大咧咧插嘴道:"做到山顶去那才厉害吧?我们这点小打小闹算个屁。"

妇人直截了当道:"米老魔,事情就是这么个事情,你给句准话,要是铁了心跟琉璃仙翁绑在一起,我们夫妇二话不说,吃完饭就走,灵犀派那单子也够我们大赚一笔了。要是你愿意跟我们一条心,那就好好合计合计,做掉琉璃仙翁之后,提前开启阵法,趁乱夺了那件法宝就跑。"

见米老魔有些犹豫,男人抹了一把嘴道:"宰了琉璃仙翁,不但他的琉璃盏归你,其他家当,你能找到多少都算你的,但是那方印章必须归我们。"

米老魔沉吟片刻:"稍等。"

他转头望向那个年纪最小的弟子:"丢铜钱,算一卦吉凶。"

少年眉眼俊秀,唇红齿白,笑容灿烂,掏出一把铜钱攥在手心,蹲在地上,抬起头问道:"老米,有好处不?"

米老魔淡然道:"每天晚上不用穿那些妇人衣衫了。"

其余两名弟子脸色如常,相视一笑。少年微微脸红,娇柔扭捏道:"这算什么好处。老米你换一个呗?"

米老魔想了想:"分你一成好处。"

少年问道:"得了好处,弟子还有命花不?"

米老魔冷冷瞥了一眼两个入门已久的弟子,对少年点头道:"有。"

少年笑容妩媚,咬破手指,在铜钱上一一抹上血迹,最终一把撒下,端详片刻,抬头惊喜道:"大吉!"

米老魔如释重负,望向夫妇二人:"我让弟子提前开启阵法,咱们三人一起对付琉璃仙翁,速战速决,如何?"

妇人视线从秀美少年脸上缓缓收回,心情大好:"可以呀。"

男人突然阴恻恻问道:"米老魔,你跟琉璃仙翁百年交情,真忍心下手?"

米老魔夹了一筷子菜:"给你一只仙人遗物琉璃盏,让你宰了你媳妇,你做不做?"

男人悻悻然,妇人倒是半点不伤心,又掏出铜镜左看右看:"我若是在这个没良心的家伙眼中能值一只琉璃盏,这辈子就算活得不亏喽。"

城隍殿外,少女战战兢兢站在第一座大殿后门,甚至不敢站在财神殿和太岁殿之间的小广场上,因为前方那座城隍殿内打得天翻地覆了。她心目中的神仙老爷先是被入魔的城隍爷沈温一脚踩中后背,然后瞧着年轻的神仙老爷更是厉害,一瞬间硬生生挺直了腰杆,迫使城隍爷后退两步。之后那尊大名鼎鼎的彩衣国金城隍爆发出惊人的战力,在宽敞的大殿内疾步如飞,追着神仙老爷四处乱窜。其间一式二十一拳,还是那打破术法禁制的奇怪拳架,明明已经打得堕入魔道的金城隍一身金粉化作碎屑飘散于大殿,身上出现了无数道裂缝,渗出丝丝缕缕的黑烟,但是金城隍大喝一声,结了一个少女认不得的古怪手印,不但金粉悉数重新汇聚在神像表面,就连那些碎裂缝隙都瞬间合拢复原。三丈高度,每一拳都砸得墙壁凹陷,每一脚踩踏都踩得地砖粉碎,简直就是一尊坐镇天庭的威严神灵,正在人间降妖除魔。

银铃少女满心忧虑:如此无敌之姿的金城隍,真能被人打败吗?她也有些疑惑不解:为何老神仙不祭出那两张金色符箓,甚至连飞剑都不愿使出,反而只是跟城隍爷近身肉搏?这都已经换了多种拳法,好几次她亲眼看到老神仙从城隍殿一头给打飞到另一头,后边城隍爷干脆就拆了一根大殿栋梁当手中武器,肆意横扫劈砸。

真是神仙打架,地动山摇。少女看得惊心动魄,手心满是汗水,默默念叨着加油。

老神仙虽然暂时处于下风，可也打得英姿勃勃。比如他双臂格挡在头顶，硬抗下一根大梁的当头砸下。梁柱轰然折断，他的双膝则当场没入地下。少女赶紧闭起一只眼侧过头不忍再看，心想这一定很疼吧。

又有一次，他被一脚踹出大殿，整个人在广场上翻滚了十数圈。金城隍就站在大殿门槛后，满脸冷笑，朝老神仙勾了勾手指，老神仙起身后又冲入大殿。

不到一炷香工夫，城隍殿就被城隍爷沈温给拆了。五六根大梁一拆，历经数百年风风雨雨的大殿就彻底倒塌，尘土遮天。金城隍拔出最后一根红漆大梁，左手边的墙壁不似右边高墙破碎不堪，而是一整面墙向外倒去。

陈平安就站在墙上，双袖早已稀烂，转头轻轻吐出一口血水。他将这尊金城隍当作了第二个马苦玄，通过大战，磨砺自己的体魄神魂。

只靠一双拳头，应该是打不过了。似乎那尊神像在这座城隍殿不管如何捶打重创，都可以很快恢复到巅峰状态，这太不讲道理了。

陈平安眼角余光扫了扫废墟，回想一下金城隍从头到尾的站立位置，心中了然。

各方圣人有地界一说，例如齐先生和阮师傅置身于骊珠洞天，只要儒家圣人在学宫书院、兵家圣人在古战场遗址等等，与人厮杀交手，就都会拥有天时地利。想必这位胭脂郡城隍爷在这里，也符合这点。

陈平安深吸一口气，继续前冲，先勾引这位城隍爷离开这座城隍殿试看，如果可行的话，能够诱骗他离开整个城隍阁地域是最好。

但是世事不如人愿，金城隍虽然入魔，灵智混沌，但是凭借本能，死活不愿离开已经沦为废墟的城隍殿旧有地盘，哪怕陈平安两次不惜以受伤作为诱饵摔出城隍殿外，金城隍最多也只是以一截截梁柱作为武器，疯狂砸向陈平安而已。陈平安不愿继续在这里耗费时间，还是得尽快去郡守府揭发那个装神弄鬼的主谋。

这场大战真正的酣畅淋漓在这一刻才彻底展现出来。陈平安出拳不断，与此同时，养剑葫里的初一、十五也都已向金城隍飞掠而去，配合陈平安的出拳间隙，萦绕在神像周围，看得银铃少女眼花缭乱，目瞪口呆。

最终陈平安祭出一张金色材质的宝塔镇妖符，以它彻底暗淡无光的代价才将金城隍镇压其中。神像金身寸裂，最后只剩下十数枚碎片以及那只青色小木盒。

陈平安默默收起那些东西，摸了一把脸上的血污，来到少女身边，笑问道："你叫什么名字？"

少女怔怔出声："刘高馨！"

陈平安道："高兴？"

刘高馨有些脸红，解释道："高处的高，温馨的馨。不是高兴的兴。"

爹娘取这个名字，寓意是她的将来能够一枝独秀，且在最高处犹有馨香。

刘高馨容颜姣好，心境纯然，不愿在这件事情上纠缠。眼前这位神仙老爷与入魔的金城隍大战完毕，正需要调养气机。

陈平安本来想说这名字取得真好，雅俗共赏，与自己的名字很像，结果不是"高兴"，只好把话咽回肚子，突然又有些犯嘀咕，疑惑道："你该不会是刘高华的妹妹吧？"

刘高馨眼前一亮："怎么，神仙老爷也认识我哥？"

陈平安笑道："刚认识没多久。正好，我要去趟郡守府告诉你爹，那个老神仙才是罪魁祸首。"

他说完就掠向高墙，刘高馨忙不迭紧随其后，两人一前一后飞檐走壁。

刘高馨虽然也曾淬炼体魄，但到底远远不如陈平安，很快就气喘吁吁，陈平安便在一处屋顶翘檐停下让她休息片刻。

刘高馨小心翼翼道："老剑仙，你怎么不御剑飞行啊，可以带我一起御风凌空去往我家，会更快一些的。"

胡乱称呼剑仙也就罢了，还"老"剑仙？陈平安哭笑不得，干脆不理睬她，等少女呼吸恢复平稳，又开始率先在郡城一座座屋脊之上埋头狂奔。

刘高馨心想这位剑仙老神仙真是不走寻常路，而且脾气还老好了！她之前借着说话的机会偷偷看了他几次，模样还挺俊俏哩，真不显老！

"大事不好！"城楼之上，俯瞰郡城、掌控全局的的老神仙、米老魔口中的琉璃仙翁惊呼出声，转头对满脸惊疑的马将军解释道，"城隍殿那边出了大问题，看样子，竟是有大妖魔头凶性大发，直接坏了城隍爷的不朽金身。我必须亲自去看一眼才能放心，金城隍牵涉胭脂郡的气数，若是金身彻底崩坏，哪怕这回渡过劫难，胭脂郡仍是元气大伤！"他望向城隍阁方向，忧心忡忡，喟叹一声，"罢了！便是龙潭虎穴，今日也要闯一闯了！说不得要拼了一身道行，试试看能否将重伤的城隍爷救出来。不承想此次作祟的妖魔如此势大，原本以为只是以阵法牵制城隍爷，哪里想得到是要灭绝一城的狠辣手段。马将军，没办法，城东门暂时就只能交由你一人看顾了。"

马将军沉声道："需不需要派遣十数名精锐武卒助黄老一臂之力？郡守府内还有数十支特殊箭矢，最能诛杀妖魔。"

琉璃仙翁摆摆手道："来不及了，而且意义也不大。"

马将军到底是沙场悍将出身，没有拖泥带水，抱拳道："预祝黄老旗开得胜！"

"那就借马将军吉言！"琉璃仙翁抱拳还礼，微微一笑，身形如飞鸟掠下城头，落在数十丈外的一处屋脊上，飘然起身，再次向前飞去。十数次飘逸潇洒的起起落落，最终身形小如米粒，落在尘沙渐歇的城隍阁高墙外的大殿广场上，大袖一挥，飘荡出一大摞黄纸符箓，在空中便烟雾滚滚，眨眼之间就有十数名持剑的白衣少女冲出烟雾，身形曼妙地扑向那座供奉有彩衣国开国元勋的第一层大殿,又飞快掠入财神殿、太岁殿之间的小广场。其中一名少女嘴唇微动,像是轻轻呼唤着谁,却并无回应。

琉璃仙翁环顾四周,皱眉道:"不用喊了,你们彩衣姐姐早已被打回原形,就连我都感知不到她的残余魂魄,出手之人道行很高啊。"他抬起手臂猛然一招手,隐藏在古柏高枝树荫间的那把猩红长剑瞬间被他握在手中。他低头嗅了嗅剑身,稍稍放心。并无丝毫魔气遗留,这就好,不是米老魔发现了蛛丝马迹,抢先夺走了那枚精铁官印。

随手将长剑抛给一名嘴角有痣的白衣少女,琉璃仙翁缓缓向前。虽然目前形势的走向没有到最糟糕的境地,可是也好不到哪里去。城隍殿已毁,金城隍沈温已经变成一地泥土,两尊文武属官神像也是一样的下场,精铁官印不知所终。

难道是重重幕后的那位大人物对这枚"城隍显佑伯"印也有兴趣,所以瞒过自己,让人捷足先登?琉璃仙翁不禁作此想,但随即又打消了这个念头:不至于,应该不至于,对那位真真正正站在东宝瓶洲之巅的老神仙而言,这类法宝,远远不值得他为此背信弃义,巧取豪夺。那个人所图谋的,太大太大了,是一场包括彩衣国、古榆国在内的五国大混战,是东宝瓶洲中部版图的擂鼓声声,硝烟四起。

琉璃仙翁沉着脸走入城隍殿废墟,来到一堵整面倒塌在地的墙壁旁边。虽然墙体维持完整,没有出现太大的裂缝,但是细微的破损极多。他仔细打量每个细节,壁画之上所绘的九九八十一个飞天美人,当下只剩下三十多个品相较好的。他一跺脚,大为痛惜道:"暴殄天物啊!"确定四周无人后,仍是让那些持剑的白衣少女去往各处墙头盯着,他则蹲下身来,左手掏出一只流云溢彩的精美小盏,嘴中默念,壁画上的各色美人开始缓缓流动,一个个飘荡着离开墙壁,纷纷涌入琉璃小盏内。三十个容貌、服饰品相最好的最先进入小盏,之后是十数个面容完整、四肢衣衫损坏的,最后壁上只留下面容身段俱毁的女子,似有一阵阵细微呜咽声,如溪涧清泉流淌过石。琉璃仙翁还不愿就此罢休,连整幅彩绘壁画的底子都给抽出来收入小盏,那些好似丢失庭院住处的残破女子越发凄婉哀怨,在空落落的墙壁上如泣如诉。

琉璃仙翁收起小盏,起身后俯视着墙壁上零零散散的残余女子,又摇了摇头,心痛不已,抬起大袖,一掌重重拍下,那堵墙壁瞬间化作齑粉。

米铺再次开门,但不是重新做生意。三个店伙计各自去往郡城一处,尤其是那个俊秀少年,跑出去的时候满脸喜气。米老魔则带着夫妇二人走在一条僻静巷弄里,妇人问道:"城隍阁的金城隍已经沦为你米老魔的傀儡,哪怕修为有些下降,怎么可能突然就金身炸裂?小小一座胭脂郡,难道还藏有中五境的高人?"

米老魔心情不佳。杀手锏和护身符就这么莫名其妙没了,换作谁都没好心情。他想了想,摊开手心,还是打算冒险尝试一下掌观山河的神通。

这等上乘术法，一直被屈指可数的正道仙家所珍藏，秘不示人，米老魔也是机缘巧合得到一本残缺的外道秘籍，才学了点皮毛。由于残缺秘籍少了半数运气口诀，每次使用起来都要耗费他一滴心头血，代价极大。而且遥遥偷窥之地若是有境界相当的练气士在场，很容易就会察觉，极有可能循着蛛丝马迹一路杀至。于是好好一门无上神通，就因为残缺不全，变得无比鸡肋。

山上的仙家门阀之所以根深蒂固，很大程度上就在于他们拥有代代相传的秘诀心法，没有任何后遗症，通过一代代祖师爷的不断完善，趋于圆满，根本不需要子孙后代和得意高徒自己摸索。传闻一些最上乘的宗门秘法，甚至能够让修习之人有望跻身上五境，而次一等的旁门左道也能够帮助跻身中五境的阳光大道。反观世间有多少野修散修因此走火入魔？不计其数！

米老魔手心渗出一滴猩红浓郁的鲜血，突然砰然炸裂，血雾弥漫。他的掌心也很快出现了一幅景象，正是那座城隍阁。老人眯眼望去，看到了琉璃仙翁和白衣侍女们的身影，微微晃了晃掌心，原本囊括整座城隍阁的景象很快变得只剩下一座城隍殿废墟，因此琉璃仙翁蹲在地上的身姿更加清晰。

米老魔呵呵笑道："天助我也！陈老儿耐不住性子，亲自来此查看，他这是自投罗网了！"

妇人眼神发亮，死死盯住图像中琉璃仙翁手上的琉璃小盏："那就是琉璃盏？"

米老魔骤然握紧拳头，手心那团血雾重新回到体内，转头冷笑："怎么，要跟我抢？"

妇人眼波流转，媚笑道："奴家哪敢呀。"

米老魔不理会这妖妇的装模作样，心中快速权衡利弊：陈老儿此次所求，一开始就是那幅金城隍眼皮子底下的壁画，他嘴上说是贪图那幅壁画的精气神，经过数百年香火熏陶，蕴养出了真正有仙气的美人儿，而且在乱葬岗收集到女子魂魄后，还可以将壁画作为她们新的栖身之所，一举两得，说不定能多养出几个女鬼阴物。

米老魔此时才恍然大悟，说不定……那枚来自龙虎山天师府的印章根本就不在郡守府或是赵府，而就在那城隍阁！而他这个老朋友一开始就想着独吞所有好处，根本就没想过要将他们师徒苦苦谋划多年的印章留下来。

好一个琉璃仙翁陈老儿！老伙计，你不仁，就别怪我不义！

胭脂郡城上方原本晴空万里的天色缓缓变得阴暗起来，黑云压城，让人胸闷不已。一辆马车安然驶出城南大门，老幕僚一手持马缰绳，一手从身边拿起早早准备好的一壶好酒，刚要喝，就看到不远处的官道路边，有个穷书生在那里使劲招手，大声嚷嚷："老宋老宋，我是你家大小姐的朋友，她在马车上吗？"

老幕僚心一紧：难道妖魔早就盯上了郡守府，决意要斩草除根，连公子和大小姐都不放过?

刘大小姐赶紧弯腰掀开车帘子,欢快道:"宋叔,是我朋友,他叫柳赤诚,是白山国的游学士子。"

又有一颗脑袋探出来,疑惑问道:"柳赤诚,你不是早就出城了吗,怎么才走到这里? 路上又调戏哪家姑娘小姐啦?"

老幕僚犹豫了一下,还是停下了马车。是福不是祸,是祸躲不过,只能静观其变了。

听到刘高华这个未来小舅子的调侃,柳赤诚翻了个白眼,屁颠屁颠往前小跑。虽然不知道为何老妖怪要突然从天空降落,还把身体暂时还给了自己,但柳赤诚也懒得管这些了,反正老家伙跟自己保证,只要说服这辆马车掉头回城,他就可以只用一根手指头解决掉所有麻烦。不过这会儿柳赤诚身上还穿着那件粉色道袍,但是老家伙说十境以下的练气士,包括狗屁金丹神仙在内,全都没办法看出他施展的精妙障眼法。

柳赤诚站在马车旁,气喘吁吁问道:"咋的,你们也要跑路啊? 刘高华,你这个不孝子,忍心把你爹娘丢在水深火热之中? 城内那么多兴风作浪的妖魔,你身为郡守之子就该身先士卒啊,至少也该振臂高呼,守住郡守府大门,誓死不退才对。我这不走出城门很远了,还是觉得不能就这么离开。你想一想,哪怕是我这么一个外乡人都会觉得大义当前,我辈读书人就该慷慨赴死……"

老幕僚气得牙痒痒,恨不得一巴掌朝这个穷书生脸上扇过去。

刘高华一脸看白痴的眼神看着柳赤诚,而他姐已经眼神迷离,泪眼朦胧了,双手交错捧在心口,觉得柳郎这么做肯定是为了见她一面。

刘高华翻着白眼道:"要回你自己回,我要跟我姐避难去了。"

柳赤诚心里犯嘀咕:老头儿,咋办,这个小舅子没啥英雄气概,我这是对牛弹琴哪。

突然之间,柳赤诚发现自己管不住自己的腿了,一脚"轻轻"踩在官道之上。

轰然一声巨响,整条官道之上扬起阵阵尘土,从城头那边看来,就像是凭空出现一条长达数里的黄色蛟龙。

柳赤诚咽了咽口水,咳嗽一声,双手负后,尽量让自己多一些高人风范:"实不相瞒,我柳赤诚,就是深藏不露的金丹境神仙!"

老幕僚骇然失色,一时间怔怔无言。恐怕只有彩衣国最最顶尖的江湖大宗师,例如那位隐居世外的老剑神才能有这一脚之威吧? 难道眼前这个不着调的穷书生真是游戏人间的山上神仙?

柳赤诚尝试着一踮脚尖,想着直接飞到马车上,但是身体纹丝不动,只好自己灰溜溜地爬上马车。挤入车厢后,在面面相觑的姐弟之间盘腿而坐,转头望向那个激动万分的女子,微笑道:"刘姑娘,心诚则灵,对吧?"

陈平安和刘高馨来到郡守府附近的一座屋脊上，刘高馨正要开口问话，陈平安指了指府邸墙头和高楼，刘高馨顺着方向望去，心头一凛。那里有一张张墨家特制的强弓，箭尖齐齐朝向他们两人，十数名挽弓力士一律披挂彩衣国军方制式甲胄。

刘高馨皱眉道："好像是马将军留在府上的亲军，他们未必认得我，不然我大喊几声？只要我露面解释一番就行，怕就怕官场上一番问询，要花费不少时间。"

陈平安抬头看了眼天色，稍有犹豫："分头行动，你不用着急冲进去，被拦下后不妨先跟他们解释，但我必须马上找到朋友们。"

刘高馨也是雷厉风行的性子，点头道："好！就听老神仙的！"

陈平安深吸一口气，一跃而起。一支箭矢迅猛而至，他的身形骤然拔高，踩在箭矢上，轻轻一点，直冲郡守府。

刘高馨高声喊道："我是刘太守之女，他是来助阵的盟友，恳请诸位放下弓箭！"

陈平安身形落在官邸正厅大门口，头也不转，侧身横移两步，伸手握住一支从背后激射而至的箭矢。箭身篆刻有古朴云纹，且凿有三道细微凹槽，其间光彩流动。

陈平安随手一丢，将箭矢钉入地面，沉声道："徐大侠、张山峰，你们在不在大堂？那晚在湖心高台显露神通的老者是这次城隍阁遭难的幕后主使！"

徐远霞率先飞身而出，披甲武将和张山峰紧随其后。

一尊丈余高的黄铜力士大踏步轰然冲来，二话不说对着陈平安就是一拳砸下，陈平安只得伸出手掌挡住那只拳头。崇妙道人精心画符打造而成的这尊黄铜力士实力不俗，虽然品相不高，但是战力足以媲美二境巅峰的纯粹武夫，可被陈平安五指挡住拳头后，身躯关节处剧烈颤动，发出阵阵嘶鸣声，却始终无法前进分毫。

刘太守也快步跑出大门，仰头望去，见着那个站在墙头上的银铃少女，立即高呼道："是我女儿，是我女儿刘高馨，诸位猛士莫要误伤了她！"

徐远霞也跟旁人赶紧解释道："是我们朋友，名叫陈平安，之前去调查城隍阁的虚实了。"

披甲武将点了点头，抬起手臂做了一个军中手势，潜伏在各处的弓箭手没有立即收起手中一架架强弓，只是箭头往下一压，紧绷如满月的弧度同时缩回新月形状。所有人的动作都整齐划一，连弦的弧度变化几乎都不差丝毫。

游历过许多国家的徐远霞心细如发，在见到这一幕后，顿时大为叹服：不承想彩衣国这般书卷气弥漫的地方，还有这么一支训练有素的虎狼之师。那位如今负责坐镇城东门的马将军，必然是一位治军有方的大才。

崇妙道人掐诀召回那尊出师不利的黄铜力士，脸色不太好看，冷笑道："黄老神仙是主谋？哈哈哈，你这红口白牙的少年郎，我倒觉得你才是想要浑水摸鱼的歹人！"

他又转头对刘太守和武将说道："若道法通天的黄老神仙是那居心叵测的主谋，那我等还在这里谋划什么？干脆等死好了。再说了，黄老是幕后凶手的话，何必脱裤子放屁，主动为我们示警？"

刘太守沉吟道："道理是说不通。"

武将倒是为陈平安说了一句公道话："邪魔外道最擅长兵行险着，不可以常理揣度。我们目前最好谁都不要轻信，不妨先听这少年怎么说。"

刘高馨跳下墙头，一路飞奔而来，身法充满灵气，尤其是银质铃铛叮叮咚咚，身边荡漾出阵阵金色涟漪，分明是修行中人的模样。

刘太守顾不得深思为何小女儿变成了飞来飞去的神仙，等到她来到身边，立即着急道："有没有哪里受伤？你这个臭丫头，现在郡城这么乱，瞎跑什么？胡闹！"

刘高馨指了指陈平安："老神仙……"她突然意识到自己说错了话，因为先前赶路的时候，一手飞剑术惊天动地的老神仙专门告诉她不要多说城隍阁的那场战事，他目前还不愿意泄露身份，以免郡守府也有作祟妖魔的内应，早早起了戒心。

她连忙改口："我和陈少侠在城隍阁遭遇了一个祸害郡城的枯骨女鬼，正是那晚湖心高台率先露面的彩衣美人。我和陈少侠好不容易将其制伏，不料城隍爷和两尊文武属官神像都入魔了，七窍之内黑烟翻涌，就要将我们打杀。所幸有位会飞剑的老神仙从天而降救下了我们，只是老神仙也身受重伤，要我们先来报信，那个姓黄的家伙与同伙处心积虑图谋一件法宝，要我捎话给爹，叫咱们绝对不要引狼入室！老神仙还说等他调养好气海和本命飞剑，一定会再度出手，帮助我们斩妖除魔！"

陈平安神色自若，在心中称赞少女的灵机应变。

众人一起快步返回正厅，不等落座，就有一身血污的披甲锐士进入，说是郡城之内多处出现如同陷入魔障的百姓开始疯狂杀人，无论是亲朋好友还是街坊邻居都不能幸免。这些百姓有一个共同点，就是眼眶渗出鲜血，而且身形颇为矫健，极为棘手，已经有许多官府兵丁和捕快受伤。不但如此，郡城有数处地方几乎同时出现了猩红光芒，方圆十数丈内草木枯黄，游鱼翻起白肚。

正厅内气氛凝重，刘太守强自镇定，开始排兵布阵。除了派人火速前往城东门通知马将军小心那个黄老神仙之外，郡守府内所有胥吏都要离开官邸，通知城内百姓马上返回家中，暂时不得出门，否则，一经发现，以犯夜禁律从重处置。厅内众人则两人组成一队，联手去往各处古怪之地，以防不测。只要发现魔障百姓或是妖魔阴物，可斩立决。

徐远霞和张山峰一路，崇妙道人和披甲武将一路。在刘高馨的竭力要求下，她追随陈平安。刘太守再大公无私，哪里放心自己宝贝闺女去涉险，好在那位江湖武人义士主动请缨，协助陈平安去往赵府门口，刘太守这才千叮咛万嘱咐，要刘高馨不许冲动，一切听从两位高人的吩咐。刘高馨当然欢天喜地，满口答应下来，刘太守怕她不上心，又拉住她叮嘱一番，少女便有些不耐烦了。突然，身边那位不显老的"老剑仙"提了一嘴："刘姑娘，不要让太守大人担心。"

刘高馨愣了一下，转头望去，看到陈平安既不是生气恼火，也不是倚老卖老，就像是简简单单要她把当下这件事情做得更好一些。刘高馨虽然不明就里，还是耐着性子跟父亲告别，保证自己不会意气用事。刘太守这才略微放心，最后向陈平安和那位姓窦的武人抱拳致谢，诚恳道："小女就有劳两位侠士多加照顾了。"

陈平安和窦武人还礼。

三人火速去往跟官邸只隔了两条街的赵府，窦武人抬头看了眼天色，摇了摇头，感慨道："山上神仙也好，妖魔也罢，骨子里其实从来不把人命当回事，不该如此。"

陈平安不知如何作答，只好沉默不言。

三人到了赵府门外，已经有眼眶渗血的魔障男女往外冲杀，张牙舞爪，奔跑迅捷。外边刀客和弓箭手多是郡城捕快和官邸衙役，平日最多是和小毛贼或江洋大盗打交道，哪里见识过这番场面，大多脸色雪白，弓箭也失了准头。而且那些魔障了的赵府家丁婢女哪怕身中箭矢也依然能够继续向前。弓箭手和刀客的粗劣阵形几乎是一冲即溃，只得与那些悍不畏死的魔障近身肉搏，若非陈平安三人刚好赶到，源源不断拥出的赵府人氏恐怕就要流窜各地，形成一股蝗群般的灾祸。

陈平安不知魔障是否有化解之法，更多还是以拳脚将那些赵府魔障打飞回大门附近。刘高馨铃铛大振，金花朵朵飘散四方，那些魔障只要被金花沾上，就会全身溃烂，变成一摊鲜血脓水，腥臭冲天。窦武人抽刀出鞘后，刀身绽放出刺眼的雪白光芒，每一刀下去，就直接将魔障男女老幼劈成两半。他的刀法极其不俗，分明已经到了返璞归真的宗师境界，直截了当，毫不拖泥带水。但是比起徐远霞的刀法，此人出刀少了沙场粗粝气息，多了几分出神入化的气象，极有可能是一位四境武夫往上走的武道宗师。由此可见，在官邸正厅那边不显山不露水，更多还是江湖上所谓的真人不露相。

刘高馨挡住一拨赵府魔障后，发现自己周围是满地鲜血和断肢残骸，突然蹲下身呕吐起来。

赵府内红光一闪而逝，散发出浓重的阴郁气息。陈平安眼见着赵府门口暂时没有危险，脚尖一点，迅速掠过高墙，直奔红光起始之地。

循着那抹红光的蛛丝马迹，陈平安来到一处雅静庭院，其内有一栋三层高的私家藏书楼，楼外台阶上坐着一个白衣公子哥，姿态慵懒，手肘抵在椅把手上，一手托腮帮，一手捧古书，打着哈欠，斜眼看向陈平安，微笑道："怎么这么晚才来？这位公子气宇不凡，是山上修道的仙师，还是行走江湖的宗师子弟？"

坐直身体，白衣公子哥伸出手指沾了沾口水，轻轻翻过一页书籍，顿时书页之间又有猩红光亮一闪而过。红光汇聚成一条粗绳,像一条蟒蛇在空中扭曲翻摇,在院子高墙那边略作盘桓,就要冲入府邸某地,试图依附在府内众人身上。

陈平安一拍腰间养剑葫,那条猩红蛇蟒被一斩而断。

白衣公子哥一挑眉毛:"哟呵,还是位小剑仙? 了不起了不起。听说下五境的剑修杀力巨大,但是很容易体力不济,几口剑气一吐,光彩耀目,很容易就没了下文,就是不知道你是不是更厉害一些?"

他一手持书,一手哗啦啦将书页从头翻到尾。数十条粗如拇指的猩红小蛇从书楼这边冲天而起,就要往四面八方散去,但是白衣公子哥却看到那个腰挂朱红色酒葫芦的少年郎竟然还有心情摘下酒壶灌了口酒。他刚想讥笑出声,便看到天空中那些名为赤链的小红蛇刹那之间就被一抹纵横交错的白虹切割殆尽。然后他眉心一凉,蓦然瞪大眼睛,仿佛白日见鬼,死不瞑目。原来,他被飞剑从眉心刺透了头颅不说,还被渗入体魄神魂的那缕剑气以迅雷不及掩耳之势搅碎了所有生机。

陈平安别好酒葫芦,初一和十五两把飞剑便悠悠然返回。

院墙那边,窦武人站在墙头上,看到这一幕后,朝陈平安抱拳行礼。陈平安心思一动,对他说道:"跟刘高馨说一声,我要马上去一趟土地庙,去去就回。"

他爽朗笑道:"此地已经没有大碍,小猫小狗三两只罢了,陈仙师只管放心去。"

陈平安有些无奈,本想着速战速决,不承想还是被人撞破自己飞剑杀敌的一幕。他对窦武人点点头,脚尖一点,越过墙头,按照心湖间歇泛起的涟漪"话音",按照"那人"的指示,来到一座四下无人的土地庙。抬头一看,土地庙内有一个儒雅文士正在对他招手,面带笑意,只是身影飘摇,如最后一点灯火,稍稍风吹即熄灭。

陈平安稍作犹豫,一掠而去,站在略微明亮的门槛外。

文士先作揖行礼,起身后微笑道:"这是咱们第二次见面了。本官沈温,正是胭脂郡城的城隍爷,看着这座城池已经好几百年了。今日果,是往日因,是本官失职在先,若非你破了禁制,成功阻止了本官堕入魔道,说不定堂堂正正的彩衣国金城隍到最后还要为虎作伥,沦为祸害辖境百姓的凶手。本官要谢你。"

说到这里,他洒然笑道:"之前入魔在即而不自知,所以种种作为,都让小仙师笑话了。这次感谢,既谢你帮了本官,不至于出去伤害黎民百姓,在史书上遗臭万年,还要谢你赤子之心,之前愿意主动交还那只青色木盒。"

当初跨入城隍殿,少年交还木盒,是一善,是善事。明明身怀方寸物,递出木盒之时却不是从方寸物中取出,而是直接从袖中拿出,这意味着眼前外乡少年一开始就认定木盒是城隍殿之物。这又是一善,是善心。

陈平安仔细看着这位沈城隍,再看不出入魔的蛛丝马迹,略微松了口气。他犹豫了一下,抱拳道:"之前在城隍殿内,为求自保,不得已而为之,坏了城隍爷的金身……"

沈温摆摆手，换了一个话题，问道："小仙师可是读书人？"

陈平安有些汗颜，摇头道："不算读书人，如今只是会翻书做笔记，希望多认识一些字，多学一些书上的做人道理。"

沈温笑问道："可知道金身碎片的用处？"

陈平安还是摇头，确实不知。

沈温轻声道："那些金身碎片务必好好保管，世间享受祭祀香火的神灵，无论是山水正神还是我们这些城隍和文武两庙，皆有金身一说，先是朝廷敕封，塑造神像，然后是神灵自身温养那一点灵光神性。只不过金身也分品秩高低，与官场相似，一般都以五岳大神的金身品相最高，然后是大江水神，以及京城城隍爷之流，以此类推。那只青色木盒里头装着的，是龙虎山天师府某一代大天师亲自篆刻赐下的'彩衣国胭脂郡城隍显佑伯印'，是一件蕴含浩荡天威的极强法器，只是需要配合五雷心法才能使用。本官虽然身为现任胭脂郡城隍爷，但是作为一方神灵，是无法使用道统雷法的。事实上，当初天师府赏赐此物，本就是象征意义更多，帮助庇护一郡风水，并不是让彩衣国练气士或是城隍爷掌印示威。若非这方小天师印无形中震慑群魔，城外那座乱葬岗在形成早期，怨气很重，早就要冲入胭脂郡城了。"

陈平安想了想，问道："需要我帮你交给刘太守，还是交给你们彩衣国皇帝？"

沈温仔细看着那双清澈的眼眸，一挥袖子，朗声笑道："圣人教诲，天地神器，唯有德者持之！"

金城隍这句话说得分量极重，便是儒家学官书院勘定的君子贤人恐怕都不敢自称"有德者"。读书人"三不朽"，立德立功立言，以立德为首，最为艰难，绝大多数的读书人，终其一生，只能退而求其次，甚至会一退再退。但是陈平安如今肚子里的墨水尚浅，还无法理解沈温以读书人身份而非城隍爷身份说出这句话的深层意义。对于那只一触摸到就心安的青色木盒，陈平安当然喜欢，如今晓得里头装着一件龙虎山掌印天师亲自篆刻的印章就更喜欢了。天底下谁不喜欢好东西？陈平安喜欢得很！但是喜欢是一回事，不等于就可以夺人所好，这跟陈平安出拳有多快、武道境界有多高、飞剑有几把没有关系，这其实正是儒家推崇的克己复礼，只是陈平安暂时不知道"道理"而已。

沈温笑言："印章你拿着便是。"

看到眼前这位小仙师有点迷糊，沈温更加开心。数百年香火浸染，见多了香客们的种种祈求、索要和愚昧，也有苦难、虔诚和世事无奈，沈温从一个生前只知骨鲠报国的纯粹文臣变得越发了解世情，偶尔甚至会生出一些火气，气恼那些只知烧香求神而不自求的男女，恼火那些一肚子龌龊的富贾刁民，也会哀其不幸怒其不争。

诸多事诸多人，在自己即将烟消云散之际——浮现心头，沈温看着站在门外的外乡少年郎，百感交集，突然硬提起一口气，涣散的缥缈身影稍稍稳固几分，道："沈温最后有个请求，做与不做，你可以自己考虑，沈温不敢强求。"

陈平安点头道："城隍爷直说便是。"

沈温问道："如果彩衣国将来出现英明君主，你能否帮助一二？哪怕是一点点的小忙，例如大旱或是洪涝。你距此不远，能否施展神通，帮助彩衣国百姓安然渡过天灾？一次，一次就好。"

陈平安点头道："城隍爷放心，无论彩衣国皇帝是否贤明，我只要听说彩衣国有难，一定主动来此。但是事先说好，我只做力所能及的事情，还望城隍爷理解。"

沈温满脸欣慰，喃喃道："很好了，这就很好了啊。"

其实这位金城隍心中是有愧疚的，因为他在算计人心。他坚信眼前少年只要修行大道之上不出现大的纰漏，将来一定前程远大。到时候只要少年对彩衣国怀有情感，越晚出手，境界越高，对彩衣国就越有裨益。

沈温望向土地庙外的阴沉天色，心中有些苦涩：我沈温也只能为彩衣国做到这一步了……回过神，沈温笑道："先前金身碎片一事只说了渊源和品秩，至于用处，有点类似屠龙技，用处极大，但门槛很高，换作一般人，握在手中数十上百块金身碎片恐怕也无半点意义，可如果拥有碎片之人有朋友是走神道路数，那就是货真价实的无价之宝，是天底下先天灵器中极为珍稀宝贵的一种，或者是一国之君用以赐给自家山河内的山水神祇，必然算是世间头等恩赏了。退一步说，以后到了靠近山顶的地方，卖给需要此物的识货人，比如金丹境、元婴境的大修士，大可以漫天要价，怎么出价都不过分！"

陈平安神色凝重，一一记在心里。沈温微笑道："请伸手。"

陈平安有些茫然，伸出手。

沈温也伸出手，往自己胸口处一掏，将一件东西轻轻放在陈平安手心——竟是一颗鹅卵石大小的金色物品。

陈平安抬起头，眨了眨眼睛。沈温笑道："古代战场遗址，无数兵家修士辛苦寻觅沙场阴魂，找的其实是英烈、战神们的英灵英魂。我沈温是读书人出身，死后被彩衣国皇帝敕封为此地城隍爷，一副金身品相尚可，比不得大王朝京城内的城隍爷，但是这颗金身文胆，不输一洲任何城隍！"这一刻的沈温像是重返弱冠之龄，寒窗苦读十数载，鲤鱼跳龙门，朝为田舍郎，暮登天子堂，意气风发，以状元之身带头走在皇宫之内，为的不是一家一姓之光宗耀祖，为的是百家姓氏俱欢颜。

沈温交出那颗金身文胆之后像是如释重负，数百年兢兢业业庇护一方风水，如今终于可以好好休息了。

陈平安久久没有收回手，沈温哈哈大笑，伸出一根手指，在那颗文胆之上轻轻一点，微笑道："身无彩凤双飞翼，心有灵犀一点通。小仙师，以后多读书！"

陈平安郑重其事地收起金身文胆，连同青色木盒一起放入方寸物中。

他以读书人晚辈身份鞠躬致礼，沈温却以同辈读书人身份作揖还礼。

陈平安记起一事，一步跨入土地庙，拿出那对山水印，轻声道："城隍爷，我叫陈平安，来自大骊龙泉郡，有位齐先生赠送给我这对印章，说是遇见了山山水水，可以在堪舆图上盖章。先前乱葬岗那边阴气很重，我便从郡守府托人拿了一幅地图往上一盖，结果山水气运好像真的颠倒了。那么现在妖魔在胭脂郡城内以邪法作祟，还有用吗？能够压制他们制造出来的妖邪之气吗？"

沈温神色肃穆，问道："我可以拿一下吗？"

陈平安点头道："当然。"

沈温双手小心翼翼接过那对山水印，然后一手一个高高举过头顶，看了印章底部的篆文以及微微沁色的正红朱印，深吸一口气，放下手臂，问道："那位先生有没有告诉过你，这样一对价值不可估量的无上法器存在一个缺陷，就是每钤印一次，灵气就会消散一分，直到最后灵气使用殆尽，变成最普通的一对印章？"

陈平安挠挠头，咧嘴笑道："齐先生没跟我说过这些。"

沈温又问道："你就不怕你这次钤印下去，灵气大损？"

陈平安摇头道："这有什么好怕的，我又不是胡乱挥霍。先前我从一本山水游记上看到八个字，叫'河清海晏，时和岁丰'，我特别喜欢，还专门刻在了竹简上。而且我觉得这也是齐先生送我印章的初衷，如果齐先生在这里，肯定一样会这么做。"

沈温喟叹一声："只可惜这次妖魔作祟，更多是以邪法蛊惑人心，以及传播瘟疫，这对山水章的钤印意义非凡，却对当下的险峻时局用处不大。陈平安，收好印章，我还是那句话，若是将来彩衣国有明主，你路过彩衣国的时候，可以跟那位皇帝讨要一幅京城形势图，往上边一盖，便可以至少惠泽百年。收起来吧，切记切记，好好珍藏，不要轻易拿出来让人瞧见。"

陈平安有些失落，只好重新收起印章。这一幕，看得沈温哭笑不得：哪有这么"缺心眼"的孩子，山上人是一个个生意人，都在追求一本万利，或是不计较眼前得失，却也深谋远虑，布局千万里和千百年，归根结底，还是要大赚。

沈温身影越发虚无缥缈，涣散不定，沉声道："陈平安，此次妖魔作祟，就像你自己所说，'力所能及'就足够了。"

陈平安点点头，摘下酒葫芦，和城隍爷一起抬头望向外边的天空。

沈温突然问道："大骊龙泉郡？东宝瓶洲的州郡县一般都不会带个'龙'字才对。"

陈平安笑道："我家乡以前是那座骊珠洞天，后来破碎坠地，才改名为龙泉郡。"

沈温一怔，试探性问道："你说的那位齐先生，可是山崖书院的齐先生，文圣最得意的弟子？"

陈平安嗯了一声，神色黯然："就是那位齐先生。"

沈温呆呆看着来自大骊的少年郎。草鞋、酒葫芦、飞剑、印章、赤子之心，名叫陈平安。沈温有点口干舌燥："陈平安，那你可是齐先生的嫡传弟子？"

陈平安犹豫不决，最后决定还是实话实说："齐先生不愿收我做弟子，但是后来遇上了文圣老爷，好像齐先生是想代师收徒。不过我当时觉得自己连读书人都不是，就没答应文圣老爷做他的弟子。文圣老爷也没生气，就是喝高了，我背着他的时候，他使劲拍着我的脑袋，劝我喝酒……"陈平安笑着举起手中的酒葫芦，"所以现在我喝酒了。"

沈温只觉得五雷轰顶，还不是一顿天雷砸在脑袋上，是一波接着一波。齐静春！齐静春的小师弟！文圣老爷！文圣老爷的闭门弟子！陈平安给拒绝了，给拒绝了……

沈温呆若木鸡，陈平安怔怔看着他，心想难不成是自己说错话了？只好偷偷喝了口酒，压压惊。

沈温蓦然大笑，捧腹大笑，差点笑出了眼泪，伸手使劲拍打少年郎的肩膀："好好好！我们读书人的事情，别人肯定不明白！这才对，这才对！"

他收回手，双手负后，大步跨出土地庙的门槛："痛快痛快，读书人读书人……"

他又回头一笑，伸出大拇指："干得漂亮！"

金城隍沈温在跨出大门后，最后一点神性灵光也消磨殆尽，就那么大笑着消散在天地间，整个人的身影砰然粉碎。

陈平安有些伤感，把酒葫芦在腰间别好，对着沈温消失的地方轻声念叨："碎碎平安，岁岁平安。"

赵府在白衣公子哥被击杀之后便再无人陷入魔障。刘高馨虽然作呕不止，仍是不愿退回太平无事的郡守府，陪着窦武人寻找漏网之鱼。他们来到一处柴房，见大门紧闭，窦武人皱了皱眉头，一脚踹开，发现里边有个男孩，八九岁，身后就是柴火堆。

窦武人淡然道："让开！入魔之后，便没得救了。"

男孩抿起嘴唇，使劲摇头。窦武人脸色冷漠，大步向前，按住男孩的脑袋往后一甩，男孩便撞在墙壁上。窦武人以长刀拨开两捆柴火，里边有个面黄肌瘦的女童被绳子紧紧捆绑着，一只眼眶渗血不止，另外一只眼眶却与常人无异。

女童嘴唇铁青，微微颤抖。窦武人举刀就要劈下，男孩挣扎着起身，拿起一把柴刀冲到女童身前，咬牙切齿道："你敢杀她，我就杀了你！"竟然用字正腔圆的一洲雅言开口说话，赵府不愧是胭脂郡第一大豪门，便是府上的仆役孩童也能通晓一洲雅言。

窦武人哂笑道："不知好歹的东西，知不知道你今天这点狗屁仁慈有可能会害死成百上千人。"

男孩身材消瘦，衣衫单薄，眼神坚毅，道："我不管，我要保护鸾鸾！"

窦武人一脚踹飞手持柴刀的男孩，一抹刀罡迅猛劈向那个可怜的女童。

银铃响起,刀罡劈碎了飞旋而至的朵朵金色花朵。窦武人手上动作略作停留,可刀锋仍是在鸢鸢的额头处向下划出一条寸余长的血槽。

一刀被阻,窦武人没有动怒,只是转身盯着少女,问道:"刘高馨,你能救她?入魔一事,别人不知道厉害,你身为修道有成的练气士会不清楚?怎么,到了不可挽救的局面,你要亲手处决这名女童?"

刘高馨脸色雪白,嘴唇颤抖:"我不忍心。"

窦武人呵了一声:"想必是先前赵府门外那些入魔的家伙被我斩杀得太快了,刘大小姐没能瞧见他们啃咬百姓血肉的场景。"

男孩再次挣扎起身,浑身剧痛的他连刀都已经拿不稳,朝着窦武人撕心裂肺道:"王八蛋,有本事你先杀了我!"

窦武人冷笑道:"杀你算什么本事?"就要再次挥刀劈下。

刘高馨红着眼睛,转过头,不忍再看。

门外有人说道:"稍等。"

背对门口的窦武人想了想,竟是干脆收刀入鞘了,转身朝来人抱拳一笑:"既然是仙师发话,那我就不多此一举了。"

原来是重新返回赵府的陈平安。他向窦武人点头致礼,而后快步走入柴房,蹲在鸢鸢面前,发现她好像在竭力对抗体内魔障,而且哪怕眼眶渗血,痛彻心扉,仍是死死咬紧嘴唇,一声不吭。鸢鸢竭力睁开那只正常的眼眸,眼神中充满了祈求。

人若能活,谁愿死?尤其是这般大的孩子。

陈平安看着倔强的鸢鸢,动作轻柔地拍了拍她的脑袋,温声道:"不怕不怕,疼了就哭出来,没事的,没事的。"

鸢鸢仰起头,望向那个微笑着的陌生少年,哇一下就哭出了声。

有些委屈,无论大小,只有受过同样委屈的人才可以真正体会。否则旁人再好的善心善意,恐怕都无法让人真正心安。

陈平安帮她解开绳子,背转过身,蹲着转头道:"来,我背你去一个安全的地方,让人救你。"

在两只冰凉小手放上肩头后,陈平安对那个手持柴刀的男孩笑道:"麻烦你用绳子把我们绑在一起,我怕万一路上有事,会照顾不到她。你动作要快,做得到吗?"

"可以!"男孩丢了柴刀,胡乱抹了一把眼泪,赶紧跑到陈平安和鸢鸢身边,动作利索地把两人绑在一起。

陈平安缓缓站起身,对刘高馨和窦武人说道:"我先带小姑娘去郡守府,不能再拖延了,看看那边有没有高人能够救治。你们带上这个男孩,如果赵府还有问题,刘高馨,你可以把他安置在赵府门外吗?"

窦武人笑道:"让刘姑娘带他先出去,我一人搜寻赵府就可以。"

陈平安转头对男孩说道:"自己小心,不管结果如何,我都会来告诉你,行不行?"

男孩抬起手臂擦拭眼泪,使劲点头。

陈平安背着浑身冰凉的鸢鸢掠出柴房,跃上墙头,几次蜻蜓点水一般的潇洒飘荡,很快就落到郡守府的高墙。这一次认清了陈平安的面容,潜伏其中的精锐亲军没有挽弓劲射,任由陈平安进入官邸,迅速去往议事正厅。

刘高馨带着男孩走出赵府大门,男孩忐忑不安地问道:"神仙姐姐,你的朋友真的能救鸢鸢吗?"

刘高馨还是头一回被人称呼为神仙姐姐,有些不适应,挤出笑容道:"我可不是什么神仙姐姐。放心吧,那位神仙老爷才是真正的山上仙人,一定会救下小姑娘的。但是如果没有救下来,你也不可以怪他,知道吗?"

男孩哭着点头,刘高馨揉了揉男孩的脑袋,轻轻叹息一声。

陈平安进入正厅后,发现除了刘太守在座,还有两个负责压阵中枢的练气士:一个手捧长剑的老妪,腰间挂着一只布袋子,不知装有何物;一个腰间悬挂一支银色毛笔的老人,据说都是胭脂郡附近的散修,三境修为,一辈子不曾跻身仙家门第,只靠着机缘和努力才走到今天这一步。三境修为的练气士在龙泉郡可能连走路都不敢喘大气,在小国州郡内却足够叱咤风云了。

陈平安解开绳子,将鸢鸢小心放在一张椅子上,跟刘太守三人说过了大致缘由,问道:"有没有办法救这个孩子?"

老妪满脸不悦,但是看到刘太守没有出声,她也不好反客为主,只是冷哼一声,始终站在原地,后来干脆闭上眼睛,选择视而不见。倒是那名老者快步走到椅子旁,蹲下身,伸手撑开鸢鸢那只渗血眼眸的眼皮,语气沉重道:"小闺女是好资质,天生一双阴阳眼,原本都有望踏上修行之路,只是明珠蒙尘,没有遇上伯乐,才遭此劫难。这只阴眼沦为了浓郁魔障的栖息场所,好比一座小的乱葬岗,瘴气横生,哪怕是阳气强盛的青壮汉子都要疼得哇哇叫,可怜这小娃儿了。"老者一边帮鸢鸢把脉,一边抬头仔细凝视她眼眶边的血迹,"小娃娃的求生之心很强烈,现在急需阳气充沛的灵丹妙药……不对,哪怕是对症下药的上品丹药也无法祛除这只阴眼郁积的瘴气。难办难办,我身上目前只有一颗固本培元的春风丹,只能暂时帮助她维持生机,真正需要的是……灵符,而且必须是品秩极高的灵符,能够牵引阳眼灵气渡入阴眼,阴阳相济,小娃娃靠着自己的毅力和运气,才有希望活下来。可这样的灵符哪里去找,小娃娃即便有我的丹药续命,也已经拖延不得了。"老者在说话间,就从袖中掏出一只紫檀小盒,打开后,露出一颗清香扑鼻的青色丹丸,毫不犹豫就喂鸢鸢吃下。

蹲在一旁的陈平安轻声问道:"老前辈,阳气挑灯符行不行?"

老者先是惊喜，随即苦笑道："行，怎么不行！天底下符箓千千万，这阳气挑灯符品相极高，正是最为对症的灵符之一，且立竿见影。但是你当真有？要知道世间有许多猪油蒙心的练气士，这种符箓的仿品极多，以次充好，多是以'借阳符'充数，卖出百倍的价格……"

陈平安沉声道："我手头有一张！"他继而站起身，"我很快就回来。"

老者毫不奇怪，只是提醒道："要抓紧。"

练气士显露家底，哪里会当着外人的面。

刘太守低头弯腰，看了两眼鸾鸾的惨状，很快就收回视线，去桌旁观看形势图。

怀抱长剑的老妪睁开眼，瞥了眼少年的背影，嗤笑一声。

陈平安赶紧寻了一处僻静廊道，背靠廊柱盘腿而坐，从飞剑十五这方寸物之中飘出李希圣赠送的那支"风雪小锥"笔和一张金色材质的符箓。

从与马苦玄小街一战，再到城隍殿大战枯骨艳鬼，以及之后入魔的金城隍，陈平安当下的体魄和神魂其实已是强弩之末，就像刘高馨所想那般，最是需要休养生息。他深吸一口气，弯下腰，手持"风雪小锥"，视线有些模糊。他轻轻晃了晃脑袋，尽量平稳呼吸，开始凭着一口武人真气去画符。练气士的气机能够生生不息，循环不止，画符一事，虽然也是讲究一气呵成，但是比起纯粹武人的画符还是要简单许多。而长生桥早已崩断粉碎的陈平安要想画出一张灵性十足的符箓，需要消耗大量的心神，半点不比接连不断的二十一拳神人擂鼓式轻松。

落笔画符，快不得分毫，慢不得些许。在无人知晓的僻静廊道，少年手持"风雪小锥"弯腰画符，落笔沉稳，只是七窍缓缓流血。

至于为一个素昧平生的女童耗费一张他已经大致知道价值的金色符箓值不值得，陈平安没有想过。事后会不会心疼，想必肯定会有的，但那也是事后事，到时候再说，大不了喝酒解闷便是了。

成了！陈平安擦干净血迹，脚步虚浮地奔向官邸正厅。当他将手中符箓交给老者时，老者呆了一呆，一脸匪夷所思地双手接过。那份沉甸甸的盎然灵气几乎就要冲出金色符纸了，老者用不太确定的语气问道："那我就用了？"

陈平安点头笑道："用！"

老者蹲下身，双指夹住那张阳气挑灯符，轻喝道："起符！"

金色符箓纹丝不动，没有半点动静。老者羞愧难当，涨红了脸，调动体内所有气机，再次喝道："起！"

金色符箓这才轰然燃烧起来，却不是烧成灰烬，而是浮现出一大团金色灵光，不知道真正玄妙的刘太守看得啧啧称奇，那捧剑老妪更看得差点把眼珠子瞪出来。

老者不敢有半点松懈，再次强撑着运转气息，抬起另外一只手，双指并拢，指向那团如水流淌的浓郁金光,嘴唇微动:"分阴阳,融水火,去!"

一点金光去往鸾鸾不断渗血的阴眼,绝大部分金光浩浩荡荡融入她的阳眼。很快,她双眼之间如有一条金色丝线搭建起一座小桥梁,金光从左眼缓缓流向右眼。

鸾鸾疼得牙齿咬破嘴唇,双手死死按住椅子把手,整个瘦小身躯剧烈晃荡,脸庞扭曲至极。陈平安轻轻抓住她的一只手,不管她能否听见,始终轻声安慰:"坚持,一定可以活下来的,活下来比什么都重要,相信自己只要活下来,什么都会有的……"

老妪按捺不住好奇心,走到老者和陈平安身后,低头仔细凝视着女童鼻梁处那条金色丝线的流动,微笑道:"果然是一位修道大成的剑仙。"

老妪面皮褶皱如鸡皮,苍老不堪,但是此刻那双眼眸偏偏妖媚得像是一个妖娆妇人,风情万种。她已经察觉到陈平安的瞬间变化,大笑着倒掠出去,直接将怀中那把长剑丢了,在门口停下身形,摘下腰间布袋,扬起手后娇滴滴道:"这位剑仙,是不是觉得体内气机凝滞不前了?嘻嘻,别紧张,这是奴家专门为你精心配制出来的'大雪拥关',无色无味,龙门境之下很容易中招的,不丢人!何况只是半炷香的工夫,气海凝固,气机不受驾驭而已,嗯,还要加上神魂如同结冰,再无法以心神驾驭飞剑。当然了,只需要熬到半炷香后,就可以继续当你的剑仙啦。"

老者作为三境练气士,与中五境的龙门境相差了十万八千里,早已中招,面如金纸,无比惨淡,在老妪倒掠出去的瞬间就已经脑袋一歪,倒地不起,晕厥过去。所幸救治鸾鸾一事已经结束,否则恐怕就要两两赴死了。

这当然是那老妪极为小心谨慎的结果,她真正的目标,是陈平安——一颗少年剑仙的项上头颅,换取一件古榆国皇家库藏的玄字号法宝!

老妪撕去覆盖在脸上的面皮,露出一张成熟美妇的容颜,不但如此,身躯扭曲一番后,恢复正常体态,婀娜多姿,正是古榆国的练气士蛇蝎夫人,最擅长用毒。她转头笑道:"窦兄弟,该你出手了,奴家体弱,不比你买椟楼楼主的雄健体魄,便是被剑仙的飞剑刺上两剑都扛得住。哪怕那剑仙如今已经是寻常人,可万一还藏着啥杀手锏,奴家可受不起。"

窦楼主缓缓走到门槛处,望向陈平安,面无表情道:"对不住,我们国师要你的头颅一用。若只是相逢于江湖,你我说不定还能喝上一顿酒,如今不行了,连你在内,屋内三人都要死。"

陈平安看着门口的一男一女,扯了扯嘴角,没有说话。

窦楼主抽刀出鞘,大步踏入门槛:"你腰间酒壶的酒水,我回头会帮你喝掉的。"

刘太守茫然失措:这又是怎么一回事?

陈平安依旧站在原地。之前马苦玄的师父杀掉了一名古榆国刺客,现在则一口气来了两个,就是不知道还有没有第四人。

陈平安开口道："既然早早被你看到了家底……"

略作停顿，他突然笑了起来："初一、十五，这回出场，咱们可以漂亮一些。"

蛇蝎夫人啧啧道："这位剑仙，你还要垂死挣扎呀，你知不知道咱们这位号称千面的买椟楼窦楼主对付中五境的山上神仙最有心得了，平时未必讨得了便宜，可今天在半炷香工夫内拧断你的脖子，真不难。"

陈平安懒得理睬阴阳怪气的妇人，安安静静调养气机。一抹璀璨白虹、一抹幽绿光彩先后掠出养剑葫，一左一右悬停在陈平安肩头附近。

蛇蝎夫人惊骇，颤声道："怎么可能！你怎么还可以祭出飞剑！"

便是见惯了大风大浪的窦楼主都不得不停下脚步，由单手持刀变成双手握刀。

陈平安环顾左右，向两柄飞剑笑问："那咱们一起走一个？先杀话多的，话少的我来对付。"

窦楼主不愿贸然前进，陈平安已经动身前冲，一脚踏出就是一地碎裂。与此同时，一雪白一幽绿光影在正厅空中划出两道美妙弧度，瞬间越过窦楼主。

蛇蝎夫人尖叫一声，脚尖一点跃向空中，就要远遁，她这辈子都不愿意再见到那个少年模样的怪物了。然而，她在空中的曼妙身姿出现一前一后两次微妙停滞，再之后，就颓然摔在地面上。她的心口、眉心处，皆有鲜血点点滴滴缓慢渗出。

窦楼主暴喝一声，双手持刀，不进反退，小腿处骤然间灵光一闪，整个人后仰倒飞出去，身躯直接撞穿门外影壁。一身尘土的顶尖刺客掌心熠熠生辉，亦是有符箓加持，重重一拍地面，身影瞬间消失不见。

陈平安放慢脚步，走到门槛附近，环顾四周，最后指向远处一个方向："在那里。"

贴地飞掠的初一和十五几乎同时飞向陈平安手指方位。

分明是坚硬的青砖地面却出现一阵浪花翻滚的波纹，片刻之后，终于恢复平静。陈平安这才伸手捂住嘴巴，肩膀靠着门槛，咽下那口涌至喉咙的鲜血，摘下养剑葫，两把飞剑飞回其中。陈平安轻轻喝了口酒，正是八钱一斤的土烧，味道真不错，就是不知道十两银子一斤的胭脂郡特色美酒是个啥滋味。

一个带着敬畏的嗓音在背后响起："陈公子，这是怎么回事啊？"

原来是刘太守回过神来了。关于山水神祇和妖魔鬼魅这些事，他儿子刘高华只能通过文人笔札和志怪小说了解到一鳞半爪。他则不然，毕竟是执掌一郡民生的高官，而且胭脂郡还是彩衣国头等大郡，诸多秘史和秘事，刘太守其实早就知道内幕，至少州郡城隍阁和山神水神这些事，刘太守是必须要清楚的，朝廷礼部专门有人为这些地方大员解释其中的玄乎门道。

陈平安略微平稳气海，别好养剑葫，转过头望向刘太守，欲言又止。他这一战胜得可谓惊险，本就已是强弩之末，驾驭两把来历特殊的飞剑又消耗了精神和心力。如果买椟楼窦楼主没有被吓退，陈平安极有可能会被摘取头颅，好一点也是两败俱伤。那么陈平安恐怕连纯粹武夫这条道路，因为伤及体魄本元和神魂根本，从此都要变得破碎不堪。

陈平安一时半会儿也不知道怎么解释，涉及的秘密太多了。好在刘太守见这位仙师面有难色，便不再刨根问底。山上神仙行走人间，其实规矩和忌讳也多，刘太守这点常识还是晓得的，只要确定眼前这名少年剑仙是"自家人"，足矣！

陪着刘太守客套寒暄几句，陈平安转身走向老者，蹲下身帮助这位心善的练气士把脉。感觉到他脉象平稳，应该没有大问题，等到那份"大雪拥关"的药效祛除，很快就可以清醒过来。陈平安突然抬起头，看到鸾鸾正充满好奇地看着他。一双天生阴阳眼的水灵眼眸在阳气挑灯符的牵引下，流溢着淡淡的金色光彩。

陈平安笑着伸手帮她擦拭脸上的血迹，安慰道："没事了。还疼不疼？"

鸾鸾嘴角弯起，脸颊上出现两个浅浅的小酒窝。

陈平安把老者扶起，放在一张椅子上，然后走向门口。刘太守寻思着如今还是跟在这位剑仙身边最保命，便亦步亦趋地跟着他走出正厅门槛。陈平安走到蛇蝎夫人的尸体旁，在她腰间那只素白色的棉布袋子里发现了一只粉瓷质地的小笔洗，里头盘踞着一条小白蛇，长不过一寸，极其纤细，正昂首对着天空疯狂吐芯，只是充满了色厉内荏。还有一只病恹恹趴在地上的漆黑蝎子，细看之下，它的身架子如同一把墨色琵琶。

陈平安心思微动。驾驭初一十五斩杀强敌是痴人说梦，但是让它们出来抖抖威风还是不难。初一化作一抹雪白虹光掠出养剑葫，直扑古色古香的小笔洗，悬停在两只小东西的头顶上空，吓得小白蛇瑟瑟发抖，纤细身躯紧贴笔洗内壁，小黑蝎子更是做出抱头状。初一在笔洗内缓缓盘旋飞转，如武将巡视驻地，气势十足。

刘太守此时此刻再无郡守官威和书生斯文，就那么跟着陈平安一起蹲着，啧啧称奇道："真仙剑，真剑仙也！"

陈平安手持笔洗站起身，凝神定睛一看，才发现笔洗外边靠近底部的一圈竟有细微文字如蝌蚪缓缓流转不定，总计十六字：春花秋月，春风秋树，春山秋石，春水秋霜。

陈平安会心一笑，想起了鲲船上遇到的那对姐妹，姐姐春水性子稳重，妹妹秋实孩子气更重。他忍不住抬头向南方天空望去，不知道她们如今到了老龙城没有？如果下次还能见面，陈平安挺想把这只漂亮小笔洗送给她们的，只可惜笔洗上有春水却无秋实，有一字之差，没能完完整整凑到一起，否则就更好了。只是现在的陈平安还不知道，有些可惜是没办法十全十美，有些可惜是某些长久的遗憾。

陈平安说道："刘大人，死者为大，能不能帮着将这女子的尸体收殓，以后有机会找一处地方下葬？一切开销，我来支付。"

刘太守笑道："这点小事，哪里需要陈公子费心费力，一切只管交由郡守府，一定办得稳稳妥妥。"而后收敛笑意,试探性道,"只是这次妖魔作祟,那姓黄的老匹夫包藏祸心,说不得还需陈公子飞剑镇妖魔啊。"

陈平安苦笑道:"我暂时需要一只大水桶,装满滚烫热水,至于药材,我自己就有,至少浸泡数个时辰,调养身体。"

刘太守点头道:"应该的应该的,本官这就命下人去置办,陈公子的身体要紧,胭脂郡十数万百姓的安危如今都系挂在陈公子一人身上,确实不容出现丝毫纰漏,本官这就让人去办……"刘太守快步跑开,这位彩衣国正四品地方高官其实说得并不弯弯肠子,直白得很,陈平安再不混官场,也听得懂言外之意,但是他对此既不能拍胸脯保证什么,又不好临阵推脱,就只能苦笑着不说话。送剑之外的所有事情,陈平安只有四个字:力所能及。对金城隍沈温是如此,对这位牧守一方的封疆大吏也是如此。

最后在一间雅静屋子里,陈平安整个人浸泡在大药桶里,药材是离开龙泉郡之前魏檗赠送的,足够三次使用的量。再多魏檗当然拿得出来,但他没有一股脑准备太多,当时开玩笑说是兆头不好,他还是希望陈平安这趟行走江湖一路顺风也顺水,受伤次数不超过三次,就当是讨个好彩头。

陈平安在进入这间屋子前,请刘太守帮着保守秘密,不要泄露他是"剑仙"的事。刘太守满脸会意,答应得很痛快,只差发誓了。陈平安又递给刘太守那张神行符,说是还给他的道士朋友张山,还是用的他的化名。

陈平安在浸泡的过程中,明显察觉到胭脂郡城的城隍阁那边出现了惊天动地的大动静,但是他既然顾不上,就干脆不去多想,安心温养气机,配合阿良传授的剑气十八停及杨老头教给他的呼吸吐纳法,在水桶里凝神入定,双手掐《撼山谱》上的剑炉诀,如一棵冬日里的枯木,安静等待春风的吹拂。

这一夜,胭脂郡还是厮杀不断,一方面是妖魔成功开启阵法,各地皆有百姓被魔障附身,郡守府上上下下疲于应付;另一方面既是好事又是祸事,好事是城东门那边马将军传来密信,那个披着神仙外衣的黄老魔头不知为何跟三个人在城隍殿窝里反,打得翻天覆地,祸事也因此而起。四人出手绝无收手,看家法宝迭出,邪门法术层出不穷,损伤宅邸房舍数百栋,百姓死伤惨重。从驻地火速增援胭脂郡城的马将军麾下精骑总不能以骑军姿态穿街过巷,只得下马步战,人人身披铁甲,手持强弓劲弩,但是对上那四个山上修行的妖魔巨擘,除了郡守府库存的那数十支特制箭矢能够造成实质性威胁,其余弓弩箭矢一来跟不上四人飞来掠去的辗转腾挪,二来往往不等靠近就被一袖拍散拂退,甚至还有一些箭矢被四人在大战间隙抓住后随手丢掷回去,又是死伤八十余名精锐,根本就是连以死换伤都做不到。

马将军则确实当得起"悍不畏死"四个字,在边关沙场上骁勇善战,对阵这些修行中人亦是身先士卒,与那名副将数次找准机会,逮住落单的某个妖魔联手贴身近战,后来惹得杀红了眼的琉璃仙翁和米老魔,一发狠,先休战片刻,将马将军和副将双双重伤。若非十数名亲军以墨家特制弓箭阻截以及数名不要命的护卫的保护,两人都没办法活着脱离战场,当夜就要战死于这座胭脂郡城内。

后半夜,以一敌三的琉璃仙翁被米老魔以一大把"白米"撒在头顶,全身上下瞬间滋滋冒起青烟,血肉模糊,被灼烧出无数个血肉窟窿,只得以遁地之术潜入地底。三个魔头开始搜捕,若是遇上胆敢阻挡的郡城捕快、入城甲士,便毫不留情地出手击杀。

拂晓时分,陈平安穿好衣服走出屋子,发现刘高馨就坐在廊道尽头的一张小凳子上打盹。少女睡意浅,很快就醒了过来,生怕自己睡觉流口水,赶紧撇过头去擦了把脸。她其实回到官邸也才没多久,换了一身洁净衣衫就来这里坐着当门神。

陈平安和她结伴去正厅,一问一答,陈平安大致了解了这段时间郡城的动向,听到妖魔发生内讧之后,还有点不可思议。不过那番厮杀做不得假,虽然不知其中曲折内幕,但只要有利于胭脂郡,到底还是好事,只是多出来的意外伤亡,谁都没办法掌控。用崔东山的话说:大势如此。

在陈平安休养期间,郡城内处处战火,包括徐远霞和张山峰在内的江湖高手和山上修士,每次回来稍作休整和包扎伤口,很快就会出去继续镇压各地魔障。徐远霞和张山峰还对上了一个年纪不大的魔道高手,应该是布置阵法的魔道关键人物之一,双方绞杀了不到一盏茶工夫,险象环生,徐远霞硬是被赤手空拳的对手撕扯掉了肩头一大块肉。后来崇妙道人带着黄铜力士赶到增援,才逼退了那个出手狠辣的魔头。

刘高馨还说,她大姐和二哥不知为何,明明已经安然出城,却又和她师父一起回到了家中,跟她爹在书房里关上门说了一通后,师父就带着她大姐和二哥去了后院待着,像是遇上了很古怪的事情,而且暂时分不清是好是坏的那种。是好,就皆大欢喜;是坏,就万事皆休。总之,爹和师父都不愿意她掺和其中,不过她今夜忙着四处救火,也真顾不上。再就是被陈平安救回的赵府女童鸢鸢,还有那个和鸢鸢相依为命的倔强男孩都已经被安排住在了郡守府内。

当陈平安和刘高馨临近正厅的时候,就发现气氛凝重,加快步子进入其中,闻到一股血腥气。一名道袍破碎的年迈道人瘫坐在椅子上,满脸血污,披头散发,心口处血流不止,一身伤痕累累,包扎都无从下手,竟是到了一口气几乎只出不进的凄凉境地了。刘太守、徐远霞、张山峰及腰间悬挂一支毛笔的老者都围在老道人身旁,之前救过鸢鸢的老者对着众人轻轻摇头,满脸苦色和愧疚,刘太守亦是长叹一声。

濒死的老道人正是那个第一次见面就给人留下了骄纵且市侩印象的崇妙道人。他有些回光返照,原本浑浊的视线逐渐明亮了几分,抬起头对刘太守笑道:"刘大人,如果这次灵犀派仙师救下了胭脂郡,铲除了大大小小的魔头,以后贫道全家老小数十口人可就要劳烦刘大人你这位父母官多加照拂了。"

刘太守点头沉声道："道长放宽心，便是哪天本官不在胭脂郡任职，也会让新任郡守知道今日战事，知道道长对胭脂郡的付出。总之，本官绝不会让道长家眷受委屈。"

崇妙道人艰难抱拳致谢，然后转头对眼眶微红的张山峰笑道："张山，如果不是你小子傻乎乎不要命，恐怕贫道当时就给人得气绝毙命了，说不定还要让那魔头逃之夭夭，哪里会有此次手刃魔头的壮举……"

他说着咳嗽起来，所有人便劝他不要再开口说话了。

徐远霞轻声问道："老道长，要不要喊你家晚辈来这里一趟？"

崇妙道人点点头，刘太守又吩咐下人，赶紧去通知老道长在郡城内的嫡系家眷。

崇妙道人趁着自己的那一口精神气提了上来，在心中默默算着子孙赶来这边的路程和时间，休息片刻后，环顾众人，缓缓笑道："贫道其实知道，你们啊，之前是瞧不起贫道这种趁火打劫的货色的。只是在商言商，修行之人别羞于谈买卖、耻于谈钱，没办法，我们这些山野散修没有大树可以乘凉，没有师门祖师爷的祖荫可以庇护，就只能靠自己挣钱，去挣那一线机会。不这样，如何可行呢？"

说到这里，崇妙道人又陷入沉默，神色恍惚，似乎想起了这辈子的荣辱沉浮。久久之后，他收起思绪，突然感慨了一句："生意要做，但是修行中人，这个'人'也要做啊。对不对？"他自顾自咳嗽着笑起来，"不过可能是贫道的资质太差，早早知道自己无望大道，所以才会有这么幼稚可笑的想法吧。真正的山上修行人哪里会满身铜臭呢，又哪里会顾得上山下百姓的生老病死呢？"

崇妙道人怔怔望向大门方向，似乎是在寻找那些个熟悉身影，喃喃道："给人喊了一辈子崇妙道人都没能换一个字，被人恭恭敬敬尊称一声'崇妙真人'，憾事！大憾事！"这话一说出口，老人的精气神好像一下子就垮了下去，双眼视线模糊，呼吸已是微弱至极，嗓音低弱不可闻，"怎么还不来呢……"

崇妙道人终究还是没有等到家人，就这么靠着椅背，溘然而逝。既算不得死不瞑目，也没有安然闭眼，就像一个老人在眯眼望着远方，想要看到一些什么，可又看不清楚。

全场沉默。陈平安走过去，帮崇妙道人擦去脸上的血水。

在他做完这件事没多久，崇妙道人的家族晚辈就蜂拥而来，多达十数人。

刘太守大致说了过程，也说了他的承诺。

崇妙道人的长子，一个胖胖的中年人自然对郡守大人感恩戴德，妇人们多是在抽泣哽咽。只是一个十岁出头的男孩毫无征兆地冲出来，对着所有人愤怒质问道："为什么就只有我爷爷死了？"这个满脸仇恨和怒意的男孩瞪大眼睛怒吼，"回答我！"

徐远霞皱了皱眉头，张山峰转头看了眼面容惨白的老道人，心中叹息。

有些答案，如果说出口，才是真的伤人。崇妙道人一开始其实是想着独吞战功，中了那示敌以弱的魔头的圈套,轻敌冒进。如果不是徐远霞和张山峰为了心中那份江湖道义,豁出性命去救,他的结局只会比现在更差。

话说回来,崇妙道人有私心不假,可这点私心是人之常情。他从昨天到现在,一路厮杀,到最后轰轰烈烈战死,绝不是什么"在商言商"可以解释的。一方水土养一方人,他如果不是对于胭脂郡这块乡土有着最诚挚的感情,绝不会如此拼命。

人情世情,最难讲理。因为一旦真要掰碎了讲道理,好像酒水分了家,没滋没味。

那个气急败坏的孩子伸出手指,指向众人,嚷着:"你们全都是凶手!"

崇妙道人的嫡长子赶紧让妻子扯回失心疯的儿子,然后向众人赔礼道歉。

刘太守脸色如常,嘴上说着"童言无忌",甚至反过来跟那个男人道歉,说这次确实是他这个郡守当得失职,才愧对他们一家人,害得他们家族少了一根顶梁柱,以后一定还要登门赔罪云云。可这位父母官的心里如何想,崇妙道人跟郡守府结下的香火情会不会因此减去几分,天晓得。

所以说,世间的祖荫福缘,哪怕送到了子孙手上,还是各人有各命,有些人抓得住,有些人抓不住;有些人抓得多,有些人抓得少。而且这种事情,往往当事人在当下只会浑然不知,只能凭本心而为。

图书在版编目(CIP)数据

剑来5：山水有相逢 / 烽火戏诸侯著 . —杭州：
浙江文艺出版社，2020. 4（2025.9重印）
ISBN 978 - 7 - 5339 - 6062 - 9

Ⅰ. ①剑… Ⅱ. ①烽… Ⅲ. ①长篇小说—中国—当代
Ⅳ. ①I247. 5

中国版本图书馆 CIP 数据核字（2020）第 042540 号

策划统筹　　柳明晔
责任编辑　　徐　旼
营销编辑　　俞姝辰　　徐轶暄
责任校对　　陈　玲
封面绘图　　白衣巷九
责任印制　　张丽敏

剑来5：山水有相逢

烽火戏诸侯　著

出版　　浙江文艺出版社
地址　　杭州市环城北路177号
邮编　　310003
网址　　www.zjwycbs.cn
经销　　浙江省新华书店集团有限公司
印刷　　杭州杭新印务有限公司
开本　　710毫米×1000毫米　　1/16
字数　　337千字
印张　　17.25
插页　　2
版次　　2020年4月第1版
印次　　2025年9月第24次印刷
书号　　ISBN 978-7-5339-6062-9
定价　　43.00元